Os Homens Que Odeiam as Mulheres

Stieg Larsson

Os Homens Que Odeiam as Mulheres

8.ª edição

Tradução do inglês por
Mário Dias Correia

oceanos

R. Cidade de Córdova, 2
2160-038 Alfragide
Tel. (+351) 21 427 22 00
Fax. (+351) 21 427 22 01
www.leya.com/www.asa.pt

OCEANOS é uma chancela do grupo **LeYa**

Título original: *MÄN SOM HATAR KVINNOR*
© Stieg Larsson, 2005
Publicado originalmente por Norstedts, Suécia, 2005.
Publicado em Portugal por acordo com Norstedts Agency.
Imagem de contracapa: © Getty Images/ Norma Archive
Foto do autor: © David Lagerlöf / Expo

8.ª EDIÇÃO: Abril de 2010
Depósito Legal: 301154/09
ISBN: 978-989-23-0237-9
Todos os direitos reservados

PRÓLOGO

UMA SEXTA-FEIRA EM NOVEMBRO

Acontecia todos os anos, como um ritual. E naquele dia, o do seu octogésimo segundo aniversário, voltou a acontecer. Quando a flor foi entregue, desfez o embrulho e pegou no telefone para ligar ao comissário Morell que, depois da reforma, se retirara para a região do lago Siljan, em Dalarna. Ele e Morell tinham não só a mesma idade, como tinham até nascido no mesmo dia – o que, dadas as circunstâncias, não deixava de ser irónico. O velho polícia estava sentado com a sua chávena de café, à espera do telefonema.

– Chegou.
– O que é, este ano?
– Não faço a mínima ideia de como se chama. Vou ter de arranjar alguém que mo diga. É branca.
– Nenhuma carta, suponho.
– Só a flor. A moldura é do mesmo género da do ano passado. Uma dessas de armar.
– Carimbo dos correios?
– Estocolmo.
– Caligrafia?
– O mesmo de sempre, tudo maiúsculas. Letras direitas, precisas.

Com isto, o tema ficou esgotado, e mais nenhuma palavra foi dita durante quase um minuto. O polícia reformado recostou-se na cadeira da cozinha, a fumar o seu cachimbo. Sabia que já não se esperava dele o comentário arguto ou a pergunta incisiva capaz de lançar uma nova luz sobre o caso. Tudo isso ficara muito longe no passado, e o diálogo entre os dois tinha todo o ar de uma ligação ritual a um mistério que mais ninguém em todo o mundo estava minimamente interessado em desvendar.

O nome latino era *Leptospermum (Myrtaceae) rubinette*. Nativa das terras altas e do matagal australiano, onde crescia entre os tufos de erva e era conhecida pelo nome de neve-do-deserto, tinha cerca de dez centímetros de altura, folhas parecidas com as da urze e uma flor branca com cinco pétalas e menos de dois centímetros de diâmetro. Uma especialista do Jardim Botânico de Uppsala confirmaria, mais tarde, que praticamente ninguém a cultivava na Suécia. A botânica dizia, no seu relatório, tratar-se de uma planta aparentada à árvore--do-chá e por vezes confundida com a sua prima mais comum, a *Leptospermum scoparium*, abundante na Nova Zelândia. O que as distinguia, fazia notar, era o facto de as pontas das pétalas da *Rubbinette* apresentarem um pequeno número de microscópicos pontos cor-de-rosa que lhes davam um levíssimo matiz rosado.

A *Rubinette* era uma flor totalmente despretensiosa. Não tinha quaisquer propriedades medicinais conhecidas e não induzia experiências alucinatórias. Não era comestível nem usada no fabrico de corantes vegetais. Por outro lado, os aborígenes da Austrália consideravam sagradas a região e a flora à volta de Ayers Rock.

A botânica acrescentava nunca ter, pessoalmente, visto nenhum exemplar, mas que, depois de consultados alguns colegas, estava em condições de afirmar que tinham sido feitas várias tentativas de introduzir a planta num viveiro em Gotemburgo, e que havia sempre, claro, a possibilidade de ser cultivada por botânicos amadores. Era difícil criá-la na Suécia porque só se dava em climas secos e tinha de ser mantida em estufa durante metade do ano. Não crescia em terrenos calcários e só se podia regar as raízes. Em suma, precisava de mimos.

O facto de ser uma flor tão rara deveria ter tornado mais fácil detectar a origem daquele exemplar específico, mas, na prática, revelou-se uma tarefa impossível. Não havia registos a consultar nem licenças a investigar. Um número indeterminado de entusiastas – de um punhado a algumas centenas – podia ter tido acesso a sementes ou a plantas. E essas sementes ou plantas podiam ter mudado de mãos entre amigos, ou ter sido compradas por encomenda postal em qualquer país da Europa, ou dos Antípodas.

Era, no entanto, apenas mais uma na série de misteriosas flores que todos os anos, no primeiro dia de Novembro, chegavam pelo correio. Sempre flores bonitas e na sua maioria raras, sempre secas, montadas sobre um fundo de papel de aguarela numa simples moldura de 15 por 27,5 centímetros.

A estranha história das flores nunca aparecera referida na imprensa; apenas meia dúzia de pessoas sabia da sua existência. Trinta anos antes, a chegada regular das flores fora objecto de amplo escrutínio – no Laboratório Forense Nacional, por parte de peritos em impressões digitais, grafologistas, investigadores criminais e um ou dois parentes e amigos do destinatário. Agora, os actores do drama estavam reduzidos a três: o velho aniversariante; o polícia reformado; e a pessoa que enviava as flores. Os dois primeiros, pelo menos, tinham chegado a uma idade tal que o grupo de partes interessadas não tardaria sem dúvida a ver-se ainda mais diminuído.

O polícia era um veterano com muitos anos de investigação criminal. Nunca esqueceria o seu primeiro caso, em que tivera de deter, antes que magoasse alguém, um violento e incrivelmente bêbedo funcionário de uma subestação eléctrica. Ao longo da sua carreira, engaiolara caçadores furtivos, maridos que batiam nas mulheres, vigaristas, ladrões de automóveis e condutores embriagados. Lidara com gatunos, traficantes de droga, violadores e um bombista louco. Estivera envolvido em nove casos de assassínio ou homicídio. Em cinco deles, o próprio assassino chamara a polícia e, cheio de remorsos, confessara ter matado a mulher, ou o irmão, ou outro parente qualquer. Outros dois tinham sido resolvidos numa questão de dias. Um outro exigira a ajuda da Polícia Judiciária Nacional e demorara dois anos a solucionar.

O nono caso fora resolvido a contento da polícia: o que significava que sabiam quem era o assassino, mas as provas de que dispunham eram tão insubstanciais que o Ministério Público resolvera não ir a tribunal. Para eterno desgosto do ex-comissário, o estatuto de prescrição acabara por pôr definitivamente uma pedra sobre o assunto. Mas, no todo, podia olhar para trás e considerar que tivera uma carreira notável.

No entanto, sentia-se tudo menos satisfeito.

Havia anos que aquele «Caso das Flores Secas» era, para ele, como um espinho cravado na carne: o seu último, frustrante e nunca resolvido caso. A situação era duplamente absurda porque, depois de ter passado literalmente milhares de horas a pensar naquilo, em serviço e fora dele, continuava a não poder afirmar sem margem para dúvidas que fora de facto cometido um crime.

Os dois homens sabiam que quem montara as flores usara luvas, que não haveria impressões digitais na moldura nem no vidro. As molduras podiam ser compradas numa papelaria ou loja de artigos fotográficos em qualquer parte do mundo. Não havia, pura e simplesmente, quaisquer pistas a seguir. A encomenda era quase sempre enviada de Estocolmo, mas duas tinham chegado de Londres, duas de Paris, duas de Copenhaga, uma de Madrid, uma de Bona e uma de Pensacola, na Florida. O comissário fora obrigado a consultar um atlas.

Depois de pousar o auscultador do telefone, o homem que naquele dia completava oitenta e dois anos ficou durante muito tempo sentado a olhar para aquela flor, bonita mas totalmente desprovida de significado, cujo nome, na altura, ainda não conhecia. Então, olhou para a parede por cima da secretária. Estavam ali penduradas quarenta e três flores, nas respectivas molduras. Quatro filas de dez e mais uma de quatro, em baixo. Na primeira fila faltava a correspondente à nona posição. A neve-do-deserto seria a quadragésima quarta.

Sem aviso, começou a chorar. Aquela explosão de emoções, ao cabo de quase quarenta anos, apanhou-o completamente de surpresa.

1.ª PARTE

INCENTIVO

20 de Dezembro – 3 de Janeiro

NA SUÉCIA, 18% DAS MULHERES FORAM, NUMA
OU NOUTRA OCASIÃO, AMEAÇADAS POR UM HOMEM

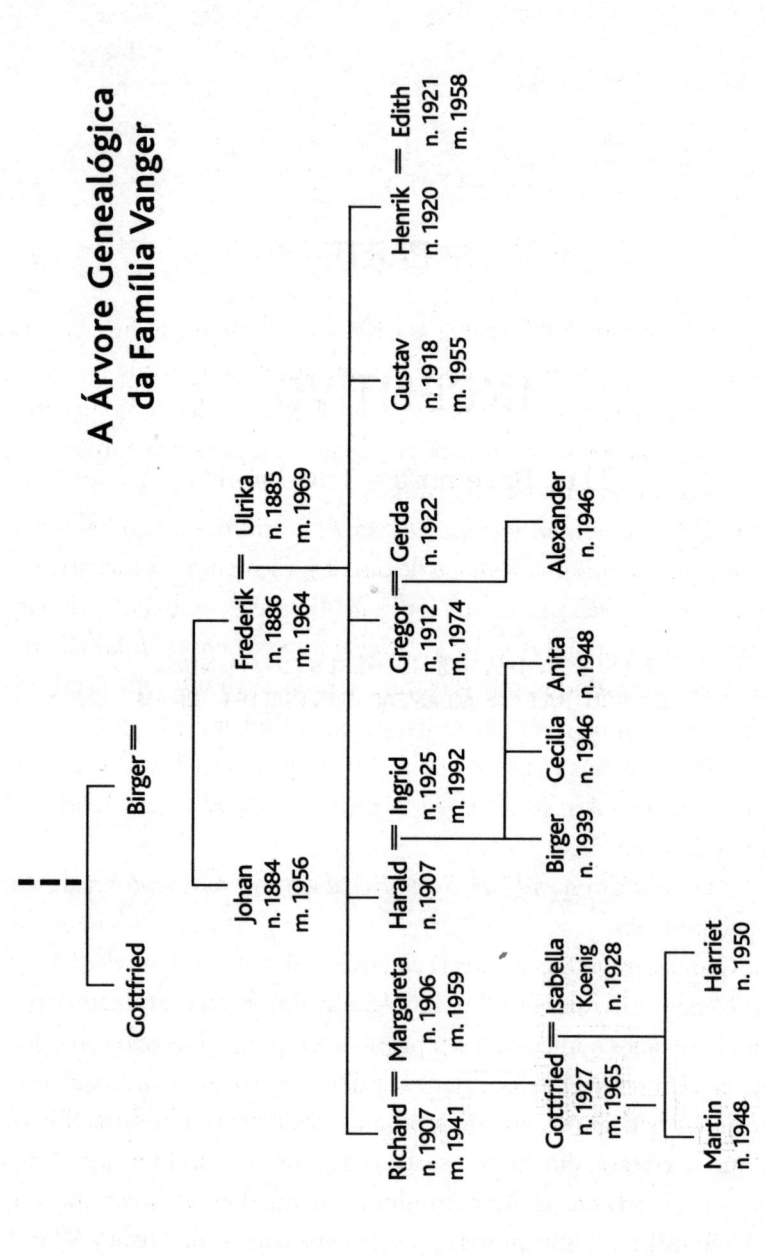

CAPÍTULO I

SEXTA-FEIRA, 20 DE DEZEMBRO

O JULGAMENTO TINHA CHEGADO irremediavelmente ao fim; tudo o que havia a dizer fora dito, mas ele nunca duvidara de que perderia. A sentença escrita foi-lhe entregue às dez da manhã de sexta-feira, e agora faltava apenas enfrentar os jornalistas que esperavam no corredor, à porta do tribunal distrital.

Carl Mikael Blomkvist viu-os através do vidro, e abrandou o passo. Não tinha a mínima vontade de discutir a sentença, mas as perguntas eram inevitáveis, e ele — melhor que ninguém — sabia que tinham de ser feitas e respondidas. *Ser um criminoso é isto*, pensou. *Estar do outro lado do microfone.* Endireitou as costas e tentou sorrir. Os jornalistas dispensaram-lhe uma recepção amistosa, quase embaraçada.

— Deixem-me ver... *Aftonbladett, Expressen,* TT, TV4, e... de onde é você?... Ah, sim, *Dagens Nyheter.* Devo ser uma celebridade — disse Blomkvist.

— Dê-nos um *sound bite, Super Blomkvist.* — Era o repórter de um dos vespertinos.

Como sempre lhe acontecia ao ouvir a alcunha, Blomkvist fez um esforço para não rolar os olhos nas órbitas. Em tempos, quando tinha vinte e três anos e iniciava o seu primeiro emprego de Verão como jornalista, acontecera-lhe, por puro acaso, descobrir um bando que roubara cinco bancos nos últimos dois anos. Não havia a mínima dúvida de que se tratara, em todos os casos, dos mesmos indivíduos. A sua marca registada era assaltar simultaneamente dois bancos, com uma precisão militar. Usavam máscaras de personagens do Disney World, de modo que, inevitavelmente, a polícia os alcunhara de Gangue do

Pato Donald. Os jornais, pelo seu lado, tinham preferido a designação de Gangue dos Irmãos Metralha, mais sinistra e mais consistente com o facto de, em duas ocasiões, terem disparado tiros de aviso e ameaçado transeuntes mais curiosos.

O sexto golpe fora contra um banco em Östergötland, no pico da estação de veraneio. Quisera a sorte que um dos clientes presentes na agência fosse um jornalista de uma estação de rádio local que, mal os assaltantes saíram, correra para um telefone público e contara a história em directo.

Blomkvist estava a passar alguns dias com uma namorada na casa de Verão dos pais dela, em Katrineholm. O que fora exactamente que o levara a fazer a ligação foi coisa que não soube explicar, nem sequer à polícia, mas, ao ouvir a reportagem, lembrou-se de um grupo de quatro homens que vira numa casa de férias umas poucas centenas de metros mais abaixo, junto à estrada. Estavam a jogar badmínton, no quintal: quatro tipos louros, atléticos, de calções e tronco nu. Eram muito evidentemente adeptos da musculação e houvera qualquer coisa neles que o fizera olhar duas vezes. Talvez o facto de jogarem à torreira do sol com o que reconheceu ser uma energia intensamente concentrada.

Não houvera qualquer razão plausível para suspeitar que fossem assaltantes de bancos, mas, mesmo assim, deslocara-se até ao alto de uma colina de onde se avistava a casa. Parecia deserta. Passados quarenta minutos, um *Volvo* estacionara diante da porta. Os quatro jovens apearam-se, com ares apressados, e cada um deles levava na mão um saco de desporto, o que podia perfeitamente significar apenas que regressavam de uma qualquer actividade tão inócua como um mergulho no lago. Mas, então, um deles voltara ao carro e tirara da bagageira um objecto que escondera apressadamente com o casaco. Mesmo do seu relativamente distante posto de observação, Blomkvist reconhecera uma AK4, a espingarda automática que fora sua companheira de todos os momentos durante o ano de serviço militar.

Telefonara à polícia, e assim começara um cerco de três dias coberto pelos meios de informação a nível nacional, com ele a ocupar um lugar na primeira fila e a ser regiamente pago por um jornal vespertino.

A polícia montara o seu quartel-general numa caravana estacionada no quintal da casa da namorada.

A queda do Gangue dos Irmãos Metralha dera-lhe o estatuto de estrela que o lançara como jovem jornalista. O lado negativo desta publicidade fora o facto de um outro jornal não ter resistido à tentação de usar o título «Super Blomkvist resolve o caso». A história, contada num tom jocoso, era da autoria de uma jornalista já de certa idade e continha referências ao jovem detective dos livros infantis de Astrid Lindgren. E, para agravar ainda mais as coisas, o jornal publicara a história juntamente com uma fotografia, deliberadamente granulosa, de Blomkvist de boca meio aberta e dedo esticado, a apontar.

O facto de nunca, em toda a sua vida, Blomkvist ter usado o nome Carl não fez a mínima diferença. A partir daquele momento, e para sua extrema irritação, passara a ser Super Blomkvist para os colegas de profissão – um epíteto usado em tom irónico não exactamente pejorativo, mas também não verdadeiramente lisonjeiro. Não obstante o seu respeito por Astrid Lindgren, cujos livros adorava, detestava a alcunha. Tinham sido precisos vários anos e outros êxitos jornalísticos muito mais notáveis para que o apodo começasse a desaparecer, mas a verdade era que ainda se encolhia sempre que ouvia alguém usar o nome.

Naquele momento, conseguiu um plácido sorriso e disse ao jornalista do vespertino:

– Oh, inventem qualquer coisa vocês mesmos. É o que costumam fazer.

O tom não foi desagradável. Conheciam-se todos uns aos outros, mais ou menos, e os críticos mais acerbos de Blomkvist não tinham aparecido naquela manhã. Um dos presentes chegara inclusivamente a trabalhar com ele, durante algum tempo. E numa festa, anos antes, quase conseguira engatar uma das jornalistas – a mulher do programa *Ela*, da TV4.

– Chegaram-lhe com força, ali dentro – disse o da *Dagens Nyheter*, claramente um jovem estagiário. – Qual é a sensação?

Apesar da gravidade da situação nem Blomkvist, nem os jornalistas mais velhos conseguiram impedir-se de sorrir. Trocou um olhar com a TV4. *Qual é a sensação?* pergunta o cretino do jornalista desportivo, espetando o microfone na cara do Atleta Ofegante sobre a linha de chegada.

— Só posso lamentar que o tribunal não tenha chegado a uma conclusão diferente — disse, um tudo-nada pomposamente.

— Três meses de prisão e cento e cinquenta mil coroas de indemnização. É bastante duro — disse *Ela*, da TV4.

— Hei-de sobreviver.

— Vai pedir desculpa ao Wennerström? Apertar-lhe a mão?

— Não me parece.

— Continuaria então a afirmar que ele é um vigarista? — *Dagens Nyheter*.

O tribunal acabava de decidir que ele difamara e caluniara o financeiro Hans-Erik Wennerström. O julgamento chegara ao fim e não tencionava recorrer. Que aconteceria se repetisse as suas acusações à porta do tribunal? Decidiu que preferia não o descobrir.

— Julguei ter boas razões para publicar a informação que me chegara às mãos. O tribunal não foi da mesma opinião e eu tenho de aceitar que o processo judicial seguiu o seu curso. Vamos discutir a sentença no conselho editorial antes de decidirmos o que fazer. Não tenho mais nada a acrescentar.

— Mas como foi que esqueceu que os jornalistas têm sempre de apoiar em provas aquilo que afirmam? — *Ela*, da TV4. A expressão era neutra, mas Blomkvist julgou detectar-lhe nos olhos uma nota de desapontado repúdio.

Os jornalistas que ali estavam, exceptuando o rapaz da *Dagens Nyheter*, eram todos veteranos na profissão. Para eles, a resposta àquela pergunta situava-se para lá do concebível. «Não tenho nada a acrescentar», repetiu ele, mas enquanto os outros aceitavam isto, a TV4 encurralou-o contra as portas do tribunal e fez as suas perguntas diante da câmara. Foi muito menos dura do que ele merecia, e houve respostas claras suficientes para satisfazer todos os que ainda restavam. A história ia aparecer nos cabeçalhos, mas Blomkvist recordou a si mesmo que não estavam ali a lidar com o acontecimento mediático do ano. Os jornalistas já tinham o que queriam e regressaram às respectivas redacções.

Ainda pôs a hipótese de ir a pé, mas estava um dia de Dezembro ventoso e frio, e já gelara o suficiente durante a entrevista. Enquanto descia as escadas do tribunal, viu William Borg apear-se do carro, onde devia ter permanecido sentado enquanto ele falava com os colegas. Os olhos dos dois encontraram-se, e Borg sorriu.

– Valeu a pena vir até aqui só para te ver com esse papel na mão.

Blomkvist não respondeu. Ele e Borg conheciam-se havia quinze anos. Tinham trabalhado juntos como estagiários na secção financeira de um matutino. Talvez fosse uma questão de química, mas logo nessa altura nascera e consolidara-se uma inimizade para toda a vida. Na opinião de Blomkvist, Borg era um jornalista de terceira categoria e um chato de primeira que aborrecia toda a gente com as suas piadas estúpidas e fazia comentários depreciativos sobre colegas mais velhos e mais experientes do que ele. Parecia detestar de uma forma especial as colegas de profissão. Tinham tido uma primeira discussão, e depois outras, e em pouco tempo o antagonismo entre os dois tornara-se uma coisa pessoal.

Ao longo dos anos, tinham-se confrontado regularmente, mas só a partir de finais dos anos noventa a coisa ganhara foros de inimizade a sério. Blomkvist publicara um livro sobre jornalismo económico em que citava largamente um certo número de artigos completamente idiotas escritos por Borg. Borg aparecia como um cretino pomposo que não sabia do que estava a falar e tecia loas a uma série de empresas ponto-com que estavam à beira de ir ao fundo. Quando, depois disto, se tinham encontrado num bar, em Söder, pouco faltara para chegarem a vias de facto. Borg deixara o jornalismo e trabalhava agora como Relações Públicas – por um salário consideravelmente mais elevado – de uma empresa que, para tornar as coisas ainda piores, pertencia à esfera de influência do industrial Hans-Erik Wennerström.

Olharam um para o outro durante um longo instante antes de Blomkvist dar meia-volta e começar a afastar-se. Era típico de Borg ir até ao tribunal só para ficar sentado no carro a rir-se dele.

O autocarro da carreira quarenta parou à frente do carro de Borg, e Blomkvist apanhou-o para sair dali. Apeou-se em Frihemsplan, ainda sem ter decidido o que fazer. Continuava a ter na mão o documento da sentença. Acabou por encaminhar os seus passos para o Kafé Anna, ao lado da entrada da garagem subterrânea da esquadra de polícia.

Meio minuto depois de ter pedido um *caffe latte* e uma sanduíche, a rádio começou a dar o noticiário da uma. A história seguiu-se à de um atentado suicida em Jerusalém e à notícia de que o governo tinha nomeado uma comissão para investigar a alegada criação de um novo cartel na indústria da construção.

O jornalista Mikael Blomkvist, da revista *Millennium*, foi hoje condenado a três meses de prisão por calúnia agravada contra o industrial Hans-Erik Wennerström. Num artigo que publicou há meses e em que denunciava o chamado caso Minos, Blomkvist acusou Wennerström de usar fundos do Estado destinados a investimento industrial na Polónia para negócios de armamento. Blomkvist foi igualmente condenado a pagar 150 mil coroas de indemnização. Numa declaração, Bertil Cammermarker, advogado de Wennerström, disse que o seu cliente estava satisfeito com a sentença. Foi um caso de difamação particularmente tempestuoso, disse.

A sentença estendia-se por 26 páginas. Expunha as razões que tinham levado o tribunal a considerar Blomkvist culpado de quinze crimes de difamação agravada contra o industrial Hans-Erik Wennerström. Cada acusação custava-lhe dez mil coroas e seis dias de prisão. E ainda havia as custas do tribunal e os honorários do advogado. Não queria sequer pensar em todas essas despesas, mas, ao mesmo tempo, não deixava de dizer para si mesmo que podia ter sido pior: o tribunal declarara-o inocente relativamente a sete outras acusações.

Enquanto lia a sentença, começou a sentir um peso e um desconforto crescentes no estômago. Aquilo surpreendeu-o. Logo no início do julgamento soubera que só um milagre o livraria da condenação, e resignara-se à inevitabilidade do resultado. Passara os dois dias de audiências estranhamente calmo, e depois aguardara durante mais 11 dias, sem qualquer agitação particular, que o tribunal concluísse as suas deliberações e produzisse o documento que naquele momento tinha nas mãos. Só agora se sentia invadido por um desconforto físico.

Quando deu uma dentada na sanduíche, o pão pareceu inchar-lhe na boca. Engoliu-o com dificuldade e afastou o prato para o lado.

Era a primeira vez que enfrentava uma acusação. O julgamento fora uma ninharia, relativamente falando. Um pequeno crime. Ao fim e ao cabo, não se tratara de um assalto à mão armada, ou de um assassínio, ou de uma violação. De um ponto de vista financeiro, no entanto, a situação era séria – a *Millennium* não era exactamente um navio-almirante do mundo dos *media*, com recursos ilimitados à sua disposição; na realidade, a revista pouco mais conseguia do que manter-se à tona –, embora também não se pudesse dizer que fosse catastrófica. O problema residia sobretudo no facto de ele, Blomkvist, ser um dos co-proprietários e, por mais que a cretinice da situação lhe saltasse agora à vista, simultaneamente colaborador e director da revista. Pagaria do seu bolso as 150 mil coroas, apesar de isso lhe levar praticamente todas as economias. A revista suportaria as custas do processo. Com cuidado e algum aperto, a coisa ia resultar.

Ponderou a hipótese de vender o apartamento, ainda que isso lhe partisse o coração. No final dos agitados anos oitenta, numa época em que tinha um emprego fixo e um ordenado simpático, pusera-se à procura de uma residência permanente. Visitara apartamentos atrás de apartamentos até descobrir um sótão com sessenta e cinco metros quadrados mesmo no fim da Bellmansgatan. O anterior proprietário estava a tratar de torná-lo habitável quando lhe tinham oferecido um emprego num empresa ponto-com no estrangeiro, e ele pudera comprá-lo muito barato.

Rejeitara os esboços do decorador de interiores original e terminara ele mesmo o trabalho. Gastara dinheiro a montar a casa de banho e a área da cozinha, mas em vez de mandar instalar um *parquet* e erguer paredes interiores para transformar o sótão no planeado apartamento de duas divisões, lixara as tábuas do soalho, pintara de branco as paredes em tosco e tapara os pedaços em pior estado com duas aguarelas de Emanuel Bernstone. O resultado era um *open space* com a área de dormir atrás de uma estante e a área de comer junto à cozinha do outro lado de um pequeno balcão. Tinha duas janelas de trapeira e uma janela de empena com vista para os telhados na direcção de Gamla Stan, a parte mais antiga de Estocolmo, e para as águas de Ridarfjärden. Ainda avistava mais uma nesga de água perto das comportas de Slussen, e o edifício da Câmara Municipal. Nunca nos tempos que corriam poderia comprar um apartamento daqueles, e desejava ardentemente poder conservá-lo.

A eventual perda do apartamento nada era, porém, em comparação com o facto de, profissionalmente, ter apanhado um valente murro nos dentes. Demoraria muito tempo a reparar os estragos... se alguma vez fosse possível repará-los. Era uma questão de confiança. No futuro previsível, qualquer editor hesitaria em publicar uma história assinada por ele. Ainda lhe restavam no ramo muitos amigos dispostos a aceitar que fora vítima da má sorte e de circunstâncias invulgares, mas nunca mais poderia permitir-se o luxo do mais pequeno erro.

O que mais lhe doía era a humilhação. Tivera todos os trunfos na mão, e perdera para um semigangster com um fato Armani. Um miserável especulador da Bolsa. Um *yuppie* com um advogado famoso que passara o julgamento inteiro a rir-se dele.

Como, em nome de Deus, fora possível as coisas darem tão para o torto?

O caso Wennerström começara com grandes promessas na cabina de um *Mällar-30* de onze metros, na véspera de S. João, um ano e meio antes. Começara por acaso, tudo porque um tipo que fora em tempos jornalista e era na altura um dos sabujos do Departamento de Relações Públicas do conselho distrital queria impressionar a nova namorada e, dando provas de uma grande dose de precipitação, alugara um *Scampi* para passar alguns dias a velejar romanticamente pelo arquipélago de Estocolmo. A namorada, recém-chegada de Hallstahammar para estudar na capital, concordara com o passeio depois de uma resistência simbólica, mas só se a irmã e o namorado da irmã também fossem. Nenhum dos membros do trio de Hallstahammar tinha qualquer experiência de vela e, infelizmente, o antigo colega de Blomkvist tinha muito mais entusiasmo do que experiência. Três dias antes da partida, telefonara-lhe, desesperado, e convencera-o a tornar-se o quinto membro da tripulação... e o único que sabia velejar.

De início, Blomkvist mostrara-se reticente, mas acabara por deixar-se convencer ao serem-lhe prometidos alguns dias de descontracção no arquipélago, com boa comida e companhia agradável. Estas promessas tinham dado em nada, e a expedição redundara num desastre maior do que ele alguma vez poderia ter imaginado. Mal acabavam de zarpar de Bullandö, percorrendo, a uns sonolentos nove nós, a bela mas não exactamente dramática rota que os levaria para norte através do estreito de Furusund, quando a namorada enjoou. A irmã começou a discutir com o namorado, e nenhum deles mostrou o mais pequeno interesse em aprender fosse o que fosse sobre a arte de velejar. Depressa ficou claro que se esperava que ele, Blomkvist, se ocupasse do barco, enquanto os outros davam conselhos de um modo geral bem-intencionados mas basicamente inúteis. Depois da primeira noite numa baía em Ängsö estava pronto para atracar em Furusund e apanhar a camioneta de regresso a casa. Só os apelos desesperados do quarteto o persuadiram a ficar.

Na manhã seguinte, por volta do meio-dia, suficientemente cedo para ainda haver alguns espaços disponíveis, atracaram ao molhe dos visitantes da pitoresca ilha de Arholma. Almoçaram juntos e estavam a acabar quando Blomkvist reparou num *Fiberglass M-30* que entrava na baía usando apenas a vela principal. O barco descreveu uma graciosa curva, enquanto o timoneiro procurava um lugar no molhe. Também Blomkvist olhou em redor e viu que o buraco entre o *Scampi* deles e um *H-boat* a estibordo era o único espaço que restava. O estreito *M-30* caberia à justa. Pôs-se de pé na popa e apontou; o sujeito do *M-30* ergueu uma mão a agradecer e manobrou em direcção ao molhe. Um navegador solitário que não ia dar-se ao incómodo de ligar o motor, notou Blomkvist. Ouviu o retinir da corrente da âncora e, segundos mais tarde, a vela foi arriada, enquanto o tripulante se movia como um gato escaldado para orientar o leme para o espaço vazio enquanto ao mesmo tempo preparava o cabo da proa.

Blomkvist trepou para a amurada e estendeu a mão para o cabo. O *M-30* fez uma última correcção de rota e deslizou suavemente pela popa do *Scampi*, deslocando-se muito devagar. Foi só quando o recém-chegado atirou o cabo a Blomkvist que se reconheceram mutuamente e sorriram, encantados.

— Eh, Robban! Porque é que não usas o motor, para não raspares a tinta a todos os barcos do porto?

— Eh, Micke! Bem me pareceu que tinhas qualquer coisa de familiar. Podes apostar que usava o motor, se tivesse conseguido pôr aquela trampa a funcionar. Finou-se há dois dias, ao largo de Rödlöga.

Trocaram um aperto de mão por cima das amuradas.

Uma eternidade antes, no colégio de Kungsholmen, nos anos setenta, Blomkvist e Robert Lindberg tinham sido amigos. Como tantas vezes acontece nestes casos, a amizade entre os dois desvanecera-se quando cada um seguira o seu caminho. Tinham-se encontrado talvez meia dúzia de vezes nas duas décadas anteriores, a última das quais havia já sete ou oito anos. Naquele momento, estudavam-se um ao outro com interesse. Lindberg tinha os cabelos emaranhados, a pele bronzeada e uma barba de duas semanas.

Blomkvist começou imediatamente a sentir-se muito melhor. Quando o tipo das Relações Públicas e a tola da namorada foram dançar à volta do mastro de S. João em frente do grande armazém do outro lado da ilha, deixou-se ficar com o seu arenque fumado e a sua *aquavit* na ponte do *M-30*, a serrar presunto com o velho colega de escola.

A dada altura, já a noite tinha caído, tendo desistido de lutar contra os famosos mosquitos de Arholma, refugiaram-se na cabina inferior, e, depois de mais uns tragos de *aquavit*, a conversa descambara para uma ociosa troca de impressões a respeito de ética no mundo empresarial. Lindberg passara do colégio para a Faculdade de Economia de Estocolmo, e daí para o ramo bancário. Blomkvist licenciara-se pela Faculdade de Jornalismo de Estocolmo e dedicara grande parte da sua vida profissional a denunciar a corrupção que grassava na banca e nos negócios. Começaram por explorar o que havia de ético em certos acordos de pára-quedas dourados dos anos noventa. Lindberg acabou por admitir que havia um ou dois filhos da mãe desonestos no mundo dos negócios. Olhou para Blomkvist com um ar subitamente sério.

— Porque é que não escreves a respeito do Hans-Erik Wennerström?

— Não sabia que havia qualquer coisa que escrever a respeito dele.

— Cava. Cava, pelo amor de Deus. O que é que sabes a respeito do programa da Agência para o Desenvolvimento Industrial?

— Bem, foi uma espécie de programa de assistência dos anos noventa para ajudar a recuperar a indústria dos antigos países do Bloco de Leste. Foi encerrado há um par de anos. Nunca me interessei pelo assunto.

— A ADI foi um projecto financiado pelo Estado e gerido por representantes de cerca de uma dúzia de grandes empresas suecas. Obteve garantias governamentais para um certo número de projectos implementados em conjunto com os governos da Polónia e dos países bálticos. A Confederação dos Sindicatos Suecos também aderiu, como garante de que o movimento operário no Leste seria reforçado e seguiria o modelo sueco. Em teoria, era um projecto de assistência baseado no princípio de ajudar os candidatos a ajudarem-se a si mesmos, e era suposto dar aos regimes do Leste uma oportunidade de reestruturarem as respectivas economias. Na prática, no entanto, significava que empresas suecas recebiam subsídios estatais para se estabelecerem como co-proprietárias de empresas em países da Europa Oriental. Aquele malfadado ministro do partido cristão era um ardoroso defensor da ADI, que ia fundar uma fábrica de papel em Cracóvia e fornecer novo equipamento para a indústria metalúrgica em Riga, construir uma cimenteira em Tallinn, e por aí fora. Os fundos seriam distribuído pela comissão da ADI, formada por uma porção de pesos pesados do mundo da banca e empresarial.

— Era então dinheiro dos impostos?

— O governo contribuía com cerca de metade, e os bancos e empresas punham o resto. Mas estava muito longe de ser uma operação idealista. Os bancos e a indústria esperavam obter bons lucros. Caso contrário, nunca se teriam dado ao incómodo.

— De quanto dinheiro estamos a falar?

— Espera aí, ouve esta. A ADI lidava sobretudo com grandes empresas suecas que queriam entrar no mercado do leste europeu. Indústrias pesadas como a ASEA Brown Boveri, a Skanska e outras no género. Por outras palavras, não era capital especulativo.

— Estás a querer dizer-me que a Skanska não faz especulação? Não foi o CEO deles que foi despedido depois de ter deixado os seus rapazes perderem quinhentos milhões em operações de Bolsa? E que dizer dos histéricos negócios imobiliários que fizeram em Londres e em Oslo?

— Claro que há idiotas em todas as empresas do mundo, mas tu sabes o que quero dizer. Pelo menos, essas empresas produzem realmente qualquer coisa. A espinha dorsal da indústria sueca, e tudo isso.

— Onde é que o Wennerström entra na fotografia?

— O Wennerström é a carta fora do baralho. Querendo com isto dizer que é um fulano que aparece vindo de parte nenhuma, que não tem qualquer espécie de historial na indústria pesada, que, em suma, não tem nada que justifique o seu envolvimento em qualquer destes projectos. Mas arrecadou uma fortuna colossal a especular na Bolsa e investiu em empresas sólidas. Entrou pela porta das traseiras, por assim dizer.

Blomkvist voltou a encher o balão de *Reimersholm*, recostou-se no sofá e tentou recordar o pouco que sabia a respeito de Wennerström. Não era muito. Nascera em Norrland, onde, nos anos setenta, fundara uma empresa de investimento. Ganhara dinheiro e mudara-se para Estocolmo, e aí a sua carreira arrancara a sério, na década seguinte. Criara o Wennerströmgruppen, abrindo escritórios em Londres e Nova Iorque, e a empresa começara a aparecer referida nos mesmos artigos que a Beijer. Negociava em títulos e opções, gostava de negócios rápidos e emergira na imprensa social como mais um dos muitos multimilionários suecos, com uma residência citadina em Strandvägen, uma fabulosa *villa* de férias na ilha de Värmdö e um iate a motor de vinte e cinco metros comprado a uma ex-estrela do ténis que se arruinara. Era um contador de feijões, naturalmente, mas os anos oitenta tinham sido a década dos contadores de feijões e dos especuladores imobiliários, e Wennerström não se destacara significativamente do fundo geral. Pelo contrário, continuara a ser, entre os seus pares, um pouco o homem que se mantém na sombra. Faltava-lhe a espalhafatosa ostentação de Jan Stenbeck e não aparecia dia sim, dia não nas páginas dos tablóides, como Percy Barnevik. A dada altura, dissera adeus aos negócios imobiliários e começara a fazer investimentos maciços no Bloco de Leste. Quando a bolha rebentara, nos anos noventa, e, uns atrás dos outros, os grandes gestores se tinham visto forçados a recorrer aos respectivos pára-quedas dourados, a empresa de Wennerström saíra da tormenta notavelmente ilesa. «Uma história de sucesso sueca», como lhe chamara o *Financial Times*.

— Foi em mil novecentos e noventa e dois — disse Lindberg. — O Wennerström entrou em contacto com a ADI e disse-lhes que queria fundos. Apresentou um plano, aparentemente apoiado por interesses na Polónia, que visava criar uma indústria de produção de embalagens para produtos alimentares.

— Uma indústria de enlatados, queres tu dizer.

— Não exactamente, mas qualquer coisa nessa linha. Não faço ideia de quem conhecia ele na ADI, mas o certo é que saiu de lá com sessenta milhões de coroas.

— Isto começa a ser interessante. Deixa-me adivinhar: nunca mais ninguém voltou a ver o dinheiro.

— Errado. — Lindberg sorriu maliciosamente antes de se fortificar com mais uns golos de *aquavit*. — O que aconteceu a seguir é um clássico de contabilidade criativa. Wennerström criou efectivamente uma fábrica de embalagens na Polónia, em Lodz. A empresa chamava-se Minos. A ADI recebeu meia dúzia de relatórios entusiasmados durante mil novecentos e noventa e três. A partir daí, foi o silêncio. Em mil novecentos e noventa e quatro, sem que nada o anunciasse, a Minos afundou-se.

Lindberg pousou o balão vazio em cima da mesa, com uma enfática pancada.

– O problema com a ADI era não ter um verdadeiro sistema instalado para acompanhar os projectos. Lembras-te desses tempos: toda a gente tão optimista com a queda do Muro de Berlim. A democracia ia ser instaurada, a ameaça da guerra nuclear desaparecera e os bolcheviques iam transformar-se da noite para o dia em pequenos capitalistas iguais aos outros. O governo fazia questão de estabelecer a democracia no Leste custasse o que custasse, e não havia capitalista que não quisesse juntar-se à festa e ajudar a construir uma nova Europa.

– Não sabia que os capitalistas estavam tão ansiosos por envolverem-se em acções de caridade.

– Podes crer, era o sonho húmido de qualquer capitalista. A Rússia e a Europa de Leste são talvez os maiores mercados ainda inexplorados do mundo, depois da China. A indústria não teve problemas em dar a mão ao governo, sobretudo porque só se pedia às empresas que entrassem com um investimento simbólico. No todo, a ADI engoliu trinta mil milhões de coroas de dinheiro dos contribuintes. Que seriam supostamente recuperados em lucros futuros. Formalmente, a ADI era uma iniciativa do governo, mas a influência da indústria acabou por ser tão grande que, na prática, a comissão gestora funcionava independentemente.

– Onde é que está a história no meio de tudo isso?

– Um pouco de paciência, por favor. Quando o projecto começou, não havia problemas de financiamento. A Suécia ainda não tinha sido atingida pelo choque das taxas de juro. O governo estava muito feliz por poder apresentar a ADI como um dos maiores esforços suecos para promover a democracia no Leste.

– E tudo isso aconteceu com o governo conservador?

– Não mistures a política nisto. Tem tudo que ver com dinheiro, e não faz a mínima diferença se foram os sociais-democratas ou os moderados a nomear os ministros. Portanto, para a frente e em força. Surgiram então os problemas com as taxas de câmbio, e depois disso uns quantos Novos Democratas malucos... lembras-te deles?... começaram a queixar-se de que ninguém controlava o que a ADI andava a fazer. Um dos palhaços deles tinha confundido a ADI com a

Autoridade Sueca para o Desenvolvimento Internacional e convenceu-se de que era tudo mais um raio de um programa de caridade como o da Tanzânia. Na Primavera de mil novecentos e noventa e quatro, foi nomeada uma comissão para investigar. Na altura, havia preocupações a respeito de vários projectos, mas um dos primeiros a ser investigado foi a Minos.

— E o Wennerström não pôde mostrar onde tinha aplicado o dinheiro.

— Nada disso. Produziu um excelente relatório que demonstrava que tinham sido investidos na Minos cerca de cinquenta e quatro milhões de coroas. Acontecia, porém, que os problemas administrativos no que restava da Polónia eram demasiados e demasiado complicados para que uma moderna indústria de embalagens pudesse funcionar. Na prática, a fábrica fora encerrada pela concorrência de um projecto alemão semelhante. Os alemães estavam a esforçar-se o mais que podiam por comprar todo o ex-Bloco de Leste.

— Disseste que ele tinha recebido sessenta milhões de coroas.

— Exacto. O dinheiro funcionava como um empréstimo sem juros. A ideia era, claro, que a empresa reembolsaria uma parte ao longo de um certo número de anos. Mas a Minos afundara-se e o Wennerström não tinha a culpa. As garantias do governo foram accionadas e ele foi indemnizado. Não só não teve de devolver o dinheiro perdido quando a Minos fechou, como ainda pôde provar que tinha perdido uma soma equivalente do seu próprio dinheiro.

— Deixa-me ver se compreendi bem. O governo forneceu milhões de coroas do dinheiro dos contribuintes, e diplomatas para abrir portas. As indústrias pegaram no dinheiro e usaram-no para investir em *joint-ventures* das quais mais tarde colheriam largos dividendos. Por outras palavras, a história do costume.

— És um cínico. Os empréstimos eram supostos ser pagos ao Estado.

— Disseste que eram isentos de juros. O que significa que os contribuintes ganharam coisa nenhuma por terem avançado com a massa. O Wennerström recebeu sessenta milhões e investiu cinquenta e quatro. Que aconteceu aos outros seis milhões?

— Quando se tornou evidente que o projecto da ADI ia ser investigado, o Wennerström mandou um cheque de seis milhões, pela diferença. E com isto o assunto ficou arrumado, pelo menos legalmente.

— Parece que o Wennerström sacou algum dinheiro à ADI. Mas em comparação com os quinhentos milhões que levaram sumiço da Skanska, ou o pára-quedas dourado do CEO da ABB, de mais de um milhão de coroas... que deixou muita gente muito perturbada... parece não haver grande coisa a respeito de que escrever — disse Blomkvist. — Os leitores actuais estão fartos de histórias sobre especuladores incompetentes, mesmo quando desbaratam fundos públicos. Não há mais nada para contar?

— Há. Mais e melhor.

— Como é que sabes tanta coisa a respeito dos negócios do Wennerström na Polónia?

— Na altura, trabalhava no Handelsbank. Adivinha quem escreveu o relatório para o representante do banco na ADI?

— Ah-ah! Diz-me mais.

— Bem, a ADI recebeu o relatório do Wennerström. Havia documentos. O saldo do financiamento tinha sido pago. Aquela devolução de seis milhões foi um golpe de mestre.

— Vamos ao essencial.

— Mas, meu caro Blomkvist, isto é o essencial. A ADI ficou satisfeita com o relatório do Wennerström. Era um investimento que tinha dado para o torto, mas não havia críticas quanto à forma como tinha sido gerido. Examinámos facturas, e transferências, e toda a papelada. Tudo meticulosamente justificado. Eu acreditei. A ADI acreditou, e o governo não tinha nada a dizer.

— Onde é que está o gato?

— É aqui que a história começa a tornar-se complicada — disse Lindberg, que parecia estar surpreendentemente sóbrio. — E uma vez que tu és jornalista, tudo isto é estritamente *off the record*.

— Deixa-te disso. Não podes contar-me todas essas coisas e depois dizer que não posso usá-las.

— Claro que posso. Tudo o que te disse até agora é do domínio público. Podes até consultar o relatório, se quiseres. Sobre o resto da história... o que ainda não te contei... poderás escrever o que te apetecer, mas terás de referir-me como a tua fonte anónima.

— Está bem, mas «off the record», na terminologia corrente, significa que me foi feita confidencialmente uma revelação sobre a qual não posso escrever.

— Que se lixe a terminologia. Escreve o que te der na gana, mas eu sou a tua fonte anónima. Estamos de acordo?

— Claro — disse Blomkvist.

Em retrospectiva, foi um erro.

— Muito bem, então. A história da Minos aconteceu há mais de dez anos, logo depois de o Muro ter caído e os bolcheviques terem começado a portar-se como capitalistas decentes. Eu fui uma das pessoas que investigaram o Wennerström, e desde o princípio achei que havia na história dele qualquer coisa que não batia certo.

— Porque não o disseste quando rubricaste o relatório?

— Discuti o assunto com o meu chefe. Mas o problema era que não havia nada em que pôr o dedo. Os documentos estavam todos *okay* e eu não podia fazer outra coisa senão rubricar o relatório. Sempre que vejo o nome do Wennerström na imprensa, desde essa altura, lembro-me da Minos, até porque, alguns anos mais tarde, em meados da década de noventa, o meu banco fez alguns negócios com ele. Negócios chorudos, por sinal, e não correram da melhor maneira.

— Ele enganou-os?

— Não, não iria tão longe. Ambas as partes ganharam dinheiro. Foi mais... não sei exactamente como explicá-lo, e agora estou a falar do meu patrão, e não quero fazê-lo. Mas a impressão com que fiquei... a impressão geral e duradoura, como se costuma dizer... não foi positiva. A imprensa apresenta o Wennerström como uma espécie de formidável oráculo financeiro. E ele aproveita-se disso. É o seu «capital de confiança».

— Sei o que queres dizer.

— A minha impressão foi de que o sujeito era só garganta. Nem sequer era particularmente brilhante como financeiro. Na realidade, achei-o totalmente ignorante em certas matérias, apesar de ter meia dúzia de tipos espertos a aconselhá-lo. Mas, sobretudo, não gostei dele como pessoa. – E depois?

– Aqui há uns anos, estive na Polónia para tratar de outros assuntos. O nosso grupo tinha um jantar com uns investidores, em Lódz, e eu dei por mim na mesma mesa que o presidente da Câmara. Falámos a respeito da dificuldade de voltar a pôr a economia polaca a funcionar, e, já não sei a que propósito, referi o projecto Minos. Por um instante, o presidente da Câmara fez um ar muito espantado... como se nunca tivesse ouvido falar de semelhante coisa. E então disse-me que era uma fabriqueta miserável que dera em nada. Riu-se e acrescentou... e estou a citá-lo textualmente... que se aquilo era o melhor que os nossos investidores conseguiam fazer, então a Suécia não tinha grande futuro. Estás a seguir-me?

– O presidente da Câmara de Lódz é obviamente um homem perspicaz. Mas continua.

– No dia seguinte, tinha uma reunião de manhã, mas estava livre durante o resto do dia. Só por curiosidade, fui dar uma vista de olhos à antiga fábrica Minos, numa pequena povoação dos arredores de Lódz. A gigantesca fábrica Minos era pouco mais do que um barracão, um armazém com telhado de chapa ondulada que o Exército Vermelho construíra nos anos cinquenta. Descobri um guarda que falava um pouco de alemão e fiquei a saber que um dos primos dele trabalhara na Minos e morava ali perto. Fomos falar com ele. O guarda serviu de intérprete. Estás interessado em ouvir o que tinha para contar?

– Mal posso esperar.

– A Minos abriu no Outono de mil novecentos e noventa e dois. Tinha no máximo quinze trabalhadores, na sua maioria velhas, que ganhavam cerca de cento e cinquenta coroas por mês. Ao princípio não havia máquinas, de modo que a mão-de-obra entretinha o tempo a fazer limpezas. No início de Outubro chegaram de Portugal três máquinas para cortar e montar caixas de cartão, velhas e totalmente obsoletas. Vendidas como sucata, não valeriam mais de uns poucos milhares de coroas. As máquinas funcionavam, mas estavam sempre a avariar. Naturalmente, não havia peças sobressalentes, pelo que a Minos era afectada por paragens constantes.

— Começa a parecer uma história — disse Blomkvist. — O que era que produziam na Minos?

— Durante mil novecentos e noventa e dois e metade de mil novecentos e noventa e três, produziram simples caixas de cartão, embalagens para ovos e coisas assim. Depois, começaram a fazer sacos de papel. Mas a fábrica nunca tinha matéria-prima suficiente, de modo que nunca houve produção que se visse.

— Não soa nada a um grande investimento.

— Fiz umas contas. O valor total das rendas há-de ter andado à volta das quinze mil coroas, por dois anos. Os salários ascenderam, no máximo, a cento e cinquenta mil coroas... e estou a ser generoso. O custo das máquinas e as despesas de transporte... um camião para entregar as embalagens para ovos... estamos a falar de mais duzentos e cinquenta mil coroas. Soma o custo das autorizações, qualquer coisa para deslocações... aparentemente, foi alguém daqui visitar a fábrica um par de vezes... Diria que, tudo junto, não chegou a um milhão. Um belo dia, no Verão de mil novecentos e noventa e três, o capataz chegou à fábrica e anunciou que tinha fechado, e pouco tempo depois apareceu um camião húngaro para levar as máquinas. Adeus, Minos.

Durante o julgamento, Blomkvist recordara muitas vezes aquela véspera de S. João. O tom da conversa fora, de um modo geral, de tagarelice amistosa, exactamente como nos tempos do colégio. Adolescentes, tinham partilhado os fardos comuns a essa fase da vida. Adultos, eram na realidade estranhos, pessoas completamente diferentes. Ao longo da conversa pensara que não conseguia verdadeiramente lembrar-se do que fora que os tornara tão amigos. Recordava Lindberg como um rapaz reservado, incrivelmente tímido com as raparigas. Como adulto, era um bem-sucedido... bem, trepador no mundo da banca.

Era muito raro beber mais do que a conta, mas aquele encontro casual transformara uma viagem desastrosa numa noite agradável. E porque a conversa tinha tantos ecos dos tempos do colégio, ao princípio não levara muito a sério a história de Lindberg a respeito de Wennerström. Pouco a pouco, porém, os seus instintos profissionais foram despertando, e às tantas estava a ouvir com muita atenção, e as objecções lógicas vieram à superfície.

– Espera um pouco – pediu. – O Wennerström é um nome de topo entre os especuladores do mercado. Ganhou milhares de milhões de coroas, não foi?

– O Grupo Wennerström tem activos de cerca de duzentos mil milhões de coroas. Vais perguntar porque haveria um tipo com tanta massa de dar-se ao incómodo de roubar uns miseráveis cinquenta milhões.

– Bem, punhamos as coisas desta maneira: porque arriscaria ele o seu bom nome e o da empresa numa fraude tão evidente?

– Não era assim tão evidente, uma vez que a comissão da ADI, os banqueiros, o governo e os auditores do Parlamento aprovaram as contas dele sem um único voto contra.

– Continua a ser uma soma ridiculamente pequena para um risco tão grande.

– Com certeza. Mas pensa nisto: o Grupo Wennerström é uma empresa de investimento que negoceia em tudo o que pague dividendos a curto prazo... terrenos, títulos, opções, divisas estrangeiras... e não digo mais. O Wennerström contactou a ADI em mil novecentos e noventa e dois, quando o mercado estava prestes a ir a pique. Lembras-te do Outono de mil novecentos e noventa e dois?

– Se me lembro! Tinha uma hipoteca de taxa variável sobre o meu apartamento quando o banco central aumentou a taxa de referência quinhentos por cento, em Outubro: fiquei a pagar dezanove por cento ao ano.

– Foi um ano e tanto – admitiu Lindberg. – Eu próprio perdi uma pipa de massa. E o digníssimo Hans-Erik Wennerström... como todos os outros operadores do mercado... enfrentava o mesmo problema. A empresa tinha milhares de milhões de coroas empatadas em papéis de todos os tipos, mas muito pouco em dinheiro vivo. De repente, tinham deixado de poder pedir aos bancos toda a massa que quisessem. O que se faz habitualmente numa situação destas é vender alguns bens e lamber as feridas, mas, em mil novecentos e noventa e dois, ninguém queria comprar terrenos nem casas.

— Problemas de *cash-flow*.
— Nem mais. E o Wennerström não era o único. Todos os homens de negócios...
— Não digas homens de negócios. Chama-lhes o que quiseres, mas chamar-lhes homens de negócios é insultar uma profissão honrosa.
— Muito bem, todos os especuladores tinham problemas de *cash--flow*. Vê a coisa desta maneira: o Wennerström conseguiu sessenta milhões de coroas. Devolveu seis milhões, mas só ao cabo de três anos. Os custos reais da Minos não chegaram a um milhão. Só os juros de sessenta milhões durante três anos já representam uma boa maquia. Dependendo de como investiu o dinheiro da ADI, pode tê--lo duplicado, ou até multiplicado por dez. Já não estamos a falar de trocos, pois não? À tua!

CAPÍTULO 2

SEXTA-FEIRA, 20 DE DEZEMBRO

DRAGAN ARMANSKIJ tinha cinquenta e seis anos e nascera na Croácia. O pai era um judeu arménio da Bielorrússia, a mãe uma muçulmana bósnia de ascendência grega. Fora ela que se encarregara de criá-lo e educá-lo, o que significava que, como adulto, fora incluído nesse vasto e heterogéneo grupo definido pelos *media* como «muçulmanos». Os serviços de imigração suecos tinham-no registado, curiosamente, como sérvio. O passaporte de que era titular confirmava-o como cidadão sueco, e a fotografia que constava desse passaporte mostrava uma cara para o quadrado, queixo forte, barba rala e têmporas grisalhas. Era frequentemente referido como «O Árabe», apesar de não lhe correr nas veias uma única gota de sangue árabe.

Parecia um pouco o estereotípico *boss* de um filme de *gangsters* americano, mas era na realidade um talentoso director financeiro que começara a sua carreira como contabilista-júnior da Milton Security, no início dos anos setenta. Três décadas mais tarde chegara a director executivo e director de operações da empresa.

O mundo da segurança fascinava-o. Era como os jogos de guerra – identificar ameaças, desenvolver contra-estratégias e manter-se sempre um passo à frente dos espiões industriais, dos chantagistas e dos ladrões. Tudo começara para ele quando descobrira como um cliente fora ludibriado através do recurso à contabilidade criativa. Conseguira provar quem, num grupo de doze pessoas, estava por detrás do golpe. Fora promovido, desempenhara um papel-chave no desenvolvimento da empresa e era especialista em fraude financeira. Quinze anos mais tarde tornara-se director executivo. E transformara a Milton Security numa das mais competentes e prestigiadas empresas de segurança de toda a Suécia.

A empresa tinha 380 empregados a tempo inteiro e mais 300 *freelancers*. Era pequena, em comparação com a Falck ou a Svensk Bevakningstjänst. Quando Armanskij lá começara a trabalhar, chamava-se Sociedade de Segurança Geral Johan Fredrik Milton AB, e tinha uma lista de clientes composta por centros comercias que precisavam de vigilantes e guardas musculosos. Sob a sua liderança, tornara-se a mundialmente reconhecida Milton Security e investira em tecnologia de ponta. Os guardas-nocturnos no ocaso da vida, os fetichistas do uniforme e os estudantes universitários que faziam uns biscates tinham sido substituídos por pessoal dotado de reais competências profissionais. Armanskij contratara ex-polícias de meia-idade como chefes de operações, cientistas políticos especializados em terrorismo internacional e peritos em protecção pessoal e espionagem industrial. Sobretudo, contratara os melhores técnicos de telecomunicações e peritos em tecnologia da informação. A empresa mudara-se de Solna para novas e modernas instalações em Slussen, no coração de Estocolmo.

No início dos anos noventa, a Milton Security estava equipada para oferecer um novo nível de segurança a um grupo selecto de clientes, essencialmente empresas de média dimensão e particulares endinheirados – novos-ricos do mundo do espectáculo, especuladores bolsistas e malabaristas das ponto-com. Uma parte da actividade da empresa consistia em providenciar protecção pessoal e soluções de segurança a firmas suecas no estrangeiro, especialmente no Médio Oriente. Esta área de negócio representava agora 70% das receitas. Com Armanskij, o volume de negócios subira de 40 milhões de coroas anuais para quase dois mil milhões. Vender segurança era um ramo extremamente lucrativo.

As operações distribuíam-se por três áreas principais: *consultoria de segurança*, que consistia em identificar ameaças concebíveis ou imagináveis; *medidas preventivas*, que habitualmente envolviam a instalação de câmaras de segurança, alarmes contra fogo e roubo, dispositivos de fecho electrónicos e sistemas de TI; e *protecção pessoal* para indivíduos privados ou empresas. Este último mercado tinha crescido 4 mil por cento em dez anos. Recentemente, começara a definir-se um novo grupo: mulheres ricas que procuravam protecção contra antigos namorados, ou ex-maridos, ou admiradores demasiado entusiastas. Além disso, a Milton Security tinha acordos de cooperação com empresas similares bem cotadas nos Estados Unidos e na Europa. Encarregava-se igualmente de garantir a protecção de muitos visitantes estrangeiros, incluindo uma artista americana que ia passar dois meses a rodar um filme em Trollhättan. O agente que a representava considerava que o seu estatuto de estrela exigia a presença de guarda-costas a acompanhá-la sempre que dava um dos seus raros passeios perto do hotel.

Uma quarta área, consideravelmente mais pequena e que ocupava apenas meia dúzia de empregados, era a chamada IP, ou In.P, no jargão interno *impes*, abreviatura de *investigações pessoais*.

Armanskij não gostava desta parte do negócio. Era problemática e menos lucrativa. Exigia muito mais da capacidade de avaliação e da experiência dos empregados do que do conhecimento da tecnologia de telecomunicações ou da instalação de sistemas de segurança. As investigações pessoais eram aceitáveis quando se tratava de informações de crédito, da verificação de antecedentes visando uma contratação ou de investigar suspeitas de que um funcionário passava informação sobre a empresa para o exterior ou estava envolvido em actividades criminosas. Nesses casos, as *impes* faziam parte integrante da actividade operacional. Mas, muitas vezes, os clientes corporativos traziam consigo problemas particulares que tinham tendência para criar uma indesejada agitação. *Quero saber com que espécie de malandro a minha filha anda envolvida... Penso que a minha mulher me é infiel... O sujeito é boa pessoa, mas anda metido com más companhias... Estou a ser vítima de chantagem...* A resposta de Armanskij era, na maior parte dos casos, um rotundo não. Se a filha era adulta, tinha todo o direito de envolver-se com os malandros que quisesse, e, para ele, a infidelidade conjugal era uma questão que marido e mulher deviam resolver entre si. Todas essas investigações escondiam armadilhas que podiam conduzir a escândalos e criar problemas legais à Milton Security. Por isso, Dragan Armanskij exercia um controlo estrito sobre estes trabalhos, apesar da escassa receita que proporcionavam.

◈

O tema da manhã era precisamente uma investigação pessoal. Armanskij endireitou o vinco das calças antes de se recostar na sua confortável cadeira. Olhou desconfiado para a sua colaboradora Lisbeth Salander, trinta e dois anos mais nova do que ele. Pensou, pela milésima vez, que ninguém parecia mais deslocado do que ela numa prestigiada empresa de segurança. Era uma desconfiança simultaneamente pensada e irracional. Considerava-a, sem qualquer margem para dúvida, a investigadora mais competente que conhecera desde que estava naquele negócio. Durante os quatro anos que trabalhara para ele, nunca, nem uma única vez, falhara uma missão ou apresentara um relatório medíocre.

Pelo contrário, os relatórios dela situavam-se numa categoria à parte. Armanskij estava convencido de que a rapariga possuía um dom único. Qualquer pessoa era capaz de obter informações de crédito ou consultar os registos da polícia. Mas Salander tinha imaginação, e aparecia sempre com qualquer coisa diferente do que se esperava. Como o fazia, era algo que nunca conseguira compreender. Por vezes, pensava que a habilidade dela para recolher informações era pura magia. Conhecia os arquivos burocráticos por dentro e por fora. Acima de tudo, tinha a capacidade de pôr-se na pele da pessoa que estivesse a investigar. Se havia lixo a desenterrar, ia direita a ele como um míssil de cruzeiro.

Sim, tinha sem dúvida o dom.

Os relatórios dela podiam ser catastróficos para o indivíduo que tivesse tido a pouca sorte de ser apanhado pelo seu radar. Armanskij nunca esqueceria aquela vez em que lhe atribuíra uma investigação de rotina sobre um técnico da indústria farmacêutica, antes da realização de uma fusão entre empresas. O trabalho deveria ficar concluído numa semana, mas fora-se arrastando. Ao cabo de quatro semanas de silêncio e várias chamadas de atenção, que ela ignorara, Salander apresentara um relatório em que documentava que o indivíduo em questão era um pedófilo. Por duas vezes, pagara para ter relações sexuais com uma prostituta de 13 anos, em Tallinn, e havia indicações de que dava mostras de um interesse muito pouco saudável pela filha da mulher com quem de momento vivia.

Salander tinha hábitos que frequentemente levavam Armanskij à beira do desespero. No caso do pedófilo, não pegara no telefone para falar com ele, nem o procurara no gabinete para uma conversa particular. Não, sem dar a entender por uma palavra que fosse que o relatório podia conter material explosivo, pusera-lho em cima da secretária certa tarde, precisamente quando ele se preparava para sair. Só o lera naquela noite, enquanto descontraía diante da televisão e a partilhar uma garrafa de vinho com a mulher, na *villa* do casal em Lidingö.

O relatório era, como sempre, cientificamente preciso, com notas de rodapé, citações e referência às fontes. As primeiras páginas expunham os antecedentes, habilitações académicas, carreira profissional e situação financeira do investigado. Na página 24, Salander largava a bomba a respeito das viagens a Tallinn, no mesmo tom seco que usava para comunicar que o homem vivia em Sollentuna e conduzia um *Volvo* azul. Referia documentação num exaustivo apêndice, incluindo fotografias da rapariga de 13 anos na companhia do sujeito. As fotos tinham sido tiradas no corredor de um hotel, e o homem tinha a mão enfiada por baixo da camisola da rapariga. Salander descobrira a jovem em questão, que aceitara fazer um depoimento gravado.

O relatório criara precisamente o tipo de caos que Armanskij pretendia evitar. Primeiro, engolira dois dos comprimidos que o médico lhe receitara para a úlcera. Em seguida, telefonara ao cliente para marcar uma sombria reunião de emergência. Finalmente – apesar da veemente oposição do cliente – fora obrigado a entregar o material à polícia. O que significava que a Milton Security corria o risco de ver--se arrastada para uma emaranhada teia legal. Se as provas de Salander não pudessem ser comprovadas ou se o homem fosse ilibado, a empresa arriscava um processo de difamação. Um autêntico pesadelo.

Não era, no entanto, a desconcertante ausência de envolvimento emocional de Lisbeth Salander que mais o perturbava. A imagem da Milton era de estabilidade conservadora. Salander encaixava tão bem nesta imagem como um búfalo num concurso de beleza. A investigadora-estrela de Armanskij era uma jovem pálida e anoréctica de cabelos ultracurtos e que usava *piercings* no nariz e nas sobrancelhas. Tinha uma vespa com dois centímetros de comprimento tatuada no pescoço, um cordão tatuado à volta do bíceps do braço esquerdo e outro à volta do tornozelo esquerdo. Nas ocasiões em que usava uma blusa sem mangas, via-se-lhe uma outra tatuagem: um grande dragão, na omoplata direita. Era uma ruiva natural, mas pintava o cabelo de preto asa de corvo. Parecia acabada de sair de um fim-de-semana de orgia com um bando de motoqueiros da pesada.

Não sofria, na realidade, de qualquer espécie de desordem alimentar, disso tinha Armanskij a certeza. Pelo contrário, parecia alimentar-se de *pizza* e *hamburgers*. Pura e simplesmente, nascera magra, com ossos finos que a faziam parecer juvenil e frágil, com mãos pequenas, pulsos estreitos e seios de menina. Tinha 24 anos, mas, por vezes, parecia ter 14.

A boca era grande, o nariz pequeno, e as maçãs do rosto, muito altas, davam-lhe um ar quase asiático. Os movimentos eram rápidos e aracnídeos e, quando trabalhava no computador, os dedos dela voavam sobre o teclado. A magreza extrema teria tornado impossível uma carreira como modelo, mas, com a maquilhagem certa, o rosto não destoaria num cartaz em qualquer parte do mundo. Por vezes, usava *bâton* preto e, apesar das tatuagens e dos *piercings* era... bem... atraente. De uma maneira totalmente incompreensível.

O facto de trabalhar para Armanskij era em si mesmo espantoso. Não era nada o género de mulher com quem ele normalmente entraria em contacto.

Fora contratada como uma espécie de faz-tudo. Holger Palmgren, um advogado semi-reformado que tratava dos assuntos pessoais do velho J. F. Milton, falara-lhe daquela Lisbeth Salander, uma jovem esperta com «um irritante problema de atitude». Pedira-lhe que lhe desse uma oportunidade e Armanskij tinha, contra o que a razão lhe aconselhava, prometido fazê-lo. Palmgren era uma dessas pessoas para quem um «não» só serve de encorajamento para redobrar os esforços, de modo que era muito mais fácil começar logo por dizer «sim». Armanskij sabia que Palmgren se dedicava a ajudar jovens perturbados e outros inadaptados sociais, mas era um bom juiz de caracteres.

Lamentara a decisão de contratar a rapariga no instante em que a vira. Não parecia apenas perturbada – aos olhos dele, era a quintessência da perturbação. Abandonara os estudos e não tinha qualquer espécie de educação superior.

Nos primeiros meses, Lisbeth trabalhara a tempo inteiro. Bem, quase a tempo inteiro. Aparecia no escritório, de vez em quando. Fazia café, ia aos correios e encarregava-se das fotocópias, mas horários de trabalho convencionais e rotinas de serviço eram anátema para ela. Por outro lado, tinha um talento especial para irritar os outros empregados. Passara a ser conhecida como «a rapariga que tinha dois neurónios» – um para respirar e outro para manter-se de pé. Nunca falava a respeito de si mesma. Os colegas que tentavam meter conversa raramente obtinham resposta e não tardavam a desistir. A atitude dela não encorajava a confiança nem a amizade, e depressa se tornou uma estranha que andava pelos corredores da Milton como um gato vadio. Era de um modo geral considerada um caso perdido.

Ao cabo de um mês de problemas constantes, Armanskij mandara-a chamar, disposto a desembaraçar-se dela. Lisbeth ouvira-o desfiar o catálogo dos crimes que cometera sem uma objecção e sem sequer erguer uma sobrancelha. Não tinha «a atitude certa», concluíra ele, e preparava-se para lhe dizer que provavelmente seria boa ideia procurar emprego noutra empresa que pudesse fazer melhor uso das suas competências quando, finalmente, ela o interrompera.

– Se o que procura é um lacaio para o escritório, a agência de emprego temporário arranja-lhe montes deles. Mas eu sou capaz de lidar com qualquer trabalho que me confie, e se não tem nada melhor em que utilizar os meus serviços do que a distribuir correio, é porque é um idiota.

Armanskij ficara a olhar de boca aberta, aturdido e furioso, e ela prosseguira, impávida.

– Tem aqui um tipo que passou três semanas a escrever um relatório completamente inútil a respeito do *yuppie* que os sujeitos da tal ponto-com estão a pensar contratar. Fotocopiei a trampa que ele escreveu ontem à noite, e estou a vê-la agora em cima da sua secretária.

Armanskij olhara para o relatório e, uma vez na vida, erguera a voz:

— Não devia ter lido um relatório confidencial.

— Aparentemente, não, mas as rotinas de segurança desta tasca deixam muito a desejar. De acordo com a sua directiva devia ter sido ele a fazer as fotocópias, mas enfiou-me a papelada nas mãos antes de sair para o bar, ontem à tarde. E, a propósito, encontrei o outro relatório dele, o anterior, na cantina.

— Encontrou o *quê*?

— Calma, guardei-o no cofre dele.

Armanskij estava horrorizado.

— Ele deu-lhe o segredo do cofre?

— Não exactamente. Escreveu-o num pedaço de papel que escondeu debaixo do mata-borrão da secretária, juntamente com a *password* do computador. Mas a questão é que o seu detective privado de pacotilha fez uma investigação pessoal que não vale um chavo. Deixou passar o facto de o tipo ter dívidas de jogo de há anos e snifar cocaína como um aspirador. E de a namorada ter tido de procurar ajuda num centro de auxílio às mulheres depois de ele lhe ter dado uma sova de todo o tamanho.

Durante alguns minutos, Armanskij voltara em silêncio as páginas do relatório. Estava competentemente organizado, escrito numa linguagem clara, com referência às fontes e depoimentos de amigos e conhecidos do investigado. Finalmente, erguera os olhos e dissera:

— Prove-o.

— Quanto tempo tenho?

— Três dias. Se não conseguir provar as suas alegações até sexta-feira à tarde, está despedida.

Três dias mais tarde, ela entregara-lhe um relatório que, com base em fontes tão exaustivamente referenciadas como o primeiro, transformava o jovem e simpático *yuppie* num filho da mãe irresponsável. Armanskij lera-o durante o fim-de-semana, várias vezes, e passara parte do dia de segunda-feira a verificar, sem grande entusiasmo, algumas das afirmações dela. Já sabia, ainda antes de começar, que se revelariam exactas.

Ficara estupefacto, e também zangado consigo mesmo por tê-la subestimado tão grosseiramente. Tomara-a por estúpida, senão mesmo atrasada mental. Nunca esperara que uma rapariga que faltara a tantas aulas que não acabara o secundário fosse capaz de escrever um relatório tão gramaticalmente correcto. E que, ainda por cima, continha observações e informações tão pormenorizadas. Não conseguia pura e simplesmente compreender onde fora ela buscar os factos.

Não imaginava mais ninguém na Milton Security a copiar excertos do diário confidencial de uma médica de um centro de auxílio às mulheres. Quando lhe perguntara como o conseguira, ela respondera que não fazia a mínima tenção de queimar as suas fontes. Tornara-se claro que Lisbeth não ia discutir os seus métodos de trabalho, com ele ou com quem quer que fosse. O facto perturbava-o... mas não o suficiente para resistir à tentação de pô-la à prova.

Pensara no assunto durante vários dias. Lembrara-se do que Holger Palmgren tinha dito quando lha enviara: «Toda a gente merece uma oportunidade.» Pensara na sua própria educação muçulmana, que lhe ensinara ser seu dever para com Deus ajudar os marginalizados. Claro que não acreditava em Deus e não punha os pés numa mesquita desde a adolescência, mas reconhecia em Lisbeth Salander uma pessoa precisada de uma ajuda resoluta. Não tinha feito grande coisa por esse lado, nas últimas décadas.

Em vez de despedi-la, chamara-a para uma reunião durante a qual tentara perceber como funcionava a complicada rapariga. Confirmara a sua impressão de que sofria os efeitos de um grave problema emocional, mas também descobrira que, por detrás daquela fachada de carrancuda agressividade, havia uma inteligência invulgar. Achara-a rebarbativa e irritante, mas, para sua grande surpresa, começara a gostar dela.

Ao longo dos meses que se seguiram, tomara-a sob a sua protecção. Na realidade, encarava-a como um pequeno projecto social. Confiava-lhe missões relativamente simples e tentava dar-lhe algumas directivas sobre como proceder. Ela ouvia-o pacientemente, e depois fazia o trabalho como melhor lhe parecia. Armanskij pedira ao director técnico da Milton que desse à sua protegida um curso básico sobre tecnologias de informação. No fim de uma tarde com ela, o director técnico comunicara a Armanskij que Lisbeth Salander parecia saber mais de computadores do que a maior parte dos outros membros do pessoal.

Não obstante, porém, as conversas sobre progressão na carreira, as ofertas de formação interna e outras várias formas de incentivo, tornara-se evidente que Lisbeth não tinha a mínima intenção de adaptar-se às rotinas do escritório. O que deixava Armanskij numa situação delicada.

Nunca toleraria que qualquer outro empregado entrasse e saísse como lhe dava na gana e, em circunstâncias normais, ter-lhe-ia exigido que mudasse de sistema ou se fosse embora. Mas tinha o pressentimento de que se lhe apresentasse um ultimato ou ameaçasse despedi-la, ela encolheria os ombros e sairia porta fora.

Um problema ainda mais grave era o facto de não conseguir ter a certeza dos seus sentimentos em relação à jovem. Lisbeth era como uma comichão, irritante e ao mesmo tempo tentadora. Não era atracção sexual, ou pelo menos ele não achava que fosse. As mulheres por que geralmente se sentia atraído eram louras e curvilíneas, com lábios cheios que lhe despertavam as fantasias. Além disso, estava casado havia vinte anos com uma finlandesa chamada Ritva que ainda satisfazia mais do que amplamente esses requisitos. Nunca lhe fora infiel... bem, acontecera uma coisa, só uma vez, e talvez a mulher não fosse capaz de compreender, se soubesse. Mas tinha um casamento feliz, e duas filhas da idade de Lisbeth. Fosse como fosse, não estava interessado em raparigas escanzeladas e de peito liso que, à distância, pudessem ser facilmente confundidas com rapazes escanzelados. Não era o estilo dele. Mesmo assim, dera várias vezes por si a devanear muito pouco apropriadamente a respeito de Lisbeth Salander, e reconhecia que não era totalmente indiferente à presença dela. Uma atracção, estava convencido, que tinha tudo que ver com o facto de Lisbeth ser, a seus olhos, uma criatura tão absolutamente estranha.

Era como apaixonar-se por um quadro de uma ninfa, ou uma ânfora grega. Lisbeth representava uma vida que, para ele, não era real, que o fascinava apesar de não poder partilhá-la – e, fosse como fosse, ela proibia-o de partilhá-la.

Certa tarde, estava sentado na esplanada de um café na Stortorget, em Gamla Stan, quando ela aparecera e fora ocupar uma mesa a pouca distância. Estava com três raparigas e um rapaz, todos eles vestidos mais ou menos da mesma maneira. Armanskij observara-a com interesse. Parecia tão reservada como no emprego, mas quase sorrira ao ouvir a história contada por uma das amigas, uma rapariga com cabelos cor de púrpura.

Por vezes, perguntava a si mesmo como reagiria ela se um dia ele aparecesse no escritório com os cabelos pintados de verde, *jeans* desbotados e um blusão de couro cheio de pinturas e tachas. Provavelmente, limitar-se-ia a sorrir.

Estava de costas para ele e não se voltara uma única vez. Obviamente, não o tinha visto. Armanskij sentira-se estranhamente perturbado pela presença dela. Quando, por fim, se pusera de pé para sair dali sem ser notado, ela voltara de súbito a cabeça e olhara-o directamente nos olhos, como se sempre tivesse sabido que estava ali e o tivesse apanhado no seu radar. O olhar fora tão inesperado que ele o sentira como um ataque e, fingindo não a ter visto, batera apressadamente em retirada. Ela não dissera nada, mas seguira-o com os olhos, e só depois de ter dobrado a esquina, Armanskij deixara de senti-los queimarem-lhe a nuca.

Lisbeth raramente ria. Mas, com o passar do tempo, Armanskij julgara notar um certo amaciamento da atitude dela. Tinha um sentido de humor seco, para dizer o menos, que, por vezes, lhe encurvava os lábios num sorriso torcido, irónico.

Armanskij sentia-se tão provocado pela falta de resposta emocional dela que, por vezes, apetecia-lhe agarrá-la pelos ombros e sacudi-la. Abrir caminho à força até ao interior daquela concha e conquistar-lhe a amizade, ou ao menos o respeito.

Só uma vez, quando Lisbeth já trabalhava para ele havia nove meses, tentara discutir estes sentimentos com ela. Fora durante a festa de Natal da Milton Security, num fim de tarde de Dezembro, e, por uma vez sem exemplo, ele não estava perfeitamente sóbrio. Não acontecera nada de menos próprio – tentara apenas dizer-lhe que até gostava dela. Quisera sobretudo explicar-lhe que se sentia movido, quase que por instinto, a protegê-la, e que se alguma vez precisasse de ajuda, não hesitasse em procurá-lo. Tentara até abraçá-la. Tudo num espírito de amizade, claro.

Ela libertara-se do desajeitado abraço e abandonara a festa. Depois disso, deixara de aparecer no escritório ou de atender o telemóvel. Aquela ausência fora como uma tortura, uma espécie de castigo pessoal. Não tinha ninguém com quem falar dos seus sentimentos e, pela primeira vez, apercebera-se, com assustadora clareza, do aniquilador poder que Lisbeth Salander exercia sobre ele.

Três semanas depois, numa tarde em que ficara a trabalhar no escritório para rever as contas do fecho do ano, Lisbeth voltara. Entrara no gabinete silenciosa como um fantasma, e, de repente, Armanskij tomara consciência da presença dela na penumbra junto à porta, a observá-lo. Não fazia ideia de havia quanto tempo ali estava.

– Quer um café? – perguntara ela, e estendera-lhe uma chávena. Ele aceitara sem uma palavra, sentindo uma mistura de alívio e horror quando ela fechara a porta com um pé, fora sentar-se do outro lado da secretária, em frente dele, e o olhou directamente nos olhos. E então fizera a pergunta de uma maneira que não admitia brincadeiras nem evasivas.

– Dragan, sente-se atraído por mim?

Armanskij ficara como que paralisado, enquanto procurava desesperadamente uma resposta. O seu primeiro impulso fora fingir-se ofendido. Então vira a expressão dela e ocorrera-lhe que aquela era a primeira vez que a ouvia abordar uma questão pessoal. Aquilo era sério, e se ele tentasse levar a coisa para a brincadeira, ela tomá-lo-ia como uma afronta. Lisbeth queria falar com ele, e Armanskij perguntara a si mesmo quanto tempo teria ela levado a reunir coragem suficiente para fazer a pergunta. Pousara a caneta, devagar, e recostara-se na cadeira. Finalmente, descontraíra.

— O que é que te leva a pensar que sim? — perguntara por sua vez.

— A maneira como olha para mim, e a maneira como não olha para mim. E as vezes que estendeu a mão para me tocar e não chegou a fazê-lo.

Ele sorrira-lhe.

— Tive medo que ma arrancasses com uma dentada, se te tocasse com um dedo.

Ela não sorrira. Estava à espera.

— Lisbeth, sou o teu patrão, e mesmo que me sentisse atraído por ti, nunca deixaria que as coisas fossem mais longe.

Ela continuara à espera.

— Aqui entre nós, sim... houve momentos em que me senti atraído por ti. Não consigo explicá-lo, mas as coisas são o que são. Por qualquer motivo que não chego verdadeiramente a compreender, gosto muito de ti. Mas não é uma coisa física.

— Ainda bem. Porque nunca vai acontecer.

Armanskij rira-se. A primeira vez que ela dizia uma coisa pessoal, e tinha de ser a coisa mais descoroçoante que qualquer homem podia imaginar ouvir. Esforçara-se por encontrar as palavras certas.

— Lisbeth, compreendo que não estejas interessada num velho de cinquenta e tal anos.

— Não estou interessada num velho de cinquenta e tal anos *que é o meu chefe.* — Erguera uma mão. — Espere, deixe-me falar. Por vezes é estúpido e insuportavelmente burocrático, mas a verdade é que é um homem atraente, e... também eu sinto... Mas é o meu chefe e eu conheço a sua mulher e quero conservar o meu emprego e a coisa mais idiota que poderia fazer seria envolver-me consigo.

Armanskij nada dissera, mal se atrevendo a respirar.

— Tenho consciência do que fez por mim, e não sou ingrata. Reconheço que soube ultrapassar os seus preconceitos e dar-me uma oportunidade. Mas não o quero como amante, e não é meu pai.

Passado alguns instantes, Armanskij deixara escapar um desanimado suspiro.

— O que é, exactamente, que queres de mim?

— Quero continuar a trabalhar para si. Se estiver de acordo.

Ele assentira, e então respondera o mais honestamente que pudera.

– Quero muito que continues a trabalhar para mim. Mas também quero que sintas um pouco de amizade por mim, e que confies em mim.

Ela assentira.

– Não és uma pessoa que encoraje amizades – dissera ele. Lisbeth parecia ter voltado a meter-se na concha, mas ele prosseguira. – Compreendo que não queiras interferências na tua vida, e tentarei não o fazer. Mas posso continuar a gostar de ti?

Ela ficara a pensar nisto durante um longo momento. Então respondera levantando-se da cadeira, contornando a secretária e abraçando-o. Ele ficara em choque. Só quando ela se afastara conseguira pegar-lhe na mão.

– Podemos ser amigos?

Ela assentira com a cabeça, mais uma vez.

Fora a única ocasião em que tivera um gesto de ternura, e fora a única vez que lhe tocara. Era um momento que Armanskij guardava no coração.

Passados quatro anos, Lisbeth continuava a não revelar o mais pequeno pormenor a respeito da sua vida privada ou do seu passado. A dada altura, Armanskij resolvera recorrer aos seus próprios conhecimentos da arte da investigação pessoal. Tivera, além disso, uma longa conversa com Holger Palmgren – que não parecera surpreendido ao vê-lo aparecer – e o que acabara por descobrir não contribuíra para aumentar a confiança que depositava nela. Nunca lhe dissera uma palavra a este respeito nem lhe dera a entender que andara a espiolhar-lhe a vida. Em vez disso, escondera a sua preocupação e aumentara a vigilância.

Antes que aquela estranha tarde chegasse ao fim, Armanskij e Salander tinham chegado a um acordo. De futuro, ela faria trabalhos de investigação para ele como *freelancer*. Receberia uma pequena avença mensal quer trabalhasse ou não. Ganharia o dinheiro a sério quando fosse paga à tarefa. Trabalharia como quisesses; em contrapartida, comprometia-se a nunca fazer fosse o que fosse que pudesse embaraçá-lo a ele ou envolver a Milton Security em qualquer espécie de escândalo.

Na opinião de Armanskij, era uma solução que considerava vantajosa para ele, para a empresa e para a própria Lisbeth. Reduzia o incómodo Departamento de Investigação Pessoal a um único funcionário a tempo inteiro, um colega mais velho que tratava perfeitamente dos trabalhos de rotina e fazia verificações de crédito. Os casos complicados ou sensíveis eram confiados a Salander e a meia dúzia de outros *freelancers* que, em última análise, eram operadores independentes em relação aos quais a Milton Security não tinha qualquer responsabilidade. Uma vez que ele recorria regularmente aos serviços dela, Lisbeth ganhava um bom salário. Que poderia ser bem mais elevado, não se desse o caso de só trabalhar quando lhe apetecia.

Armanskij aceitava-a tal como ela era, mas não a deixava conhecer os clientes. O caso daquele dia era uma excepção.

Lisbeth Salander apareceu no escritório vestindo uma *T-shirt* preta com a imagem do ET com grandes dentes pontiagudos e as palavras «Eu também sou um alienígena», uma saia preta de bainha esfiapada, um velho casaco de couro a três quartos, cinto com tachas, umas pesadas botas Doc Marten e meias às riscas horizontais verdes e vermelhas até ao joelho. Usara, para se maquilhar, uma combinação de cores indicadora de que talvez fosse daltónica. Por outras palavras, estava excepcionalmente produzida.

Armanskij suspirou e desviou o olhar para o visitante, conservadoramente vestido e com óculos de lentes grossas. Dirch Frode, advogado, insistira em conhecer pessoalmente e ter a possibilidade de fazer perguntas à pessoa que redigira o relatório. Armanskij fizera tudo o que decentemente pudera fazer para evitar o encontro, dizendo que Salander estava constipada, estava fora ou ocupada com montes de outros trabalhos. O advogado respondera calmamente que não tinha importância: o assunto não era urgente e podia sem problemas aguardar alguns dias. Até que não houvera outro remédio senão juntar os dois. Naquele momento, Frode, que parecia ter sessenta e muitos anos, olhava para Lisbeth Salander com evidente fascínio. Lisbeth devolvia-lhe o olhar com uma expressão que não denotava a mais pequena cordialidade.

Armanskij suspirou e olhou mais uma vez para a pasta que ela lhe deixara em cima da secretária, rotulada CARL MIKAEL BLOMKVIST. Ao nome seguia-se um número da Segurança Social, nitidamente impresso na cartolina. Leu o nome em voz alta. Herr Frode saiu do seu estado de mesmerização e voltou-se para ele.

— Que pode então dizer-me a respeito de Mikael Blomkvist? — perguntou.

— Temos connosco a menina Salander, que preparou o relatório. — Armanskij hesitou um segundo, e então prosseguiu com um sorriso que tinha a intenção de gerar confiança, mas que saiu desesperadamente embaraçado. — Não se deixe iludir pela juventude dela. É, sem contestação, a nossa melhor investigadora.

— Estou convencido disso — disse Frode num tom seco que sugeria precisamente o contrário. — Diga-me o que descobriu.

Era evidente que Frode não fazia a mínima ideia de como interagir com Salander, pelo que recorreu ao expediente de dirigir as suas perguntas a Armanskij, como se ela não estivesse presente. Lisbeth fez um balão com a pastilha que estava a mastigar e, antes que Armanskij pudesse responder, disse:

— Importa-se de perguntar ao cliente se prefere a versão integral ou a versão resumida?

Houve um breve e embaraçado silêncio antes que Frode se voltasse finalmente para Lisbeth e tentasse reparar os estragos adoptando um tom amistoso, paternal.

— Ficaria grato se a menina me fizesse um resumo verbal dos resultados.

Por um instante, a expressão dela foi tão surpreendentemente hostil que Frode sentiu um arrepio gelado subir-lhe pela espinha. Então, com igual rapidez, suavizou-se, e o advogado perguntou a si mesmo se imaginara aquele olhar. Quando Lisbeth começou a falar, parecia uma funcionária pública.

— Permita que comece por dizer que não foi um trabalho muito complicado, excluindo o facto de a descrição da tarefa em si ter sido um tanto vaga. Queria saber «tudo o que fosse possível descobrir» a respeito dele, mas não indicou se havia alguma coisa em particular que desejava saber. Por esse motivo, o resultado é uma espécie de *potpourri* da vida do investigado. O relatório tem cento e noventa e três páginas, mas cento e vinte são cópias de artigos que ele escreveu ou recortes de imprensa. Mikael Blomkvist é uma figura pública com poucos segredos e muito pouco a esconder.

— Mas tem alguns segredos? — interrompeu-a Frode.

— Toda a gente tem segredos — respondeu ela, num tom neutro.
— É apenas uma questão de descobrir quais são.

— Ouçamos.

— Mikael Blomkvist nasceu a dezoito de Janeiro de mil novecentos e sessenta, o que significa que tem quarenta e três anos. Nasceu em Borlänge, mas nunca lá viveu. Os pais, Kurt e Anita Blomkvist, tinham cerca de trinta e cinco anos quando ele nasceu. Já morreram ambos. O pai era instalador de máquinas e viajava bastante. A mãe, tanto quanto consegui saber, nunca foi outra coisa senão doméstica. A família mudou-se para Estocolmo quando o Mikael entrou para a escola. Mikael tem uma irmã três anos mais nova, chamada Annika, que é advogada. Tem também alguns primos, de ambos os sexos. Estava a planear servir café?

A pergunta fora dirigida a Armanskij, que se apressou a encher três chávenas do termo que mandara vir da cantina antes da reunião. Fez sinal a Lisbeth para continuar.

— Em mil novecentos e sessenta e seis, a família vivia em Lilla Essingen. Blomkvist estudou primeiro em Blomma, e depois numa escola secundária em Kungsholmen. Terminou o curso com notas decentes… há cópias no *dossier*. Durante os anos do secundário, estudou música e tocou baixo numa banda de *rock* chamada Bootstrap, que chegou a produzir um *single* que foi passado na rádio no Verão de mil novecentos e setenta e nove. Depois do secundário, trabalhou como cobrador no metro, poupou algum dinheiro e viajou pelo estrangeiro. Esteve fora um ano, a vadiar sobretudo pela Ásia: Índia,

Tailândia, com uma passagem pela Austrália. Começou a estudar para jornalista em Estocolmo, quando tinha vinte e um anos, mas interrompeu os estudos no final do primeiro ano para cumprir o serviço militar como atirador em Liruna, na Lapónia. Era uma unidade tipo machista, e ele conseguiu boas notas. Depois do serviço militar, completou a licenciatura em jornalismo e, desde então, tem trabalhado na área. Até onde quer que leve o pormenor?

— Diga-me o que considerar ser importante.

— Parece-se um pouco com o Prático de *Os Três Porquinhos*. Até agora, tem sido um excelente jornalista. Nos anos oitenta, teve uma porção de empregos temporários, primeiro na imprensa regional, depois em Estocolmo. Há uma lista. A grande oportunidade surgiu com a história do Gangue dos Irmãos Metralha... os assaltantes de bancos que identificou.

— O Super Blomkvist.

— Odeia a alcunha, o que é compreensível. Se alguém me chamasse Pipi das Meias Altas num jornal ficava de certeza com um olho negro.

Lançou um olhar duro a Armanskij, que engoliu em seco. Por mais de uma vez pensara em Lisbeth precisamente como Pipi das Meias Altas. Voltou a fazer-lhe sinal para continuar.

— Uma das fontes garantiu-me que, até à altura, ele quisera ser repórter criminal... e fez um estágio nessa área num jornal vespertino. Mas tornou-se conhecido pelo seu trabalho como jornalista político e económico. Foi essencialmente um *freelance*, com um emprego a tempo inteiro num jornal vespertino, em finais dos anos oitenta. Saiu em mil novecentos e noventa para ajudar a fundar a revista *Millennium*. A revista começou como uma verdadeira *outsider*, sem o apoio de qualquer das grandes agências de publicidade. As tiragens foram crescendo e hoje situam-se em vinte e um mil exemplares por mês. A sede editorial é na Götgatan, a poucos quarteirões de distância daqui.

— Uma revista de esquerda.

— Depende de como define o conceito de «esquerda». A *Millennium* é de um modo geral vista como crítica da sociedade, mas calculo que os anarquistas a considerem uma revista da treta burguesa na linha da *Artena* ou da *Ordfront*, enquanto a Associação dos Estudantes Moderados provavelmente pensa que os editores são todos bolcheviques. Não há nada que indique que o Blomkvist tenha alguma vez sido politicamente activo, mesmo nos tempos da vaga de esquerda, quando frequentava o secundário. Enquanto fazia o curso de jornalismo, viveu com uma rapariga que, na altura, participava activamente no movimento sindicalista e hoje é deputada pelo Partido da Esquerda. Aparentemente, ganhou o rótulo de esquerda sobretudo por, como jornalista económico, se ter especializado na denúncia da corrupção e dos negócios duvidosos no mundo empresarial. Fez alguns retratos individuais verdadeiramente devastadores de vários capitães da indústria e políticos... na sua maioria mais do que merecidos... e esteve na origem de um certo número de demissões e de processos legais. O caso mais conhecido foi o Arboga, que resultou na demissão forçada de um político conservador e na condenação a um ano de prisão de um ex-conselheiro, por peculato. Chamar a atenção para crimes dificilmente pode ser visto como uma indicação de que alguém é de esquerda.

— Compreendo o que quer dizer. Que mais?

— Escreveu dois livros. Um sobre o caso Arboga, outro a respeito do jornalismo económico intitulado *Os Cavaleiros do Templo*, que saiu há três anos. Não o li, mas, a julgar pelas críticas, parece ter sido controverso. Provocou uma porção de debates nos *media*.

— Dinheiro? — perguntou Frode.

— Não é rico, mas também não passa fome. As declarações de IRS estão apensas ao relatório. Tem cerca de duzentas e cinquenta mil coroas no banco, num fundo de reforma e numa conta-poupança. Tem uma conta à ordem com cerca de cem mil coroas que usa para o dia a dia, despesas gerais, viagens e isso. É proprietário de um apartamento, livre de encargos... sessenta e cinco metros quadrados na Bellmansgatan... e não tem empréstimos nem dívidas. Tem um outro activo... uma propriedade em Sandhamn, no arquipélago. Uma pequena cabana de praia com vinte e cinco metros quadrados mobilada como casa de Verão e à beira-mar, na melhor zona da aldeia. Aparentemente, um tio comprou-a nos anos quarenta, quando essas coisas ainda estavam ao alcance dos vulgares mortais, e a casa acabou por ir parar-lhe às mãos. Dividiram as coisas de modo que a irmã ficou com o apartamento dos pais, em Lilla Essingen, e ele com a cabana. Não faço ideia de quanto poderá valer hoje... com certeza alguns milhões... mas, por outro lado, o Blomkvist não parece interessado em vender, e vai até lá com bastante frequência.

— Rendimentos?

— É co-proprietário da *Millennium*, mas só levanta cerca de doze mil coroas mensais como ordenado. Ganha o resto com os seus trabalhos como *freelancer*... o total varia. Teve um pico aqui há três anos, quando ganhou quatrocentos e cinquenta mil. O ano passado, não conseguiu mais de cento e vinte mil.

— Vai ter de pagar cento e cinquenta mil de indemnização, além das custas e dos honorários do advogado – disse Frode. – Podemos assumir que o total será elevado. Além disso, vai perder dinheiro enquanto estiver preso.

— O que significa que vai ficar nas lonas – disse Lisbeth.

— É honesto?

— É o seu capital de confiança, por assim dizer. A imagem que tem é a de guardião da moral e dos bons costumes por oposição ao mundo dos negócios, e é convidado com alguma frequência para fazer comentários na televisão.

— Provavelmente, não restará muito desse capital depois da sentença de hoje – comentou Frode.

— Não presumo saber que exigências são feitas a um jornalista, mas depois deste desaire é provável que passe muito tempo antes que o Grande Detective Blomkvist ganhe o Grande Prémio de Jornalismo – disse Lisbeth. – Se me é permitido um comentário pessoal...

Armanskij esbugalhou os olhos. Nunca, durante todos os anos que trabalhara para ele, Lisbeth Salander fizera um único comentário pessoal sobre uma investigação. Os factos reduzidos ao osso eram a única coisa que lhe interessava.

— Não fazia parte da minha tarefa debruçar-me sobre a matéria de facto no caso Wennerström, mas acompanhei o julgamento e tenho de admitir que fiquei baralhada. Tudo aquilo parecia fabricado, e é totalmente... incaracterístico de Mikael Blomkvist publicar uma coisa tão pouco consistente.

Lisbeth coçou o pescoço. Frode esperou, paciente. Armanskij perguntou a si mesmo se estaria enganado ou se Lisbeth não sabia verdadeiramente como continuar. A Lisbeth que ele conhecia nunca se mostrava insegura ou hesitante. Finalmente, ela pareceu decidir-se.

— Muito *off the record*, por assim dizer... Não estudei a fundo o caso Wennerström, mas estou convencida de que o Mikael Blomkvist foi tramado. Estou convencida de que há em toda esta história algo muito diferente daquilo que a sentença do tribunal dá a entender.

O advogado perscrutava o rosto de Salander, e Armanskij reparou que, pela primeira vez desde o início da conversa, o cliente dava mostras de uma atenção que era mais do que simples cortesia. Tomou mentalmente nota de que havia qualquer coisa no caso Wennerström que interessava a Frode. Ou mais exactamente, corrigiu-se de imediato, o interesse de Frode não tinha que ver directamente com o caso Wennerström: só reagira quando Salander sugerira que Blomkvist tinha sido vítima de uma conjura.

— Que quer dizer com isso? — perguntou Frode.

— É apenas especulação da minha parte, mas estou convencida de que alguém lhe passou uma rasteira.

— E que a leva a pensar semelhante coisa?

— Tudo no passado do Blomkvist indica que é um jornalista muito cuidadoso. Todas as revelações controversas que publicou até agora estavam impecavelmente documentadas. Fui ao tribunal um dia e ouvi. Deu-me a impressão de ter desistido sem luta. O que não está nada de acordo com o carácter dele. A dar crédito ao tribunal, inventou uma história a respeito do Wennerström sem a mais pequena ponta de prova e publicou-a como se fosse uma espécie de *kamikaze* jornalístico. Não é, pura e simplesmente, o estilo dele.

— Que julga então que aconteceu?

— Só posso especular. O Blomkvist acreditou na história, mas aconteceu qualquer coisa pelo caminho e a informação veio a revelar-se falsa. Isto significa que a fonte era alguém em quem ele confiava, ou que alguém lhe forneceu de propósito informações falsas... o que parece inverosimilmente rebuscado. A alternativa é ter sido sujeito a uma ameaça tão grave que atirou a toalha e preferiu ser visto como um idiota incompetente a lutar. Mas, como disse, estou apenas a especular.

Quando Lisbeth fez menção de prosseguir, Frode ergueu uma mão. Ficou silencioso por um instante, a tamborilar com os dedos no braço da cadeira, antes de, hesitantemente, voltar-se de novo para ela.

— Se decidíssemos contratá-la para investigar o caso Wennerström... quais seriam as possibilidades de descobrir alguma coisa?

— Não posso responder a isso. Pode não haver nada para descobrir.

— Mas estaria disposta a tentar?

Ela encolheu os ombros.

— Não me cabe a mim decidir. Trabalho para Herr Armanskij, e é ele quem decide que trabalhos quer que me sejam atribuídos. E depois, depende de que espécie de informação anda à procura.

— Deixe-me pôr a questão da seguinte maneira... e parto do princípio de que estamos a falar em estrita confidência? — Armanskij assentiu. — Não sei nada a respeito desta situação em particular, mas sei sem a mínima sombra de dúvida que, noutras situações, Wennerström agiu de uma forma desonesta. O caso Wennerström afectou gravemente a vida de Mikael Blomkvist, e eu estou interessado em saber se há alguma substância nas suas especulações.

A conversa dera uma volta inesperada, e Armanskij ficou instantaneamente alerta. O que Frode estava a pedir era que a Milton Security se envolvesse num caso que já tinha sido julgado. Um caso em que possivelmente houvera um qualquer tipo de ameaça contra o tal Blomkvist e em que, se aceitassem a missão, havia uma alta probabilidade de risco de entrarem em conflito com o exército de advogados ao serviço de Wennerström. Não se sentia minimamente confortável com a ideia de deixar Lisbeth Salander à solta numa situação daquelas, como um míssil de cruzeiro descontrolado.

E as reservas dele não tinham que ver unicamente com a empresa. Lisbeth deixara bem claro que não queria que ele se comportasse como uma espécie de padrasto-galinha e, desde o acordo, ele tivera o cuidado de observar esta regra, mas a verdade era que nunca deixaria de se preocupar com ela. Por vezes, dava por si a compará-la com as filhas.

Considerava-se um bom pai, que não interferia desnecessariamente nas vidas delas. Mas sabia que nunca toleraria que as filhas se comportassem como Lisbeth, ou fizessem o género de vida que ela fazia.

No fundo do seu coração croata – ou talvez bósnio ou arménio –, nunca conseguira desembaraçar-se da convicção de que a vida de Lisbeth Salander se encaminhava inexoravelmente para o desastre. Ela parecia ser a vítima perfeita para alguém que quisesse fazer-lhe mal, e vivia no pavor da manhã em que seria acordado pela notícia de que lhe acontecera qualquer coisa.

– Uma investigação desse tipo pode tornar-se muito cara – disse, lançando o aviso como que a sondar a seriedade das intenções de Frode.

– Nesse caso, estabeleceremos um tecto – respondeu Frode. – Não peço o impossível, mas é evidente que a sua colaboradora é, tal como me garantiu, extremamente competente.

– Lisbeth? – Armanskij voltou-se para ela, com uma sobrancelha arqueada.

– Não estou a trabalhar em mais nada, de momento.

– Muito bem. Mas insisto em que nos ponhamos de acordo quanto aos limites da missão. Ouçamos o resto do relatório.

– Não há muito mais, além da vida privada do investigado. Casou com Monica Abrahamsson em mil novecentos e oitenta e seis e, nesse mesmo ano, tiveram uma filha, Pernilla. O casamento não durou; divorciaram-se em mil novecentos e noventa e um. Monica Abrahamsson voltou a casar, mas os dois parecem ter continuado amigos. A filha vive com a mãe e não vê o pai com grande frequência.

Frode pediu mais café, e então voltou-se para Salander.

– Disse que toda a gente tem segredos. Descobriu algum?

– Queria dizer que toda a gente tem coisas que considera privadas e não quer que andem por aí a ser discutidas em público. O Blomkvist tem obviamente muita saída com as mulheres. Teve vários casos amorosos e um grande número de aventuras inconsequentes. Mas uma determinada pessoa aparece repetidamente na vida dele ao longo dos anos, e aqui estamos a falar de uma relação invulgar.

– Em que sentido?

— Erika Berger, directora editorial da *Millennium*; menina da alta sociedade, mãe sueca, pai belga residente na Suécia. Ela e o Blomkvist conheceram-se na Faculdade de Jornalismo e têm mantido um caso intermitente desde então.

— Não me parece assim tão invulgar — disse Frode.

— Talvez não seja. Mas a Berger está casada com o artista Greger Beckman, uma celebridade menor que fez uma porção de coisas horríveis em espaços públicos.

— Por outras palavras, ela é-lhe infiel.

— O Beckman tem conhecimento do que se passa. É uma situação aparentemente aceite por todas as partes envolvidas. Umas vezes, ela dorme em casa do Blomkvist, outras na sua própria casa. Não sei exactamente como funciona, mas é provável que tenha contribuído para o fim do casamento do Blomkvist e da Monica Abrahamsson.

CAPÍTULO 3

SEXTA-FEIRA, 20 DE DEZEMBRO – SÁBADO, 21 DE DEZEMBRO

ERIKA BERGER arqueou as sobrancelhas quando Mikael Blomkvist, visivelmente enregelado, entrou na redacção. A *Millennium* tinha as suas instalações na parte mais chique da Götgatan, por cima das da Greenpeace. A renda era, para dizer a verdade, um pouco puxada para a revista, mas tinham decidido conservar o espaço.

Consultou o relógio. Cinco e dez, e havia muito que a noite descera sobre Estocolmo. Esperara vê-lo aparecer por volta da hora do almoço.

– Peço desculpa – disse ele, antes que ela pudesse comentar fosse o que fosse. – Estava a sentir o peso da sentença e não me apetecia falar. Fui dar uma volta, para pensar.

– Soube da sentença pela rádio. Telefonaram do *Ela*, da TV4. Queriam um comentário.

– Que lhes disseste?

– Qualquer coisa na linha de ires estudar atentamente a sentença antes de emitires qualquer comentário. Ou seja, nada. E a minha opinião mantém-se: é a estratégia errada. Estamos a dar uma imagem de fraqueza nos *media*. A televisão vai de certeza passar qualquer coisa a respeito do assunto, esta noite.

Mikael fez um ar sombrio.

– Como te sentes agora?

Ele encolheu os ombros e deixou-se cair no seu cadeirão de braços preferido, ao lado da janela do gabinete de Erika. A decoração era espartana, com uma secretária e estantes funcionais, e mobiliário barato. Tudo comprado na IKEA, exceptuando os dois confortáveis e extravagantes cadeirões e uma pequena mesa de café – uma concessão à maneira como fui criada, costumava ela dizer. Sentava-se a ler num daqueles cadeirões, com os pés escondidos debaixo do corpo, quando queria fugir da secretária. Mikael olhou para a Götgatan, lá em baixo, cheia de pessoas que passavam apressadamente. A loucura das compras de Natal atacava em força.

– Suponho que acabará por passar – disse ele. – Mas, de momento, sinto-me como se tivesse apanhado uma valente sova.

– Sim, imagino. Todos nós sentimos o mesmo. O Janne Dahlman até foi para casa mais cedo.

– Calculo que não tenha ficado delirante com a sentença.

– Não é exactamente a pessoa mais positiva que conheço, mesmo nos seus melhores momentos.

Mikael abanou a cabeça. Dahlman era, havia nove meses, chefe de redacção da revista. Começara a trabalhar com eles precisamente na altura em que o caso Wennerström estava a arrancar, e fora cair no meio de uma redacção em crise. Tentou recordar qual fora o raciocínio quando ele e Erika tinham decidido contratá-lo. Era competente, claro, e trabalhara na agência noticiosa TT, nos jornais e na rádio. Mas, aparentemente, não gostava de navegar contra o vento. Por mais de uma vez, ao longo do último ano, Blomkvist se arrependera de ter contratado alguém que tinha o irritante hábito de ver tudo à pior luz possível.

– Sabes alguma coisa do Christer? – perguntou, sem tirar os olhos da rua.

Christer Malm era o director artístico e *designer* da *Millennium*. E era também um dos co-proprietários, juntamente com Erika e Mikael, mas andava em viagem pelo estrangeiro, com o namorado.

– Telefonou a dizer olá.

– Vai ter de ser ele a assumir o meu lugar.

– Deixa-te disso, Micke. Sabes muito bem que como director de uma revista tens de levar uns murros no nariz de vez em quando. São ossos do ofício.

– Tens razão, quanto a isso. Mas fui eu que escrevi o artigo que foi publicado pela revista da qual acontece ser também director. O que faz com que, de repente, tudo pareça diferente. Passa a ser uma questão de erro de julgamento.

Erika sentiu que a inquietação que a agitara durante todo o dia estava prestes a extravasar. Nas semanas anteriores ao início do julgamento, Mikael andara como que uma nuvem negra suspensa sobre a cabeça. Mas nunca o vira tão sombrio e abatido como naquele momento, na hora da derrota. Contornou a secretária e foi sentar-se no colo dele, passando-lhe os braços pelo pescoço.

— Mikael, ouve o que te digo. Ambos sabemos exactamente como aconteceu. Sou tão responsável como tu. Temos pura e simplesmente de enfrentar a tempestade.

— Não há tempestade nenhuma a enfrentar. No que respeita aos *media*, a sentença significa que levei um tiro na nuca. Não posso continuar como director da *Millennium*. O mais importante de tudo é manter a credibilidade da revista, estancar a hemorragia. Sabes isso tão bem como eu.

— Se pensas que vou deixar-te ficar com as culpas sozinho, é porque não aprendeste nada a meu respeito durante estes anos que trabalhámos juntos.

— Eu sei como tu funcionas, Ricky. És cem por cento leal aos teus colegas. Se fosses tu a escolher, continuarias a luta contra os advogados do Wennerström até a tua credibilidade ter ido também pelo cano. Não podemos cair nessa.

— E achas inteligente saltar do barco e dar a impressão de que fui eu que corri contigo?

— A sobrevivência da *Millennium* depende agora de ti. O Christer é um excelente rapaz, mas não passa de um tipo simpático que percebe de imagens e de paginação, e não faz a mínima ideia do que é andar ao estalo com milionários. Não é a área dele. Eu vou ter de desaparecer durante uns tempos, como director, jornalista e membro da administração. O Wennerström sabe que eu sei o que ele fez, e tenho a certeza de que, enquanto eu estiver perto da *Millennium*, vai fazer tudo o que puder para arruinar-nos.

— Nesse caso, porque não publicar tudo o que sabemos? Perdidos por cem, perdidos por mil.

— Porque não podemos provar coisa alguma, e, neste momento, eu não tenho ponta de credibilidade. Aceitemos que o Wennerström venceu este assalto.

— *Okay*, eu despeço-te. E o que é que tu vais fazer?

— A verdade é que estou a precisar de uma pausa. Neste momento, sinto-me esgotado. Vou tirar algum tempo para mim, parte dele na prisão. Depois se vê.

Erika apertou a cabeça dele contra o peito. Ficaram silenciosos durante alguns instantes.

— Queres companhia, esta noite? — perguntou.

Mikael assentiu.

— Óptimo. Já avisei o Greger de que esta noite durmo em tua casa.

A única iluminação no quarto era a que vinha da rua, através da janela de esquina. Quando Erika adormeceu, já depois das duas da manhã, Mikael ficou acordado a olhar para ela, na penumbra. Tinha as mantas pela cintura e ele via-lhe o lento subir e descer dos seios, ao ritmo da respiração. Estava relaxado, e o nó de ansiedade que se lhe formara no estômago desfizera-se. Erika tinha aquele efeito nele. Sempre tivera. E ele sabia que tinha o mesmo efeito nela.

Vinte anos, pensou. Era o tempo que aquilo já durava. E, no que lhe dizia respeito, podiam continuar a dormir juntos por mais duas décadas, pelo menos. Nunca tinham verdadeiramente tentado esconder a relação entre os dois, mesmo quando isso levava a situações embaraçosas no contacto com terceiros.

Tinham-se conhecido numa festa, quando andavam os dois no segundo ano de jornalismo. Antes de se despedirem, tinham trocado números de telefone. Ambos sabiam que iam acabar juntos na cama, e menos de uma semana depois tinham concretizado esta convicção sem dizerem nada aos respectivos parceiros.

Mikael tivera, desde o início, a certeza de que aquele não era o tipo de amor antiquado que leva a uma casa partilhada, uma hipoteca partilhada, árvores de Natal e filhos. Durante os anos oitenta, quando nenhum dos dois estava ligado a outros compromissos, costumavam falar de alugar um apartamento. Ele teria gostado, mas Erika recuava sempre no último instante. Não ia resultar, dizia, arriscavam-se a perder tudo o que tinham se se apaixonassem. Mikael perguntava muitas vezes a si mesmo se seria possível sentir-se mais sexualmente atraído por qualquer outra mulher. O facto era que funcionavam muito bem juntos, e tinham uma relação tão viciante como a heroína.

Por vezes, estavam tanto tempo um com o outro que era quase como se fossem um verdadeiro casal; outras, chegavam a passar semanas, ou meses, sem se verem. Mas, tal como os alcoólicos são atraídos para o balcão do bar depois de um período de abstinência, acabavam sempre por voltar.

Claro que aquilo não podia resultar, a longo prazo. Era o tipo de relação que estava quase inexoravelmente destinada a causar dor. Ambos tinham deixado para trás um rasto de promessas quebradas e amantes infelizes – o seu próprio casamento desmoronara-se porque ele não fora capaz de manter-se afastado de Erika Berger. Nunca mentira a Monica a respeito dos seus sentimentos, mas ela convencera-se de que tudo mudaria quando casassem e tivessem um filho. E, mais ou menos pela mesma altura, Erika casara com Greger Beckman. Também Mikael pensara que iria acabar e, durante os primeiros anos do seu casamento, ele e Erika só se tinham encontrado profissionalmente. Então tinham lançado a *Millennium* e, passadas duas ou três semanas, as boas intenções dos dois dissiparam-se em fumo quando, num fim de uma tarde, se amaram selvaticamente em cima da secretária dela. Isto levara a um período agitado, durante o qual Mikael queria muito estar com a sua família e ver a filha crescer, mas, ao mesmo tempo, era irresistivelmente atraído para Erika. Como Lisbeth Salander adivinhara, fora a sua infidelidade continuada que levara Monica a acabar com o casamento.

Estranhamente, Beckman parecera aceitar a situação. Erika sempre fora franca em relação aos seus sentimentos por Mikael, e dissera ao marido logo que os dois tinham recomeçado a relação sexual. Talvez fosse preciso ter alma de artista para lidar com uma situação daquelas, alguém tão embrenhado na sua criatividade, ou talvez apenas tão embrenhado na sua própria pessoa, que não se revoltasse ao saber que a mulher dormia com outro homem. Ela chegava inclusivamente a dividir as férias de modo a poder passar duas semanas com o amante na pequena casa de Sandhamn. Mikael não tinha grande opinião a respeito de Greger, e nunca compreendera o amor de Erika por aquele marido complacente. Mas sentia-se feliz por ele admitir que ela podia amar dois homens ao mesmo tempo.

❖

Blomkvist não conseguia adormecer e, às quatro da manhã, desistiu. Foi para a cozinha e voltou a ler a sentença de uma ponta à outra. Enquanto lia, teve a sensação de que houvera qualquer coisa de quase fatídico no seu encontro em Arholma. Não saberia dizer com certeza absoluta se Lindberg lhe revelara os pormenores da fraude de Wennerström apenas por ser uma boa história para contar enquanto bebiam uns copos na intimidade da cabina do barco, ou se a sua intenção fora verdadeiramente torná-la pública.

Tendia a acreditar na primeira hipótese, mas também era possível que Lindberg, por razões muito suas e provavelmente profissionais, tivesse querido prejudicar Wennerström e aproveitado a oportunidade de ter um jornalista a bordo. Apesar de ter bebido bem, estava suficientemente sóbrio para insistir em ser referido como fonte anónima. A partir daí, podia dizer o que quisesse, sabendo que nunca o amigo revelaria a identidade do informador.

Se o encontro em Arholma fora uma armadilha, Lindberg representara na perfeição o seu papel. Mas não, o encontro tinha de ter sido totalmente fortuito.

Não havia maneira de Lindberg saber da virulência do desprezo que ele nutria por pessoas como Wennerström – aliás, ao cabo de anos de estudo, estava pessoalmente convencido de que não havia um único director bancário ou celebridade executiva do mundo empresarial que não fosse também um cretino.

Blomkvist nunca ouvira falar de Lisbeth Salander e permanecia numa feliz ignorância do relatório que ela apresentara na manhã daquele dia, mas se tivesse ouvido a exposição, teria assentido a concordar quando ela falara do ódio que ele nutria pelos tubarões da finança, explicando que isso nada tinha que ver com qualquer espécie de radicalismo de esquerda. Não que Mikael não se interessasse pela política, mas era extremamente céptico relativamente a todos os «ismos» políticos. Na única vez que participara numas eleições – as legislativas de 1982 –, votara, ainda que hesitantemente, nos sociais-democratas, e apenas por não conseguir imaginar nada pior do que mais três anos de Gösta Bohman como ministro das Finanças e Thorbjörn Fälldin (ou possivelmente Ola Ullsten) como primeiro-ministro. Por isso optara, sem grande entusiasmo, por Olof Palme, e o que conseguira em troca fora um primeiro-ministro assassinado, mais o escândalo Bofors e as ilegalidades da investigação conduzida por Ebbe Carlsson.

O desprezo que sentia pelos seus colegas do jornalismo económico tinha que ver com algo que, para ele, era tão límpido como a moralidade. No fundo, uma equação muito simples. O director bancário que estourou milhões em especulações idiotas não devia poder conservar o seu cargo. O empresário que criou empresas de fachada para fazer negócios escuros devia ser preso. O senhorio que obrigava jovens a pagar uma exorbitância, e ainda por cima por baixo da mesa, por um apartamento de uma assoalhada com casa de banho no pátio devia ser exposto no pelourinho.

A missão do jornalista económico era investigar e denunciar os tubarões da finança capazes de provocar deliberadamente crises bolsistas para lucrar na especulação e malbaratar as poupanças dos pequenos investidores, escrutinar as administrações das empresas com o mesmo implacável zelo com que os jornalistas políticos perseguem os mais pequenos deslizes de ministros e membros do Parlamento. Não conseguia, por mais que se esforçasse, compreender como podiam tantos jornalistas económicos influentes tratar jovens gestores de terceira categoria como se fossem estrelas de cinema.

Esta atitude atípica levara-o, mais de uma vez, a entrar em conflito com os seus pares. Com Borg, por exemplo, ganhara um inimigo para a vida. O facto de ter assumido o papel de crítico social acabara por torná-lo um convidado frequente nos sofás da TV – sempre que um CEO era apanhado com um pára-quedas dourado no valor de milhões, lá estava ele para comentar.

Por isso não tinha a mínima dúvida de que muitas garrafas de champanhe haviam de ter sido abertas nas redacções de certos jornais, naquela noite.

Erika encarava do mesmo modo que ele o papel do jornalista. Já nos tempos da Faculdade de Jornalismo costumavam divertir-se a imaginar uma revista que tivesse precisamente essa filosofia editorial.

Mikael não conseguia imaginar melhor patrão do que Erika. Era uma organizadora, capaz de lidar com os empregados com calor humano e confiança mas que, ao mesmo tempo, não temia a confrontação e sabia ser dura, quando necessário. Acima de tudo, tinha uma intuição infalível quando chegava o momento de tomar decisões sobre o conteúdo do número seguinte. Ela e Mikael tinham muitas vezes opiniões diferentes e não se importavam de as discutir francamente, mas tinham também uma inabalável confiança um no outro e, juntos, formavam uma equipa imbatível. Ele fazia o trabalho de campo, descobria a história; ela embrulhava-a e vendia-a.

A *Millennium* era uma criação conjunta, mas nunca se teria tornado realidade sem o talento dela para conseguir financiamentos. Era o rapaz da classe operária e a rapariga da alta burguesia numa união perfeita. Erika vinha de uma família rica, com dinheiro antigo. Fora ela que financiara o arranque, do seu próprio bolso, e depois convencera o pai e vários conhecidos a investirem somas consideráveis no projecto.

Muitas vezes Mikael se perguntara que razões teriam levado Erika a apostar na *Millennium*. Era accionista, claro – na realidade, era a accionista maioritária –, e directora editorial da sua própria revista, o que lhe dava prestígio e um controlo sobre a matéria publicada que dificilmente teria em qualquer outro emprego. Ao contrário de Mikael, voltara-se para a televisão depois de completar o curso. Era dura, extremamente telegénica e perfeitamente capaz de fazer face à concorrência. Tinha, além disso, bons contactos na burocracia. Se tivesse persistido, teria de certeza chegado a um alto cargo num dos canais de televisão, com um salário muito melhor do que aquele que de momento pagava a si mesma. Fora também Erika que convencera Christer Malm a juntar-se ao grupo. Christer era uma figura conhecida da comunidade gay, um exibicionista que aparecia com alguma frequência, ao lado do namorado, em artigos do género «em casa com». O interesse dos *media* por ele começara quando fora viver com Arnold Magnusson, um actor da Companhia Real de Teatro mas que só sobressaíra a sério quando representara a sua própria personagem num *sitcom*. A partir daí, Christer e Arn tinham-se tornado presença constante na chamada imprensa social.

Com trinta e seis anos, Malm era um fotógrafo profissional e *designer* muito solicitado que viera dar à *Millennium* uma imagem de modernidade. Tinha o seu estúdio particular no mesmo andar que a revista, a cujo *design* gráfico dedicava uma semana por mês.

O pessoal da *Millennium* era composto por dois empregados a tempo inteiro, um estagiário também a tempo inteiro e três colaboradores em tempo parcial. Não era um negócio para ganhar dinheiro, mas dava para cobrir as despesas, e a circulação e publicidade tinham vindo a aumentar lenta mas regularmente. Até ao momento, a revista fora conhecida pelo seu estilo editorial directo e fiável.

O mais provável era que tudo isso estivesse prestes a mudar. Mikael leu o comunicado de imprensa que ele e Erika tinham redigido e que a TT rapidamente transformara em notícia que já aparecia no web site do *Aftonbladet*.

JORNALISTA CONDENADO DEIXA A MILLENNIUM

Estocolmo (TT). O jornalista Mikael Blomkvist abandonou o seu cargo como director da revista *Millennium*, comunica-nos a directora editorial e accionista maioritária Erika Berger.

Blomkvist deixa a *Millennium* por sua própria iniciativa. «Está exausto, depois do drama dos últimos meses, e precisa de algum tempo para descansar», diz Berger, que assumirá a direcção-geral da revista.

Blomkvist foi um dos fundadores da *Millennium*, em 1990. Berger está convencida de que a revista não sofrerá quaisquer efeitos negativos na esteira do chamado «Caso Wennerström».

«A revista estará nas bancas, como de costume, no próximo mês», afirma Berger. «Mikael Blomkvist desempenhou um papel muito importante no desenvolvimento da *Millennium*, mas agora vamos virar a página.»

Berger considera o caso Wennerström o resultado de uma série de circunstâncias infelizes e lamenta os inconvenientes causados a Hans-Erik Wennerström. Blomkvist não estava disponível para comentar.

— Estou danada — dissera Erika, ao enviar o comunicado. — A maior parte das pessoas vai pensar que tu és um idiota e eu uma cabra que aproveitou a oportunidade para correr contigo.

— Ao menos, os nossos amigos vão ter qualquer coisa de novo com que se divertir. — Mikael tentara levar a coisa para a brincadeira, mas ela não estava para risos.

— Não tenho nenhum plano B, mas sinto que estamos a cometer um erro — dissera.

— É a única saída. Se a revista se afundasse, todos os nossos anos de trabalho teriam sido em vão. Já apanhámos uma tareia em receitas de publicidade. A propósito, como correram as coisas com a empresa de computadores?

Erika suspirara.

— Avisaram-me esta manhã que não iam anunciar no próximo número.

— O Wennerström tem um monte de acções da empresa, de modo que não admira.

— Havemos de conseguir arranjar novos clientes. O Wennerström pode ser um manda-chuva, mas não é dono de tudo na Suécia, e nós também temos os nossos contactos.

Mikael passara-lhe um braço pelos ombros e puxara-a para si.

— Um dia havemos de entalar Herr Wennerström com tanta força que Wall Street até vai saltar. Mas, por agora, a *Millennium* tem de sair da ribalta.

— Sei tudo isso, mas não gosto de aparecer como o raio de uma cabra. E tu vais ver-te empurrado para uma situação muito desagradável se fingirmos que há qualquer espécie de divisão entre nós.

— Ricky, enquanto tu e eu confiarmos um no outro, temos uma hipótese. Vamos ter de tocar de ouvido, e o momento agora é para bater em retirada.

E Erika admitira relutantemente que havia uma deprimente lógica no que ele dizia.

CAPÍTULO 4

SEGUNDA-FEIRA, 23 DE DEZEMBRO – QUINTA-FEIRA, 26 DE DEZEMBRO

Erika passou o fim-de-semana com ele. Praticamente, só se levantaram da cama para ir à casa de banho ou comer qualquer coisa, mas não estiveram o tempo todo a fazer amor. Ficaram deitados lado a lado durante horas, a falar do futuro, a ponderar possibilidades, a calcular probabilidades. Quando o sol nasceu na segunda-feira, era a antevéspera de Natal e ela despediu-se com um beijo – até à próxima – e foi para casa.

Mikael dedicou uma parte da manhã a lavar a louça e arrumar o apartamento, e em seguida foi ao escritório limpar a secretária. Não tinha intenções de romper com a revista, mas acabara por convencer Erika de que era melhor afastar-se durante uns tempos. Trabalharia em casa.

O escritório tinha fechado para os feriados do Natal e ele estava sozinho na redacção, a separar papéis e a arrumar livros dentro de caixas de cartão, quando o telefone tocou.

– Herr Mikael Blomkvist está? – perguntou uma voz desconhecida, mas com uma nota de esperança.

– É o próprio.

– Peço desculpa por incomodá-lo sem me fazer anunciar, por assim dizer. Fala Dirch Frode. – Mikael tomou nota do nome e da hora. – Sou advogado e represento um cliente que gostaria muito de ter uma conversa consigo.

– Muito bem, diga ao seu cliente que me telefone.

– O meu cliente gostaria de encontrar-se pessoalmente consigo.

— Certo. Marcamos uma hora e ele que apareça no escritório. Mas é melhor apressar-se; estou neste preciso instante a limpar a minha secretária.

— O meu cliente ficar-lhe-ia grato se consentisse em deslocar-se a casa dele, em Hedestad... São apenas três horas de comboio.

Blomkvist parou de separar papéis. Os *media* têm a capacidade de atrair os tipos mais esquisitos, desejosos de fornecer as informações mais estapafúrdias. Não há em todo o mundo uma única redacção que não receba dicas de ufologistas, grafologistas, cientologistas, paranóicos e adeptos de todo o género de teorias da conspiração.

Certa vez, tinha assistido a uma conferência do escritor Karl Alvar Nilsson na Aula Magna da Universidade Popular, no aniversário do assassínio de Olof Palme. Uma conferência perfeitamente séria, e entre a assistência encontravam-se Lennart Bodström e outros amigos do antigo primeiro-ministro. Mas aparecera também um número surpreendentemente grande de detectives amadores. Um deles era uma mulher de quarenta e tal anos que, durante o período de perguntas e respostas, pegara no microfone e baixara a voz até reduzi-la a um murmúrio quase inaudível. Isto, só por si, já anunciava um desenvolvimento interessante, e ninguém ficara surpreendido quando a mulher começara por afirmar: «Sei quem matou Olof Palme.» O conferencista sugerira, com alguma ironia, que se a senhora dispunha dessa informação, seria muito útil partilhá-la o mais rapidamente possível com os membros da comissão que investigava o assassínio. «Não posso», respondera ela, no mesmo murmúrio. «É demasiado perigoso!»

Perguntou a si mesmo se aquele Frode seria mais um desses videntes que sabiam onde ficavam os hospitais psiquiátricos secretos onde a Säpo, a polícia secreta, levava a cabo experiências sobre o controlo da mente.

— Não faço visitas ao domicílio – disse.

— Espero conseguir convencê-lo a abrir uma excepção. O meu cliente tem mais de oitenta anos e seria demasiado penoso para ele vir a Estocolmo. Se insistir, será certamente possível arranjar qualquer coisa, mas, para lhe dizer a verdade, seria preferível se tivesse a generosidade...

— Quem é o seu cliente?

— Alguém cujo nome, suponho, já terá ouvido. Henrik Vanger.

Mikael recostou-se na cadeira, surpreendido. Henrik Vanger — claro que era um nome que já tinha ouvido. Grande industrial e ex-patrão do em tempos famoso Grupo Vanger, um império que incluía madeiras, minas, aço, metalúrgicas e têxteis. Vanger fora uma das grandes figuras da sua época, reputadamente um honesto patriarca à moda antiga, daqueles de antes quebrar que torcer. Uma das pedras angulares da indústria sueca, um dos 20 mais da velha escola, na linha de um Matts Carlgren da MoDo e de um Hans Werthén da antiga Electrolux. A espinha dorsal da indústria no Estado Providência, e por aí fora.

Ainda inteiramente detido pela família, o grupo fora, porém, ao longo dos últimos vinte e cinco anos, delapidado por reestruturações, crises bolsistas, subidas das taxas de juros, concorrência dos países asiáticos, declínio das exportações e outros flagelos que, em conjunto, tinham relegado o nome Vanger para a cauda do pelotão. Era actualmente gerido por Martin Vanger, um nome que Mikael associava a um sujeito baixo e gorducho, de densa cabeleira, que passava de longe em longe, sempre de uma forma fugaz, pelos ecrãs da televisão. Não sabia grande coisa a respeito dele. Quanto a Henrik Vanger, havia mais de vinte anos que saíra da imagem.

— Para que quer Henrik Vanger encontrar-se comigo?

— Sou advogado de Herr Vanger há muitos anos, mas terá de ser ele a dizer-lhe pessoalmente o que pretende. *Posso*, no entanto, dizer-lhe que Herr Vanger gostaria de discutir consigo a possibilidade de um emprego.

— Emprego? Não faço a mínima tenção de ir trabalhar para as empresas Vanger. É de um secretário de imprensa que precisam?

— Não exactamente. Não sei outra maneira de pôr a questão excepto dizer que Herr Vanger está extremamente interessado em encontrar-se consigo e consultá-lo a respeito de um assunto particular.

— Não podia ser mais ambíguo, pois não?

— Peço-lhe que me desculpe. Mas há alguma possibilidade de convencê-lo a deslocar-se a Hedestad? Naturalmente, pagaremos todas as despesas e um honorário razoável.

– O seu telefonema vem num momento muito pouco oportuno. Tenho imensas coisas de que tratar e... Suponho que viu as notícias a meu respeito publicadas nos últimos dias.

– O caso Wennerström? – Frode riu-se. – Sim, não deixa de ser divertido. Mas, para dizer a verdade, foi exactamente a publicidade à volta do julgamento que levou Herr Vanger a reparar em si. O meu cliente tenciona propor-lhe um trabalho como *freelancer*. Eu sou apenas o mensageiro. O assunto em causa é algo que só ele poderá explicar.

– Este é um dos telefonemas mais estranhos que alguma vez recebi. Deixe-me pensar um pouco. Como é que posso contactá-lo?

Ficou sentado, a contemplar a desarrumação da secretária. Não fazia ideia de que espécie de trabalho quereria Vanger oferecer-lhe, mas o advogado conseguira despertar-lhe a curiosidade.

Ligou o computador, abriu o Google e teclou «Vanger». Talvez o grupo tivesse sido relegado para a cauda do pelotão, mas nem por isso deixava de aparecer na imprensa quase todos os dias. Passou para o disco uma série de análises financeiras sobre as empresas e em seguida procurou Frode e Henrik e Martin Vanger.

Martin Vanger parecia ser diligente nas suas funções como CEO do grupo. Dirch Frode mantinha um perfil discreto; fazia parte da direcção do Country Club de Hedestad e era membro activo dos Rotários. Henrik Vanger aparecia, com uma única excepção, em artigos sobre a história do grupo. O *Hedestads-Kuriren* publicara um tributo ao ex-magnata por ocasião do seu octogésimo aniversário, dois anos antes, e incluíra um curto esboço biográfico. No fim, Mikael tinha reunido uma pasta com cerca de cinquenta páginas. Acabou de limpar a secretária, fechou as caixas de cartão e, sem fazer ideia de se alguma vez ali voltaria, foi para casa.

Lisbeth Salander passou a véspera de Natal na Casa de Saúde de Äppelviken, em Upplands-Väsby. Tinha levado presentes: um frasco de *eau de toilette* da Dior e um bolo de frutas inglês comprado nos armazéns Åhléns. Bebeu café enquanto olhava para a mulher de quarenta e seis anos que tentava, com dedos desajeitados, desatar o nó da fita dourada. Havia ternura nos olhos dela, mas o facto de aquela desconhecida ser sua mãe continuava a espantá-la. Por mais que tentasse, não encontrava a mais pequena semelhança no aspecto ou na maneira de ser.

A mãe desistiu da luta e olhou, impotente, para o embrulho. Não estava num dos seus melhores dias. Lisbeth empurrou para a frente a tesoura que sempre estivera bem à vista em cima da mesa e, de repente, a mãe pareceu acordar.

— Deves pensar que sou estúpida.
— Não, Mã. Não és estúpida. Mas a vida é injusta.
— Tens visto a tua irmã?
— Há muito tempo que não.
— Ela nunca vem ver-me.
— Eu sei, Mã. A mim também não.
— Estás a trabalhar?
— Sim, Mã. Está tudo bem.
— Onde moras? Nem sequer sei onde moras.
— Moro no seu antigo apartamento, na Lundagatan. Há já vários anos que lá vivo. Tenho pago as rendas.
— Talvez no Verão eu possa ir visitar-te.
— Claro. No Verão.

A mãe conseguiu finalmente abrir o presente de Natal e aspirou o aroma, deliciada.

— Obrigada, Camilla – disse.
— Lisbeth. Sou a Lisbeth.

A mãe pareceu embaraçada. Lisbeth disse que era melhor irem para a sala da televisão.

Mikael passou a hora do especial Disney, na véspera de Natal, com a filha, Pernilla, em casa da ex-mulher, Monica, e do actual marido desta, em Sollentuna. Depois de muitas deliberações com Monica, tinham decidido dar a Pernilla um iPod, um leitor Mp3 pouco maior que uma caixa de fósforos capaz de armazenar toda a enorme colecção de CD da jovem.

Pai e filha refugiaram-se no quarto dela, no primeiro piso. Mikael e Monica tinham-se divorciado quando Pernilla tinha cinco anos, e a garota passara a ter um novo pai a partir dos sete. A filha ia visitá-lo uma vez por mês, e passava uma semana de férias com ele em Sandhamn. Quando estavam juntos, davam-se geralmente bem, mas Mikael deixara que fosse a filha a decidir com que frequência queria estar com ele, sobretudo depois de a mãe ter voltado a casar. Houvera um par de anos, no início da adolescência, em que o contacto quase cessara, e só nos últimos dois ela dera mostras de querer vê-lo mais amiúde.

Pernilla acompanhara o julgamento na firme convicção de que as coisas eram tal e qual o pai dizia: ele estava inocente, mas não podia prová-lo.

Falara-lhe de um namorado... bem, mais ou menos... que frequentava um outro ano, e surpreendera-o ao anunciar que aderira a uma Igreja. Mikael abstivera-se de comentar.

Convidaram-no para jantar, mas já era esperado em casa da irmã, que vivia no elegante subúrbio de Stäket.

Nessa manhã, recebera igualmente um convite para festejar a véspera de Natal com os Beckman, em Saltsjöbaden. Agradecera, mas declinara, convencido de que tinha certamente de haver um limite para a indulgência de Greger no respeitante a romances triangulares e não estando minimamente interessado em descobrir onde se situava esse limite.

Por isso, pouco depois batia à porta da casa onde a irmã, Annika Blomkvist, agora Annika Gianinni, vivia com o marido italiano e os dois filhos. Durante o jantar, para o qual tinha sido convidado, além dele, um regimento de parentes do cunhado, respondeu a várias perguntas sobre o julgamento e recebeu uma porção de conselhos bem-intencionados e perfeitamente inúteis.

A única que não disse uma palavra a respeito da sentença foi a irmã, apesar de ser a única advogada presente. Annika trabalhara vários anos como oficial de justiça no tribunal distrital e como procuradora adjunta antes de, juntamente com três colegas, ter aberto o seu próprio escritório de advogados, em Kungsholmen. Especializara-se em direito da família e, sem que Mikael se apercebesse disso, a irmã mais nova começara a aparecer nos jornais como representante de mulheres vítimas de violência doméstica, e em painéis da TV como feminista e defensora dos direitos das mulheres.

Quando foi ajudá-la a preparar o café, ela pousou-lhe a mão no ombro e perguntou-lhe como estava, e ele confessou que nunca se sentira tão em baixo em toda a sua vida.

— Para a próxima, arranja um advogado a sério — disse ela.

— Provavelmente, não teria servido de nada, neste caso. Mas havemos de falar de tudo isso numa outra ocasião, mana. Quando o pó tiver assentado.

Ela abraçou-o e beijou-o na face antes de levarem para a sala a bandeja com as chávenas de café e o bolo de Natal. Então, Mikael pediu licença para usar o telefone da cozinha. Ligou para o advogado, em Hedestad, e ouviu, lá também, um zumbido de vozes em fundo.

— Feliz Natal — disse Frode. — Ouso esperar que tenha chegado a uma decisão?

— A verdade é que não tenho planos imediatos, e estou curioso por saber mais. Irei no dia a seguir ao Natal, se for conveniente.

— Excelente, excelente. Fico muito contente. Se me desculpa, tenho filhos e netos em casa e mal consigo ouvir-me pensar. Posso telefonar-lhe amanhã, para combinarmos uma hora? Onde posso contactá-lo?

Mikael arrependeu-se da decisão que tomara ainda antes de sair de casa, mas nessa altura seria um excesso de má educação telefonar a cancelar. Por isso, na manhã de 26 de Dezembro, estava num comboio rumo ao norte. Tinha carta de condução, mas nunca sentira a necessidade de comprar carro.

Frode tinha razão, a viagem era curta e agradável. Depois de Uppsala, o comboio passou pela enfiada de pequenas cidades industriais que se estende ao longo da costa de Norrland. Hedestad era uma das mais pequenas, pouco mais de uma hora a norte de Gävle.

Na noite de Natal, caíra um enorme nevão, mas entretanto o céu clareara e o ar estava límpido e gelado quando se apeou em Hedestad.

Soube no mesmo instante que não estava adequadamente vestido para o Inverno em Norrland. Frode, que aparentemente lhe conhecia o aspecto físico, identificou-o de imediato e levou-o sem mais delongas para o interior aquecido do seu *Mercedes*. No centro de Hedestad, os limpa-neves andavam atarefados, e Frode executou uma cuidadosa gincana por entre as máquinas que manobravam nas estreitas ruas. Os altos montes de neve acumulados pelas pás mecânicas formavam um pitoresco contraste com Estocolmo. Era quase como se estivessem noutro planeta, apesar de se encontrarem a pouco mais de três horas de distância de Sergels Torg, na Baixa da capital. Mikael examinou disfarçadamente o advogado: um rosto anguloso, cabelos brancos já escassos e eriçados, uns óculos de lentes grossas empoleirados num nariz imponente.

– É a primeira vez que vem a Hedestad? – perguntou Frode.

Mikael assentiu.

– É um pequeno burgo industrial com um porto. Tem apenas vinte e quatro mil habitantes. Mas as pessoas gostam de viver aqui. Herr Vanger vive em Hedeby, a zona mais antiga, a aldeia, como lhe chamamos... fica mesmo na entrada sul da cidade

– Também cá vive?

– Agora, sim. Nasci em Skåne, lá no Sul, mas comecei a trabalhar para o Grupo Vanger logo que acabei o curso, em mil novecentos e sessenta e dois. Especializei-me em direito empresarial e, ao longo dos anos, Herr Vanger e eu tornámo-nos amigos. Hoje, estou oficialmente reformado e Herr Vanger é o meu único cliente. Também ele se reformou, claro, e não precisa com grande frequência dos meus serviços.

– Só para desencantar jornalistas com reputações arruinadas.

– Não se subestime. Não foi o primeiro a perder uma batalha contra o Hans-Erik Wennerström.

Mikael voltou-se para Frode, sem saber muito bem como entender a resposta.

– Este convite tem alguma coisa que ver com o Wennerström? – perguntou.

– Não – disse Frode. – Mas Herr Vanger não pertence nem muito remotamente ao círculo de amigos de Wennerström, e acompanhou o julgamento com interesse. Quer encontrar-se consigo para discutir um assunto completamente diferente.

– Cuja natureza não tenciona revelar-me.

– Cuja natureza não tenho o direito de revelar-lhe. Tomámos medidas para que possa passar a noite em casa de Herr Vanger. Se não desejar fazê-lo, podemos reservar-lhe um quarto no Grande Hotel, na cidade.

– Pode acontecer que apanhe o comboio da tarde de regresso a Estocolmo.

O caminho para Hedeby não tinha ainda sido desobstruído, e Frode conduzia cuidadosamente, seguindo os sulcos abertos na neve. O centro da cidade antiga era formado por casas que se estendiam ao longo do golfo da Bótnia, rodeadas por edifícios maiores, mais modernos. A «aldeia» começava no continente e extravasava, atravessando uma ponte, para uma acidentada ilha. Junto ao extremo da ponte, do lado do continente, erguia-se uma pequena igreja de pedra branca, e, do outro lado da rua, um antiquado letreiro de néon anunciava o *Café Susanne, Bolos e Padaria*. Passada a ponte, Frode continuou por cerca de mais uma centena de metros e, virando à esquerda, entrou num quintal limpo de neve diante de um edifício de pedra. Demasiado pequeno para se lhe chamar uma mansão, mas mesmo assim consideravelmente maior do que as restantes casas do aglomerado. A propriedade do senhor.

– A casa dos Vanger – disse Frode. – Em tempos, estava sempre cheia de vida e actividade, mas agora só cá vivem o Henrik e a governanta. O que não falta são quartos de hóspedes.

Apearam-se do carro. Frode apontou para norte.

– Tradicionalmente, a pessoa que gere os interesses dos Vanger vive aqui, mas o Martin Vanger queria uma coisa mais moderna, de modo que mandou construir a sua casa naquela ponta, além.

Blomkvist olhou em redor e perguntou a si mesmo a que louco impulso teria cedido ao aceitar o convite de Frode. Decidiu que, se fosse humanamente possível, regressaria a Estocolmo naquela mesma noite. Um caminho empedrado conduzia à casa, mas, antes que lá chegassem, a porta abriu-se. Reconheceu imediatamente Henrik Vanger, pelas fotos que vira na Internet.

Era muito mais novo, naquelas fotografias, mas parecia surpreendentemente vigoroso para os seus 82 anos; um corpo seco, com um rosto enrugado e curtido pela vida ao ar livre, cabelos densos e grisalhos penteados para trás. Vestia calças escuras, impecavelmente engomadas, camisa branca e um casaco de malha castanho com sinais de um longo uso. Tinha um bigode fino e usava óculos de aros metálicos.

– Sou Henrik Vanger – disse. – Obrigado por ter aceitado visitar-me.

– Como está? Foi um convite surpreendente.

– Entre, saia do frio. Mandei preparar um quarto para si. Quer talvez descansar um pouco? Jantaremos um pouco mais tarde. Esta é a Anna Nygren, que cuida de mim.

Mikael apertou a mão a uma mulher baixa e entroncada, com cerca de sessenta anos, que pegou no sobretudo dele, foi pendurá-lo no guarda-roupa do vestíbulo e lhe ofereceu um par de pantufas de lã para lhe proteger os pés das correntes de ar. Ele agradeceu e voltou-se para Henrik Vanger.

– Não tenho a certeza de ficar para o jantar. Tudo depende do objectivo deste pequeno jogo.

Vanger trocou um olhar com Frode. Havia entre os dois homens um entendimento que Mikael não sabia interpretar.

– Acho que vou aproveitar a oportunidade para vos deixar sozinhos – disse Frode. – Tenho de ir pôr os meus netos na ordem antes que deitem a casa abaixo.

Voltou-se para Mikael.

– Vivo do outro lado da ponte, à direita. São cinco minutos a pé; a terceira casa a partir do café. Se precisar de mim, basta telefonar.

Mikael enfiou a mão no bolso do casaco e premiu a tecla de arranque de um gravador de cassetes. Não fazia ideia do que iria Vanger pedir-lhe, mas depois dos últimos doze meses de confusão com Wennerström, queria ter um registo exacto de todas as ocorrências estranhas nas suas proximidades, e o inesperado convite para Hedestad encaixava perfeitamente nessa categoria.

Vanger deu uma palmada no ombro de Frode, em jeito de despedida, e fechou a porta antes de voltar a sua atenção para Mikael.

— Nesse caso, vou direito ao assunto — disse. — Não há qualquer jogo. Eu peço-lhe que ouça o que tenho para dizer, e depois você decide. É um jornalista, quero confiar-lhe uma tarefa. A Anna preparou café para nós no meu escritório, lá em cima.

O escritório era um rectângulo com quase quarenta metros quadrados. Uma das paredes era dominada por uma estante do chão ao tecto com nove metros de comprimento e que continha uma literatura notavelmente variada: biografias, história, finanças e indústria, pastas de arquivo formato A4. Os livros estavam arrumados sem qualquer ordem aparente. Uma estante com ar de ser usada. Em frente da estante, do outro lado da sala, havia uma secretária de carvalho escuro. Na parede por detrás da secretária, uma colecção de flores secas, dispostas em filas meticulosamente ordenadas.

Da janela ao fundo, na parede mais estreita, avistava-se a ponte e a igreja. O mobiliário era completado por um sofá e uma mesa baixa, sobre a qual a governanta colocara chávenas, um termo e uma bandeja com bolos caseiros.

Vanger fez um gesto na direcção da bandeja, mas Mikael fingiu não ver; em vez disso, deu uma volta à sala, examinando primeiro a estante e em seguida a colecção de flores emolduradas. A secretária estava arrumada, apenas alguns papéis reunidos num monte. Num dos lados, numa moldura de prata, viu a fotografia de uma rapariga de cabelos escuros, bonita mas com um ar travesso; uma jovem a caminho de tornar-se perigosa, pensou. Aparentemente, um retrato de crisma, que os anos tinham desbotado.

— Lembras-te dela, Mikael? — perguntou Vanger.

A repentina mudança para aquela forma de tratamento familiar apanhou-o de surpresa.

— Lembro-me?

— Sim, conheceste-a. Para ser exacto, não é a primeira vez que estás nesta sala.

Mikael voltou-se para ele e abanou a cabeça.

— Não, claro que não podes lembrar-te. Conheci o teu pai. Contratei-o em diversas ocasiões, como instalador e mecânico, nos anos cinquenta e sessenta. Era um homem muito talentoso. Tentei convencê-lo a terminar os estudos e tornar-se engenheiro. Tu, Mikael, passaste aqui todo o Verão de sessenta e três, quando instalámos a nova maquinaria na fábrica de papel de Hedestad. Não conseguimos arranjar uma casa para a vossa família, de modo que resolvemos o problema emprestando-lhes a cabana de madeira do outro lado da estrada. Podes vê-la da janela.

Pegou na fotografia.

— Esta é a Harriet Vanger, neta do meu irmão Richard. Tomou conta de ti muitas vezes, durante o Verão. Tu tinhas dois anos, a caminho dos três. Ou talvez já tivesses feito três... não me lembro. Ela tinha doze.

— Lamento muito, mas não tenho a mais pequena recordação do que me está a contar. — Blomkvist nem sequer podia ter a certeza de que Vanger estivesse a dizer a verdade.

— Compreendo. Mas eu lembro-me de ti. Costumavas correr pela quinta toda, com a Harriet a reboque. Ouvia os teus gritos cada vez que caías. Lembro-me de te ter dado um brinquedo, uma vez, um tractor amarelo, de folha, com que eu próprio costumava brincar quando era criança. Adoravas aquele tractor. Acho que era amarelo.

Mikael sentiu-se gelar. Lembrava-se do tractor. Tivera-o numa prateleira do quarto, quando já era mais velho.

— Lembras-te desse brinquedo?

— Lembro-me. E penso que vai gostar de saber que esse tractor continua vivo e de saúde, no Museu do Brinquedo em Estocolmo. Pediram brinquedos antigos originais, há uns dez anos.

— A sério? — Vanger riu, encantado. — Deixa-me mostrar-te...

Dirigiu-se à estante e tirou um álbum de fotografias de uma das prateleiras de baixo. Mikael notou que tinha dificuldade em dobrar-se, e que precisou de apoiar-se à estante para se endireitar. Vanger pousou o álbum em cima da mesa de café. Sabia o que procurava: um instantâneo a preto e branco em que a sombra do fotógrafo aparecia no canto inferior esquerdo. Em primeiro plano estava um garoto louro e de calções, a olhar para a objectiva com uma expressão um tudo-nada ansiosa.

— És tu. Os teus pais estão sentados no banco de jardim, ao fundo. A Harriet está parcialmente tapada pela tua mãe, e o rapaz à esquerda do teu pai é o irmão dela, o Martin, que hoje dirige as empresas.

A mãe de Mikael estava obviamente grávida — a irmã dele vinha a caminho. Olhou para a foto com uma mistura de sentimentos, enquanto Vanger servia o café e empurrava a bandeja com os bolos para a frente.

— Sei que o teu pai morreu. E a tua mãe, ainda está viva?

— Morreu há três anos — respondeu Blomkvist.

— Era uma mulher encantadora. Lembro-me bem dela.

— Sim, mas com certeza não me fez vir até aqui para me falar dos bons tempos que passou com os meus pais.

— Tens razão. Há dias que ando a trabalhar no que quero dizer-te, mas agora que estás aqui, não sei por onde começar. Suponho que fizeste alguma pesquisa, e portanto sabes que, em tempos, tive alguma influência na indústria sueca e no mercado de trabalho. Hoje, sou um velho que provavelmente morrerá em breve, e talvez a morte seja um bom ponto de partida para a nossa conversa.

Mikael bebeu um golo de café — claramente fervido numa panela, ao autêntico estilo de Norrland — e perguntou a si mesmo aonde iria tudo aquilo levar.

— Tenho dores na anca, e os grandes passeios pertencem ao passado. Um dia, também tu descobrirás como a força se nos esvai, mas não sou mórbido nem estou senil. Não estou obcecado pela morte, mas cheguei a uma idade em que tenho de aceitar que o meu tempo chegou ao fim. Uma idade em que queremos encerrar as contas e tratar do que ficou por fazer. Compreendes o que quero dizer?

Mikael assentiu com a cabeça. Vanger falava numa voz calma, e ele já tinha decidido que o velho não estava senil nem irracional.

— Estou sobretudo curioso por saber o que faço aqui — voltou a dizer.

— Quero que me ajudes neste fecho de contas.

— Porquê eu? O que o leva a pensar que posso ajudá-lo?

— Porque quando eu estava a pensar em contratar alguém, o teu nome apareceu nas notícias. Sabia quem eras, claro. E talvez porque te sentaste nos meus joelhos quando eras um garotinho. Não me entendas mal. — Agitou uma mão, como que a afastar a ideia. — Não peço a tua ajuda por razões sentimentais. É que senti o impulso de te contactar especificamente a ti.

Mikael riu-se.

— Bem, não me lembro de estar sentado nos seus joelhos. Mas como conseguiu estabelecer a ligação? Isso foi no começo dos anos sessenta.

— Entendeste-me mal. A tua família mudou-se para Estocolmo quando o teu pai conseguiu o lugar de capataz na Zarinder. Fui eu que lhe consegui o emprego. Sabia que era um bom operário. Continuei a vê-lo de longe em longe, quando tinha negócios com a Zarinder. Não éramos amigos íntimos, mas conversávamos um pouco. A última vez que o vi foi um ano antes de ele morrer, e ele disse-me que tinhas entrado para a Faculdade de Jornalismo. Estava muito orgulhoso. Então tu ficaste famoso com aquela história dos assaltantes de bancos. Acompanhei a tua carreira e li muitos dos teus artigos, ao longo dos anos. Na realidade, era um leitor bastante assíduo da *Millennium*.

— *Okay*, estou a perceber, mas o que é exactamente que quer que eu faça?

Vanger baixou os olhos para as mãos, e então bebeu um golo de café, como se precisasse de uma pausa antes de conseguir finalmente falar do que queria.

— Antes de começar, Mikael, gostaria de chegar a um acordo contigo. Quero que me faças duas coisas. Uma é um pretexto, a outra é o verdadeiro objectivo.

— Que espécie de acordo?

— Vou contar-te uma história em duas partes. A primeira é a respeito da família Vanger. É o pretexto. É uma história comprida e sombria, e eu vou tentar cingir-me à verdade nua e crua. A segunda parte da história tem que ver com o meu verdadeiro objectivo. Provavelmente, vais achar que uma parte desta história é... louca. O que quero de ti é que me ouças... que ouças o que quero que faças e também o que ofereço... antes de decidires se aceitas ou não o trabalho.

Mikael suspirou. Obviamente, Vanger não ia deixá-lo ir a tempo de apanhar o comboio da tarde. Teve a certeza de que se telefonasse a Frode a pedir uma boleia, o carro ia recusar-se a pegar, por causa do frio.

O velho devia ter pensado muito a respeito de como ia engatá-lo. Mikael teve a sensação de que tudo o que acontecera desde que chegara tinha sido encenado: a surpresa introdutória de ter conhecido o dono da casa quando era pequeno, a fotografia dos pais no álbum, a ênfase dada ao facto de o pai e Vanger terem sido amigos, e a lisonja de o velho saber quem era Mikael Blomkvist e ter-lhe acompanhado a carreira durante anos, à distância... tudo aquilo tinha sem dúvida um fundo de verdade, mas era também psicologia bastante elementar. Vanger era um hábil manipulador – de que outra maneira poderia ter chegado a ser um dos maiores industriais suecos?

Decidiu que o velho ia querer que ele fizesse qualquer coisa que não ia ter a mais pequena vontade de fazer. Só precisava de arrancar-lhe o que era e dizer obrigado mas não, obrigado. E se possível, a tempo de apanhar o comboio da tarde.

— Desculpe-me, Herr Vanger – disse. – Já aqui estou há vinte minutos. Dou-lhe exactamente mais trinta minutos para me dizer o que pretende. Depois disso, chamo um táxi e volto para casa.

Por um instante, Vanger deixou cair a máscara do patriarca bondoso, e Mikael teve um vislumbre do capitão da indústria dos tempos de poder confrontado com um problema. O velho encurvou os lábios num sorriso.

— Compreendo.

— Não precisa de estar com rodeios comigo. Diga-me o que quer que faça, para que eu possa decidir se quero ou não fazê-lo.

– Portanto, se não conseguir convencer-te em meia hora, também não o conseguiria num mês... é isso que pensas.

– Qualquer coisa nessa linha.

– Mas a minha história é comprida e complicada.

– Encurte-a e simplifique-a. É o que fazemos no jornalismo. Vinte e nove minutos.

Vanger ergueu uma mão.

– Basta. Já percebi a ideia. Mas nunca é boa psicologia exagerar. Preciso de alguém capaz de fazer pesquisa e de pensar claramente, mas que também tenha integridade. Julgo que tu tens, e isto não é lisonja. Um bom jornalista tem de ter estas qualidades, e eu li com muito interesse o teu livro, *Os Cavaleiros do Templo*. É verdade que te escolhi porque conheci o teu pai e por seres quem és. Se bem compreendi, deixaste a tua revista por causa do caso Wennerström. O que significa que, de momento, estás desempregado, e provavelmente numa situação financeira difícil.

– De modo que pode explorar as minhas dificuldades, é isso?

– Talvez. Mas, Mikael... posso tratar-te por Mikael?... não te vou mentir. Sou demasiado velho para isso. Se não gostares do que te vou dizer, podes mandar-me dar uma volta. E eu terei de procurar outra pessoa que trabalhe comigo.

– *Okay*, diga-me em que consiste o trabalho.

– O que é que sabes a respeito da família Vanger?

– Bem, só o que consegui encontrar na Net depois de o Frode me ter telefonado, na segunda-feira. As empresas Vanger foram, no seu tempo, um dos mais importantes grupos industriais da Suécia; hoje, já não tanto. É Martin Vanger quem dirige o que resta. Sei mais duas ou três coisas, mas aonde é que quer chegar?

– O Martin é... é um bom homem, mas é basicamente um marinheiro de água doce. Não serve para estar à cabeça de uma empresa em crise. Quer modernizar e especializar... o que é bom... mas não consegue fazer passar as suas ideias, e também é fraco em gestão financeira. Há vinte e cinco anos, o Grupo Vanger era um sério concorrente do Grupo Wallenberg. Tínhamos quarenta mil empregados na Suécia. Hoje, muitos desses postos de trabalho estão na Coreia ou no Brasil. Estamos reduzidos a dez mil trabalhadores e dentro de um ou dois anos... se o Martin não conseguir arrancar a sério... teremos cinco mil, sobretudo em pequenas indústrias de manufacturação, e as empresas Vanger serão relegadas para o monte de sucata da história.

Mikael assentiu. Tinha chegado mais ou menos às mesmas conclusões, com base no material que descarregara da Net.

— As empresas Vanger continuam a contar-se entre os poucos negócios familiares que ainda restam neste país. Trinta membros da família são accionistas minoritários. Sempre foi esta a nossa força, mas também a nossa maior fraqueza. — Vanger fez uma pausa, e então continuou, num tom mais veemente. — Mikael, podes fazer perguntas mais tarde, mas quero que acredites na minha palavra quando digo que detesto a maior parte dos membros da minha família. São quase todos ladrões, gananciosos, maus e incompetentes. Dirigi as empresas durante trinta e cinco anos... quase todos passados no meio de lutas constantes. Foram eles os meus piores inimigos, muito piores do que a concorrência ou o governo.

Disse que queria encarregar-te de fazer duas coisas. Primeiro, quero que escrevas uma história, ou uma biografia, da família Vanger. Por uma questão de simplicidade, podemos chamar-lhe a minha autobiografia. Porei todos os meus diários e arquivos à tua disposição. Terás acesso aos meus pensamentos mais íntimos e poderás publicar todos os podres que descobrires. Julgo que a história vai fazer com que as tragédias de Shakespeare pareçam entretenimento para toda a família.

— Porquê?

— Porque é que quero publicar uma história escandalosa da família Vanger? Ou porque foi que te escolhi a ti para a escrever?

— Ambas as coisas, suponho.

— Para ser totalmente franco, pouco me interessa que o livro seja ou não publicado. Mas penso que a história deve ser escrita, ainda que num único exemplar que entregarás directamente na Biblioteca Real. Quero que essa história lá fique guardada para a posteridade, quando eu morrer. O meu motivo é o mais simples que se possa imaginar: vingança.

— De que é que quer vingar-se?

– Orgulho-me de o meu nome ser sinónimo de um homem que cumpre a sua palavra e respeita as suas promessas. Nunca entrei em jogos políticos. Nunca tive problemas em negociar com os sindicatos. Até o primeiro-ministro Erlander, no seu tempo, me respeitou. Para mim, era uma questão de ética; era responsável pelo pão de milhares de pessoas, e preocupava-me com os meus empregados. Por estranho que pareça, o Martin tem a mesma atitude, apesar de ser uma pessoa completamente diferente. Também ele tentou agir da forma correcta. Infelizmente, eu e o Martin somos excepções na família. Há muitas razões para o Grupo Vanger ter chegado à situação em que se encontra, mas uma das principais é a falta de visão e a ganância dos meus parentes. Se aceitares o encargo, explicar-te-ei como foi que a minha família torpedeou a empresa.

– Também eu não quero mentir-lhe – disse Mikael. – Pesquisar e escrever um livro desses demoraria meses. Não tenho motivação nem energia para o fazer.

– Julgo que vou conseguir convencer-te.

– Duvido. Mas disse que havia duas coisas. O livro é o pretexto. Qual é o verdadeiro objectivo.

Vanger pôs-se laboriosamente de pé e foi buscar a fotografia de Harriet Vanger que estava em cima da secretária. Pousou-a em frente de Blomkvist.

– Quero que, enquanto escreves a biografia, investigues a família com olhos de jornalista. Além de tudo o mais, dar-te-á uma desculpa para meter o nariz na história familiar. O que quero de ti é que resolvas um mistério. É essa a verdadeira missão.

– Que mistério?

– A Harriet era neta do meu irmão Richard. Éramos cinco irmãos. O Richard era o mais velho, nascido em mil novecentos e sete. Eu era o mais novo, nascido em mil novecentos e vinte. Não compreendo como pôde Deus criar uma tal irmandade... – Durante vários segundos, Vanger pareceu perder o fio ao discurso, absorto nos seus pensamentos. E então recomeçou, com uma nova resolução na voz. – Deixa que te fale um pouco a respeito do meu irmão Richard. Vê isto como um pequeno exemplo da crónica familiar que quero que escrevas.

Voltou a encher a chávena de café.

— Em mil novecentos e vinte e quatro, com dezassete anos, o Richard era um nacional-socialista e anti-semita fanático. Aderiu à Liga Nacional-Socialista Sueca para a Liberdade. Não achas fascinante o facto de os nazis terem sempre conseguido adoptar a palavra *liberdade*?

Vanger foi buscar outro álbum e folheou-o até encontrar o que procurava.

— Aqui está o Richard com o veterinário Birger Furugård, que em breve se tornaria o líder do chamado Movimento Furugård, o grande movimento nazi do início dos anos trinta. Mas o Richard não ficou com ele. Juntou-se, poucos anos mais tarde, à Organização Sueca de Luta Fascista, a OSLF, e foi lá que conheceu o Per Engdhal e outros que seriam a vergonha da nação.

Voltou mais uma página do álbum: Richard Vanger de uniforme.

— Alistou-se... contra a vontade do nosso pai... e, ao longo dos anos trinta, passou pela maior parte dos grupos nazis do país. Escolhe qualquer uma das associações conspirativas da época, e podes ter a certeza de que o nome dele constava da lista de adeptos. Em mil novecentos e trinta e três foi fundado o movimento Lindholm, ou seja, o Partido dos Trabalhadores Nacional-Socialistas. Conheces bem a história do nazismo sueco?

— Não sou historiador, mas li alguns livros.

— Em mil novecentos e trinta e nove começou a Segunda Guerra Mundial, e, em mil novecentos e quarenta, a Guerra de Inverno, na Finlândia. Muitos membros do movimento Lindholm juntaram-se aos finlandeses, como voluntários. O Richard, na altura capitão do exército sueco, foi um deles. Morreu em combate, em Fevereiro de mil novecentos e quarenta... pouco antes do tratado de paz com a União Soviética... e assim se tornou um mártir do movimento nazi, que deu o nome dele a um grupo de luta. Ainda hoje há um punhado de idiotas que se juntam num cemitério de Estocolmo, no aniversário da sua morte, para o honrar.

— Compreeendo.

— Em mil novecentos e vinte e seis, quando tinha dezanove anos, andava com uma mulher chamada Margareta, filha de um professor de Falun. Conheceram-se num contexto político qualquer e dessa relação resultou um filho, Gottfried, nascido em mil novecentos e vinte e sete. Casaram-se quando o rapaz nasceu. Durante a primeira metade dos anos trinta, o meu irmão mandou a mulher e o filho aqui para Hedestad, enquanto o regimento dele estava aquartelado em Gävle. Nos seus tempos livres andava de um lado para o outro a fazer proselitismo a favor dos nazis. Em mil novecentos e trinta e seis teve uma enorme discussão com o meu pai, que acabou por cortar relações com ele. A partir daí, o Richard teve de sustentar-se a si mesmo. Mudou-se com a família para Estocolmo e viveu numa relativa pobreza.

– Não tinha fortuna pessoal?

– A parte dele nas empresas estava bloqueada. Não podia vendê-la fora da família. Mas, pior do que a situação financeira em que se encontravam, era o facto de o Richard ser um marido e um pai brutal. Batia na mulher e maltratava o filho. O Gottfried cresceu acobardado e intimidado. Tinha treze anos quando o Richard morreu, e suspeito que esse foi o dia mais feliz da sua vida, até à altura. O meu pai teve pena da viúva e do filho e trouxe-os para Hedestad, onde arranjou um apartamento para a Margareta e lhes garantiu um nível de vida decente.

Se o Richard personificava o lado negro, fanático, da família, o Gottfried corporizava o indolente. Quando fez dezoito anos, decidi tomá-lo sob a minha protecção... era, ao fim e ao cabo, filho do meu irmão... e tens de ter presente que a diferença de idades entre mim e o Gottfried não era assim tão grande. Eu era apenas sete anos mais velho, mas nessa altura já fazia parte da administração das empresas e todos sabiam que um dia ocuparia o lugar do meu pai, enquanto o Gottfried era mais ou menos visto como um intruso.

Vanger pensou por um instante. – O meu pai não sabia verdadeiramente o que fazer daquele neto, de modo que fui eu que lhe dei emprego numa das empresas. Foi depois da guerra. Ele esforçou-se por fazer um bom lugar, mas era preguiçoso. Era um rapaz encantador, um pândego amigo de festas e cabeça no ar, muito mulherengo, e houve períodos em que bebia demasiado. Não é fácil descrever os meus sentimentos por ele... não era má pessoa, mas não se podia confiar nele, e foram muitas as vezes em que me decepcionou profundamente. Com o passar dos anos tornou-se um alcoólico, e acabou por morrer em mil novecentos e sessenta e cinco, vítima de um afogamento acidental. Aconteceu do outro lado da ilha de Hedeby, onde ele tinha mandado construir uma pequena cabana de praia e onde costumava esconder--se para beber.

— Era então ele o pai da Harriet e do Martin? — perguntou Mikael, apontando para a moldura de prata pousada em cima da mesa de café. Teve de admitir, com alguma relutância, que a história do velho era intrigante.

— Exacto. No final dos anos quarenta, o Gottfried conheceu uma mulher alemã chamada Isabella Koenig, que veio para a Suécia depois da guerra. Era muito bonita... quero eu dizer que tinha uma espécie de radiância, como a Garbo ou a Ingrid Bergman. A Harriet herdou provavelmente mais genes da mãe do que do Gottfried. Como podes ver pela fotografia, já era bonita aos catorze anos.

Mikael e Vanger contemplaram juntos a fotografia. — Mas deixa-me continuar. A Isabella nasceu em mil novecentos e vinte e oito, e ainda é viva. Tinha onze anos quando a guerra começou, e podes imaginar o que era ser uma adolescente em Berlim durante os bombardeamentos aéreos. Há-de ter-lhe parecido que chegara ao paraíso na terra quando desembarcou na Suécia. Lamentavelmente, partilhava muitos dos vícios do Gottfried; era preguiçosa e passava a vida em festas. Viajava muito pela Suécia e pelo estrangeiro e não tinha a mínima noção da responsabilidade. Naturalmente, isto afectava os filhos. O Martin nasceu em mil novecentos e quarenta e oito, e a Harriet em mil novecentos e cinquenta. Tiveram uma infância caótica, com uma mãe que estava sempre fora e um pai praticamente alcoólico.

Em mil novecentos e cinquenta e oito, eu estava farto e resolvi quebrar o círculo vicioso. Na altura, o Gottfried e a Isabella estavam a viver em Hedestad... fui eu que insisti em que viessem para cá. O Martin e a Harriet estavam mais ou menos deixados ao abandono.

Vanger olhou para o relógio. — Os meus trinta minutos estão quase a acabar, mas falta pouco para o fim da história. Não me dás um pouco mais de tempo?

— Continue — disse Mikael.

– Em resumo, portanto. Eu não tinha filhos... um contraste gritante com os meus irmãos e restantes membros da família, que pareciam obcecados com a necessidade de perpetuar a linhagem dos Vanger. O Gottfried e a Isabella vieram viver para aqui, mas o casamento deles estava nas últimas. Passado um ano, o Gottfried mudou-se para a cabana. Vivia lá sozinho durante longos períodos, e só voltava para junto da mulher quando o frio apertava a sério. Eu tomei conta do Martin e da Harriet, que se tornaram, de muitas maneiras, os filhos que nunca tivera.

O Martin era... para dizer a verdade, houve uma época da juventude dele em que receei que fosse seguir as pisadas do pai. Era fraco e introvertido e melancólico, mas também conseguia ser encantador e entusiasta. Passou por alguns anos perturbados na adolescência, mas emendou-se quando entrou para a universidade. É..., bem, apesar de tudo, é o CEO do que resta do Grupo Vanger, o que, suponho, conta alguma coisa a seu favor.

– E a Harriet?

– A Harriet era a menina dos meus olhos. Tentei dar-lhe uma sensação de segurança e encorajá-la a ser autoconfiante, e gostávamos muito um do outro. Eu via-a como minha filha, e ela acabou por me ser mais chegada a mim do que aos próprios pais. É que, bem vês, a Harriet era muito especial. Era introvertida... como o irmão... e, quando adolescente, envolveu-se na religião, ao contrário de qualquer outro membro da família. Mas tinha um enorme talento e era tremendamente inteligente. Tinha sentido da moral e verticalidade. Quando tinha catorze ou quinze anos, convenci-me de que seria ela... e não o irmão ou qualquer dos medíocres primos, sobrinhos e sobrinhas que me rodeavam... a destinada a, um dia, gerir as empresas Vanger, ou, no mínimo, desempenhar nelas um papel central.

– Que aconteceu, então?

– Chegamos à verdadeira razão porque quero contratar-te. Quero que descubras que membro da família assassinou a Harriet, e quem passou os últimos quarenta anos a tentar levar-me à loucura.

CAPÍTULO 5

QUINTA-FEIRA, 26 DE DEZEMBRO

PELA PRIMEIRA VEZ desde que iniciara o seu longo monólogo, o velho conseguira surpreender Mikael Blomkvist, que teve de pedir-lhe que repetisse para se certificar de que ouvira bem. Nada do que lera sugeria a existência de um assassínio.

— Foi a vinte e dois de Setembro de mil novecentos e sessenta e seis. A Harriet tinha dezasseis anos e acabava de iniciar o seu segundo ano do curso pré-universitário. Foi um sábado, o pior dia de toda a minha vida. Revi tantas vezes os acontecimentos que julgo ser capaz de te contar minuto a minuto tudo o que se passou naquele dia... excepto o mais importante. — Fez um gesto abrangente com a mão. — Tinha-se reunido, nesta casa, um grande número de membros da minha família. Era o detestável jantar anual. Uma tradição que o meu pai introduzira e que geralmente dava origem a situações muito desagradáveis. A tradição chegou ao fim nos anos oitenta, quando o Martin pura e simplesmente decretou que, daí em diante, todos os assuntos relacionados com o negócio passariam a ser discutidos nas reuniões normais da administração e resolvidos por votação. Foi a melhor decisão que ele alguma vez tomou.

— Disse que a Harriet foi assassinada...

— Espera. Deixa-me contar-te o que aconteceu. Foi num sábado, como disse. E foi também o dia da festa, com o desfile do Dia da Criança organizado pelo clube desportivo de Hedestad. A Harriet tinha ido para a cidade logo de manhã, com alguns amigos, para assistir ao desfile. Voltou por volta das duas da tarde. O jantar estava marcado para as cinco, e era suposto ela estar presente, juntamente com os outros jovens da família.

Vanger pôs-se de pé e aproximou-se da janela. Fez sinal a Mikael para que se lhe juntasse e apontou.

— Às duas e um quarto, pouco depois de a Harriet ter chegado, deu-se um trágico acidente ali na ponte. Um homem chamado Gustav Aronsson, irmão do proprietário da Östergården... uma pequena quinta aqui da ilha... entrou na ponte e chocou de frente com um camião-cisterna. Claro que iam os dois demasiado depressa, e o que devia ter sido uma colisão sem importância transformou-se em catástrofe. O condutor do camião, presume-se que instintivamente, rodou o volante para se desviar do carro, bateu na guarda da ponte e a cisterna voltou-se; acabou atravessada no tabuleiro, com o tractor suspenso da beira. Uma das traves metálicas da guarda perfurou a cisterna, que começou a derramar óleo de aquecimento, altamente inflamável. Entretanto, o Aronsson estava preso dentro do carro, a gritar com dores. O condutor do camião também ficara ferido, mas conseguiu sair da cabina.

O velho voltou ao sofá. — O acidente não teve, na verdade, nada que ver com a Harriet, mas foi importante de uma maneira crucial. Estabeleceu-se a confusão, com gente a acorrer de ambos os extremos da ponte para tentar ajudar. O risco de incêndio era significativo, e foi dado o alarme. A polícia, uma ambulância, uma equipa de primeiros socorros, os bombeiros, os jornalistas e os curiosos chegaram uns atrás dos outros. Naturalmente, todos se juntaram do lado do continente; daqui, do lado da ilha, fazíamos o que podíamos para tirar o Aronsson de dentro do carro, o que provou ser infernalmente difícil. Estava encarcerado e gravemente ferido.

Tentámos libertá-lo só com as mãos, mas não resultou. Ia ser preciso cortar ou serrar o tejadilho do carro, mas não podíamos correr o risco de fazer o que quer que fosse que pudesse provocar uma faísca; estávamos no meio de um mar de óleo, junto de uma cisterna tombada de lado. Se explodisse, morreríamos todos. Passou muito tempo antes que conseguíssemos ajuda do lado do continente. A cisterna estava atravessada de um lado ao outro da ponte, e passar por cima dela seria o mesmo que trepar por cima de uma bomba.

Mikael não conseguiu furtar-se à sensação de que o velho estava a contar-lhe uma história cuidadosamente ensaiada, com o objectivo deliberado de captar-lhe o interesse. E Vanger era um excelente contador, disso não havia a mínima dúvida. Por outro lado, continuava a não fazer ideia de aonde acabaria a história por levá-lo.

— O que importa em todo este caso do acidente é que a ponte esteve bloqueada durante vinte e quatro horas. Só na tarde de domingo acabaram de trasfegar o óleo que restava e lavar o pavimento, e só então a cisterna pôde ser levantada com uma grua e a ponte reaberta ao tráfego. Durante essas vinte e quatro horas, a ilha de Hedeby esteve, para todos os efeitos e propósitos, isolada do resto do mundo. A única maneira de atravessar para o continente era um pequeno barco dos bombeiros que foi trazido para transportar as pessoas do porto de recreio deste lado para o velho porto abaixo da igreja. Durante várias horas, o barco só foi usado pelas equipas de salvamento. As pessoas só começaram a passar na noite de sábado, já bastante tarde. Compreendes a importância disto?

— Assumo que aconteceu alguma coisa à Harriet aqui na ilha — respondeu Blomkvist —, e que a lista de suspeitos se restringe ao pequeno grupo de pessoas que aqui ficaram encurraladas. Uma espécie de mistério quarto-fechado em formato de ilha?

Vanger sorriu ironicamente.

— Mikael, nem imaginas a que ponto tens razão. Também eu li os livros da Dorothy Sayers. São estes os factos: a Harriet chegou à ilha por volta das duas e dez. Se incluirmos as crianças e os convidados solteiros, vieram de fora, ao todo, cerca de quarenta membros da família. Contando com os criados e os residentes, havia sessenta e quatro pessoas nesta casa ou nas suas redondezas imediatas. Algumas delas... as que iam passar a noite... estavam atarefadas a instalar-se em casas vizinhas ou em quartos de hóspedes.

A Harriet tinha anteriormente vivido numa casa do outro lado da rua, mas dado que nem o Gottfried nem a Isabella eram consistentemente estáveis, e não era difícil perceber como isso a perturbava, lhe afectava os estudos e tudo o mais, em mil novecentos e sessenta e quatro, quando ela tinha catorze anos, tomei a decisão de trazê-la para aqui. A Isabella ficou provavelmente muito satisfeita por ver-se livre da responsabilidade de tratar da filha. A Harriet vivia nesta casa, portanto, havia já dois anos. Por isso, foi para cá que veio naquele dia. Sabemos que encontrou o Harald... é um dos meus irmãos... no quintal, e trocou algumas palavras com ele. Depois subiu as escadas até esta sala e veio cumprimentar-me. Disse que queria falar comigo sobre uma coisa. Na altura, eu tinha outros membros da família comigo e não pude dar-lhe atenção. Mas ela parecia ansiosa e eu prometi-lhe que, mal estivesse livre, iria ao quarto dela. Saiu por aquela porta, e foi a última vez que a vi. Instantes depois, deu-se o acidente na ponte, e o caos que se seguiu estragou todos os nossos planos para aquele dia.

— Como foi que ela morreu?

— É mais complicado do que isso, e vou ter de contar-te a história por ordem cronológica. Quando se deu o acidente, as pessoas largaram o que estavam a fazer e correram para o local. Fui eu... digamos que assumi a direcção das operações, e estive ocupado durante as horas que se seguiram. Também a Harriet correu para a ponte... houve várias pessoas que a viram... mas o perigo de explosão era demasiado grande, de modo que dei ordens para que quem não estivesse directamente envolvido na tentativa de retirar o Aronsson de dentro do carro se mantivesse à distância. Ficámos cinco. Eu e o meu irmão Harald. Um homem chamado Nilsson, um dos meus empregados. Um trabalhador da serração chamado Sixten Nordlander, que tinha uma casa junto ao porto de pesca. E um rapaz chamado Jerker Aronsson. Tinha apenas dezasseis anos, e a verdade é que devia tê-lo mandado embora, mas era sobrinho do Gustav, que estava no carro.

Por volta das vinte para as três, a Harriet estava na cozinha, aqui em casa. Bebeu um copo de leite e conversou um pouco com a Astrid, a nossa cozinheira. Ficaram a ver da janela a confusão que ia na ponte.

Às cinco para as três, a Harriet atravessou o quintal. Foi vista pela Isabella. Cerca de um minuto mais tarde encontrou Otto Falk, o pastor de Hedeby. Na época, o presbitério era onde o Martin tem hoje a vivenda dele, e o pastor vivia do lado de cá da ponte. Estava de cama, a curar uma constipação, quando se deu o acidente; não tinha assistido ao drama, mas alguém lhe telefonara e ele ia a caminho. A Harriet encontrou-o na estrada e aparentemente quis dizer-lhe qualquer coisa, mas ele não a ouviu e seguiu em frente. O Falk foi a última pessoa a vê-la viva.

— Como foi que ela morreu? — voltou Mikael a perguntar.

— Não sei — respondeu Vanger, com uma expressão perturbada. — Só conseguimos tirar o Aronsson do carro por volta das cinco... sobreviveu, a propósito, apesar de bastante maltratado... e já passava das seis quando a ameaça de incêndio foi considerada afastada. Foi só quando nos sentámos finalmente à mesa para jantar, por volta das oito, que demos por falta da Harriet. Mandei uma das primas procurá-la ao quarto, mas ela voltou para dizer que não a tinha encontrado. Não dei grande importância ao facto; provavelmente, assumi que tinha ido dar uma volta ou que ninguém lhe dissera que o jantar estava na mesa. E durante a noite tive de lidar com várias conversas e discussões com a família. Por isso foi só na manhã seguinte, quando a Isabella apareceu para a levar, que nos apercebemos de que ninguém sabia onde estava a Harriet nem ninguém a via desde o dia anterior. — Abriu as mãos. — E, a partir desse dia, ela desapareceu sem deixar rasto.

— Desapareceu? — ecoou Mikael.

— Durante todos estes anos não conseguimos encontrar o mais pequeno vestígio dela.

— Mas se desapareceu, como disse, não pode ter a certeza de que foi assassinada.

— Compreendo a objecção. Também eu fiz um raciocínio semelhante. Quando uma pessoa desaparece sem deixar rasto, uma de quatro coisas pode ter acontecido. Ou essa pessoa partiu de livre vontade e está escondida algures. Ou teve um acidente e morreu. Ou se suicidou. Ou, finalmente, foi vítima de um crime. Pesei todas estas possibilidades.

— Mas está convencido de que alguém a matou. Porquê?

— Porque é a única conclusão razoável. — Vanger espetou um dedo. — Ao princípio, alimentei a esperança de que tivesse fugido, mas à medida que os dias passavam, todos compreendemos que não podia ser o caso. Como poderia uma jovem de dezasseis anos, vinda de um ambiente tão protegido, mesmo tratando-se de uma rapariga cheia de expediente, manter-se sozinha? Como conseguiria permanecer escondida sem ser descoberta? E onde iria arranjar dinheiro? E mesmo que conseguisse arranjar um emprego algures, precisaria de um cartão da Segurança Social e de uma morada.

Espetou dois dedos.

— O meu segundo pensamento foi, naturalmente, que tinha sofrido um acidente. Fazes-me um favor? Vai à minha secretária e abre a primeira gaveta. Está lá um mapa.

Mikael fez o que lhe era pedido e abriu o mapa em cima da mesa de café. A ilha de Hedeby era um pedaço de terra de forma irregular com cerca de três quilómetros de comprimento e quilómetro e meio de largura máxima. Uma grande parte da ilha estava coberta de floresta. Havia uma área com casas junto à ponte e à volta do pequeno porto de recreio. Do outro lado da ilha ficava a pequena quinta chamada Östergården, de onde o desafortunado Aronsson partira no seu carro.

— Lembra-te de que ela não podia ter saído da ilha — disse Vanger. — Aqui, na nossa pequena ilha, pode-se morrer de acidente como noutro lugar qualquer. Pode-se ser atingido por um raio... mas não houve nenhuma trovoada naquele dia. Pode-se ser espezinhado por um cavalo, cair num poço ou numa fenda das rochas. Há sem dúvida centenas de maneiras de sofrer um acidente em Hedeby. Pensei na maior parte delas.

Espetou três dedos.

— Há apenas um problema, e isto aplica-se igualmente à terceira hipótese... a de a rapariga, contrariamente a todas as indicações, se ter suicidado. *O corpo tinha de estar algures dentro desta área limitada.*

Bateu com o punho no mapa.

— Nos dias que se seguiram ao desaparecimento, procurámos por todo o lado, passámos a ilha a pente-fino. Procurámos em todas as valas, todas as frestas das falésias, todos os campos, todos os montes de terra. Revistámos todas as casas, todas as chaminés, todos os poços, todos os celeiros, todos os sótãos.

O velho desviou os olhos de Blomkvist e ficou a olhar para a escuridão lá fora. A voz dele tornou-se mais baixa, mais íntima.

Ilha de Hedeby

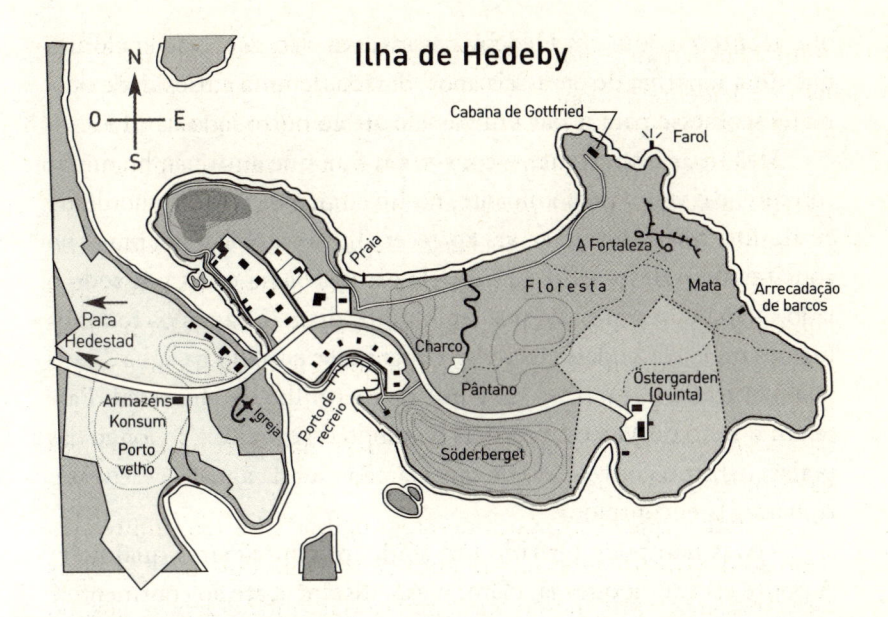

— Procurei-a durante todo o Outono, mesmo depois de os grupos de busca terem partido e as pessoas terem desistido. Quando não estava ocupado com o meu trabalho, andava de um lado para o outro, pela ilha. O Inverno chegou e continuávamos sem encontrar rasto dela. Na Primavera, continuei a procurar, até que me apercebi de como a minha busca era absurda. No Verão, contratei três especialistas que voltaram a procurar, desta vez com cães. Passaram a pente-fino cada metro quadrado da ilha. Por esta altura, tinha começado a convencer-me de que alguém a matara. Por isso, também procuraram uma sepultura. Trabalharam durante três meses. Não encontrámos o mais pequeno vestígio da rapariga. Era como se se tivesse esfumado.

— Ocorrem-me diversas possibilidades — arriscou Mikael.

— Ouçamo-las.

— Pode ter-se afogado, acidentalmente ou de propósito. Isto é uma ilha, e a água consegue esconder a maior parte das coisas.

— É verdade, mas a probabilidade não é muito grande. Considera o seguinte: se a Harriet tivesse sofrido um acidente e caído à água, teria logicamente de ter acontecido algures nas proximidades da aldeia. Lembra-te de que o acidente na ponte foi a coisa mais excitante que aconteceu aqui em Hedeby nas últimas décadas. Não era altura que uma rapariga de dezasseis anos, dotada de uma curiosidade normal, escolhesse para ir dar um passeio até ao outro lado da ilha.

Mas mais importante – continuou –, é que aqui não há muita corrente, e o vento predominante, no Inverno, é de norte ou nordeste. Se alguma coisa cai à água, vai aparecer algures ao longo da praia, no continente, e desse lado, já naquela altura, havia casas por todo o lado. Não penses que não nos lembrámos disso. Dragámos todos os lugares onde ela pudesse concebivelmente ter entrado na água. Também contratei uns rapazes do clube de mergulho de Hedestad. Passaram o resto do Verão a procurar no fundo do estreito e ao longo das praias... Estou convencido de que ela não está na água; se estivesse, tínhamo-la encontrado.

– Mas não pode ter tido um acidente noutro sítio qualquer? A ponte estava bloqueada, claro, mas a distância até ao continente é muito pequena. Pode ter ido a nado, ou usado um barco a remos.

– Foi em finais de Setembro, e a água estava tão fria que dificilmente a Harriet teria ido nadar no meio de toda aquela confusão. Mas se a ideia lhe tivesse ocorrido, teria sido vista e atraído muitas atenções. Havia dúzias de olhos na ponte, e no continente havia duas ou três centenas de pessoas ao longo da margem, a ver o espectáculo.

– Um barco a remos?

– Não. Naquele dia, havia exactamente treze barcos na ilha de Hedeby. A maior parte dos barcos de recreio estava já guardada em terra. No pequeno porto, junto das casas de Verão, havia dois *Pettersons* na água. E havia sete barcos a remos *eka*, cinco dos quais em terra. Abaixo do presbitério havia um barco a remos em terra e outro na água. Perto de Östergården, havia um barco a remos e um a motor. Todos eles foram verificados e estavam exactamente onde eram supostos estar. Se ela tivesse levado um barco e fugido, teria tido de deixá-lo do outro lado.

Vanger ergueu quatro dedos.

– Resta-nos, portanto, apenas uma possibilidade razoável, a saber: a Harriet desapareceu contra a sua vontade. Alguém a matou e viu-se livre do corpo.

◆

Lisbeth Salander passou a manhã de Natal a ler o controverso livro de Mikael Blomkvist sobre o tema do jornalismo económico, *Os Cavaleiros do Templo: Uma História para Edificação do Jornalista Económico*. A capa, com um *design* muito moderno, era de Christer Malm e mostrava uma foto da Bolsa de Estocolmo. Malm trabalhara-a em PhotoShop, e à primeira vista não se reparava que o edifício flutuava no ar. Uma imagem dramática, que dava o tom para o que se seguia.

Lisbeth depressa se apercebeu de que Blomkvist era um excelente escritor. O texto era claro e cativante, e até uma pessoa sem o mais pequeno conhecimento dos meandros do jornalismo económico podia aprender qualquer coisa com a sua leitura. O tom, duro e sarcástico, era, acima de tudo, convincente.

O primeiro capítulo era uma espécie de declaração de guerra em que o autor não se ficava por meias palavras. Nos últimos 20 anos, os jornalistas económicos suecos tinham-se tornado um grupo de lacaios incompetentes cheios de pesporrência e incapazes de pensamento crítico. Baseava esta conclusão no facto de, permanentemente e sem qualquer objecção, tantos jornalistas da área se limitarem a regurgitar as declarações emitidas por administradores empresariais e especuladores do mercado — mesmo quando essa informação era claramente enganosa ou errada. Por conseguinte, ou esses jornalistas eram tão crédulos e ingénuos que melhor seria dedicarem-se a outra actividade, ou eram pessoas que traíam conscientemente a sua função jornalística. Blomkvist afirmava que muitas vezes se sentira envergonhado ao dizer-se jornalista económico, porque ao fazê-lo corria o risco de ser enfiado no mesmo saco com pessoas que nada tinham que ver com o jornalismo.

Comparava os esforços dos seus homólogos com o modo como os jornalistas criminais e os correspondentes estrangeiros trabalhavam. Pintava um quadro do escândalo que seria se um correspondente judicial começasse a publicar acriticamente as alegações da acusação como verdades sagradas num caso de assassínio, sem ouvir os argumentos da defesa ou entrevistar a família da vítima antes de formar uma opinião sobre o que era provável ou improvável. Segundo ele, as mesmas regras deviam aplicar-se aos jornalistas económicos.

O resto do livro era um encadeado de provas em apoio desta tese. Um longo capítulo examinava as reportagens publicadas sobre uma famosa ponto-com em seis jornais diários, bem como no *Finanstidningen*, na *Dagens Nyheter*, e no programa *A-ekonomi*, da televisão sueca. Começava por citar e resumir o que os jornalistas tinham escrito e dito. Em seguida, fazia a comparação com a situação real. Ao descrever o desenvolvimento da empresa, referia repetidamente as perguntas simples que um jornalista sério deveria ter feito mas que a totalidade de jornalistas económicos negligenciara colocar. Uma jogada bem executada.

Outro capítulo abordava a cotização em Bolsa das acções da Telia – era a parte mais divertida e irónica do livro, na qual alguns escritores sobre economia eram referidos pelo nome, incluindo um tal William Borg, a quem Blomkvist parecia ser particularmente hostil. Um capítulo, já perto do final do livro, comparava a competência dos jornalistas económicos suecos com a dos seus homólogos estrangeiros. Descrevia como *jornalistas sérios* – do *Financial Times* de Londres, do *Economist* e de alguns jornais económicos alemães – tinham tratado casos semelhantes nos respectivos países. A comparação não era favorável aos profissionais suecos. O último capítulo continha um esboço de proposta sobre como seria possível remediar aquela deplorável situação. A conclusão do livro era como que um eco da introdução.

> Se um repórter parlamentar fizesse o seu trabalho da mesma maneira, saindo acriticamente em defesa de todas as propostas aprovadas, por mais ridículas que fossem, ou se um analista político desse mostras de igual falta de discernimento, qualquer deles seria imediatamente despedido ou, no mínimo, transferido para outra secção onde não pudesse causar tantos estragos. No mundo do jornalismo económico, porém, o normal mandato jornalístico que obriga a levar a cabo uma investigação crítica e informar objectivamente os leitores das suas descobertas parece não se aplicar. Em vez disso, celebra-se o vigarista que teve mais êxito. Assim se enforma também o futuro da Suécia, e se compromete toda a confiança que resta nos jornalistas como um corpo profissional.

Lisbeth não teve dificuldade em compreender o agitado debate que se seguira no *Journalisten*, em certos jornais financeiros e nas primeiras páginas e cadernos de economia dos jornais diários. Apesar de, no livro, só uns poucos jornalistas serem referidos pelo nome, calculou que o meio era suficientemente pequeno para que toda a gente soubesse que indivíduos estavam a ser visados quando os artigos de certos jornais eram citados. Blomkvist fizera uma porção de inimigos, o que não deixara de reflectir-se nos maliciosos comentários ao julgamento do caso Wennerström.

Fechou o livro e examinou a fotografia da contracapa. Os cabelos loiro escuros de Blomkvist caíam-lhe um pouco descuidadamente para a testa, como que apanhados por uma rabanada de vento. Ou (o que era bem mais plausível) como se Christer Malm tivesse preparado a pose. Estava a olhar para a câmara com um sorriso irónico e uma expressão que talvez tencionasse ser cativante e arrapazada. *Um homem muito atraente. A caminho de três meses na pildra.*

– Olá, Super Blomkvist – murmurou para si mesma. – Estás muito contente contigo mesmo, não estás?

À hora do almoço, ligou o *iBook* e abriu o Eudora para enviar um *e-mail*. Teclou: «Tens tempo?» Assinou *Vespa* e enviou-o para <Peste_xyz_666@hotmail.com.> Para jogar pelo seguro passou a mensagem pelo programa de cifra.

Em seguida, vestiu uns *jeans* pretos, uma camisola quente de gola alta, uma *parka* de marinheiro, luvas, barrete, cachecol no mesmo tom amarelo-claro e pesadas botas de Inverno. Tirou os *piercings* das sobrancelhas e do nariz, pôs um pouco de *bâton* rosa-pálido e examinou-se ao espelho da casa de banho. Nada a diferençava de qualquer outra mulher que tivesse saído para dar um passeio de fim-de-semana, e considerou a vestimenta a camuflagem adequada para uma expedição à retaguarda das linhas do inimigo. Apanhou o metro de Zinkensdamm até Östermalmstorg e encaminhou-se a pé para a Strandvägen. Foi avançando pelo separador central, a ler os números das portas. Tinha quase chegado à ponte Djurgårds quando descobriu a que procurava. Atravessou a rua e deteve-se à espera, a poucos metros de distância.

Reparou que a maior parte das pessoas que andavam na rua, naquele gelado dia depois do Natal, optava por caminhar ao longo do cais; só umas poucas seguiam pelo passeio.

Teve de esperar quase meia hora antes que uma senhora já idosa, que caminhava com a ajuda de uma bengala, se aproximasse vinda do lado do Djurgårds. A velhota deteve-se e examinou-a com um olhar desconfiado. Lisbeth cumprimentou-a com um sorriso amistoso. A senhora da bengala devolveu-lhe o cumprimento e deu a impressão de estar a tentar lembrar-se de quando fora a última vez que vira aquela jovem. Lisbeth voltou costas e afastou-se alguns passos, como se estivesse à espera de alguém, andando impaciente de um lado para o outro. Quando se voltou novamente, a velhota tinha chegado à porta e estava a introduzir lentamente o código na fechadura. Lisbeth não teve a mínima dificuldade em ver que a combinação de números era 1260.

Esperou mais cinco minutos e aproximou-se da porta. Marcou o código, e a fechadura fez um clique. Espreitou para o vestíbulo. Havia uma câmara de segurança, que ela ignorou: era de um modelo vendido pela Milton Security e que só se activava se fosse disparado dentro da propriedade qualquer alarme anti-roubo ou intrusão. Mais ao fundo, à esquerda de um antiquado elevador, havia outra porta com fechadura codificada; tentou 1260 e a porta abriu-se, dando-lhe acesso à cave e ao depósito do lixo. *Atamancado, muito atamancado.* Dedicou três minutos a examinar a cave, onde havia uma lavandaria, cuja porta estava aberta, e um espaço para triagem do lixo. Em seguida, serviu-se de um conjunto de gazuas que tinha «pedido emprestado» na Milton para abrir uma porta que dava para o que parecia ser a sala de reuniões do condomínio. Ao fundo da cave havia uma sala de *bricolage*. Finalmente, encontrou o que procurava: o espaço onde estava instalada a central eléctrica do edifício. Estudou os contadores, as caixas dos fusíveis e as caixas de derivação. Então, tirou do bolso uma câmara digital *Canon* do tamanho de um maço de cigarros e fez três fotografias.

A caminho da saída deu uma vista de olhos à lista de residentes afixada junto ao elevador e leu o nome do proprietário do apartamento do último andar: *Wennerström*.

Saiu do edifício e caminhou rapidamente até ao Museu Nacional, onde entrou na cafetaria para beber uma chávena de café e aquecer-se um pouco. Cerca de meia hora mais tarde regressou a Söder e subiu ao seu apartamento.

Havia uma resposta de <Peste_xyz_666@hotmail.com>. Quando a descodificou, dizia: 20.

CAPÍTULO 6

QUINTA-FEIRA, 26 DE DEZEMBRO

O TEMPO LIMITE que Mikael estabelecera fora excedido por uma larga margem. Eram quatro e meia e já não havia a mínima esperança de apanhar o comboio da tarde, mas ainda tinha a possibilidade de safar-se a tempo do da noite, às nove e meia. Estava de pé junto à janela, a esfregar o queixo enquanto estudava a fachada iluminada da igreja, do outro lado da ponte. Vanger mostrara-lhe um álbum de recortes com artigos da imprensa local e nacional. Durante algum tempo, os *media* tinham-se interessado pelo caso – uma rapariga da família de um conhecido industrial desaparece. Mas quando o corpo continuara a não aparecer e não houvera quaisquer progressos na investigação, o interesse começara a esmorecer. Não obstante o facto de estar envolvida uma família proeminente, passados trinta e seis anos o caso do desaparecimento de Harriet Vanger estava praticamente esquecido. A teoria prevalecente nos artigos de finais dos anos sessenta era que ela se tinha afogado e fora arrastada para o mar – uma tragédia, mas uma coisa que podia acontecer a qualquer família.

Mikael ficara fascinado pelo relato do velho, mas quando Vanger pedira licença para ir à casa de banho, o cepticismo voltara. O velho ainda não chegara ao fim, e ele tinha finalmente prometido ouvir a história toda.

– O que acha que lhe aconteceu? – perguntou, quando Henrik voltou a entrar na sala.

– Normalmente, vivem aqui vinte e cinco pessoas ao longo de todo o ano, mas por causa da reunião familiar havia mais de sessenta na ilha, naquele dia. Destas, entre vinte e vinte e cinco podem ser eliminadas à partida, quase de certeza. Estou convencido de que uma das outras... e muito provavelmente foi alguém da família... matou a Harriet e escondeu o corpo.

— Tenho uma dúzia de objecções a essa teoria.

— Ouçamo-las.

— Bem, a primeira é que mesmo que alguém o tivesse escondido, o corpo teria sido encontrado numa busca tão minuciosa como a que descreveu.

— Para dizer a verdade, a busca foi ainda mais exaustiva do que eu descrevi. Foi só depois de ter começado a pensar que a Harriet podia ter sido vítima de um crime que imaginei várias maneiras como o cadáver podia ter desaparecido. Não posso provar o que vou dizer, mas, pelo menos, enquadra-se no domínio da possibilidade.

— Diga.

— A Harriet desapareceu por volta das três da tarde. Às cinco para as três foi vista pelo pastor Falk, que se dirigia para a ponte. Exactamente por essa altura, chegou um fotógrafo do jornal local que, durante a hora que se seguiu, fez uma enorme quantidade de fotografias do acidente. Nós... a polícia, quero dizer... examinou as fotos e comprovou que a Harriet não aparecia em nenhuma delas; mas todos os outros habitantes da cidade podiam ser vistos em pelo menos uma, exceptuando as crianças muito pequenas.

Vanger foi buscar outro álbum e colocou-o em cima da mesa.

— Isto são fotos desse dia. A primeira foi tirada em Hedestad, durante o desfile do Dia da Criança. O mesmo fotógrafo tirou-a por volta da uma e um quarto, e a Harriet aparece nela.

A fotografia tinha sido tirada do segundo andar de um edifício e mostrava a rua ao longo da qual passava o desfile: palhaços, e carros alegóricos, e raparigas em fato de banho. Os passeios estavam apinhados de gente. Vanger apontou uma figura no meio da multidão.

— A Harriet. Cerca de duas horas antes de desaparecer; está com algumas colegas da escola. Esta é a última fotografia que tenho dela. Mas há outra mais interessante.

Vanger passou as páginas. O álbum continha cerca de 180 fotos – seis rolos – do acidente na ponte. Depois de ter ouvido o relato, era quase demasiado violento vê-lo repentinamente sob a forma de imagens a preto e branco. O fotógrafo era um bom profissional, que conseguira captar a agitação à volta do acidente. A maior parte das fotos centrava-se na actividade em redor da cisterna tombada. Blomkvist não teve dificuldade em identificar um Henrik Vanger muito mais novo, a gesticular e ensopado em óleo de aquecimento.

— Este é o meu irmão Harald. — O velho indicava um homem em mangas de camisa que, inclinado para a frente, apontava para qualquer coisa no interior dos destroços do carro. — O Harald será uma pessoa desagradável, mas penso que podemos eliminá-lo como suspeito. Exceptuando um curto espaço de tempo, quando teve de ir a casa mudar de sapatos, passou a tarde toda na ponte.

Vanger voltou mais algumas páginas. Foco no camião cisterna. Foco nos espectadores. Foco no carro de Aronsson. Vistas gerais. Grandes planos com teleobjectiva.

— Esta é uma fotografia interessante — disse Vanger. — Tanto quanto conseguimos determinar, foi tirada entre as vinte para as três e um quarto para as três, ou seja, cerca de quarenta e cinco minutos depois de a Harriet ter encontrado o Falk. Repara na janela do meio do primeiro piso da minha casa. É a do quarto da Harriet. Na foto anterior estava fechada. Agora está aberta.

— Deve ter estado alguém no quarto dela.

— Perguntei a toda a gente; ninguém admitiu ter aberto a janela.

— O que significa que ou foi ela que a abriu, e portanto estava viva nessa altura, ou alguém mentiu. Mas porque haveria um assassino de entrar num quarto e abrir uma janela? E porque haveria alguém de mentir a respeito de ter aberto a janela?

Vanger abanou a cabeça. Não tinha resposta para estas perguntas.

— A Harriet desapareceu por volta das três da tarde, ou pouco depois. Estas fotografias mostram onde certas pessoas estavam na altura. Por isso digo que podemos eliminar alguns nomes da lista de suspeitos. Pela mesma razão, devo concluir que algumas pessoas que não aparecem nas fotografias naquele momento devem ser acrescentadas a essa mesma lista.

— Não respondeu à minha pergunta a respeito de como julga que o corpo foi levado. Compreendo, claro, que tem de haver uma explicação plausível. Alguma espécie de velho truque de ilusionista.

— Sim, pode ter sido feito de várias maneiras. O assassino, ou a assassina, atacou por volta das três. Presumivelmente, não usou qualquer arma, ou teríamos encontrado vestígios de sangue. Calculo que a Harriet foi estrangulada, e calculo que aconteceu aqui... atrás do muro do jardim, fora do ângulo de visão do fotógrafo e num ponto morto em relação à casa. Há um caminho, uma espécie de atalho, que vai dar ao presbitério... o último lugar onde a Harriet foi vista. Actualmente, há lá um canteiro e um relvado, mas, nos anos sessenta, era uma área ensaibrada, usada como estacionamento. Tudo o que o assassino tinha de fazer era abrir a bagageira de um carro e enfiar a Harriet lá dentro. Quando começámos a revistar a ilha, não ocorreu a ninguém que tivesse sido cometido um crime. Concentrámo-nos na costa, nas casas e nos bosques mais próximos da aldeia.

— Portanto, ninguém verificou a bagageira dos carros.

— E, na tarde seguinte, o assassino estaria livre para meter-se no carro, atravessar a ponte e ir esconder o corpo noutro lugar qualquer.

— Mesmo nas barbas de todos os envolvidos na busca. Se foi isso que aconteceu, estamos a falar de um filho da mãe muito frio.

Vanger deixou escapar um risinho amargo.

— Acabas de fazer uma descrição perfeita de uma boa parte dos membros da minha família.

Continuaram a discussão durante o jantar, às seis horas. Anna serviu lebre assada com geleia de groselha e batatas. Vanger abriu um robusto vinho tinto. Mikael ainda tinha tempo de sobra para apanhar o comboio da noite. Achou que chegara o momento de encerrar o assunto.

— Admito que é uma história fascinante. Mas continuo a não compreender por que quis que a ouvisse.

— Já te disse. Quero apanhar o porco que assassinou a Harriet. E quero contratar-te para descobrir quem foi.

Vanger pousou o garfo e a faca.

— Mikael, há trinta e seis anos que dou comigo em doido a tentar descobrir o que aconteceu à Harriet. Tenho dedicado uma parte cada vez maior do meu tempo a este caso.

Calou-se e pegou nos óculos, examinando um qualquer invisível grão de pó nas lentes. Então, ergueu os olhos e fixou-os em Blomkvist.

— Para ser totalmente franco contigo, o desaparecimento da Harriet foi a razão que me levou a afastar-me gradualmente da direcção das empresas. Perdi a motivação. Sabia que havia um assassino algures perto de mim, e a preocupação e o desejo de descobrir a verdade começaram a afectar o meu trabalho. O pior de tudo foi que o fardo não se tornou mais leve com a passagem do tempo... muito pelo contrário. Por volta de mil novecentos e setenta passei por um período em que só queria que me deixassem em paz. Foi nessa altura que o Martin entrou para a direcção, e começou a assumir uma fatia cada vez maior das minhas responsabilidades. Em mil novecentos e setenta e seis afastei-me, e ele tornou-se director-geral. Continuo a ter lugar na administração, mas desde os cinquenta anos que não faço grande coisa. Durante os últimos trinta e seis anos não se passou um dia em que eu não pensasse no desaparecimento da Harriet. Podes pensar que estou obcecado... Pelo menos, é o que pensa a maior parte dos meus parentes.

— Foi um acontecimento horrível.

— Mais do que isso. Arruinou a minha vida. É uma coisa de que tomo cada vez mais consciência à medida que o tempo passa. Acreditas conhecer-te bem a ti mesmo?

— Sim, julgo que sim.

— Também eu. Não consigo esquecer o que aconteceu. Mas os meus motivos têm vindo a mudar com o passar dos anos. Ao princípio, foi provavelmente desgosto. Queria encontrá-la e ter ao menos a possibilidade de enterrá-la. Tratava-se de conseguir justiça para a Harriet.

— E em que foi que isso mudou?

— Agora é mais a vontade de encontrar o filho da mãe que a matou. Mas o curioso é que, quanto mais envelheço, mais o caso se transforma num *hobby* que me absorve.

— Um *hobby*?

— Sim, diria que é a palavra correcta. Quando a investigação da polícia deu em nada, eu continuei. Esforcei-me por proceder sistemática e cientificamente. Reuni toda a informação disponível... as fotografias, os relatórios da polícia... anotei tudo o que as pessoas me disseram a respeito do que tinham feito naquele dia. Portanto, na realidade passei quase metade da minha vida a coligir informação sobre um único dia.

— Compreende, decerto, que ao cabo de trinta e seis anos o próprio assassino pode estar morto e enterrado?

— Não acredito nisso.

A convicção que havia na voz de Vanger fez Mikael arquear as sobrancelhas.

— Acabemos o jantar e voltemos lá acima. Falta um pormenor para que a minha história fique completa. E é o mais intrigante de todos.

Lisbeth Salander estacionou o *Corolla* de caixa automática junto à estação de Sundbyberg. Tirara o carro da garagem da Milton Security. Não pedira exactamente autorização, mas Armanskij também nunca a proibira expressamente de usar as viaturas da empresa. «Mais cedo ou mais tarde», pensou, «vou ter de arranjar um carro.» Tinha uma *Kawasaki 125* em segunda mão, que usava nos meses de Verão. Durante o Inverno, a moto ficava fechada na cave.

Foi a pé até à Högklintavägen e, às seis em ponto, premiu o botão da campainha. Segundos mais tarde, a porta da rua abriu-se e ela subiu dois lanços de escadas e premiu o botão ao lado da pequena placa com o nome Svensson. Não fazia ideia de quem pudesse ser aquele Svensson, ou sequer se uma tal pessoa vivia naquele apartamento.

— Olá, Peste — cumprimentou.

— Vespa. Só apareces quando precisas de alguma coisa.

Como sempre, estava escuro no interior do apartamento; a luz do único candeeiro derramava-se para o vestíbulo vinda do quarto que ele usava como escritório. O homem, dois anos mais velho do que ela, tinha um metro e oitenta e oito de altura e pesava 150 quilos. Lisbeth tinha um metro e cinquenta e cinco e pesava 42 quilos, e sentia-se sempre como uma anã ao lado do Peste. O apartamento cheirava a ar estagnado e a bafio.

– É por nunca tomares banho e a tua casa cheirar a jaula de macaco que te chamam Peste? Se alguma vez fosses à rua, dava-te umas dicas a respeito de sabonete. Vende-se nos *Konsum*.

Ele esboçou um sorriso amarelo, mas não disse nada. Fez-lhe sinal para o seguir até à cozinha. Deixou-se cair na cadeira junto à mesa, sem acender a luz. A única iluminação provinha do candeeiro de rua, lá fora.

– Quer dizer, eu não sou exactamente o modelo da fada do lar, mas se tivesse pacotes de leite a cheirar a larvas pegava neles e punha-os lá fora.

– Vivo de uma pensão de invalidez – disse ele. – Sou socialmente interdito.

– Foi por isso que o governo te deu um lugar para viver e se esqueceu de ti. Não tens medo de que os vizinhos se queixem à inspecção sanitária? Era uma maneira de ires dar com os costados na quinta dos chanfrados.

– Tens uma coisa para mim?

Lisbeth abriu o fecho de correr do bolso do blusão e tirou de lá cinco mil coroas.

– É tudo o que tenho. É dinheiro meu, e olha que não posso deduzir-te como dependente.

– O que é que queres?

– A manga electrónica de que falámos há dois meses. Conseguiste fazê-la?

Ele sorriu e pousou uma caixa em cima da mesa.

– Mostra-me como funciona.

Durante os minutos que se seguiram, Lisbeth escutou atentamente. Depois, testou a manga. Peste podia ser socialmente incapaz, mas era inegavelmente um génio.

Vanger esperou até ter novamente a atenção do seu visitante. Mikael consultou o relógio e disse:

— Um pormenor intrigante.

— Nasci a um de Novembro — começou Vanger. — Quando a Harriet tinha oito anos, ofereceu-me um presente de aniversário. Uma flor seca, emoldurada.

Contornou a secretária e apontou para a primeira flor. Uma campainha. Claramente montada por mãos inexperientes.

— Esta foi a primeira. Recebi-a em mil novecentos e cinquenta e oito. — Indicou a seguinte. — Mil novecentos e cinquenta e nove. Ranúnculo. Mil novecentos e sessenta. Margarida. Tornou-se uma tradição. A Harriet preparava a flor durante o Verão e esperava até ao dia do meu aniversário. Pu-las sempre na parede, nesta sala. Em mil novecentos e sessenta e seis ela desapareceu, e a tradição quebrou-se. Apontou para o espaço em branco na fila de molduras. Blomkvist sentiu os cabelos da nuca eriçarem-se-lhe. A parede estava coberta de flores secas. — Em mil novecentos e sessenta e sete, um ano depois de ela ter desaparecido, recebi esta flor no dia dos meus anos. Uma violeta.

— Como foi que a flor chegou às suas mãos?

— Embrulhada em papel de oferta e num sobrescrito almofadado, enviado de Estocolmo. Nenhum remetente. Nenhuma mensagem.

— Quer dizer... — Mikael fez um largo gesto com a mão.

— Precisamente. No dia do meu aniversário, todos os malditos anos. Imaginas o que isto me faz sentir? É dirigido contra mim, exactamente como se o assassino quisesse torturar-me. A ideia de que alguém pode tê-la raptado para me atingir tem dado conta de mim todos estes anos. Não era segredo que tínhamos um relacionamento especial e que eu a via como se fosse minha filha.

— O que é então que quer que eu faça? — perguntou Mikael.

Depois de deixar o *Corolla* na garagem subterrânea da Milton Security, Lisbeth Salander resolveu usar a casa de banho do escritório.

Passou o cartão magnético pela ranhura da porta e subiu no elevador directamente para o terceiro piso, evitando deste modo a entrada principal, no segundo piso, onde se encontraria o vigilante de serviço. Serviu-se dos lavabos e tirou um café da máquina *espresso* que Armanskij finalmente comprara quando se convencera de que ela não ia fazer café só porque era suposto fazê-lo. Dirigiu-se então ao seu gabinete e pendurou o blusão de couro nas costas da cadeira.

O gabinete era um cubículo de vidro com dois metros por três. Havia uma secretária com um antiquado computador Dell, um telefone, uma cadeira, um cesto de papéis metálico e uma estante. A estante continha um sortido de listas telefónicas e três blocos de notas em branco. Nas duas gavetas da secretária havia várias esferográficas, clipes espalhados e um bloco de notas. No parapeito da janela havia uma planta envasada, com folhas acastanhadas e murchas. Lisbeth olhou pensativamente para a planta, como se fosse a primeira vez que a via, e atirou-a para o cesto de papéis. Raramente tinha que fazer no gabinete e nunca o visitava mais de meia dúzia de vezes por ano, sobretudo quando precisava de algum tempo sozinha para preparar um relatório. Armanskij insistira em que ela tivesse o seu próprio espaço. O raciocínio era que assim se sentiria parte da empresa, apesar de trabalhar como *freelancer*. Lisbeth suspeitava que o que ele verdadeiramente esperava era ter deste modo uma possibilidade de mantê-la debaixo de olho e meter o nariz na vida dela. Ao princípio, tinham-lhe dado um espaço mais para o fundo do corredor, num gabinete maior que teria de partilhar com um colega, mas como ela nunca lá estava, Armanskij acabara por transferi-la para aquele cubículo que ninguém queria.

Pegou na manga. Olhou para ela, a morder meditativamente o lábio inferior.

Eram onze da noite e estava sozinha no piso. De repente, sentiu-se terrivelmente aborrecida.

Passado algum tempo pôs-se de pé, caminhou até ao fundo do corredor e tentou abrir a porta do gabinete de Armanskij. Fechada à chave. As probabilidades de aparecer alguém naquele corredor quase à meia-noite do dia 26 de Dezembro eram praticamente nulas.

Abriu a porta com uma cópia do cartão magnético da empresa que se dera ao incómodo de piratear anos antes.

O gabinete de Armanskij era espaçoso: havia, em frente da secretária, cadeiras para os visitantes, e uma mesa de reuniões para oito pessoas num dos cantos. Estava impecavelmente limpo e arrumado. Havia bastante tempo que não entrava naquele gabinete, mas já que ali estava... Passou algum tempo à secretária, o que lhe permitiu ficar a conhecer os dados mais recentes a respeito da procura de um espião que se suspeitava existir na empresa, saber qual dos seus colegas fora infiltrado numa empresa onde operava uma rede de ladrões e que medidas secretas tinham sido tomadas para proteger uma cliente que receava que o filho fosse raptado pelo pai.

Finalmente, voltou a pôr os papéis exactamente como estavam, trancou a porta do gabinete de Armanskij e foi para casa. Estava satisfeita com o seu dia de trabalho.

— Não sei se conseguiremos descobrir a verdade, mas recuso-me a ir para a cova sem tentar uma última vez — disse o velho. — O que quero é simplesmente contratar-te para rever novamente todas as provas.

— Isso é loucura — disse Mikael.

— Loucura porquê?

— Já ouvi o suficiente. Henrik, compreendo o seu desgosto, mas tenho de ser honesto consigo. O que me pede para fazer é um desperdício do meu tempo e do seu dinheiro. O que me pede é que encontre, não imagino como, a solução para um mistério que a polícia e investigadores especializados, com muitos mais recursos do que eu, não conseguiram resolver em todos estes anos. Está a pedir-me que desvende um crime cometido há quarenta anos. Como quer que faça uma coisa dessas?

— Não discutimos os teus honorários — disse Vanger.

— Nem é necessário.

— Não posso forçar-te, mas escuta o que estou a oferecer-te. O Frode já preparou um contrato. Podemos negociar os pormenores, mas o contrato é simples, falta só a tua assinatura.

— Henrik, isto é absurdo. Com toda a sinceridade, não me julgo capaz de solucionar o mistério do desaparecimento da Harriet.

— De acordo com o contrato, não és obrigado a fazê-lo. Tudo o que peço é que dês o teu melhor. Se falhares, então é a vontade de Deus, ou... se não acreditas n'Ele... o destino.

Mikael suspirou. Sentia-se cada vez menos à-vontade e o que mais queria era terminar a sua visita a Hedeby, mas cedeu.

— *Okay*, ouçamos.

— Quero que vivas e trabalhes aqui em Hedeby durante um ano. Quero que revejas, página a página, todos os relatórios sobre o desaparecimento da Harriet. Quero que examines tudo com um novo olhar. Quero que questiones todas as antigas conclusões exactamente como um jornalista de investigação faria. Quero que procures qualquer coisa que me possa ter escapado a mim, à polícia e aos outros investigadores.

— Quer que ponha de lado a minha vida e a minha carreira para me dedicar durante um ano a uma coisa que é um total desperdício de tempo.

Vanger sorriu.

— Quanto à tua carreira, julgo que estamos de acordo em que, de momento, está um tanto ou quanto parada.

Blomkvist não tinha resposta para aquilo.

— Quero comprar um ano da tua vida. Dar-te um emprego. O salário é melhor do que qualquer oferta que alguma vez terás em toda a tua vida. Pagar-te-ei duzentas mil coroas por mês... dois milhões e quatrocentas mil coroas se aceitares ficar o ano inteiro.

Mikael deixou cair o queixo.

— Não tenho ilusões. As hipóteses de seres bem-sucedido são mínimas, mas se isso acontecer, ofereço-te como bónus o dobro do pagamento. Quatro milhões e oitocentas mil coroas. Sejamos generosos e arredondemos isso para os cinco milhões.

Vanger recostou-se no sofá e pôs a cabeça de lado.

— Posso depositar o dinheiro em qualquer conta bancária, em qualquer parte do mundo. Ou posso dar-to dentro de uma mala, e tu decidirás o que fazer em relação ao fisco.

— Isto é... não é legítimo — gaguejou Mikael.

— Porquê? — perguntou Vanger, calmamente. — Tenho oitenta anos, e estou ainda na plena posse das minhas faculdades. Tenho uma grande fortuna pessoal. Posso gastá-la como quiser. Não tenho filhos nem a mais pequena vontade de deixar o dinheiro a parentes que desprezo. Fiz o meu testamento; deixarei o grosso da minha fortuna ao World Wildlife Fund. Algumas pessoas que me são próximas receberão somas significativas... incluindo a Anna.

Mikael abanou a cabeça.

— Tenta compreender — insistiu Vanger. — Sou um homem que vai morrer em breve. Há uma coisa no mundo que quero ter... a resposta para a pergunta que me tem perseguido toda a minha vida. Não espero encontrá-la, mas tenho recursos para fazer uma última tentativa. Será isto irracional? Devo-o à Harriet. Devo-o a mim mesmo.

— Irá pagar-me milhões de coroas para nada. Tudo o que tenho de fazer é assinar o contrato e deixar correr o marfim durante um ano.

— Não o farás. Pelo contrário... trabalharás mais duramente do que alguma vez trabalhaste em toda a tua vida.

— Como pode ter a certeza?

— Porque posso oferecer-te uma coisa que não poderias comprar por dinheiro nenhum, mas que queres mais do que tudo no mundo.

— E o que poderá isso ser?

Vanger semicerrou os olhos.

— Posso dar-te o Hans-Erik Wennerström. Posso provar que é um vigarista. Acontece que, há trinta e cinco anos, começou a sua carreira comigo, e eu posso oferecer-te a cabeça dele numa bandeja. Resolve o mistério e poderás transformar a tua derrota no tribunal na história do ano.

CAPÍTULO 7

SEXTA-FEIRA, 3 DE JANEIRO

Erika pousou a chávena de café em cima da mesa e aproximou-se da janela. De costas para Mikael, contemplava a cidade velha. Eram nove da manhã. A neve tinha sido levada pela chuva que caíra no dia de Ano Novo.

— Sempre adorei esta vista — disse ela. — Um apartamento destes seria capaz de fazer-me desistir de viver em Saltsjöbaden.

— Tens as chaves. Podes mudar-te da tua reserva classe alta quando quiseres — respondeu Mikael. Pegou na mala e foi pousá-la junto da porta.

Erika voltou-se para ele, com uma expressão de incredulidade.

— Não podes estar a falar a sério, Mikael — disse. — Estamos no meio da nossa maior crise, e tu vais viver para Tjottahejti.

— Hedestad. A um par de horas de comboio. E não é para sempre.

— Não faria grande diferença se fosse Ulan Bator. Não vês que vai dar a impressão de que estás a fugir daqui com o rabo entre as pernas?

— É precisamente o que estou a fazer. Além disso, ainda tenho uma sentença de prisão para cumprir.

Christer Malm estava sentado no sofá. Sentia-se pouco à-vontade. Era a primeira vez, desde que tinham fundado a *Millennium*, que via Erika e Mikael discutir daquela maneira. Durante todos aqueles anos, tinham sido inseparáveis. Por vezes, tinham confrontações furiosas, mas eram sempre sobre de questões de trabalho, e invariavelmente resolviam o assunto antes de se abraçarem e voltarem aos respectivos cantos. Ou irem para a cama. O último Outono não fora divertido, e agora era como se um fundo abismo se tivesse cavado entre os dois.

Malm perguntou a si mesmo se estaria a assistir ao princípio do fim da *Millennium*.

— Não tenho alternativa — disse Mikael. — Não *temos* alternativa.

Encheu uma chávena de café e sentou-se à mesa da cozinha. Erika abanou a cabeça e sentou-se em frente dele.

— O que é que achas, Christer? — perguntou.

Ele estivera à espera da pergunta e a temer o momento em que iria ter de tomar posição. Era o terceiro sócio, mas todos sabiam que Erika e Mikael eram a *Millennium*. Só lhe pediam que desse a sua opinião quando não conseguiam chegar a acordo.

— Com toda a franqueza — disse —, vocês estão os dois perfeitamente bem e o que eu penso não importa.

Calou-se. Adorava fazer fotografia. Adorava trabalhar com imagens. Nunca se considerara um artista, mas sabia que era um raio de um bom *designer*. Em contrapartida, ficava perdido em se tratando de intrigas ou decisões políticas.

Erika e Mikael encararam-se por cima do tampo da mesa. Ela estava fria e furiosa. Ele pensava a todo o vapor.

«Isto não é uma discussão», pensou Malm. «É um divórcio.»

— *Okay*, deixa-me expor os meus argumentos uma última vez — disse Mikael. — Isto *não* significa que estou a abandonar a *Millennium*. Dedicámos a este projecto demasiado tempo e esforço para isso.

— Mas não vais lá estar... e eu e o Christer vamos ter de carregar o fardo sozinhos. Será que não vês? És tu que vais partir para um exílio auto-imposto.

— Essa é a segunda coisa, Erika. Preciso de uma pausa. Já não estou a funcionar. Esgotei-me. Um ano sabático em Hedestad, e ainda por cima pago, talvez seja exactamente do que estou a precisar.

— Tudo isso é uma idiotice, Mikael. Já agora, podias arranjar trabalho num circo.

— Eu sei. Mas vou ganhar quase dois milhões e meio para ficar sossegado durante um ano, e não estarei a desperdiçar o meu tempo. Essa é a primeira coisa. O primeiro assalto com o Wennerström acabou, e ele deixou-me *ko*. O segundo assalto já começou... o Wennerström vai tentar afundar definitivamente a *Millennium* porque sabe que o nosso pessoal há-de sempre saber o que ele fez, enquanto a revista existir.

— Sei muito bem o que ele anda a fazer. Tenho-o visto nas receitas de publicidade nos últimos seis meses.

— É exactamente por isso que eu *tenho* de ir-me embora. Sou como um pano vermelho agitado diante dele. O tipo é paranóico no que me respeita. Enquanto eu estiver aqui, não desistirá. Agora, temos de preparar-nos para o terceiro assalto. Se quisermos ter a mais pequena hipótese contra ele, temos de retirar e pensar uma estratégia completamente nova. Temos de encontrar qualquer coisa com que atacá-lo. Vai ser esse o meu trabalho durante este ano.

— Compreendo tudo isso — disse Erika. — Portanto tudo bem, tira as tuas férias. Vai para fora, tostar ao sol. Vai ver como está a vida amorosa na Costa Brava. Relaxa. Vai para Sandhamn olhar para as ondas.

— E quando voltar estará tudo na mesma. O Wennerström vai esmagar a *Millennium* a menos que o meu afastamento o apazigue. Sabes muito bem que isto é verdade. A única coisa capaz de travá-lo é descobrirmos qualquer coisa que possamos usar contra ele.

— E tu pensas que é isso que vais encontrar em Hedestad?

— Verifiquei alguns factos. É verdade que o Wennerström trabalhou para o Grupo Vanger entre mil novecentos e sessenta e nove e mil novecentos e setenta e dois. Estava na gestão e era responsável pelos investimentos estratégicos. Saiu precipitadamente. Porque é que havemos de pôr de parte a possibilidade de o Henrik Vanger ter qualquer coisa contra ele?

— Mas se o que ele fez aconteceu há trinta anos, vai ser difícil prová-lo agora.

— O Vanger prometeu dar-me todos os pormenores do que sabe. Vive obcecado com a rapariga que desapareceu... parece ser a única coisa que lhe interessa, e se isso significa ter de queimar o Wennerström, estou convencido de que o fará. O que não podemos é ignorar a oportunidade... ele é a primeira pessoa que se diz disposta a testemunhar contra o Wennerström.

— Não podíamos fazer nada mesmo que ele apresentasse provas incontroversas de que foi o Wennerström quem estrangulou a rapariga. Arrasava-nos em tribunal.

— A ideia passou-me pela cabeça, mas não serve. O Wennerström ainda estudava na Faculdade de Economia de Estocolmo e não tinha qualquer espécie de relação com o Grupo Vanger quando a rapariga desapareceu. — Mikael fez uma pausa. — Erika, não vou deixar a *Millennium*, mas é importante que pareça que sim. Tu e o Christer vão ter de continuar a gerir a revista. Se puderem... se houver alguma hipótese... negoceiem um cessar-fogo com o Wennerström. E isso será impossível se eu continuar na direcção.

— *Okay*, mas é uma situação lixada e continuo a pensar que vais para Hedestad atrás de fantasmas.

— Tens alguma proposta melhor?

Erika encolheu os ombros.

— Já devíamos estar a desenterrar fontes, neste momento. Construir a história desde o princípio. E, desta vez, fazê-lo com deve ser.

— Ricky... essa história está morta e enterrada.

Erika apoiou desconsoladamente a cabeça entre as mãos. Quando falou, não enfrentou imediatamente os olhos de Mikael.

— Estou furiosa contigo. Não por teres escrito uma história sem bases sólidas... Estive envolvida nisso tanto como tu. E também não por ires deixar o teu lugar... o que é uma decisão inteligente, dadas as circunstâncias. Não me importo que as pessoas pensem que se trata de uma cisão e de uma luta pelo poder entre nós, posso viver com isso. Compreendo a lógica de convencer o Wennerström de que eu sou uma bimba inofensiva e tu é que és a verdadeira ameaça. — Fez uma pausa e olhou-o resolutamente nos olhos. — Mas acho que estás a cometer um erro. O Wennerström não vai cair na esparrela. Vai continuar a tentar destruir a *Millennium*. A única diferença é que, a partir de hoje, vou eu ter de enfrentá-lo sozinha, e tu sabes que és mais do que nunca necessário no conselho editorial. *Okay*, adorava lutar contra o Wennerström, mas o que me enfurece é tu abandonares o navio assim de repente. Deixas-me metida ao barulho quando as coisas não podiam estar piores.

Mikael estendeu uma mão e acariciou-lhe os cabelos.

— Não estás sozinha. Tens o Christer e o resto da equipa atrás de ti.

— Não o Janne Dahlman. A propósito, penso que cometeste um erro ao contratá-lo. É competente, mas faz mais mal do que bem. Não confio nele. Andou por aí com um ar muito satisfeito por causa dos teus problemas durante todo o Outono. Não sei se está na esperança de ficar com o teu lugar, ou se é apenas uma questão de química pessoal entre ele e o resto da equipa.

— Receio que tenhas razão — disse Mikael.

— Nesse caso, o que faço, despeço-o?

— Erika, és directora editorial e accionista maioritária. Se tiveres de despedi-lo, despede-o.

— Nunca despedimos ninguém, Micke. E agora estás a atirar essa decisão para cima de mim, também. Já não tem graça nenhuma ir para o trabalho de manhã.

Neste ponto, Malm surpreendeu-os a ambos pondo-se de pé.

— Se queres apanhar o comboio, temos de ir andando. — Erika começou a protestar, mas ele ergueu uma mão. — Espera, Erika. Perguntaste o que é que eu acho. O que eu acho é que toda esta situação é uma merda. Mas se as coisas são como o Mikael diz... se ele está à beira de estampar-se contra a parede... então tem mesmo de sair daqui. Devemos-lhe isso.

Ficaram ambos a olhar para ele, espantados. Malm voltou-se para Mikael com uma expressão embaraçada.

— Sabem perfeitamente que vocês os dois *são* a *Millennium*. Eu sou sócio, e vocês sempre foram justos para comigo, e eu amo a revista, e tudo isso, mas não teriam qualquer dificuldade em substituir-me por qualquer outro director artístico. Mas já que pediram a minha opinião, aí a têm. No que respeita ao Dahlman, concordo contigo. E se tu não queres despedi-lo, Erika, despeço-o eu. Desde que tenhamos um motivo credível. É, claro, extremamente infeliz o Mikael ter de sair agora, mas não me parece que tenhamos por onde escolher. Mikael, vou levar-te à estação. Eu e a Erika aguentamos o forte até tu voltares.

— Do que eu tenho medo é que o Mikael nunca mais volte — disse Erika, em voz baixa.

Quando Armanskij lhe telefonou, à uma e meia da tarde, Lisbeth Salander estava a dormir.

— O que foi? — perguntou ela, bêbeda de sono. A boca sabia-lhe a alcatrão.

— O Mikael Blomkvist. Acabo de falar com o nosso cliente, Frode, o advogado.

— E então?

— Telefonou-me a dizer que podemos largar a investigação sobre o Wennerström.

— Largá-la? Mas ainda agora comecei a trabalhar nessa história.

— O Frode deixou de estar interessado.

— Assim, sem mais?

— Ele é que decide.

— Tínhamos combinado um pagamento.

— Quanto tempo dedicaste ao caso?

Lisbeth pensou um pouco.

— Três dias completos.

— Tínhamos combinado um tecto de quarenta mil coroas. Vou passar uma factura por dez mil coroas. Tu receberás metade, o que me parece justo por três dias de tempo perdido. Ele vai ter de pagar, uma vez que foi ele quem deu início a tudo isto.

— O que faço com o material que reuni?

— Há alguma coisa especial?

— Não.

— O Frode não pediu um relatório. Põe-no na prateleira, para o caso de ele voltar. Se não, podes destruí-lo. Terei um novo trabalho para ti, na próxima semana.

Lisbeth continuou a segurar o telefone depois de Armanskij ter desligado. Foi até ao seu canto de trabalho, na sala de estar, e deu uma vista de olhos às notas que tinha pregado no painel de cortiça na parede e aos papéis que empilhara em cima da secretária. O que conseguira reunir fora sobretudo recortes de jornais e artigos descarregados da Internet. Pegou nos papéis e atirou-os para uma das gavetas da secretária.

Franziu o sobrolho. O estranho comportamento de Blomkvist no tribunal representara um desafio interessante, e ela não gostava de abortar missões depois de as ter iniciado. Toda a gente tem segredos. É só uma questão de descobrir quais são.

2.ª PARTE

ANÁLISE DAS CONSEQUÊNCIAS

3 de Janeiro – 17 de Março

46% DAS MULHERES SUECAS FORAM SUJEITAS A VIOLÊNCIA
POR PARTE DE UM HOMEM

CAPÍTULO 8

SEXTA-FEIRA, 3 DE JANEIRO – DOMINGO, 5 DE JANEIRO

Quando Mikael Blomkvist se apeou do comboio em Hedestad, pela segunda vez, o céu estava azul-pastel e o ar gelado. O termómetro na parede da estação marcava dezoito graus negativos. Os sapatos que calçava, próprios para a cidade, eram totalmente inadequados às condições locais. Ao contrário da sua anterior visita, Herr Frode não estava à espera com um carro aquecido. Dissera-lhes em que dia chegaria, mas não em que comboio. Calculava que houvesse um autocarro em Hedestad, mas não estava com disposição para debater-se com duas malas e um saco a tiracolo, de modo que atravessou a praça em direcção à paragem de táxis.

Nevara copiosamente ao longo de toda a costa de Norrland entre o Natal e o Ano Novo, e a julgar pelas cristas e montes de neve formados pelo limpa-neves, as equipas de limpeza tinham estado ocupadas. O motorista do táxi, que de acordo com o BI exposto no pára-brisas se chamava Hussein, assentiu com a cabeça quando Mikael lhe perguntou se tinham tido problemas com o tempo. No mais puro sotaque de Norrland, anunciou que fora o pior nevão das últimas décadas, e declarou-se amargamente arrependido por não ter ido passar férias à Grécia no período de Natal.

Mikael deu-lhe a morada de Henrik Vanger e, pouco depois, pousava as malas no chão do quintal e via o táxi regressar a Hedestad. Repentinamente, sentiu-se só e inseguro.

Ouviu a porta abrir-se nas suas costas. Vanger usava um pesado casaco de pele, grossas botas de neve e um barrete com protecções para as orelhas. Mikael vestia *jeans* e um fino casaco de couro.

— Se vais viver aqui, vais ter de aprender a vestir-te mais de acordo com a época do ano. — Trocaram um aperto de mão. — Tens a certeza de que não queres ficar aqui em casa? Não? Bom, nesse caso acho que é melhor começarmos a tratar de instalar-te na tua nova residência.

Uma das condições do acordo com Vanger e Dirch Frode fora que teria alojamentos onde pudesse fazer uma vida independente e entrar e sair quando quisesse. Caminhando à frente dele, Vanger desceu a rua em direcção à ponte e então voltou-se para abrir a cancela de um quintal, também ele recentemente limpo de neve, diante de uma pequena casa de madeira. A porta da casa não estava trancada. Entraram num modesto vestíbulo, onde, com um suspiro de alívio, Mikael pousou as malas.

— Esta é a chamada casa de hóspedes. É onde habitualmente alojamos as visitas que vêm por períodos mais prolongados. Foi aqui que tu e os teus pais viveram, em mil novecentos e sessenta e três. É uma das casas mais antigas da aldeia, mas foi modernizada. Pedi ao Nilsson, o meu encarregado, que acendesse o lume logo de manhã.

A casa consistia de uma grande cozinha e duas divisões mais pequenas, num total de cerca de cinquenta metros quadrados. A cozinha ocupava quase metade do espaço e era bastante moderna, com um fogão eléctrico e um pequeno frigorífico. No vestíbulo, encostada à parede fronteira à porta, havia uma antiquada salamandra de ferro forjado, onde tinha sido aceso o lume.

— Não vais precisar de usar a salamandra, a menos que faça um frio de rachar. Há lenha partida numa caixa, no vestíbulo, e o depósito fica nas traseiras. A casa esteve desabitada durante todo o Outono. Acendemos a salamandra só para aquecer as paredes. Depois, os aquecedores eléctricos devem bastar. É só preciso teres o cuidado de não pôr roupa a secar em cima deles, por causa do risco de incêndio.

Mikael assentiu com a cabeça e olhou em redor. Havia janelas em três frentes, e, da mesa da cozinha, avistava a ponte, a cerca de cem metros de distância. O mobiliário da cozinha incluía três grande aparadores, algumas cadeiras, um velho banco de madeira e uma prateleira com jornais e revistas. A que encimava o monte era um número da revista *See*, de 1967. Num canto, havia uma pequena mesa que poderia servir de secretária.

Duas estreitas portas davam acesso às divisões mais pequenas. A da direita, mais próxima da parede exterior, pouco mais era do que um cubículo com uma secretária, uma cadeira e prateleiras nas paredes. A outra, entre o vestíbulo e o minúsculo escritório, era um pequeníssimo quarto, com uma estreita cama dupla, uma mesa-de-cabeceira e um guarda-fato. Duas ou três paisagens a óleo decoravam as paredes. Dos móveis ao papel que forrava as paredes era tudo velho e desbotado, mas a casa cheirava agradavelmente a limpo. Alguém esfregara o soalho com uma boa dose de sabão. O quarto tinha outra porta que dava para o vestíbulo, onde uma arrecadação fora transformada em casa de banho com duche.

— És capaz de ter problemas com a água — continuou Vanger. — Verificámos esta manhã e estava a funcionar, mas os canos estão muito perto da superfície e, se este frio continuar por muito tempo, é possível que gelem. Há um balde no vestíbulo; se precisares, vai buscar água à casa grande.

— Vou precisar de um telefone — disse Mikael.

— Já pedi um. Vêm instalá-lo depois de amanhã. Então, que achas? Se mudares de ideias, serás bem-vindo na casa grande sempre que quiseres.

— Esta serve perfeitamente.

— Óptimo. Ainda temos cerca de uma hora de luz do dia. Que tal darmos uma volta, para te familiarizares com a aldeia. Posso sugerir que calces umas meias grossas e um par de botas? Há umas no armário, junto à porta.

Mikael fez o que Vanger lhe sugeria e decidiu que, no dia seguinte, iria comprar umas ceroulas e um par de bons sapatos de Inverno.

Vanger começou a visita guiada explicando que o vizinho do outro lado da rua era Gunnar Nilsson, o assistente a que insistia em chamar «o encarregado», mas Mikael depressa se apercebeu de que o homem era mais uma espécie de superintendente de todos os edifícios da ilha, bem como de vários outros em Hedestad.

— É filho do Magnus Nilsson, que era o meu encarregado nos anos sessenta e foi um dos homens que ajudaram no acidente da ponte. Hoje está reformado e vive em Hedestad. O Gunnar vive aqui com a mulher, que se chama Helen. Os filhos foram-se embora.

Fez uma pausa, para preparar o que ia dizer a seguir.

— Mikael, a explicação oficial para a tua presença aqui é que vais ajudar-me a escrever a minha autobiografia. Isso dar-te-á uma desculpa para meter o nariz em todos os cantos escuros e fazer perguntas. A verdadeira missão é um segredo que tem de ficar entre nós os dois e o Dirch Frode.

— Compreendo. E repito o que já disse: não acredito que consiga resolver o mistério.

— Tudo o que peço é que dês o teu melhor. Mas tem muito cuidado com o que disseres na presença de todos os outros. O Gunnar tem cinquenta e seis anos, o que significa que tinha dezanove quando a Harriet desapareceu. Há uma questão que nunca consegui esclarecer: a Harriet e o Gunnar eram bons amigos, e penso até que havia uma espécie de romance infantil entre os dois. Seja como for, ele estava muito interessado nela. Mas no dia em que a Harriet desapareceu, estava em Hedestad; foi um dos que ficaram retidos no continente. Por causa da relação entre os dois, foi investigado a fundo. Uma experiência muito desagradável para ele. Esteve o dia inteiro com amigos, e só voltou à ilha ao fim da tarde. A polícia verificou o álibi, e era à prova de fogo.

— Assumo que tem uma lista de toda a gente que estava na ilha e do que cada um fez naquele dia.

— Claro. Continuamos?

Detiveram-se na encruzilhada, no cume da colina, e Vanger apontou para o velho porto de pesca, entretanto transformado em porto de recreio.

— Toda a terra da ilha pertence à família Vanger... ou a mim, para ser mais exacto. As únicas excepções são a quinta de Östergården e umas poucas casas aqui na aldeia. As cabanas junto ao porto, lá em baixo, são propriedade privada, mas são residências de Verão e a maior parte está desabitada durante o Inverno. Excepto aquela ali, a mais distante... vês o fumo a sair da chaminé?

Mikael olhou e viu uma espiral de fumo subir no ar. Estava enregelado até aos ossos.

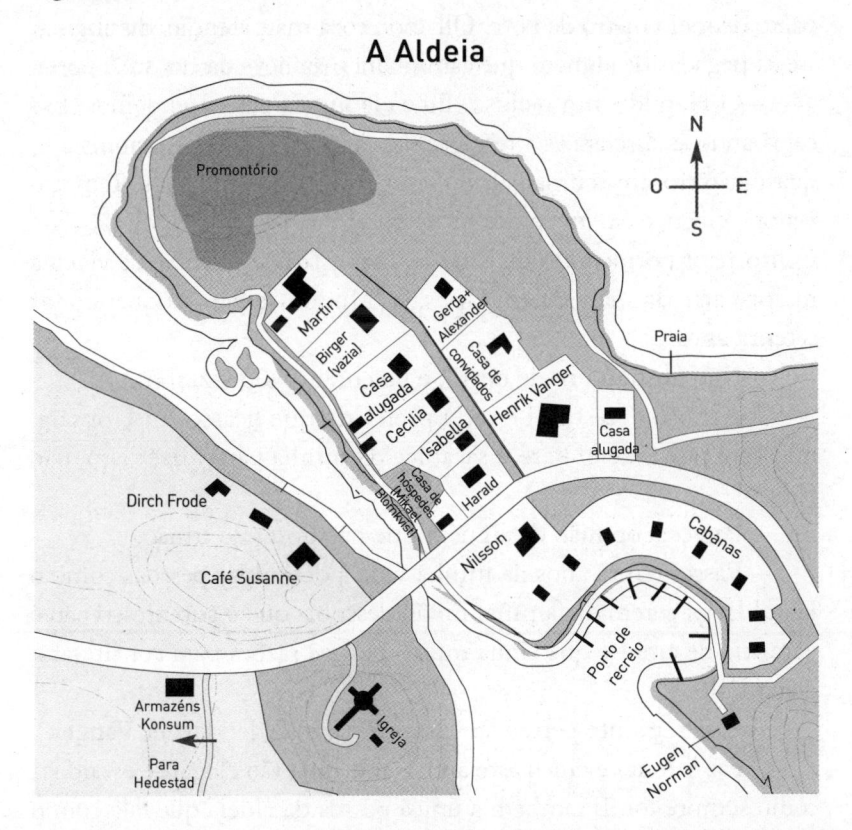

A Aldeia

[Mapa da aldeia com as seguintes localizações: Promontório, Praia, Martin, Birger (vazia), Gerda-Alexander, Casa de convidados, Casa alugada, Cecilia, Isabella, Henrik Vanger, Casa alugada, Casa de hóspedes (Mikael Blomkvist), Harald, Dirch Frode, Nilsson, Cabanas, Café Susanne, Porto de recreio, Armazéns Konsum, Igreja, Para Hedestad, Eugen Norman]

— Não passa de uma miserável choupana cheia de correntes de ar. É lá que vive o Eugen Norman. O Norman tem setenta e muitos anos e é uma espécie de pintor. Na minha opinião, o trabalho dele não vale nada, mas a verdade é que se tornou razoavelmente conhecido como paisagista. Pode-se dizer que é o inevitável excêntrico da aldeia.

Vanger guiou Mikael até à ponta da ilha, identificando as casas à medida que caminhavam. A aldeia era constituída por seis casas do lado esquerdo da estrada, partindo da ponte, e quatro do lado direito. A primeira, a mais próxima da casa onde Mikael fora instalado e da propriedade de Vanger, pertencia ao irmão de Henrik, Harald. Era um edifício rectangular, de pedra, com dois andares, que, à primeira vista, parecia desabitado. As cortinas estavam corridas e o caminho de acesso à porta principal não fora desimpedido; estava escondido debaixo de meio metro de neve. Olhando com mais atenção, distinguia-se as pegadas de alguém que caminhara pela neve da rua até à porta.

– O Harald é um recluso. Eu e ele nunca nos entendemos. Exceptuando as discussões a respeito das empresas... ele é accionista... quase não trocámos uma palavra em perto de sessenta anos. Tem noventa e cinco, e é o único dos meus quatro irmãos que continua vivo. Conto-te os pormenores mais tarde, mas estudou medicina e viveu a maior parte da sua vida em Uppsala. Mudou-se para cá quando fez setenta anos.

– Não gostam um do outro, e no entanto são vizinhos.

– Acho-o detestável e teria preferido que ficasse em Uppsala, mas esta casa é dele. Parece sacanice da minha parte dizer isto, não parece?

– Parece a opinião de alguém que não gosta do irmão.

– Passei trinta anos da minha vida a desculpar pessoas como o Harald, por serem da família. Então descobri que o parentesco não é garantia de amor e que tinha muito poucas razões para continuar a defendê-lo.

A casa seguinte pertencia a Isabella, a mãe de Harriet Vanger.

– Faz setenta e cinco este ano, e continua tão elegante e vaidosa como sempre foi. É também a única pessoa da aldeia que fala com o Harald e que ocasionalmente o visita, mas não têm muita coisa em comum.

– Como era a relação dela com a Harriet?

– Boa pergunta. Há que incluir as mulheres entre os suspeitos. Já te tinha dito que, de um modo geral, deixava os filhos entregues a si mesmos. Não posso ter a certeza, mas penso que não era má pessoa; era só incapaz de aceitar responsabilidades. Ela e a Harriet nunca foram muito chegadas, mas também não eram inimigas. A Isabella pode ser dura, mas por vezes parece não regular muito bem. Compreenderás quando a conheceres.

A vizinha de Isabella era Cecilia Vanger, filha de Harald.

— Foi casada e viveu em Hedestad, mas ela e o marido separaram-se há coisa de vinte anos. A casa pertence-me. Emprestei-lha para que pudesse mudar-se para cá. É professora e, de muitas maneiras, o exacto oposto do pai. Aliás, os dois só se falam quando é estritamente necessário.

— Que idade tem?

— Nasceu em mil novecentos e quarenta e seis. Tinha vinte anos quando a Harriet desapareceu. E, sim, estava na ilha, naquele dia. Pode parecer um pouco amalucada, mas é mais esperta do que a maior parte das pessoas que conheço. Não a subestimes. Se alguém conseguir descobrir o que andas na verdade a fazer, será ela. Devo acrescentar que é um dos membros da minha família por quem tenho mais consideração.

— Quer isso dizer que não suspeita dela?

— Não diria tanto. Quero que examines a questão sem quaisquer ideias preconcebidas, independentemente do que eu possa pensar ou acreditar.

A casa mais próxima da de Cecilia também pertencia a Henrik Vanger, mas estava alugada a um casal já idoso que em tempos fizera parte da equipa de gestão do Grupo. Chegados a Hedeby nos anos oitenta, não podiam, naturalmente, ter tido qualquer relação com o desaparecimento de Harriet. A seguinte era propriedade de Birger Vanger, irmão de Cecilia. Estava desocupada havia muitos anos, desde que Birger se mudara para uma mais moderna, em Hedestad.

Os edifícios que ladeavam a estrada eram quase todos sólidas estruturas de pedra construídas no início do século XX. A última casa era de um tipo completamente diferente: moderna, desenhada por um arquitecto, feita de tijolos brancos e com janelas pretas. Estava magnificamente situada e Mikael calculou que a vista do último piso devia ser espectacular, voltada para o mar a leste e para Hedestad a norte.

— É aqui que mora o Martin... irmão da Harriet e CEO do Grupo Vanger. Antigamente, o presbitério ficava aqui, mas o edifício foi destruído por um incêndio, no princípio dos anos setenta, e o

Martin construiu a casa em setenta e oito, quando assumiu a direcção das empresas.

Na última casa do lado direito da rua viviam Gerda Vanger, viúva de Greger, irmão de Henrik, e o filho Alexander.

— A Gerda é uma mulher doente. Sofre de reumatismo. O Alexander tem umas poucas acções do Grupo, mas gere os seus próprios negócios, incluindo restaurantes. Passa habitualmente vários meses por ano em Barbados, onde investiu na área do turismo.

Entre a casa de Gerda e a de Henrik, um lote de terreno comportava duas outras vivendas, mais pequenas e desocupadas. Serviam para alojar membros da família que estivessem de visita. Do lado oposto da casa de Henrik havia uma residência particular, também pertencente a um antigo colaborador, que lá vivia com a mulher, mas só no Verão: o casal passava o Inverno em Espanha.

Voltaram à encruzilhada, concluindo a volta. Começava a escurecer. Mikael tomou a iniciativa.

— Henrik, farei o que fui contratado para fazer. Escreverei a sua autobiografia, e far-lhe-ei a vontade lendo todo o material relacionado com o desaparecimento da Harriet tão cuidadosa e criticamente quanto puder. Só quero que compreenda que não sou um detective particular.

— Não espero nada. Já te disse, só quero que seja feita uma última tentativa para descobrir a verdade.

— Óptimo.

— Sou uma criatura da noite — disse Vanger. — Estarei à tua disposição a qualquer hora a partir do almoço. Vou mandar preparar-te um gabinete aqui em casa, e poderás usá-lo como quiseres.

— Não, obrigado. Já tenho um gabinete na casa de hóspedes, e é lá que vou trabalhar.

— Como queiras.

— Se precisar de falar consigo, fá-lo-emos no seu escritório, mas não vou com certeza começar a fazer-lhe perguntas esta noite.

— Compreendo. — O velho parecia estranhamente tímido.

— Vou demorar um par de semanas a ler a papelada. Vamos trabalhar em duas frentes. Conversaremos um par de horas todos os dias, para que eu possa entrevistá-lo e reunir material para a sua autobiografia. Quando começar a ter perguntas a respeito da Harriet que precise de discutir consigo, avisá-lo-ei.

— Parece-me razoável.

— Vou querer carta-branca para fazer o meu trabalho e não respeitarei um horário fixo.

— Tu decidirás como e quando trabalhas.

— Julgo que sabe que vou ter de passar um par de meses na prisão. Não sei exactamente quando, mas não tenciono recorrer. Será muito provavelmente no decorrer deste ano.

Vanger franziu o sobrolho.

— Isso é extremamente inconveniente. Vamos ter de lidar com o problema quando ele surgir. Podes sempre pedir um adiamento.

— Se for permitido e eu tiver material suficiente, talvez possa trabalhar no seu livro enquanto estiver preso. Mais uma coisa: continuo a ser co-proprietário da *Millennium*, que é, a partir deste momento, uma revista em crise. Se acontecer alguma coisa que exija a minha presença em Estocolmo, terei de largar o que estiver a fazer e ir até lá.

— Não te contratei como escravo. Quero que desempenhes o mais conscienciosamente possível a missão que te confiei, mas claro que serás tu a estabelecer o teu próprio horário e organizar-te-ás como melhor te convier. Se precisares de tirar uns dias, não hesites, mas se eu descobrir que não estás a fazer o teu trabalho, considerarei isso como uma quebra de contrato.

Vanger olhou para a ponte. Era um homem magro, de rosto emaciado, e, naquele momento, parecia um melancólico espantalho.

— Quanto à *Millennium*, temos de conversar a respeito do tipo de crise em que se encontra e ver se há alguma coisa que eu possa fazer para ajudar.

— A melhor ajuda seria oferecer-me a cabeça do Wennerström numa bandeja, aqui e agora.

— Oh, não, não contes com isso. — O velho lançou-lhe um olhar duro. — A única razão por que aceitaste o trabalho foi eu ter prometido desmascarar o Wennerström. Se te desse a informação agora, poderias deixar tudo e ir-te embora em qualquer momento que quisesses. Dar-te-ei a informação, sim, mas daqui a um ano.

— Henrik, desculpe dizer-lhe isto, mas não posso ter a certeza de que ainda esteja vivo daqui a um ano.

Vanger suspirou e ficou a olhar pensativamente para o pequeno porto.

— É justo. Vou falar com o Frode e ver se é possível arranjar uma solução. Mas no que respeita à *Millennium*, talvez eu possa ajudar de outra maneira. Se bem entendi, os anunciantes começaram a largá-los.

— Os anunciantes são o problema imediato, mas a crise vai bem mais fundo. É uma questão de confiança. Não importa quantos anunciantes tivermos se ninguém quiser comprar a revista.

— Compreendo bem isso. Continuo a fazer parte da administração de um grupo empresarial considerável, ainda que num papel passivo. Temos de anunciar em qualquer lado. Vamos discutir o assunto com calma. Queres jantar...

— Não. Quero instalar-me, comprar umas mercearias e dar uma vista de olhos por aí. Amanhã vou a Hedestad comprar roupas de Inverno.

— Boa ideia.

— Gostaria que os arquivos referentes à Harriet fossem levados para a minha casa.

— Têm de ser manuseados...

— Com todo o cuidado... Eu sei.

Mikael voltou à casa de hóspedes. Quando lá chegou, batia os dentes de frio. O termómetro na parede exterior, junto à janela, marcava quinze graus negativos, e ele não se lembrava de alguma vez se ter sentido tão enregelado como depois daquele passeio, que não chegara a demorar trinta minutos.

Passou uma hora a instalar-se naquela que ia ser a sua casa durante o ano seguinte. Guardou as roupas no guarda-fato e os artigos de higiene pessoal no armário da casa de banho. A segunda mala era, na realidade, um baú com rodas. De dentro dela tirou livros, CD, um leitor de CD, um gravador de cassetes Sanyo, blocos de notas, um *scanner* Microtek, uma impressora jacto de tinta portátil, uma câmara digital Minolta e vários outros artigos que considerava essenciais para um ano de exílio.

Arrumou os livros e os CD na estante do escritório, juntamente com duas pastas de arquivo que continham material de pesquisa sobre Hans-Erik Wennerström. O material era completamente inútil, mas ele não conseguia decidir-se a deitá-lo fora. Fosse como fosse, tinha de transformar aqueles dois arquivadores nos tijolos com que iniciaria a reconstrução da sua carreira.

Finalmente, abriu a sacola e pousou o *iBook* na secretária do gabinete. Então deteve-se e olhou em redor, com uma expressão embaraçada. As vantagens de viver no campo, pois sim! Não havia onde ligar o cabo de banda larga. Nem sequer tinha uma tomada telefónica onde ligar um velho *modem*.

Ligou para a Telia, do seu telemóvel. Ao cabo de alguma discussão, conseguiu que alguém encontrasse o pedido que Vanger tinha feito para a casa de hóspedes. Perguntou se a ligação tinha capacidade para ADSL, e ficou a saber que seria possível através de um retransmissor em Hedeby. Demoraria vários dias.

Já passava das quatro quando acabou. Calçou um par de meias grossas e as botas emprestadas e enfiou mais uma camisola. Deteve-se de repente, ao chegar à porta. Não lhe tinham dado quaisquer chaves, e todos os seus instintos de citadino se revoltavam contra a ideia de deixar a porta aberta. Voltou à cozinha e começou a abrir gavetas. Finalmente, encontrou uma chave suspensa de um prego, na copa.

A temperatura tinha descido para 17 graus negativos. Atravessou a ponte, estugando o passo, e subiu a colina, passando pela igreja. Os armazéns Konsum ficavam a cerca de 300 metros de distância. Encheu dois sacos de papel até deitar por fora e levou-os para casa antes de voltar a atravessar a ponte. Desta vez, deteve-se no Café Susanne. A mulher atrás do balcão andava na casa dos 50. Perguntou-lhe se era ela a Susanne, e depois apresentou-se, anunciando que ia sem a mínima dúvida ser um cliente assíduo. Era, de momento, o único, e Susanne ofereceu-lhe café quando ele pediu sanduíches e comprou um pão. Tirou um exemplar do *Hedestads-Kuriren* do expositor de jornais e revistas e sentou-se a uma mesa de onde avistava a ponte e a igreja, cuja fachada estava agora iluminada. Parecia um cartão de Boas-Festas. Demorou cerca de quatro minutos a ler o jornal. A única notícia de interesse era uma curta peça a explicar que um político local chamado Birger Vanger (liberal) ia investir no «IT TechCent» – um centro de pesquisa tecnológica – em Hedestad. Deixou-se ficar ali até o café fechar, às seis.

Às sete e meia, ligou para Erika, mas foi informado de que o assinante daquele número não estava disponível. Sentou-se no banco da cozinha e tentou ler um romance que, segundo o texto da contracapa, era o sensacional primeiro trabalho de uma feminista adolescente. O romance era a respeito dos esforços da autora para controlar a sua vida sexual durante uma visita a Paris, e Mikael perguntou a si mesmo se poderia ser considerado feminista se escrevesse um romance a respeito da sua própria vida sexual com o vocabulário de uma aluna do liceu. Provavelmente, não. Comprara o livro porque o editor exaltava a romancista estreante como «uma nova Carina Rydberg». Não demorou muito a certificar-se de que não era o caso, nem quanto ao estilo nem quanto ao conteúdo. Pôs o livro de lado e, durante algum tempo, leu uma aventura de Hopalong Cassidy numa edição da *Rekordmagasinet* de meados dos anos cinquenta.

De meia em meia hora ouvia o badalar curto e abafado do sino da igreja. As janelas da casa do encarregado, do outro lado da rua, estavam iluminadas, mas não viu ninguém no interior. A casa de Harald Vanger estava às escuras. Por volta das nove, um carro atravessou a ponte e desapareceu na direcção do promontório. À meia-noite, as luzes que iluminavam a fachada da igreja apagaram-se. Era, aparentemente, tudo o que Hedeby tinha para oferecer em matéria de entretenimento numa noite de sexta-feira, no início de Janeiro. O silêncio era esmagador.

Tentou mais uma vez ligar para Erika e foi atendido pelo *voice mail*, que lhe pediu que deixasse o nome e uma mensagem. Obedeceu, apagou a luz e foi para a cama. A última coisa em que pensou antes de adormecer foi que corria um sério risco de enlouquecer em Hedeby.

◆

Era estranho acordar no meio daquele silêncio absoluto. Passou de um sono profundo para a vigília total numa fracção de segundo, e então ficou deitado, à escuta. Estava frio no quarto. Voltou a cabeça e olhou para o relógio de pulso que deixara em cima de um banco ao lado da cama. Passavam oito minutos das sete. Nunca gostara de levantar-se cedo e costumava ter dificuldade em acordar antes de o despertador tocar pelo menos duas vezes. Naquela manhã, acordara sozinho, e até se sentia descansado.

Pôs água a aquecer para o café antes de se enfiar no duche. De repente, a situação pareceu-lhe divertida. *Super Blomkvist – numa expedição de pesquisa dois dias para lá do sol-posto.*

O chuveiro passava do escaldante para o gelado ao mais pequeno toque nas torneiras. Não havia jornal da manhã em cima da mesa da cozinha. A manteiga estava congelada. Não havia uma faca para cortar queijo em nenhuma das gavetas do armário. Lá fora, era ainda noite escura. O termómetro marcava vinte e um graus negativos. Era sábado.

A paragem da camioneta para Hedestad ficava em frente do Konsum, e Mikael iniciou o seu exílio dando cumprimento ao plano de ir fazer compras à cidade. Apeou-se diante da estação dos caminhos-de-ferro e deu uma volta pelo centro. Comprou um par de pesadas botas de Inverno, dois pares de ceroulas, várias camisas de flanela, um casaco de Inverno decente, até meio das coxas, um barrete quente e luvas forradas. Na loja de artigos eléctricos encontrou uma pequena televisão portátil com antena telescópica. O vendedor garantiu-lhe que, em Hedeby, conseguiria pelo menos apanhar a SVT, o canal do Estado, e ele prometeu-lhe que voltaria para exigir o seu dinheiro de volta caso fosse mentira.

Passou pela biblioteca para se inscrever e levantou dois policiais de Elizabeth George. Comprou esferográficas e blocos de notas. Comprou também uma mochila para transportar as suas novas posses.

Finalmente, comprou um maço de cigarros. Deixara de fumar dez anos antes, mas, de vez em quando, tinha uma recaída. Enfiou o maço no bolso do casaco, sem o abrir. A última paragem foi na óptica, onde comprou líquido para lentes de contacto e encomendou lentes novas.

Às duas, estava de volta a Hedeby e acabava de tirar as etiquetas com os preços das roupas novas quando ouviu a porta da rua abrir-se. Uma mulher loira – talvez na casa dos cinquenta – bateu no umbral da porta aberta da cozinha e entrou. Trazia um bolo numa bandeja.

– Olá. Resolvi vir apresentar-me. Chamo-me Helen Nilsson, e moro do outro lado da rua. Ouvi dizer que vamos ser vizinhos.

Trocaram um aperto de mão e ele apresentou-se.

– Oh, sim, vi-o na televisão. Vai ser agradável ver luzes nesta casa, à noite.

Mikael pôs água a aquecer para o café. Ela começou por protestar, mas logo a seguir sentou-se à mesa da cozinha, lançando um olhar furtivo à janela.

– Aí vem o Henrik com o meu marido. Parece que trazem umas caixas para si.

Vanger e Gunnar Nilsson detiveram-se lá fora com o seu carrinho de mão, e Mikael apressou-se a sair para os receber e ajudar a levar para dentro as quatro caixas de cartão. Pousaram-nas no chão, junto à salamandra, e Mikael tirou chávenas de café do armário e cortou o bolo da Sra. Nilsson.

Os Nilsson eram simpáticos. Não mostraram curiosidade quanto às razões da presença dele em Hedeby – o facto de trabalhar para Henrik Vanger era, evidentemente, explicação bastante. Observou a interacção entre eles e Vanger, concluindo que era descontraída e isenta de qualquer espécie de fosso entre patrão e empregados. Conversaram a respeito da aldeia e do homem que construíra a casa onde ele estava instalado. Os Nilsson ajudavam Vanger, quando a memória lhe falhava. Vanger, pelo seu lado, contou uma divertida história a respeito de como Nilsson chegara a casa certa noite e descobrira o idiota da aldeia a tentar partir um vidro da casa de hóspedes. Dirigira-se ao desastrado gatuno e perguntara-lhe por que não entrava pela porta, que estava aberta. Nilsson examinou o pequeno televisor que Mikael comprara com um olhar desconfiado e convidou-o a ir a casa deles, à noite, se houvesse algum programa que quisesse ver. Tinham uma parabólica.

Vanger ficou um pouco depois de os Nilsson terem saído. Explicou que achava melhor Mikael examinar sozinho os *dossiers* e acrescentou que, se tivesse algum problema, podia procurá-lo na casa grande.

Quando ficou novamente sozinho, Mikael levou as caixas para o escritório e fez um inventário do respectivo conteúdo.

A investigação pessoal de Vanger sobre o desaparecimento da neta do irmão prosseguira, sem desfalecimentos, durante 36 anos. Mikael não saberia dizer se aquilo era uma obsessão doentia ou se, com o passar do tempo, se transformara num jogo intelectual. Uma coisa, porém, era evidente: o velho patriarca metera mãos à obra com a determinação sistemática de um arqueólogo amador – o material ia ocupar sete metros de prateleiras.

A secção mais significativa consistia de 26 pastas que continham cópias de relatórios policiais. Custava a crer que um «vulgar» caso de desaparecimento tivesse produzido uma tal quantidade de papel. Vanger tinha claramente peso suficiente para persuadir a polícia de Hedestad a seguir todas as pistas, incluindo as mais improváveis.

Depois, havia pastas com recortes de jornais, álbuns de fotografias, mapas, textos a respeito de Hedestad e das empresas Vanger, o diário de Harriet (que se resumia a meia dúzia de páginas), livros escolares e certificados médicos. Havia dezasseis livros encadernados de formato A4, com cerca de cem páginas cada, que eram como que um diário de bordo das investigações e nos quais Vanger consignara, com uma caligrafia cuidada, as suas próprias especulações, teorias e divagações. Mikael folheou-os um pouco ao acaso. Os textos tinham bastante qualidade literária, e Mikael ficou com a sensação de que eram transcrições corrigidas e melhoradas de observações rabiscadas à pressa em blocos de notas mais antigos. Havia dez pastas de arquivo contendo material sobre membros da família Vanger; estas páginas estavam dactilografadas e tinham sido compiladas ao longo de anos: as investigações de Vanger sobre a sua própria família.

Por volta das sete da tarde, ouviu um miado do outro lado da porta da rua. Abriu-a, e um gato castanho-avermelhado passou rapidamente por ele, como que a fugir do frio.

– Gato esperto – disse Mikael.

O gato farejou um pouco pela casa. Mikael deitou leite num pires. O gato bebeu-o. Em seguida, saltou para cima do banco da cozinha e enrolou-se. E ali ficou.

Já passava das dez da noite quando Mikael conseguiu formar uma ideia mais ou menos completa da composição do material e acabou de arrumá-lo nas prateleiras. Pôs água a aquecer para o café e preparou duas sanduíches. Não comera uma refeição decente durante todo o dia, mas estava estranhamente desinteressado em comida. Ofereceu ao gato um pedaço de salsicha de fígado. Depois de beber o café, tirou o maço de cigarros do bolso e abriu-o.

Verificou o telemóvel. Erika não tinha ligado. Voltou a tentar o número. Outra vez o *voice mail*.

Uma das primeiras coisas que fizera fora digitalizar no *scanner* o mapa da ilha de Hedeby que Vanger lhe emprestara. Enquanto tinha ainda os nomes frescos na memória, anotou quem vivia em cada casa. O clã Vanger oferecia uma tão vasta gama de personagens que ia demorar algum tempo a aprender quem era quem.

Um pouco antes da meia-noite vestiu roupas quentes, calçou os sapatos novos e foi até ao outro lado da ponte. Saiu da estrada e caminhou ao longo do canal que corria abaixo da igreja. Uma capa de gelo cobria o canal e o velho porto, mas, mais ao longe, distinguiu uma faixa escura de mar aberto. Enquanto ali estava, as luzes da fachada da igreja apagaram-se, deixando-o envolto em escuridão. O frio era intenso e o céu estava cheio de estrelas.

Inesperadamente, sentiu-se deprimido. Não conseguia perceber como permitira que Vanger o convencesse a aceitar aquele trabalho. Erika tinha razão: devia era estar em Estocolmo – na cama com ela, por exemplo –, a planear a sua campanha contra Wennerström. Mas até em relação a isso se sentia apático, e não fazia a mínima ideia de como começar sequer a preparar uma contra-estratégia.

Se fosse dia, teria ido direito a casa de Vanger, cancelado o contrato e voltado para casa. Mas do alto da colina onde se alcandorava a igreja via todas as casas da ilha. A de Harald Vanger estava às escuras, mas havia luz na de Cecilia, e também na *villa* de Martin, no promontório, e na casa alugada. Junto ao porto de recreio havia uma luz acesa na cabana do pintor, e faúlhas a saírem da chaminé. Também havia luzes no andar por cima do café, e Mikael perguntou a si mesmo se Susanne viveria lá, e se estaria sozinha.

Na manhã de domingo, acordou em pânico com a barulheira infernal que enchia a casa de hóspedes. Demorou um segundo a orientar-se e a compreender que eram os sinos da igreja a chamar os paroquianos para o serviço da manhã. Faltava pouco para as onze. Ficou na cama até ouvir um miado urgente vindo da porta, e levantou-se para deixar sair o gato.

Ao meio-dia, tinha tomado duche e comido o pequeno-almoço. Dirigiu-se resolutamente ao escritório e tirou da prateleira a primeira pasta de relatórios da polícia. Então hesitou. Via, da janela, a fachada do Café Susanne. Enfiou a pasta na sacola e vestiu-se para sair. Quando chegou ao café, encontrou-o a abarrotar de clientes, e descobriu a resposta para a pergunta que lhe andava às voltas na cabeça: como podia um café sobreviver num buraco como Hedeby? Susanne especializara-se em frequentadores da igreja, e provavelmente fornecia café e bolos para funerais e outras ocasiões semelhantes.

Resolveu ir dar uma volta. Os armazéns Konsum fechavam ao domingo, de modo que percorreu umas poucas centenas de metros pela estrada de Hedestad, comprando jornais num posto de gasolina. Passou uma hora a passear por Hedeby, a familiarizar-se com a parte da povoação que ficava para cá da ponte. A área mais próxima da igreja, depois do Konsum, era o centro, onde se concentravam os edifícios mais antigos – estruturas de pedra com dois pisos, construídas por volta dos anos de 1910-1920 –, formando uma curta rua principal. A norte da estrada que seguia para a cidade havia blocos de apartamentos, bem conservados, para famílias com filhos. Para sul, ao longo da costa, era sobretudo uma zona de vivendas. Hedeby parecia ser uma área relativamente abastada habitada por decisores e funcionários públicos de Hedestad.

Quando voltou à ponte, o assalto ao café tinha abrandado, mas Susanne ainda estava a levantar pratos das mesas.

– A hora de ponta dominical? – disse, em jeito de saudação.

Ela assentiu com a cabeça e puxou uma madeixa de cabelos para trás da orelha.

– Bom-dia, Mikael.

– Lembra-se do meu nome?

– Como não? – respondeu ela. – Acompanhei o seu julgamento na televisão.

– Têm de encher os noticiários com qualquer coisa – resmungou ele, e encaminhou-se para a mesa do canto, de onde se via a ponte. Quando os olhos dele se encontraram com os de Susanne, ela sorriu.

Às três horas, Susanne anunciou que ia fechar o café. Depois da corrida matinal, só meia dúzia de clientes tinha entrado e saído. Mikael lera mais de um quinto da primeira pasta da investigação policial. Guardou o bloco de notas no saco e regressou rapidamente a casa, do outro lado da ponte.

O gato esperava junto à porta. Mikael olhou em redor, perguntando a si mesmo a quem pertenceria o animal. Deixou-o entrar, de todos os modos. Sempre era uma espécie de companhia.

Fez mais uma tentativa, baldada, de contactar Erika, que, muito obviamente, continuava furiosa com ele. Podia tentar ligar para a linha directa do escritório, ou para casa dela, mas já deixara mensagens suficientes. Em vez disso, fez café, empurrou o gato para a ponta do banco e abriu a pasta em cima da mesa.

Leu lenta e cuidadosamente, disposto a não deixar escapar o mais pequeno pormenor. Ao fim da tarde, quando fechou o *dossier*, tinha enchido várias páginas do seu bloco de notas – com lembretes e perguntas para as quais esperava encontrar resposta nas outras pastas. O material estava disposto por ordem cronológica. Não sabia dizer se fora Vanger que o organizara daquela maneira ou se era o sistema que a polícia usava na época.

A primeira página era uma fotocópia de um relatório manuscrito com o cabeçalho do Centro de Emergência Policial de Hedestad. O agente que tomara nota da ocorrência assinara A.S. Ryttinger, e Mikael assumiu que o «AS» significava «Agente de Serviço». Henrik Vanger constava como «declarante», tendo o seu número de telefone e morada ficado registados. O relatório estava datado de domingo, 23 de Setembro de 1966, 11h14. O texto era lacónico:

Telefonema de Hrk. Vanger declarando que a filha (?) do irmão, Harriet Ulrika VANGER, nascida a 15 de Janeiro de 1950 (dezasseis anos) está desaparecida de sua casa na ilha de Hedeby desde a tarde de sábado. O declarante deu mostras de grande preocupação.

Uma nota enviada às 11h20 dizia que o P-014 (polícia? carro-patrulha? piloto de um barco?) fora enviado ao local.

Uma outra, às 11h35, com uma letra menos legível que a de Ryttinger, informava que o *Ag. Magnusson comunica que a ponte para a ilha de Hedeby continua bloqueada. Transp. por barco.* À margem, uma assinatura ilegível.

Às 12h14, de novo Ryttinger: *Conversa telefónica Ag. Magnusson em Hedeby confirma que Harriet Vanger, de dezasseis anos, está desaparecida desde sábado. Família manifesta grande preocupação. Aparentemente, não dormiu em casa na noite passada. Não pode ter saído da ilha devido a ponte bloqueada. Nenhum dos membros da família sabe do paradeiro de HV.*

A última nota fora registada à 13h42: *G.M. em Hedeby; toma conta da ocorrência.*

A página seguinte revelava que as iniciais «G.M.» se referiam ao inspector Gustaf Morell, que chegara à ilha de barco e, uma vez ali, assumira o comando das operações, preparando um relatório formal sobre o desaparecimento de Harriet Vanger. Ao contrário das primeiras anotações, cheias de abreviaturas inúteis, os relatórios de Morell eram dactilografados e redigidos numa prosa muito aceitável. As páginas que se seguiam davam nota das medidas tomadas com uma objectividade e uma riqueza de pormenores que surpreenderam Mikael.

Morell interrogara Henrik Vanger ao mesmo tempo que Isabella Vanger, a mãe de Harriet. Depois, falara sucessivamente com Ulrika Vanger, Harald Vanger, Greger Vanger, Martin Vanger, irmão de Harriet, e Anita Vanger. Mikael chegou à conclusão de que os interrogatórios tinham sido conduzidos por ordem decrescente de importância.

Ulrika Vanger era a mãe de Henrik Vanger e, logicamente, tinha um estatuto equivalente ao de rainha-mãe. Vivia na casa familiar e não pudera contribuir com qualquer informação útil. Deitara-se cedo, na noite anterior, e havia já vários dias que não via Harriet. Aparentemente, insistira em falar com o inspector Morell com o único objectivo de manifestar a sua opinião de que a polícia devia agir de imediato.

Harald Vanger era o número dois da lista. Vira Harriet apenas por breves instantes, quando ela regressava das festividades em Hedestad, mas *não a via desde que ocorrera o acidente na ponte e não sabia onde podia estar de momento.*

Greger Vanger, irmão de Henrik e de Harald, tinha visto a jovem desaparecida no escritório de Henrik Vanger, onde ela fora pedir para falar com o tio-avô depois de ter estado em Hedestad, nessa manhã. Mais declarava que não tinha falado com ela, limitando-se a cumprimentá-la. Não fazia a mínima ideia de onde seria possível encontrá-la, mas expressava a opinião de que provavelmente fora visitar uma amiga sem se lembrar de avisar a família e em breve voltaria a casa. Perguntado sobre como, nesse caso, teria deixado a ilha, não soubera responder.

Martin Vanger fora interrogado por pura formalidade. Frequentava o último ano do curso pré-universitário em Uppsala, onde vivia em casa de Harald Vanger. Não havia lugar para ele no carro de Harald, de modo que apanhara o comboio para Hedestad, chegando tão tarde que ficara retido do lado errado pelo acidente na ponte e só conseguira passar para a ilha ao fim da tarde, de barco. O investigador alimentara sobretudo a esperança de que a irmã lhe tivesse feito alguma confidência ou dado uma pista sobre uma possível intenção de fuga. A pergunta provocara os protestos da mãe da jovem, mas, na altura, o inspector Morell estava provavelmente convencido de que uma fuga era talvez o melhor que podiam esperar. Martin, porém, não falava com a irmã desde as férias de Verão e não tinha qualquer informação de valor a comunicar.

Anita Vanger, filha de Harald Vanger, era erradamente referida como «prima direita» de Harriet. Frequentava o primeiro ano da universidade, em Estocolmo, e passara as férias de Verão em Hedeby. Era quase da mesma idade que Harriet e as duas tinham-se tornado amigas íntimas. No seu depoimento, afirmava que chegara à ilha com o pai, no sábado, desejosa de ver Harriet, mas não tivera oportunidade de encontrar-se com ela. Dizia-se muito preocupada e frisava que não era nada o género de Harriet ir a qualquer lado sem avisar a família. Henrik e Isabella Vanger confirmavam esta opinião.

Enquanto interrogava os membros da família, o inspector Morell ordenara a Magnusson e a Bergman – a patrulha 014! – que organizassem o primeiro grupo de busca, aproveitando o que restava de luz do dia. A ponte continuava fechada ao trânsito, o que tornava difícil chamar reforços. O primeiro grupo de busca fora formado por cerca de trinta indivíduos, os que estavam disponíveis, homens e mulheres de várias idades. Nessa primeira tarde, tinham revistado as cabanas desabitadas à volta do porto de pesca, o litoral junto ao promontório e ao longo do canal, a área de bosque mais próxima da aldeia e a colina, chamada Söderberget, por detrás do porto de pesca, esta última porque alguém alvitrara que talvez Harriet tivesse ido até lá acima para ter uma melhor vista do que se passava na ponte. Foram igualmente enviadas patrulhas a Östergården e à cabana de Gottfried, no outro lado da ilha, que Harriet visitava de longe em longe.

A busca, que só fora interrompida muito depois do cair da noite, por volta das dez, revelara-se infrutífera. Entretanto, a temperatura descera acentuadamente.

Durante a tarde, o inspector Morell estabelecera o seu quartel-general numa sala que Henrik Vanger lhe pusera à disposição no rés-do-chão da casa. E tomara uma série de medidas.

Acompanhado por Isabella Vanger, examinara o quarto de Harriet e tentara descobrir se faltava alguma coisa – roupas, uma mala, ou quaisquer outros objectos – que pudesse indicar que Harriet fugira de casa. Isabella, sugeria o relatório, não fora de grande ajuda e parecia não estar muito familiarizada com o guarda-roupa da filha. Usava muitas vezes jeans, *mas a verdade é que parecem todos iguais, não é?* A bolsa de Harriet estava em cima da secretária. Continha o BI, uma carteira com nove coroas e cinquenta *öre*, um pente, um espelho e um lenço. Depois da inspecção, o quarto fora fechado à chave.

Morell convocara mais pessoas para serem interrogadas, membros da família e empregados. Todas as conversas estavam meticulosamente registadas.

Quando os membros do primeiro grupo de busca tinham começado a regressar, com notícias desalentadoras, o inspector decidira que havia que proceder a uma batida mais sistemática. Durante essa noite, foram chamados reforços. Morell contactara o director do Clube de Orientação e Corta-Mato de Hedestad e pedira ajuda para reunir voluntários. À meia-noite fora-lhe comunicado que 53 membros do clube, na sua maioria pertencentes à secção juvenil, se apresentariam em casa de Vanger às sete horas da manhã seguinte. Henrik Vanger convocara parte do turno da manhã da serração, constituído por 50 homens. Tomara também as medidas necessárias para fornecer comida e bebida a todos eles.

Mikael imaginava sem dificuldade as cenas que tinham tido por palco a casa dos Vanger durante aqueles dias. O acidente na ponte contribuíra sem dúvida para a confusão das primeiras horas – por um lado, dificultando a chegada de reforços, por outro, por as pessoas se terem convencido de que dois acontecimentos dramáticos, ocorridos no mesmo lugar e quase ao mesmo tempo tinham forçosamente de estar relacionados. Quando, por fim, a cisterna fora içada, o inspector Morell dirigira-se à ponte para se certificar de que Harriet Vanger não tinha, por um improvável capricho da sorte, ficado debaixo dos destroços. Foi a única acção irracional que Mikael conseguiu detectar na conduta do polícia, uma vez que a jovem desaparecida fora inquestionavelmente vista na ilha depois do acidente.

Durante aquelas primeiras vinte e quatro confusas horas, esfumaram-se as esperanças de que o caso tivesse um desfecho rápido e feliz. Esperanças pouco a pouco substituídas por duas teorias. Não obstante a óbvia dificuldade em sair da ilha sem ser vista, Morell recusava descartar a possibilidade de Harriet ter fugido. Decidira divulgar uma descrição pormenorizada da jovem e enviara instruções aos agentes de Hedestad para que se mantivessem atentos. Mandou ainda um colega do departamento criminal interrogar os motoristas dos autocarros e o pessoal da estação ferroviária, para saber se alguém a tinha visto.

À medida que os relatórios negativos iam chegando, começara a parecer cada vez mais provável que Harriet Vanger tivesse sido vítima de um qualquer acidente. Esta teoria acabara por dominar o trabalho dos investigadores nos dias subsequentes.

A grande batida levada a cabo dois dias após o desaparecimento fora, tanto quanto Mikael podia aperceber-se, conduzida com método e eficiência. A polícia e bombeiros com experiência daquele tipo de operações tinham organizado a busca. A ilha de Hedeby tinha algumas áreas quase inacessíveis, mas não deixava de ser uma área bastante pequena, e fora passada a pente-fino no espaço de um dia. Um barco da polícia e duas embarcações particulares fizeram o que podiam para sondar as águas circundantes.

A busca continuara no dia seguinte, ainda que com menos efectivos. Foram mandadas patrulhas fazer uma segunda passagem pelas partes mais acidentadas da ilha, bem como por uma área conhecida como a «Fortaleza» – um conjunto de *bunkers* abandonados do tempo da Segunda Guerra Mundial. Nesse dia, foram também revistados cubículos, poços, caves, latrinas exteriores e sótãos, na aldeia.

Era evidente uma certa frustração nas notas oficiais quando a busca fora interrompida no terceiro dia. Morell ainda não o sabia, claro, mas, naquele momento, levara a sua investigação tão longe quanto ela alguma vez haveria de chegar. Estava confuso e esforçava-se por definir o próximo passo lógico ou qualquer lugar onde a busca pudesse prosseguir. Harriet Vanger parecia ter-se esfumado, e os anos de tormento de Henrik Vanger tinham começado.

CAPÍTULO 9

SEGUNDA-FEIRA, 6 DE JANEIRO – QUARTA-FEIRA, 8 DE JANEIRO

MIKAEL CONTINUOU A LER até de madrugada e levantou-se tarde no Dia de Reis. Viu um *Volvo* azul-marinho, do último modelo, estacionado diante da casa de Vanger. Quando estendia a mão para a maçaneta, a porta foi aberta por um homem que vinha a sair. Quase chocaram. O homem parecia cheio de pressa.

– Sim? Posso ajudá-lo?.
– Vim falar com Henrik Vanger – disse Mikael.

Os olhos do homem iluminaram-se. Sorriu e estendeu a mão.

– Deve ser Mikael Blomkvist, o homem que vai ajudar o Henrik a fazer a crónica da família, certo?

Trocaram um aperto de mão. Aparentemente, Vanger começara a espalhar a história destinada a esconder o verdadeiro objectivo da sua presença em Hedeby. O homem tinha excesso de peso – o resultado, sem dúvida, de demasiados anos passados a negociar em gabinetes e salas de reuniões –, mas Mikael notou imediatamente a parecença, as semelhanças entre o rosto dele e o de Harriet Vanger.

– Chamo-me Martin Vanger – disse o homem. – Bem-vindo a Hedestad.
– Obrigado.
– Vi-o na televisão, há algum tempo.
– Parece que toda a gente me viu na televisão.
– O Wennerström não... não é muito querido nesta casa.
– O Henrik falou-me disso. Estou à espera de saber o resto da história.

— Soube há dias que ele o tinha contratado. — Martin Vanger riu-se. — Disse-me que foi provavelmente por causa do Wennerström que aceitou o lugar.

Mikael hesitou antes de decidir dizer a verdade.

— Essa foi uma das razões, e importante. Mas, para ser franco, estava a precisar de sair de Estocolmo, e Hedestad apareceu na altura certa. Pelo menos, julgo que sim. Não posso fingir que o julgamento nunca aconteceu. E, seja como for, vou ter de ir para a prisão.

Martin Vanger assentiu, repentinamente sério.

— Não pode recorrer?

— Não serviria de nada.

Vanger olhou para o relógio.

— Tenho de estar em Estocolmo esta noite, de modo que preciso de me despachar. Mas estou de volta dentro de poucos dias. Quero que vá jantar lá a casa. Gostaria muito de saber o que realmente aconteceu durante aquele julgamento. O Henrik está lá em cima. Entre, entre.

Vanger estava sentado no sofá do escritório, com o *Hedestads-Kuriren*, o *Dagens Industri*, o *Svenska Dagbladet* e os dois grandes vespertinos nacionais em cima da mesa de café.

— Encontrei o Martin, à entrada.

— Lá vai ele a correr, para salvar o império — comentou Vanger. — Café?

— Sim, por favor. — Mikael sentou-se, perguntando a si mesmo porque estaria Vanger com um ar tão divertido.

— Falam de ti no jornal.

Empurrou um dos jornais da tarde, aberto numa página onde se destacava o cabeçalho «CURTO-CIRCUITO JORNALÍSTICO». O artigo era assinado por um colunista que trabalhara anteriormente para a *Finansmagasinet Monopol* e se tornara conhecido por ridicularizar quem quer que defendesse apaixonadamente uma posição ou se expusesse por uma causa. Feministas, anti-racistas e ambientalistas, todos podiam contar com o seu quinhão. O sujeito era igualmente conhecido por não ter convicções próprias, controversas ou não. Agora, várias semanas depois do julgamento do caso Wennerström, assestava as suas baterias contra Mikael Blomkvist, que descrevia como um idiota chapado. Erika Berger era retratada como uma bimba incompetente:

Circula o rumor de que a *Millennium* está à beira do colapso, não obstante o facto de a directora editorial ser uma feminista que usa minissaia e faz beicinho na televisão. Durante anos, a revista sobreviveu à custa da imagem vendida com êxito pelos editores: jovens repórteres que fazem jornalismo de investigação e denunciam os salafrários do mundo da finança. É possível que o truque publicitário resulte com os jovens anarquistas que querem ouvir precisamente essa mensagem, mas não tem curso nos tribunais. Como Super Blomkvist recentemente descobriu.

Mikael ligou o telemóvel para ver se tinha alguma chamada de Erika. Não havia novas mensagens. Vanger esperava, sem dizer palavra. Mikael percebeu que o velho queria que fosse ele a quebrar o silêncio.
– O tipo é um cretino – disse.
Vanger riu-se, mas disse, num tom despido de sentimentalismos:
– Talvez seja. Mas não foi ele que foi condenado em tribunal.
– É verdade. E nunca será. Nunca diz nada original; apanha sempre o comboio em andamento e atira a última pedra de maneira a fazer o maior mal possível sem se comprometer.
– Tive muitos inimigos ao longo dos anos. Se alguma coisa aprendi, foi a nunca me envolver numa luta que tenha a certeza de perder. Por outro lado, nunca deixes alguém que te insultou escapar impune. Aguarda o teu momento e ataca quando estiveres numa posição de força... mesmo que já não tenhas necessidade de atacar.
– Obrigado pela pérola de sabedoria, Henrik. Agora, gostaria que me falasse a respeito da sua família. – Pousou o gravador em cima da mesa, entre os dois, e premiu a tecla de gravar.
– Que queres saber?
– Li toda a primeira pasta, a respeito do desaparecimento e das buscas, mas são tantos os Vanger referidos que preciso da sua ajuda para os identificar a todos.

◆

Lisbeth Salander manteve-se imóvel no vestíbulo deserto, com os olhos fixos na placa de latão que anunciava «N. E. Bjurman, Advogado», durante quase dez minutos antes de premir o botão da campainha. A fechadura da porta emitiu um estalido.

Era terça-feira. Aquele ia ser o segundo encontro, e ela tinha um mau pressentimento.

Não tinha medo de Bjurman — Lisbeth Salander raramente tinha medo de alguma coisa ou de alguém. Por outro lado, não gostava daquele seu novo tutor. O anterior, Holger Palmgren, tinha um estilo completamente diferente: delicado, amável e bondoso. Mas, fazia três meses, Palmgren sofrera uma trombose, e Nils Erik Bjurman herdara-a de acordo com uma qualquer ordem hierárquica burocrática que ela não fingia sequer compreender.

Durante os doze anos que já passara sob tutela social e psicológica, dois deles numa clínica infantil, nem uma única vez respondera nem que fosse a uma pergunta tão simples como: «Então, como estás hoje?»

Quando fizera treze anos, o tribunal decidira, nos termos da lei que regulava a protecção de menores, que ela fosse internada na Clínica Pedopsiquiátrica Sankt Stefan, em Uppsala. A decisão baseara-se essencialmente no facto de ter sido considerada emocionalmente perturbada e perigosamente violenta para com os colegas e possivelmente para consigo mesma.

Todas as tentativas de um professor ou de qualquer figura de autoridade para iniciar uma conversa a respeito dos seus sentimentos, vida emocional ou estado de saúde esbarravam, para grande frustração dos bem-intencionados inquiridores, num silêncio sombrio e em olhares teimosamente fixados no tecto, no chão ou nas paredes. Cruzava os braços e recusava participar em qualquer espécie de teste psicológico. Esta resistência a todas as tentativas de medi-la, pesá-la, cartografá-la, analisá-la ou educá-la estendia-se ao trabalho escolar — as autoridades poderiam, eventualmente, levá-la à força para uma sala de aula e acorrentá-la a uma carteira, mas não podiam impedi-la de fechar os ouvidos e recusar pegar numa caneta e escrever fosse o que fosse. Completou os nove anos de ensino obrigatório sem obter um certificado.

Tudo isto contribuía, naturalmente, para a grande dificuldade em diagnosticar sequer as suas deficiências mentais. Em suma, Lisbeth Salander não era nenhuma pêra doce.

Pela mesma altura, fora igualmente decidido nomear um curador que velasse pelos seus bens e interesses até atingir a maioridade. O escolhido fora o advogado Holger Palmgren, que, apesar de um começo bastante difícil, fora bem-sucedido onde psiquiatras e médicos tinham fracassado. Pouco a pouco, conseguira conquistar da parte da rapariga não só uma certa confiança, mas até um ligeiro calor humano.

Aos quinze anos, os médicos tinham mais ou menos concordado que afinal não era perigosamente violenta nem representava um perigo imediato para si mesma. A família fora qualificada como disfuncional e não tinha parentes que pudessem tomar conta dela, pelo que ficara decidido que Lisbeth Salander deixaria a clínica pedopsiquiátrica em Uppsala e seria reintroduzida na sociedade por intermédio de uma família de acolhimento.

Não fora um caminho fácil. Lisbeth fugira de casa da primeira família adoptiva ao cabo de apenas duas semanas. A segunda e terceira famílias tinham passado em rápida sucessão. Neste ponto, Palmgren tivera uma conversa muito séria com ela, explicando-lhe sem rodeios que, caso insistisse naquela via, voltaria a ser internada. A ameaça surtira efeito e ela aceitara a família de acolhimento número quatro – um casal idoso que vivia em Midsommarkransen.

O que não significara que tivesse passado a comportar-se decentemente. Aos 17 anos, fora presa quatro vezes pela polícia; em duas dessas ocasiões, estava de tal maneira embriagada que acabara nas urgências do hospital, e numa outra encontrava-se obviamente sob a influência de drogas. Numa das vezes em que fora encontrada bêbeda, estava, com as roupas em desalinho, no banco de trás de um carro estacionado na Söder Mälarstrand, na companhia de um homem igualmente embriagado e muito mais velho.

A última detenção acontecera três semanas antes de completar dezoito anos, quando, estando perfeitamente sóbria, pontapeara um homem na cabeça dentro da estação de metro de Gamla Stan. Fora acusada de agressão agravada. Alegara que o homem a agarrara, e a afirmação fora corroborada por testemunhas. O Ministério Público retirara a acusação, mas o cadastro dela era tal que o tribunal de primeira instância ordenara uma avaliação psiquiátrica. Uma vez que recusara, como era seu costume, responder a quaisquer perguntas ou a participar nos exames, os médicos consultados pela Comissão Nacional de Saúde e Segurança Social acabaram por emitir um parecer baseado em «observações da paciente». Não ficara muito claro que tipo de observações era possível fazer quando a paciente era uma jovem que se limitava a ficar sentada numa cadeira com os braços cruzados e o lábio inferior esticado para fora. A única conclusão a que os doutos clínicos chegaram foi que a jovem devia sofrer de uma qualquer perturbação mental cuja natureza era tal que não podia ser deixada sem tratamento. O relatório médico-legal recomendava o internamento numa instituição psiquiátrica fechada. Um director adjunto da Comissão da Segurança Social redigira um parecer a apoiar as conclusões dos especialistas.

No respeitante ao cadastro pessoal, o parecer concluía que havia «um sério risco de abuso de álcool e de drogas» e que a paciente tinha «um baixo nível de autoconsciência». Por esta altura, o *dossier* clínico dela estava cheio de termos como *introvertida, socialmente inibida, incapacidade de sentir empatia, comportamento psicopático e associal, dificuldade em cooperar* e *incapaz de assimilar e aprender*. Quem o lesse poderia sentir-se tentado a concluir que Lisbeth Salander sofria de um grave atraso mental. Outra marca a seu desfavor era o facto de as patrulhas de rua dos Serviços Sociais a terem em diversas ocasiões visto «com vários homens» na área à volta de Mariatorget. Fora, a dada altura, detida e revistada em Tantolunden, mais uma vez na companhia de um homem muito mais velho. Temia-se que Lisbeth Salander se tivesse tornado, ou pelo menos estivesse em vias de tornar-se, uma prostituta.

Quando o tribunal de primeira instância – a instituição que iria decidir do seu futuro – reunira para deliberar, a conclusão parecia um dado adquirido. Lisbeth Salander era obviamente uma criança problemática e a única decisão possível seria aceitar as recomendações dos psiquiatras e dos serviços sociais.

Na manhã da audiência, Lisbeth fora transportada da clínica pedopsiquiátrica onde se encontrava internada desde o incidente em Gamla Stan até ao tribunal. Sentia-se como um prisioneiro de um campo de concentração: não tinha esperanças de sobreviver àquele dia. A primeira pessoa que vira no tribunal fora Holger Palmgren, e levara algum tempo a perceber que ele não estava ali na qualidade de seu tutor, e sim como seu representante legal.

Para sua surpresa, ele defendera-a firmemente, fazendo um forte apelo contra o internamento. Lisbeth não deixara transparecer o seu espanto nem no arquear de uma sobrancelha, mas ouvira atentamente tudo o que ele dissera. Palmgren fora brilhante durante as duas horas que demorara a interrogar o médico, um tal Dr. Jesper H. Löderman, que assinara a recomendação no sentido de que Lisbeth Salander fosse cometida a uma instituição psiquiátrica. Escalpelizara implacavelmente todos os pormenores do parecer, e exigira ao médico que apresentasse bases científicas para cada uma das suas afirmações. De tudo isto ficara claro que, uma vez que a paciente recusara fazer um único teste, as bases das conclusões do médico não passavam de meras conjecturas

No final da sua intervenção, Palmgren sugerira que o internamento forçado não só era muito provavelmente contrário às decisões do Parlamento em situações semelhantes, como, naquele caso particular, poderia até tornar-se um cavalo de batalha para os políticos e para os *media*. Era, portanto, no interesse de todas as partes encontrar uma solução alternativa adequada. Uma tal linguagem era invulgar na discussão daquele tipo de situações, e os membros do tribunal agitaram-se, nervosos.

A solução fora um compromisso. O tribunal chegara à conclusão de que Lisbeth Salander era de facto emocionalmente perturbada, mas que a sua condição não exigia forçosamente um internamento. Por outro lado, fora tomada em conta a recomendação do director dos Serviços Sociais no respeitante a uma tutoria. O presidente do colectivo voltara-se, com um sorriso venenoso, para Holger Palmgren, que até ao momento fora o curador da jovem, e perguntara-lhe se estava disposto a assumir o papel de tutor. Esperava, evidentemente, que o advogado fizesse marcha atrás e tentasse empurrar a responsabilidade para cima de outra pessoa qualquer. Mas, muito pelo contrário, Palmgren declarara que teria muito prazer em ser o tutor de Fröken Salander – mas com uma condição: «Que Fröken Salander esteja disposta a confiar em mim e aceitar-me como seu tutor.»

Voltara-se para ela. Lisbeth estava um tanto baralhada pela troca de argumentos atirados de um lado para o outro por cima da sua cabeça ao longo de todo o dia. Até ao momento, ninguém lhe pedira a sua opinião. Ficara a olhar para Holger Palmgren durante muito tempo e então assentira, uma vez.

Palmgren era uma curiosa mistura de jurista e assistente social. Começara por ser politicamente nomeado membro da comissão dos Assuntos Sociais, e passara quase toda a sua vida a lidar com jovens problemáticos. Com o tempo, acabara por forjar-se entre ele e a sua pupila – que era indiscutivelmente a mais problemática com que alguma vez tivera de lidar – uma relação de relutante respeito, quase a raiar a amizade.

Uma relação que durara 11 anos, desde que ela tinha onze até ao ano anterior, quando, umas poucas semanas antes do Natal, fora procurar Palmgren em casa depois de ele ter faltado à combinada reunião mensal.

Ao não obter resposta, apesar de ouvir ruídos vindos do interior do apartamento, entrara por arrombamento, trepando um cano de escoamento de águas até à varanda do quarto andar. Encontrara-o enrolado no chão do vestíbulo, consciente mas incapaz de falar ou de mover-se. Chamara uma ambulância e acompanhara-o até ao hospital, com uma crescente sensação de pânico a apertar-lhe a boca do estômago. Durante três dias, praticamente não saíra do corredor diante da Unidade de Cuidados Intensivos. Como um fiel cão de guarda, vigiara todos os médicos e enfermeiros que entravam e saíam por aquela porta. Andava de um lado para o outro, como uma alma perdida, cravando os olhos em cada médico que se aproximava. Finalmente, um médico cujo nome nunca chegara a saber levara-a para uma sala para explicar a gravidade da situação. Herr Palmgren estava em estado crítico depois de ter sofrido uma grave hemorragia cerebral. Não se esperava que viesse a recuperar a consciência. Tinha apenas 64 anos. Lisbeth não chorara nem mudara de expressão. Pusera-se de pé, saíra do hospital e nunca mais voltara.

Cinco semanas mais tarde, os Serviços Sociais tinham-na convocado para um primeiro encontro com o seu novo tutor. O primeiro instinto fora ignorar a convocatória, mas Palmgren imprimira nela a consciência de que todas as acções tinham as suas consequências. Aprendera a analisar as consequências e desse modo chegara à conclusão de que a maneira mais fácil de fugir ao seu dilema era satisfazer os Serviços Sociais comportando-se como se desse alguma importância ao que eles tinham para dizer.

Assim, em Dezembro – fazendo uma pausa na sua investigação sobre Mikael Blomkvist –, comparecera no escritório de Bjurman, na Sankt Eriksplan, onde uma senhora já de idade, representante da comissão, entregara ao advogado o grosso processo de Lisbeth Salander. A mulher perguntara-lhe amavelmente como estava e parecera dar-se por satisfeita com o pétreo silêncio que obtivera em resposta. Ao cabo de cerca de meia hora, deixara-a ao cuidado de Bjurman.

Lisbeth decidira que não gostava de Bjurman. Observara-o disfarçadamente, enquanto ele estudava o processo. Idade: mais de 50. Em boa forma física: ténis às terças e quintas. Louro. Início de calvície. Uma pequena covinha no queixo. Loção de barba *Boss*. Fato azul. Gravata vermelha com alfinete de ouro e botões de punho espalhafatosos com as iniciais N.E.B. Óculos de aros metálicos. A julgar pelas revistas em cima da mesa baixa, os seus interesses centravam-se na caça e no tiro.

Durante todos aqueles anos de contacto com Palmgren, ele sempre lhe oferecera um café e trocara dois dedos de conversa. Nem sequer as suas mais escandalosas fugas de casas de acolhimento ou as suas piores patifarias na escola lhe alteravam a compostura. A única vez que vira Palmgren verdadeiramente perturbado fora quando ela fora acusada de agressão física agravada depois de aquele sacana a ter apalpado em Gamla Stan. *Compreendes o que fizeste? Magoaste outro ser humano, Lisbeth.* Parecera um velho professor, e ela ignorara pacientemente todas e cada uma das palavras da descompostura.

Bjurman não tinha tempo para conversas. Concluíra imediatamente que havia uma discrepância entre as obrigações de Palmgren, de acordo com os regulamentos da tutoria, e o facto de aparentemente ter permitido que aquela Salander assumisse o controlo da sua própria residência e finanças. E iniciara uma espécie de interrogatório: *Quanto ganha? Quero uma cópia dos seus registos financeiros. Quem são os seus amigos? Paga a renda a tempo e horas? Bebe? O Palmgren aprovou esses aros que tem na cara? É cuidadosa com a sua higiene?*

Vai-te foder.

Palmgren tornara-se tutor dela depois de Todo O Mal ter acontecido. Insistira em encontrarem-se para falar pelo menos uma vez por mês, por vezes mais. Depois de ela se ter mudado para a Lundagatan, tinham passado a ser praticamente vizinhos. Ele morava na Hornsgatan, a um par de quarteirões de distância, e encontravam-se constantemente e iam beber um café ao Giffy, ou a qualquer outra pastelaria próxima. Palmgren nunca tentara impor a sua presença, mas visitava-a ocasionalmente, levando-lhe pequenos presentes no dia de anos. E ela tinha um convite permanente para visitá-lo sempre que quisesse, um privilégio que raramente aproveitava. Mas quando se mudara para Söder, começara a passar a véspera de Natal com ele, depois de ir ver a mãe. Comiam o presunto de Natal e jogavam xadrez. Ela não se interessava verdadeiramente pelo jogo, mas depois de ter aprendido as regras nunca mais perdera uma partida. Palmgren era viúvo, e Lisbeth via como seu dever apiedar-se dele naquelas festas solitárias.

Considerava-se em dívida para com ele, e pagava sempre as suas dívidas.

Fora Palmgren que subalugara o apartamento da mãe na Lundagatan e o mantivera até ela precisar de um sítio para morar. O apartamento tinha pouco mais de 45 metros quadrados, era velho e degradado, mas era um tecto para a abrigar.

Agora, Palmgren desaparecera, e mais um dos laços que a ligavam à sociedade estabelecida fora cortado. Nils Bjurman era um tipo de pessoa completamente diferente. Nunca ela passaria a véspera de Natal em casa dele. A primeira coisa que o tipo fizera fora impor novas regras à gestão da conta dela no Handelsbanken. Palmgren nunca tivera problemas em contornar as condições da tutoria de modo a permitir-lhe tratar das suas próprias finanças. Ela pagava as suas contas e gastava o que lhe sobrava como muito bem entendia.

Antes do primeiro encontro com Bjurman, na semana anterior ao Natal, preparara-se para o embate. Uma vez frente a frente, tentara explicar àquele sujeito que o seu antecessor sempre confiara nela e nunca ela lhe dera motivos para mudar de opinião. Palmgren deixava-a ocupar-se dos seus assuntos e não interferia na sua vida.

— Esse é precisamente um dos problemas — dissera Bjurman, batendo com um dedo na pasta, antes de lançar-se num longo discurso a respeito das regras e regulamentações do governo referentes ao papel do tutor.

— Dava-lhe rédea solta, é isso? Espanta-me que nunca tenha tido problemas.

Era um maluco de um social-democrata que trabalhou toda a vida com miúdos problemáticos, meu grande cabrão.

— Já não sou uma criança — dissera, como se isso fosse explicação suficiente.

— Não, já não é uma criança. Mas eu fui nomeado seu tutor, e enquanto desempenhar esse papel, sou legal e financeiramente responsável por si.

Abrira uma nova conta em nome dela, e era suposto ela comunicar o facto ao serviço de pessoal da Milton e passar a usá-la dali em diante. Os bons velhos tempos pertenciam definitivamente ao passado. Doravante, Bjurman pagaria as contas, e ela receberia uma determinada quantia todos os meses. E teria de apresentar recibos de todas as suas despesas. Receberia 1400 coroas semanais — «para alimentação, roupa, bilhetes de cinema, e coisas assim».

Lisbeth ganhava mais de 160 mil coroas por ano, e poderia duplicar esse valor trabalhando a tempo inteiro e aceitando todas as missões que Armanskij lhe propunha. Mas tinha poucas despesas, e não precisava de muito dinheiro. A renda do apartamento eram duas mil coroas mensais, e, apesar da modéstia dos seus rendimentos, conseguira juntar 90 mil coroas numa conta-poupança. A que deixava agora de ter acesso.

— Isto tem que ver com o facto de eu ser responsável pelo seu dinheiro — explicara ele. — Há que pôr alguma coisa de lado para o futuro. Mas não se preocupe; eu encarrego-me de tudo isso.

Governo-me sozinha desde os dez anos, cretino.

— Funciona suficientemente bem em termos sociais para não precisar de ser internada, mas esta sociedade é responsável por si.

Interrogara-a longamente sobre que tipo de trabalho fazia para a Milton Security, e ela, instintivamente, mentira. A descrição que lhe fizera fora a das suas primeiras semanas na empresa. Bjurman ficara com a impressão de que ela fazia café e separava o correio — tarefas adequadas a alguém que era de compreensão um pouco lenta — e parecera satisfeito.

Lisbeth não sabia porque mentira, mas tinha a certeza de que fora uma decisão sensata.

Mikael Blomkvist passara cinco horas com Vanger, e dedicou a maior parte da noite e toda a terça-feira a teclar as suas notas a montar a genealogia da família num conjunto compreensível. A história familiar que emergia era uma versão dramaticamente diferente da apresentada pela imagem oficial. Todas as famílias têm alguns esqueletos no armário, mas os Vanger tinham um cemitério inteiro.

Tivera de recordar várias vezes a si mesmo que a sua verdadeira missão não consistia em escrever a biografia dos Vanger e sim descobrir o que acontecera a Harriet. A biografia serviria só de cortina de fumo e, ao fim de um ano, receberia aquele salário perfeitamente absurdo — o contrato redigido por Frode estava assinado. Mas a sua verdadeira recompensa seria, esperava, a informação a respeito de Wennerström que Vanger afirmava possuir. No entanto, depois de ouvir Henrik, começara a perceber que aquele ano não tinha necessariamente de ser tempo perdido. Um livro sobre a família Vanger era importante. Era, pura e simplesmente, uma magnífica história.

A ideia de que o acaso o levasse a descobrir o assassino de Harriet nem sequer lhe passava pela cabeça – isto é, assumindo que ela fora assassinada e não morrera num estúpido acidente. Num ponto estava de acordo com Vanger: as probabilidades de uma garota de 16 anos ter fugido por sua livre e espontânea vontade e depois permanecido escondida durante 36 anos, não obstante o olhar omnipresente da burocracia governamental, eram nulas. Por outro lado, não excluía a possibilidade de Harriet Vanger ter de facto fugido, provavelmente para Estocolmo, e subsequentemente ter-lhe acontecido qualquer coisa má – drogas, prostituição, ou um acidente puro e simples.

Henrik Vanger, pelo seu lado, estava convencido de que Harriet fora assassinada e que o responsável fora um membro da família... possivelmente com a colaboração de alguém de fora. O argumento baseava-se no facto de Harriet ter desaparecido durante a confusão que se instalara enquanto a ilha estava isolada e todas as atenções concentradas no acidente.

Erika tivera razão ao dizer que aceitar aquela missão se situava para lá dos limites do senso comum, se o objectivo era resolver um crime. Mas Mikael começava a perceber que a sorte de Harriet desempenhara um papel central na família, e muito especialmente para Henrik Vanger. Tivesse ou não razão de ser, a acusação de Vanger contra os parentes tinha um significado enorme na história da família. A acusação fora feita sem ambiguidades durante mais de trinta anos e marcara as reuniões familiares, dando origem a venenosas animosidades que tinham contribuído para desestabilizar o grupo de empresas. Um estudo sobre o desaparecimento de Harriet funcionaria, pois, como um capítulo independente, além de proporcionar o fio condutor ao longo de toda a história do clã – e o que não faltava era fontes de material. Um ponto de partida obrigatório, quer Harriet Vanger fosse o seu objectivo primário quer tivesse de contentar--se com escrever a crónica da família, seria definir um mapa da galeria de personagens. Fora esse o cerne da sua primeira longa conversa com Henrik Vanger, naquele dia.

A família era composta por cerca de cem indivíduos, contando todos os filhos de primos em primeiro e segundo graus. Era, na realidade, tão grande que o obrigou a criar uma base de dados no seu *iBook*. Usou o programa *NotePad* (www.ibirium.se), um dos excelentes produtos que dois sujeitos do Real Colégio e Tecnologia de Estocolmo tinham criado e ofereciam em *shareware* praticamente de borla na Internet. Poucos programas eram tão úteis para um jornalista de investigação. Cada membro da família teve direito a um documento individual na base de dados.

A árvore genealógica dos Vanger remontava a inícios do século XVI, quando o nome era Vangeersad. Segundo Henrik, derivava do holandês van Geerstat. Se aquilo era verdade, a linhagem mergulhava as suas raízes no século XII.

Nos tempos modernos, a família chegara à Suécia vinda do Norte da França, juntamente com o rei Jean Baptiste Bernardotte, no início do século XVIII. Alexandre Vangeersad era um soldado e não conhecia pessoalmente o rei, mas distinguira-se como um competente comandante de guarnição. Em 1818, recebera a propriedade de Hedeby como recompensa pelos seus serviços. Era, além disso, senhor de uma sólida fortuna pessoal, que usara para comprar grandes áreas de floresta em Norrland. O filho, Adrian, nascera em França, mas, a pedido do pai, mudara-se para Hedeby, naquela remota parte de Norrland, longe dos salões de Paris, para assumir a administração da propriedade. Dedicara-se à agricultura e à silvicultura, usando novos métodos importados da Europa, e fundara a serração e fábrica de papel à volta da qual Hedestad fora construída.

O neto de Alexandre chamara-se Henrik, e encurtara o apelido da família para Vanger. Desenvolvera o comércio com a Rússia e construíra uma pequena frota mercante de escunas que serviam os países bálticos e a Alemanha, e também a Inglaterra, que assistia, em meados do século, a um forte incremento da indústria do aço. Diversificara ainda mais os interesses da família e fundara uma modesta indústria mineira, bem como várias das primeiras metalurgias de Norrland.

Deixara dois filhos, Birger e Gottfried, e tinham sido estes a lançar os Vanger no mundo da alta finança.

— Sabes alguma coisa a respeito das antigas leis sucessórias? — perguntara Vanger.

— Não

— Eu próprio fico um pouco confuso. Segundo a crónica familiar, o Birger e o Gottfried eram como o cão e o gato... competidores lendários por poder e influência sobre os negócios da família. Esta luta entre irmãos acabou por ameaçar o próprio futuro das empresas, o que levou o pai de ambos a criar, pouco antes de morrer, um sistema graças ao qual todos os membros da família recebiam uma porção da herança, uma quota parte do negócio. A ideia era sem dúvida bem intencionada, mas acabou por conduzir a uma situação em que em vez de podermos ir buscar gente qualificada e possíveis sócios ao exterior, tínhamos uma administração formada apenas por membros da família.

— O que ainda hoje se verifica?

— Precisamente. Ninguém pode vender as suas acções fora da família. Hoje, metade dos presentes na reunião anual de accionistas são parentes. O Martin detém mais de dez por cento das acções; eu tenho cinco por cento, depois de lhe ter vendido uma parte das minhas, a ele e a outros. O meu irmão Harald tem sete por cento, mas a maior parte das pessoas que vêm à reunião tem apenas um ou meio por cento.

— Parece um pouco medieval.

— É ridículo. Significa que, se o Martin pretender implementar uma nova política, tem de perder tempo a conseguir o apoio de pelo menos vinte a vinte e cinco por cento dos accionistas. É uma manta de retalhos de alianças, facções e intrigas.

Vanger fizera uma pausa antes de retomar a história.

— O Gottfried Vanger morreu em mil novecentos e um, sem deixar filhos. Ou mais exactamente, peço perdão, foi pai de quatro raparigas, mas, naquele tempo, as mulheres não contavam. Detinham acções, mas eram os homens da família que as administravam. Só depois de conquistarem o direito de voto, já bem entrado o século XX, passaram a ser autorizadas a assistir às assembleias de accionistas.

— Muito liberal.

— Não precisas de ser sarcástico. Eram outros tempos. Bom... Birger Vanger teve três filhos: Johan, Fredrik e Gideon. Nasceram todos em finais do século dezanove. Podemos ignorar o Gideon; vendeu as suas acções e emigrou para a América. Ainda hoje lá há um ramo da família. Mas o Johan e o Fredrik transformaram as empresas no moderno Grupo Vanger.

Vanger fora buscar um álbum e, à medida que falava, mostrara a Mikael fotos das personagens que referia. As do início do século XX mostravam dois homens de queixo saliente e cabelos empastados que olhavam para a câmara sem vestígios de um sorriso.

— O Johan era o génio da família. Estudou engenharia e ajudou a desenvolver a indústria da manufactura com várias invenções, que patenteou. O ferro e o aço tornaram-se a base da empresa, mas o negócio também se expandiu para outras áreas, incluindo os têxteis. Morreu em mil novecentos e cinquenta e seis e teve três filhas: Sofia, Märit e Ingrid, que foram as três primeiras mulheres a serem automaticamente admitidas nas assembleias de accionistas.

O outro irmão, Fredrik Vanger, foi o meu pai. Era um líder da finança e da indústria, e transformou as invenções de Johan em dinheiro. Viveu até mil novecentos e sessenta e quatro. Manteve-se activo na administração das empresas praticamente até ao fim, apesar de, nos anos cinquenta, ter passado para mim as operações do dia-a-dia.

Foi exactamente como a geração anterior, mas ao contrário. O Johan só teve filhas. — Vanger mostrara fotos de senhoras de seios fartos, com chapéus de aba larga na cabeça e empunhando guarda-sóis. — E o Fredrik, meu pai, só teve filhos. Éramos cinco irmãos: o Richard, o Harald, o Greger, o Gustav e eu.

Mikael tinha desenhado uma árvore genealógica em várias folhas A4 unidas com fita gomada. Sublinhou os nomes dos que estavam presentes na ilha de Hedeby para a reunião da família em 1966 e podiam, portanto, pelo menos em teoria, ter tido qualquer coisa que ver com o desaparecimento de Harriet Vanger.

Deixou de fora as crianças com menos de 12 anos – em algum ponto tinha de traçar a linha. Ao cabo de alguma ponderação, também deixou de fora Henrik Vanger. Se o patriarca tivesse tido alguma coisa que ver com o desaparecimento da neta do irmão, as suas acções ao longo dos últimos 36 anos enquadrar-se-iam na área da psicopatia. A mãe de Vanger, que, em 1966, tinha já 81 anos, podia também ser razoavelmente eliminada. Restavam 23 membros da família que, segundo Henrik, tinham de ser incluídos no grupo dos «suspeitos». Destes 23, sete tinham entretanto morrido e vários outros eram muito, muito, velhos.

Mikael não se sentia inclinado a aceitar a convicção de Vanger de que fora forçosamente um membro da família que estivera por detrás do desaparecimento de Harriet. Havia vários outros nomes a acrescentar à lista de suspeitos.

Dirch Frode começara a trabalhar para Vanger, como advogado, na Primavera de 1962. E além da família, quem eram os criados quando Harriet se sumira? Gunnar Nilsson – com álibi ou sem ele – tinha 19 anos, e o pai, Magnus, estava muito provavelmente presente na ilha, como o tal pintor, Norman, e o pastor, Falk. Falk seria casado? O dono da quinta de Östergården, Aronsson, e o filho, Jerker Aronsson, viviam na ilha, perto de uma Harriet Vanger que estava a crescer... que espécie de relação houvera entre eles? Martin Aronsson continuava casado? Vivia mais alguém na quinta, na altura?

FREDRIK VANGER
(1886-1964)
casado com **Ulrika**
(1885-1969)

JOHAN VANGER
(1884-1956)
casado com **Gerda**
(1888-1960)

Richard (1907-1940)
casado com Margaret
(1906-1959)

Sofia (1909-1977)
casada com **Åke Sjögren**
(1906-1967)

Gottfried (1927-1965)
casado com **Isabella**
(1928-)
Martin (1948-)
Harriet (1950-)

Harald (1911-)
casado com Ingrid
1925-1992)
Birger (1939-)
Cecilia (1946-)
Anita (1948-)

Greger (1912-1974)
casado com **Gerda**
(1922-)
Alexander (1946-)

Magnus Sjögren (1929-1994)
Sara Sjögren (1931-)
Erik Sjögren (1951-)
Håkan Sjögren (1955-)

Märit (1911-1988)
casada com **Algot Günther**
(1904-1987)
Ossian Günther (1930-)
casado com **Agnes** (1933-)
Jakob Günther (1952-)

Ingrid (1916-1990)
casada com **Harry Karlman**
(1912-1984)
Gunnar Karlman (1948-)
Maria Karlman (1944-)

Gustav (1918-1955)
solteiro, sem filhos

Henrik (1920-)
casado com Edith
(1921-1958)
sem filhos

 Quando Mikael acabou de escrever os nomes, a lista tinha aumentado para 40 pessoas. Eram três e meia da manhã e o termómetro marcava 21 graus negativos. Que saudades da sua cama na Bellmansgatan!

 Foi acordado pelo funcionário da Telia. Às 11h da manhã, estava «conectado» e já não se sentia tão profissionalmente diminuído. Por outro lado, o telemóvel mantinha-se teimosamente silencioso. Começava a deixar-se enquistar numa posição de teimosia e recusava-se a ligar para a revista.

Abriu o programa de *e-mail* e passou rapidamente em revista as quase 350 mensagens que lhe tinham sido enviadas durante a última semana. Guardou uma dúzia: o resto era *spam* ou listas de *mailing* que subscrevia. A primeira mensagem que abriu vinha de <demokrat88 @yahoo.com> e dizia: ESPERO QUE TE ENRABEM NA PILDRA COMUNISTA DE MERDA. Arquivou-a na pasta «Crítica Inteligente».

Escreveu a <erika.berger@millennium.se>: «Olá, Ricky. Só para te dizer que tenho a Net a funcionar e que poderás contactar-me quando conseguires perdoar-me. Hedeby é um local rústico que vale bem uma visita. M.» Quando sentiu que deviam ser horas de almoço, enfiou o *iBook* no saco, dirigiu-se ao Café Susanne e instalou-se na habitual mesa de canto. Susanne levou-lhe café e sanduíches e lançou um olhar interessado ao computador. Perguntou-lhe em que estava a trabalhar. Pela primeira vez, Mikael usou a sua história de cobertura. Trocaram gracejos. Susanne aconselhou-o a falar com ela quando estivesse preparado para ouvir verdadeiras revelações.

— Há trinta e cinco anos que atendo os Vanger e sei a maior parte dos mexericos a respeito da família — disse, e afastou-se em direcção à cozinha.

Contando com filhos, netos e bisnetos — que Mikael não se dera ao trabalho de incluir —, os irmãos Fredrik e Johan Vanger tinham aproximadamente 50 descendentes vivos. A família apresentava uma manifesta tendência para a longevidade. Fredrik Vanger chegara aos 78 anos, e o irmão, Johan, aos 80. Dos filhos de Fredrik que continuavam vivos, Harald tinha 92 anos, e Henrik 82.

A única excepção era Gustav, que morrera de uma doença dos pulmões aos 37 anos. Vanger explicara que Gustav sempre fora doente e fazia uma vida à parte, praticamente sem se dar com a família. Nunca casara nem tivera filhos.

Os outros que tinham morrido novos tinham sucumbido a outras causas que não a doença. Richard Vanger fora morto na Guerra de Inverno, com apenas 34 anos. Gottfried Vanger, pai de Harriet, afogara-se um ano antes de a filha ter desaparecido. Mikael tomou

nota da estranha simetria que se verificava naquele ramo da família
– avô, pai e filha, todos eles tinham sido vítimas da má sorte. O único descendente sobrevivo de Richard era Martin Vanger, que, aos 58 anos, continuava solteiro. Mas Henrik explicara que o sobrinho era um verdadeiro eremita com uma mulher que vivia em Hedestad.

Mikael notou dois factores na árvore genealógica. O primeiro foi que nunca um Vanger se divorciara ou voltara a casar, mesmo quando os cônjuges tinham morrido jovens. Perguntou a si mesmo até que ponto aquilo seria comum, em termos estatísticos. Cecilia Vanger estava separada do marido havia anos, mas, aparentemente, continuavam casados.

A outra particularidade era que enquanto os descendentes de Fredrik Vanger, incluindo Henrik, tinham desempenhado papéis relevantes nas empresas e vivido essencialmente em ou à volta de Hedestad, a linhagem de Johan, que produzira apenas raparigas, casara e dispersara-se por Estocolmo, Malmö, Gotemburgo e até pelo estrangeiro. Só iam a Hedestad passar as férias de Verão ou para as reuniões mais importantes. A única excepção era Ingrid Vanger, cujo filho, Gunnar Karlman, vivia em Hedestad. Era chefe de redacção do *Hedestads-Kuriren*.

Vanger, seguindo a linha de raciocínio própria de um detective privado, estava convencido de que o motivo subjacente à morte de Harriet seria encontrado na estrutura do grupo de empresas – no facto de, muito cedo, ele ter deixado claro que considerava Harriet especial; o motivo podia ter sido atingi-lo a ele, ou talvez Harriet tivesse descoberto qualquer informação sensível respeitante às empresas, tornando-se desse modo uma ameaça para alguém. Tratava-se, claro, de meras especulações, mas, mesmo assim, conseguira definir, usando este parâmetro, um círculo de 13 indivíduos que considerava com potencial interesse.

A conversa que Mikael mantivera com Vanger no dia anterior fora esclarecedora sobre um outro ponto. Desde o início, o velho falara de muitos membros da sua família de uma maneira desdenhosa e depreciativa. Mikael achara aquilo estranho, e acabara por perguntar a si mesmo se as suspeitas do patriarca relativamente aos seus familiares não lhe teriam distorcido o julgamento no respeitante ao desaparecimento de Harriet, mas agora começava a pensar que Henrik fora até bastante sóbrio na sua avaliação.

A imagem que começava a emergir revelava uma família social e financeiramente bem-sucedida, mas que, em todos os outros aspectos da vida, era muito claramente disfuncional.

O pai de Henrik Vanger fora um homem frio e insensível que gerara os filhos e deixara à mulher o cuidado de criá-los e educá-los. Antes de completarem 16 anos, os filhos raramente o viam, excepto durante as reuniões especiais da família, onde era suposto estarem presentes mas invisíveis. Henrik não se lembrava de alguma vez ter recebido do pai a mais pequena manifestação de amor ou ternura. Pelo contrário, era constantemente acusado de incompetente e objecto de críticas arrasadoras. Os castigos corporais quase nunca eram usados; não chegavam a ser necessários. As únicas vezes que conquistara o respeito do pai tinham acontecido muito mais tarde, através da sua acção como gestor do Grupo Vanger.

O irmão mais velho, Richard, rebelara-se. Depois de uma violenta discussão – cujo motivo sempre permanecera envolto em mistério –, o rapaz fora estudar para Uppsala. Aí tinham sido lançadas as sementes da carreira como nazi a que Henrik já fizera referência e que acabaria por levá-lo às trincheiras finlandesas. O que o velho não tinha dito era que os dois outros irmãos tinham seguido percursos semelhantes. Em 1930, Harald e Greger tinham imitado Richard e rumado a Uppsala. Eram os dois bastante chegados, mas Vanger não sabia se costumavam ou não encontrar-se com Richard. Certo era que tinham os três aderido ao movimento fascista Nova Suécia, de Per Engdahl. Harald seguira fielmente Engdahl ao longo dos anos, primeiro para a União Nacional Sueca, depois para o grupo Oposição Sueca, e finalmente, já depois da guerra, para o Novo Movimento Sueco. Harald continuara a ser membro até à morte de Engdhal, nos anos noventa, e, em várias ocasiões, fora o principal apoiante financeiro do hibernante movimento fascista sueco.

Harald Vanger estudara medicina, em Uppsala, e aterrara quase de imediato em círculos que viviam obcecados com a higiene e a biologia raciais. Trabalhara durante algum tempo no Instituto Sueco de Raça e Biologia e, como médico, tornara-se um dos mais destacados proponentes da esterilização dos elementos indesejáveis da população.

> Citação, Henrik Vanger, fita 2, 02950:
> *O Harald foi ainda mais longe. Em 1937, foi co-autor – sob pseudónimo, graças a Deus – de um livro intitulado* A Nova Europa dos Povos. *Só soube disto nos anos setenta. Tenho um exemplar, que podes ler. Deve ser um dos livros mais nojentos jamais publicados em língua sueca. Harald defendia não só a esterilização, mas também a eutanásia – liquidar activamente as pessoas que ofendessem os seus gostos estéticos e não correspondessem à imagem que tinha da perfeita raça sueca. Por outras palavras, apelava ao assassínio em massa num texto escrito em impecável prosa académica e contendo todos os argumentos médicos exigíveis. Desembaracem-se dos deficientes físicos. Não permitam que o povo sami se reproduza; têm influências mongóis. Não é acaso verdade que os doentes mentais encararão a morte como uma espécie de libertação? Acabem com as prostitutas, os vagabundos, os ciganos e os judeus... estás a ver a ideia. Nas fantasias do meu irmão, Auschwitz podia ter sido em Dalarna.*

No fim da guerra, Greger Vanger tornara-se professor e, a partir de certa altura, director da Escola Preparatória de Hedestad. Henrik convencera-se de que, nessa altura, já não pertencia a nenhum partido e tinha abandonado o nazismo, e fora só ao passar em revista a correspondência do irmão, falecido em 1974, que ficara a saber que, nos anos cinquenta, ele aderira a uma seita sem qualquer espécie de peso ou significado político mas completamente estapafúrdia chamada Partido Nacional Nórdico, de que se mantivera membro até morrer.

> Citação, Henrik Vanger, fita 2, 04167:
> *Portanto, três dos meus irmãos eram politicamente loucos. Até que ponto seriam doentes noutras áreas?*

O único irmão que, aos olhos de Henrik Vanger, merecia um módico de empatia era o enfermiço Gustav, que morrera de uma doença pulmonar, em 1955. Gustav nunca quisera saber de política e parecia ter sido uma espécie de alma artística e misantrópica sem o mínimo interesse por negócios ou por trabalhar no Grupo Vanger.

– Agora, só restam você e o Harald – dissera Mikael a Vanger. – Porque foi que ele voltou a Hedeby?

– Veio para cá em mil novecentos e setenta e nove. A casa é dele.

– Deve ser estranho, viver tão perto de um irmão que odeia.

– Não odeio o meu irmão. Quando muito, talvez tenha pena dele. É um idiota chapado, e é ele que me odeia.

– Odeia-o?

– Precisamente. Penso que foi por isso que voltou. Para poder passar os seus últimos anos a odiar-me de perto.

– Porque é que ele o odeia?

– Porque eu casei.

– Vai ter de explicar isso.

Henrik Vanger perdera muito cedo o contacto com os irmãos mais velhos. Era, dos cinco, o único a mostrar aptidão para o negócio – a última esperança do pai. Não se interessava por política e mantinha-se afastado de Uppsala. Em vez disso, estudara economia em Estocolmo. Depois de completar 18 anos, começara a passar as férias a trabalhar nos escritórios centrais do Grupo Vanger ou na administração de uma das empresas. Familiarizara-se com todos os meandros do negócio familiar.

A 10 de Junho de 1941 – em plena guerra –, fora enviado à Alemanha, para uma visita de seis semanas aos escritórios do Grupo em Hamburgo. Tinha apenas 21 anos e o agente alemão da Vanger, um veterano da empresa chamado Hermann Lobach, servira-lhe de guia e mentor.

– Não vou cansar-te com os pormenores, mas, quando lá estive, Hitler e Estaline ainda eram bons amigos e não havia nenhuma Frente Oriental. Toda a gente continuava a acreditar que Hitler era invencível. Havia uma sensação... de optimismo e desespero, julgo que são as palavras certas. Mesmo passado meio século continua a ser difícil definir o ambiente que se vivia. Não me entendas mal... eu não era nazi, para mim Hitler parecia uma absurda personagem de opereta.

Mas seria quase impossível não nos deixarmos contagiar pelo optimismo quanto ao futuro, que era o sentimento dominante entre os vulgares cidadãos de Hamburgo. Não obstante o facto de a guerra estar a aproximar-se, e de ter havido vários ataques aéreos contra a cidade enquanto eu lá estive, as pessoas pareciam pensar que se tratava apenas de um aborrecimento passageiro... que, muito em breve, seria assinada a paz e Hitler criaria a sua *Neuropa*. As pessoas queriam acreditar que Hitler era Deus. Era a imagem que a propaganda transmitia dele.

Vanger abrira outro dos seus muitos álbuns de fotografias.

— Este é o Lobach. Desapareceu em mil novecentos e quarenta e quatro, provavelmente vítima de um ataque aéreo. Nunca chegámos a descobrir o que lhe aconteceu. Durante as semanas que passei em Hamburgo, tínhamo-nos tornado amigos. Fiquei instalado em casa dele, um magnífico apartamento num bairro elegante. Estávamos juntos todos os dias. Ele era tão nazi como eu, mas, por uma questão de conveniência, tinha-se filiado no partido. O cartão de membro abria portas e facilitava oportunidades de negócio para o Grupo Vanger... e negociar era precisamente o que fazíamos. Fabricávamos vagões de carga para os comboios deles... sempre perguntei a mim mesmo se alguns dos nossos vagões tiveram como destino a Polónia. Vendíamos tecidos para os uniformes deles e válvulas para os rádios... apesar de, oficialmente, ignorarmos que uso davam aos nossos materiais. E Lobach sabia conseguir um bom contrato; era simpático e bem disposto. O perfeito nazi. Pouco a pouco, comecei a aperceber-me de que era também um homem que tentava desesperadamente esconder um segredo.

Na madrugada de vinte e dois de Junho de mil novecentos e quarenta e um, o Lobach bateu à porta do meu quarto, que era contíguo ao da mulher. Indicou-me, por gestos, que não fizesse barulho, me vestisse e o acompanhasse. Fomos para o salão de fumo, no rés-do-chão. O Lobach não se tinha deitado. Tinha o rádio ligado, e percebi que se passava qualquer coisa de muito grave. Tinha começado a Operação Barbarossa. A Alemanha tinha invadido a União Soviética. — Vanger esboçara um gesto de resignação. — O Lobach pegou em dois cálices e serviu uma generosa dose de *aquavit* para cada um de nós. Estava claramente abalado. Quando lhe perguntei o que tudo aquilo significava, respondeu-me, com uma estranha clarividência, que significava o fim da Alemanha e do nazismo. Não acreditei totalmente nestas previsões... ao fim e ao cabo, Hitler continuava a parecer imbatível... mas bebemos os dois à queda da Alemanha. Então, ele voltou a sua atenção para questões práticas.

Mikael assentira, para dar a entender que estava a seguir a história.

– Em primeiro lugar, não tinha maneira de contactar o meu pai para pedir instruções, mas decidira, por sua própria iniciativa, interromper a minha visita à Alemanha e mandar-me de volta a casa. Em segundo lugar, pediu-me que lhe fizesse um favor.

Henrik Vanger apontara para o retrato a três quartos, já muito amarelecido, de uma mulher de cabelos escuros.

– O Lobach estava casado havia quarenta anos, mas, em mil novecentos e dezanove, conhecera uma mulher espectacularmente bonita com metade da idade dele, e apaixonara-se perdidamente. Ela era pobre, uma simples costureira. Cortejara-a e, como tantos outros homens ricos, tinha meios para instalá-la num apartamento a uma distância conveniente do escritório. Tornaram-se amantes. Em mil novecentos e vinte e um tiveram uma filha, a quem deram o nome de Edith.

– Homem mais velho e rico, mulher nova e pobre, um filho do amor... não deve ter causado grande escândalo, nos anos quarenta – observara Mikael.

– Absolutamente. Excepto por um pormenor. A mulher era judia, e, consequentemente, o Lobach foi pai de uma judia em plena Alemanha nazi. Era aquilo a que eles chamavam «um traidor à sua raça».

– Ah... Isso altera a situação. Que aconteceu?

– A mãe de Edith tinha sido presa em mil novecentos e trinta e nove. Desapareceu, e só podemos calcular qual terá sido o seu destino. Sabia-se, claro, que tinha uma filha que ainda não fora incluída nas listas de transportes e que estava a ser activamente procurada pelo departamento da Gestapo encarregado de encontrar os judeus fugitivos. No Verão de mil novecentos e quarenta e um, uma semana depois de eu ter chegado a Hamburgo, a Gestapo conseguiu estabelecer a ligação entre a mãe de Edith e o Lobach, que foi interrogado. Admitiu o relacionamento e a paternidade, mas afirmou não fazer a mínima ideia de onde a filha se encontrava, não tendo tido qualquer contacto com ela nos últimos dez anos.

— Onde estava então a filha?

— Eu via-a todos os dias em casa dele. Uma bonita rapariga de vinte anos, muito discreta e calada, que arranjava o meu quarto e ajudava a servir o jantar. Em mil novecentos e trinta e sete, quando as perseguições contra os judeus duravam havia já vários anos, a mãe de Edith pediu ajuda ao Lobach. E ele ajudou... o Lobach amava a sua filha ilegítima tanto quanto amava os filhos legítimos. Escondeu-a no último lugar onde alguém se lembraria de procurá-la... à vista de toda a gente. Arranjou-lhe documentos falsos e contratou-a como criada.

— A mulher sabia quem ela era?

— Não, aparentemente, não fazia a mínima ideia. O estratagema tinha resultado durante quatro anos, mas Lobach sentia o nó a apertar. Era apenas uma questão de tempo até a Gestapo ir bater-lhe à porta. Naquela noite, foi chamar a filha e apresentou-ma como tal. Ela era muito tímida e não ousou olhar-me nos olhos. Devia ter passado a noite acordada, à espera de ser chamada. O Lobach suplicou-me que lhe salvasse a vida.

— Como?

— Tinha tudo combinado. Eu era suposto ficar ainda mais três semanas e então apanhar o comboio da noite para Copenhaga e atravessar o estreito no *ferry*... uma viagem relativamente segura, mesmo em tempo de guerra. Mas, dois dias depois da nossa conversa, um cargueiro pertencente ao Grupo Vanger partiria de Hamburgo para a Suécia. O Lobach queria que eu viajasse nesse cargueiro e saísse da Alemanha o mais rapidamente possível. A alteração aos meus planos de viagem teria de ser aprovada pelos serviços de segurança; uma simples formalidade, não um problema. O que o Lobach queria era que eu embarcasse naquele cargueiro.

— Levando a Edith consigo, presumo.

— A Edith foi levada para bordo escondida dentro de um dos trezentos caixotes que continham maquinaria. A minha missão era protegê-la caso fosse descoberta enquanto ainda estivéssemos em águas territoriais alemãs, e impedir o comandante do navio de fazer qualquer coisa estúpida. Caso contrário, devia esperar até estarmos bem longe da Alemanha antes de tirá-la do seu esconderijo.

— Parece assustador.

— A mim pareceu-me simples, mas acabou por ser uma viagem de pesadelo. O comandante era um sujeito chamado Oskar Granath, que não ficou nada satisfeito por ver-se transformado em ama-seca do pressuposto herdeiro do patrão. Zarpámos de Hamburgo por volta das nove da noite. Estávamos a sair do porto interior quando as sereias de alerta aéreo começaram a uivar. Um ataque de bombardeiros ingleses... o mais violento por que até à altura tinha passado, e o porto era, claro, o alvo principal. Mas conseguimos passar e, depois de uma avaria num dos motores e de uma pavorosa noite de tempestade em águas infestadas de minas, chegámos a Karlskrona, na tarde seguinte. Vais provavelmente perguntar-me o que aconteceu à rapariga.

— Julgo que sei.

— O meu pai ficou compreensivelmente furioso. Tinha posto tudo em risco com a minha estúpida aventura. E a rapariga podia ser deportada da Suécia a qualquer momento. Mas eu já estava tão perdidamente apaixonado por ela como o Lobach estivera pela mãe. Pedi-a em casamento e apresentei um ultimato ao meu pai: ou consentia, ou arranjava outra pessoa para lhe suceder à frente das empresas. Acabou por ceder.

— Mas ela morreu?

— Sim, demasiado cedo, em mil novecentos e cinquenta e oito. Tinha um problema cardíaco congénito. Vivemos juntos dezasseis anos. Acabámos por descobrir que eu era estéril, não podia ter filhos. E é por isso que o meu irmão me odeia.

— Por ter casado com ela.

— Porque... para usar palavras dele... casei com uma suja prostituta judia.

— Mas o homem é louco.

— Eu próprio não o diria melhor.

CAPÍTULO 10

QUINTA-FEIRA, 9 DE JANEIRO – SEXTA-FEIRA, 31 DE JANEIRO

Segundo o *Hedestads-Kuriren*, o primeiro mês que Mikael Blomkvist passou em Hedeby foi o mais frio de que havia registo, ou (a informação foi-lhe dada por Vanger) pelo menos desde o Inverno de 1942. Ao cabo de apenas uma semana tinha aprendido tudo a respeito de ceroulas, meias de lã e duplas camisolas interiores.

Atravessou um período particularmente difícil a meio do mês, quando a temperatura chegou a uns incríveis 37 graus negativos. Nunca experimentara nada como aquilo, nem sequer durante o ano de serviço militar em Kiruna, na Lapónia.

Certa manhã, as canalizações congelaram. Nilsson deu-lhe dois grandes bidões de plástico com água para cozinhar e para as lavagens, mas o frio era paralisante. Formavam-se cristais de gelo do lado de dentro das janelas, e por mais lenha que enfiasse na salamandra, continuava cheio de frio. Passava todos os dias várias horas a rachar lenha na arrecadação contígua à casa.

Por vezes, sentia-se à beira das lágrimas e brincava com a ideia de apanhar o primeiro comboio para sul. Em vez disso, vestia mais um camisolão, embrulhava-se numa manta e sentava-se à mesa da cozinha, a beber café e a ler velhos relatórios policiais.

Então, o tempo mudou e a temperatura subiu gradualmente até uns amenos dez graus negativos.

Mikael começava a conhecer pessoas em Hedeby. Martin Vanger cumpriu a sua promessa e convidou-o para um jantar de bife de alce. A amiga fez-lhes companhia. Eva era uma mulher simpática, sociável e interessante. Mikael achou-a extraordinariamente atraente. Era dentista e vivia em Hedestad, mas passava os fins-de-semana em casa de Martin. Mikael foi gradualmente descobrindo que os dois se conheciam havia muitos anos, mas só tinham começado a andar juntos depois de terem chegado à meia-idade. Evidentemente, não viam qualquer razão para se casarem.

— Ela é a minha dentista — disse Martin, com uma gargalhada.

— E envolver-me com esta família de loucos não faz nada o meu género — disse ela, dando-lhe uma afectuosa palmadinha no joelho.

A *villa* de Martin Vanger estava decorada a preto, branco e cromado. Havia excelentes peças de *design* que teriam deliciado um conhecedor como Christer Malm. A cozinha estava equipada de modo a satisfazer as exigências de qualquer *chef*. Na sala de estar havia uma aparelhagem estéreo topo de gama com uma fabulosa colecção de discos de *jazz*, de Tommy Dorsey a John Coltrane. Martin Vanger tinha dinheiro, e a sua casa era simultaneamente luxuosa e funcional. E era também impessoal. Os quadros que enfeitavam as paredes eram reproduções ou *posters*, do género que se podia encontrar na IKEA. As estantes, pelo menos as da parte da casa que Mikael viu, continham uma enciclopédia sueca e alguns livros do género mesa de sala, desses que as pessoas oferecem umas às outras no Natal, à falta de melhor ideia. No conjunto, conseguia distinguir apenas dois aspectos pessoais da vida de Martin Vanger: música e cozinha. Do primeiro falava a sua colecção de mais de três mil LP; o segundo deduzia-se do facto de a barriga lhe transbordar por cima do cinto.

O sujeito em si era uma mistura de simplicidade, astúcia e amabilidade. Não eram necessários grandes dotes analíticos para concluir que o CEO do Grupo Vanger era um homem com problemas. Enquanto ouviam *Night in Tunisia*, a conversa voltou-se para a situação das empresas, e Martin não fez segredo de que o Grupo lutava pela sobrevivência. Com certeza não ignorava que o seu convidado era um jornalista económico que mal conhecia, e, no entanto, discutia os problemas internos do Grupo com uma franqueza que raiava a imprudência. Talvez assumisse que Mikael era como um membro da família, uma vez que trabalhava para o tio-avô; e, tal como o seu antecessor no cargo, Martin era de opinião que os membros da família eram os únicos culpados da situação em que as empresas se encontravam. Por outro lado, parecia quase divertido pela incorrigível loucura da família. Eva assentia com a cabeça, mas não emitiu qualquer opinião. Não era, evidentemente, a primeira vez que falavam a respeito do assunto.

Martin aceitou a história a respeito de Mikael ter sido contratado para escrever a crónica familiar, e perguntou-lhe como ia o trabalho avançando. Mikael, respondeu, com um sorriso, que a sua maior dificuldade estava a ser recordar-se dos nomes de todos os parentes. Perguntou se podia voltar para uma entrevista, a seu tempo. Por duas vezes considerou a hipótese de orientar a conversa para a obsessão do velho com o desaparecimento de Harriet. Era natural que Henrik tivesse atazanado o irmão dela com as suas teorias, e Martin devia compreender que se ele ia escrever a respeito dos Vanger, não poderia ignorar o facto de um dos membros da família ter desaparecido em circunstâncias tão dramáticas. Mas Martin não deu sinais de querer abordar o assunto.

A noite acabou, depois de várias rodadas de vodca, às duas da manhã. Mikael estava razoavelmente embriagado quando percorreu os cerca de trezentos metros até à casa de hóspedes. Fora um serão bem agradável.

Certa tarde, durante a sua segunda semana em Hedeby, Mikael Blomkvist ouviu bater à porta. Pousou o arquivador com relatórios da polícia que acabava de abrir – o sexto da série – e fechou a porta do escritório antes de abrir a da rua a uma mulher loira bem protegida do frio.

– Viva. Lembrei-me de passar e dizer olá. Sou a Cecilia Vanger.

Trocaram um aperto de mão e ele foi ao armário buscar às chávenas de café. Cecilia, filha de Harald Vanger, parecia ser uma mulher aberta e simpática. Mikael recordou-se de ouvir Henrik falar dela com apreço; dissera também que Cecilia e o pai, vizinhos de porta com porta, não se falavam. Tagarelaram um pouco antes de ela abordar o motivo da sua visita.

— Segundo julgo saber, está a escrever um livro a respeito da família – disse. – Não sei se gosto da ideia. Queria ver que género de pessoa é.

— Bem, foi o Henrik Vanger que me contratou. É a história dele, por assim dizer.

— E o bom do Henrik não é exactamente neutral no que respeita à família.

Mikael estudou-a, sem perceber muito bem aonde queria ela chegar.

— Opõe-se a que se escreva um livro a respeito da família Vanger?

— Não foi o que eu disse. E a verdade é que pouco importa aquilo que eu penso ou deixo de pensar. Mas, por esta altura, já deve ter-se apercebido de que nem sempre foi tudo um mar de rosas.

Mikael não fazia ideia do que Henrik Vanger dissera ou do que Cecilia sabia a respeito da sua missão. Ergueu as mãos.

— Fui contratado pelo seu tio para escrever uma crónica familiar. É verdade que ele tem pontos de vista muito pitorescos sobre alguns membros da família, mas eu cingir-me-ei estritamente ao que puder ser documentado.

Cecilia Vanger sorriu, mas sem calor.

— O que quero saber é: vou ter de exilar-me ou emigrar quando o livro sair?

— Não me parece — respondeu Mikael. — As pessoas vão saber distinguir o trigo do joio.

— Como o meu pai, por exemplo?

— O seu pai, o famoso nazi?

Cecilia rolou os olhos nas órbitas.

— O meu pai é doido. Só o vejo meia dúzia de vezes por ano.

— Porque é que não quer vê-lo?

— Espere aí um instante... antes de começar a fazer montes de perguntas... Está a tencionar citar alguma coisa que eu diga? Ou posso ter uma conversa normal consigo?

— O meu trabalho é escrever um livro que comece com a chegada de Alexandre Vangeersad à Suécia, com Bernadotte, e venha até aos nossos dias. Abordará a construção de um império financeiro e industrial ao longo de muitas décadas, mas também discutirá as razões pelas quais esse império se encontra actualmente em dificuldades, e referirá as animosidades que existem no seio da família. Numa investigação deste âmbito é impossível evitar que alguma roupa suja apareça à superfície. Mas isso não significa que me proponha apresentar um retrato malicioso seja de quem for. Por exemplo, conheci o Martin Vanger; pareceu-me uma pessoa extremamente simpática, e é assim que vou descrevê-lo.

Cecilia Vanger não respondeu.

— O que sei a seu respeito é que é professora...

— É ainda pior do que isso. Sou a directora da Escola Preparatória de Hedestad.

— Peço desculpa. Sei que o seu tio a aprecia, que é casada mas está separada... e é tudo, por enquanto. Pode, portanto, falar à vontade comigo sem receio de ser citada. Hei-de com certeza ir bater-lhe à porta um destes dias. Nessa altura será uma entrevista oficial, e poderá decidir se quer ou não responder às minhas perguntas.

— Quer isso dizer que posso falar consigo nessa altura ou agora... *off the record*, como se costuma dizer?

— Com certeza.

— E isto é *off the record*?

— Claro. É uma visita social, não é?

— *Okay*. Nesse caso, posso perguntar-lhe uma coisa?

— Faça favor.

— Quanto deste livro vai ser a respeito da Harriet?

Mikael mordeu o lábio, e então respondeu o mais descontraidamente que pôde:

— Para ser franco, não faço ideia. Talvez ocupe um capítulo. Foi um acontecimento dramático que lançou uma sombra sobre o seu tio, no mínimo.

— Mas não está aqui para investigar o desaparecimento dela?

— O que a leva a pensar que sim?

— Bem, o facto de o Nilsson ter carregado quatro grandes caixas de cartão para esta casa. Podiam ser as investigações particulares do

Henrik ao longo dos anos. Fui ver no antigo quarto da Harriet, onde o Henrik as guardava, e não estavam lá.

Cecilia Vanger não era parva.

– Vai ter de discutir esse assunto com o Henrik, não comigo – disse Mikael. – Mas não a surpreenderá saber que ele falou muito a respeito do desaparecimento da rapariga, e eu achei que seria interessante dar uma vista de olhos ao que foi coligido.

Cecilia dirigiu-lhe outro dos seus sorrisos sem alegria.

– Por vezes, pergunto a mim mesma qual dos dois é mais maluco, o meu pai ou o meu tio. Devo tê-lo ouvido falar do desaparecimento da Harriet pelo menos umas mil vezes.

– O que é que acha que lhe aconteceu?

– Isso é uma pergunta de entrevista?

– Não – respondeu ele, rindo. – É apenas curiosidade.

– O que gostava de saber é se você não será também chanfrado. Se engoliu a convicção do Henrik, ou se é você que está a acicatá-lo.

– Acha que o Henrik é chanfrado?

– Não me interprete mal. O Henrik é uma das pessoas mais decentes e atenciosas que conheço. Gosto muito dele. Mas em relação a este tópico particular, é obsessivo.

– A verdade é que a Harriet desapareceu.

– Estou tão farta de toda esta história. Há décadas que envenena as nossas vidas, e nunca mais acaba. – Pôs-se abruptamente de pé e vestiu o casaco de peles. – Tenho de ir. Parece ser uma pessoa agradável. O Martin também acha que sim, mas a opinião dele nem sempre é de fiar. Será bem-vindo para tomar um café em minha casa sempre que desejar. Raramente saio à noite.

– Obrigado – disse Mikael. – Não chegou a responder à pergunta que não era uma pergunta de entrevista.

Ela deteve-se junto à porta e respondeu sem olhar para ele.

– Não faço ideia. Penso que foi um acidente com uma explicação tão simples que vão ficar todos espantados se algum dia a descobrirem.

Voltou-se para lhe sorrir – pela primeira vez com verdadeiro calor –, e saiu.

◆

Se o primeiro encontro com Cecilia Vanger fora agradável, o mesmo não se poderia dizer do primeiro encontro com Isabella. A mãe de Harriet era exactamente como Vanger a tinha descrito: uma mulher elegante, que fazia lembrar vagamente Lauren Bacall. Magra, vestindo um casaco de *astrakan* preto com gorro a condizer, apoiava-se a uma bengala preta quando Mikael a encontrou, certa manhã, a caminho do Café Susanne. Parecia uma vampira em fim de carreira – ainda surpreendentemente bonita mas venenosa como uma cobra. Isabella Vanger estava aparentemente de regresso a casa, depois de um passeio matinal. Chamou-o do outro lado da rua.

– Você, jovem. Chegue aqui.

O tom imperioso era inconfundível. Mikael olhou em redor e concluiu que só podia ser ele o convocado. Obedeceu.

– Sou Isabella Vanger – disse a mulher.

– Como está? Mikael Blomkvist – disse ele, e estendeu a mão, que ela ignorou.

– É a pessoa que tem andado a meter o nariz nos assuntos da nossa família?

– Bem, se está a perguntar se sou a pessoa que o Henrik Vanger contratou para o ajudar a escrever um livro sobre a família Vanger, sim, sou.

– Não é nada da sua conta.

– O que é que não é da minha conta? O facto de o Henrik Vanger me ter proposto um contrato, ou o facto de eu o ter aceitado?

– Sabe muito bem o que quero dizer. Não gosto que andem a meter o nariz na minha vida.

– Não meterei o nariz na sua vida. O resto, vai ter de discuti-lo com o Henrik Vanger.

Isabella ergueu a bengala e encostou o castão ao peito de Mikael. Não usou de muita força, mas ele recuou um passo, apanhado de surpresa.

– Mantenha-se bem longe de mim – disse ela, e, rodando sobre os calcanhares, afastou-se com passo inseguro em direcção a casa. Mikael ficou onde estava, com o ar de quem acaba de conhecer pessoalmente uma personagem dos desenhos animados. Quando ergueu os olhos, viu Henrik Vanger à janela do escritório. Segurava uma chávena, que ergueu numa irónica saudação.

A única deslocação que Mikael fez durante aquele primeiro mês foi até uma baía do lago Siljan. Pediu emprestado o *Mercedes* de Frode e conduziu alguns quilómetros por entre uma paisagem gelada para passar a tarde com o comissário Morell. Tinha tentado formar uma imagem de Morell baseado no que transparecia dos relatórios policiais. O que encontrou foi um velho seco e engelhado, que se movia lentamente e falava ainda mais lentamente.

Levou consigo um bloco de notas com dez perguntas, sobretudo ideias que lhe tinham ocorrido enquanto lia os relatórios da polícia. Morell respondeu num tom professoral a todas as perguntas que ele lhe fez. Finalmente, Mikael pôs de lado o bloco de notas e explicou que as perguntas não passavam de um pretexto para um encontro. O que verdadeiramente queria era ter uma conversa com ele e fazer uma pergunta crucial: houvera na investigação alguma coisa, por mínima que fosse, que não tivesse sido incluída no relatório escrito? Quaisquer palpites, até, que o comissário não se importasse de partilhar com ele?

Porque Morell, como Vanger, tinha passado 36 anos a ponderar o mistério, Mikael fora a contar com uma certa resistência – ele era, ao fim e ao cabo, o tipo novo que aparecera vindo de parte nenhuma e se pusera a remexer no matagal onde Morell se perdera. Mas não houve a mais pequena sugestão de hostilidade. Morell encheu metodicamente o cachimbo e acendeu-o antes de responder.

– Bem, claro que tinha as minhas ideias. Mas eram tão vagas e fugidias que dificilmente as posso pôr em palavras.

– O que é que acha que aconteceu?

– Acho que a Harriet foi assassinada. Eu e o Henrik estamos de acordo neste ponto. É a única explicação razoável. Mas nunca descobrimos qual possa ter sido o motivo. Eu penso que foi assassinada por uma razão muito específica... não foi um acto de loucura, ou uma violação, nem nada disso. Se conhecêssemos o motivo, saberíamos quem a matou. – Morell fez uma pequena pausa para pensar. – O crime pode ter sido cometido espontaneamente. Quero com isto dizer que alguém pode ter aproveitado a oportunidade quando ela se lhe deparou, no meio da confusão que se seguiu ao acidente. O assassino escondeu o corpo e levou-o numa altura posterior, quando andava toda a gente à procura dela.

– Estamos a falar de alguém com nervos de aço.

– Há um pormenor... A Harriet foi ao escritório do Henrik dizendo que queria falar com ele. Em retrospectiva, parece-me um comportamento estranho: sabia perfeitamente que ele estava ocupadíssimo, com a casa cheia de parentes. Penso que a Harriet viva representava uma grave ameaça para alguém, que se preparava para contar qualquer coisa ao Henrik e que o assassino sabia disso.

– E o Henrik estava ocupado com vários membros da família?

– Havia quatro pessoas naquele escritório, além do Henrik. O irmão Greger, um cunhado chamado Magnus Sjögren, e os dois filhos do Harald, o Birger e a Cecilia. Mas isto não nos diz nada. Suponhamos que a Harriet tinha descoberto que alguém desviara dinheiro das empresas... hipoteticamente, claro. Podia ter feito a descoberta meses antes, podia até, a dada altura, ter discutido o assunto com a pessoa em questão. Pode ter tentado fazer chantagem, ou pode ter tido pena dela e hesitado em denunciá-la. Pode ter decidido de repente e informado o assassino, que, em desespero de causa, a matou.

– Usou sempre o masculino.

– Os livros dizem que os assassínios são maioritariamente cometidos por homens. Mas também é verdade que há na família Vanger várias mulheres que são autênticas pestes.

– Conheci a Isabella Vanger.

– É uma delas. Mas há outras. A Cecilia Vanger consegue ser extremamente cáustica. Já conheceu a Sara Sjögren?

Mikael abanou a cabeça.

– É filha da Sofia Vanger, uma das primas do Henrik. No caso dela, estamos a falar de uma mulher verdadeiramente antipática e desagradável. Mas, na altura, vivia em Malmö, e, tanto quanto pude saber, não tinha qualquer motivo para matar a rapariga.

— Está, portanto, excluída da lista.

— O problema é que, por mais voltas que déssemos ao assunto, nunca conseguimos desencantar um motivo. Isso é o mais importante.

— Dedicou uma quantidade enorme de tempo e trabalho a este caso. Houve alguma pista que se lembre de não ter seguido?

Morell deixou escapar um risinho.

— Não. Dediquei, como disse, muito tempo e trabalho a este caso, e não me lembro de nada que não tenha seguido até ao extremo limite. Mesmo depois de ter sido promovido e saído de Hedestad.

— Mudou-se?

— Sim. Não nasci em Hedestad. Servi lá de mil novecentos e sessenta e três a mil novecentos e sessenta e oito. Quando fui promovido a comissário, passei para o Departamento de Polícia de Gävle, onde fiz o resto da minha carreira. Mas, mesmo em Gävle, continuei a investigar o caso.

— Suponho que o Henrik nunca desistiu.

— É verdade, mas não foi essa a razão. O enigma da Harriet ainda hoje me fascina. Quero dizer... é assim: cada polícia tem o seu mistério por resolver. Lembro-me, dos meus tempos em Hedestad, como os colegas mais velhos falavam na cafetaria do caso Rebecka. Havia um detective em especial, um sujeito chamado Torstensson... já morreu há anos... que não conseguia desistir de investigá-lo. Nos tempos livres e quando estava de férias. Sempre que havia um período de acalmia entre a malandragem local, pegava nos *dossiers* e voltava a estudá-los.

— Foi também a respeito de uma rapariga desaparecida?

Morell pareceu surpreendido. Então sorriu, ao compreender que Mikael estava apenas à procura de uma ligação.

— Não, não foi por isso que me lembrei do caso. Estou a falar a respeito da *alma* do polícia. Foi uma coisa que aconteceu antes de a Harriet ter nascido, e há muito que o crime prescreveu. A dada altura, nos anos quarenta, uma mulher de Hedestad foi atacada, violada e morta. Nada de particularmente excepcional. Não há polícia que, num ou noutro ponto da sua carreira, não tenha de investigar um crime deste tipo. Do que estou a falar é desses casos que se agarram a nós e se nos metem debaixo da pele durante a investigação. Esta rapariga foi morta de uma maneira extraordinariamente brutal. O assassino amarrou-lhe os braços e enfiou-lhe a cabeça nas brasas de uma lareira. Só podemos imaginar quanto tempo a desgraçada demorou a morrer e o tormento por que deve ter passado.

– Santo Deus!

– Exactamente. Foi tão sádico. O pobre do Torstensson foi o primeiro detective a chegar ao local depois de o corpo ter sido encontrado. O assassino nunca foi descoberto, apesar de terem mandado vir especialistas de Estocolmo. E ele nunca conseguiu largar o caso.

– Compreendo porquê.

– O meu caso Rebecka foi a Harriet. Desta vez, nem sequer sabemos como morreu. Nem sequer podemos provar que foi cometido um crime. Mas eu nunca consegui largá-lo. – Ficou pensativo por alguns instantes. – Ser detective de homicídios deve ser a profissão mais solitária do mundo. Os amigos da vítima ficam perturbados e em desespero, mas, mais cedo ou mais tarde... passadas semanas ou meses... voltam às suas vidas de todos os dias. Para os familiares mais chegados é mais demorado, mas, na maior parte das vezes, em certa medida também eles acabam por superar o desgosto. A vida tem de continuar, e continua. Mas os crimes não resolvidos continuam a roer-nos a alma e, no fim, resta apenas uma pessoa que pensa na vítima noite e dia: o detective encarregado da investigação.

Três outros membros da família Vanger tinham residência permanente na ilha. Alexander Vanger, filho de Greger, nascido em 1946, vivia numa casa de madeira, remodelada. Conforme Henrik explicou a Mikael, encontrava-se de momento nas Índias Ocidentais, entregue aos seus passatempos preferidos: velejar e deixar correr o tempo sem fazer nada. Tinha vinte anos à altura do desaparecimento de Harriet e estava na ilha no dia do acidente.

Alexander partilhava a casa com a mãe, Gerda, de 80 anos, viúva de Greger Vanger. Mikael nunca a tinha visto; estava quase sempre de cama.

O terceiro membro da família era Harald Vanger. Durante aquele primeiro mês, Mikael não conseguira sequer um vislumbre do sujeito. A casa de Harald, a que ficava mais perto da cabana de hóspedes, tinha um ar tétrico e sinistro com as suas grossas cortinas corridas em todas as janelas. Por vezes, quando passava, Mikael tinha a impressão de ver as cortinas agitarem-se, e certa noite, quando se preparava para ir para a cama, já muito tarde, notara uma réstia de luz num dos quartos do primeiro piso. Havia uma abertura nas cortinas. Durante mais de vinte minutos, deixara-se ficar na escuridão da cozinha, a observar aquela luz, antes de fartar-se e, a tremer de frio, ter ido deitar-se. Na manhã seguinte, as cortinas tinham voltado ao seu lugar.

Harald parecia ser um espírito invisível mas omnipresente que afectava a vida da aldeia inteira com a sua ausência. Na imaginação de Mikael, depressa assumiu a forma de um Gollum maldoso que vigiava as redondezas por detrás das cortinas corridas e se dedicava a sabia-se lá o quê escondido na sua caverna.

Uma vez por dia, Harald recebia a visita de uma funcionária do serviço de apoio doméstico (geralmente, uma senhora já de certa idade), vinda do outro lado da ponte. A pobre criatura carregava os sacos de mercearias até à porta, enterrando-se até aos tornozelos na neve que cobria o caminho. Nilsson abanou a cabeça quando Mikael lhe perguntou a respeito de Harald. Já se oferecera para limpar o acesso, disse, mas Harald não queria que ninguém pusesse o pé na sua propriedade. Só uma vez, no primeiro Inverno depois de Harald ter regressado à ilha, Nilsson levara o tractor até lá para limpar o pátio dianteiro, como fazia em todas as restantes casas. Harald saíra porta fora a gritar e a gesticular, ordenando-lhe que se fosse embora.

Infelizmente, Nilsson não podia limpar o pátio de Mikael, porque o portão era demasiado estreito para dar passagem ao tractor. Uma pá e muito trabalho manual continuavam a ser a única maneira de fazê-lo.

◆

Em meados de Janeiro, Mikael pediu ao seu advogado que descobrisse quando teria de cumprir os três meses de prisão. Estava desejoso de despachar aquilo o mais rapidamente possível. Ir para a prisão acabou por ser mais fácil do que contara. Ao cabo de muito poucas semanas de negociações, ficou decidido que se apresentaria, a 17 de Março, em Rullåker, um estabelecimento prisional de segurança mínima próximo de Östersund. O advogado avisou-o de que a sentença seria muito provavelmente reduzida.

– Óptimo – disse ele, sem grande entusiasmo.

Ficou sentado à mesa da cozinha, a fazer festas ao gato, que aparecia agora todas as noites e ficava até de manhã. Ficara a saber, pelos Nilsson, que se chamava Tjorven. Não pertencia a ninguém em especial. Andava por ali, a fazer a ronda das casas.

Mikael encontrava-se quase todas as tardes com Henrik Vanger. Por vezes, tinham breves conversas; outras, falavam durante horas.

As conversas consistiam frequentemente em Mikael apresentar uma teoria, que Vanger em seguida deitava abaixo. Mikael tentava manter uma certa distância em relação ao trabalho, mas havia momentos em que se sentia inapelavelmente fascinado pelo mistério da rapariga desaparecida.

Prometera a Erika delinear uma estratégia para retomar a luta contra Wennerström, mas ao fim de um mês em Hedestad ainda não olhara uma única vez para as pastas que o tinham sentado no banco dos réus. Pelo contrário, pusera deliberadamente o assunto de lado porque, sempre que pensava em Wennerström e na situação em que se encontrava, deixava-se cair na depressão e no desânimo. Perguntava a si mesmo se estaria a enlouquecer, como o velho. A sua reputação profissional tinha implodido, e a maneira que ele arranjara de reconstruí-la fora ir esconder-se numa pequena povoação no país profundo, a perseguir fantasmas.

Vanger apercebia-se de que havia certos dias em que Mikael parecia um pouco descompensado. Em finais de Janeiro o velho tomou uma decisão que até a ele próprio surpreendeu. Pegou no telefone e ligou para Estocolmo. A conversa durou vinte minutos e tratou sobretudo de Mikael Blomkvist.

Fora necessário quase um mês inteiro para que a fúria de Erika Berger acalmasse. Às nove e meia da noite, num dos últimos dias de Janeiro, telefonou a Mikael.

— Tencionas mesmo continuar aí em cima? — foi a primeira coisa que disse. A surpresa dele foi tão grande que, nos primeiros instantes, não soube o que responder. Então sorriu e aconchegou melhor a manta à volta do corpo.

— Olá, Ricky. Acho que também tu devias experimentar.

— Eu? O que é que tem de tão encantador viver dois dias para lá do sol-posto?

— Acabo de lavar os dentes com água gelada. Até as obturações me doem.

— És tu o único culpado. Mas olha que aqui em Estocolmo também está um frio de rachar.

— Conta-me o pior.

— Estamos reduzidos a dois terços dos nossos anunciantes habituais. Ninguém o diz abertamente, mas...

— Eu sei. Faz uma lista dos que nos abandonaram. Um destes dias havemos de fazer uma boa história a respeito deles.

— Micke... estive a fazer as contas, e se não arranjamos novos anunciantes, rebentamos antes do Outono. É tão simples como isso.

— As coisas hão-de dar a volta.

Ela riu cansadamente do outro lado da linha.

— Pois, tu é que sabes, aí escondido nesse buraco na Lapónia.

— Erika...

— Eu sei, eu sei. Um homem tem de fazer o que um homem tem de fazer, e essa treta toda. Não precisas de dizer nada. Desculpa ter sido uma cabra e não ter respondido às tuas mensagens. Podemos começar de novo? Posso ir ter aí contigo?

— Quando quiseres.

— Preciso de levar espingarda e zagalotes para lobo?
— Nada disso. Temos os nossos lapões, equipas de cães e o material todo. Quando é que vens?
— Sexta-feira à noite, está bem?

Com excepção de uma estreita passagem até à porta, o pátio estava coberto por quase um metro de neve. Mikael lançou um longo e pensativo olhar à pá, e foi a casa dos Nilsson perguntar se Erika podia estacionar lá o *BMW*. Nenhum problema, tinham espaço com fartura na garagem, e até tinham um aquecedor de motores.

Erika conduziu durante toda a tarde e chegou por volta da seis. Ficaram a olhar embaraçadamente um para o outro durante vários segundos, e depois abraçaram-se por muito mais tempo.

Não havia muito que ver na escuridão além da igreja iluminada, e tanto o Konsum como o Café Susanne estavam a fechar. Por isso refugiaram-se rapidamente em casa. Mikael preparou o jantar, enquanto Erika metia o nariz em tudo o que era sítio, fazendo comentários a respeito dos números da *Rekordmagasinet* dos anos cinquenta e espreitando os arquivos dele no escritório.

Comeram costeletas de cordeiro com batatas e molho de natas e beberam vinho tinto. Mikael tentou retomar o fio da conversa anterior, mas Erika não estava com disposição para falar da *Millennium*. Em vez disso, falaram durante duas horas a respeito do que ele estava ali a fazer e de como ele e Henrik Vanger se entendiam. Mais tarde, foram ver se a cama era suficientemente grande para os dois.

A terceira reunião com o advogado Nils Bjurman fora alterada e finalmente marcada para as cinco da tarde daquela mesma sexta-feira. Nos dois encontros anteriores, Lisbeth Salander fora recebida por uma senhora de meia-idade que cheirava a almíscar e trabalhava como secretária dele. Desta vez, ela já tinha saído, e Bjurman cheirava muito ligeiramente a álcool. Fez sinal a Lisbeth para que se sentasse na cadeira das visitas e folheou distraidamente os documentos que tinha em cima da secretária até que pareceu aperceber-se da presença dela.

Foi mais um interrogatório. Desta vez, as perguntas foram sobre a sua vida sexual – um tópico que Lisbeth não estava disposta a discutir fosse com quem fosse.

Depois da reunião, percebeu que não tinha lidado com aquilo da melhor maneira. Ao princípio, recusara responder. Ele interpretara esta atitude como significando timidez, atraso mental ou a tentativa de esconder qualquer coisa, e insistira em obter respostas. Quando se convencera de que ele não ia desistir, Lisbeth começara a dar-lhe respostas curtas, insípidas, do tipo que julgava enquadrar-se no seu perfil psicológico. Falou-lhe de «Magnus» – que, segundo a sua descrição, era um programador de computadores da idade dela, um pouco chalado, que a tratava como um cavalheiro, a levava ao cinema e, de vez em quando, para a cama. «Magnus» era uma ficção, que ia criando à medida que falava, mas Bjurman aproveitara o pretexto para lhe investigar meticulosamente a vida sexual. *Quantas vezes praticam sexo?* De vez em quando. *Quem toma a iniciativa... você, ou ele?* Eu. *Usam preservativo?* Claro... sabia muito bem o que era o HIV. *Qual é a sua posição preferida?* Hum, geralmente de costas. *Gosta de sexo oral?* Hã, espere lá um pouco... *Alguma vez praticou sexo anal?*

– Não, não é particularmente agradável levar no cu... Mas que raio é que tem que ver com isso?

Fora a única vez que perdera as estribeiras. Mantivera os olhos fixos no chão, para não trair a exasperação que a invadia. Quando voltara a olhar para ele, Bjurman sorria-lhe amplamente do outro lado da secretária. Saíra do gabinete com uma sensação de nojo. Nunca Palmgren teria sonhado sequer fazer-lhe perguntas daquelas. Por outro lado, estivera sempre disponível para o caso de ela querer discutir qualquer assunto. Não que ela alguma vez tivesse querido.

Bjurman estava a caminho de tornar-se um *Grande Problema*.

CAPÍTULO 11

SÁBADO, 1 DE FEVEREIRO – TERÇA-FEIRA, 18 DE FEVEREIRO

Durante as breves horas de luz do dia de sábado, Mikael e Erika passearam ao longo da estrada que, passando pelo porto de recreio, ia terminar em Östergården. Havia um mês que Mikael vivia na ilha e ainda não dera um passo para o interior; o frio terrível e os constantes nevões tinham-no dissuadido. Mas aquele sábado estava soalheiro e agradável. Era como se Erika tivesse levado consigo um cheirinho a Primavera. A estrada era ladeada por duas barreiras de neve com um metro de altura. Mal saíram da zona das cabanas de Verão estavam a atravessar uma floresta de abetos. Mikael descobriu, surpreendido, que Söderberget, a colina que se erguia em frente das cabanas, era muito mais inacessível do que parecia vista da aldeia. Pensou nas muitas vezes que Harriet Vanger ali devia ter brincado em criança, mas expulsou imediatamente estes pensamentos do espírito. Alguns quilómetros mais adiante, o bosque terminava numa vedação onde começava a quinta de Östergården. Viram uma estrutura de madeira branca e vários edifícios de tijolo vermelho dispostos em quadrado. Voltaram para trás pelo mesmo caminho.

Quando passaram pela entrada da casa grande, Henrik Vanger bateu nos vidros da janela do primeiro piso e fez-lhes sinal para subirem. Mikael e Erika olharam um para o outro.

— Queres conhecer uma lenda empresarial? — perguntou Mikael.
— Morde?
— Aos sábados, não.

Vanger recebeu-os à porta do escritório.

— Deve ser Fröken Berger, estou a reconhecê-la — disse. — O Mikael não disse uma palavra a respeito da sua vinda a Hedeby.

◆

Um dos muitos talentos de Erika consistia na capacidade de estabelecer instantaneamente relações amistosas com os indivíduos mais improváveis. Mikael já a vira exercer o seu encanto sobre miúdos de cinco anos que, ao fim de dez minutos, estavam mais do que dispostos a abandonar as mães. Homens com mais de 80 pareciam não ser excepção. Passados dois minutos, Erika e Henrik estavam a ignorá-lo completamente e tagarelavam como se fossem amigos de infância... bem, da infância dela, em todo o caso.

Erika começara por, muito descaradamente, acusar Vanger de lhe ter roubado o director da revista, atraindo-o para o fim do mundo. O velho respondera que tanto quanto sabia... através de notícias dispersas na imprensa... fora ela que o despedira. E que se o não fizera, talvez aquela fosse uma boa oportunidade para desembaraçar-se de pesos mortos. Caso em que, acrescentara, um período de vida rústica só faria bem ao jovem Mikael.

Durante os cinco minutos seguintes discutiram as insuficiências dele nos termos mais irritantes. Mikael recostou-se no sofá e fingiu-se ofendido, mas franziu o sobrolho quando ela fez um comentário mais críptico que podia aludir às suas incapacidades como jornalista, mas que também podia aplicar-se à sua *performance* sexual. Vanger inclinou a cabeça para trás e riu à gargalhada.

Mikael estava espantado. Nunca o tinha visto tão natural e descontraído. De repente, estava a ver que 50 anos mais novo – ou mesmo 30 –, Vanger devia ter sido um autêntico *charmeur*, um conquistador. Nunca voltara a casar. Houvera, certamente, outras mulheres no seu caminho, e, no entanto, permanecera celibatário durante quase meio século.

Bebeu um golo de café e voltou a apurar o ouvido quando percebeu que a conversa se tinha repentinamente tornado séria e passara a focar a *Millennium*.

– Disse-me o Mikael que estão a ter problemas com a revista. – Erika lançou um olhar a Mikael. – Não discutiu o vosso funcionamento interno, mas uma pessoa teria de ser cega e surda para não perceber que a *Millennium*, tal como o Grupo Vanger, está em dificuldades.

— Estou certa de que conseguiremos dar a volta à situação — disse Erika.

— Duvido — declarou Vanger, sem rodeios.

— Porquê?

— Vejamos... quantos empregados têm? Seis? Uma revista com uma tiragem mensal de vinte e um mil exemplares, com custos de produção, salários, distribuição, escritórios... Precisam de receitas na ordem dos dez milhões. Julgo que todos sabemos que percentagem dessa receita tem de vir das vendas de publicidade.

— E então?

— Então, o amigo Wennerström é um filho da mãe vingativo e mesquinho que não vai esquecer tão depressa o seu recente contratempo. Quantos anunciantes perderam nos últimos seis meses?

Erika olhou para Vanger com uma expressão desconfiada. Mikael deu por si a conter a respiração. Nas ocasiões em que ele e o velho tinham discutido o futuro da *Millennium*, a conversa limitara-se sempre a alguns comentários corrosivos ou à posição da revista face ao trabalho de Blomkvist ali em Hedestad. Mas Vanger estava agora a dirigir-se unicamente a Erika, de patrão para patrão. Passavam entre os dois sinais que não conseguia interpretar, o que talvez tivesse que ver com o facto de ele ser basicamente um rapaz pobre da classe operária de Norrland e ela uma rapariga fina da alta sociedade com uma árvore genealógica distinta e internacional.

— Posso beber mais um pouco de café? — pediu Erika. Vanger encheu-lhe imediatamente a chávena. — *Okay*, fez o seu trabalho de casa. Estamos a sangrar.

— Quanto tempo?

— Temos seis meses para dar a volta. Oito, no máximo. Não temos capital para nos manter à tona durante muito tempo depois disso.

A expressão do velho era inescrutável enquanto olhava pela janela. A igreja continuava no mesmo sítio.

— Sabiam que estive em tempos ligado ao negócio dos jornais? — perguntou, voltando a dirigir-se aos dois.

Mikael e Erika abanaram a cabeça ao mesmo tempo. Vanger riu-se.

— Tínhamos seis diários em Norrland, nos anos cinquenta e sessenta. A ideia foi do meu pai... achava que podia ser politicamente vantajoso ter uma secção dos *media* a apoiar-nos. Ainda detemos uma parte do *Hedestads-Kuriren*. O Birger preside ao conselho de administração da comissão de proprietários. O filho do Harald — acrescentou, em intenção de Mikael.

— Além de político local — disse Mikael.

— O Martin também faz parte da administração. Está lá para manter o Birger na linha.

— Porque largaram os jornais que tinham? — perguntou Mikael.

— Reestruturação empresarial nos anos sessenta. Publicar jornais sempre foi mais um passatempo do que um interesse. Quando precisámos de apertar o orçamento, foram um dos primeiros activos que vendemos. Mas eu sei o que é preciso para gerir uma publicação... Posso fazer-lhe uma pergunta pessoal?

Estava a dirigir-se a Erika.

— Não perguntei isto ao Mikael, e se não quiser responder, ninguém a obriga. Gostaria de saber como foi que acabaram metidos neste atoleiro. Tinham uma história ou não tinham?

Foi a vez de Mikael fazer um ar inescrutável. Erika hesitou apenas um segundo antes de responder:

— Tínhamos uma história. Mas era uma história muito diferente.

Vanger assentiu, como se compreendesse precisamente o que ela estava a dizer. Mikael não compreendia.

— Não quero discutir esse assunto — interveio, pondo fim à conversa. — Fui eu que fiz a pesquisa e fui eu que escrevi o artigo. Tinha todas as fontes de que precisava. Mas então foi tudo para o inferno.

— Tinhas fontes para tudo o que escreveste?

— Tinha.

A voz de Vanger soou subitamente dura.

— Não vou sequer tentar fingir que compreendo como diabo se foram meter num terreno minado como aquele. Não me lembro de uma história semelhante, excepto talvez o caso Lundhal, no *Expressen*, nos anos sessenta, mas duvido que alguma vez tenham ouvido falar, sendo os dois tão novos. — Abanou a cabeça, voltou-se para Erika e disse, calmamente: — Já fui editor de jornais no passado, posso voltar a ser. Que diria de experimentar um novo sócio?

A pergunta caiu tão inesperada como um raio num dia de céu azul, mas Erika não pareceu minimamente surpreendida.

— Diga-me mais — pediu.

— Quanto tempo vai ficar em Hedestad?

— Regresso a casa amanhã.

— Consideraria a possibilidade... e tu também, Mikael, naturalmente... de fazer a vontade a um velho jantando comigo esta noite. Às sete estaria bem?

— Às sete é óptimo, teremos muito prazer. Mas ainda não me disse por que quer ser sócio da *Millennium*.

— Não estou a fugir à questão. Só pensei que poderíamos discuti-la durante o jantar. Vou ter de falar com o meu advogado antes de poder apresentar uma proposta concreta. Mas, com toda a simplicidade, posso dizer que tenho dinheiro para investir. Se a revista sobreviver e recomeçar a dar lucro, fico a ganhar. Se não... bem, sofri prejuízos bem mais pesados, no meu tempo.

Mikael preparava-se para abrir a boca quando Erika lhe pousou uma mão no joelho.

— Eu e o Mikael lutámos muito para podermos ser completamente independentes.

— Disparate. Ninguém é completamente independente. Mas não tenciono comprar a revista, e não quero saber o que publicam ou deixam de publicar. Se o filho da mãe do Steinbeck foi tão louvado por apoiar a *Moderna Tider*, porque não hei-de eu apoiar a *Millennium*? Que, ainda por cima, é uma excelente revista.

— Isto tem alguma coisa a ver com o Wennerström? — perguntou Mikael.

Vanger sorriu.

— Mikael, já passei dos oitenta. Há coisas que lamento não ter feito e pessoas que lamento não ter lixado mais do que lixei. Mas, a propósito... — voltou-se novamente para Erika. — Este tipo de investimento teria pelo menos uma condição.

— Ouçamo-la.

— O Mikael Blomkvist teria de retomar a sua posição como director.

— Não — disse Mikael, no mesmo instante.

— Sim — contrapôs Vanger com igual firmeza. — O Wennerström vai ter uma síncope se emitirmos um comunicado de imprensa a dizer que o Grupo Vanger apoia a *Millennium* e que, ao mesmo tempo, tu voltas ao lugar de director. É o sinal mais claro que podemos enviar: toda a gente compreenderá que não foi uma compra hostil e que a política editorial não vai mudar. E só isso bastará para dar aos anunciantes que estão a pensar em afastar-se motivos para reconsiderar. O Wennerström não é omnipotente. Também ele tem inimigos, e há novas empresas que vão querer anunciar.

— Que raio de conversa foi aquela? — perguntou Mikael, mal Erika fechou a porta da rua.

— Julgo que foi aquilo a que se chama sondar o terreno tendo em vista uma proposta de negócio — respondeu ela. — Não me tinhas dito que o Henrik Vanger é tão querido.

Mikael especou-se diante dela.

— Ricky, tu sabias exactamente sobre o que ia ser aquela conversa.

— Calma, meu menino. São só três da tarde, e eu tenciono ser devidamente apaparicada antes do jantar.

Mikael estava furioso. Mas, com Erika Berger, nunca conseguia ficar furioso durante muito tempo.

Ela usava um vestido preto, um casaco pela cintura e sapatos de salto alto, que por acaso tinha metido na pequena mala. Insistiu com Mikael para que levasse casaco e gravata. Ele escolheu umas calças pretas, camisa cinzenta, gravata escura e casaco desportivo, cinzento.

Quando às sete em ponto bateram à porta de Vanger, descobriram que Dirch Frode e Martin Vanger também tinham sido convidados. Todos vestiam casaco e gravata, excepto Henrik Vanger, que optara por um laço de pescoço e um casaco de malha castanho.

— A vantagem de ter mais de oitenta anos é que ninguém se atreve a criticar o que vestimos — declarou.

Erika esteve de excelente humor durante todo o jantar.

Foi só quando passaram para a sala de estar, com a lareira acesa, e o *cognac* foi servido que a conversa adquiriu um tom mais sério. Falaram durante mais de duas horas antes de terem finalmente um esboço de acordo em cima da mesa.

Frode criaria uma empresa plenamente detida por Henrik Vanger; a administração seria constituída por Henrik e Martin Vanger, e pelo próprio Frode. Ao longo de um período de quatro anos, esta empresa investiria uma soma correspondente à diferença entre despesas e receitas da *Millennium*. O dinheiro sairia dos fundos pessoais de Henrik Vanger. Em contrapartida, Vanger teria uma posição destacada na administração da revista. O acordo seria válido por quatro anos, mas poderia ser denunciado pela *Millennium* ao cabo de dois. Este cancelamento prematuro seria, no entanto, uma decisão onerosa, uma vez que obrigaria ao reembolso de todo o capital investido por Vanger.

Em caso de morte de Henrik Vanger, Martin Vanger substituí-lo-ia na administração da revista pelo remanescente do período de validade do acordo. Se Martin desejasse manter o seu envolvimento para lá desse período, poderia tomar essa decisão no momento oportuno. Martin parecia divertido com a perspectiva de ajustar contas com Wennerström, e Mikael perguntou a si mesmo qual seria a origem da animosidade entre os dois homens.

Martin voltou a encher os copos. Henrik inclinou-se para Mikael e disse-lhe, em voz baixa, que aquele novo acordo não afectava fosse de que maneira fosse o que já existia entre eles. Mikael poderia retomar as suas funções como director da revista a tempo inteiro a partir do final do ano.

Ficou também decidido que, a fim de obter um impacte máximo nos *media*, a reorganização seria anunciada no mesmo dia em que

Mikael iniciasse o cumprimento da sua pena de prisão, em meados de Março. Combinar um acontecimento fortemente negativo com uma reorganização era, em termos de relações públicas, um erro tão crasso que não poderia deixar de confundir os detractores de Mikael e conseguir o máximo de atenção para o novo papel de Henrik Vanger. Mas todos os presentes viam a lógica da jogada: era uma maneira de indicar que a bandeira amarela que assinalava a quarentena da *Millennium* estava prestes a ser arriada; a revista tinha apoiantes dispostos a fazer jogo duro. O Grupo Vanger podia estar em crise, mas continuava a representar uma poderosa força industrial capaz de passar à ofensiva, em caso de necessidade.

Toda a conversa foi uma discussão entre Erika Berger, de um lado, e Henrik e Martin Vanger do outro. Ninguém perguntou a Mikael Blomkvist o que pensava.

Mais tarde nessa noite, com a cabeça apoiada no peito de Erika e olhando-a nos olhos, Mikael perguntou:

— Há quanto tempo é que tu e o Henrik Vanger andavam a discutir este acordo?

— Há cerca de uma semana — respondeu ela, com um sorriso.

— O Christer está dentro da coisa?

— Claro.

— Porque não me disseram nada?

— Porque diabo havíamos de discutir o assunto contigo? Demitiste-te de director, abandonaste o corpo editorial e a administração e foste viver para os bosques.

— Portanto, merecia ser tratado como um idiota.

— Claro. Absolutamente.

— Estavas mesmo zangada comigo.

— Mikael, nunca me senti tão furiosa, tão abandonada e tão traída como quando tu te vieste embora. Nunca tinha estado tão zangada contigo. — Agarrou-o com força pelos cabelos e empurrou-o mais para o fundo da cama.

◆

Quando Erika partiu de Hedeby, no domingo, Mikael estava ainda tão irritado com Henrik Vanger que não quis correr o risco de encontrar-se com ele ou com qualquer outro membro do clã. Em vez disso, na segunda-feira apanhou o autocarro para Hedestad e gastou umas horas a passear pela cidade, a visitar a biblioteca e a beber café numa pastelaria. À tarde, foi ao cinema ver *O Senhor dos Anéis*, que ainda não tinha tido tempo de ver. Achou que os *orcs*, ao contrário dos humanos, eram criaturas simples e nada complicadas.

Terminou o passeio com um jantar no McDonald's e apanhou o último autocarro de regresso a Hedeby. Fez café, pegou num *dossier* e sentou-se à mesa da cozinha. Ficou a ler até às quatro da manhã.

Havia um porção de questões relacionadas com a investigação que pareciam cada vez mais estranhas à medida que Mikael avançava na documentação. Não eram descobertas revolucionárias que ele tivesse feito sozinho; eram problemas que tinham preocupado o comissário Morell durante longos períodos, especialmente nos seus tempos livres.

Ao longo do seu último ano de vida, Harriet tinha mudado. Até certo ponto, era uma mudança que podia ser explicada pela forma como toda a gente muda, desta ou daquela maneira, nos anos da adolescência. Harriet estava a crescer. No entanto, colegas, professores e vários membros da família testemunhavam que começara a fechar-se em si mesma, a tornar-se menos comunicativa.

A rapariga que, dois anos antes, era uma adolescente cheia de vida, passara a distanciar-se de todos os que a rodeavam. Na escola, continuava a dar-se com as amigas, mas começara a comportar-se de uma forma «impessoal», como uma delas testemunhara. A palavra fora suficientemente invulgar para Morell a ter anotado antes de fazer mais perguntas. A explicação que recebera fora que Harriet deixara de falar a respeito de si mesma, deixara de participar em mexericos e deixara de fazer confidências às amigas.

Harriet Vanger fora uma cristã, no sentido infantil da palavra: frequentava a catequese, rezava as suas orações antes de ir para a cama e fora crismada. No decurso do último ano, parecia ter-se tornado ainda mais religiosa. Lia a Bíblia e ia regularmente à igreja. Mas não procurava o pastor da ilha de Hedeby, Otto Falk, que era um amigo da família Vanger. Em vez disso, na Primavera juntara-se a uma congregação pentecostalista de Hedestad. No entanto, o seu envolvimento com a Igreja Pentecostalista não durara muito. Ao cabo de apenas dois meses abandonara a congregação e começara a ler livros sobre a fé católica.

Exaltação religiosa de adolescente? Talvez, mas nunca nenhum dos membros da família fora particularmente religioso, e era difícil perceber que impulsos a teriam guiado. Uma das explicações para o seu interesse em Deus podia, claro, ser o facto de o pai ter morrido afogado no ano anterior. Morell chegara à conclusão de que acontecera na vida de Harriet qualquer coisa que estava a perturbá-la ou a afectá-la. Também ele, como Vanger, dedicara muito tempo a falar com os amigos de Harriet, na tentativa de descobrir algum a quem ela pudesse ter feito confidências.

Tinham depositado algumas esperanças em Anita Vanger, dois anos mais velha do que Harriet e filha de Harald. Anita passara o Verão de 1966 em Hedeby e as duas pareciam ter-se tornado boas amigas. Mas Anita não tinha qualquer informação sólida a oferecer. Tinham andado juntas nesse Verão, nadado, passeado, conversado a respeito de cinema, de bandas *pop* e de livros. Por vezes, Harriet acompanhara Anita nas lições de condução. Certa vez, tinham-se embebedado alegremente com uma garrafa de vinho roubada em casa. Tinham passado as duas várias semanas na cabana de Gottfried, na ponta norte da ilha.

As perguntas sobre os pensamentos e sentimentos privados de Harriet continuavam sem resposta. Mas Mikael tomou nota de uma discrepância no relatório: a informação a respeito de um estado de espírito menos comunicativo vinha sobretudo das colegas de escola e, em certa medida, da família. Anita Vanger não a achara introvertida. Havia de discutir aquele ponto com Vanger, quando fosse oportuno.

Uma questão mais concreta, a que Morell dedicara muito mais atenção, era uma surpreendente página da agenda/diário de Harriet, um volume lindamente encadernado que recebera como presente de Natal no ano anterior a ter desaparecido. A primeira metade era uma agenda, dividida por dias e horas, onde Harriet anotara encontros, as datas dos testes na escola, os trabalhos de casa, e por aí fora. Quanto à parte do diário, Harriet só a usara muito esporadicamente. O começo fora auspicioso, em Janeiro, com um grande número de pequenas anotações a respeito de pessoas que conhecera durante as férias de Natal e outras sobre filmes que tinha visto. A partir daí, não voltara a escrever nada de pessoal até ao fim do ano escolar, quando, aparentemente – dependendo de como as anotações fossem interpretadas – começara a interessar-se, à distância, por um rapaz cujo nome nunca referia.

Era nas páginas destinadas à lista telefónica que se escondia o verdadeiro mistério. Estavam ali registados, por meticulosa ordem alfabética, os nomes e números de telefone de membros da família, colegas, alguns professores, vários membros da congregação pentecostalista e outros indivíduos facilmente identificáveis do seu círculo de conhecidos. Na última parte da lista de endereços, que estava em branco e não fazia verdadeiramente parte da secção alfabética, havia cinco nomes e cinco números de telefone. Três nomes femininos e dois conjuntos de iniciais:

Magda – 32016
Sara – 32109
R.J. – 30112
R. L. – 32027
Mari – 32018

Os números de telefone que começavam por 32 eram números de Hedestad, nos anos sessenta. O que começava por 30 era de Norrbyn, não muito longe de Hedestad. O problema fora que quando Morell contactara os amigos e conhecidos de Harriet, nenhum deles sabia a quem pertenciam aqueles números.

O primeiro – o de «Magda» – começara por parecer promissor. Correspondia a uma retrosaria no n.º 12 da Parkgatan. O telefone estava em nome de uma tal Margot Lundmark, cuja mãe se chamava de facto Magda e por vezes ajudava na loja. Mas Magda tinha 69 anos e não fazia ideia de quem Harriet Vanger pudesse ser. Tal como não havia provas de que Harriet tivesse alguma vez estado na loja ou lá tivesse comprado qualquer coisa. Não se interessava por costura.

O segundo número – o de «Sara» – pertencia a uma família de apelido Toresson que vivia na Väststan, do outro lado da via férrea. A família era constituída por Anders e Monica e pelos dois filhos, Jonas e Peter, que, na altura, frequentavam a pré-primária. Não havia nenhuma Sara e nada sabiam a respeito de Harriet Vanger, excepto que era dada nos jornais como desaparecida. A única e muito vaga ligação possível entre Harriet e a família Toresson era o facto de Anders, reparador de telhados, ter trabalhado várias semanas antes no da escola que Harriet frequentava. Havia, portanto, a possibilidade teórica de se terem cruzado, embora fosse extremamente improvável.

Os outros três números tinham levado a idênticos becos sem saída. O «R.L. 32027» tinha efectivamente pertencido a uma Rosemarie Larsson. Infelizmente, a senhora morrera vários anos antes.

O inspector Morell dedicara uma grande parte da sua atenção, durante o Inverno de 1966-1967, a tentar perceber por que razão Harriet escrevera aqueles nomes e números.

Uma possibilidade era os números de telefone estarem escritos num qualquer código pessoal... de modo que Morell tentara adivinhar como funcionava o pensamento de uma adolescente. Uma vez que a série 32 apontava obviamente para Hedestad, experimentara alterar a ordem dos três algarismos restantes. Nem 32601 nem 32160 o tinham levado a uma Magda. Enquanto praticava a sua numerologia, Morell apercebera-se de que se brincasse com os números durante o tempo suficiente acabaria, mais tarde ou mais cedo, por encontrar uma ligação a Harriet. Por exemplo, se somasse um a cada um dos três últimos algarismos de 32016, obteria 32127 – que era o número do escritório de Frode em Hedestad. Mas uma ligação assim não tinha qualquer significado. Além disso, nunca descobrira um código que fizesse sentido com todos os cinco números.

Resolvera, então, alargar a sua pesquisa. Poderiam os algarismos significar, por exemplo, matrículas de automóveis, que, nos anos sessenta, incluíam duas letras para o código de área e cinco algarismos? Mais um beco sem saída.

Passara a concentrar-se nos nomes. Obtivera uma lista de todos os residentes de Hedestad chamados Mari, Magda ou Sara ou cujas iniciais fossem R.L ou R.J. Ao todo, trezentas e sete pessoas. Destas, vinte e nove tinham alguma ligação com Harriet. Por exemplo, um ex-colega dela chamava-se Roland Jacobsson – R.J. Mal se conheciam um ao outro e não mantinham qualquer contacto desde que Harriet entrara para o secundário. E não havia qualquer relação com o número de telefone.

O mistério dos números na agenda/diário ficara sem solução.

O quarto encontro com o Dr. Bjurman não era uma das reuniões calendarizadas. Lisbeth Salander viu-se obrigada a contactar com ele.

Na segunda semana de Fevereiro aconteceu-lhe um acidente tão estúpido que a deixou com vontade de matar alguém. Tinha ido de bicicleta a uma reunião na Milton Security e estacionara atrás de um pilar, na garagem. Quando pousara a sacola no chão para pôr o cadeado na bicicleta, um *Saab* vermelho-escuro começara a fazer marcha atrás. Estava de costas voltadas, mas ouvira o som horrível que a sacola fizera ao ser esmagada. O condutor do *Saab* nem sequer se apercebera de que tinha passado por cima de qualquer coisa e seguira em frente, em direcção à rampa de saída.

Dentro da sacola estava o *iBook* 600 branco dela, com um disco rígido de 25 gigas e 420 megas de RAM, fabricado em Janeiro de 2002 e equipado com um monitor de 35 centímetros. Quando o comprara, era o portátil topo de gama da Apple. Os computadores de Lisbeth estavam sempre actualizados com as configurações mais recentes e mais caras – o equipamento informático era a única extravagância na lista de despesas de Lisbeth Salander.

Viu, mal abriu a sacola, que a tampa do computador estava rachada. Ligou o adaptador de corrente e tentou iniciá-lo; nem um estertor. Levou-o à Timmy's MacJesus Shop, na Brännkyrkagatan, na esperança de salvar pelo menos uma parte do disco rígido. Depois de o ter examinado durante alguns instantes, Timmy abanou a cabeça.

– Lamento. Nada a fazer – sentenciou. – Faz-lhe um enterro bonito.

A perda do computador era deprimente, mas não desastrosa. Lisbeth mantivera uma excelente relação com ele ao longo daquele ano. Tinha *back ups* de todos os ficheiros, e tinha em casa um *desktop* Mac G3 mais antigo, além de um portátil Toshiba já com cinco anos que ainda podia usar. Mas precisava de uma máquina rápida, moderna.

Muito naturalmente fez mira à melhor alternativa disponível: o novo Apple PowerBook G4/1.0 GHz, com caixa de alumínio e um processador Power PC 7451, AltiVec Velocity Engine, 960 megas de RAM e 60 gigas de disco rígido. Tinha BlueTooth e gravador de CD e DVD incorporado.

Melhor do que tudo isto, tinha o primeiro monitor de 43 centímetros do mundo dos portáteis, com uma placa gráfica N.V.I.D.I.A. e uma resolução de 1440x900 pixéis que fazia estremecer os defensores dos P.C. e batia tudo o que existia no mercado.

Em termos de *hardware*, era o *Rolls Royce* dos computadores portáteis, mas o que desencadeou em Lisbeth a necessidade absoluta de ter aquela máquina foi o facto de o teclado ser iluminado por trás, o que permitia ver as letras mesmo na mais completa escuridão. Uma coisa tão simples. Porque é que ninguém se lembrara disso antes?

Foi amor à primeira vista.

Custava 38 mil coroas, mais impostos.

E *esse* era o problema.

Fosse como fosse, fez a encomenda na MacJesus. Era lá que comprava todo o material informático, de modo que lhe fizeram um desconto simpático. Fez as contas. O seguro do computador esmagado cobriria uma boa parte da despesa, mas com a garantia e o preço mais alto da nova aquisição, ainda lhe faltavam 18 mil coroas. Tinha 10 mil coroas escondidas na lata do café, em casa, mas era tudo. Amaldiçoou mentalmente Herr Bjurman, mas depois resignou-se ao inevitável e telefonou ao tutor a explicar que precisava de dinheiro para uma despesa imprevista. A secretária de Bjurman respondeu que ele não teria tempo para vê-la naquele dia. Lisbeth argumentou que não demoraria mais de vinte segundos a passar um cheque de 10 mil coroas. Foi-lhe dito que aparecesse no escritório às dezanove e trinta.

Apesar de não ser especialista na avaliação de investigações criminais, Mikael Blomkvist não teve dificuldade em reconhecer que a do inspector Morell fora excepcionalmente consciensiosa. Depois de acabar de ler os relatórios policiais, continuou a encontrar o nome de Morell, como figura destacada, nas notas de Vanger. Forjara-se uma amizade entre os dois homens, e Mikael perguntava a si mesmo se o polícia se teria tornado tão obcecado com aquele caso como o grande industrial.

Era improvável, na sua opinião, que Morell tivesse deixado escapar fosse o que fosse. A solução para o mistério não ia ser encontrada nos relatórios policiais. Todas as perguntas imagináveis tinham sido feitas, todas as pistas seguidas, até as que pareciam absurdamente inverosímeis. Não lera todas as palavras do relatório, mas quanto mais avançava na história da investigação, mais obscuras se tornavam as pistas e indicações. Não ia encontrar nada que o seu antecessor profissional e a respectiva equipa de especialistas tivessem deixado escapar, e hesitava na abordagem a adoptar em relação ao problema. Até que acabou por ocorrer-lhe que a única via razoavelmente prática que lhe restava era tentar descobrir os motivos psicológicos dos indivíduos envolvidos.

A primeira pergunta tinha que ver com a própria Harriet. Quem era ela?

Da janela da cozinha vira acender-se uma luz no primeiro piso da casa de Cecilia Vanger, por volta das cinco da tarde. Bateu-lhe à porta às sete e meia, precisamente quando estava a começar o noticiário da TV. Ela abriu envolta num roupão de banho, os cabelos húmidos embrulhados numa toalha amarela. Mikael pediu imediatamente desculpa pelo incómodo e fez menção de retirar-se, mas ela indicou-lhe a sala de estar. Ligou a máquina de café e voltou a desaparecer no primeiro piso. Quando reapareceu, vestia *jeans* e uma camisa de flanela aos quadrados.

— Já começava a pensar que não ia aparecer.

— Devia ter telefonado, mas vi a luz acesa e vim num impulso.

— Tenho visto as luzes acesas em sua casa a noite inteira. Tem o costume de ir passear depois da meia-noite? É um bicho da noite?

Mikael encolheu os ombros.

— Tem calhado. — Olhou para um grupo de manuais escolares empilhados em cima da mesa da cozinha. — Ainda ensina?

— Não, como directora, não tenho tempo. Mas ensinava história, religião e estudos sociais. E ainda me faltam alguns anos.

— Faltam?

Ela sorriu.

— Tenho cinquenta e seis. Não tardarei a reformar-me.

— Ninguém lhe dá mais de cinquenta, mais até para os quarenta.

— Lisonjeiro. E o Mikael, quantos tem?

— Bem, já passei dos quarenta — respondeu ele, com um sorriso.

— E ainda ontem tinha vinte. Como o tempo passa. A vida é assim.

Cecilia Vanger serviu o café e perguntou-lhe se tinha fome. Mikael respondeu que já tinha comido, o que era em parte verdade. Não se dava ao incómodo de cozinhar e comia apenas sanduíches. Mas não tinha fome.

— Então porque veio até cá? Chegou a altura de fazer as tais perguntas?

— Para ser franco... não vim cá para fazer perguntas. Penso que só quis dizer olá.

Ela sorriu.

— Está condenado a prisão, vem para Hedeby, anda a remexer no material do passatempo preferido do Henrik, não dorme à noite e dá longos passeios nocturnos com um frio de rachar... Esqueci-me de alguma coisa?

— A minha vida está a ir pelo cano abaixo.

— Quem é a mulher que veio visitá-lo no fim-de-semana?

— A Erika... É a directora editorial da *Millennium*.

— A sua namorada?

— Não exactamente. É casada. Sou mais um amigo e um amante ocasional.

Cecilia Vanger riu à gargalhada.
— O que é que é tão engraçado?
— O modo como o disse. Amante ocasional. Gosto da expressão.
Mikael começava a simpatizar bastante com Cecilia Vanger.
— Também a mim me dava jeito um amante ocasional.

Sacudiu uma chinela e apoiou o pé no joelho dele. Num gesto automático, Mikael pousou a mão no pé dela e acariciou-lhe o tornozelo. Hesitou por um instante — sabia que estava a entrar em águas desconhecidas. Mesmo assim, começou a massajar-lhe a planta do pé com o polegar.

— Eu também sou casada.
— Eu sei. No clã Vanger, ninguém se divorcia.
— Não vejo o meu marido vai para vinte anos.
— Que aconteceu?
— Não tem nada com isso. Não pratico sexo há... hum, talvez três anos.
— Isso espanta-me.
— Porquê? É uma questão de oferta e procura. Não estou interessada num namorado, nem num homem casado, nem em ninguém que viva comigo. Sinto-me muito bem como estou. Com quem iria eu ter sexo? Um dos professores da escola? Não me parece. Um dos alunos? Uma história deliciosa para as velhas coscuvilheiras. E esta gente está sempre de olho em qualquer pessoa que se chame Vanger. E aqui na ilha só há parentes ou homens já casados.

Inclinou-se para a frente e beijou-o no pescoço.
— Estou a chocá-lo?
— Não. Mas não sei se será boa ideia. Trabalho para o seu tio.
— E eu serei a última a contar-lhe. Para ser franca, o Henrik não teria provavelmente nada a opor.

Sentou-se no colo dele, com uma perna para cada lado, e beijou-o na boca. Os cabelos dela ainda estavam húmidos e a cheirar a *shampoo*. Mikael soltou os botões da camisa de flanela e puxou-lha para os ombros. Cecilia não usava *soutien*. Arqueou o corpo, fazendo força para a frente, quando ele lhe beijou os seios.

◆

Bjurman contornou a secretária para lhe mostrar o extracto da conta bancária – que Lisbeth conhecia até ao último *öre*, apesar de já não lhe ter acesso. O advogado foi pôr-se de pé atrás dela. Subitamente, estava a massajar-lhe o pescoço, e deixou uma mão deslizar do ombro esquerdo para o peito. Pousou-a em cima do seio direito e deixou-a lá ficar. Quando ela pareceu não objectar, apertou-lho. Lisbeth não se mexeu. Sentia a respiração dele na nuca e estudou o corta-papel pousado em cima da secretária. Poderia alcançá-lo facilmente com a mão livre.

Deixou-se ficar quieta. Se alguma coisa Holger Palmgren lhe ensinara ao longo dos anos, era que as acções impulsivas levavam a sarilhos, e os sarilhos podiam ter consequências desagradáveis. Nunca fazia nada sem primeiro pesar bem as consequências.

O primeiro ataque – que, em termos legais, seria definido como assédio sexual e exploração de um indivíduo em posição de dependência e poderia, teoricamente, resultar para Bjurman em um ou dois anos de cadeia – durou apenas uns segundos. Mas não era o suficiente para atravessar irrevogavelmente uma fronteira. Para Lisbeth Salander, era uma demonstração de força por parte de uma potência inimiga – uma indicação de que, para lá da relação legal cuidadosamente definida existente entre os dois, ela estava à mercê dele e indefesa. Quando os olhos de ambos se encontraram, segundos depois, ele tinha os lábios ligeiramente entreabertos e ela leu-lhe a luxúria estampada na cara. O seu próprio rosto não traiu qualquer emoção.

Bjurman voltou para trás da secretária e sentou-se na sua confortável cadeira de couro.

– Não posso entregar-te dinheiro sempre que queres – disse. – Para que precisas tu de um computador tão caro? Há montes de modelos mais baratos que servem perfeitamente para jogar jogos.

– Quero controlar o meu próprio dinheiro, como dantes.

Bjurman dirigiu-lhe um olhar de comiseração.

– Vamos ter de ver como as coisas correm. Primeiro, tens de aprender a ser mais sociável e a dar-te melhor com as pessoas.

O sorriso de Bjurman teria sido muito menos complacente se pudesse ler os pensamentos que fervilhavam por detrás daqueles olhos sem expressão.

— Penso que tu e eu vamos ser bons amigos — continuou. — Temos de aprender a confiar um no outro.

Ela não respondeu, e ele disse.

— Agora és uma mulher adulta, Lisbeth.

Ela assentiu.

— Chega aqui — disse ele, e estendeu a mão.

Lisbeth cravou os olhos no corta-papel durante vários segundos antes de pôr-se de pé e aproximar-se dele. *Consequências.* Bjurman pegou na mão dela e puxou-a para baixo. Lisbeth sentiu os órgãos genitais dele através do tecido das calças.

— Se fores boazinha para mim, eu serei bonzinho para ti.

Pôs a outra mão à volta do pescoço dela e obrigou-a a ajoelhar-se à sua frente.

— Já fizeste isto, não fizeste? — perguntou, enquanto abria a braguilha. Cheirava a lavado, a sabonete.

Lisbeth voltou a cabeça e tentou pôr-se de pé, mas ele continuou a sujeitá-la. Em termos de força física, a disparidade era enorme; ela pesava 40 quilos, ele 95. Bjurman agarrou-lhe a cabeça com ambas as mãos e obrigou-a a olhá-lo nos olhos.

— Se fores boazinha para mim, eu serei bonzinho para ti — repetiu. — Se me arranjares problemas, posso meter-te num manicómio até ao fim dos teus dias. Gostavas disso?

Ela manteve-se calada.

— Gostavas disso? — insistiu ele.

Ela abanou a cabeça.

Bjurman esperou até que ela baixou os olhos, o que interpretou como um gesto de submissão. Então puxou-a para mais perto. Lisbeth abriu os lábios e tomou-o na boca. Ele continuou a agarrá-la pelo pescoço e a puxá-la com força contra si. Ela sentiu que se engasgava durante os dez minutos que ele demorou a agitar-se e a gemer; quando finalmente Bjurman ejaculou, estava a agarrá-la com tanta força que ela mal conseguia respirar.

Indicou-lhe a casa de banho do gabinete. Lisbeth tremia convulsivamente enquanto lavava a cara e tentava limpar as manchas da camisola. Mastigou um pouco da pasta de dentes dele para se livrar do sabor. Quando voltou ao gabinete, ele estava tranquilamente sentado atrás da secretária, a estudar uns papéis.

— Senta-te, Lisbeth — disse Bjurman, sem erguer os olhos. Ela sentou-se. Finalmente, ele olhou para ela e sorriu-lhe.

— Agora és uma mulher adulta, não és, Lisbeth?

Ela assentiu.

— Nesse caso, também precisas de ter brincadeiras de adultos — continuou ele, como se estivesse a falar com uma criança.

Ela não respondeu. Ele franziu muito ligeiramente a testa.

— Penso que não seria boa ideia para ti falar seja a quem for das nossas brincadeiras. Pensa bem... quem acreditaria em ti. Há documentos a afirmar que tu és *non compos mentis*. Seria a tua palavra contra a minha. Qual das duas achas tu que teria mais peso?

Suspirou ao ver que ela continuava a não falar. Irritava-o, o modo como estava ali sentada em silêncio, a olhar para ele. Mas controlou-se.

— Vamos ser bons amigos, nós os dois — disse. — Acho que foste esperta ao vir procurar-me hoje. Podes procurar-me sempre que quiseres.

— Preciso de dez mil coroas para o meu computador — disse ela muito claramente, como que em continuação da conversa que estavam a ter antes da interrupção.

Bjurman arqueou as sobrancelhas. *Raio de puta. És mesmo atrasada mental.* Entregou-lhe o cheque que tinha passado quando ela estava na casa de banho. *Isto é ainda melhor que uma puta. Pago-lhe com o dinheiro dela.* Dirigiu-lhe um sorriso arrogante. Lisbeth pegou no cheque e saiu.

CAPÍTULO 12

QUARTA-FEIRA, 19 DE FEVEREIRO

SE LISBETH SALANDER fosse uma cidadã vulgar, teria muito provavelmente chamado a polícia e denunciado a violação logo que saiu do gabinete do advogado Nils Bjurman. As marcas dos dedos no pescoço, bem como o sémen dele no seu corpo e roupas seriam o suficiente para o condenar. Mesmo que o advogado alegasse que *ela é que quis*, ou *foi ela que me seduziu*, ou qualquer das outras desculpas que os violadores costumam usar, seria ainda assim culpado de tantas infracções ao estatuto da tutoria que a tutela lhe seria imediatamente retirada. O relatório policial resultaria quase de certeza na nomeação de um verdadeiro defensor legal, alguém especializado naqueles assuntos, o que, por sua vez, talvez levasse à discussão do cerne do problema, a saber, a razão por que ela fora declarada legalmente interdita.

Desde 1989, a designação «legalmente interdita» deixou de ser aplicada a adultos.

Há dois níveis de protecção social: curadoria e tutoria.

O *curador* é alguém que presta voluntariamente ajuda a uma pessoa que, por razões de ordem vária, tem problemas em gerir a sua vida quotidiana, encarregando-se de pagar-lhe as contas ou assegurando-lhe as necessidade de uma higiene pessoal adequada. É, regra geral, um parente ou um amigo chegado. Se não há ninguém próximo do indivíduo em questão, as autoridades podem nomear um estranho. A curadoria é uma forma atenuada de tutoria, em que o *cliente* – a pessoa declarada interdita – continua a ter o controlo dos seus bens e em que as decisões são tomadas em conjunto.

A *tutoria* é uma forma mais estrita de tutela, em que o cliente é privado do poder de gerir o seu próprio dinheiro e de tomar decisões relativamente aos mais variados assuntos. A fraseologia exacta estipula que o tutor assume todos os *poderes legais* do cliente. Há, na Suécia, aproximadamente quatro mil pessoas colocadas sob tutoria. A razão mais comum para a adopção desta medida é uma doença mental ou uma doença mental conjugada com um grave abuso de drogas ou de álcool. Um grupo mais restrito inclui os que sofrem de demência. Muitos dos indivíduos que se encontram sob tutoria são relativamente jovens – 35 anos ou menos. Um deles era Lisbeth Salander.

Privar alguém do controlo da sua própria vida – nomeadamente da sua conta bancária – é uma das medidas mais degradantes que uma democracia pode impor, sobretudo quando aplicada a jovens. É uma medida degradante mesmo que a intenção possa ser vista como benigna e socialmente válida. As questões relacionadas com a tutoria inscrevem-se, por isso, numa problemática política potencialmente sensível, são geridas por uma regulamentação rigorosa e controladas pela Agência de Tutorias, tutelada por uma Comissão Especial que, por sua vez, se encontra sob a alçada directa de um provedor nomeado pelo Parlamento.

Na maior parte dos casos, a Agência de Tutorias desenvolve a sua actividade em condições difíceis. No entanto, considerando a delicadeza dos problemas com que as autoridades têm de lidar, são notavelmente poucos os escândalos ou as queixas veiculados pelos *media*.

Aparecem, ocasionalmente, acusações contra um curador ou tutor que se apropriou de fundos ou vendeu a casa do cliente e meteu o dinheiro ao bolso. O facto de estes casos serem relativamente raros deve resultar de uma de duas coisas: ou as autoridades estão a cumprir o seu papel de uma maneira satisfatória, ou os lesados não têm oportunidade de dar a conhecer as suas queixas ou fazerem-se ouvir de uma maneira credível.

A Agência de Tutorias é obrigada a fazer uma revisão anual de todos os casos e verificar se há ou não motivo para revogar uma tutoria. Uma vez que Salander persistira na sua recusa de submeter-se a qualquer espécie de exame psiquiátrico – nem sequer trocava um simples «bom-dia» com os examinadores –, as autoridades continuavam a não encontrar motivos para alterar a sua decisão. Daqui resultara uma situação de *status quo* e, ano após anos, ela fora mantida sob tutoria.

A letra da lei afirma, no entanto, que as condições da tutoria «serão adaptadas a cada caso individual». Palmgren interpretara isto como significando que Lisbeth Salander podia governar o seu dinheiro e a sua vida. Cumprira escrupulosamente as exigências das autoridades, apresentando um relatório mensal e uma revisão anual. Mas, em tudo o mais, tratara Lisbeth Salander como qualquer outro ser humano normal, e não interferira na sua escolha de amigos ou de estilo de vida. Não achava que lhe competisse a ele, ou à sociedade, decidir se a jovem podia ou não usar uma argola no nariz ou uma tatuagem no pescoço. Esta atitude face ao tribunal fora uma das razões porque se tinham dado tão bem.

Enquanto Holger Palmgren fora seu tutor, Lisbeth não prestara muita atenção ao seu estatuto legal.

O certo, porém, era que Lisbeth Salander não era uma pessoa normal. Tinha um conhecimento muito rudimentar da lei – um tema que nunca tivera ocasião de explorar – e a sua confiança na polícia era de um modo geral escassa. Para ela, a polícia era uma força hostil que, ao longo de anos, a prendera e humilhara. O último contacto que tivera com os representantes da lei e da ordem acontecera em Maio do ano anterior, quando descia a Götgatan a caminho da Milton Security. Subitamente, vira-se confrontada por um agente da polícia de choque, de capacete e viseira, que, sem a mais pequena provocação, a atingira nas costas com o bastão. A sua reacção natural e espontânea fora lançar um furioso contra-ataque com a garrafa de *Coca-Cola* que ia a beber. O agente dera meia-volta e fugira antes que ela tivesse tempo de magoá-lo gravemente. Só mais tarde ficara a saber que um grupo radical qualquer estava a levar a cabo uma manifestação um pouco mais adiante.

Procurar aqueles brutos armados de bastão e viseira para apresentar queixa por assédio sexual contra Nils Bjurman foi coisa que nem sequer lhe passou pela cabeça. E além disso, que tinha ela a comunicar? Que Bjurman lhe apalpara o peito? Qualquer agente, olhando para os diminutos seios da queixosa, consideraria o gesto altamente improvável. Apalpar o quê? E mesmo que tivesse de facto acontecido, o que ela devia era estar orgulhosa por alguém se ter dado sequer ao incómodo. E aquela parte a respeito de lhe chupar a pila – seria, como ele dissera, a palavra dele contra a dela, e a experiência dizia-lhe que a palavra dos outros tinha sempre muito mais peso. Não, a polícia não era opção.

Saiu do escritório de Bjurman e foi para casa, tomou um duche, comeu duas sanduíches de queijo com *pickles* e sentou-se no velho sofá da sala para pensar.

Uma pessoa normal poderia pensar que a sua ausência de reacção transferia a culpa para ela: podia ser mais um indício de que era tão anormal que nem sequer uma violação conseguia despertar uma resposta emocional adequada.

O seu círculo de conhecidos era muito restrito e não incluía quaisquer membros da protegida classe média dos subúrbios. Mas, aos 18 anos, Lisbeth Salander não conhecia uma única rapariga que, num ou noutro momento, não tivesse sido obrigada a praticar um acto sexual contra a sua vontade. A maior parte dos casos envolvia namorados ligeiramente mais velhos que, recorrendo à força, acabavam por conseguir o que queriam. Tanto quanto sabia, eram incidentes que levavam a choros e a explosões de raiva, mas nunca a queixas na polícia.

No mundo dela, aquilo fazia parte da ordem natural das coisas. Como rapariga, era uma peça de caça autorizada, sobretudo se vestia um velho blusão de couro preto, tinha *piercings* nas sobrancelhas, tatuagens e um estatuto social igual a zero.

Não valia a pena chorar por isso.

Por outro lado, não se punha a questão de o advogado Bjurman ficar impune. Lisbeth Salander nunca esquecia uma injustiça e era, por natureza, muito pouco inclinada a perdoar.

O seu estatuto legal constituía, porém, um problema. Desde que se lembrava, era considerada conflituosa e injustificavelmente violenta.

Os primeiros relatórios do seu *dossier* tinham vindo dos ficheiros da enfermeira da escola primária que frequentara. Tinham-na mandado para casa por ter batido num colega, empurrando-o contra um cabide e ferindo-o. Ainda recordava a vítima com aversão: um gordo chamado David Gustavsson que costumava implicar com ela e atirar-lhe coisas, e acabara por tornar-se o rufião-mor do recreio. Naqueles tempos, não sabia o significado da palavra «assédio», mas quando voltara à escola no dia seguinte, o rapaz ameaçara vingar-se, e ela respondera com um directo bem apontado e reforçado com uma bola de golfe... que levara a mais sangue derramado e a novo averbamento no cadastro.

As regras de interacção social na escola sempre a tinham baralhado. Ocupava-se dos seus assuntos e não se metia na vida de ninguém. E no entanto havia sempre alguém que recusava absolutamente deixá-la em paz.

Na escola preparatória fora várias vezes suspensa por ter-se envolvido em lutas violentas com colegas. Rapazes muito mais fortes, da sua turma, depressa aprenderam que podia ser muito desagradável lutar contra aquela miúda escanzelada. Ao contrário das outras raparigas nunca recuava, e não hesitava um segundo em usar os punhos ou qualquer arma que tivesse à mão para se defender. Toda a sua atitude anunciava claramente que quem quisesse arranjar sarilhos com ela era bom que estivesse pronto para ir até ao fim.

E vingava-se sempre.

Certa vez, envolvera-se numa luta com um rapaz muito mais alto e forte do que ela. Fisicamente, não era adversária para ele. Ao princípio, o rapaz divertira-se a atirá-la ao chão várias vezes, e então dera-lhe umas estaladas quando ela tentara ripostar. Mas não havia maneira de travá-la; apesar de ele ser muitíssimo mais forte, a estúpida rapariga continuava a atacá-lo e, passado algum tempo, até os amigos dele tinham compreendido que a coisa fora longe de mais. Ela era tão obviamente impotente que a cena se tornara penosa de ver. Finalmente, o rapaz esmurrara-a na cara; rasgara-lhe o lábio e fizera-a ver estrelas. Tinham-na deixado caída no chão, atrás do ginásio. Na manhã do terceiro dia, ela esperara o seu atormentador com um taco de *baseball* e batera-lhe com ele na cabeça. A brincadeira levara-a à presença do reitor, que decidira denunciá-la à polícia por agressão, do que resultara uma investigação especial dos serviços sociais.

Os colegas consideravam-na louca e tratavam-na como tal. Também contava com poucas simpatias entre os professores. Nunca fora particularmente faladora, e tornara-se conhecida como a aluna que nunca levantava a mão e muitas vezes não respondia quando lhe faziam uma pergunta directa. Ninguém sabia de certeza se era por ignorar a resposta ou por qualquer outra razão, mas o facto reflectia-se nas notas. Tinha sem dúvida problemas, mas ninguém queria assumir a responsabilidade pela rapariga difícil, apesar de ser frequentemente objecto de discussão nas reuniões de professores. Por isso acabara por chegar a uma situação em que os professores a ignoravam e a deixavam ficar sentada, remetida a um sombrio silêncio.

Deixara a escola preparatória e mudara-se para outra sem ter um único amigo de quem se despedir. Uma rapariga de que ninguém gostava e que tinha um comportamento estranho.

Então, quando estava no limiar da adolescência, acontecera Todo O Mal, uma coisa em que não queria pensar. A última explosão, que definira um padrão e motivara a revisão dos relatórios da escola primária. Depois disso, passara a ser considerada legalmente... bem, louca. Um caso mental. Lisbeth Salander nunca precisara de papéis para saber que era diferente. Mas nunca fora coisa que a incomodasse enquanto tivera Holger Palmgren como tutor; se fosse preciso, sabia fazer dele o que quisesse.

Com o aparecimento de Nils Bjurman, a declaração de interdição ameaçava tornar-se um peso incómodo na vida dela. Para onde quer que se voltasse, haveria armadilhas à sua espera, e que aconteceria se perdesse a batalha? Seria internada? Presa? A verdade era que não havia opção.

Mais tarde nessa noite, Cecilia Vanger e Mikael Blomkvist estavam deitados de pernas entrelaçadas, num cansado apaziguamento, ela com os seios encostados ao flanco dele.

— Obrigada — disse Cecilia, erguendo os olhos para ele. — Passou demasiado tempo. E tu não és mau.

Ele sorriu. Aquele tipo de lisonja era sempre infantilmente satisfatório.

— Foi bom. Inesperado, mas agradável.

— Não me importo de repetir um destes dias — disse Cecilia. — Se te apetecer.

Mikael olhou para ela.

— Não estás a dizer que queres ter um amante, pois não?

— Um amante ocasional — disse Cecilia. — Mas gostaria que fosses para casa antes de adormeceres. Não quero acordar amanhã de manhã e encontrar-te aqui antes de ter tido tempo de fazer os meus exercícios e arranjar a cara. E seria bom se não dissesses à aldeia inteira o que estivemos a fazer.

— Nunca me passaria pela cabeça.

— Sobretudo, não quero que a Isabella saiba. É uma cabra.

— E a tua vizinha mais próxima... Já a conheci.

— Sim, mas, felizmente, não consegue ver de casa dela a minha porta da frente. Mikael, por favor, sê discreto.

— Serei discreto.

— Obrigada. Bebes?

— Por vezes.

— Está-me a apetecer qualquer coisa com sumo de fruta e *gin*. Queres?

— Claro.

Cecilia embrulhou-se num lençol e desceu à cozinha. Mikael estava de pé, nu, a olhar para os livros das estantes quando ela voltou com uma garrafa de água gelada e dois copos com *gin* e sumo de lima. Beberam e brindaram.

— Porque foi que vieste cá a casa? — perguntou ela.

— Por nenhuma razão especial. Só...

— Estás sentado em casa a ler a investigação do Henrik e, de repente, vens bater-me à porta. Não é preciso ser superinteligente para perceber que tens alguma fisgada.

— Leste a investigação?

— Partes. Vivi com ela toda a minha vida adulta. Não se pode estar perto do Henrik sem ser afectado pelo mistério do desaparecimento da Harriet.

— Sim, é um caso fascinante. Aquilo que, julgo, é conhecido no jargão profissional como mistério-do-quarto-fechado. Só que à escala de uma ilha. E nada na investigação parece seguir a lógica normal. Todas as perguntas ficam sem resposta, todas as pistas conduzem a um beco sem saída.

— O tipo de coisa com que uma pessoa pode ficar obcecada.

— Estavas na ilha, naquele dia.

— Sim. Estava aqui, e assisti a toda a confusão. Na altura, vivia em Estocolmo, estudava lá. Quem me dera ter ficado em casa naquele fim-de-semana.

— Como era ela, mesmo? As pessoas parecem ter tido imagens completamente diferentes.

— Isto é *off the record*, ou...?

— É *off the record*.

— Não faço a mínima ideia do que se passava na cabeça da Harriet. Estás a pensar no último ano dela, claro. Num dia, era uma religiosa fanática. No dia seguinte, maquilhava-se como uma pega e ia para a escola com a camisola mais justa que conseguia arranjar. Era de certeza profundamente infeliz. Mas, como disse, eu não vivia cá, limitava-me a apanhar os mexericos.

— Qual era a raiz dos problemas?

— O Gottfried e a Isabella, óbvio. O casamento deles era completamente louco. Ou estavam em festas ou estavam à bulha. Nada de físico... o Gottfried não era do género de bater em quem quer que fosse, e quase tinha medo da Isabella. Ela tinha um feitio horrível. A dada altura, no início dos anos sessenta, ele mudou-se mais ou menos permanentemente para a cabana, onde a Isabella nunca punha os pés. De longe em longe, aparecia na aldeia, com um ar de vagabundo, e ficava algum tempo. Deixava de beber, vestia-se decentemente e tentava retomar o seu trabalho.

— Não havia ninguém que quisesse ajudar a Harriet?

— O Henrik, claro. Acabou por levá-la para casa dele. Mas não esqueças que estava ocupado a desempenhar o papel de grande industrial. Andava quase sempre a viajar de um lado para o outro e não lhe restava muito tempo para estar com a Harriet e o Martin. Eu perdi uma boa parte de tudo isto porque na altura estava em Uppsala, e depois em Estocolmo... e deixa que te diga que também não tive exactamente uma infância fácil, com um pai como o Harald. Em retrospectiva, percebi que o problema era a Harriet nunca ter desabafado com ninguém. Tentava manter as aparências e fingir que eram uma família feliz.

— Negação.

— Isso mesmo. Mas mudou quando o pai se afogou. Não podia continuar a fingir que estava tudo bem. Até essa altura, tinha sido... não sei muito bem como explicar isto: extremamente dotada e precoce, mas, no conjunto, uma adolescente bastante normal. Durante o último ano tornou-se brilhante, conseguia a nota máxima em todos os exames, e tudo isso, mas foi como se tivesse perdido a alma.

— Como foi que o pai se afogou?

— Da maneira mais prosaica possível. Caiu de um barco a remos, muito perto da cabana. Tinha a braguilha aberta e um altíssimo nível de álcool no sangue, de modo que não é muito difícil imaginar o que aconteceu. Foi o Martin que o encontrou.

— Não sabia disso.

— É curioso. O Martin acabou por tornar-se uma excelente pessoa. Se me tivesses perguntado há trinta e cinco anos, ter-te-ia dito que se algum membro da família precisava de cuidados psiquiátricos, era ele.

— Porquê?

— A Harriet não era a única a sentir os efeitos perniciosos da situação. Durante muitos anos, o Martin foi tão taciturno e introvertido que se poderia considerá-lo efectivamente anti-social. Ambos os filhos passaram um mau bocado. Quero dizer, todos nós passámos. Eu tinha os meus problemas com o meu pai... assumo que sabes que ele é completamente louco. A minha irmã Anita teve o mesmo problema, tal como o Alexander, o meu primo. Era duro ser jovem na família Vanger.

– Que aconteceu à tua irmã?
– Vive em Londres. Foi para lá nos anos setenta, para trabalhar numa agência de viagens sueca, e por lá ficou. Casou com um tipo qualquer, nem chegou a apresentá-lo à família, e pouco depois separaram-se. Hoje, é um quadro superior da British Airways. Damo-nos bastante bem, mas não temos muito contacto, só nos vemos uma vez por ano, ou à volta disso. Ela nunca vem a Hedestad.
– Porque não?
– Um pai maluco. Não é explicação suficiente?
– Mas tu ficaste.
– Pois fiquei. Juntamente com o Birger, o meu irmão.
– O político.
– Estás a brincar? O Birger é mais velho do que a Anita e do que eu. Nunca fomos muito chegados. Ele julga-se um político fantasticamente importante, com um futuro no Parlamento e talvez até um cargo ministerial, se os conservadores ganharem. Na realidade, é um autarca moderadamente talentoso num canto remoto da Suécia, e muito provavelmente nunca passará disso.
– Uma coisa que me impressiona na família Vanger é o facto de todos pensarem tão mal uns dos outros.
– Isso não é bem assim. Gosto muito do Martin e do Henrik. Sempre me dei bem com a minha irmã, apesar de nos vermos tão raramente. Detesto a Isabella e não suporto o Alexander. E nunca falo com o meu pai. O que representa cerca de cinquenta por cento da família. O Birger é... bem, mais um cretino pomposo do que uma má pessoa. Mas percebo o que queres dizer. Vê a coisa deste modo: quando se faz parte da família Vanger, aprende-se desde muito cedo a dizer o que se pensa. É o que nós fazemos, dizemos o que pensamos.
– Oh, sim, já tinha reparado que vão todos direitos ao assunto. – Mikael estendeu a mão e tocou o seio dela. – Ainda mal tinha acabado de me sentar quando me atacaste.
– Para ser franca, andava a perguntar a mim mesma como serias tu na cama desde o primeiro instante em que te vi. E achei que devia descobrir.

◆

Pela primeira vez na sua vida, Lisbeth Salander experimentava uma forte necessidade de pedir conselho a alguém. O problema era que pedir conselho significava confiar, o que, por sua vez, significava revelar segredos. Com quem devia falar? Não era, pura e simplesmente, muito boa a estabelecer contacto com as pessoas.

Depois de rever mentalmente a sua agenda, ficou reduzida a dez nomes que podiam ser considerados o seu círculo de conhecidos.

Podia falar com o Peste, que era uma presença mais ou menos regular na sua vida. Mas não era um amigo, nem pouco mais ou menos, e era a última pessoa à face da Terra capaz de ajudá-la a resolver o seu problema. Não, decididamente, o Peste não era uma opção.

A sua vida sexual não era na verdade tão modesta como dera a entender a Bjurman. Por outro lado, o sexo sempre acontecera (ou, pelo menos, a maior parte das vezes) nos termos que ela própria estabelecia e por sua iniciativa. Tivera mais de 50 parceiros desde os 15 anos. O que dava, em média, cinco parceiros por ano, perfeitamente aceitável para uma rapariga solteira que encarava o sexo como um passatempo agradável. A verdade era, porém, que tivera a maior parte desses parceiros ao longo de um período de dois anos. Os dois tumultuosos anos do fim da adolescência, antes de se tornar adulta.

Houvera uma altura em que se encontrara numa encruzilhada, sem controlar verdadeiramente a sua própria vida – em que o seu futuro poderia facilmente ter-se transformado numa nova série de relatórios a respeito de abuso de drogas, álcool, e internamento em diversas instituições. Depois dos 20, quando começara a trabalhar para a Milton Security, acalmara consideravelmente e – achava ela – controlara as rédeas do seu destino.

Deixara de sentir-se obrigada a satisfazer um tipo que lhe pagasse três cervejas num bar, e já não experimentava qualquer espécie de auto-realização em ir para a cama com um desgraçado de um bêbedo cujo nome nem sequer recordava. Durante o último ano, tivera apenas um parceiro sexual regular – o que dificilmente justificaria o qualificativo de «promíscua» que constava dos relatórios dos últimos anos da adolescência.

Para ela, o sexo tinha estado as mais das vezes ligado a uma espécie de grupo de amigas de que não fazia verdadeiramente parte mas onde era admitida por causa de Cilla Norén. Conhecera Cilla Norén anos antes, quando, já quase no fim da adolescência e por insistência de Palmgren, estava a tentar concluir o secundário. Cilla usava os cabelos pintados de vermelho-ameixa com madeixas pretas, uma argola no nariz e tantas tachas no cinto como ela própria. Tinham olhado desconfiadamente uma para a outra durante toda a primeira aula.

Por qualquer razão que nunca compreendera muito bem, tinham começado a andar juntas. Ela não era pessoa com quem fosse fácil fazer amizade, sobretudo naquele tempo, mas Cilla ignorava-lhe os silêncios e arrastava-a para o bar. Fora através dela que se tornara membro das «Evil Fingers», que tinham começado como uma banda suburbana composta por quatro raparigas de Enskede que tocavam *rock* da pesada. Dez anos mais tarde, eram um grupo de raparigas que se reuniam no Kvarnen todas as terças à noite para dizer mal dos rapazes e discutir feminismo, o pentagrama, música e política, enquanto ingeriam vastas quantidades de cerveja. Além disso, faziam jus ao nome que tinham escolhido.

Lisbeth gravitava nas orlas do grupo e raramente contribuía para a conversa, mas era aceite tal como era. Podia estar ou ir-se embora conforme quisesse, ou ficar toda a noite calada a beber cerveja. Também a convidavam para festas de anos e reuniões de Natal, apesar de quase nunca ir.

Durante os cinco anos em que andara com as «Evil Fingers», as raparigas tinham começado a mudar. As cores dos cabelos tornaram-se menos radicais, e as roupas eram cada vez mais da H&M e menos da Myrorna. Estudavam ou trabalhavam, e uma delas foi mãe. Lisbeth sentia-se como sendo a única que não mudara nada, o que também podia ser interpretado como significando que era simplesmente a única que continuava a marcar passo sem ir a parte alguma.

Mesmo assim, continuavam a divertir-se. Se havia um lugar onde sentisse qualquer espécie de solidariedade de grupo, era na companhia das «Evil Fingers» e, por extensão, dos rapazes que eram amigos delas.

As «Evil Fingers» ouvi-la-iam. Erguer-se-iam em sua defesa. Mas não sabiam da existência de uma ordem do tribunal que a declarava *non compos mentis*. Não queria que começassem a olhá-la de lado. Não, as «Evil Fingers» também não eram uma opção.

Excepto elas, não tinha na agenda o nome de uma única colega. Não tinha rede de apoio nem contactos políticos fosse de que tipo fosse. Com quem poderia então falar dos seus problemas?

Talvez houvesse alguém. Ponderou longamente a possibilidade de confiar em Dragan Armanskij. Ele dissera-lhe que se alguma vez precisasse de qualquer coisa, não hesitasse em procurá-lo. E Lisbeth tinha a certeza de que fora sincero.

Também Armanskij a agarrara uma vez, mas fora um gesto de amizade, sem más intenções, nunca uma demonstração de poder. Pedir-lhe ajuda ia, porém, ao arrepio de todos os seus instintos. Ele era o patrão dela, e uma coisa daquelas deixá-la-ia em dívida. Brincou um pouco com a hipótese. Que forma assumiria a sua vida se Armanskij fosse o tutor dela, em vez de Bjurman? Sorriu. A ideia não era desagradável, mas havia o risco de Dragan levar o seu papel demasiado a sério e afogá-la em atenções. Era... bem, talvez fosse uma opção.

Apesar de saber perfeitamente o que eram e para que serviam os centros de apoio à mulher, nem sequer lhe passou pela cabeça recorrer a um deles. Os centros de apoio existiam, a seu ver, para as *vítimas*, e ela nunca se veria a si mesma como uma vítima. Consequentemente, a única opção que lhe restava era fazer o que sempre tinha feito: tomar o assunto em mãos e resolver os seus próprios problemas. Essa sim, era definitivamente uma opção.

E não augurava nada de bom para Herr Nils Bjurman, advogado.

CAPÍTULO 13

QUINTA-FEIRA, 20 DE FEVEREIRO – SEXTA-FEIRA, 7 DE MARÇO

DURANTE A ÚLTIMA SEMANA DE FEVEREIRO, Lisbeth Salander agiu como sua própria cliente, tendo Bjurman, N., nascido em 1950, como projecto especial e altamente prioritário. Trabalhou quase 16 horas por dia a fazer a investigação pessoal mais aprofundada que alguma vez fizera. Recorreu a todos os arquivos e documentos públicos a que conseguiu deitar a mão. Investigou o círculo de parentes e amigos do homem. Sondou-lhe as finanças e traçou um mapa pormenorizado da sua educação e carreira.

Os resultados foram desencorajadores.

Bjurman era jurista, membro da Ordem dos Advogados e autor de uma respeitavelmente extensa e excepcionalmente aborrecida dissertação sobre lei financeira. Gozava de uma reputação imaculada. Nunca fora objecto da mais pequena censura. Só uma vez fora denunciado à Ordem, acusado, havia quase dez anos, de ter servido de intermediário na compra clandestina de uma propriedade, mas pudera provar a sua inocência. Tinha as finanças em perfeita ordem; era um homem abastado, com bens no valor de pelo menos dez milhões de coroas. Pagava mais impostos do que devia, era membro da Greenpeace e da Amnistia Internacional e contribuía para a Fundação Sueca do Coração e Pulmões. Raramente aparecia nos meios de comunicação social, apesar de em várias ocasiões ter assinado apelos públicos a favor de prisioneiros políticos em países do terceiro mundo. Vivia num apartamento com cinco divisões na Upplandsgatan, perto de Odenplan, e era secretário do condomínio. Era divorciado e não tinha filhos.

Lisbeth concentrou-se na ex-mulher, que se chamava Elena. Nascera na Polónia, mas vivera toda a sua vida na Suécia. Trabalhava num centro de reabilitação e tinha um casamento aparentemente feliz com um antigo colega do primeiro marido. Nada de útil por esse lado. O casamento de Bjurman durara 14 anos e o divórcio decorrera sem sobressaltos.

O Dr. Bjurman agia regularmente como supervisor de jovens que tinham tido problemas com a lei. Fora curador de quatro jovens antes de tornar-se tutor de Lisbeth Salander. Todos os casos envolviam menores e as funções tinham terminado com uma ordem do tribunal quando da maioridade dos jovens em causa. Um destes clientes continuava a consultar Bjurman na qualidade de advogado, de modo que parecia não haver qualquer animosidade por esse lado. Não havia quaisquer indícios de que Bjurman tivesse explorado sistematicamente os seus pupilos e, por mais fundo que Lisbeth escavasse, nada encontrava que pudesse servir-lhe. Todos os quatro tinham vidas estabelecidas, namorado ou namorada, emprego, casa para viver e cartões de crédito.

Contactou cada um dos quatro ex-clientes, apresentando-se como uma assistente social encarregada de elaborar um estudo sobre a progressão económica e social de crianças que tinham estado sob tutela em comparação com outras com um ambiente familiar convencional. *Sim, sim, naturalmente, não serão referidos quaisquer nomes.* Preparara um questionário com dez perguntas, que fazia pelo telefone. Várias destas perguntas tinham sido concebidas de modo a levar o respondente a dar a sua opinião sobre a maneira como funcionara a tutela – tinha formado uma opinião pessoal a respeito do responsável pela curadoria... o Dr. Bjurman, não era? Ninguém tinha nada de mau a dizer sobre ele.

Quando terminou a sua pesquisa, enfiou toda a papelada num saco de plástico e deixou-o, juntamente com outros 20 sacos cheios de jornais velhos, à porta do prédio. Bjurman era, tudo o indicava, inatacável. Não havia nada no passado dele que pudesse usar. Sabia sem a mínima sombra de dúvida que era um sacana e um porco, mas não tinha maneira de o provar.

Era tempo de ponderar outras opções. Depois de feitas todas as análises, restava uma possibilidade que começava a parecer cada vez mais atraente – ou, pelo menos, a parecer uma alternativa verdadeiramente realista. O mais fácil seria se Bjurman desaparecesse pura e simplesmente da vida dela. Um súbito ataque cardíaco. Fim do problema. O busílis era que nem todos os porcos nojentos de 55 anos tinham ataques cardíacos quando a ela lhe convinha.

Mas era o tipo de coisa que se podia arranjar.

Mikael Blomkvist manteve o seu *affaire* com a directora Cecilia Vanger na mais absoluta discrição. Ela estabelecera três regras: não queria que ninguém soubesse que se encontravam; queria que ele só fosse quando ela o chamasse e estivesse para aí voltada; não queria que ele passasse a noite em casa dela.

A fogosidade de que dava provas surpreendeu-o e espantou-o. Quando se cruzavam no Café Susanne, mostrava-se amistosa mas fria e distante. Quando se encontravam na cama, era loucamente apaixonada.

Mikael não queria meter o nariz na vida privada dela, mas a verdade era que fora contratado para meter o nariz na vida privada de todos os membros da família Vanger. Sentia-se dividido e ao mesmo tempo curioso. Certo dia, perguntou a Henrik com quem casara ela e que acontecera. Fez a pergunta quando estavam a discutir o passado de Alexander e de Birger.

– A Cecilia? Não acredito que tenha tido qualquer coisa a ver com a Harriet.

– Fale-me do passado dela.

– Mudou-se para cá quando acabou a licenciatura e começou a ensinar. Conheceu um homem chamado Jerry Karlsson, que infelizmente trabalhava para o Grupo Vanger. Casaram. Pensei que o casamento deles era feliz... pelo menos no princípio. Mas, ao cabo de um par de anos, comecei a perceber que as coisas não eram como deviam. Ele maltratava-a. A história do costume... ele batia-lhe, e ela defendia-o. Finalmente, o tipo bateu-lhe com força de mais. A Cecilia ficou gravemente ferida e foi parar ao hospital. Ofereci-lhe ajuda.

Mudou-se aqui para a ilha e recusou voltar a ver o marido. Certifiquei-me de que ele era despedido.

— Mas continuam casados?

— Depende de como defines casamento. Não sei porque foi que ela nunca pediu o divórcio. Mas nunca quis voltar a casar, de modo que suponho que não fez diferença.

— Esse Karlsson, teve alguma coisa que ver com a...?

— Com a Harriet? Não, não estava em Hedestad, em mil novecentos e sessenta e seis, e ainda nem sequer trabalhava para o Grupo.

— *Okay.*

— Mikael, gosto da Cecilia. Pode não ser fácil lidar com ela, mas é uma das poucas pessoas decentes da minha família.

Lisbeth Salander dedicou a semana a planear a morte de Nils Bjurman. Considerou – e rejeitou – vários métodos, até reduzir a escolha a meia dúzia de cenários realistas. *Nada de agir por impulso.*

Apenas uma condição tinha imperativamente de ser respeitada. Era preciso que Bjurman morresse de tal maneira que não fosse possível relacioná-la com o crime. Dava de barato que seria incluída em qualquer eventual investigação policial; mais cedo ou mais tarde, o seu nome acabaria por aparecer quando as responsabilidades de Bjurman fossem examinadas. Mas ela era apenas uma pessoa em todo um universo de actuais e antigos clientes, só se encontrara com ele quatro vezes, e não haveria a mais pequena indicação de que a morte tivesse sequer uma relação com qualquer desses clientes. Havia antigas namoradas, parentes, conhecidos, colegas e outros. E havia também aquilo a que geralmente se dá o nome de «violência aleatória», em que o perpetrador e a vítima nem sequer se conhecem.

Se o nome dela aparecesse, seria uma jovem indefesa e interdita, com documentos a provar que era mentalmente deficiente. Seria, pois, vantajoso que a morte de Bjurman acontecesse de uma maneira de tal modo elaborada que tornasse altamente inverosímil que uma deficiente mental pudesse ter sido a culpada.

Recusou à partida a opção de usar uma arma de fogo. Adquirir uma não constituiria grande problema, mas a polícia dispunha de meios terrivelmente eficazes para identificar e seguir o rasto desse tipo de armas.

Pensou numa faca, que poderia comprar em qualquer loja de artigos de cozinha, mas acabou por decidir também contra essa opção. Mesmo que aparecesse de repente e lhe cravasse a faca nas costas, não havia qualquer garantia de que ele morresse imediatamente e sem fazer barulho, ou sequer de que morresse. Pior, poderia provocar uma luta, que atrairia atenções, e podia ficar com manchas de sangue na roupa, que serviriam de provas contra ela.

Pensou em usar um qualquer tipo de bomba, mas seria demasiado complicado. A construção da bomba propriamente dita não era obstáculo – a Internet estava cheia de manuais que ensinavam a montar engenhos explosivos. Seria muito mais difícil, em contrapartida, descobrir um lugar onde colocá-la de modo a não ferir inocentes. Além disso, também este método não oferecia uma garantia absoluta de êxito.

O telefone tocou.

– Olá, Lisbeth. – Era Armanskij. – Tenho um trabalho para ti.

– Não tenho tempo.

– É importante.

– Estou ocupada.

Pousou o auscultador.

Finalmente, decidiu-se pelo veneno. A escolha surpreendeu-a, mas, pensando bem, era perfeita.

Passou vários dias a procurar na Net. Havia muito por onde escolher. Um deles contava-se entre os venenos mais mortíferos conhecidos da ciência: ácido cianídrico, vulgarmente conhecido como ácido prússico.

O ácido prússico era usado como componente num certo número de indústrias químicas, incluindo a manufactura de pigmentos. Uns poucos miligramas eram o suficiente para matar uma pessoa; um litro vertido num reservatório de água eliminaria toda a população de uma cidade de tamanho médio.

Obviamente, uma substância tão letal era mantida sob estrito controlo. Mas era possível produzi-la em quantidades quase ilimitadas numa vulgar cozinha. Bastava dispor de um modesto equipamento de laboratório, disponível num estojo de química para crianças à venda por umas poucas centenas de coroas em qualquer loja de brinquedos, e meia dúzia de ingredientes que se podiam extrair de vulgares produtos caseiros. As instruções de fabrico estavam na Internet.

Outra opção era a nicotina. Um pacote de 20 maços de cigarros continha a quantidade suficiente para, depois de devidamente trabalhada, produzir um xarope viscoso e letal. Outra substância ainda melhor, ainda que um pouco mais difícil de obter, era o sulfato de nicotina, que tinha a propriedade de poder ser absorvido através da pele. Tudo o que precisava de fazer era usar luvas de borracha, encher uma pistola de água e borrifar a cara de Bjurman com o líquido. Vinte segundos mais tarde, ele estaria inconsciente, e poucos minutos depois estaria tão morto como Tuthankamon.

Nunca imaginara que tantos produtos caseiros pudessem ser transformados em armas mortais. Depois de ter estudado o assunto durante vários dias, convenceu-se de que, no respeitante a meios técnicos, não teria a mínima dificuldade em desembaraçar-se do seu tutor.

Havia, no entanto, outros dois problemas: em primeiro lugar, a morte de Bjurman não lhe devolveria automaticamente o controlo da sua vida; e não havia qualquer garantia de que o próximo representasse uma melhoria. *Análise das consequências.*

Do que precisava era de uma maneira de controlar o tutor e, desse modo, controlar a sua situação. Passou a noite inteira sentada no sofá da sala, a analisar o problema. Quando o dia nasceu, tinha posto de parte a ideia do assassínio através de veneno e elaborado um plano totalmente novo.

Não era uma opção muito atraente, e exigia permitir que Bjurman voltasse a atacá-la. Mas se conseguisse levar a cabo o que estava a pensar, venceria.

Pelo menos, era o que pensava.

Em finais de Fevereiro, Mikael Blomkvist entrou numa rotina que alterou por completo a sua estada em Hedeby. Levantava-se às nove, todas as manhãs, tomava o pequeno-almoço e trabalhava até ao meio-dia. Durante este período, enchia a cabeça de novos dados. Fazia então uma caminhada de uma hora, fossem quais fossem as condições atmosféricas. À tarde, voltava ao trabalho, em casa ou no Café Susanne, processando o que tinha lido durante a manhã ou escrevendo partes da futura autobiografia de Henrik Vanger. Entre as três e as seis estava sempre livre. Fazia compras, lavava a roupa, ia até Hedestad. Por volta das sete, visitava Henrik e fazia as perguntas que o trabalho do dia lhe tivesse suscitado. Às dez estava em casa, e lia até à uma ou duas da manhã. Estava a analisar sistematicamente toda a documentação de Vanger.

O trabalho de dar forma à autobiografia avançava sem sobressaltos. Já tinha escrito 120 páginas da crónica da família, ainda em tosco. Chegara aos anos 1920. Para lá deste ponto, teria de progredir mais lentamente e começar a pesar as suas palavras.

Através da biblioteca de Hedestad, encomendara livros sobre a questão do nazismo naquela época, incluindo a tese de doutoramento de Helene Lööws, *A Suástica e a Folha de Vasa*, que tratava dos símbolos adoptados pelos nazis alemães e suecos. Tinha rascunhado mais 40 páginas a respeito de Henrik Vanger e dos irmãos, destacando Henrik como a pessoa em torno da qual girava a história. Tinha uma lista de temas que precisava de pesquisar sobre o modo como o Grupo funcionava na época. E tinha descoberto que a família Vanger estivera fortemente envolvida no império de Ivar Kreuger... uma outra ramificação que precisava de explorar. Calculava que lhe faltaria escrever cerca de 300 páginas. De acordo com o calendário que ele próprio estabelecera, queria ter o rascunho final pronto para apresentar a Henrik Vanger no início de Setembro, para poder passar o Outono a rever o texto.

Apesar do muito que lera e ouvira, não avançara um milímetro no caso de Harriet Vanger. Por mais voltas que desse aos pormenores que constavam do processo, não conseguia descobrir um único pedaço de informação que contradissesse o relatório policial.

Numa tarde de sábado, em finais de Fevereiro, conversou com Vanger a respeito da ausência de progressos. O velho ouviu-o pacientemente fazer a lista de todos os becos sem saída a que tinha chegado.

— Não há crimes perfeitos — declarou Vanger. — Tenho a certeza de que deixámos escapar qualquer coisa.

— Nem sequer podemos afirmar que foi cometido um crime.

— Continua. Acaba o trabalho.

— Mas é inútil.

— Talvez seja. Mas não desistas.

Mikael suspirou.

— Os números de telefone — disse, por fim.

— Sim.

— Têm de significar qualquer coisa.

— Concordo.

— Foram escritos com um propósito.

— Sim.

— Mas não sabemos como interpretá-los.

— Não.

— Ou então estamos a interpretá-los da maneira errada.

— Precisamente.

— Não são números de telefone. Significam *qualquer coisa*.

— Talvez.

Mikael suspirou e voltou para casa para continuar a ler.

Nils Bjurman ficou aliviado quando Lisbeth Salander voltou a telefonar e explicou que precisava de mais dinheiro. Quando ela adiara a última reunião, com o pretexto de que tinha trabalho, uma vaga sensação de mal-estar ficara a roê-lo. Iria o raio da rapariga transformar-se num problema insanável? Mas uma vez que faltara ao encontro, não recebera a mesada, e, mais cedo ou mais tarde, ia ser obrigada a procurá-lo. De todos os modos, preocupava-o a possibilidade de ela ter falado a alguém do que acontecera.

Ia ter de metê-la na linha. Era preciso que ela compreendesse quem mandava ali. Por isso decidira que, dessa vez, se encontrariam em casa dele, em Odenplan, e não no escritório. Ao ouvir isto, Lisbeth ficara silenciosa durante um longo instante antes de concordar.

Tinha planeado encontrar-se com ele no escritório, exactamente como da última vez. Agora, via-se forçada a enfrentá-lo num terreno desconhecido. O encontro foi combinado para sexta-feira à noite. Bjurman dera-lhe o código de entrada, e ela tocou-lhe à campainha do apartamento às oito e meia, 30 minutos depois da hora marcada. Fora o tempo de que precisara para, na escuridão da escada do prédio, rever uma última vez o seu plano, considerar alternativas, preparar-se e mobilizar a coragem de que ia precisar.

Às oito, Mikael Blomkvist desligou o computador e vestiu a roupa de sair. Deixou a luz do escritório acesa. Lá fora, o céu estava refulgente de estrelas e a noite gelada. Subiu a colina a passo estugado, passou pela casa de Henrik Vanger, em direcção a Östergården, e, um pouco mais à frente, voltou à esquerda, metendo por um caminho, pouco mais do que um trilho, que acompanhava a linha de costa. As bóias iluminadas balouçavam na água e as luzes de Hedestad brilhavam alegremente na escuridão. Estava a precisar de ar fresco, mas, mais do que tudo, queria evitar os olhos curiosos de Isabella Vanger. Já perto da casa de Martin Vanger, voltou à estrada principal e chegou à porta de Cecilia às oito e meia. Foram directamente para o quarto.

Encontravam-se uma ou duas vezes por semana. Cecilia tornara-se não só a sua amante naquele lugar de exílio, mas também a pessoa em quem começava a confiar. Era significativamente mais gratificante discutir o desaparecimento de Harriet Vanger com ela do que com Henrik.

O plano começou a dar para o torto quase logo desde o início.

Bjurman vestia um roupão quando abriu a porta do apartamento. Estava irritado por ela ter chegado atrasada e mandou-a entrar com um gesto brusco. Lisbeth usava botas pretas, *jeans* pretos, *T-shirt* preta e o obrigatório blusão de couro. Levava uma pequena mochila de lona a tiracolo.

– Nem sequer sabes ver as horas? – perguntou ele. Lisbeth olhou em redor, sem responder. O apartamento era mais ou menos o que esperava depois de ter estudado os planos no arquivo do Registo Predial. A mobília, em tons claros, era de faia e bétula.

– Anda – disse Bjurman, num tom mais amistoso. Passou um braço pelos ombros dela e levou-a, ao longo do corredor, para o interior do apartamento. *Este é dos que não perdem tempo com conversa.* Abriu a porta do quarto. Não havia a mínima dúvida quanto ao género de serviços que Lisbeth Salander era suposta prestar.

Mais uma vez, ela olhou rapidamente em redor. Mobiliário de solteiro. Uma cama de casal, com cabeceira alta de aço cromado. Uma cómoda baixa que funcionava como mesa-de-cabeceira. Candeeiros com luz velada. Num dos lados, um guarda-fato com espelho. Uma cadeira de verga e uma pequena secretária, a seguir à porta. Bjurman pegou-lhe na mão e puxou-a para a cama.

– Diz-me para que precisas de dinheiro, desta vez. Mais computadores?

– Comida – disse ela.

– Claro. Parvoíce a minha. Faltaste ao último encontro. – Segurou-lhe a ponta do queixo e ergueu-lhe a cabeça, de modo que os olhos de ambos se encontrassem. – Como estás?

Ela encolheu os ombros.

– Pensaste no que eu disse da última vez?

– A respeito de quê?

– Lisbeth, não te faças mais parva do que já és. Quero que sejamos amigos e nos ajudemos um ao outro.

Ela não disse nada. Bjurman resistiu à tentação de lhe dar um estalo... só para a acordar.

– Gostaste da nossa brincadeira de adultos da última vez?

– Não.

Ele arqueou as sobrancelhas.

– Lisbeth, não sejas parva.

– Preciso de dinheiro para comprar comida.

– Mas foi precisamente a respeito disso que falámos da última vez. Se fores boazinha para mim, eu serei bonzinho para ti. Mas se começares a arranjar-me problemas... – Apertou-lhe o queixo com mais força e ela libertou-se com um torção.

– Quero o meu dinheiro. O que é que quer que eu faça?

— Sabes muito bem o que eu quero. — Bjurman agarrou-a pelos ombros e empurrou-a para a cama.

— Espere — pediu Lisbeth, apressadamente. Lançou-lhe um olhar resignado e assentiu com a cabeça. Tirou a mochila e o blusão de couro com tachas e olhou em redor. Pôs o blusão na cadeira, a mochila em cima da mesa redonda e avançou alguns passos hesitantes na direcção da cama. Então deteve-se, como se estivesse com medo. Bjurman aproximou-se. — Espere — voltou ela a dizer, no tom de quem estava a tentar argumentar. — Não quero ter de fazer-lhe um broche sempre que precisar de dinheiro.

A expressão do rosto de Bjurman mudou subitamente. Esbofeteou-a com força. Lisbeth abriu muito os olhos, mas, antes que pudesse reagir, ele agarrou-a pelos ombros e atirou-a de bruços para cima da cama. A violência apanhou-a de surpresa. Quando tentou voltar-se, ele pôs-se em cima dela, com uma perna de cada lado.

Como da primeira vez, Lisbeth não era adversária para ele em termos de força física. A sua única hipótese de ripostar seria conseguir arranhar-lhe os olhos ou usar uma arma qualquer. Mas o cenário que planeara já fora às urtigas. *Merda*, pensou, enquanto ele lhe arrancava a *T-shirt*. Apercebeu-se, com uma terrível clareza, de que se metera num jogo que não dominava.

Ouviu-o abrir uma gaveta da cómoda ao lado da cama, e ouviu o tinir de metal. Ao princípio, não compreendeu o que estava a acontecer; então, viu as algemas fecharem-se-lhe à volta do pulso. Bjurman puxou-lhe o braço para cima, passou a corrente das algemas por detrás da cabeceira da cama e prendeu-lhe a outra mão. Não demorou muito tempo a tirar-lhe as botas e os *jeans*. Finalmente, tirou-lhe as cuecas e mostrou-lhas.

— Tens de aprender a confiar em mim, Lisbeth — disse. — Vou ensinar-te como se jogam estes jogos de crescidos. Se não me tratares bem, serás castigada. Quando fores boazinha para mim, seremos amigos.

Voltou a sentar-se escarranchado, em cima dela.

— Com que então, não gostas de sexo anal — disse.

Lisbeth abriu a boca para gritar. Ele agarrou-a pelos cabelos e enfiou-lhe as cuecas na boca. Sentiu-o pôr-lhe qualquer coisa à volta dos tornozelos, abrir-lhe as pernas à força e amarrá-las, de modo que ficou ali deitada de bruços, completamente indefesa. Ouvia-o andar pelo quarto, mas não conseguia ver através da *T-shirt* que lhe tapava a cara. Passaram alguns minutos. Quase não conseguia respirar. Então, sentiu uma dor dilacerante quando ele lhe enfiou qualquer coisa no ânus.

Cecilia Vanger continuava a ter aquela regra a respeito de Mikael não ficar a noite toda. Por volta das duas da manhã, ele começou a vestir-se, enquanto ela continuava estendida na cama, nua, a sorrir-lhe.

— Gosto de ti, Mikael. Gosto da tua companhia.

— Eu também gosto de ti.

Ela puxou-o para a cama e despiu-lhe a camisa que ele acabava de vestir. Mikael ficou mais uma hora.

Quando, mais tarde, passou pela casa de Henrik, teve a certeza de ver uma das cortinas do primeiro piso agitar-se.

Lisbeth Salander foi autorizada a vestir-se. Eram quatro da madrugada de sábado. Pegou no blusão de couro e na mochila e dirigiu-se com passos cambaleantes até à porta, onde ele a esperava, de duche tomado e imaculadamente vestido. Bjurman entregou-lhe um cheque de 2500 coroas.

— Vou levar-te a casa — disse ele, e abriu a porta.

Ela passou o umbral e, já fora do apartamento, voltou-se para o enfrentar. Parecia frágil, quase quebradiça, e tinha o rosto inchado de chorar, e ele quase recuou quando os olhos de ambos se encontraram. Nunca, em toda a sua vida, tinha visto um ódio tão aberto, tão escaldante. Naquele momento, Lisbeth Salander parecia tão louca como o seu processo afirmava que era.

— Não — disse ela, tão baixo que ele mal ouviu. — Consigo chegar a casa sozinha.

Ele pousou-lhe uma mão no ombro.

– Tens a certeza?

Ela assentiu. Ele apertou-lhe o ombro com mais força.

– Não esqueças o que combinámos. Voltas cá a casa no próximo sábado.

Ela voltou a assentir. Submissa. Ele largou-a.

CAPÍTULO 14

SÁBADO, 8 DE MARÇO – SEGUNDA-FEIRA, 17 DE MARÇO

LISBETH SALANDER passou o fim-de-semana na cama, com dores no baixo-ventre, a sangrar do recto e com feridas menos visíveis que levariam mais tempo a sarar. Aquilo por que passara fora muito diferente da primeira violação no escritório; já não era uma questão de coerção e degradação. Aquilo era brutalidade sistemática.

Compreendeu, demasiado tarde, que se enganara redondamente a respeito de Bjurman.

Assumira que era uma simples questão de domínio, nunca lhe passara pela cabeça que ele fosse um sádico. Mantivera-a algemada durante metade da noite e, mais de uma vez, ela convencera-se de que ia matá-la. A dada altura, tapara-lhe a cara com uma almofada até quase a fazer perder os sentidos.

Lisbeth não chorara.

Exceptuando as lágrimas provocadas pela dor física, não chorara. Ao sair do apartamento, chegara com dificuldade à paragem de táxis em Odenplan. Com dificuldade, subira as escadas do seu próprio apartamento. Tomara um duche e lavara o sangue. Então, bebera um copo de água com dois comprimidos de Rohypnol, deixara-se cair na cama e puxara o edredão até tapar a cabeça.

Acordou ao meio-dia de domingo, vazia de pensamentos e com dores constantes na cabeça, nos músculos e no ventre. Levantou-se, bebeu dois copos de *kefir* e comeu uma maçã. Em seguida, engoliu mais dois comprimidos para dormir e voltou para a cama.

Só se sentiu com forças para se levantar na terça-feira. Saiu, comprou uma embalagem grande de *pizza*, enfiou duas no microondas e encheu um termo de café. Passou essa noite na Internet, a ler artigos e teses sobre a psicopatologia do sadismo.

Encontrou um artigo publicado por um grupo de mulheres dos Estados Unidos em que a autora afirmava que o sádico escolhia as suas «relações» com uma precisão quase intuitiva; a melhor vítima do sádico era aquela que ia ter voluntariamente com ele por pensar que não tinha alternativa. O sádico especializava-se em pessoas que se encontravam numa situação de dependência.

Bjurman escolhera-a a ela como vítima.

Isso dizia-lhe alguma coisa a respeito da maneira como as outras pessoas a viam.

Na sexta-feira, uma semana depois da segunda violação, deslocou-se do seu apartamento até um *atelier* de tatuagens no bairro de Hornstull. Tinha marcado a sessão, e não havia outros clientes na loja. O proprietário dirigiu-lhe um aceno de cabeça, reconhecendo-a.

Lisbeth escolheu um motivo muito simples, uma tira estreita, e apontou o lugar onde a queria, no tornozelo.

– Aí a pele é muito fina. Vai doer – avisou o tatuador.

– Não faz mal – disse Lisbeth, despindo os *jeans* e levantando a perna.

– *Okay*, uma tira. Já tens um monte de tatuagens. Tens a certeza de que queres outra?

– É uma recordação.

Mikael saiu quando o Café Susanne fechou, às duas da tarde de sábado. Tinha passado a manhã a teclar as suas notas no *iBook*. Foi até aos armazéns Konsum e comprou alguns mantimentos e cigarros antes de regressar a casa. Descobrira as salsichas fritas com batatas e beterraba – um prato de que nunca gostara mas que, por qualquer razão, parecia perfeitamente adequado a uma cabana no campo.

Por volta da sete, estava de pé junto à janela da cozinha, a pensar. Cecilia Vanger não telefonara. Encontrara-a nessa tarde, quando ela comprava pão e café, aparentemente absorta nos seus próprios pensamentos. Era muito pouco provável que telefonasse naquela noite. Olhou para o pequeno televisor, que quase nunca usava. Em vez disso, foi sentar-se na cozinha a ler um policial de Sue Grafton.

Lisbeth Salander voltou, à hora marcada, ao apartamento de Bjurman em Odenplan. Ele abriu-lhe a porta com um delicado sorriso de boas-vindas.

– Como estás, querida Lisbeth?

Ela não respondeu. Ele passou-lhe um braço pelos ombros.

– Acho que fui um pouco bruto, da última vez – continuou ele. – Estás com um ar abatido.

Ela dirigiu-lhe um sorriso torcido, e ele sentiu um súbito aperto de incerteza. *Esta rapariga não funciona bem. Não me posso esquecer disso.* Perguntou a si mesmo como iria ela comportar-se.

– Vamos para o quarto? – perguntou Lisbeth.

Por outro lado, pode ser que até goste... Hoje vou ter mais calma. Para lhe dar confiança. Já tinha guardado as algemas na gaveta da cómoda. Foi só quando chegaram junto à cama que percebeu que havia qualquer coisa que não batia certo.

Era ela que o levava para a cama, e não o contrário. Deteve-se e lançou-lhe um olhar intrigado quando a viu tirar do bolso do blusão um objecto preto que lhe pareceu um telemóvel. Então, reparou nos olhos dela.

– Diz boa-noite – disse Lisbeth.

Espetou-lhe o *taser* no sovaco esquerdo e descarregou 75 mil volts. Quando as pernas de Bjurman cederam, Lisbeth apoiou o ombro contra o peito dele e usou de toda a sua força para empurrá-lo para cima da cama.

Cecilia Vanger sentia-se um pouco zonza. Decidira não telefonar a Mikael. A relação entre os dois transformara-se numa ridícula farsa de alcova, em que Mikael tinha de andar a esgueirar-se para tentar entrar em casa dela sem ser visto. Ela, por sua vez, fazia o papel da adolescente apaixonada incapaz de controlar-se. O seu comportamento naquelas últimas semanas fora completamente absurdo.

O problema é que gosto demasiado dele, pensou. *E ele vai magoar-me.* Ficou sentada e quieta durante muito tempo, a desejar que Mikael Blomkvist nunca tivesse posto os pés em Hedeby.

Tinha aberto uma garrafa de vinho e bebido dois copos na sua solidão. Ligou o televisor para ver *Rapport* e tentou acompanhar a situação mundial, mas depressa se fartou do longo e rebuscado comentário sobre os motivos por que o presidente Bush não tinha outro remédio senão bombardear o Iraque até reduzi-lo a destroços. Desligou o televisor e foi sentar-se no sofá da sala a ler o livro de Gellert Tama a respeito do *Laser Man*. Leu apenas meia dúzia de páginas antes de largar o livro, que a fizera instantaneamente pensar no pai. Que espécie de fantasias teria ele?

A última vez que se tinham realmente visto fora em 1984, quando fora com ele e com Birger caçar lebres a norte de Hedestad. Birger queria experimentar um novo cão de caça que acabara de comprar. Harald Vanger tinha, na altura, 73 anos, e ela esforçava-se ao máximo por aceitar a loucura dele, a loucura que transformara a sua infância num pesadelo e afectara toda a sua vida adulta.

Nunca Cecilia estivera tão fragilizada como naquele momento. O casamento dela acabara três meses antes. Violência doméstica... a expressão era tão banal. Para ela, assumira a forma de abusos constantes, pancadas na cabeça, empurrões, ameaças, e ser atirada ao chão, na cozinha. As explosões do marido eram inexplicáveis, e os ataques quase nunca tão violentos que ficasse efectivamente magoada. Acabara por habituar-se.

Até ao dia em que ripostara e ele perdera completamente o controlo. Acabara com ele a brandir uma tesoura de cozinha e a espetar-lha na omoplata.

Ficara cheio de remorsos e de medo e levara-a para o hospital, inventando uma história a respeito de um bizarro acidente que toda a gente na sala de urgências percebera imediatamente ser mentira. Ela sentira-se envergonhada. Tinham-lhe aplicado 12 pontos e mantido no hospital durante dois dias. Então, o tio fora buscá-la e levara-a para casa dele. Nunca mais voltara a falar ao marido.

Naquele soalheiro dia de Outono, Harald Vanger estava bem--disposto, quase amistoso. Mas sem qualquer espécie de aviso, no meio dos bosques, começara a atacá-la com invectivas humilhantes e comentários grosseiros a respeito da moral e das preferências sexuais dela. Rosnara que não admirava que uma pega daquele calibre não conseguisse conservar um homem.

Aparentemente, o irmão não se apercebera de que cada palavra do pai a atingia como uma chicotada. Em vez disso, rira-se, passara um braço pelos ombros do pai e, à sua maneira, tentara aligeirar a situação comentando qualquer coisa no género *sabe muito bem como são as mulheres.* Piscara jovialmente um olho a Cecilia e sugerira ao pai que fosse tomar posição numa pequena crista.

Por um segundo, um gélido instante, Cecilia Vanger olhara para o pai e para o irmão e apercebera-se de que tinha nas mãos uma arma carregada. Fechara os olhos. A sua única opção, naquele momento, parecera ser erguer a arma e desfechar os dois canos. Quisera matá-los aos dois. Em vez disso, pousara a caçadeira no chão, rodara sobre os calcanhares e voltara ao lugar onde tinham deixado o carro. Deixara-os na floresta, regressando a casa sozinha. Desde esse dia, recusara deixar o pai entrar em sua casa e nunca mais pusera os pés na dele. *Arruinaste a minha vida,* pensou. *Arruinaste a minha vida quando eu era uma criança.*

Às oito e meia telefonou a Mikael Blomkvist.

Bjurman estava cheio de dores. Os músculos não lhe obedeciam. O corpo parecia paralisado. Não se lembrava de ter perdido os sentidos, mas estava desorientado. Quando, lentamente, recuperou a sensibilidade, descobriu que estava estendido na cama, nu, os pulsos presos por algemas e as pernas dolorosamente abertas. Duas queimaduras assinalavam os pontos onde os eléctrodos lhe tinham tocado.

Lisbeth Salander tinha puxado a cadeira de verga para junto da cama e esperava pacientemente, as botas em cima do colchão, a fumar um cigarro. Quando Bjurman tentou falar, descobriu que estava amordaçado. Voltou a cabeça. Lisbeth tinha tirado todas as gavetas da cómoda e despejado o respectivo conteúdo no chão.

— Encontrei os teus brinquedos — disse ela. Empunhava um pingalim de montar enquanto remexia no monte de vibradores, arneses de couro e máscaras de borracha espalhados pelo soalho. — Para que é que este serve? — Estava a segurar um enorme tampão anal. — Não, não tentes falar... não ouço o que dizes. Foi isto que usaste em mim a semana passada? Só precisas de acenar com a cabeça. — E inclinou-se expectantemente para ele.

Bjurman sentiu um terror gelado trespassar-lhe o peito e perdeu a compostura. Forcejou contra as algemas. *Ela assumiu o controlo. Impossível.* Não pôde fazer nada para se defender quando ela se inclinou ainda mais para a frente e lhe colocou o tampão entre as nádegas.

— És então um sádico — continuou Lisbeth, num tom perfeitamente casual. — Gostas de enfiar estas coisas dentro das pessoas, é isso? — Olhou-o nos olhos. O rosto dela não revelava a mais pequena emoção. — Sem lubrificante, certo? Bjurman uivou para a fita adesiva quando Lisbeth lhe afastou as nádegas à força e, com um gesto brusco, enfiou o tampão no lugar.

— Pára de choramingar — disse Lisbeth, imitando a voz dele. — Se te queixas, vou ter de castigar-te.

Pôs-se de pé e contornou a cama. Ele seguiu-a com os olhos, impotente... *Que raio é isto?* Lisbeth tinha trazido da sala o grande televisor de ecrã plano e pousara o leitor de DVD no chão. Olhou para ele, ainda a empunhar a chibata.

— Tenho toda a tua atenção? Não tentes falar... limita-te a acenar. Ouviste o que eu disse?

Ele assentiu com a cabeça.

— Óptimo. — Lisbeth inclinou-se e pegou na mochila.— Reconheces isto? — Bjurman voltou a assentir. — É a mochila que trazia comigo quando te visitei, a semana passada. Um objecto muito prático. Pedi-a emprestada na Milton Security. — Abriu o fecho de correr da bolsa inferior. — Isto é uma câmara de vídeo digital. Costumas ver o *Insider*, na TV3? É este o equipamento que os bisbilhoteiros dos jornalistas usam quando têm de filmar qualquer coisa com uma câmara oculta. — Voltou a fechar a bolsa. — Onde está a objectiva, perguntas tu? É aqui que reside a beleza da coisa. Fibra óptica grande angular. A objectiva parece um botão e está incorporada na fivela da correia. Talvez te lembres de que pus a mochila aqui em cima da mesa antes de começares a apalpar-me. Certifiquei-me de que a objectiva estava apontada directamente para a cama.

Mostrou-lhe um DVD e introduziu-o na ranhura do leitor. Em seguida, voltou a cadeira de verga de modo a poder sentar-se de frente para o televisor. Acendeu outro cigarro e premiu o botão do controlo remoto. Bjurman viu-se a abrir a porta a Lisbeth Salander.

Nem sequer sabes ver as horas?

Lisbeth passou o disco todo. O vídeo acabou noventa minutos mais tarde, a meio de uma cena em que o Dr. Bjurman, advogado, se sentava, nu, encostado à cabeceira da cama a beber um copo de vinho e a olhar para Lisbeth Salander, enrolada sobre si mesma e com as mãos amarradas atrás das costas.

Desligou o televisor e ficou sentada na cadeira de verga durante uns bons dez minutos, sem olhar para ele. Bjurman não se atrevia a mexer um músculo. Então, ela levantou-se e foi à casa de banho. Quando voltou, sentou-se novamente na cadeira. A voz dela soou como lixa.

— A semana passada cometi um erro — disse. — Pensei que ias obrigar-me a fazer-te um broche, o que no teu caso é nojento, mas não tão nojento que eu não fosse capaz de o fazer. Pensei que poderia conseguir facilmente boa documentação que provasse que és um sacana de um filho-da-puta. Avaliei-te mal. Não percebi até que ponto és doente.

Fez uma pausa, a olhá-lo nos olhos.

— Vou falar muito claramente — continuou. — Este vídeo mostra-te a violar uma rapariga de vinte e quatro anos mentalmente deficiente de quem foste nomeado tutor. E nem fazes ideia de como eu consigo ser mentalmente deficiente quando isso me convém. Qualquer pessoa que veja este vídeo vai ficar a saber que és não só um pervertido, mas também um louco e um sádico. Esta é a segunda vez, e espero que a última, que sou obrigada a vê-lo. É extremamente instrutivo, não achas? A minha ideia é que se alguém vai ser internado numa instituição és tu, e não eu. Estás a seguir-me, até agora?

Esperou. Ele não reagiu, mas ela via-o estremecer. Pegou na chibata e bateu-lhe com ela nos órgãos genitais.

— Estás a seguir-me? — repetiu em voz mais alta. Ele assentiu. — Óptimo, estamos a cantar pela mesma partitura. — Chegou a cadeira mais para a frente e inclinou-se para ele. — O que é que achas que devemos fazer a respeito deste problema? — Ele, claro, não podia responder. — Tens alguma ideia? — Bjurman não reagiu, e ela estendeu a mão, agarrou-lhe os testículos e apertou-os até o rosto dele se contorcer de dor. — Tens alguma ideia? — repetiu. Ele abanou a cabeça. — Óptimo. Vou ficar muito fodida contigo se, a partir de agora, tiveres mais alguma ideia.

Recostou-se na cadeira e apagou o cigarro na alcatifa.

— Vai ser assim. Para a semana, logo que consigas cagar essa coisa de borracha que te enfiei no cu, vais informar o meu banco de que eu... *e só eu*... passo a ter acesso à minha conta. Compreendeste o que acabo de dizer?

Bjurman assentiu.

— Menino bonito. Nunca mais voltas a contactar comigo. De futuro, só nos encontramos se eu decidir que é necessário. Digamos que estás proibido pelo tribunal de te aproximares de mim.

Ele assentiu vigorosamente. *A puta não tenciona matar-me.*

— Se tentares contactar-me, vão aparecer cópias do vídeo em todas as redacções de Estocolmo. Compreendes?

Ele assentiu. *Tenho de deitar a mão àquele vídeo.*

— Uma vez por ano, apresentarás à Agência de Tutorias o teu relatório a meu respeito. Dirás que a minha vida é perfeitamente normal, que tenho um emprego estável, que ganho o suficiente para me sustentar e que, em tua opinião, não há nada de anormal no meu comportamento. *Okay?*

Mais uma vez, Bjurman assentiu.

— Todos os meses, prepararás um relatório a respeito dos nossos encontros, que não vão acontecer. Descreverás em pormenor como estou cheia de espírito positivo e como a vida me corre bem. E enviar-me-ás uma cópia. Compreendeste?

Ele voltou a assentir. Lisbeth reparou distraidamente nas gotas de suor que se lhe formavam na testa.

— Dentro de um ano, digamos dois, iniciarás negociações no tribunal distrital para conseguir a revogação da minha declaração de interdição. Usarás os falsos relatórios das nossas reuniões como base da tua proposta. Arranjarás um psiquiatra que declarará, sob juramento, que eu sou completamente normal. Vais ter de te esforçar. Farás exactamente tudo o que estiver ao teu alcance para que eu seja declarada capaz.

Bjurman assentiu.

— Sabes porque é que vais dar o teu melhor? Porque vais ter uma porra de uma boa razão. Se não o fizeres, vou tornar este vídeo extremamente público.

Ele ouvia cada sílaba que ela dizia. Os olhos faiscavam-lhe de ódio. Decidiu que ela tinha cometido um erro ao deixá-lo viver. *Vais acabar por engolir isso tudo, puta de merda, mais cedo ou mais tarde. Vou esmagar-te.* Mas continuou a assentir o mais vigorosamente que podia a cada uma das perguntas dela.

— O mesmo se aplica se tentares contactar comigo. — Passou um dedo esticado pela garganta. — Podes dizer adeus ao teu elegante estilo de vida e à tua impecável reputação e aos milhões que tens na conta *offshore*.

Bjurman abriu involuntariamente os olhos ao ouvir falar do dinheiro. *Como raio é que ela sabe...*

Lisbeth sorriu e acendeu outro cigarro.

— Quero as chaves do teu apartamento e do teu escritório. — Ele franziu a testa. Ela inclinou-se para a frente e sorriu docemente. — A partir de agora, vou *eu* controlar a tua vida. Quando menos esperares, provavelmente quando estiveres na cama, a dormir, eu vou aparecer, com isto na mão. — Mostrou-lhe o *taser*. — Vou andar de olho em ti. Se alguma vez descobrir que voltaste a estar com uma rapariga... e não importa que tenha sido por livre vontade dela ou não... se alguma vez te apanho com uma mulher... — Voltou a imitar o gesto de cortar a garganta. — Se eu morrer... se for vítima de um acidente, ou atropelada por um carro, ou coisa assim... cópias do vídeo serão automaticamente enviadas para os jornais. Juntamente com um relatório em que eu descrevo o que é ter-te como tutor.

Só mais uma coisa. – Inclinou-se para a frente, até que a cara dela ficou a poucos centímetros da dele. – Se voltas a tocar-me, mato-te. E isto é uma promessa.

Bjurman acreditou absolutamente nela. Não havia a mais pequena ponta de fanfarronice naqueles olhos.

– Não te vais esquecer de que sou maluca, pois não?

Ele assentiu.

Lisbeth olhou pensativamente para ele.

– Não me parece que tu e eu venhamos a ser bons amigos – disse, por fim. – Neste preciso instante, estás para aí a felicitar-te por eu ser suficientemente estúpida para te deixar vivo. Julgas que continuas a ter o controlo apesar de seres meu prisioneiro, porque pensas que a única coisa que eu posso fazer, uma vez que não te vou matar, é libertar-te. Por isso estás cheio de esperança de conseguir recuperar imediatamente o teu poder sobre mim. Estou certa?

Bjurman abanou a cabeça. Começava a sentir-se muito mal.

– Vais receber um presente meu, para que recordes sempre o nosso acordo.

Dirigiu-lhe um sorriso torcido, subiu para cima da cama e ajoelhou-se entre as pernas dele. Bjurman não tinha ideia do que ela tencionava fazer, mas sentiu-se invadir por um súbito terror.

Foi então que viu a agulha na mão dela.

Abanou a cabeça de um lado para o outro e tentou contorcer o corpo até que ela lhe pousou um joelho nas virilhas e fez força para baixo, num aviso.

– É melhor estares quieto, porque é a primeira vez que uso este equipamento.

Lisbeth trabalhou ininterruptamente durante duas horas. Quando acabou, ele tinha parado de gemer. Parecia num estado de quase apatia.

Ela desceu da cama, pôs a cabeça de lado e estudou o resultado do seu trabalho com um olho crítico. Não se podia dizer que tivesse muito jeito. As letras pareciam, no mínimo, impressionistas. Usara tinta vermelha e azul. A mensagem, escrita em maiúsculas, distribuía-se por cinco linhas que se estendiam desde os mamilos até um pouco acima das virilhas: SOU UM PORCO SÁDICO, UM PERVERTIDO E UM VIOLADOR.

Lisbeth juntou as agulhas e os cartuchos de tinta e guardou tudo na mochila. Depois, foi à casa de banho lavar-se. Quando voltou ao quarto, sentia-se muito melhor.

— Boa-noite – disse.

Abriu uma das algemas e deixou a chave em cima do peito de Bjurman antes de sair. Levou consigo o DVD e o chaveiro dele.

Foi enquanto partilhavam um cigarro, já depois da meia-noite, que Mikael lhe disse que não iam poder ver-se durante algum tempo. Cecilia voltou-se para ele, surpreendida.

— Que queres dizer com isso?

Ele fez um ar envergonhado.

— A partir de segunda-feira vou passar três meses na prisão.

Não eram necessárias outras explicações. Cecilia ficou deitada em silêncio durante muito tempo. Apetecia-lhe chorar.

Dragan Armanskij ficou desconfiado quando Lisbeth Salander lhe bateu à porta na segunda-feira de manhã. Não voltara a vê-la desde que cancelara a investigação do caso Wennerström, em princípios de Janeiro, e sempre que tentara contactá-la ela ou não atendera ou desligara o telefone dizendo que estava ocupada.

— Tem algum trabalho para mim? – perguntou Lisbeth, sem mais preâmbulos.

— Olá. Prazer em ver-te. Pensei que tinhas morrido, ou coisa assim.

— Houve uns assuntos que tive de resolver.

— Pareces ter muitas vezes assuntos a resolver.

— Desta vez, era urgente. Agora estou de volta. Tem algum trabalho para mim?

Armanskij abanou a cabeça.

— Lamento. De momento, não.

Lisbeth olhou calmamente para ele. Passado algum tempo, ele começou a falar.

— Lisbeth, sabes que gosto de ti e que gosto de te arranjar trabalhos. Mas desapareceste durante dois meses e eu tive montes de trabalhos. Pura e simplesmente, não se pode contar contigo. Tive de pagar a outras pessoas para tapar o buraco, e neste momento não tenho nada.

— Importa-se de aumentar o volume?
— O quê?
— Do rádio.

... a revista *Millennium*. A notícia de que o antigo industrial Henrik Vanger será co-proprietário e terá um lugar no conselho de administração da *Millennium* surge no mesmo dia em que o ex-CEO e director Mikael Blomkvist inicia o cumprimento da pena de prisão a que foi condenado por difamação do empresário Hans-Erik Wennerström. Erika Berger, directora editorial da *Millennium*, anunciou que Blomkvist retomará as suas funções logo que acabe de cumprir a pena.

— E esta! — murmurou Lisbeth, tão baixo que Armanskij só a viu mexer os lábios. Pôs-se de pé e dirigiu-se para a porta.

— Espera. Aonde vais?
— Para casa. Quero verificar umas coisas. Telefone-me quando tiver alguma coisa.

A notícia de que a *Millennium* recebera reforços na pessoa de Henrik Vanger foi um acontecimento consideravelmente mais importante do que Lisbeth Salander esperava. A edição vespertina do *Aftonbladet* já estava na rua, com uma história da TT a respeito da carreira de Vanger e destacando o facto de ser a primeira vez em quase vinte anos que o velho magnata aparecia em público. O anúncio de que Vanger ia entrar no capital da *Millennium* era considerado tão inesperado como Peter Wallenberg ou Erik Penser surgirem como sócios da *ETC* ou patrocinadores da *Ordfront Magazine*.

A notícia era tão importante que a edição das sete e meia do *Rapport* lhe deu o terceiro lugar no alinhamento e lhe dedicou três minutos.

Erika Berger foi entrevistada na mesa de reuniões da redacção da *Millennium*. De repente, o caso Wennerström voltava a ser notícia.

— No ano passado cometemos um grave erro, de que resultou a revista ser processada por difamação. É uma coisa que lamentamos... e uma história a que voltaremos no momento oportuno.

— Que quer dizer com «voltar à história»? — perguntou o entrevistador.

— Quero dizer que eventualmente contaremos a nossa versão dos acontecimentos, coisa que ainda não fizemos.

— Podiam tê-lo feito durante o julgamento.

— Preferimos não o fazer. Mas o nosso jornalismo de investigação continuará como antes.

— Significa isso que mantém a história que originou a condenação?

— Não tenho mais nada a dizer sobre esse assunto.

— Despediu o Mikael Blomkvist depois da leitura da sentença.

— Isso não é exacto. Leia o nosso comunicado. Ele estava a precisar de uma pausa. Regressará como CEO e director no final do ano.

A câmara mostrou uma panorâmica da redacção, enquanto o jornalista fazia um breve resumo da tempestuosa história da *Millennium* como revista original e independente. Blomkvist não estava disponível para comentar. Acabava de ser encarcerado na prisão de Rullåker, a cerca de uma hora de Östersund, em Jämtland.

Lisbeth viu Dirch Frode passar rapidamente pelo canto do ecrã, saindo do gabinete editorial. Franziu a testa e mordeu o lábio inferior, pensativa.

Aquela segunda-feira tinha sido tão fraca em notícias que Vanger teve direito a quatro minutos inteiros no noticiário das nove. Foi entrevistado num estúdio de televisão em Hedestad. O jornalista começou por afirmar que, ao cabo de duas décadas afastado da ribalta, o industrial Henrik Vanger estava de volta. O segmento abria com uma sincopada biografia em imagens de TV a preto e branco que o mostravam com o primeiro-ministro Erlander e a inaugurar fábricas nos anos sessenta. A câmara focou-se então no sofá do estúdio, onde Vanger estava sentado, perfeitamente descontraído. Vestia uma camisa amarela, uma fina gravata verde e um confortável fato castanho-escuro. Tinha um ar emaciado, mas a voz era clara e firme. O jornalista perguntou-lhe o que fora que o levara a tornar-se co-proprietário da *Millennium*.

— É uma excelente revista, que acompanho com interesse há vários anos. Hoje, a publicação está debaixo de fogo. Tem inimigos que estão a organizar um boicote publicitário, numa tentativa de afundá-la.

O jornalista não estava à espera daquilo, mas adivinhou de imediato que uma história já de si invulgar estava a assumir contornos imprevistos.

— Quem está por detrás desse boicote?

— Essa é uma das coisas que a *Millennium* vai examinar com muita atenção. Mas quero deixar bem claro desde já que a revista não será afundada pela primeira salva.

— Foi por isso que resolveu participar no capital?

— Seria deplorável se os grupos de interesses especiais tivessem o poder de silenciar as vozes dos *media* que acham incómodas.

Vanger falava como se durante toda a sua vida tivesse sido um ardoroso defensor da liberdade de expressão. Mikael riu à gargalhada naquela sua primeira noite na sala de televisão de Rullåker. Os outros detidos olharam para ele, surpreendidos.

Mais tarde, estendido no catre da cela — que lhe fazia lembrar um apertado quarto de motel com a sua minúscula mesa, uma única cadeira e uma prateleira na parede, admitiu que Vanger e Erika tinham tido razão sobre a maneira de lançar a notícia no mercado. Sentiu, sem saber explicar porquê, que alguma coisa tinha mudado na atitude das pessoas relativamente à *Millennium*.

O apoio de Vanger era nem mais nem menos do que uma declaração de guerra contra Wennerström. A mensagem era clara: de futuro, não estarás a lutar contra uma revista com seis empregados e um orçamento anual correspondente ao custo de um almoço da administração do Grupo Wennerström. O teu adversário vai ser o Grupo Vanger, que pode ser uma sombra do que foi, mas continua mesmo assim a ser um osso bem mais duro de roer.

A mensagem que Vanger transmitira pela televisão era que estava disposto a lutar e que, para Wennerström, a guerra ia ser cara.

Erika escolhera com cuidado as suas palavras. Não dissera muito, mas ao afirmar que a revista ainda não contara a sua versão da história, criara a impressão de que havia mais qualquer coisa a dizer. Não obstante o facto de ele, Mikael Blomkvist, ter sido acusado, condenado e estar a cumprir pena, dissera – ou dera a entender – que estava inocente e que havia uma outra verdade. Precisamente por não ter usado a palavra «inocente», a inocência dele parecia mais evidente do que nunca. O facto de ir reocupar o cargo de director reforçava a impressão de que a *Millennium* sentia não ter nada de que se envergonhar. Aos olhos do público, a credibilidade não era problema – toda a gente adora uma boa teoria da conspiração, e se a escolha era entre um homem de negócios podre de rico e uma bonita e desempoeirada directora editorial, não era difícil prever para que lado penderiam as simpatias das pessoas. Os *media*, claro, não iam comprar a história com tanta facilidade – mas era bem possível que Erika tivesse desarmado um certo número de críticos.

Nenhum dos acontecimentos do dia tinha alterado significativamente a situação, mas tinham comprado tempo e modificado um pouco o equilíbrio de poder. Mikael imaginou que Wennerström tivera provavelmente uma noite desagradável. Não tinha meio de saber o que eles sabiam – se muito, se pouco –, e, antes de fazer a sua próxima jogada, ia ter de descobri-lo.

Erika Berger desligou o televisor e o vídeo, com uma expressão sombria, depois de ter ouvido primeiro a sua própria entrevista, e depois a de Vanger. Eram três menos um quarto da madrugada, e teve de abafar o impulso de ligar a Mikael. Mikael estava preso, e era pouco provável que o tivessem deixado conservar o telemóvel. Quanto a ela, chegara a casa tão tarde que o marido já estava a dormir. Dirigiu-se ao bar e serviu-se de uma saudável dose de *Aberlour* – bebia álcool cerca de uma vez por ano, mas aquele puro malte era de facto muito bom – e foi sentar-se junto da janela, a olhar para o farol à entrada do Skurusund, do outro lado de Saltsjön.

Ela e Mikael tinham discutido acaloradamente depois de ter concluído o acordo com Vanger. Eram os dois veteranos de inúmeras e acesas batalhas a respeito de que perspectiva usar para um determinado artigo, ou do *design* de uma capa, ou da avaliação da credibilidade de uma fonte, ou de qualquer das mil e uma outras coisas envolvidas na publicação de uma revista. Mas a discussão na casa de hóspedes de Vanger mexera com princípios que a tinham feito tomar consciência de que pisava terrenos perigosos.

– Fiquei sem saber o que fazer – dissera Mikael. – Este homem contratou-me para lhe escrever a autobiografia. Até agora, era livre de levantar-me e sair no momento em que ele tentasse forçar-me a escrever qualquer coisa que não fosse verdade, ou tentasse convencer-me a orientar a história num sentido com que eu não estivesse de acordo. Agora ele é co-proprietário da nossa revista... e o único com recursos para salvar a *Millennium*. De repente, estou sentado às cavalitas na vedação, numa posição que a comissão de ética profissional nunca aprovaria.

– Tens uma ideia melhor? – perguntara ela. – Porque se tens, atira-a cá para fora antes que o contrato seja dactilografado e assinado.

– Ricky, o Vanger está a utilizar-nos numa *vendetta* pessoal contra o Wennerström.

– E depois? Nós temos uma *vendetta* pessoal contra o Wennerström.

Mikael voltara-lhe as costas e acendera um cigarro.

A conversa prolongara-se durante bastante mais tempo, até que Erika fora para o quarto, se despira e se enfiara na cama. Fingira estar a dormir quando ele se deitara a seu lado, duas horas mais tarde.

Naquela noite, um jornalista da *Dagens Nyheter* fizera-lhe a mesma pergunta:

– Até que ponto vai a *Millennium* conseguir manter a sua credibilidade e afirmar a sua independência?

– Que quer dizer com isso?

O jornalista, apesar de ter achado a pergunta suficientemente clara, esclarecera:

– Um dos objectivos da *Millennium* é investigar as empresas. Como é que a revista vai poder afirmar de uma maneira credível que está a investigar o Grupo Vanger?

Erika lançara-lhe um olhar de surpresa, como se a pergunta fosse totalmente inesperada.

— Essa regra aplica-se especificamente à *Millennium*?

— Desculpe?

— Você trabalha para uma publicação maioritariamente detida por entidades empresariais. Significa isso que nenhum dos jornais publicados pelo Grupo Bonnier é credível? O *Aftonbladet* é propriedade de uma grande empresa norueguesa, que, por sua vez, desempenha um papel central na tecnologia da informação e nas comunicações. Significa isso que nada do que o *Aftonbladet* publica a respeito da indústria electrónica é credível? A *Metro* é propriedade do Grupo Stenbeck. Está a dizer que, na Suécia, nenhuma publicação que tenha por detrás interesses económicos significativos é credível?

— Não, claro que não.

— Nesse caso, porque está a insinuar que a credibilidade da *Millennium* está comprometida porque também nós temos apoios?

O jornalista erguera uma mão.

— *Okay*, retiro a pergunta.

— Não. Não retire. Quero que publique exactamente o que eu disse. E pode acrescentar que se o *Dagens Nyhter* se concentrar um pouco mais no Grupo Vanger, nós concentrar-nos-emos um pouco mais no Grupo Bonnier.

Mas *era* um dilema ético.

Mikael trabalhava para Henrik Vanger, que estava em posição de afundar a *Millennium* com uma assinatura. Que aconteceria se os dois se tornassem inimigos?

E, acima de tudo, que preço atribuía à sua própria credibilidade, e a partir de que momento se transformaria de uma editora independente numa editora corrupta? Não gostava das perguntas, e gostava ainda menos das respostas.

Lisbeth Salander encerrou o motor de busca e desligou o *PowerBook*. Estava sem trabalho e cheia de fome. A primeira condição não a preocupava por aí além, uma vez que recuperara o controlo da sua conta bancária e Bjurman já assumira o estatuto de um vago incómodo pertencente ao passado. Resolveu a questão da fome ligando a máquina de fazer café. Preparou três grandes sanduíches de pão de centeio com queijo, caviar e ovo cozido. Comeu sentada no sofá da sala, enquanto processava a informação que tinha reunido.

Frode, o advogado de Hedestad, tinha-a contratado para fazer uma investigação sobre Mikael Blomkvist, o jornalista condenado a três meses de prisão por ter difamado o financeiro Hans-Erik Wennerström. Alguns meses mais tarde, Henrik Vanger, também de Hedestad, entrava para a direcção da revista de Blomkvist e denunciava a existência de uma conspiração para esmagar a publicação. Tudo no mesmo dia em que Blomkvist entrava para a prisão. E mais fascinante ainda do que tudo isto: segundo um artigo já com dois anos a respeito de Hans-Erik Wennerström, intitulado «Com duas mãos vazias» e publicado pela *Finansmagasinet Monopol*, o grande financeiro iniciara a sua carreira precisamente no Grupo Vanger, em finais dos anos sessenta.

Não era preciso ser um génio para perceber que os dois acontecimentos estavam de alguma maneira relacionados. Tinha de haver um esqueleto no armário de um dos dois, e Lisbeth Salander adorava procurar esqueletos. Além disso, não tinha nada melhor que fazer, de momento.

3.ª PARTE

FUSÕES

16 de Maio – 14 de Julho

NA SUÉCIA, 13% DAS MULHERES FORAM VÍTIMAS
DE VIOLÊNCIA SEXUAL AGRAVADA
FORA DE UM RELACIONAMENTO SEXUAL

CAPÍTULO 15

SEXTA-FEIRA, 16 DE MAIO – SÁBADO, 31 DE MAIO

MIKAEL BLOMKVIST saiu da prisão de Rulläker na sexta-feira 16 de Maio, dois meses depois de lá ter entrado. No próprio dia em que iniciara o cumprimento da sentença, apresentara, diga-se que sem grandes esperanças, um pedido de liberdade condicional. Nunca compreendeu as razões técnicas da sua libertação, mas achava que tinha talvez tido qualquer coisa que ver com o facto de nunca ter aproveitado uma saída precária e de a população prisional ser constituída por 42 indivíduos, havendo apenas 31 camas disponíveis. O certo era que o director da prisão – um exilado polaco de 42 anos chamado Peter Sarowsky, com quem ele se dera, aliás, particularmente bem – tinha assinado uma recomendação de redução da pena.

A passagem por Rulläker fora tranquila, até agradável. O estabelecimento tinha sido concebido, como Sarowsky costumava dizer, para albergar trapaceiros e condutores embriagados, não criminosos empedernidos. As rotinas diárias faziam lembrar a vida numa pousada de juventude. Os outros presos, metade dos quais eram imigrantes de segunda geração, viam-no como uma espécie de *avis rara*. Para já, era o único dos «residentes» a aparecer no noticiário da TV, o que lhe dava um certo estatuto.

No primeiro dia, chamaram-no a uma entrevista e ofereceram--lhe terapia, treino nos armazéns Komvux ou várias opções de cursos para adultos à escolha, e aconselhamento ocupacional. Mikael não sentia necessidade de reabilitação social, tinha completado os seus estudos, ou pelo menos assim pensava, e já tinha emprego. Em contrapartida, pedira autorização para ter o seu *iBook* na cela, de modo a poder continuar a trabalhar no livro que lhe tinha sido encomendado. O pedido fora deferido sem mais formalidades e Sarowsky arranjara--lhe um armário que podia fechar à chave. Não que qualquer dos outros reclusos fosse capaz de lhe vandalizar, e muito menos roubar, o computador. Na realidade, pareciam sentir em relação a ele um certo instinto de protecção.

E fora assim que Mikael Blomkvist passara dois meses a trabalhar cerca de seis horas por dia na crónica da família Vanger, tarefa que só interrompia para cumprir as obrigações que o regulamento lhe impunha ou para o recreio. Ele e dois outros presos, um dos quais era oriundo de Skövde e tinha ascendência chilena, estavam encarregados da limpeza diária do ginásio da prisão. O recreio consistia em ver televisão, jogar cartas e levantar pesos. Mikael descobrira que era um jogador de póquer bastante razoável, o que o não o impedira de perder 50 *öre* todos os dias. Os regulamentos permitiam jogar a dinheiro desde que a banca não excedesse cinco coroas.

Só fora avisado da sua libertação no dia anterior à saída. Sarowsky chamara-o ao seu gabinete e tinham brindado com *aquavit*.

Regressou directamente à cabana em Hedeby. Quando começou a subir os degraus do alpendre ouviu um miado e viu-se escoltado pelo gato castanho-avermelhado.

– *Okay*, podes entrar. Mas olha que ainda não tenho leite.

Desfez as malas. Era como se tivesse estado de férias, e descobriu que tinha saudades da companhia de Sarowsky e dos outros presos. Por absurdo que parecesse, apreciara a sua estada em Rulläker, mas a libertação fora tão inesperada que não tivera tempo de avisar fosse quem fosse.

Passava pouco das seis da tarde. Foi apressadamente ao Konsum fazer umas compras antes que fechasse. Quando chegou a casa, ligou para Erika. Uma mensagem comunicou-lhe que a assinante estava indisponível. Deixou recado a pedir que lhe ligasse no dia seguinte.

Feito isto, dirigiu-se a casa de Henrik. Encontrou-o no rés-do--chão. Ao vê-lo, o velho arqueou as sobrancelhas, surpreendido.

– Evadiste-te?
– Redução de pena.

— Não estava à espera.

— Eu também não. Só soube ontem à noite.

Ficaram a olhar um para o outro durante alguns segundos. Então, o velho surpreendeu Mikael estendendo os braços e abraçando-o com força.

— Ia agora mesmo jantar. Faz-me companhia.

Anna apresentou uma enorme quantidade de empadas de *bacon* com mirtilos. Ficaram sentados à mesa, a conversar durante quase duas horas. Mikael explicou até onde tinha avançado na crónica da família, e deu conta dos lugares onde havia buracos e falhas. Não disseram uma palavra a respeito de Harriet, mas Vanger falou longamente sobre a *Millennium*.

— Tivemos três reuniões da administração. Fröken Berger e o teu sócio Malm tiveram a gentileza de aceitar fazer duas delas aqui, e o Dirch representou-me na de Estocolmo. Bem desejava ser alguns anos mais novo, mas é realmente muito cansativo para mim viajar até tão longe. Vou tentar ir até lá no Verão.

— Não há qualquer razão para não fazer as reuniões aqui na ilha — disse Mikael. — Então, que tal se sente como co-proprietário de uma revista?

Vanger esboçou um sorriso trocista.

— Bem, a verdade é que não me divertia tanto há muitos anos. Dei uma olhadela às finanças, e pareceram-me bastante bem. Não vou ter de pôr tanto dinheiro como pensava... a diferença entre receitas e despesas está a diminuir.

— Falei com a Erika esta semana. Disse-me que as vendas de publicidade estão a animar.

— Está a começar a dar a volta, sim, mas vai demorar. Ao princípio, as empresas do Grupo Vanger entraram em força e compraram uma porção de anúncios de página inteira. Mas dois antigos anunciantes... uma operadora de telemóveis e uma agência de viagens... voltaram ao redil. Temos levado a cabo uma campanha personalizada junto dos inimigos do Wennerström. E podes crer que há uma longa lista deles.

— Algum contacto directo da parte do Wennerström?

— Bem, não exactamente. Mas deixámos filtrar a história de que é ele quem está por detrás do boicote contra a *Millennium*. Deve ter ficado furioso. Diz-se que um jornalista do *DN* tentou abordá-lo a respeito do assunto e ouviu uma resposta torta.

— Está a gostar, não está?

— Gostar não é a palavra exacta. Há anos que devia ter-me dedicado a isto.

— O que é que, afinal, há entre si e o Wennerström?

— Nem sequer tentes. Saberás tudo no fim do ano.

Quando Mikael Blomkvist saiu de casa de Vanger, já perto das nove, havia no ar uma clara sensação a Primavera. Estava escuro, e ele hesitou por um instante. Finalmente, fez o circuito que já se lhe tornara familiar e foi bater à porta de Cecilia Vanger.

Não sabia muito bem o que esperava. Cecilia abriu muito os olhos, e não conseguiu disfarçar uma expressão constrangida enquanto se afastava para o deixar entrar. Ficaram ali frente a frente, subitamente inseguros um do outro. Também ela lhe perguntou se tinha fugido, e ele explicou o que se passara.

— Só queria dizer olá. Vim interromper alguma coisa?

Ela evitou-lhe o olhar. Mikael percebeu no mesmo instante que não estava particularmente feliz por vê-lo.

— Não... não, entra. Queres café?

— Sim, obrigado.

Seguiu-a até à cozinha. Cecilia manteve-se de costas voltadas enquanto preparava a máquina. Ele pousou-lhe uma mão num ombro, e ela pôs-se rígida.

— Cecilia, não estás nada com ar de quem quer oferecer-me café.

— Só te esperava para o mês que vem. Surpreendeste-me.

Ele fê-la voltar-se, de modo a poder ver-lhe o rosto. Ficaram silenciosos por um instante. Ela continuava a não lhe enfrentar o olhar.

— Cecilia, esquece o café. O que é que se passa?

Ela abanou a cabeça e inspirou fundo.

— Mikael, gostava que te fosses embora. Não perguntes nada. Vai, por favor.

◆

Mikael regressou à casa de hóspedes, mas deteve-se junto ao portão, indeciso. Em vez de entrar desceu até ao canal, perto da ponte, e sentou-se numa rocha. Fumou um cigarro enquanto punha os pensamentos em ordem e tentava adivinhar o que poderia ter transformado tão radicalmente a atitude de Cecilia Vanger em relação a ele.

Subitamente, ouviu o barulho de um motor e viu um grande barco branco entrar no canal, por baixo da ponte. Quando passou, avistou Martin Vanger ao leme, muito atento aos baixios e rochas submersas. O barco era um iate de doze metros, rápido e potente. Pôs-se de pé e meteu pelo caminho que levava ao porto de recreio. Descobriu que havia já vários barcos na água, tanto veleiros como a motor. Viu vários *Petterssons*, e um iate classe I.F. que ficou a baloiçar suavemente depois da passagem do iate de Martin. Outros eram maiores e mais caros. Reparou num *Hallberg-Rassy*. Também os barcos da marina espelhavam a estrutura de classes na ilha de Hedeby: o de Martin Vanger era, de longe, o maior e mais luxuoso à vista.

Deteve-se diante da casa de Cecilia Vanger e lançou um olhar às janelas iluminadas do primeiro piso. Finalmente, regressou a casa e ligou a máquina de café. Foi até ao escritório enquanto esperava que a água fervesse.

Antes de se apresentar em Rullåker, tinha devolvido a Henrik Vanger a maior parte da documentação relativa a Harriet. Parecera-lhe mais sensato não a deixar ao abandono numa casa deserta. Agora, as prateleiras pareciam nuas. Conservara apenas cinco dos blocos de notas de Henrik, que levara para a prisão e que acabara por decorar. Reparou num álbum que deixara esquecido na última prateleira da estante.

Levou-o para a mesa da cozinha. Encheu a chávena de café acabado de fazer e começou a folheá-lo.

Eram fotografias tiradas no dia em que Harriet desaparecera. A primeira era a última de Harriet, no desfile do Dia da Criança, em Hedestad. Seguiam-se cerca de cento e oitenta fotos, muito nítidas, do acidente na ponte. Já em várias outras ocasiões tinha estudado à lupa aquelas fotos. Agora, passava as páginas quase distraidamente; sabia que não ia encontrar nada que não tivesse já visto. Na realidade, sentiu-se repentinamente farto do inexplicável desaparecimento de Harriet Vanger, e fechou o álbum com um gesto brusco.

Aproximou-se, agitado, da janela da cozinha e espreitou para a escuridão.

Então, olhou para o álbum. Não saberia explicar a sensação, mas um pensamento atravessara-lhe fugazmente o espírito, como que numa reacção a qualquer coisa que tivesse visto. Era como se uma criatura invisível estivesse a sussurrar-lhe ao ouvido, eriçando-lhe os cabelos da nuca.

Voltou a abrir o álbum. Folheou-o página a página, examinando todas as fotos da ponte. Olhou para uma versão mais jovem de Henrik Vanger, ensopado em óleo de aquecimento, e para uma versão mais jovem de Harald, um homem que ainda não tivera ocasião de conhecer. A guarda de protecção partida, as casas, as janelas dos veículos visíveis nas fotos. Identificou facilmente uma Cecilia de 21 anos no meio dos espectadores. Vestia um vestido claro e um casaco escuro e aparecia em pelo menos 20 das fotografias.

Sentiu-se invadir por uma vaga de excitação, e se alguma coisa aprendera ao longo dos anos fora a confiar nos seus instintos. E esses instintos estavam a reagir a qualquer coisa que havia naquele álbum, apesar de não saber ainda dizer o que era.

Continuava sentado à mesa da cozinha, às 11h da noite, a examinar uma a uma as fotografias quando ouviu a porta da rua abrir-se.

– Posso entrar? – Era Cecilia Vanger, que, sem esperar resposta, se sentou em frente dele, do outro lado da mesa. Mikael teve uma estranha sensação de *déjà vu*. Cecilia usava um vestido solto, de um tecido fino e claro, e um casaco azul-acinzentado, roupas quase idênticas às que vestia nas fotografias de 1966. – O problema és tu – disse.

Mikael arqueou as sobrancelhas.

– Desculpa, mas apanhaste-me de surpresa quando me bateste à porta, esta noite. Agora estou tão infeliz que não consigo dormir.

– Porque é que estás infeliz?

— Não sabes?
Ele abanou a cabeça.
— Se eu te disser, prometes não rir?
— Prometo.
— Quando te seduzi, no Inverno passado, foi um gesto idiota, impulsivo. Queria um pouco de prazer, mais nada. Naquela primeira noite, estava bêbeda e não tinha a mais pequena intenção de iniciar uma relação a longo prazo contigo. E então aquilo transformou-se noutra coisa. Quero que saibas que aquelas semanas em que te tive como amante ocasional foram das mais felizes da minha vida.
— Eu também te achei encantadora.
— Mikael, tenho andado a mentir a ti e a mim mesma. Nunca fui particularmente descontraída no que respeita ao sexo. Tive seis parceiros sexuais ao longo de toda a minha vida. Uma vez, quando tinha vinte e um anos e era debutante. Depois com o meu marido, que conheci quando tinha vinte e cinco anos e que acabou por revelar-se um filho da mãe. E depois umas poucas de vezes com três tipos que conheci com vários anos de diferença. Mas tu provocaste qualquer coisa em mim. Não me fartava, queria sempre mais. Tinha qualquer coisa que ver com o facto de seres tão pouco exigente.
— Cecilia, não tens de...
— Chiu, não interrompas, ou nunca serei capaz de dizer-te isto.
Mikael ficou sentado, em silêncio.
— No dia em que partiste para entrar na prisão senti-me completamente miserável. Tinhas desaparecido, como se nunca tivesses existido. Estava tudo às escuras, aqui na casa de hóspedes. A minha cama estava fria e vazia. E ali estava eu, outra vez uma solteirona de cinquenta e seis anos.
Calou-se por momentos, e olhou-o nos olhos.
— Apaixonei-me por ti no Inverno passado. Não era minha intenção, mas aconteceu. E então caí em mim e percebi que só cá estavas temporariamente; um dia partirias de vez e eu ficaria aqui sozinha pelo resto da minha vida. Doeu tanto que decidi que não ia voltar a deixar-te entrar quando regressasses da prisão.
— Lamento.

— A culpa não é tua. Quando saíste lá de casa, há pouco, sentei-me numa cadeira e fartei-me de chorar. E então decidi uma coisa.
— O que foi?
Ela baixou os olhos para a mesa.
— Que tinha de ser completamente louca para deixar de estar contigo só porque um dia vais ter de partir. Mikael, podemos começar outra vez? Consegues esquecer o que aconteceu há pouco?
— Está esquecido – disse ele. – Mas obrigado por me teres dito.
Ela continuava a olhar para a mesa.
— Se ainda me queres, vamos fazê-lo agora.
Ergueu os olhos para ele. Então, pôs-se de pé e dirigiu-se à porta do quarto. Pelo caminho, deixou cair o casaco no chão e puxou o vestido por cima da cabeça.

Mikael e Cecilia acordaram quando a porta da frente se abriu e alguém andou pela cozinha. Ouviram o baque de qualquer coisa pesada a ser pousada no chão junto da salamandra. Instantes depois, Erika estava à porta do quarto com um sorriso que rapidamente se transformou numa expressão chocada.
— Oh, Deus! – exclamou, e recuou um passo.
— Olá, Erika – disse Mikael.
— Olá. Peço imensa desculpa por ter entrado desta maneira. Devia ter batido.
— E nós devíamos ter fechado à chave a porta da frente. Erika... apresento-te a Cecilia Vanger. Cecilia... a Erika é a directora editorial da *Millennium*.
— Olá – disse Cecilia.
— Olá – respondeu Erika. Parecia incapaz de decidir entre entrar no quarto e apertar delicadamente a mão a Cecilia ou sair dali para fora. – Hã... posso ir dar uma volta...
— Que dirias a, em vez disso, pôr o café a fazer? – Mikael olhou para o despertador em cima da mesa-de-cabeceira. Passava do meio-dia.
Erika assentiu e fechou a porta do quarto. Mikael e Cecilia olharam um para o outro. Cecilia parecia embaraçada. Tinham feito amor e conversado até às quatro da manhã. Então Cecilia dissera que

achava que ia ficar o resto da noite e que de futuro se estava nas tintas para que se soubesse que ela andava a dormir com Mikael Blomkvist. Dormira de costas voltadas e com o braço dele apertado contra os seios.

— Escuta, não há problema – disse Mikael. – A Erika é casada e não é minha namorada. Vemo-nos de vez em quando, mas o que menos lhe importa é se há ou não alguma coisa entre nós... Muito provavelmente, neste momento está tão atrapalhada como tu.

Quando foram para a cozinha, um pouco depois, Erika tinha posto a mesa com café, sumo de laranja, marmelada, queijo e torradas. Cheirava bem. Cecilia foi direita a ela e estendeu-lhe a mão.

— Fui um pouco brusca, há pouco. Olá.

— Querida Cecilia, peço desculpa por ter irrompido no vosso quarto daquela maneira – disse uma muito embaraçada Erika Berger.

— Esqueça isso, pelo amor de Deus. Vamos tomar o pequeno-almoço.

Depois do pequeno-almoço, Erika despediu-se e deixou-os sozinhos, dizendo que tinha de ir cumprimentar Henrik. Cecilia levantou a mesa, mantendo-se de costas para Mikael. Ele aproximou-se e passou os braços à volta dela.

— O que é que acontece agora? – perguntou Cecilia.

— Nada. É muito simples... a Erika é a minha melhor amiga. Estamos juntos, intermitentemente, há vinte anos, e espero que assim continuemos por mais vinte. Mas nunca fomos um casal e nunca interferimos nos romances um do outro.

— É isso que temos? Um romance?

— Não sei o que é que temos, mas, aparentemente, damo-nos bem.

— Onde é que ela vai dormir esta noite?

— Havemos de arranjar-lhe um quarto, algures. Em casa do Henrik, talvez. Em todo o caso, não será na minha cama.

Cecilia pensou nisto por uns instantes.

— Não sei se sou capaz de lidar com uma coisa destas. Tu e ela podem funcionar dessa maneira, mas eu não sei... nunca... – Abanou a cabeça. – Vou para casa. Preciso de pensar um pouco em tudo isto.

— Cecilia, já me tinhas perguntado e eu já te tinha falado da minha relação com a Erika. A existência dela não pode ter sido uma surpresa assim tão grande para ti.

— É verdade. Mas enquanto ela estava longe, em Estocolmo, eu podia ignorá-la.

Cecilia vestiu o casaco.

— Esta situação é absurda – disse, com um sorriso. – Vai jantar lá a casa, esta noite. Leva a Erika. Acho que vou simpatizar com ela.

Entretanto, Erika já resolvera o problema de onde dormir. Em ocasiões anteriores, quando estivera em Hedeby para se reunir com Vanger, tinha ficado num dos quartos de hóspedes da casa dele e, naquela tarde, perguntou-lhe sem mais rodeios se podia voltar a fazê-lo. Henrik, sem tentar sequer disfarçar a sua satisfação, garantiu-lhe que era bem-vinda sempre que quisesse.

Despachadas estas formalidades, Mikael e Erika foram dar um passeio até ao outro lado da ponte e sentaram-se na esplanada do Café Susanne, pouco antes da hora do fecho.

— Estou danada contigo – disse Erika. – Venho de carro até aqui para te dar as boas-vindas de regresso à liberdade e encontro-te na cama com a *femme fatale* da terra.

— Lamento.

— Há quanto tempo é que tu e a Miss Mamas Grandes... – Erika agitou o indicador no ar.

— Mais ou menos desde a altura em que o Vanger se tornou co-proprietário.

— Ah-ah!

— Ah-ah o quê?

— Nada, só curiosidade.

— A Cecilia é uma boa mulher. Gosto dela.

— Não estou a criticá-la. Só estou danada. Com uma guloseima ao alcance da mão, e tenho de entrar em dieta. Como foi a prisão?

— Como umas férias tranquilas. Como vão as coisas na revista?

— Melhor. Pela primeira vez num ano as receitas de publicidade estão a subir. Estamos muito abaixo do que estávamos por esta altura no ano passado, mas dobrámos o cabo. Graças ao Henrik. Mas o mais estranho de tudo é que as assinaturas também estão a subir.

— Tendem a flutuar.

— Cem ou duzentas para cima ou para baixo. Mas tivemos três mil novas no último trimestre. Ao princípio, pensei que era só sorte, mas continuaram a aparecer novos assinantes. É o maior salto que alguma vez tivemos. Ao mesmo tempo, os assinantes antigos estão a renovar consistentemente em toda a linha. Nenhum de nós consegue perceber o que se passa. Não fizemos nenhuma campanha. O Christer passou uma semana a fazer testes aleatórios ao tipo de demografia que nos está a aparecer. Em primeiro lugar, são todos novos assinantes. Em segundo, setenta por cento são mulheres. Terceiro, podemos definir o assinante-tipo como um assalariado de rendimentos médios, residente nos subúrbios e com um emprego qualificado: professores, quadros intermédios, funcionários públicos.

— Achas que é a revolta da classe média contra o grande capital?

— Não sei. Mas se a tendência se mantiver, vai significar uma alteração de fundo no perfil dos nossos assinantes. Tivemos uma reunião editorial, há duas semanas, e resolvemos começar a introduzir novos tipos de material na revista. Quero mais artigos sobre questões profissionais ligadas aos sindicatos, como os da função pública, por exemplo, e também mais peças de investigação sobre temas relacionados com as mulheres.

— Não mudes demasiado — aconselhou Mikael. — Se estamos a ter mais assinantes, é porque as pessoas gostam do que já lhes damos.

Cecilia tinha convidado Henrik Vanger para o jantar, provavelmente para reduzir o risco de temas de conversa embaraçosos. Tinha feito um guisado de caça, e serviu vinho tinto a acompanhar. Erika e Vanger passaram uma porção de tempo a discutir o desenvolvimento da *Millennium* e a questão dos novos assinantes, mas pouco a pouco a conversa acabara por derivar para outros assuntos. A dada altura, Erika voltou-se repentinamente para Mikael e perguntou-lhe como estava o trabalho dele a progredir.

— Conto ter um rascunho da crónica familiar pronto dentro de um mês, para o Henrik ver.

— Uma crónica no espírito da família Adams — disse Cecilia.

— Bem, tem certos aspectos históricos — reconheceu Mikael.

Cecilia olhou para Henrik.

— Mikael, o Henrik não está verdadeiramente interessado na crónica da família. O que ele quer é que resolvas o mistério do desaparecimento da Harriet.

Mikael não disse uma palavra. Desde que iniciara a sua relação com Cecilia, tinham falado bastante abertamente a respeito de Harriet. Cecilia já deduzira que era essa a sua verdadeira missão, apesar de ele nunca o ter admitido formalmente. E nunca dissera a Henrik que ele e Cecilia tinham discutido o assunto. As grossas sobrancelhas de Vanger juntaram-se muito ligeiramente. Erika manteve-se silenciosa.

— Meu querido Henrik — disse Cecilia —, não sou estúpida. Não sei a que tipo de acordo tu e o Mikael chegaram, mas a presença dele aqui em Hedeby tem que ver com a Harriet. Não tem?

Vanger assentiu e olhou para Mikael.

— Eu disse-te que ela era esperta. — Voltou-se para Erika. — Presumo que o Mikael lhe explicou o que está a fazer aqui em Hedeby.

Ela assentiu.

— E presumo que pensa que é uma missão sem sentido. Não, não precisa de responder. É uma missão absurda e sem sentido. Mas eu preciso de saber.

— Não tenho opinião sobre o assunto — disse Erika, diplomaticamente.

— Claro que tem. — Vanger olhou novamente para Mikael. — Diz-me, descobriste alguma coisa que nos permita avançar?

Mikael evitou enfrentar-lhe o olhar. Pensou instantaneamente na fria e indefinível certeza que tivera na noite anterior. A sensação não o largara durante todo o dia, mas ainda não tivera tempo de voltar a examinar o álbum. Finalmente, olhou para Vanger e abanou a cabeça.

— Não, não encontrei nada.

O velho fixou nele um olhar penetrante. Não fez qualquer comentário.

— Quanto a vocês, jovens, não sei — disse —, mas, para mim, são mais do que horas de ir para a cama. Obrigado pelo jantar, Cecilia. Boa-noite, Erika. Vá falar comigo antes de partir, amanhã.

Depois de Vanger sair, o silêncio desceu sobre eles. Foi Cecilia a primeira a quebrá-lo.
— Mikael, o que foi aquilo? — perguntou.
— Significa que o Henrik é tão sensível às reacções das pessoas como um sismógrafo. Ontem à noite, quando foste ter comigo, estava a ver um álbum de fotografias.
— Sim?
— E vi *qualquer coisa*. Ainda não sei o quê. Foi qualquer coisa que quase se tornou uma ideia, mas escapou-se-me.
— Em que estavas a pensar?
— Não sei dizer-te. Então tu apareceste.
Cecilia corou. Evitou o olhar de Erika e foi fazer café.

Estava um dia quente e cheio de sol. Nasciam novos rebentos por todo o lado, e Mikael deu por si a cantarolar a velha canção da Primavera, «Vem Aí o Tempo das Flores». Era segunda-feira e Erika tinha partido cedo.

Quando fora para a prisão, em meados de Março, a neve ainda cobria a terra. Agora, as bétulas começavam a encher-se de folhas e o relvado à volta da casa crescia verde e luzidio. Pela primeira vez, teve oportunidade de dar uma volta por toda a ilha. Às oito da manhã foi à casa grande pedir um termo emprestado a Anna. Trocou umas breves palavras com Henrik, que já estava a pé e lhe emprestou um mapa da ilha. Queria dar uma vista de olhos à cabana de Gottfried. Henrik explicou-lhe que pertencia agora a Martin, mas que estava quase sempre desocupada. Muito de longe em longe, um parente pedia-a emprestada.

Mikael conseguiu apanhar Martin por uma unha negra, quando ele se preparava para sair para o trabalho, e pediu-lhe se lhe emprestava a chave. Martin dirigiu-lhe um sorriso divertido.

— Suponho que a crónica da família chegou ao capítulo a respeito do desaparecimento da Harriet.
— Só quero dar uma vista de olhos...
Martin foi buscar a chave.
— Posso, então?
— Por mim, até pode mudar-se para lá, se quiser. Exceptuando o facto de ficar na outra ponta da ilha, até é mais agradável do que a casa onde está agora.

Mikael preparou café e sanduíches. Encheu uma garrafa de água antes de pôr-se a caminho, enfiando as sanduíches e o termo com café numa mochila que levou a tiracolo. Meteu por um estreito trilho, parcialmente coberto de mato, que corria ao longo da baía no lado norte da ilha. A cabana de Gottfried ficava numa ponta de terra, a cerca de dois quilómetros e meio da aldeia, e demorou apenas meia hora a cobrir a distância, sem se apressar.

Martin Vanger tinha razão. Quando dobrou uma curva do trilho avistou uma área arborizada, junto à água, de onde se desfrutava uma maravilhosa vista da foz do rio Hede, da marina de Hedestad, à esquerda, e do porto industrial, à direita.

Ficou surpreendido por ninguém querer ocupar a cabana de Gottfried. Era uma estrutura rústica de troncos horizontais escurecidos pelo tempo, com telhado de telha, molduras pintadas de verde e um pequeno alpendre a proteger a porta da frente. A manutenção fora, infelizmente, muito negligenciada. A pintura dos caixilhos das portas e das janelas estava a pelar, e aquilo que deveria ser um relvado era um matagal com um metro de altura. Limpá-lo exigiria um dia inteiro de trabalho duro, com foice e serra.

Mikael abriu a porta e desaparafusou as portadas que protegiam as janelas pelo lado de dentro. A estrutura parecia ser a de um velho celeiro com menos de 120 metros quadrados. O interior, revestido de tábuas aplainadas, formava uma vasta sala rectangular com duas grandes janelas voltadas para o mar, uma de cada lado da porta principal. Ao fundo, uma escada dava acesso a uma espécie de mezanino, transformado em espaço de dormir, que cobria metade da área. Por baixo da escada havia um nicho com um fogão a gás, um balcão e um lava-louça. O mobiliário era rudimentar; incorporados na parede, à esquerda da porta, havia um banco, uma desconjuntada secretária e, por cima dela, uma estante com prateleiras de teca. Mais adiante, do mesmo lado, um amplo guarda-fato. À direita da porta, havia uma mesa redonda com cinco cadeiras de madeira; uma lareira ocupava o centro da parede lateral.

A cabana não tinha electricidade; em vez disso, havia vários candeeiros a petróleo. Sobre o peitoril de uma das janelas estava pousado um velho transístor *Grundig*, a pilhas, com a antena partida. Mikael premiu o botão de ligar. As baterias estavam completamente descarregadas. Subiu a escada e inspeccionou o mezanino. Viu uma cama dupla, com um colchão sem lençóis, uma mesa-de-cabeceira e uma cómoda.

Dedicou algum tempo a revistar a cabana. A cómoda estava vazia, exceptuando algumas toalhas e lençóis que cheiravam ligeiramente a mofo. No guarda-roupa havia roupas de trabalho, um par de macacões, botas de borracha, um par de ténis já muito usados, e um fogão a petróleo. Nas gavetas da secretária encontrou papel de escrever, lápis, um bloco de desenho em branco, um baralho de cartas e meia dúzia de marcadores. O armário da cozinha continha pratos, malgas, copos, velas, alguns pacotes de sal, saquetas de chá, e outras coisas assim. Na gaveta da mesa havia talheres.

Os únicos indícios de uma qualquer espécie de interesse intelectual estavam na estante, por cima da secretária. Foi buscar uma cadeira e pôs-se em cima dela para ver o que havia nas prateleiras. Na primeira, exemplares de *Se, Rekordmagasinet, Tidsfördriv* e *Lectyr*, de finais da década de cinquenta, início da de sessenta. Vários exemplares de *Bildjournalen*, de 1965 e 1966, e diversas revistas de banda desenhada: *91:an, Phantomen e Romans*. Abriu um exemplar de *Lectyr*, de 1964, e sorriu ao ver o ar casto da *pin-up*.

Dos livros, cerca de metade eram policiais em formato de bolso da série Manhattan, da Wahlström: Mickey Spillane, com títulos como *O Beijo Fatal* e capas clássicas de Bertil Hegland. Encontrou também meia dúzia de *Kittys*, alguns *Cinco*, de Enid Blyton, e um policial de Sivar Ahlrud, dos Gémeos Detectives – *O Mistério do Metro*. Sorriu ao reconhecê-los. Três livros de Astrid Lindgren: *As Crianças da Aldeia Barulhenta*, *Super Blomkvist e Rasmus*, e *Pipi das Meias Altas*. Na última prateleira havia um livro sobre rádio de ondas curtas, dois de astronomia, um guia de aves, um livro chamado *O Império do Mal*, sobre a União Soviética, outro sobre a Guerra de Inverno finlandesa, um catecismo de Lutero, o *Livro dos Hinos* e a Bíblia.

Abriu a Bíblia e leu no verso da página de guarda: *Harriet Vanger, 12 de Maio de 1963*. Era a Bíblia do crisma de Harriet. Voltou a pô-la no seu lugar, com o coração pesado.

Nas traseiras da cabana havia uma arrecadação de lenha e de ferramentas equipada com foice, ancinho, martelo e uma grande caixa cheia de serras, plainas e outros utensílios. Levou uma cadeira para o alpendre e bebeu café do termo. Acendeu um cigarro e olhou, por entre a cortina de mato, para a baía de Hedestad.

A cabana de Gottfried era muito mais modesta do que esperara. Era o lugar para onde o pai de Martin e de Harriet se retirava quando o seu casamento com Isabella começara a afundar-se, em final dos anos cinquenta. Fizera daquela cabana a sua casa e era lá que se embebedava. E fora ali, perto do pequeno cais, que se afogara. A vida na cabana era provavelmente agradável durante o Verão, mas quando a temperatura descia para os muitos graus negativos, devia tornar-se agreste e desagradável. Segundo Henrik, Gottfried continuara a trabalhar no Grupo Vanger – com interrupções provocadas pelos seus períodos de bebedeira – até 1964. O facto de ser capaz de viver na cabana mais ou menos permanentemente e mesmo assim aparecer no escritório barbeado, lavado e de fato e gravata falava de uma rígida disciplina de sobrevivência pessoal.

E aquele era também um lugar aonde Harriet ia tão frequentemente que fora um dos primeiros onde a tinham procurado. Henrik dissera-lhe que no último ano antes de desaparecer, Harriet costumava ir muitas vezes à cabana, aparentemente para passar em paz férias e fins-de-semana. No seu último Verão estivera lá três meses seguidos, apesar de ir à aldeia todos os dias. Anita Vanger, a irmã de Cecilia, fizera-lhe companhia durante seis semanas.

Que fazia Harriet ali sozinha? Algumas das revistas e livros deviam ser dela. E, provavelmente, o bloco de desenho também. A Bíblia, sem a mínima dúvida.

Tinha querido estar perto do falecido pai – teria sido um período de luto pelo qual precisara de passar? Ou teria tido que ver com a sua febre religiosa? A cabana era mais do que espartana. Teria querido viver como num convento?

Mikael seguiu a linha da costa para sudeste, mas o caminho era tão interrompido por ravinas e matas de zimbro que se tornava quase intransponível. Por isso voltou à cabana e meteu pela estrada de Hedeby. De acordo com o mapa, havia um caminho através dos bosques que passava por um sítio chamado a Fortaleza. Demorou 20 minutos a encontrá-lo, escondido sob o mato. A Fortaleza era o que restava das defesas costeiras do tempo da Segunda Guerra Mundial: *bunkers* de betão com trincheiras à volta de um centro de comando. Estava tudo coberto de ervas e matagal.

Desceu o trilho até uma arrecadação de barcos. Ao lado da arrecadação encontrou os destroços de um *Pettersson*. Voltou à Fortaleza e seguiu o caminho até uma vedação: tinha chegado a Östergården, vindo do lado oposto.

Seguiu o sinuoso trilho, mais ou menos paralelo aos campos de Östergården. O caminho não era fácil – havia zonas inundadas que era preciso contornar. Finalmente, chegou a um pântano e avistou, do outro lado, um celeiro. Tanto quanto podia ver, o trilho terminava ali, a uma centena de metros da estrada de Östergården.

Para lá da estrada erguia-se a colina de Söderberget. Mikael subiu a íngreme vertente, e teve de escalar os últimos metros. O cume de Söderberget era uma falésia quase a pique voltada para o mar. Seguiu a crista em direcção a Hedeby. Deteve-se num ponto sobranceiro às cabanas de Verão, de onde avistava o velho porto de pesca, a igreja e a sua própria casa. Sentou-se numa pedra e bebeu o resto do café, já morno.

◆

    Cecilia Vanger manteve as distâncias. Mikael não queria ser importuno, pelo que esperou uma semana antes de ir bater-lhe à porta. Ela mandou-o entrar.

    – Deves achar ridículo, uma respeitável directora de escola de cinquenta e seis anos a comportar-se como uma colegial.

    – Cecilia, és uma mulher adulta. Tens o direito de fazer o que quiseres.

    – Eu sei, e é por isso que decidi não voltar a estar contigo. Não consigo...

    – Por favor, não tens de me dar explicações. Espero que continuemos amigos.

    – Gostaria que continuássemos amigos. Mas não consigo lidar com uma relação contigo. Nunca fui muito boa em relações. Gostaria que não me procurasses por uns tempos.

CAPÍTULO 16

DOMINGO, 1 DE JUNHO – TERÇA-FEIRA, 10 DE JUNHO

AO CABO DE SEIS MESES de cogitações infrutíferas, o mistério do desaparecimento de Harriet Vanger abriu uma pequena brecha quando, nos primeiros dias de Junho, Mikael descobriu três peças totalmente novas do quebra-cabeças. Duas, encontrou-as sozinho. Com a terceira, teve ajuda exterior.

Depois da visita de Erika, em Maio, voltara a estudar o álbum durante horas, examinando as fotografias uma a uma, a tentar descobrir o que fora que o fizera reagir. Falhara mais uma vez, de modo que pusera o álbum de lado e voltara ao trabalho na crónica da família.

Um dia, em Junho, estava em Hedestad a pensar numa coisa completamente diferente, quando o autocarro em que seguia entrou na Järnvägsgatan e, de repente, viu com perfeita nitidez o que tinha andado a germinar-lhe no fundo da cabeça. Foi como se um raio o tivesse atingido. Ficou tão confuso que continuou no autocarro até a última paragem, diante da estação do comboio. Aí, apanhou o primeiro autocarro de volta a Hedeby, para verificar se tinha razão.

Era a primeira foto do álbum, a última tirada a Harriet naquele fatídico dia na Järnvägsgatan, quando ela estava a assistir ao desfile do Dia da Criança.

A fotografia destoava do conjunto do álbum. Fora lá posta por ter sido tirada no mesmo dia, mas era a única que não tinha como tema o acidente na ponte. Sempre que ele – e (supôs) qualquer pessoa – via aquele álbum, eram as pessoas e os pormenores do que acontecera na ponte que atraíam a atenção. Não havia drama na foto de uma multidão a assistir ao desfile do Dia da Criança, várias horas antes.

Henrik Vanger devia ter olhado para aquela fotografia milhares de vezes, uma dolorosa recordação de que nunca mais voltaria a ver Harriet.

Não fora, porém, a isso que Mikael reagira.

A foto fora tirada do outro lado da rua, provavelmente da janela de um segundo andar. A objectiva grande angular apanhara a parte da frente de um dos carros alegóricos. No reboque havia mulheres envergando fatos de banho cintilantes e calças de harém a atirar guloseimas para a multidão. Algumas dançavam. Três palhaços saltavam à frente do carro.

Harriet estava na primeira fila de espectadores que enchiam o passeio. Junto dela, estavam três outras raparigas, claramente colegas de escola, e atrás e à volta delas havia pelo menos cem outras pessoas. Fora isto que Mikael notara subconscientemente e que de repente viera à superfície quando o autocarro passara pelo local.

A multidão de espectadores comportava-se como qualquer outra multidão de espectadores. Os olhos das pessoas seguem sempre a bola numa partida de ténis ou o disco num jogo de hóquei no gelo. As que estavam mais à esquerda olhavam para os palhaços, mesmo em frente delas. As mais próximas do carro olhavam para as raparigas escassamente vestidas. As expressões dos rostos eram calmas. As crianças apontavam. Algumas riam. Toda a gente parecia feliz.

Toda a gente menos Harriet.

Harriet Vanger estava a olhar para um dos lados. As três amigas, e toda a gente em redor, olhavam para os palhaços, mas o rosto de Harriet estava voltado 30 a 35 graus para a direita. O olhar dela parecia fixado em qualquer coisa do outro lado da rua, mas para lá do limite esquerdo da fotografia.

Mikael pegou na lupa e tentou distinguir os pormenores. A foto fora tirada de demasiado longe para que pudesse ter a certeza absoluta, mas, ao contrário dos que a rodeavam, o rosto de Harriet estava mortalmente sério. A boca dela formava uma linha fina e direita. Tinha os olhos muito abertos. Os braços pendiam-lhe molemente ao longo do corpo. Parecia assustada. Assustada e furiosa.

◈

Mikael tirou a foto do álbum, enfiou-a numa capa de plástico e foi esperar o próximo autocarro para Hedestad. Apeou-se na Järnvägsgatan e foi colocar-se debaixo da janela de onde a fotografia devia ter sido tirada. Ficava no limite daquilo que constituía o centro da cidade de Hedestad. Era um edifício de madeira, com dois pisos, que albergava uma loja de vídeos e a Camisaria Sundström, fundada, segundo a placa fixada na porta da frente, em 1932. Entrou e verificou que a loja se distribuía por dois níveis. Uma escada em espiral dava acesso ao piso superior.

No alto da escada, havia duas janelas voltadas para a rua.

— Posso ajudá-lo? — perguntou um vendedor já de certa idade, quando Mikael tirou a foto da capa de plástico. Havia apenas mais duas ou três pessoas na loja.

— Bem, só queria ver de onde foi tirada esta foto. Posso abrir a janela por um instante?

O homem disse que sim. Mikael viu o local exacto onde Harriet estivera. Um dos dois edifícios de madeira que apareciam atrás dela na fotografia tinha desaparecido, substituído por um prédio de tijolo. O outro fora, em 1966, uma papelaria; agora era uma loja de produtos dietéticos e um solário.

Fechou a janela, agradeceu ao homem e pediu desculpa pelo incómodo.

Atravessou a rua e foi colocar-se exactamente onde Harriet estivera. Tinha bons pontos de referência entre a janela do segundo piso da camisaria e a porta do solário. Voltou a cabeça e olhou ao longo da linha de visão de Harriet. Tanto quanto podia dizer, ela estivera a olhar para a esquina do edifício que albergava a Camisaria Sundström. Era uma esquina perfeitamente vulgar, com uma rua transversal que desaparecia para lá dela. *O que foi que viste ali, Harriet?*

Mikael guardou a foto na sacola e foi a pé até ao parque da estação. Sentou-se na esplanada de um café e pediu um *latte*. Sentia-se subitamente abalado.

Os policiais ingleses chamavam àquilo «new evidence», que tinha um som bem mais impressionante do que o vulgar «novas provas materiais». Vira uma coisa completamente nova, uma coisa em que ninguém reparara ao longo de uma investigação que marcava passo havia trinta e sete anos.

O problema era que não tinha a certeza do valor desta nova informação, se algum valor tinha. E no entanto, não conseguia impedir-se de sentir que acabaria por revelar-se significativa.

O dia de Setembro em que Harriet desaparecera fora dramático de várias maneiras. Fora um dia de festa em Hedestad, com milhares de pessoas, novas e velhas, a encher as ruas. Fora o dia da reunião anual da família Vanger na ilha de Hedeby. Só estes dois acontecimentos já representavam um desvio às rotinas quotidianas da terra. O acidente na ponte ofuscara tudo o mais.

O inspector Morell, Henrik Vanger e todos os outros que se tinham debruçado sobre o desaparecimento de Harriet tinham-se concentrado nos acontecimentos na ilha. Morell escrevera inclusivamente que não conseguia libertar-se da suspeita de que o acidente e o desaparecimento de Harriet estavam relacionados. Mikael tinha agora provas de que isto não era verdade.

A cadeia de acontecimentos não se iniciara na ilha e sim em Hedestad, várias horas antes. Harriet Vanger vira qualquer coisa ou alguém que a assustara e a fizera correr para casa para falar com o tio, que, infelizmente, não tivera tempo para a ouvir. Então, acontecera o acidente na ponte. E então o assassino atacara.

Mikael fez uma pausa. Era a primeira vez que formulava conscientemente a assunção de que Harriet fora assassinada. Aceitava a convicção de Henrik Vanger. Harriet estava morta e ele andava à caça de um assassino.

Voltou ao relatório policial. Entre todos aqueles milhares de páginas, só uma pequena parte lidava com os acontecimentos em Hedestad. Harriet estivera com três colegas de escola, que tinham sido todas interrogadas. Tinham-se encontrado no parque da estação, às nove da manhã. Uma das raparigas ia comprar uns *jeans*, e as outras foram com ela. Tomaram café na cafetaria da loja e em seguida tinham-se dirigido ao campo de jogos, onde tinham deambulado por entre as bancas de diversões e encontrado outras colegas de escola. Ao meio-dia, tinham voltado ao centro da cidade para assistir ao desfile. Pouco antes das duas, Harriet dissera-lhes subitamente que tinha de ir para casa. Tinham-se despedido junto de uma paragem de autocarros perto da Järnvägsgatan.

Nenhuma das amigas notara nada de especial. Uma delas era Inger Steenberg, a que descrevera a transformação de Harriet ao longo do último ano dizendo que se tinha tornado «impessoal». Dissera que Harriet se mostrara taciturna, o que era habitual, e que de um modo geral se limitara a seguir as outras.

O inspector Morell falara com toda a gente que tinha encontrado Harriet naquele dia, nem que fosse apenas para dizer olá no quintal da casa da família. Os jornais tinham publicado uma fotografia enquanto a busca estava a decorrer. Depois de ela ter desaparecido, vários habitantes de Hedestad tinham telefonado para a polícia a dizer que julgavam tê-la visto no dia do desfile, mas ninguém comunicara nada de invulgar.

Na manhã seguinte, Mikael foi encontrar Henrik Vanger à mesa do pequeno-almoço.

— Disse-me que a família Vanger ainda tem interesses no *Hedestads-Kuriren*.

— É verdade.

— Gostaria de ter acesso ao arquivo fotográfico deles. De mil novecentos e sessenta e seis.

Vanger pousou o copo de leite e limpou o lábio superior.

— Mikael, o que foi que descobriste?

Mikael olhou o velho nos olhos.

— Nada de sólido. Mas penso que talvez tenhamos cometido um erro no respeitante à cadeia de acontecimentos.

Mostrou a foto a Vanger e explicou-lhe o que pensava. Vanger ficou sentado, sem dizer nada, durante muito tempo.

— Se tenho razão, temos de investigar o mais para trás que pudermos o que aconteceu em Hedestad naquele dia, e não apenas o que aconteceu na ilha – continuou Mikael. – Não sei como fazê-lo passado tanto tempo, mas devem ter sido tiradas durante os festejos do Dia da Criança montes de fotografias que nunca foram publicadas. São essas que quero ver.

Vanger usou o telefone da cozinha. Ligou para Martin, explicou o que queria e perguntou quem era o actual editor fotográfico do jornal. Dez minutos mais tarde, as pessoas necessárias tinham sido contactadas e o acesso garantido.

O editor fotográfico do *Hedestads-Kuriren* era Madeleine Blomberg, a quem chamavam Maja. Era a primeira mulher com aquele cargo que Mikael encontrava no jornalismo, onde a fotografia continuava a ser basicamente uma forma de arte masculina.

Uma vez que era sábado, a redacção estava deserta, mas aconteceu que Maja vivia a escassos cinco minutos de distância, de modo que se encontrou com ele à porta do jornal. Maja trabalhara no *Hedestads-Kuriren* a maior parte da sua vida. Começara como revisora em 1964, depois fora retocadora de fotografia e passara vários anos na câmara-escura, funcionando ocasionalmente como fotógrafa, quando o pessoal titular não chegava para as necessidades. Conseguira um cargo editorial, em seguida um lugar a tempo inteiro na secção de fotografia e, havia já dez anos, quando o velho editor fotográfico se reformara, passara a chefiar o departamento.

Mikael perguntou-lhe como estava organizado o arquivo fotográfico.

– Para dizer a verdade, está um bocado confuso. Desde que temos computadores e fotografia digital, arquivamos tudo em CD. Tivemos cá um estagiário que passou algum tempo a digitalizar no *scanner* as fotos antigas mais importantes, mas só uma pequena percentagem do fundo está catalogada. As fotos mais antigas estão arrumadas por data, em pastas de negativos. Uma parte está na redacção, o resto no armazém, no sótão.

– Estou interessado em fotos tiradas durante o desfile do Dia da Criança, em mil novecentos e sessenta e seis, mas também em quaisquer outras que tenham sido feitas nessa semana.

Fröken Blomberg lançou-lhe um olhar interessado.
— Está a falar da semana em que a Harriet Vanger desapareceu?
— Conhece a história?
— Seria impossível trabalhar no *Kuriren* uma vida inteira e não a conhecer, e quando o Martin Vanger me telefona logo de manhã no meu dia de folga, tiro as minhas conclusões. Apareceu alguma coisa de novo?

Blomberg tinha faro jornalístico. Mikael abanou a cabeça, com um pequeno sorriso, e deu-lhe a história de fachada.

— Não, e não acredito que alguma vez alguém descubra a solução desse quebra-cabeças. É mais ou menos confidencial, mas a verdade é que fui contratado para escrever a autobiografia do Henrik Vanger. A história da rapariga desaparecida é um tema acessório, mas é também um capítulo que não posso ignorar. Ando à procura de qualquer coisa que nunca tenha sido usada para ilustrar esse dia... da Harriet e das amigas.

Maja fez um ar de dúvida, mas a explicação era razoável e não seria ela a questionar a história, tendo em conta o papel dele.

Um fotógrafo de um jornal faz entre dois e dez rolos de fotografias por dia. No caso dos grandes acontecimentos, pode chegar ao dobro. Cada rolo contém 36 negativos, de modo que não é invulgar um jornal local acumular mais de 300 imagens todos os dias, das quais apenas umas poucas são publicadas. Um departamento bem organizado corta os rolos de película em grupos de seis e guarda-os em mangas plásticas. Um rolo ocupa uma página num arquivador de negativos. Cada arquivador pode conter até 110 rolos. Num ano, são cheios 25 arquivadores. E assim se acumula, com o passar do tempo, uma quantidade enorme de arquivadores, geralmente sem qualquer valor comercial, que atafulham as prateleiras dos departamentos fotográficos. Por outro lado, não há fotógrafo nem chefe de departamento fotográfico que não esteja convencido de que as suas fotografias constituem *uma documentação histórica de valor incalculável*, de modo que nunca deitam nada fora.

O *Hedestads-Kuriren* fora fundado em 1922, e o departamento fotográfico existia desde 1937. O armazém do sótão guardava mais de 1200 arquivadores, arrumados, como Blomberg dissera, por ordem cronológica. Os negativos correspondentes a 1966 ocupavam quatro desses arquivadores.

— Como é que vamos fazer isto? Do que realmente preciso é de sentar-me a uma mesa de luz e fazer cópias de tudo o que possa ter interesse.

— Já não temos câmara-escura. Agora, é tudo digitalizado. Sabe trabalhar com um *scanner* de negativos?

— Sim, já trabalhei em imagem e tenho um *Agfa* em casa. Trabalho em PhotoShop.

— Então usa o mesmo equipamento que nós.

Madeleine Blomberg mostrou-lhe o pequeno gabinete, pôs-lhe uma cadeira junto à mesa de luz e ligou o computador e o *scanner*. Mostrou-lhe onde ficava a máquina do café, na área da cantina. Concordaram que Mikael poderia trabalhar sozinho, mas teria de telefonar-lhe quando quisesse ir embora, para ela ir ligar o alarme. Acertados os pormenores, deixou-o com um jovial «Divirta-se.»

Em 1966, o *Kuriren* tinha dois fotógrafos. O que estivera de serviço no dia do acidente chamava-se Kurt Nylund e, por acaso, Mikael até o conhecia. À época dos factos, Nylund tinha 20 e poucos anos. Mais tarde, mudara-se para Estocolmo e tornara-se um fotógrafo famoso que trabalhara primeiro como *freelancer* e depois como empregado para a Pressen Bild, em Marieberg. Mikael encontrara-se várias vezes com ele, nos anos noventa, quando a *Millennium* usara imagens da Pressen. Recordava-o como um homem magro e anguloso, a ficar careca. No dia do desfile, Nylund utilizara uma película para luz do dia, não muito rápida, na altura a preferida de muitos fotógrafos noticiosos.

Mikael pegou nos negativos das fotos do jovem Nylund, distribuiu-os pelo tampo da mesa de luz e examinou-os um a um, com uma lupa. Ler negativos é uma forma de arte que exige experiência... que ele não tinha. Para decidir se alguma das fotografias continha informação valiosa, ia ter de digitalizá-las e examiná-las no visor do computador. Ia demorar horas. Por isso resolveu fazer primeiro um apanhado muito geral das que lhe pareceu que podiam ter interesse.

Começou por passar todas as que tinham como tema o acidente. A colecção de Henrik Vanger estava incompleta. A pessoa que copiara o acervo – possivelmente o próprio Nylund – deixara de fora cerca de trinta que ou estavam pouco nítidas ou eram de tão baixa qualidade que tinham sido consideradas impublicáveis.

Em seguida, desligou o computador do *Kuriren* e ligou o *Agfa* ao seu próprio *iBook*. Passou duas horas a digitalizar o resto das imagens.

Uma saltou-lhe imediatamente à vista. Algures entre as três e dez e as três e um quarto, mais ou menos à hora em que Harriet desaparecera, alguém abrira a janela do quarto dela. Henrik Vanger tentara, em vão, descobrir quem. Mikael tinha no seu visor uma foto que devia ter sido tirada exactamente no momento em que a janela fora aberta. Havia uma figura e um rosto, apesar de desfocado. Decidiu que uma análise mais pormenorizada poderia esperar até ter acabado de digitalizar todas as imagens.

Examinou então as referentes aos festejos do Dia da Criança. Nylund tinha feito seis rolos, cerca de 200 exposições. Havia uma quantidade enorme de crianças com balões, de adultos, de cenas de rua com vendedores de cachorros-quentes, o desfile propriamente dito, um artista num palco e a entrega de um prémio qualquer.

Decidiu digitalizar a colecção inteira. Seis horas mais tarde, tinha um portefólio de 90 imagens, mas ia ter de voltar no dia seguinte.

Às nove da noite telefonou a Maja, agradeceu-lhe e apanhou o autocarro de regresso a Hedeby.

Estava de volta às nove da manhã de domingo. A redacção continuava deserta quando Maja o deixou. Não se apercebera de que era o fim-de-semana de Pentecostes, e que só voltaria a haver jornal na terça-feira. Passou o dia inteiro a digitalizar imagens. Às seis da tarde, ainda lhe faltavam 40 fotos do Dia da Criança. Tinha examinado os negativos e decidira que grandes planos de carinhas larocas ou imagens de um pintor num palco não tinham nada que ver com o seu objectivo. O que lhe interessava eram as cenas de rua e as multidões.

◈

Dedicou o feriado de Pentecostes a passar em revista o novo material. Fez duas descobertas. A primeira deixou-o consternado. A segunda pôs-lhe o coração a bater mais depressa.

A primeira era o rosto na janela de Harriet Vanger. A foto ficara ligeiramente desfocada devido ao movimento, e por isso fora excluída do conjunto inicial. O fotógrafo encontrava-se na colina da igreja e apontara para a ponte. As casas ficaram em segundo plano. Mikael ampliou a imagem de modo a apanhar apenas a janela, e então tentou ajustar o contraste e aumentar a nitidez até conseguir o que considerou ser a melhor qualidade possível.

O resultado foi uma imagem cheia de grão, com o mínimo de definição, que mostrava uma cortina, parte de um braço e um rosto difuso, em forma de meia-lua, um pouco afastado da janela.

Não era o rosto de Harriet Vanger, que tinha cabelos pretos, mas o de alguém com cabelos mais claros.

Era impossível distinguir as feições, mas tinha a certeza de que era uma mulher; a parte mais clara do rosto prolongava-se até à altura do ombro, sugerindo longos cabelos femininos, e vestia roupas claras.

Calculou a altura usando como padrão a janela: era uma mulher com cerca de um metro e setenta.

Procurou outras imagens dos espectadores do acidente, e encontrou uma pessoa que correspondia à descrição: Cecilia Vanger, na altura com 20 anos.

Nylund fizera 18 fotografias do seu posto de observação na janela da Camisaria Sundström. Harriet aparecia em 17.

Ela e as amigas tinham chegado à Järnvägsgatan no preciso instante em que Nylund começara a fotografar. Mikael calculou que as fotos tinham sido feitas num período de cinco minutos. Na primeira, Harriet e as amigas desciam a rua, entrando no enquadramento. Nas fotos dois a sete estavam paradas, a assistir ao desfile. Nas seguintes, tinham-se deslocado cerca de seis metros mais para baixo. Na última, que provavelmente fora tirada um pouco mais tarde, as raparigas tinham desaparecido.

Mikael escolheu uma série de imagens que editou de modo a apanhar a parte superior do corpo de Harriet e trabalhou-as até conseguir o melhor contraste possível. Guardou as imagens numa pasta à parte, abriu o Graphic Converter e iniciou a função Slide Show. O resultado foi um sacudido filme mudo em que cada fotograma aparecia durante dois segundos.

Harriet chega, imagem de perfil. Harriet pára e olha para a rua. Harriet volta o rosto na direcção da rua. Harriet abre a boca para dizer qualquer coisa à amiga. Harriet ri. Harriet leva a mão esquerda à orelha. Harriet sorri. De súbito parece surpreendida, com o rosto num ângulo de 20 graus para a esquerda da câmara. Harriet abre muito os olhos, e já não sorri. Harriet cerra os lábios com força. Harriet foca o olhar. No rosto dela consegue ler-se... o quê? Repulsa, choque, fúria? Harriet baixa os olhos. Harriet desapareceu.

Mikael passou a sequência mais uma vez... e outra.

Confirmava com alguma força a teoria que formulara. Alguma coisa acontecera na Järnvägsgatan.

Ela vê qualquer coisa... alguém... do outro lado da rua. Reage com choque. Contacta o tio para uma conversa particular, que não chega a acontecer. Desaparece sem deixar rasto.

Alguma coisa aconteceu, mas as fotografias não mostravam o quê.

Às duas da madrugada de terça-feira, Mikael Blomkvist comia sanduíches e bebia café sentado à mesa da cozinha. Sentia-se simultaneamente descorçoado e exultante. Contra todas as expectativas, descobrira novos indícios. O único problema era que, apesar de lançarem uma nova luz sob o encadeado de acontecimentos, não o aproximavam um milímetro da resolução do mistério.

Pensou muito a respeito de que papel poderia Cecilia Vanger ter desempenhado no drama. Henrik analisara pormenorizadamente as actividades de todas as pessoas envolvidas naquele dia, e Cecilia não fora excepção. Vivia em Uppsala, mas chegara a Hedeby dois dias antes do fatídico sábado. Tinha ficado em casa de Isabella. Dissera que talvez tivesse visto Harriet naquela manhã, mas que não falara com ela. Fora de carro a Hedestad, tratar de um assunto qualquer. Não vira a prima na cidade e regressara a Hedeby por volta da uma, mais ou menos à mesma hora que Nylund começara a tirar fotografias na Järnvägsgatan. Mudara de roupa e, às duas, ajudara a preparar a mesa para o banquete dessa noite.

Como álibi – se era disso que se tratava – parecia bastante fraco. Os tempos eram aproximados, especialmente no respeitante a quando voltara a Hedeby, mas Henrik nada encontrara que indicasse que estava a mentir. Cecilia era um dos membros da família de quem o velho patriarca mais gostava. Mikael não conseguia ser objectivo em relação a ela. A mulher tinha sido sua amante, que diabo. Não conseguia imaginá-la como uma assassina.

Agora, uma fotografia até então desconhecida dizia-lhe que ela tinha mentido ao afirmar que nunca estivera no quarto de Harriet naquele dia. Debateu-se com o possível significado daquele facto.

Se mentiste a respeito disto, a respeito de que mais terás mentido?

Reviu mentalmente o que sabia de Cecilia. Uma pessoa introvertida, obviamente afectada pelo passado. Vivia sozinha, sem vida sexual, com dificuldade em aproximar-se das pessoas. Mantinha as distâncias, mas quando se soltava não havia constrangimentos. Escolhera um estranho como amante. Afirmara que queria pôr fim à relação porque não conseguia viver com a ideia de que, um dia, ele desapareceria da vida dela tão inesperadamente como tinha aparecido. Mikael estava convencido de que a razão por que ousara começar uma relação com ele fora precisamente o facto de ser só temporária. Não tinha de ter medo de que ele lhe alterasse a vida a longo prazo.

Suspirou e resolveu pôr de lado a psicologia de trazer por casa.

Fez a segunda descoberta durante a noite. A chave do mistério era o que Harriet tinha visto em Hedestad. Nunca o descobriria a menos que conseguisse inventar uma máquina de viajar no tempo e fosse pôr-se atrás dela a espreitar-lhe por cima do ombro.

E então teve uma ideia. Deu uma palmada na testa e precipitou--se para o *iBook*. Abriu o ficheiro onde guardara as imagens não processadas captadas na Järnvägsgatan e... *lá estava!*

Atrás de Harriet, a cerca de um metro para a direita, estava um jovem casal, ele de camisola às riscas, ela de casaco claro. A mulher segurava uma máquina fotográfica. Quando ampliou a imagem viu que era uma *Kodak Instamatic* com *flash* – uma máquina barata, para quem não sabia nada de fotografia.

Segurava a máquina à altura do queixo. E então ergueu-a um pouco mais e tirou uma fotografia aos palhaços, no preciso instante em que o rosto de Harriet mudava de expressão.

Mikael comparou a posição da câmara com a linha de visão de Harriet. A mulher tirara uma fotografia exactamente àquilo para que ela estava a olhar.

Sentia o coração a bater com força. Recostou-se na cadeira e tirou o maço de cigarros do bolso da camisa. *Alguém tinha tirado uma fotografia.* Mas como identificar e encontrar a mulher? Como obter a foto? Teria o rolo sido revelado e, se sim, as provas ainda existiriam?

Abriu a pasta com as fotos que Nylund fizera dos espectadores. Durante as duas horas seguintes ampliou-as uma a uma e examinou--as centímetro a centímetro. Só voltou a ver o casal na última. Nylund fotografara outro palhaço, que posara para a máquina com um ramalhete de balões na mão e um sorriso enorme pintado no rosto. As fotografias tinham sido tiradas num parque de estacionamento perto da entrada do campo de jogos, onde estavam a decorrer os festejos. Devia ter sido antes das duas da tarde. Logo a seguir, Nylund soubera do acidente na ponte e perdera todo o interesse nas celebrações do Dia da Criança.

A mulher estava quase escondida, mas o homem da camisola às riscas era claramente visível, de perfil. Segurava uma chave e inclinava-se para abrir a porta de um carro. O foco estava no palhaço, em primeiro plano, e o carro ficara menos nítido. A chapa de matrícula estava parcialmente escondida, mas conseguiu ver que começava por «AC3».

Nos anos sessenta, as matrículas começavam por duas letras indicadoras de área de registo, e, quando criança, Mikael decorara o código. «AC» correspondia a Västerbotten.

E então reparou noutra coisa. Havia um autocolante no óculo traseiro. Ampliou a imagem, mas o texto dissolveu-se numa mancha difusa. Seleccionou o autocolante e ajustou o contraste e a nitidez. Demorou algum tempo. Continuava a não conseguir ler as palavras, mas tentou perceber que letras eram, baseando-se nos contornos difusos. Muitas delas eram surpreendentemente semelhantes. Um «O» confundia-se facilmente com um «D», um «B» com um «E», e assim por diante. Depois de trabalhar com caneta e papel, e excluindo certas letras, ficou com um texto ilegível, numa linha:

R JÖ NI K RIFA RIK

Olhou para a imagem até que os olhos se lhe encheram de água. E então viu o texto: «NORSJÖ SNICKERIFABRIK», seguido por uma série de números em tamanho mais pequeno e totalmente impossíveis de ler, talvez um número de telefone.

CAPÍTULO 17

QUARTA-FEIRA, 11 DE JUNHO – SÁBADO, 14 DE JUNHO

A AJUDA COM A TERCEIRA PEÇA do quebra-cabeças veio-lhe de onde menos esperava.

Depois de ter trabalhado nas imagens praticamente durante toda a noite, dormiu até meio da tarde. Acordou com uma enorme dor de cabeça, tomou um duche e foi ao Café Susanne tomar o pequeno-almoço. Deveria ter ido procurar Henrik Vanger para lhe contar o que tinha descoberto, mas, em vez disso, foi a casa de Cecilia e bateu-lhe à porta. Precisava de perguntar-lhe por que razão mentira a respeito do quarto de Harriet. Ninguém abriu.

Preparava-se para se retirar quando ouviu:

— A tua puta não está em casa.

Gollum tinha saído da sua caverna. Em tempos, fora um homem alto, com quase dois metros, mas estava tão encurvado pela idade que os olhos dele ficavam ao nível dos de Mikael. Tinha a cara e o pescoço cobertos de escuras manchas hepáticas. Vestia pijama e roupão de quarto castanho, e apoiava-se a uma bengala. Parecia uma personagem de um filme de terror.

— O que foi que disse?

— Disse que a tua puta não está em casa.

Mikael aproximou-se tanto que o nariz dele ficou quase encostado ao de Harald Vanger.

— Está a falar da sua filha, seu porco nojento.

— Não sou eu quem vem cá às escondidas a meio da noite — respondeu Harald, com um sorriso desdentado. Cheirava a azedo. Mikael contornou-o e desceu a rua sem olhar para trás. Encontrou Henrik no escritório.

— Acabo de ter o prazer de conhecer o seu irmão — disse.

— O Harald? Bem, bem, com que então arriscou-se a sair do buraco. Acontece, uma ou duas vezes por ano.

— Estava a bater à porta da Cecilia quando a voz dele disse nas minhas costas, e passo a citar: «A tua puta não está em casa.»

— Sim, é bem do Harald — disse Henrik, calmamente.

— Chamou puta à própria filha, pelo amor de Deus.

— Há anos que a trata assim. É por isso que quase não se falam.

— Porque é que ele lhe chama aquilo?

— A Cecilia perdeu a virgindade quando tinha vinte e um anos. Aconteceu aqui em Hedestad, depois de um romance de Verão, um ano depois de a Harriet ter desaparecido.

— E?

— O homem por quem ela se apaixonou chamava-se Peter Samuelson. Era adjunto da direcção financeira do Grupo Vanger. Um rapaz brilhante. Hoje, trabalha na ABB. O tipo de homem que eu teria muito orgulho em ter como genro, se ela fosse minha filha. O Harald mediu-lhe o crânio, ou investigou-lhe a família, ou coisa assim, e descobriu que ele era um quarto judeu.

— Santo Deus.

— Desde essa altura trata-a por puta.

— Ele sabia que eu e a Cecilia...

— Provavelmente toda a gente na aldeia sabe, com a possível excepção da Isabella, porque ninguém no seu juízo perfeito lhe diria fosse o que fosse, e, graças a Deus, ela tem a decência de ir para a cama às oito da noite. O Harald, em contrapartida, deve ter acompanhado todos os teus passos desde que chegaste.

Mikael sentou-se, a sentir-se pateta.

— Quer dizer que toda a gente sabe...

— Claro.

— E o senhor não se importa?

— Meu caro Mikael, a verdade é que não tenho nada com isso.

— Onde está a Cecilia?

— O ano escolar acabou. Foi a Londres visitar a irmã e depois vai passar férias a... hum, acho que é na Florida. Volta para o mês que vem.

Mikael sentiu-se ainda mais pateta.

— Resolvemos suspender a nossa relação, para já.

— Foi o que me disseram. Mas, como disse, não tenho nada com isso. Como vai o teu trabalho?

Mikael serviu-se de uma chávena de café, do termo de Henrik.

— Penso que encontrei algum material novo.

Tirou o *iBook* da sacola e passou a série de imagens que mostravam como Harriet tinha reagido na Järnvägsgatan. Explicou como descobrira os outros espectadores com a máquina fotográfica e o carro com o autocolante de uma marcenaria em Norsjö. No fim, Henrik quis voltar a ver todas as fotos. Quando ergueu os olhos do computador, o rosto dele estava cinzento. Mikael, subitamente alarmado, pousou-lhe uma mão no ombro. Henrik Vanger afastou-o com um gesto e ficou sentado, em silêncio, durante algum tempo.

— Fizeste aquilo que eu julgava impossível. Descobriste qualquer coisa completamente nova. O que vais fazer agora?

— Vou tentar conseguir aquela fotografia, se ela ainda existir.

Não falou do rosto na janela.

Quando Mikael saiu da casa de Henrik, Harald Vanger tinha voltado para a sua gruta. Ao dobrar a esquina encontrou alguém completamente diferente sentado nos degraus do alpendre da casa de hóspedes, a ler o jornal. Por uma fracção de segundo pensou que era Cecilia, mas, ao aproximar-se, reconheceu imediatamente a rapariga de cabelos negros que esperava por ele.

— Olá, Papá – disse Pernilla Abrahamsson.

Mikael e a filha abraçaram-se com força.

— De onde me saíste tu?

— De casa, claro. Vou a caminho de Skellefteå. Posso ficar esta noite?

— Claro que podes. Mas como foi que chegaste até aqui?

— A Mamã sabia onde tu estavas, e perguntei no café se sabiam qual era a tua casa. A senhora mostrou-me como cá chegar. Estás contente por me ver?

— Claro que estou. Entra. Devias ter-me avisado, para eu comprar qualquer coisa boa para comer.

— Decidi assim de repente. Queria dar-te as boas-vindas de regresso da prisão, mas tu não disseste nada.

— Peço desculpa.

— Não faz mal. A Mamã disse-me que estás sempre perdido nos teus pensamentos.

— É o que ela diz a meu respeito?

— Mais ou menos. Mas não importa. Eu gosto de ti na mesma.

— E eu gosto muito de ti, mas sabes...

— Sei. Já estou bastante crescidinha.

Mikael fez chá e bolos.

O que a filha tinha dito era verdade. Já não era uma menininha; tinha quase dezassete anos, praticamente uma mulher feita. Tinha de aprender a deixar de tratá-la como uma criança.

— Então, como foi?

— Como foi o quê?

— A prisão.

Ele riu-se.

— Acreditavas se te dissesse que foi como umas férias pagas com todo o tempo do mundo para pensar e escrever?

— Acreditava. Suponho que não há muita diferença entre uma prisão e um convento, e há imensa gente que vai para conventos para reflectir a respeito de si mesma.

— Ora aí tens. Espero que não tenha sido um problema para ti, ter um pai presidiário.

— Nem um bocadinho. Orgulho-me de ti, e nunca perco a oportunidade de dizer a toda a gente que foste preso pelas tuas convicções.

— As minhas convicções?

— Vi a Erika Berger na televisão.

— Pernilla, não estou inocente. Lamento não ter falado contigo a respeito do que aconteceu, mas não fui injustamente condenado. O tribunal decidiu com base no que foi dito durante o julgamento.

— Mas tu nunca contaste o teu lado da história.

– Não, porque não tinha provas.

– *Okay.* Então responde-me a uma pergunta: o Wennerström é ou não é um crápula.

– É um dos crápulas mais sinistros que alguma vez conheci.

– Para mim, é o suficiente. Tenho um presente para ti.

Tirou um embrulho da bolsa. Abriu-o e mostrou um CD, *The Best of the Eurythmics*. Sabia que era uma das velhas bandas preferidas dele. Mikael introduziu-o no *iBook* e ficaram os dois a ouvir «Sweet Dreams».

– Que vais fazer para Skellefteå?

– Estudos bíblicos num campo de Verão com uma congregação chamada Luz da Vida – disse Pernilla, como se fosse a escolha mais natural do mundo para umas férias de Verão.

Mikael sentiu um calafrio descer-lhe pelas costas. Apercebeu-se de como a filha e Harriet Vanger eram parecidas. Pernilla tinha 16 anos, exactamente a mesma idade que Harriet quando desaparecera. Ambas tinham pais ausentes. Ambas se sentiam atraídas pelo fanatismo religioso de estranhas seitas – Harriet pelos pentecostalistas, Pernilla por uma ramificação de qualquer coisa que era de certeza tão desaparafusada como a Palavra de Vida.

Não sabia muito bem como lidar com o recém-descoberto interesse da filha pela religião. Receava interferir no direito dela de decidir por si mesma. Ao mesmo tempo, a Luz da Vida era definitivamente o tipo de seita que ele não hesitaria em denunciar na *Millennium*. Havia de aproveitar a primeira oportunidade para discutir o assunto com a mãe dela.

Pernilla dormiu na cama dele, relegando-o, embrulhado em mantas, para o banco da cozinha. Acordou com um torcicolo e os músculos doridos. Pernilla estava ansiosa por partir, de modo que ele fez o pequeno-almoço e acompanhou-a à estação. Como ainda tinham tempo, compraram café no minimercado e sentaram-se num banco perto do fim da gare, conversando a respeito disto e daquilo. Até que ela disse:

– Não te agrada a ideia de eu ir para Skellefteå, pois não?

Esta apanhou-o de surpresa.

— Não é perigoso. Mas tu não és cristão, pois não?
— Bem, pelo menos, não sou um bom cristão.
— Não acreditas em Deus?
— Não, não acredito em Deus, mas respeito o facto de tu acreditares. Toda a gente tem de ter qualquer coisa em que acreditar.

Quando o comboio chegou, abraçaram-se longamente antes de Pernilla embarcar. Já com um pé no degrau, ela voltou-se.

— Papá, não vou tentar converter-te. Não me importa aquilo em que acreditas, e hei-de amar-te sempre... mas acho que devias continuar os teus estudos bíblicos.

— Porque dizes isso?

— Vi as citações que tinhas na parede. Mas porquê tão lúgubres e neuróticas? Beijinhos. Até à vista.

Acenou, e pouco depois tinha partido. Mikael ficou sozinho na gare, confuso, a ver o comboio afastar-se. Só quando a última carruagem desapareceu para lá da curva apreendeu o verdadeiro significado do que ela tinha dito.

Saiu da estação a correr. Faltava quase uma hora para o próximo autocarro. Estava demasiado excitado para esperar tanto tempo. Correu para a praça de táxis e encontrou o Hussein com sotaque de Norrland.

Dez minutos mais tarde estava no escritório. Tinha colado a nota à parede, com fita adesiva, por cima da secretária.

Magda – 32016
Sara – 32109
R.J. – 30112
R.L. – 32027
Mari – 32018

Olhou em redor. Lembrou-se então de onde poderia encontrar uma Bíblia. Levou a nota, procurou a chave, que tinha deixado dentro de um taça no peitoril da janela, e correu o caminho todo até à cabana de Gottfried. Tinha as mãos praticamente a tremer quando tirou a Bíblia de Harriet da prateleira.

O que ela escrevera não eram números de telefone. Os números indicavam capítulos e versículos do Levítico, o terceiro livro do Pentateuco.

(Magda) Levítico, 20:16
«Se uma mulher se aproximar de um animal e pecar com ele, que seja morta juntamente com o animal; serão ambos mortos, e o sangue dos dois será sobre eles.»

(Sara) Levítico, 21:09
«Se a filha de um sacerdote se profanar, prostituindo-se, profana o nome do pai e será queimada no fogo.»

(R.J.) Levítico, 1:12
«E cortá-lo-á em pedaços, com a cabeça e a gordura, e o sacerdote dispô-los-á por ordem sobre a lenha que está a arder em cima do altar.»

(R.L.) Levítico, 20:27
«O homem ou mulher que sejam videntes ou bruxos serão punidos com a morte. Serão apedrejados, e o seu sangue será sobre eles.»

(Mari) Levítico, 20:18
«Se um homem se deitar com uma mulher no tempo do seu mênstruo, e desnudar a fonte do sangue dela, e ela se deixar ver nesse estado, serão ambos extirpados do meio do seu povo.»

Saiu e foi sentar-se no alpendre. Harriet sublinhara todos aqueles versículos. Acendeu um cigarro e ficou a ouvir o canto das aves, ali perto.

Tinha os números, mas não tinha os nomes. Magda, Sara, Mari, R.J. e R.L.

De súbito, abriu-se um abismo quando o cérebro dele deu um salto intuitivo. Lembrou-se da rapariga que tinha morrido queimada em Hedestad e de que o comissário Morell lhe tinha falado. O caso Rebecka, que acontecera em finais dos anos quarenta. A rapariga fora violada e morta por alguém que lhe colocara a cabeça em cima de carvões em brasa. *E cortá-lo-á em pedaços, com a cabeça e a gordura, e o sacerdote dispô-los-á por ordem sobre a lenha que está a arder em cima do altar.* Rebecka. R.J. Qual seria o apelido?

Em que diabo se teria Harriet Vanger envolvido?

Henrik Vanger tinha adoecido. Estava de cama quando Mikael lhe bateu à porta. Mas Anna deixou-o entrar, dizendo que podia falar com o velho durante alguns minutos.

— Uma constipação de Verão — explicou Henrik, fungando. — De que é que precisas?

— Tenho uma pergunta.

— Sim?

— Lembra-se de ter ouvido falar de um assassínio que aconteceu em Hedestad algures nos anos quarenta? Uma rapariga chamada Rebecka... puseram-lhe a cabeça no fogo.

— Rebecka Jacobsson — disse Henrik, sem um segundo de hesitação. — É um nome que nunca esquecerei, apesar de não o ouvir referido há muitos anos.

— Mas sabe do assassínio?

— Claro que sim. A Rebecka Jacobsson tinha vinte e três ou vinte e quatro anos quando morreu. Há-de ter sido... Foi em mil novecentos e quarenta e nove. Houve uma grande investigação, na qual eu desempenhei um pequeno papel.

— Sim?

— Oh, sim. A Rebecka era nossa funcionária, uma rapariga popular e muito atraente. Mas porque perguntas?

— Ainda não tenho a certeza, mas sou capaz de ter descoberto qualquer coisa. Vou ter de pensar no assunto.

— Estás a sugerir que pode haver alguma relação entre a Harriet e a Rebecka? Houve... foram quase dezassete anos de diferença entre os dois.

— Deixe-me pensar. Volto a falar consigo amanhã, se estiver a sentir-se melhor.

◆

Mikael não voltou a falar com Henrik no dia seguinte. Pouco antes da uma da madrugada, quando ainda estava sentado à mesa da cozinha a ler a Bíblia de Harriet, ouviu o ruído de um carro a atravessar a ponte a toda a velocidade. Olhou pela janela e viu as luzes azuis rotativas de uma ambulância.

Cheio de maus pressentimentos, correu para fora. A ambulância tinha parado diante da casa de Henrik Vanger, onde todas as luzes do rés-do-chão estavam acesas. Subiu os degraus em dois saltos e encontrou no vestíbulo uma Anna muito abalada.

— Foi o coração – disse ela. — Acordou-me há pouco, a queixar-se de dores no peito. E então desmaiou.

Mikael passou o braço pelos ombros da governanta, e ainda assim estavam quando os paramédicos saíram, transportando o inconsciente Vanger numa maca. Martin, nitidamente perturbado, saiu atrás deles. Estava a dormir quando Anna lhe telefonara. Tinha os pés descalços enfiados numas chinelas e esquecera-se de puxar o fecho das calças. Fez um breve aceno de cabeça a Mikael e dirigiu-se a Anna:

— Vou com ele para o hospital. Telefone ao Birger e veja se consegue apanhar a Cecilia em Londres, de manhã. E avise o Dirch.

— Posso ir eu a casa do Frode – ofereceu-se Mikael, e Anna assentiu agradecidamente com a cabeça.

Passaram vários minutos antes que um sonolento Frode respondesse ao toque de campainha de Mikael.

— Tenho más notícias, Dirch. O Henrik foi levado para o hospital. Parece que é um ataque cardíaco. O Martin pediu-me para o avisar.

— Santo Deus – exclamou Frode. Olhou para o relógio. — É sexta-feira treze – acrescentou.

Só na manhã seguinte, depois de ter tido uma curta conversa pelo telemóvel com Dirch Frode e sabido que Henrik Vanger ainda vivia, Mikael ligou para Erika para lhe dizer que o sócio mais recente da *Millennium* estava no hospital com um ataque cardíaco. Inevitavelmente, a notícia foi acolhida com tristeza e preocupação.

Nessa tarde, Frode foi visitá-lo para lhe dar os últimos pormenores sobre o estado de Henrik Vanger.

– Está vivo, mas muito mal. Teve um grave ataque cardíaco, e além disso apanhou uma infecção.

– Viu-o?

– Não. Está nos cuidados intensivos. O Martin e o Birger estão com ele.

– Quais são as probabilidades?

Dirch Frode agitou uma mão de um lado para o outro.

– Sobreviveu ao ataque, o que é bom sinal. O Henrik está em excelentes condições físicas, mas é velho. Vamos ter de esperar.

Ficaram sentados em silêncio, imersos nos respectivos pensamentos. Mikael fez café. Frode parecia terrivelmente infeliz.

– Tenho de perguntar-lhe o que vai acontecer agora – disse Mikael.

Frode ergueu os olhos.

– As condições do seu emprego não se alteram. Estão estipuladas num contrato que se prolonga até ao fim deste ano, quer o Henrik viva ou morra. Não precisa de preocupar-se.

– Não, não era a isso que me referia. Queria saber a quem é que reporto na ausência dele.

Frode suspirou.

– Mikael, sabe perfeitamente que toda esta história a respeito da Harriet é apenas um passatempo para o Henrik.

– Não me parece, Dirch.

– Que quer dizer com isso?

– Encontrei novas provas. Falei por alto com o Henrik a respeito do assunto, ontem de manhã. Receio que a nossa conversa possa ter contribuído para desencadear o ataque cardíaco.

Frode olhou para ele com uma expressão estranha.

– Está a brincar, de certeza...

Mikael abanou a cabeça.

— Nestes últimos dias descobri material muito significativo relacionado com o desaparecimento da Harriet. O que me preocupa é nunca termos discutido com quem falo se o Henrik morrer.

— Fala comigo.

— *Okay.* Tenho de continuar com isto. Quer que o ponha a par da situação?

Mikael descreveu o que tinha descoberto o mais concisamente possível, e mostrou a Frode a série de imagens captadas na Järnvägsgatan. Em seguida, explicou como a própria filha desvendara o mistério dos nomes e números escritos na agenda. Finalmente, sugeriu, como no dia anterior fizera com Henrik, a relação entre o desaparecimento de Harriet e o assassínio de Rebecka Jacobsson, em 1949.

A única coisa que guardou para si foi o rosto de Cecilia Vanger na janela de Harriet. Queria falar com ela antes de colocá-la numa situação em que pudesse ser suspeita de qualquer coisa.

A testa de Frode cavou-se numa ruga de preocupação.

— Acredita verdadeiramente que o assassínio da Rebecka teve alguma coisa que ver com o desaparecimento da Harriet?

— Parece improvável, admito, mas o facto é que a Harriet escreveu as iniciais R.J. na agenda ao lado de uma referência à lei do Antigo Testamento sobre a queima de oferendas. A Rebecka Jacobsson morreu queimada. Uma ligação à família Vanger é inescapável: ela trabalhava para o Grupo.

— Mas qual é a ligação à Harriet?

— Anda não sei. Mas quero descobrir. Vou dizer-lhe tudo o que disse ao Henrik. Vai ter de tomar as decisões por ele.

— Talvez devêssemos informar a polícia.

— Não. Pelo menos, sem autorização do Henrik. O caso da Rebecka já prescreveu há muito tempo, e a polícia encerrou a investigação. Não vão reabri-la passados cinquenta e quatro anos.

— Muito bem. O que é que vai fazer?

Mikael pôs-se a andar de um lado para o outro, na cozinha.

— Em primeiro lugar, quero seguir a pista da fotografia. Se pudéssemos ver o que a Harriet viu... talvez fosse a chave do mistério. Preciso de um carro para ir a Norsjö seguir essa pista, até onde quer que ela me leve. Além disso, quero pesquisar os outros versículos do Levítico. Temos uma ligação a um crime. Temos mais quatro versículos, que possivelmente são quatro outras pistas. Para isso... preciso de ajuda.

– Que espécie de ajuda.

– Do que realmente preciso é de um assistente de pesquisa com paciência para passar a pente-fino velhos arquivos e jornais em busca de uma «Magda», e de uma «Sara», e dos outros nomes. Se eu tenho razão ao pensar que a Rebecka não foi a única vítima.

– Está a dizer que quer envolver mais...

– Há muito trabalho que tem de ser feito muito depressa. Se eu fosse um polícia envolvido numa investigação activa, dividiria o tempo e os recursos e poria pessoas a procurar por mim. Preciso de um profissional que conheça o trabalho de arquivo e seja de confiança.

– Compreendo... A verdade é que julgo saber de uma especialista na matéria – disse Frode, e, antes que pudesse impedir-se, acrescentou: – Foi ela que fez a investigação a seu respeito.

– Que fez *o quê*? – perguntou Mikael.

– Estava a pensar em voz alta – disse Frode. – Não é nada. Acho que estou a ficar velho.

– Mandou alguém investigar-me?

– Não é nada de dramático, Mikael. Queríamos contratá-lo, e precisávamos de saber que espécie de pessoa era.

– Por isso o Henrik parece saber sempre exactamente como me apanhar. E foi muito aprofundada, essa investigação?

– Bastante.

– Abarcou os problemas da *Millennium*?

Frode encolheu os ombros.

– Era um aspecto pertinente.

Mikael acendeu um cigarro. O quinto do dia.

– Um relatório escrito?

– Mikael, não é motivo para ficar tão agitado.

– Quero ler esse relatório.

– Ora vamos, não há aqui nada de extraordinário. Queríamos conhecê-lo antes de o contratar.

– Quero ler esse relatório – repetiu Mikael.

— Não posso autorizá-lo.

— A sério? Então ouça o que lhe digo: ou tenho esse relatório na minha mão dentro de uma hora, ou desisto. Apanho o comboio da tarde para Estocolmo. Onde está o relatório?

Os dois homens olharam-se fixamente durante alguns segundos. Então, Frode suspirou e desviou o olhar.

— No meu escritório, em casa.

Frode tergiversou o mais que pôde, e já eram seis da tarde quando Mikael teve finalmente nas mãos o relatório de Lisbeth Salander. Um pouco mais de oitenta páginas de análise e cem de artigos fotocopiados, certificados e outros registos dos pormenores da sua vida e carreira.

Era uma experiência estranha, ver-se descrito num documento que era uma mistura de biografia e relatório de serviços secretos. Estava cada vez mais espantado com a quantidade e a qualidade do pormenor. Lisbeth Salander fora desencantar coisas que ele julgava havia muito enterradas no húmus da história. Descobrira o seu relacionamento juvenil com uma mulher que fora uma ardorosa sindicalista e estava actualmente na política. *Com quem diabo terá ela falado?* Descobrira a banda de *rock*, os «Bootsrap», de que com toda a certeza já ninguém se lembrava. Esmiuçara-lhe as finanças até ao último *öre*. *Como raio o conseguiu?*

Como jornalista, Mikael passara anos a desenterrar informações a respeito de pessoas, e estava em posição de julgar a qualidade do trabalho de um ponto de vista puramente profissional. Não havia a mínima dúvida de que aquela Salander era um raio de uma investigadora. Duvidava que ele próprio conseguisse produzir uma peça comparável a respeito de alguém que desconhecesse totalmente.

Apercebeu-se também de que nunca houvera qualquer razão para ele e Erika manterem as distâncias na presença de Vanger; ele já sabia da velha relação entre os dois. O relatório continha uma avaliação perturbadoramente exacta da situação financeira da *Millennium*; Henrik Vanger sabia exactamente como as coisas estavam periclitantes antes de contactar Erika pela primeira vez. *Que espécie de jogo anda ele a jogar?*

O caso Wennerström era tratado a traços largos, mas era óbvio que quem escrevera o relatório estivera presente no tribunal. O documento questionava a recusa dele em fazer comentários durante o julgamento. *Menina esperta.*

No instante seguinte, Mikael pôs-se rígido, quase incapaz de acreditar no que via. Lisbeth Salander incluíra uma breve passagem em que fazia a sua avaliação do que ia acontecer depois do julgamento. Reproduzia praticamente *ipsis verbis* o comunicado de imprensa que ele e Erika tinham emitido depois de se ter demitido de director da revista.

Mas Salander usara o fraseado original. Olhou novamente para a capa do relatório. Estava datado de três dias antes da leitura da sentença. Era impossível! Nessa altura, o comunicado de imprensa só existia num único lugar. O computador dele. O *iBook*, nem sequer o computador da redacção. O texto nunca chegara a ser impresso. Nem Erika tinha uma cópia, apesar de terem conversado a respeito do assunto.

Mikael pousou o documento. Vestiu o casaco e saiu para a noite, refulgente de estrelas uma semana antes do S. João. Caminhou ao longo da margem do canal, passando pela casa de Cecilia Vanger e pelo luxuoso iate atracado junto à *villa* de Martin Vanger. Caminhava lentamente, pensando enquanto andava. Finalmente, sentou-se numa rocha e ficou a olhar para as oscilantes bóias luminosas da baía de Hedestad. Havia apenas uma conclusão possível.

– Esteve dentro do meu computador, Fröken Salander – disse, em voz alta. – É uma porra de uma *hacker*.

CAPÍTULO 18

QUARTA-FEIRA, 18 DE JUNHO

LISBETH SALANDER acordou sobressaltada de um sono sem sonhos. Estava ligeiramente agoniada. Não precisou de voltar a cabeça para saber que Mimi já tinha saído para o trabalho, deixando o seu cheiro a pairar no ar abafado do quarto. Na noite anterior tinha bebido demasiadas cervejas com as «Evil Fingers», no Kvarnen. Mimi aparecera pouco antes da hora de fechar, e fora com ela para casa e para a cama.

Lisbeth, ao contrário de Mimi, nunca se considerara uma lésbica. Nunca se dera sequer ao incómodo de perguntar a si mesma se era hétero, gay ou bissexual. Estava-se nas tintas para rótulos, e achava que com quem passava as suas noites era assunto que lhe dizia respeito a ela e a mais ninguém. Quando podia escolher, preferia homens – e eles iam à frente, estatisticamente falando. O único problema era encontrar um que não fosse um cretino e ao mesmo tempo fosse bom na cama; Mimi era um compromisso simpático, e, além disso, excitava-a. Tinham-se conhecido durante o Festival do Orgulho, um ano antes, e Mimi fora a única pessoa que ela apresentara às «Evil Fingers». Mas continuava a ser uma coisa casual, para ambas. Era agradável estar deitada perto do corpo quente e macio de Mimi, e Lisbeth não se importava de acordar com ela e de tomarem o pequeno-almoço juntas.

O relógio marcava as nove e meia, e Lisbeth perguntava a si mesma que raio poderia tê-la acordado quando a campainha da porta voltou a tocar. Sentou-se na cama, surpreendida. *Nunca ninguém* lhe batia à porta àquela hora. Na realidade, muito poucas pessoas lhe batiam à porta. Embrulhou-se num lençol, dirigiu-se ao vestíbulo com passos ligeiramente cambaleantes e abriu-a. Ficou a olhar directamente para os olhos de Mikael Blomkvist, sentiu um arrepio de pânico descer-lhe pela espinha e recuou um passo.

— Bom-dia, Fröken Salander — cumprimentou ele, jovialmente.
— Vejo que a noite foi agitada. Posso entrar?

E, sem esperar por uma resposta, entrou, fechando a porta atrás de si. Olhou com curiosidade para os montes de roupas espalhados pelo chão do vestíbulo e para a muralha de sacos de plástico cheios de jornais; em seguida espreitou pela porta aberta do quarto, enquanto o mundo de Lisbeth Salander se punha a girar na direcção errada. *Como? O quê? Quem?* Blomkvist observava, divertido, a confusão dela.

— Assumi que ainda não tinha tomado o pequeno-almoço, de modo que trouxe umas sanduíches. Temos carne assada, peru com mostarda de Dijon e, como não conheço as suas preferências, uma vegetariana, com abacate. — Dirigiu-se à cozinha e começou a lavar a máquina do café. — Onde é que tem o café? — perguntou.

Lisbeth ficou no vestíbulo, como que petrificada, até ouvir a água correr da torneira. Deu três rápidos passos em frente.

— Pare! Pare imediatamente! — Apercebeu-se de que estava a gritar e baixou a voz. — Raios, não pode entrar por aqui dentro como se a casa fosse sua. Nem sequer nos conhecemos.

Mikael deteve-se, com uma caneca na mão, e voltou-se para olhar para ela.

— Errado! Conhece-me melhor do que praticamente qualquer outra pessoa. Não é verdade?

Voltou-lhe as costas e encheu a máquina de água. Então começou a abrir armários, à procura do café.

— Por falar nisso, sei como faz. Sei os seus segredos.

Lisbeth fechou os olhos, desejando que o chão parasse de girar-lhe debaixo dos pés. Estava num estado de paralisia mental. Estava com uma bruta ressaca. A situação era irreal, e o cérebro dela recusava-se a funcionar. Nunca antes encontrara um dos seus sujeitos face a face. *Ele sabe onde eu moro!* Estava ali, na cozinha dela. Aquilo era impossível. Era absurdo. *Ele sabe quem eu sou!*

Sentiu o lençol escorregar, e apertou-o com mais força à volta do corpo. Ele disse qualquer coisa que, ao princípio, ela não percebeu.

— Precisamos de falar — repetiu Mikael. — Mas penso que primeiro é melhor tomar um duche.

Lisbeth tentou falar razoavelmente.

— Ouça... se está a pensar em armar sarilhos, não é comigo que tem de falar. Eu limitei-me a fazer um trabalho. Fale com o meu patrão.

Mikael ergueu ambas as mãos. Um símbolo universal de paz, ou *Estou desarmado*.

— Já falei com o Armanskij. A propósito, ele quer falar consigo... Fartou-se de lhe telefonar, ontem à noite.

Lisbeth não sentia qualquer ameaça, mas mesmo assim recuou um passo quando ele se aproximou, lhe pegou num braço e a guiou para a porta da casa de banho. Lisbeth detestava que lhe tocassem sem autorização.

— Não quero armar sarilhos nenhuns — disse ele. — Mas estou ansioso por falar consigo. Quando estiver acordada, quero dizer. O café estará pronto quando acabar de se vestir. Primeiro, o duche. *Vamos*!

Ela obedeceu, como que desprovida de vontade. *Lisbeth Salander nunca fica desprovida de vontade,* pensou.

Encostou-se à porta da casa de banho e tentou pôr ordem nos pensamentos. Estava mais abalada do que teria julgado possível. Pouco a pouco, apercebeu-se de que um duche era não só um bom conselho, mas uma necessidade absoluta, após o tumulto da noite anterior. Quando acabou, escapuliu-se para o quarto e enfiou uns *jeans* e uma *T-shirt* com a frase: O ARMAGEDÃO FOI ONTEM — HOJE TEMOS UM PROBLEMA SÉRIO A RESOLVER.

Depois de hesitar um segundo, procurou nos bolsos do blusão de couro que deixara pendurado nas costas de uma cadeira. Encontrou o *taser*, verificou que estava carregado e enfiou-o no bolso traseiro dos *jeans*. O cheiro a café espalhava-se pelo apartamento. Inspirou fundo e voltou à cozinha.

— Nunca arruma a casa? — perguntou ele.

Tinha enchido o lava-louça de pratos e cinzeiros sujos; tinha posto os pacotes de leite vazios num saco de lixo e desembaraçara a mesa de cinco semanas de jornais; lavara o tampo, sobre o qual colocara canecas e — não estava a brincar — sanduíches. *Okay, vejamos aonde é que isto nos leva,* pensou Lisbeth, e sentou-se em frente dele.

— Não respondeu à minha pergunta. Carne assada, peru ou vegetariana?

— Carne assada.

— Nesse caso, fico eu com o peru.

Comeram em silêncio, estudando-se mutuamente. Quando acabou a sua sanduíche, Lisbeth comeu também metade da vegetariana. Pegou no amarrotado maço de cigarros que estava no peitoril da janela e tirou um.

Foi ele que quebrou o silêncio.

— Posso não ser tão bom como você, Fröken Salander, a fazer investigação, mas pelo menos fiquei a saber que não é vegetariana ou... como Herr Frode pensa... anoréctica. Vou incluir essa informação no meu relatório.

Lisbeth olhou para ele, mas o raio do homem parecia tão divertido que acabou por sorrir, de má vontade. A situação era totalmente irracional. Beberricou um golo de café. Achou que ele tinha uns olhos bondosos. Decidiu que, fosse lá o que fosse, não parecia ser má pessoa. E nada na *impe* que fizera indicava que fosse um filho da mãe que espancava as namoradas, ou coisa assim. Recordou a si mesma que era *ela* quem sabia tudo. *Conhecimento é poder.*

— Porque é que está a sorrir?

— Peço desculpa. A verdade é que não tinha planeado fazer a minha entrada desta maneira. Não era minha intenção assustá-la. Mas havia de ter visto a sua cara quando abriu a porta. Foi impagável.

Silêncio. Para seu espanto, Lisbeth estava a achar aquela intrusão aceitável — bem, pelo menos, não desagradável.

— Vai ter de ver isto como a minha vingança por ter andado a meter o nariz na minha vida privada — continuou ele. — Está assustada?

– Nem um bocadinho.

– Óptimo. Não estou aqui para arranjar sarilhos.

– Se tentar sequer tocar-me, vou ter de magoá-lo a sério. Vai-se arrepender.

Mikael estudou-a. Tinha pouco mais de metro e meio de altura e não parecia capaz de oferecer grande resistência se ele fosse um assaltante que tivesse forçado a entrada no apartamento. Mas os olhos dela mantinham-se calmos e sem expressão.

– Bem, não vai ser necessário – disse, finalmente. – Só preciso de falar consigo. Se quer que me vá embora, basta dizê-lo. É curioso, mas... Oh, nada...

– O quê?

– Isto pode parecer loucura, mas, há quatro dias, nem sequer sabia da sua existência. Então li a análise que fez a meu respeito. – Procurou na sacola e tirou de lá o relatório. – Não foi uma leitura muito divertida. – Ficou algum tempo a olhar pela janela da cozinha. – Posso cravar-lhe um cigarro?

Lisbeth empurrou o maço na direcção dele.

– Disse há pouco que não nos conhecemos, e eu disse que não era verdade, que nos conhecemos. – Apontou para o relatório. – Não posso competir consigo. Só fiz uma rápida pesquisa de rotina, para conseguir a sua morada e data de nascimento, e coisas assim. Mas você sabe de certeza muito a meu respeito. E muito do que sabe é privado, raios, coisas que só os meus amigos mais chegados sabem. E agora aqui estou eu, sentado na sua cozinha a comer sanduíches consigo. Conhecemo-nos há meia hora, e eu sinto-me como se fôssemos amigos há anos. Isto faz sentido para si?

Ela assentiu com a cabeça.

– Tem uns olhos bonitos – disse ele.

– Os seus são simpáticos – respondeu ela.

Longo silêncio.

– Porque veio a minha casa?

Super Blomkvist – Lisbeth recordou a alcunha e reprimiu o impulso de dizê-la em voz alta – pôs-se subitamente sério. Pareceu também muito cansado. A autoconfiança que mostrara ao entrar no apartamento tinha desaparecido. Acabara-se a brincadeira, ou, pelo menos, fora posta de lado. Lisbeth sentiu que ele a estudava atentamente.

Sabia que a sua compostura era superficial e que na realidade não controlava completamente os nervos. Aquela visita inesperada abalara-a de uma maneira como nunca antes experimentara em relação ao trabalho. O seu pão com manteiga era espiar pessoas. Na realidade, nunca encarara o que fazia para Armanskij como um verdadeiro emprego: era mais um passatempo complicado, uma espécie de *hobby*.

A verdade era que gostava de cavar nas vidas das pessoas e expor os segredos que elas tentavam esconder. Era o que fazia, de uma forma ou de outra, desde que conseguia lembrar-se. E ainda continuava a fazê-lo, não só quando Armanskij lhe confiava uma missão, mas, por vezes, só pelo gozo que lhe dava. Excitava-a. Era como um complicado jogo de computador, com a diferença de que lidava com pessoas reais. E agora um dos seus passatempos estava ali sentado na cozinha dela, a oferecer-lhe sanduíches. Era completamente absurdo.

– Tenho um problema fascinante – disse Mikael. – Diga-me uma coisa, quando estava a fazer a sua investigação a meu respeito por conta de Herr Frode, fazia alguma ideia do uso que ele ia dar-lhe?

– Não.

– O objectivo era descobrir toda a informação a meu respeito porque o Frode, ou melhor, o patrão dele, queria contratar-me para fazer um trabalho como *freelancer*.

– Estou a ver.

Ele dirigiu-lhe um débil sorriso.

– Um destes dias, nós os dois havemos de ter uma discussão a respeito da ética de andar a espiolhar a vida dos outros. Mas, neste momento, tenho um problema diferente. O trabalho que me propuseram, e que, inexplicavelmente, aceitei fazer, é, sem a mais pequena dúvida, a missão mais bizarra a que alguma vez meti ombros. Antes de ir mais longe, preciso de poder confiar em si, Lisbeth.

– Que quer dizer com isso?

— O Armanskij diz-me que é cem por cento de confiança. Mas mesmo assim quero fazer-lhe a pergunta. Posso contar-lhe confidencialmente coisas com a certeza de que não as revelará seja a quem for, seja de que maneira for, nunca?

— Espere um momento. Falou com o Dragan? Foi ele que o mandou aqui? — *Vou matar aquele cretino daquele arménio!*

— Não exactamente. Não é a única capaz de descobrir a morada de alguém; fiz tudo isso sozinho. Procurei-a no registo nacional. Há três Lisbeth Salanders, e as outras duas não encaixavam. Mas ontem tive uma longa conversa com o Armanskij. Também pensou que eu queria arranjar problemas por terem andado a meter o nariz na minha vida privada. No fim, consegui convencê-lo de que tenho uma proposta legítima.

— Que é?

— Como lhe disse, o patrão do Frode contratou-me para fazer um trabalho. Cheguei a um ponto em que preciso de um perito em pesquisa. O Frode falou-me de si e disse-me que era muito boa. Não era intenção dele identificá-la. Escapou-se-lhe. Expliquei ao Armanskij o que queria. Ele deu o *okay* e tentou contactar consigo. E eu aqui estou. Telefone-lhe, se quiser.

Lisbeth demorou um minuto a encontrar o telemóvel no meio das roupas que Mimi lhe arrancara do corpo. Mikael observou com interesse a embaraçada procura dela enquanto patrulhava o apartamento. O mobiliário parecia, sem excepção, constituído por peças recuperadas de uma lixeira. Tinha um *PowerBook* topo de gama numa espécie de secretária, na sala de estar. Tinha um leitor de CD numa prateleira. A colecção de CD era composta por uma mísera dezena de discos, todos de bandas de que ele nunca tinha ouvido falar, e os músicos que apareciam nas capas pareciam vampiros vindos do espaço exterior. A música não era, muito provavelmente, um dos principais interesses da dona da casa.

Lisbeth viu que Armanskij lhe telefonara sete vezes na noite anterior e duas naquela manhã. Marcou o número, enquanto Mikael, encostado à ombreira da porta, ouvia a conversa.

— Sim... peço desculpa... sim... estava desligado... Eu sei, quer contratar-me... não, está aqui plantado no meio da porra da minha sala, pelo amor de Deus... — Levantou a voz. — Dragan, estou de ressaca e com um estupor de uma dor de cabeça, portanto, por favor, nada de conversa fiada. Aprovou este trabalho ou não?... Obrigada.

Através da porta da sala viu Mikael a mexer nos CD e a examinar os livros na prateleira. Tinha encontrado um frasco de comprimidos castanho sem rótulo, e segurava-o contra a luz. Preparava-se para desenroscar a tampa quando ela estendeu o braço e lho tirou da mão. Voltou à cozinha e sentou-se numa cadeira, a massajar as têmporas até que ele se lhe foi juntar.

— As regras são simples — disse ela. — Nada do que discutir comigo ou com o Armanskij será revelado a terceiros. Será redigido um contrato em que a Milton Security se compromete a garantir a confidencialidade. Preciso de saber o que está em causa antes de decidir se quero ou não trabalhar para si. Isto também significa que me comprometo a guardar segredo sobre o que me disser quer aceite ou não o trabalho, desde que não esteja envolvido em qualquer actividade criminosa grave. Nesse caso, comunicá-lo-ei ao Dragan, que, por sua vez, o comunicará à polícia.

— Óptimo. — Mikael hesitou. — É possível que o Armanskij não saiba exactamente para que é que quero contratá-la...

— Uma pesquisa histórica, disse-me ele.

— Bem, sim, é verdade. Quero que me ajude a identificar um assassino.

Mikael precisou de uma hora para explicar a Lisbeth Salander os intricados pormenores do caso de Harriet Vanger. Não escondeu nada. Tinha autorização de Frode para contratá-la, e para isso tinha de poder confiar totalmente nela.

Contou tudo a respeito de Cecilia Vanger e de a ter visto, numa foto, à janela do quarto de Harriet. Descreveu o melhor que pôde o carácter dela. Cecilia passara a ocupar um dos lugares cimeiros na lista de suspeitos, a lista dele. Mas, mesmo assim, continuava longe de acreditar que pudesse estar de algum modo associada a um assassino que estivera activo numa altura em que ela era uma jovem de vinte anos.

Deu a Lisbeth uma cópia da lista que encontrara na agenda de Harriet: «Magda – 32016; Sara – 32109; R.J. – 30112; R.L. – 32027; Mari – 32018.» E deu-lhe uma cópia dos versículos do Levítico.

— O que é que quer que faça?

— Consegui identificar a R.J., Rebecka Jacobsson. – Explicou-lhe o significado dos cinco algarismos. Se a minha teoria está correcta, vamos encontrar mais quatro vítimas: Magda, Sara, Mari e R.L.

— Acha que foram todas assassinadas?

— O que acho é que andamos à procura de... se os outros números e iniciais correspondem de facto a mais quatro mortes... de um assassino que esteve activo nos anos cinquenta e talvez também nos de sessenta. E que está de alguma maneira ligado à Harriet Vanger. Dei uma vista de olhos aos números atrasados do *Hedestads-Kuriren*. O assassínio da Rebecka é o único crime com estas características grotescas que encontrei associado a Hedestad. Quero que continue a procurar, por toda a Suécia, se necessário, até decifrar o significado desses outros nomes e versículos.

Lisbeth ficou calada, sem qualquer expressão no rosto, durante tanto tempo que Mikael começou a ficar impaciente. Estava a perguntar a si mesmo se teria escolhido a pessoa certa quando, finalmente, ela ergueu a cabeça.

— Aceito o trabalho. Mas, primeiro, vai ter de assinar um contrato com o Armanskij.

Dragan Armanskij imprimiu o contrato que Mikael Blomkvist levaria para Hedestad, para ser assinado por Frode. Quando voltou ao gabinete de Lisbeth, viu os dois debruçados para o *PowerBook* dela. O tipo tinha-lhe pousado uma mão no ombro – *estava a tocar-lhe* – e apontava para o visor. Armanskij deteve-se no corredor.

Blomkvist disse qualquer coisas que pareceu surpreender Lisbeth. E então ela riu.

Armanskij nunca a tinha ouvido rir, e passara anos a tentar conquistar-lhe a confiança. Blomkvist conhecia-a havia cinco minutos, e já eram grandes amigos. Naquele momento, detestou Blomkvist com uma intensidade que o surpreendeu. Pigarreou, antes de entrar, e pousou em cima da mesa a pasta com o contrato.

Nessa tarde, Mikael fez uma rápida visita aos escritórios da *Millennium*. Era a primeira vez que lá voltava. Foi uma sensação estranha, subir aquelas escadas que tão bem conhecia. Não tinham alterado o código da porta, pelo que pôde entrar sem ser notado e deter-se por um instante, a olhar em redor.

Os escritórios da *Millennium* formavam um L. A entrada era um vestíbulo que ocupava demasiado espaço, mas que não servia para muito mais. Tinha dois sofás, de modo que fazia as vezes de área de recepção. Seguia-se uma sala de refeições com *kitchenette*, o roupeiro/casas de banho e duas arrecadações com estantes e arquivos metálicos. Havia também uma secretária para uma estagiária. À direita da entrada ficava a parede de vidro do estúdio de Malm, que ocupava oitenta metros quadrados e tinha uma porta que dava directamente para o patamar. À esquerda, era a área editorial, com cento e cinquenta metros quadrados e janelas para a Götgatan.

Fora Erika que se ocupara da organização, mandando instalar divisórias de vidro para fazer gabinetes separados para três dos empregados e um espaço aberto para os restantes. Escolhera a divisão maior, ao fundo, e dera a Mikael um gabinete no extremo oposto. Era o único que se via da entrada. Aparentemente, ainda ninguém o ocupara.

O terceiro gabinete ficava ligeiramente afastado dos outros e era ocupado por Sonny Magnusson, que fora, durante anos, o mais bem sucedido vendedor de publicidade da revista. Fora Erika que o contratara: oferecera-lhe um modesto salário e comissões. No ano anterior, não obstante o empenho de Magnusson, as receitas de publicidade da *Millennium* tinham ido a pique, e os rendimentos dele também. Mas em vez de procurar outro emprego, apertara o cinto e ficara lealmente no seu posto. *Ao contrário de mim, que fui o causador da derrocada,* pensou Mikael.

Reuniu coragem e entrou no escritório. Estava quase deserto. Viu Erika sentada no seu gabinete, com o telefone apertado contra o ouvido. Monika Nilsson, uma experiente jornalista generalista que se especializara na área política, estava sentada à secretária; era, quase de certeza, a pessoa mais convictamente céptica em relação à natureza humana que ele conhecia; trabalhava na *Millennium* havia nove anos e adorava o que fazia. Henry Cortez era o membro mais jovem do corpo redactorial. Entrara como estagiário, vindo directamente da JMK, dois anos antes, afirmando que era ali que queria trabalhar e em mais lugar nenhum. Erika não tinha orçamento para o contratar, mas oferecera-lhe uma secretária num canto e transformara-o rapidamente no seu faz-tudo pessoal; pouco depois, promovera-o a redactor permanente.

Ambos manifestaram com exclamações de alegria o prazer de voltar a ver Mikael, que foi beijado nas faces e apanhou palmadas nas costas. Perguntaram-lhe imediatamente se estava de volta ao trabalho. Não, só passara para dizer olá e trocar umas palavras com a patroa.

Erika ficou contente por vê-lo. Perguntou por Vanger. Mikael sabia apenas o que Frode lhe tinha dito: a situação era grave.

– Que vieste fazer à cidade?

Mikael ficou embaraçado. Estivera na Milton Security, a escassos quarteirões de distância, e fora por puro impulso que decidira entrar. Pareceu-lhe demasiado complicado explicar que fora contratar uma assistente de pesquisa que era uma consultora de segurança que lhe tinha invadido o computador. Em vez disso, encolheu os ombros e disse que tinha ido a Estocolmo para tratar de assuntos relacionados com Henrik Vanger, e que regressaria imediatamente a Hedeby. Perguntou como iam as coisas na revista.

– Exceptuando as boas notícias referentes à publicidade e aos assinantes, há uma nuvem negra no horizonte.

– Que é?

– O Janne Dahlman.

– Claro.

– Tive uma conversa com ele em Abril, depois de termos tornado público que o Henrik passara a ser sócio. Não sei se só faz parte

da natureza do Janne ser negativo ou se há alguma coisa de mais grave, se anda a fazer um jogo qualquer.
— Que aconteceu?
— Não é nada de concreto, mas deixei de confiar nele. Depois de termos assinado o acordo com o Vanger, eu e o Christer tivemos de decidir se informávamos ou não todo o pessoal de que já não corríamos o risco de ir ao fundo no Outono, ou...
— Ou dizer só a uns poucos escolhidos.
— Exacto. Talvez esteja a ficar paranóica, mas não quis correr o risco de o Dahlman divulgar a história. Por isso resolvemos informar todo o pessoal no dia em que o acordo foi tornado público. O que significou que tivemos de guardar segredo durante um mês.
— E?
— Bem, eram as primeiras boas notícias que recebiam havia um ano. Toda a gente aplaudiu excepto o Dahlman. Quer dizer... não temos assim tantos empregados como isso. Foram três pessoas a aplaudir, além da estagiária, e uma a torcer o nariz por não termos dito nada mais cedo.
— Com uma certa razão...
— Eu sei. Mas o que aconteceu foi que continuou a barafustar dia após dia, o que afectou o moral. Ao cabo de duas semanas desta merda chamei-o ao meu gabinete e disse-lhe na cara que a razão por que não tinha informado o pessoal mais cedo fora não confiar que ele guardasse o segredo.
— Como reagiu ele a isso?
— Ficou muito ofendido, claro. Eu mantive-me firme e fiz-lhe um ultimato: ou ganhava juízo, ou começava a procurar outro emprego.
— E ele?
— Ganhou juízo. Mas agora não fala com ninguém, e há uma tensão entre ele e os outros. O Christer não o suporta, e não o esconde.
— Do que é que desconfias exactamente em relação ao Dahlman?
— Não sei. Contratámo-lo há um ano, quando se começou a falar de problemas com o Wennerström. Não posso provar nada, mas tenha a incómoda sensação de que ele não está a trabalhar para nós.

— Confia nos teus instintos.

— Talvez seja só um pobre diabo que não encaixa e está a envenenar o ambiente.

— É possível. Mas concordo que cometemos um erro quando o contratámos.

Meia hora mais tarde, Michael estava a caminho do norte no carro que a mulher de Frode lhe emprestara, um *Volvo* com dez anos que ela nunca usava. Mikael tinha autorização para utilizá-lo sempre que precisasse.

Foram pequenos pormenores que poderiam facilmente ter-lhe passado despercebidos se não estivesse alerta: alguns papéis não tão bem empilhados como se lembrava de os ter deixado; um arquivador ligeiramente fora do sítio na prateleira; a gaveta da secretária completamente fechada... quando ele tinha a certeza de que estava pelo menos um centímetro aberta quando partira.

Tinha estado alguém na casa de hóspedes.

Deixara a porta fechada à chave, mas era uma fechadura vulgar que praticamente qualquer pessoa conseguiria abrir com uma chave de parafusos e, além disso, sabia-se lá quantas chaves havia em circulação. Revistou sistematicamente o escritório, tentando descobrir se faltava alguma coisa. Ao fim de algum tempo, decidiu que não.

De todos os modos, o facto era que alguém lhe invadira a casa e revistara os papéis e arquivadores. Levara o computador consigo, de modo que o intruso, fosse ele quem fosse, não tivera acesso à informação que continha. Punham-se, para já, duas perguntas: quem, e que conseguira o visitante descobrir?

Os arquivadores faziam parte da colecção de Vanger que voltara a levar para a casa de hóspedes depois de regressar da prisão. Não havia neles nada de novo. Os blocos de notas que deixara na gaveta da secretária seriam como cifra para o não-iniciado... mas seria a pessoa que lhe revistara a secretária um não-iniciado?

Tinha deixado, na pasta de plástico que ficara em cima da secretária, uma cópia da lista de nomes e números da agenda e uma transcrição dos versículos. Era grave. O intruso ficara a saber que conseguira decifrar o código.

Quem seria?

Henrik Vanger estava no hospital. Não suspeitava de Anna. Frode? Já lhe tinha contado os pormenores. Cecilia Vanger cancelara a sua viagem à Florida e regressara de Londres... juntamente com a irmã. Mikael só a vira uma vez, a atravessar a ponte de carro, no dia anterior. Martin Vanger. Harald Vanger. Birger Vanger – tinha estado presente numa reunião de família, para a qual ele não fora convidado, um dia depois de Henrik ter tido o ataque cardíaco. Alexander Vanger. Isabella Vanger.

Com quem teria Frode falado? Que teria deixado escapar desta vez? Quantos dos ansiosos parentes sabiam já que ele conseguira novos progressos na sua investigação?

Já passava das oito. Ligou para o serralheiro de Hedestad e encomendou uma fechadura nova. O homem disse-lhe que podia ir no dia seguinte. Mikael disse que pagaria o dobro se ele fosse imediatamente. Combinaram que o serralheiro iria às dez e meia, nessa noite, instalar uma fechadura com ferrolho.

Mikael foi de carro até casa de Frode. A mulher do advogado levou-o para o jardim das traseiras e ofereceu-lhe uma *Pilsner* gelada, que ele aceitou, agradecido. Perguntou por Henrik Vanger.

Frode abanou a cabeça.

– Operaram-no. Tinha as coronárias obstruídas. Os médicos dizem que os próximos dias vão ser críticos.

Pensaram nisto durante algum tempo, enquanto bebiam as respectivas cervejas.

– Suponho que não falou com ele?

– Não. Não está em condições de falar. Como correram as coisas em Estocolmo?

– A tal Salander aceitou o trabalho. Tenho aqui o contrato com a Milton Security. Vai ter de assiná-lo e mandá-lo pelo correio.

Frode leu o documento.

– É cara – disse.

— O Henrik pode pagar.

Frode assentiu com a cabeça. Tirou a caneta do bolso da camisa e assinou.

— Ainda bem que estou a assinar isto enquanto ele ainda vive. Importa-se de pô-lo na caixa de correio no Konsum, a caminho de casa?

Mikael estava na cama à meia-noite, mas não conseguia dormir. Até ao momento, o seu trabalho em Hedeby não fora muito diferente de pesquisar uma curiosidade histórica. Mas se alguém estava suficientemente interessado no que ele fazia para lhe assaltar o escritório, era porque a solução tinha de estar mais próxima do presente do que pensara.

Ocorreu-lhe então que havia outros que podiam estar interessados no que ele fazia. O súbito aparecimento de Henrik Vanger na administração da *Millennium* não havia de ter passado despercebido a Wennerström. Ou seria aquilo paranóia?

Levantou-se da cama e foi pôr-se, nu, à janela da cozinha, a olhar para a igreja do outro lado da ponte. Acendeu um cigarro.

Não sabia o que pensar de Lisbeth Salander. Era completamente bizarra. Longas pausas a meio da conversa. O apartamento dela uma confusão, a raiar o caótico. Sacos cheios de jornais no vestíbulo. Uma cozinha que não era limpa nem arrumada havia anos. Montes de roupa espalhados pelo chão. Tinha obviamente passado metade da noite num bar. Tinha marcas de dentadas no pescoço e tivera claramente companhia na noite anterior. Tinha sabia Deus quantas tatuagens e dois *piercings* na cara e talvez noutros sítios. Era esquisita.

Armanskij garantira-lhe que era a sua melhor investigadora, e o relatório que fizera a respeito dele era sem a mínima dúvida extremamente meticuloso. *Uma rapariga estranha.*

Lisbeth Salander estava sentada diante do seu *PowerBook*, mas estava a pensar em Mikael Blomkvist. Nunca, desde que se tornara adulta, permitira que alguém passasse o umbral da sua casa sem um convite expresso, e podia contar pelos dedos de uma mão os que tinha convidado. Blomkvist irrompera descontraidamente na sua vida, e ela limitara-se a uns débeis protestos.

E não só isso, desafiara-a.

Em circunstâncias normais, aquele tipo de comportamento tê-la-ia feito armar mentalmente o cão de uma pistola. Mas não sentira a mais pequena ameaça nem qualquer espécie de hostilidade da parte dele. O tipo tinha todos os motivos para lhe pregar um sermão em regra, e até para denunciá-la à polícia. Em vez disso, tratara o facto de ela lhe ter invadido o computador como uma brincadeira.

Fora essa a parte mais delicada da conversa. Blomkvist parecera estar a fugir deliberadamente ao tema e, no fim, fora ela que acabara por fazer a pergunta.

— Disse que sabia o que eu fazia.

— Esteve dentro do meu computador. É uma *hacker*.

— Como é que sabe? — Salander tinha a certeza absoluta de que não deixara qualquer rasto e de que a sua intrusão não poderia ser descoberta por ninguém a menos que um consultor de segurança dos melhores estivesse a verificar o disco rígido ao mesmo tempo que ela acedia ao computador.

— Cometeu um erro.

Tinha citado um texto que só existia no computador dele.

Lisbeth permanecera silenciosa. Finalmente, olhara para ele com uns olhos sem expressão.

— Como foi que conseguiu?

— É segredo. O que está a pensar fazer quanto a isso?

Mikael encolhera os ombros.

— Que posso eu fazer?

— É exactamente o mesmo que você faz, como jornalista.

— Claro. E é por isso que nós, os jornalistas, temos uma comissão de ética que vigia as questões morais. Quando eu escrevo um artigo a respeito de um filho da mãe qualquer da banca, deixo de fora, por exemplo, a vida privada dele. Não digo que uma falsária é uma lésbica ou gosta de fazer sexo com o cão ou qualquer coisa assim, mesmo que seja verdade. Também os filhos da mãe têm direito à sua vida privada. Percebe isto?

— Percebo.

— Portanto, o que fez foi uma intrusão na minha integridade. O meu empregador não precisa de saber com quem durmo ou deixo de dormir. É um assunto que só a mim diz respeito.

O rosto de Lisbeth enrugara-se num sorriso torcido.

— Acha que eu não devia ter referido essa parte?

— No meu caso, não fez grande diferença. Meia cidade sabe da minha relação com a Erika. Mas é uma questão de princípio.

— Nesse caso, talvez ache graça em saber que também eu tenho princípios comparáveis aos da vossa comissão de ética. Chamo-lhes os *Princípios de Salander*. Um deles é que um filho da mãe é sempre um filho da mãe e que se eu puder tramá-lo desenterrando lixo a respeito dele, é bem-feito.

— *Okay* – dissera Blomkvist. — O meu raciocínio não é muito diferente do seu, mas...

— Mas o que acontece é que quando eu faço uma *impe*, também tenho em conta o que penso a respeito da pessoa. Se o sujeito parece ser boa gente, posso baixar o tom do relatório.

— A sério?

— Foi o que fiz no seu caso. Podia escrever um livro a respeito da sua vida amorosa. Podia ter mencionado que a Erika tem um passado no Clube Xtreme e que, nos anos oitenta, se interessou pelo BDSM... o que teria sem a mínima dúvida suscitado algumas questões quanto à vossa vida sexual.

Blomkvist enfrentara-lhe o olhar. Passados alguns instantes pusera-se a rir.

— É mesmo meticulosa, não é? Porque é que não incluiu isso no relatório?

— São dois adultos que gostam obviamente um do outro, e a única coisa que teria conseguido falando a respeito dessa história de submissão e sadomasoquismo era magoá-los aos dois, ou fornecer a alguém material para fazer chantagem. Não conheço o Frode... a informação podia ir parar às mãos do Wennerström.

— E não está interessada em fornecer informação ao Wennerström?

— Se tivesse de escolher entre si e ele, o mais certo era acabar no seu lado do *court*.

— Eu e a Erika temos... a nossa relação é...

— Por favor, a verdade é que me estou nas tintas para o género de relação que têm. Mas não respondeu à minha pergunta: que tenciona fazer relativamente ao facto de eu ter entrado no seu computador?

— Lisbeth, não estou aqui para fazer chantagem. Estou aqui para pedir-lhe que me ajude a fazer uma pesquisa. Pode dizer sim ou não. Se disser não, tudo bem, arranjo outra pessoa e nunca mais volta a ouvir falar de mim.

CAPÍTULO 19

QUINTA-FEIRA, 19 DE JUNHO – DOMINGO, 29 DE JUNHO

ENQUANTO ESPERAVA para saber se Henrik Vanger ia ou não sobreviver, Mikael passou os dias a rever o seu material. Manteve-se sempre em contacto com Frode. Na quinta-feira à noite o advogado comunicou-lhe que a crise imediata parecia ter passado.

– Falei com ele por uns instantes, hoje. Quer que o vá ver logo que possível.

E foi assim que, por volta da uma da tarde na véspera de S. João, Mikael foi de carro até ao Hospital de Hedestad e procurou a enfermaria. Encontrou um irado Birger Vanger, que lhe impediu a passagem. Henrik não podia receber visitas, declarou.

– É estranho – respondeu Mikael –, considerando que mandou dizer expressamente que queria falar comigo hoje.

– Não é um membro da família, não tem nada que fazer aqui.

– Tem toda a razão, não sou um membro da família. Mas trabalho para o Henrik Vanger, e só recebo ordens dele.

A situação poderia ter degenerado num aceso debate se, nesse instante, Dirch Frode não viesse a sair do quarto de Henrik.

– Ah, já chegou. O Henrik tem estado a perguntar por si.

Frode manteve a porta aberta, e Mikael passou por Birger e entrou no quarto.

Henrik parecia ter envelhecido dez anos. Estava deitado com os olhos semicerrados, um tubo de oxigénio enfiado no nariz e os cabelos mais desalinhados do que nunca. Uma enfermeira deteve Mikael, pousando-lhe firmemente uma mão no braço.

– Dois minutos. Não mais. E não o enerve.

Mikael sentou-se na cadeira das visitas, de modo a ver a cara de Henrik. Sentiu uma ternura que o surpreendeu, e estendeu a mão para apertar a do velho.

— Alguma novidade? — A voz era fraca.

Mikael assentiu.

— Faço-lhe um relatório logo que estiver melhor. Ainda não resolvi o mistério, mas descobri coisas novas e estou a seguir várias pistas. Dentro de uma semana, talvez duas, estarei em condições de falar de resultados.

O mais que Henrik Vanger conseguiu foi pestanejar, para indicar que tinha compreendido.

— Vou ter de me ausentar durante uns dias.

Henrik arqueou as sobrancelhas.

— Não estou a abandonar o navio. Preciso de fazer uma pesquisa. Combinei com o Dirch reportar a ele. Está de acordo?

— O Dirch é... o meu representante... em todos os assuntos.

Mikael voltou a apertar-lhe a mão.

— Mikael... se eu não... quero que... acabes o trabalho.

— Acabarei.

— O Dirch tem... plena...

— Henrik, quero que se ponha bom. Ia ficar furioso se morresse depois de eu ter feito tantos progressos.

— Dois minutos — disse a enfermeira.

— Da próxima vez, havemos de ter uma longa conversa.

Birger Vanger estava à espera dele no corredor. Deteve-o pousando-lhe uma mão no ombro.

— Não quero que volte a incomodar o Henrik. Está muito doente e não pode ser perturbado.

— Compreendo a sua preocupação, e solidarizo-me com ela. E não vou perturbá-lo.

— Toda a gente sabe que o Henrik o contratou para meter o nariz no seu passatempo preferido... a Harriet. O Dirch disse-me que ele ficou muito agitado depois da conversa que teve consigo pouco antes de sofrer o enfarte. Até você disse que achava que talvez tivesse contribuído para desencadear o ataque.

— É verdade, mas já não penso assim. O Henrik tinha as artérias gravemente obstruídas. Podia ter tido o ataque ao fazer chichi. Tenho a certeza de que sabe disso.

— Quero saber tudo a respeito desta loucura. É com a minha família que anda a brincar.

— Já lhe disse, trabalho para o Henrik, não para a família.

Birger Vanger não estava aparentemente habituado a que lhe fizessem frente. Ficou por um instante a olhar para Mikael com uma expressão que presumivelmente se destinava a inspirar respeito, mas que o fez parecer um alce inchado. Acabou por rodar sobre os calcanhares e dirigir-se ao quarto de Henrik.

Mikael conteve a vontade de rir. Não era o lugar mais indicado para risos, ali no corredor fora do quarto e do leito de doente de Henrik, que bem podia transformar-se no seu leito de morte Mas lembrou-se de um verso do alfabeto rimado de Lennart Hyland. Era a letra «A». *O alce solitário, à luz da madrugada, contempla aparvalhado a floresta queimada.*

No átrio do hospital encontrou Cecilia Vanger. Tentara ligar-lhe para o telemóvel dúzias de vezes desde que ela regressara das férias interrompidas, mas ela nunca atendera ou retribuíra as chamadas. E nunca estava em casa, na ilha, quando acontecia ele passar e bater-lhe à porta.

— Olá, Cecilia – disse. – Lamento tudo isto que aconteceu com o Henrik.

— Obrigada.

— Precisamos de falar.

— Desculpa ter-te ignorado. Compreendo que estejas aborrecido, mas a verdade é que não tenho tido uma vida fácil nestes últimos dias.

Mikael pousou-lhe uma mão no braço e sorriu.

— Espera, estás enganada, Cecilia. Não estou nada aborrecido. Continuo a esperar que possamos ser amigos. Podemos beber um café? – E fez um sinal de cabeça na direcção da cafetaria do hospital.

Cecilia hesitou.

— Hoje não. Tenho de ir ver o Henrik.
— Está bem, mas continuo a precisar de falar contigo. É puramente profissional.
— Que queres dizer com isso? — perguntou ela, subitamente alerta.
— Lembras-te da primeira vez que nos vimos, quando tu foste à casa de hóspedes, em Janeiro. Eu disse-te que estávamos a falar *off the record*, e que se precisasse de fazer-te perguntas a sério, te avisava. Tem que ver com a Harriet.
O rosto de Cecilia Vanger ficou subitamente vermelho de fúria.
— És mesmo sacana!
— Cecilia, descobri coisas sobre as quais preciso mesmo de falar contigo.
Ela recuou um passo.
— Será que não percebes que esta porcaria de busca da maldita Harriet é apenas terapia ocupacional para o Henrik? Não vês que pode estar lá em cima a morrer, e que a última coisa de que precisa é que o encham de falsas esperanças e...
— Pode ser um passatempo para o Henrik, mas há agora mais material novo do que alguma vez houve. Há perguntas que têm de ser respondidas.
— Se o Henrik morrer, esta investigação vai acabar num instante. E tu vais levar esse teu nojento e ranhoso cu de investigador para outro lado — disse ela, e afastou-se.

Estava tudo fechado. Hedestad estava praticamente deserta e os habitantes pareciam ter ido em massa festejar o S. João para as respectivas casas de Verão. Mikael instalou-se na esplanada do Stadshotel, que estava miraculosamente aberto, pediu café e sanduíches e leu os jornais da tarde. Não estava a acontecer nada de importante em parte nenhuma do mundo.
Pousou o jornal e pensou em Cecilia Vanger. Não dissera a ninguém — excepto a Lisbeth Salander — que fora ela quem abrira a janela do quarto de Harriet. Receava que isso a tornasse suspeita, e a última coisa que queria era magoá-la. Mas a pergunta ia ter de ser feita, mais cedo ou mais tarde.

Ficou uma hora na esplanada antes de decidir pôr o problema de lado e dedicar a véspera de S. João a qualquer outra coisa que não a família Vanger. O telemóvel permanecia silencioso. Erika andava por fora, a divertir-se com o marido, e não tinha ninguém com quem falar.

Voltou à ilha de Hedeby por volta das quatro e tomou outra decisão: deixar de fumar. Continuara a fazer exercício físico com alguma regularidade depois de sair da tropa, quer no ginásio quer correndo ao longo da Söder Mällarstrand, mas desleixara-se um pouco quando os problemas com Wennerström tinham começado. Em Rullåker, retomara o hábito, mais por uma questão de terapia do que qualquer outra coisa. Depois de sair, deixara praticamente de se mexer. Era tempo de recomeçar. Vestiu o fato de treino e meteu, sem forçar o ritmo, pela estrada que levava à cabana de Gottfried, virou na direcção da Fortaleza e, a partir daí, optou por um percurso mais difícil, a corta-mato. Desde a tropa que não praticava orientação, mas sempre achara mais divertido correr pelo meio de um bosque do que por uma estrada lisa. Seguiu a vedação à volta de Östergården e regressou à aldeia. Quando correu os últimos metros em direcção à casa doía-lhe o corpo todo e estava quase sem fôlego.

Às seis tomou um duche. Cozeu umas batatas e comeu sanduíches de arenque de conserva com molho de mostarda, cebolinho e ovo na desconjuntada mesa do jardim, voltado para a ponte. Serviu-se de uma generosa dose de *aquavit* e brindou a si mesmo. Depois disto, abriu um policial de Val McDermid intitulado *O Canto das Sereias*.

Dirch Frode apareceu por volta das sete e sentou-se pesadamente na cadeira do outro lado da mesa. Mikael ofereceu-lhe um copo de *aquavit* de Skåne.

— Hoje agitou algumas emoções — disse Frode.
— Parece que sim.
— O Birger é um cretino pomposo.
— Eu sei.
— Mas a Cecilia não é uma cretina pomposa, e está furiosa.
Mikael assentiu.

— Ordenou-me que tomasse medidas para impedi-lo de continuar a meter o nariz nos assuntos da família.

— Estou a ver. E o que foi que lhe disse?

Frode olhou para o copo e despejou-o de um trago.

— A minha resposta foi que o Henrik me deu instruções muito claras sobre o que quer que o Mikael faça. Enquanto ele não alterar essas instruções, continuará a trabalhar nos termos do contrato que assinámos. Espero que envide todos os esforços para cumprir a sua parte.

Mikael olhou para o céu, onde tinham começado a juntar-se nuvens de chuva.

— Parece que está a preparar-se uma tempestade — continuou Frode. — Se os ventos se tornarem demasiado fortes, vou ter de apoiá-lo.

— Obrigado.

Ficaram sentados, em silêncio, durante algum tempo.

— Posso beber mais um?

Escassos minutos depois de Frode ter ido embora, Martin Vanger parou o carro na rua, em frente da casa de hóspedes. Aproximou-se e cumprimentou. Mikael desejou-lhe uma boa noite de S. João e perguntou-lhe se queria uma bebida.

— Não, é melhor não. Só vim mudar de roupa e volto já para a cidade para passar a noite com a Eva.

Mikael esperou.

— Estive a falar com a Cecilia. Neste momento, está um pouco traumatizada... ela e o Henrik sempre foram muito chegados. Espero que lhe perdoe se ela disse qualquer coisa... desagradável.

— Gosto muito da Cecilia.

— Eu sei. Mas ela consegue ser difícil. Só quero que saiba que ela se opõe muito veementemente a que continue a investigar o nosso passado.

Mikael suspirou. Parecia que toda a gente em Hedestad sabia o que Henrik Vanger o tinha contratado para fazer.

— E o Martin, o que acha?

— Esta coisa da Harriet tem sido a obsessão do Henrik desde há décadas. Não sei... A Harriet era minha irmã, mas a verdade é que parece tudo tão distante. O Dirch diz que tem um contrato que só o Henrik pode quebrar, e eu receio que, nas actuais circunstâncias, isso lhe faça mais mal do que bem.

— Quer então que continue?

— Fez alguns progressos?

— Peço desculpa, Martin, mas estaria a violar as condições do contrato se lhe dissesse alguma coisa sem autorização do Henrik.

— Compreendo. — Subitamente, Martin sorriu. — O Henrik tem um bocado a mania das conspirações. Mas, acima de tudo, não quero que lhe dê esperanças infundadas.

— Não o farei.

— Óptimo... A propósito, e para mudar de assunto, temos outro contrato a considerar. Uma vez que o Henrik está doente e não vai poder, num futuro previsível, cumprir as suas obrigações no conselho de administração da *Millennium*, é minha responsabilidade substituí-lo.

Mikael esperou.

— Julgo que devíamos ter uma reunião, para avaliar a situação.

— É boa ideia. Mas, tanto quanto sei, ficou combinado que a próxima reunião da administração seria em Agosto.

— Eu sei, mas julgo que devíamos antecipá-la.

Mikael sorriu delicadamente.

— Está a falar com a pessoa errada. De momento, não faço parte da administração. Saí em Dezembro. Vai ter de entrar em contacto com a Erika Berger. Ela sabe que o Henrik está doente.

Martin Vanger não estava à espera desta resposta.

— Tem razão, claro. Vou falar com ela.

Deu uma palmadinha no ombro de Mikael, em jeito de despedida, e foi-se embora.

Nada de concreto fora dito, mas a ameaça ficara a pairar no ar. Martin Vanger pusera a *Millennium* no prato da balança. Passados alguns instantes, Mikael deitou mais um pouco de *aquavit* no copo e voltou a pegar no livro.

O gato castanho-avermelhado apareceu para dizer olá e esfregar-se-lhe pelas pernas. Mikael pegou-lhe e coçou-o atrás das orelhas.

– Nós os dois estamos a ter uma véspera de São João bem chata, não estamos? – disse.

Quando começou a chover, foi para dentro e enfiou-se na cama. O gato preferiu ficar lá fora.

Lisbeth Salander tirou a *Kawasaki* da garagem na véspera de S. João e passou o dia a fazer-lhe uma revisão completa. Uma 125cc podia não ser a melhor moto do mundo, mas era dela, e bastava-lhe. Restaurara-a, parafuso a parafuso, e até a «artilhara» um pouco para além dos limites legais.

Depois do almoço vestiu o fato de couro, pôs o capacete e foi até à Casa de Saúde de Åppelviken, onde passou o resto da tarde. Sentiu uma pontada de preocupação e culpa. A mãe pareceu-lhe mais distante do que nunca. Ao longo de três horas não trocaram mais de meia dúzia de palavras, e quando falavam a mãe não parecia saber com quem estava a falar.

Mikael Blomkvist passou vários dias a tentar identificar o carro com a matrícula começada por AC. Depois de muito trabalho e de ter finalmente consultado um mecânico reformado de Hedestad, chegou à conclusão de que se tratava de um *Ford Anglia*, um modelo de que nunca ouvira falar. Contactou então um funcionário do Registo de Veículos Automóveis e inquiriu sobre a possibilidade de conseguir uma lista de todos os *Ford Anglia* de 1966 com uma matrícula que começasse por AC3. Foi-lhe dito que uma tal escavação arqueológica dos arquivos era provavelmente exequível, mas que ia demorar e excedia em muito os limites do que poderia ser considerado informação pública.

Só vários dias depois da véspera de S. João pôde meter-se no *Volvo* emprestado e viajar para norte, pela E4. Conduziu devagar. Pouco antes da ponte de Härnösand, parou para beber café numa pastelaria de Vesterlund.

A paragem seguinte foi em Umeå. Estacionou junto de uma estalagem e almoçou o prato do dia. Comprou um mapa de estradas e continuou até Skellefteå, onde virou para Norsjö. Chegou por volta das seis da tarde e alugou um quarto no único hotel da vila.

Começou a sua busca cedo na manhã seguinte. A Marcenaria Norsjö não constava da lista telefónica. A recepcionista do hotel, uma jovem de vinte e poucos anos, nunca tinha ouvido falar da empresa.

– A quem posso perguntar?

A jovem fez uma expressão atrapalhada durante alguns segundos até que, de súbito, o rosto se lhe iluminou e disse que ia telefonar ao pai. Dois minutos mais tarde reapareceu e explicou que a Marcenaria Norjsö tinha fechado no início dos anos oitenta. Se Mikael queria saber mais a respeito do assunto, teria de falar com um tal Burman, que fora lá capataz e vivia actualmente numa rua chamada Solvändan.

Norsjö era uma pequena vila com uma rua principal, muito apropriadamente chamada Storgatan – Rua Grande –, que atravessava todo o povoado. Concentrava o comércio local e era dela que irradiavam as transversais de acesso aos quarteirões residenciais. No extremo leste havia uma pequena área industrial e um estábulo; no extremo oposto erguia-se uma igreja de madeira invulgarmente bonita. Mikael reparou que havia também uma igreja missionária e outra pentecostalista. Um cartaz no *placard* do terminal de camionagem publicitava um museu de caça e um museu do esqui. Um panfleto já antigo anunciava que Veronika actuaria nos terrenos da feira na noite de S. João. Podia-se atravessar Norsjö de uma ponta à outra em menos de vinte minutos.

A rua chamada Solvändan era constituída por pequenas moradias e ficava a cinco minutos do hotel. Ninguém atendeu quando Mikael tocou à campainha. Eram nove e meia, e Mikael assumiu que Burman tinha saído para o trabalho, ou, se estava reformado, fora tratar de qualquer assunto.

A paragem seguinte foi na loja de ferragens, na Storgatan. Assumiu que quem quer que vivesse em Norsjö teria, mais tarde ou mais cedo, de fazer uma visita à loja de ferragens. Havia dois vendedores atrás do balcão. Mikael escolheu o mais velho, um homem com cerca de 50 anos.

— Bom-dia. Procuro um casal que provavelmente viveu aqui em Norsjö nos anos sessenta. É possível que o marido trabalhasse na Marcenaria Norsjö. Não sei o nome, mas tenho duas fotografias tiradas em mil novecentos e sessenta e seis.

O vendedor estudou as fotografias durante muito tempo antes de, finalmente, abanar a cabeça, dizendo que não reconhecia o homem nem a mulher.

Ao meio-dia, Mikael comeu um *hamburger* numa banca de cachorros-quentes junto do terminal de camionagem. Tinha desistido das lojas e passara pela autarquia local, pela biblioteca e pela farmácia. Encontrara a esquadra de polícia deserta e, em desespero de causa, começara a abordar aleatoriamente na rua pessoas já de uma certa idade. Ao princípio da tarde, perguntou a duas jovens. Não reconheceram o casal das fotografias, mas tiveram uma boa ideia:

— Se as fotos foram tiradas em mil novecentos e sessenta e seis, as pessoas hão-de andar agora pelos sessenta e tal anos. Porque não vai ao lar de reformados, na Solbacka, e pergunta lá?

Mikael apresentou-se à senhora da recepção do lar de reformados e explicou o que desejava saber. Ela mirou-o com um ar desconfiado durante vários segundos, mas acabou por deixar-se convencer. Levou-o até à sala de dia, onde ele passou meia hora a mostrar as fotografias a um grupo de velhotes. Foram todos muito prestáveis, mas nenhum deles soube identificar o casal.

Às cinco, voltou à Solvändan e bateu à porta de Burman. Desta vez teve mais sorte. Os Burman, marido e mulher, ambos reformados, tinham estado fora todo o dia. Convidaram-no para a cozinha, onde a dona de casa tratou imediatamente de fazer café enquanto Mikael explicava o seu problema. Como todas as outras tentativas anteriores, também aquela foi infrutífera. Burman coçou a cabeça, acendeu o cachimbo e, ao cabo de alguns instantes, concluiu que não reconhecia o casal das fotografias. Os Burman falavam um com o outro no dialecto de Norsjö, e Mikael tinha ocasionalmente dificuldade em compreender o que diziam. A mulher quisera dizer «cabelos encaracolados» ao observar que a mulher da fotografia tinha *knövelhära*.

— Mas tem toda a razão quando diz que isso aí é um autocolante da marcenaria — disse o marido. — Foi muito esperto em reconhecê-lo. O problema é que distribuíamos esses autocolantes a torto e a direito. Aos empreiteiros, às pessoas que compravam ou entregavam madeira, aos carpinteiros, aos maquinistas, a toda a gente.

— Está a ser mais difícil do que eu esperava, encontrar este casal.

— Porque é que quer encontrá-los?

Mikael tinha decidido contar a verdade se alguém lhe perguntasse. Qualquer tentativa de inventar uma história a respeito do casal das fotografias soaria a falso e criaria confusão.

— É uma longa história. Estou a investigar um crime que aconteceu em Hedestad, em mil novecentos e sessenta e seis, e penso que há uma possibilidade, ainda que muito pequena, de estas pessoas terem visto o assassino. Não estão sob qualquer tipo de suspeita, e penso que nem sequer sabem que talvez estejam na posse de informações que ajudem a resolver o crime,

— Um crime? Que espécie de crime?

— Lamento, mas não posso dizer-lhes mais do que isto. Eu sei que parece estranho aparecer alguém quase quarenta anos depois a tentar descobrir este casal, mas o crime continua por resolver, e só muito recentemente vieram a lume factos novos.

— Estou a ver. Sim, é na verdade estranha, a sua missão.

— Quantas pessoas trabalhavam na marcenaria?

— Normalmente, cerca de quarenta. Trabalhei lá desde os meus dezassete anos, em meados dos anos cinquenta, até ao fecho. Depois tornei-me empreiteiro. — Burman pensou por um instante. — Uma coisa posso dizer-lhe. O sujeito que aparece nessas fotos nunca lá trabalhou. Podia ser empreiteiro, mas acho que o reconheceria, se fosse. Mas há outra possibilidade. Talvez o pai, ou qualquer outro parente, trabalhasse na marcenaria, e o carro não seja dele.

Mikael assentiu.

— Compreendo que há montes de possibilidades. Pode sugerir alguém com quem possa falar?

— Sim — disse Burman, assentindo com a cabeça. — Apareça por cá amanhã, e vamos falar com alguma da velha rapaziada.

◆

Lisbeth Salander enfrentava um problema de metodologia de alguma magnitude. Era especialista em desenterrar informação sobre praticamente quem quer que fosse, mas o seu ponto de partida sempre fora um nome e um número de Segurança Social de uma pessoa viva. Se o indivíduo estava listado num ficheiro de computador, como era inevitavelmente o caso de quase toda a gente, acabava em muito pouco tempo por cair na sua teia. Se o indivíduo tinha um computador com uma ligação à Internet, um endereço *e-mail* ou talvez até um *website* pessoal, como a maior parte das pessoas que mereciam ser investigadas tinha, conseguia, mais cedo ou mais tarde, descobrir-lhe os segredos mais íntimos.

O trabalho que aceitara fazer para Mikael Blomkvist era completamente diferente. A sua missão, em termos simples, consistia em identificar quatro números de Segurança Social com base em dados extremamente vagos. Além disso, os indivíduos em causa tinham muito provavelmente morrido várias décadas antes. Pelo que o mais certo era não constarem de qualquer ficheiro informático.

A teoria de Blomkvist, baseada no caso de Rebecka Jacobsson, era que aquelas pessoas tinham sido assassinadas. O que significava que seria talvez possível encontrá-las em várias investigações policiais sobre crimes não resolvidos. Não havia qualquer pista quanto a quando os crimes poderiam ter sido cometidos, excepto que fora de certeza antes de 1966. Em termos de pesquisa, enfrentava uma situação completamente nova.

Como é que vou fazer isto?

Abriu o motor de busca Google e teclou as palavras-chave [Magda] + [assassínio]. Era a forma de pesquisa mais simples que podia fazer. Para sua surpresa, conseguiu progressos imediatos na investigação. A sua primeira descoberta foi a grelha de programas da TV-Värmland, de Karlstad, anunciando um episódio da série «Os Assassínios da Värmland», que fora para o ar em 1999. Logo a seguir, encontrou uma breve referência num artigo do *Värmlands Folkblad*:

Na série «Assassínios da Värmland», as atenções centram-se desta vez no caso de Magda Lovisa Sjöberg, de Ranmoträsk, um assassínio brutal e misterioso que ocupou a polícia de Karlstad há algumas décadas. Em Abril de 1960, Lovisa Sjöberg, de 46 anos, casada com um agricultor local, foi encontrada assassinada no estábulo familiar. O jornalista Claes Gunnars descreve as últimas horas da vítima e a infrutífera procura do assassino. O crime provocou grande agitação na altura e muitas foram as teorias propostas sobre a identidade do criminoso. Um jovem parente aparecerá no programa para contar como a sua vida ficou destruída quando foi acusado do crime. Às 20h00.

Encontrou informação adicional e mais completa no artigo «O Caso Lovisa Abala Uma Região Inteira», publicado na revista *Värmlandskultur*. Todos os textos da revista tinham sido descarregados na Net. Escrito com evidente prazer e num tom coloquial e provocador, o artigo descrevia como o marido de Lovisa Sjöberg, o agricultor Holger Sjöberg, encontrara a mulher morta ao regressar do trabalho, por volta das cinco da tarde. Lovisa fora sadicamente violada, esfaqueada e finalmente morta com uma forquilha. O assassínio ocorrera no estábulo, mas o que despertara mais atenções fora o facto de o perpetrador, depois de ter cometido o crime, a ter deixado amarrada, de joelhos, dentro de uma baia.

Mais tarde descobrira-se que um dos animais da quinta, uma vaca, fora esfaqueado no pescoço.

Inicialmente o marido fora suspeito, mas estivera sempre na companhia dos colegas de trabalho, desde as seis da manhã, numa clareira a 40 quilómetros de distância. Fora possível comprovar que Lovisa Sjöberg estava viva às dez da manhã, altura em que recebera a visita de uma amiga. Ninguém vira ou ouvira fosse o que fosse; a quinta ficava a 450 metros de distância do vizinho mais próximo.

Depois de ter descartado o marido como suspeito, a investigação policial centrara-se num sobrinho da vítima, de 23 anos. O jovem tivera repetidos problemas com a lei, andava sempre sem dinheiro, e tinha o hábito de pedir à tia pequenas quantias emprestadas. O álibi do sobrinho era significativamente mais fraco do que o do marido, e o rapaz chegara a ficar detido durante algum tempo, mas acabara por ser libertado por falta de provas. Mesmo assim, muitas pessoas da aldeia achavam altamente provável que fosse ele o culpado.

A polícia seguira uma outra pista. Uma parte da investigação centrara-se num vendedor ambulante que fora visto na área; havia também rumores de que um grupo de «ciganos gatunos» levara a cabo uma série de assaltos na região. Por que razão teriam cometido um selvático crime com conotações sexuais sem roubarem coisa alguma nunca foi explicado.

Durante algum tempo, as suspeitas tinham-se voltado para um vizinho da aldeia, um solteirão que na sua juventude fora suspeito de um alegado crime homossexual – isto no tempo em que a homossexualidade era ainda um crime punível por lei – e que, segundo diversos testemunhos, tinha fama de ser «esquisito». Porque teria um suposto homossexual cometido um crime sexual contra uma mulher também não era explicado. Nenhuma destas pistas, ou quaisquer outras, levara a uma condenação.

Lisbeth Salander achava que havia uma clara ligação à lista da agenda de Harriet Vanger. No Levítico, 20:16 dizia-se: «Se uma mulher se aproximar de um animal e pecar com ele, que seja morta juntamente com o animal; serão ambos mortos, e o sangue dos dois será sobre eles.» Não podia ser coincidência o facto de a mulher de um agricultor chamada Magda ter sido encontrada morta num estábulo, com o corpo amarrado, de joelhos e deixado numa baia.

A questão era saber por que razão escrevera Harriet o nome Magda em vez de Lovisa, que era aparentemente aquele por que a vítima era conhecida. Se o nome completo não constasse da grelha de programas da TV, nunca o teria encontrado.

E, claro, a questão ainda mais importante era: haveria uma ligação entre o assassínio de Rebecka, em 1949, o de Magda Lovisa, em 1960, e o desaparecimento de Harriet Vanger, em 1966?

No sábado de manhã, Burman levou Mikael a dar um passeio a pé por Norsjö. Antes do almoço visitaram cinco ex-empregados que viviam nas imediações. Todos eles lhes ofereceram café. Todos examinaram as fotografias e abanaram a cabeça.

Depois de um simples almoço em casa dos Burman, meteram-se no carro. Visitaram quatro aldeias à volta de Norsjö, onde moravam outros ex-empregados da marcenaria. Foram sempre recebidos com calor e simpatia, mas ninguém soube ajudá-los. Mikael começava a desesperar.

Às quatro da tarde, Burman parou o carro diante de uma típica casa de quinta da região de Västerbotten, pintada de vermelho, perto de Norsjövallen, a norte de Norsjö, e apresentou Mikael a Henning Forsman, mestre-carpinteiro reformado.

— Sim, é o filho do Assar Brännlund — disse Forsman mal Mikael lhe mostrou as fotografias. *Bingo.*

— Ah, é o rapaz do Assar — disse Burman. Voltou-se para Mikael. — O Assar era um cliente.

— Como é que posso encontrá-lo?

— O rapaz? Bem, vai ter de cavar um pouco. Chamava-se Gunnar e trabalhava nas minas de Boliden. Morreu numa explosão, em setenta e qualquer coisa.

O coração de Mikael afundou-se-lhe no peito.

— Mas a mulher ainda cá anda. É ela que aparece nas fotografias. Chama-se Mildred e vive em Bjursele.

— Bjursele?

— Fica a cerca de dez quilómetros daqui, na estrada para Bastuträsk. Vive numa comprida casa vermelha, do lado direito da estrada antes de chegar à aldeia. É a terceira casa. Conheço bem a família.

— Boa-tarde, o meu nome é Lisbeth Salander e estou a escrever uma tese sobre criminologia da violência contra as mulheres no século vinte. Gostaria de visitar o comando da polícia de Landskrona e ler a documentação de um caso de mil novecentos e cinquenta e sete. Tem que ver com o assassínio de uma mulher chamada Rakel Lunde. Faz alguma ideia de onde possam estar esses documentos?

◆

Bjursele mais parecia um *poster* de uma aldeia da região de Västerbotten. Consistia em cerca de 20 casas relativamente próximas umas das outras e dispostas em semicírculo à volta do extremo de um lago. No centro da aldeia havia uma encruzilhada com uma seta a apontar para Hemmingen, 11 km, e outra a apontar para Bastuträsk, 17 km. Perto da encruzilhada, uma ponte galgava um pequeno ribeiro que Mikael assumiu ser o *sele*, a água, de Bjur. No pino do Verão, era bonita como um postal.

Estacionou o carro no pátio de um *Konsum* que já estava fechado, quase em frente da terceira casa do lado direito. Quando bateu à porta, ninguém abriu.

Caminhou uma hora pela estrada que levava a Hemmingen. Passou por um lugar onde o ribeiro saltitava em espumejantes rápidos. Encontrou dois gatos e viu um veado, mas nem uma única pessoa, antes de voltar para trás.

Num poste, perto da ponte, encontrou um folheto meio rasgado que anunciava um CDCB, ou, por outras palavras, o Campeonato de Destruição de Carros de Bjursele 2002. Tratava-se, aparentemente, de um desporto de Inverno que consistia em destruir automóveis sobre a superfície gelada de um lago.

Esperou até às dez da noite antes de desistir e voltar a Norsjö, onde comeu um jantar tardio e se enfiou na cama a ler o desfecho do policial de Val McDermid.

Era arrepiante.

Às dez horas, Lisbeth Salander acrescentou um novo nome à lista de Mikael Blomkvist. Mas fê-lo com alguma hesitação.

Tinha descoberto um atalho. A intervalos bastante regulares eram publicados artigos a respeito de crimes que tinham ficado sem solução, e encontrara, no suplemento dominical do jornal da tarde, um artigo de 1999 com o título «Muitos Assassinos de Mulheres Escapam Impunes». Era um pequeno artigo, mas incluía os nomes e as fotografias de várias vítimas de assassínios famosos. Havia o caso Solveig, em Norrtälje, o assassínio de Anita, em Norrköping, o de Margareta, em Helsingborg, e vários outros.

O mais antigo relatado era dos anos sessenta, e nenhum deles correspondia à lista que Blomkvist lhe dera. Mas um atraiu-lhe particularmente a atenção.

Em 1962, uma prostituta chamada Lea Persson, de Gotemburgo, fora a Uddevalla visitar a mãe e o filho de nove anos, que vivia com a avó. Numa tarde de domingo, depois de uma estada de vários dias, Lea abraçara a mãe, dissera adeus e apanhara o comboio de regresso a Gotemburgo. Tinham-na encontrado, dois dias mais tarde, atrás de um contentor numa área industrial abandonada. Fora violada, e o seu corpo sujeito a uma violência extraordinária.

O caso Lea despertara uma grande atenção, e o jornal explorara-o até ao limite como história de Verão, mas o assassino nunca fora identificado. Não havia nenhuma Lea na lista de Harriet Vanger. Nem a maneira como morrera se enquadrava com qualquer das citações da Bíblia que Harriet sublinhara.

Por outro lado, havia uma coincidência tão bizarra que as antenas de Lisbeth ficaram imediatamente a zunir. A cerca de dez metros do sítio onde jazia o corpo de Lea fora encontrado um vaso de barro com um pombo lá dentro. Alguém atara um cordel à volta do pescoço do pombo e puxara-lhe a cabeça através do orifício no fundo do vaso. Em seguida, o vaso fora colocado em cima de uma pequena fogueira acesa entre dois tijolos. Não havia a certeza de que aquela crueldade tivesse alguma coisa que ver com o assassínio de Lea. Podia ter-se tratado de uma horrível brincadeira de crianças, mas a imprensa passara a designar o caso como O Crime do Pombo.

Lisbeth Salander não era leitora da Bíblia – nem sequer tinha um exemplar em casa –, mas, nessa tarde, foi à igreja de Högalid e, com alguma dificuldade, conseguiu que lhe emprestassem uma. Sentou-se num banco de jardim, à porta da igreja, e leu o Levítico. Quando chegou ao capítulo 12, versículo 8, arqueou as sobrancelhas. O capítulo 12 tratava da purificação das mulheres depois do parto:

Mas se ela não puder oferecer um cordeiro, tomará duas rolas, ou dois pombos jovens, um para o holocausto, o outro pelo pecado; o sacerdote orará por ela, e assim será purificada.

Lea bem podia ter sido incluída na agenda de Harriet como Lea-31208.

Lisbeth pensou que nenhuma outra investigação que alguma vez tivesse feito abarcara uma fracção sequer do âmbito daquele trabalho.

Mildred Brännlund, que voltara a casar e se chamava agora Mildred Berggren, abriu a porta quando Mikael bateu, por volta das onze da manhã de domingo.

– Bom-dia. Chamo-me Mikael Blomkvist. E a senhora deve ser Mildred Berggren.

– Exactamente.

– Peço desculpa por vir bater-lhe à porta desta maneira, mas tenho andado a tentar encontrá-la, e é um pouco complicado de explicar. – Sorriu-lhe. – Será que posso roubar um pouco do seu tempo?

O marido de Mildred e um filho que tinha cerca de 35 anos, estavam em casa, e sem grande hesitação, Mildred convidou Mikael para ir sentar-se na cozinha. Trocaram apertos de mão. Mikael tinha bebido mais café naquelas últimas vinte e quatro horas do que em todo o resto da sua vida, mas já aprendera que, em Norrland, era considerado má-educação recusar. Uma vez as chávenas em cima da mesa, Mildred sentou-se e perguntou-lhe, com alguma curiosidade, em que podia ajudá-lo. Era evidente que ele não compreendia com facilidade o dialecto de Norsjö, de modo que mudou para o sueco oficial.

Mikael inspirou fundo.

– É uma história comprida e estranha – começou. – Em Setembro de mil novecentos e sessenta e seis, a senhora estava em Hedestad com o seu marido, Gunnar Brännlund.

Ela pareceu surpresa. Mikael esperou que confirmasse com um aceno de cabeça antes de pousar em cima da mesa a foto de Järnvägsgatan.

– Onde foi tirada esta foto? Lembra-se da ocasião?

— Oh, meu Deus! — exclamou Mildred Berggren. — Foi há tantos anos.

O marido e o filho aproximaram-se, para olhar para a foto.

— Estávamos em lua-de-mel. Tínhamos ido a Estocolmo e a Sigtuna e estávamos de regresso a casa quando resolvemos parar. Foi em Hedestad, diz?

— Sim, Hedestad. Esta fotografia foi tirada por volta da uma da tarde. Há já algum tempo que ando a tentar encontrá-la, e não tem sido tarefa fácil.

— Descobriu uma velha fotografia minha e conseguiu encontrar-me. Nem sequer imagino como o fez.

Mikael pousou em cima da mesa, ao lado da outra, a foto tirada no parque de estacionamento.

— Foi graças a esta fotografia, tirada um pouco mais tarde. — Explicou como, através da Marcenaria Norsjö, chegara a Burman, que por sua vez o levara a Henning Forsman, em Norsjövallen.

— Deve ter uma boa razão para esta longa busca.

— Tenho. Esta rapariga que aparece a seu lado na fotografia chamava-se Harriet Vanger. Desapareceu naquele dia, e nunca mais ninguém voltou a saber dela. A assunção geral é que foi assassinada. Posso mostrar-lhe mais algumas fotos?

Tirou o *iBook* da sacola e explicou as circunstâncias enquanto o computador arrancava. Fez então passar a série de imagens que mostrava a alteração da expressão facial de Harriet.

— Foi quando estava a examinar estas velhas imagens que a descobri a si, com uma máquina fotográfica mesmo ao lado da Harriet, e parece estar a fazer uma fotografia na mesma direcção daquilo para que ela estava a olhar, e que a fez reagir desta maneira. Eu sei que é uma possibilidade muito remota, mas a razão por que tenho andado à sua procura é perguntar-lhe se, por qualquer milagre, ainda tem as fotografias daquele dia.

Estava preparado para ouvir Mildred Berggren responder que não, que havia muito que as fotos tinham desaparecido. Em vez disso, ela fixou nele os claros olhos azuis e disse, como se fosse a coisa mais natural deste mundo, que claro que ainda tinha as fotografias da sua primeira lua-de-mel.

Saiu da cozinha e regressou vários minutos mais tarde com uma caixa onde guardara uma porção de fotografias, em diversos álbuns. Demorou algum tempo a encontrar as da lua-de-mel. Tinha feito três fotografias em Hedestad. Uma era pouco nítida e mostrava a rua principal. Outra mostrava o homem que era seu marido na altura. A terceira mostrava os palhaços no desfile.

Mikael inclinou-se ansiosamente para a frente. Via uma figura do outro lado da rua, atrás dos palhaços. Mas a fotografia não lhe disse absolutamente nada.

CAPÍTULO 20

TERÇA-FEIRA, 1 DE JULHO – QUARTA-FEIRA, 2 DE JULHO

A PRIMEIRA COISA que Mikael Blomkvist fez na manhã em que voltou a Hedestad foi ir a casa de Frode perguntar pelo estado de saúde de Henrik Vanger. Ficou a saber, encantado, que o velho patriarca melhorara bastante ao longo da semana anterior. Continuava fraco, e frágil, mas já conseguia sentar-se na cama. A situação já não era considerada crítica.

— Graças a Deus — disse. — Acabei por perceber que gosto dele.

— Eu sei — disse Frode. — E ele gosta de si. Como correu a expedição a Norrland?

— Bem sucedida, mas insatisfatória. Depois lhe explico. Para já, tenho uma pergunta.

— Força.

— O que é que, realisticamente, acontece à vossa posição na *Millennium* se o Henrik morrer?

— Nada. O Martin ocupará o lugar dele no conselho de administração.

— Há algum risco, hipoteticamente falando, de o Martin criar problemas à *Millennium* se eu não deixar de investigar o desaparecimento da Harriet?

Frode olhou fixamente para ele.

— O que foi que aconteceu?

— Nada, na verdade. — Mikael contou-lhe a conversa que tivera com Martin Vanger na véspera de S. João. — Quando eu estava em Norsjö, a Erika telefonou-me e contou-me que o Martin lhe tinha ligado a dizer que eu fazia muita falta no escritório.

— Compreendo. Calculo que a Cecilia tenha apertado com ele. Não acredito que o Martin exercesse esse tipo de pressão por sua espontânea vontade. É demasiado esperto. E não esqueça que eu também faço parte do conselho de administração da pequena subsidiária que constituímos para entrar no capital da *Millennium*.

— Mas se surgisse uma situação complicada... qual seria a sua posição?

— Os contratos existem para serem respeitados. Eu trabalho para o Henrik. Somos amigos há quarenta e cinco anos, e estamos totalmente de acordo sobre estas questões. Se o Henrik morresse nesta altura, eu... e não o Martin... herdaria a parte dele na subsidiária. Temos um contrato em que nos comprometemos a apoiar a *Millennium* durante quatro anos. Se o Martin quisesse levantar problemas... e não acredito que queira... poderia, teoricamente, desencorajar alguns pequenos anunciantes.

— Que são a base da existência da *Millennium*.

— Sim, mas veja as coisas desta maneira. Preocupar-se com essas ninharias é uma perda de tempo. Neste momento, o Martin está a lutar pela sua sobrevivência industrial e a trabalhar catorze horas por dia. Não tem tempo para mais nada.

— Posso perguntar... sei perfeitamente que não tenho nada com isso... qual é a situação geral do grupo?

Frode fez um ar grave.

— Temos problemas.

— Sim, até um vulgar jornalista económico como eu percebe isso. O que estou a perguntar é até que ponto é grave.

— *Off the record?*

— Entre nós.

— Nas últimas semanas, perdemos duas importantes encomendas na indústria electrónica e estamos prestes a ser corridos do mercado russo. Em Setembro, vamos ter de despedir mil e seiscentos trabalhadores em Örebro e Trollhättan. Não é grande recompensa para pessoas que trabalharam para nós durante anos. Sempre que encerramos uma fábrica, a confiança no grupo sofre um novo golpe.

— O Martin está sob pressão.

— Está a aguentar a carga de um boi e a caminhar sobre cascas de ovo.

Michael voltou à casa de hóspedes e ligou a Erika. Não estava na redacção, de modo que falou com Malm.

— A situação é a seguinte: a Erika ligou-me quando eu estava em Norsjö. O Martin Vanger falou com ela e... como é que hei-de dizer isto... encorajou-a a propor que eu reassuma as minhas responsabilidades editoriais.

— Também eu acho que deves fazê-lo — disse Malm.

— Eu sei. Mas acontece que tenho um contrato com o Henrik Vanger que não posso quebrar, e o Martin está a agir em nome de alguém daqui que quer que eu pare o que estou a fazer e me vá embora. O que significa que a proposta dele equivale a uma tentativa de ver-se livre de mim.

— Estou a ver.

— Diz olá à Erika e diz-lhe que regressarei a Estocolmo quando acabar o que estou a fazer aqui. Não antes.

— Compreendo. Estás completamente louco, claro, mas eu dou-lhe o recado.

— Christer, vai acontecer aqui qualquer coisa, e eu não tenho a mínima intenção de voltar as costas.

Christer suspirou.

Mikael Blomkvist bateu à porta da casa de Martin Vanger. Foi Eva Hassel quem lha abriu, com um sorriso acolhedor.

— Bom-dia. O Martin está?

Como que em resposta a esta pergunta, Martin Vanger apareceu no vestíbulo, de pasta na mão. Beijou Eva na face e cumprimentou Mikael.

— Ia sair para o trabalho. Queria falar comigo?

— Pode ser mais tarde, se está com muita pressa.

— Não, não, diga.

— Não vou voltar à equipa editorial da *Millennium* antes de acabar o trabalho de que o Henrik me encarregou. Estou a informá-lo disto agora para que não conte comigo de volta à revista antes do Ano Novo.

Martin Vanger ficou a balançar nas pontas dos pés por um instante.

— Estou a ver. Pensa que eu quero ver-me livre de si. — Fez uma pausa. — Mikael, vamos ter de falar a este respeito mais tarde. A verdade é que não tenho tempo para dedicar ao meu passatempo na administração da *Millennium*, e quem me dera nunca ter concordado com a proposta do Henrik. Mas acredite... vou fazer tudo o que estiver ao meu alcance para que a *Millennium* sobreviva.

— Nunca tive a mais pequena dúvida a esse respeito.

— Se marcarmos uma reunião para um dia da semana que vem poderemos dar uma vista de olhos à situação financeira e eu dir-lhe-ei o que penso sobre o assunto. Mas a minha opinião básica é que a *Millennium* não pode dar-se ao luxo de ter um dos seus elementos-chave aqui sentado em Hedeby sem fazer nada. Gosto da revista e estou convencido de que, juntos, podemos torná-la mais forte, mas a sua presença é essencial para atingir esse objectivo. Acabei por ver-me envolvido num conflito de lealdades. Ou pactuo com a vontade do Henrik, ou faço o meu trabalho na administração da *Millennium*.

Mikael vestiu o fato de treino e foi dar uma volta, a puxar, até à Fortaleza e à cabana de Gottfried antes de regressar a casa, num passo mais calmo, ao longo da costa. Frode estava sentado à mesa do quintal. Esperou pacientemente que Mikael bebesse uma garrafa de água e limpasse o suor da cara.

— Não me parece uma coisa muito saudável, com este calor — comentou.

— Bah! — respondeu Mikael.

— Estava enganado. Não é a Cecilia que anda a apertar com o Martin, é a Isabella. Está a tentar mobilizar o clã Vanger para o encher de alcatrão e penas, e provavelmente queimá-lo na fogueira também. Tem o apoio do Birger.

— A Isabella?

— É uma mulher má e mesquinha que não gosta das pessoas em geral. Neste momento, parece detestá-lo a si em particular. Anda a espalhar a história de que você é um vigarista que convenceu o Henrik a contratá-lo, e que o deixou tão excitado que ele teve um ataque cardíaco.

— Espero que ninguém acredite nisso?

— Há sempre alguém disposto a acreditar em rumores maliciosos.

— Estou a tentar descobrir o que aconteceu à filha... e ela odeia-me. Se a Harriet fosse minha filha, a minha reacção seria um pouco diferente.

Às duas da tarde, o telemóvel tocou.

— Boa-tarde, chamo-me Conny Torsson e trabalho no *Hedestads-Kuriren*. Tem tempo para responder a umas perguntas? Tivemos uma dica de que está a viver aqui em Hedeby.

— Bem, Herr Torsson, a sua máquina de dicas anda um pouco atrasada. Estou a viver aqui em Hedeby desde o primeiro dia de Janeiro.

— Não sabia. O que faz em Hedestad?

— Escrevo. E faço uma espécie de ano sabático.

— Em que é que está a trabalhar?

— Ficará a saber quando for publicado.

— Acaba de ser libertado da prisão...

— Sim?

— Tem uma opinião a respeito dos jornalistas que falsificam material?

— Os jornalistas que falsificam material são idiotas.

— Acha então que é um idiota?

— Porque havia de achar uma coisa dessas? Nunca falsifiquei material.

— Mas foi condenado por difamação.

— E então?

Torsson hesitou o tempo suficiente para Mikael lhe dar um pequeno empurrão.

— Fui condenado por difamação, não por ter falsificado material.

– Mas publicou o material.

– Se ligou para discutir a sentença do tribunal, não tenho comentários a fazer.

– Gostava de ir aí entrevistá-lo.

– Não tenho nada a dizer-lhe sobre este assunto.

– Não quer então discutir o julgamento?

– Exactamente – respondeu Mikael, e desligou. Ficou sentado durante muito tempo, a pensar, antes de voltar ao computador.

Lisbeth Salander seguiu as indicações que recebera e, montada na sua *Kawasaki*, atravessou a ponte para a ilha de Hedeby. Parou diante da primeira casa, à esquerda. Aquilo ficava mesmo nas berças. Mas desde que lhe pagassem, não se importaria de ir até ao Pólo Norte. Além disso, fora óptimo ter a oportunidade de deixar a moto correr a sério numa longa viagem pela E4. Assentou a *Kawasaki* no descanso e desapertou a correia que prendia o saco de viagem à parte de trás do selim.

Blomkvist abriu a porta e acenou-lhe. Desceu para o quintal e examinou a moto com evidente surpresa. Assobiou.

– Veio de moto!

Lisbeth não respondeu, mas vigiou-o atentamente enquanto ele tocava no guiador e experimentava o acelerador. Não gostava que mexessem nas coisas dela. Então viu o sorriso gaiato, encantado, dele, e considerou-o uma circunstância atenuante. Geralmente, as pessoas que se interessavam por motos olhavam com desprezo para a sua pequena 125cc.

– Tive uma moto quando tinha dezanove anos – disse Mikael, voltando-se para ela. – Obrigado por ter vindo. Venha, vamos tratar de instalá-la.

Tinha pedido emprestada aos Nilsson uma cama de campanha. Lisbeth examinou o interior da cabana, com um ar desconfiado, mas pareceu relaxar quando não descobriu quaisquer sinais imediatos de armadilhas escondidas. Mikael mostrou-lhe a casa de banho.

– Caso queira tomar um duche e refrescar-se um pouco.

— Tenho de mudar de roupa. Não vou andar por aí vestida de couro.
— *Okay.* Entretanto, eu faço o jantar.

Salteou umas costeletas de borrego com molho de vinho tinto e pôs a mesa no quintal, para aproveitar o sol da tarde, enquanto Lisbeth tomava duche e mudava de roupa. Apareceu descalça e vestindo uma blusa preta, de alças, e uma saia de ganga curta e muito usada. A comida cheirava bem e ela despachou rapidamente duas generosas doses. Mikael, fascinado, olhava disfarçadamente para as tatuagens que ela tinha nas costas.

— Cinco mais três — disse Lisbeth. — Cinco casos da sua lista da Harriet e três que eu acho que deveriam ser acrescentados.
— Diga-me.
— Só estou a trabalhar nisto há onze dias, e ainda não tive tempo de sacar todo o material. Em alguns casos, os relatórios da polícia foram enviados para o Arquivo Nacional, noutros estão ainda nas centrais distritais. Fiz três visitas de um dia a três delas, mas não consegui chegar a todas. Os cinco casos iniciais estão identificados.

Lisbeth pousou um grosso maço de papéis em cima da mesa da cozinha, cerca de 500 páginas. Dividiu rapidamente o material em diferentes montes.

— Vamos ver isto por ordem cronológica — disse, e entregou uma lista a Mikael:

1949 – REBECKA JACOBSSON, *Hedestad* (30112)
1954 – MARI HOLMBERG, *Kalmar* (32018)
1957 – RAKEL LUNDE, *Landskrona* (32027)
1960 – (MAGDA) LOVISA SJÖBERG, *Karlstad* (32016)
1960 – LIV GUSTAVSSON, *Estocolmo* (32016)
1962 – LEA PERSSON, *Uddevalla* (31208)
1964 – SARA WITT, *Ronneby* (32109)
1966 – LENA ANDERSSON, *Uppsala* (30112)

— O primeiro caso da série é o de Rebecka Jacobsson, em mil novecentos e quarenta e nove, cujos pormenores já conhece. O segundo que descobri foi o de Mari Holmberg, uma prostituta de Kalmar, com trinta e dois anos, assassinada no seu apartamento em Outubro de mil novecentos e cinquenta e quatro. Não se sabe ao certo quando foi morta, uma vez que o corpo só foi encontrado mais tarde, provavelmente nove ou dez dias depois do crime.

— E como é que a relaciona com a lista da Harriet?

— Estava amarrada e tinha sido sexualmente agredida, mas a causa da morte foi sufocação. Tinha um penso higiénico enfiado na garganta.

Mikael ficou sentado em silêncio por um instante antes de procurar o versículo. Levítico, 20:18.

— «Se um homem se deitar com uma mulher no tempo do seu mênstruo, e desnudar a fonte do sangue dela, e ela se deixar ver neste estado, serão ambos extirpados do meio do seu povo.»

Lisbeth assentiu.

— A Harriet Vanger fez a mesma ligação. *Okay.* O seguinte?

— Maio de mil novecentos e cinquenta e sete, Rakel Lunde, quarenta e cinco anos. Trabalhava como empregada de limpeza e era um pouco a excêntrica da aldeia. Era vidente e nas horas vagas deitava cartas, lia as palmas das mãos e coisas assim. Vivia fora de Landskrona, numa casa longe de tudo, e foi lá assassinada numa manhã, muito cedo. Encontraram-na nua e amarrada a um estendal de roupa, no quintal das traseiras. A causa da morte foi ter sido atingida diversas vezes com uma pedra pesada. Apresentava um grande número de contusões e fracturas.

— Jesus Cristo. Lisbeth, isso é uma coisa revoltante.

— E vai tornar-se pior. As iniciais R.L. estão certas... encontrou a citação bíblica?

— Mais do que explícita. «O homem ou mulher que sejam videntes ou bruxos serão punidos de morte. Serão apedrejados com pedras, e o seu sangue será sobre eles.»

— Segue-se a Sjöberg, em Ranmo, nos arredores de Karlstad. Aparece na lista da Harriet como Magda. O nome completo era Magda Lovisa, mas as pessoas conheciam-na por Lovisa.

Mikael escutou enquanto Lisbeth relatava os bizarros pormenores do assassínio de Karlstad. Quando ela acendeu um cigarro ele apontou para o maço, e ela empurrou-o por cima da mesa.

— Então o assassino atacou também um animal?

— O versículo do Levítico diz que se uma mulher pecar com um animal, devem ambos ser mortos.

— A probabilidade de uma mulher ter sexo com uma vaca deve ser... bem, inexistente.

— O versículo pode ler-se literalmente. Basta que ela «se aproxime» do animal, coisa que a mulher de um agricultor faz inegavelmente todos os dias.

— Compreendo.

— O caso que se segue na lista da Harriet é o de Sara. Identifiquei-a como sendo Sara Witt, de trinta e sete anos, residente em Ronneby. Foi assassinada em Janeiro de mil novecentos e sessenta e quatro, encontrada amarrada à cama, vítima de enorme violência sexual, mas a causa da morte foi asfixia; foi estrangulada. O assassino ateou um incêndio, com a provável intenção de queimar a casa até aos alicerces, mas uma parte do fogo apagou-se por si mesmo, e a outra foi apagada pelos bombeiros, que acorreram prontamente

— E a ligação?

— Ouça isto. Sara Witt era filha e mulher de um pastor. O marido estava fora nesse fim-de-semana.

«Se a filha de um sacerdote se profanar prostituindo-se, profana o nome do pai e será queimada no fogo.» *Okay*. Isso completa a lista. Mas disse que descobriu mais casos.

— Descobri três outras mulheres que foram assassinadas em circunstâncias igualmente estranhas e que podiam ter feito parte da lista da Harriet. A primeira é uma jovem chamada Liv Gustavsson. Tinha vinte e dois anos e vivia em Farsta. Adorava cavalos... entrava em concursos hípicos e tinha um talento muito promissor. Era também proprietária, juntamente com a irmã, de uma pequena loja de animais de estimação. Encontraram-na na loja. Tinha ficado a trabalhar até mais tarde, a tratar da contabilidade, e estava sozinha. Deve ter aberto voluntariamente a porta ao assassino. Foi violada e estrangulada.

— Não parece ter nada que ver com a lista da Harriet, pois não?

— Não, se não fosse um pormenor. O assassino concluiu as suas barbaridades enfiando-lhe um periquito na vagina, após o que soltou todos os animais da loja. Gatos, tartarugas, ratos-brancos, coelhos, aves. Até os peixes do aquário. Por isso foi uma cena bastante chocante a que a irmã encontrou na manhã seguinte.

Mikael fez uma anotação.

– Foi morta em Agosto de mil novecentos e sessenta, quatro meses depois do assassínio da mulher do fazendeiro, Magda Lovisa, em Karlstad. Em ambos os casos, tratou-se de mulheres que lidavam profissionalmente com animais, e em ambos os casos houve um sacrifício animal. A vaca de Karlstad pode ter sobrevivido... calculo que não seja fácil matar uma vaca com uma faca. Um periquito é menos complicado, por assim dizer. E, além disso, houve um outro sacrifício animal.

– O quê?

Lisbeth contou-lhe a história do «assassínio do pombo», de Lea Persson. Mikael ficou sentado em silêncio durante tanto tempo que ela acabou por impacientar-se.

– Compro a sua teoria – disse ele, por fim. – Falta um caso.

– Que descobri por puro acaso. Não faço ideia de quantos me terão escapado.

– Conte-me.

– Fevereiro de mil novecentos e sessenta e seis, em Uppsala. A vítima foi uma ginasta de dezassete anos chamada Lena Andersson. Desapareceu depois de uma festa da equipa e foi encontrada três dias mais tarde, numa vala, na planície de Uppsala, bastante longe da cidade. Tinha sido assassinada noutro sítio e o corpo transportado para lá. O assassínio mereceu muita atenção da parte dos *media*, mas as circunstâncias que rodearam a morte nunca foram reveladas. A rapariga tinha sido selvaticamente torturada. Li o relatório do patologista forense. Foi torturada com fogo. Tinha as mãos e os seios atrozmente calcinados e fora repetidamente queimada em vários pontos do corpo. Encontraram marcas de parafina, o que provava que tinham sido usadas velas, mas as mãos estavam de tal maneira carbonizadas que foram com certeza mantidas sobre um lume mais forte. Finalmente, o assassino cortou-lhe a cabeça com uma serra e atirou-a para junto do corpo.

Mikael empalideceu.

— Santo Deus! — murmurou.

— Não encontrei uma citação da Bíblia que se adequasse, mas há várias passagens sobre a queima de oferendas de pecado, e há diversas recomendações a respeito de o animal sacrificial... geralmente um touro... ser cortado de modo a *separar a cabeça da gordura*. O fogo traz-nos também à memória o primeiro assassínio, o de Rebecka, aqui em Hedestad.

Para o fim da tarde, quando os mosquitos apareceram em força, levantaram a mesa do quintal e foram para a cozinha prosseguir a conversa.

— O facto de não ter encontrado uma citação bíblica exacta não quer dizer nada. Não é uma questão de citações. O que aqui temos é uma paródia do que está escrito na Bíblia... mais uma associação a citações tiradas do contexto.

— Concordo. Nem sequer é lógico. Veja, por exemplo, a citação a respeito de ambos terem de ser extirpados do meio do seu povo se um homem tiver sexo com uma rapariga que esteja com o período. Se isto fosse interpretado à letra, o assassino devia ter-se suicidado.

— Aonde é que tudo isto nos leva, afinal? — perguntou Mikael, em voz alta.

— Ou a sua Harriet tinha um passatempo muito estranho, ou sabia que havia uma relação entre os assassínios.

— Entre mil novecentos e quarenta e nove e mil novecentos e sessenta e seis, e talvez antes e depois também. A ideia de um assassino em série louco ter andado a matar mulheres durante dezassete anos sem ninguém estabelecer uma relação parece-me completamente inverosímil.

Lisbeth empurrou a cadeira para trás e serviu-se de mais café da cafeteira que estava no fogão. Acendeu um cigarro. Mikael amaldiçoou-se a si mesmo e tirou-lhe outro.

— Não, não é inverosímil — disse ela, esticando um dedo. — Tivemos na Suécia, durante o século vinte, várias dúzias de assassínios de mulheres que ficaram sem solução. Aquele professor de criminologia, o Persson, disse uma vez, na televisão, que os assassinos em série são raros na Suécia, mas que provavelmente tivemos alguns que nunca foram apanhados.

Esticou outro dedo.

— Estes crimes foram cometidos ao longo de muitos anos e espalhados por todo o país. Dois aconteceram num curto espaço de tempo, em mil novecentos e sessenta, mas as circunstâncias foram muito diferentes: a mulher de um agricultor em Karlstad e uma rapariga de vinte e dois anos em Estocolmo.

Três dedos.

— Não há um padrão imediatamente aparente. Os crimes foram cometidos em diferentes lugares e não há uma verdadeira assinatura, embora haja certos aspectos recorrentes. Animais. Fogo. Agressão sexual extremamente violenta. E, como fez notar, uma paródia de citações bíblicas. Mas parece que nenhum dos investigadores interpretou qualquer dos crimes em termos da Bíblia.

Mikael estava a observá-la. Com o seu corpo esguio, a sua blusa de alças, as tatuagens e *piercings* na cara, Lisbeth Salander parecia deslocada, para dizer o menos, numa casa de hóspedes em Hedeby. Quando ele tentara socializar ao jantar, ela mostrara-se taciturna ao ponto de raiar a má-educação. Mas quando trabalhava, era profissional até às pontas dos cabelos. O apartamento dela em Estocolmo podia parecer o cenário de um atentado terrorista, mas, mentalmente, era extremamente organizada.

— Não é fácil ver a ligação entre uma prostituta de Uddevalla que é assassinada numa zona industrial e a mulher de um pastor estrangulada em Ronneby e a quem pegam fogo à casa. Para quem não tiver a chave que a Harriet nos deu, quero dizer.

— O que nos leva à próxima pergunta — disse Lisbeth.

— Como diabo é que a Harriet se envolveu numa coisa destas? Uma rapariga de dezasseis anos, que vivia num meio verdadeiramente protegido.

— Só pode haver uma explicação — disse Lisbeth. — Tem de haver uma ligação à família Vanger.

◆

Às onze da noite tinham passado tantas vezes em revista a série de assassínios e discutido as possíveis relações e os mínimos pormenores de similaridade e diferença que Mikael tinha a cabeça a andar à roda. Esfregou os olhos, espreguiçou-se e perguntou a Lisbeth se queria ir dar uma volta. A expressão dela sugeria que considerava tais práticas uma perda de tempo, mas concordou. Mikael aconselhou-a a vestir umas calças compridas, por causa dos mosquitos.

Contornaram o pequeno porto e depois passaram por baixo da ponte em direcção ao promontório de Martin Vanger. Mikael apontou as várias casas e falou-lhe das pessoas que lá viviam. Teve alguma dificuldade quando chegaram à de Cecilia Vanger. Lisbeth lançou-lhe um olhar curioso.

Passaram pelo iate de Martin Vanger e chegaram ao promontório, e aí sentaram-se numa rocha e partilharam um cigarro.

– Há mais uma ligação – disse Mikael, de repente. – Talvez já tenha pensado nisso.

– Qual?

– Os nomes.

Lisbeth pensou por um instante, e abanou a cabeça.

– São todos nomes bíblicos.

– Não é verdade – ripostou ela. – Onde é que há uma Liv ou uma Lena na Bíblia?

– Claro que há. Liv significa viver, por outras palavras, Eva. E Lena é o diminutivo de quê?

Lisbeth fez uma careta de irritação. Mikael fora mais rápido do que ela. Não gostava disso.

– Madalena – resmungou.

– A prostituta, a primeira mulher, a Virgem Maria... fazem todas parte deste grupo. Isto é tão louco que era capaz de pôr a cabeça de um psicólogo a andar à volta. Mas há mais uma coisa que pensei em relação aos nomes.

Lisbeth aguardou, pacientemente.

— São todos nomes tradicionais judaicos. A família Vanger teve mais do que a sua conta de anti-semitas fanáticos, nazis e teóricos da conspiração. Da única vez que encontrei o Harald Vanger, ele estava na rua a rosnar que a própria filha era uma prostituta. Não há a mínima dúvida de que aquele sujeito tem um problema com as mulheres.

Quando voltaram à cabana, Mikael arranjou qualquer coisa para comerem e fez café. Depois, deu uma vista de olhos às quase quinhentas páginas que a investigadora preferida de Dragan Armanskij preparara para ele.

— Fez um trabalho fabuloso ao desencantar todos esses factos em tão pouco tempo — disse. — Obrigado. E obrigado também por ter vindo até aqui fazer o seu relatório.

— Que acontece agora? — perguntou Lisbeth.

— Vou falar com o Dirch Frode amanhã de manhã, para que receba o seu dinheiro.

— Não era disso que estava a falar.

Mikael olhou para ela.

— Bem... parece-me que o trabalho que a contratei para fazer está feito — disse.

— Ainda não acabei com isto.

Mikael encostou-se à parede da cozinha e enfrentou-lhe o olhar. Não conseguia ler fosse o que fosse naqueles olhos. Durante meio ano trabalhara sozinho no desaparecimento de Harriet, e agora ali estava outra pessoa — uma investigadora especializada — que compreendia as implicações. Tomou uma decisão, por impulso.

— Eu sei. Esta história também se me meteu debaixo da pele. Vou falar com o Frode, para que a contrate durante mais uma ou duas semanas, como... como assistente de pesquisa. Não sei se ele vai querer pagar pela mesma tabela que paga ao Armanskij, mas devemos conseguir arranjar-lhe uma coisa decente.

Subitamente, Lisbeth sorriu-lhe. Não tinha a mínima vontade de desligar-se daquele caso e não se teria importado de trabalhar de borla.

— Estou a cair de sono — disse, e, sem mais, dirigiu-se ao quarto que ele lhe tinha atribuído e fechou a porta.

Dois minutos mais tarde voltou a abri-la e pôs a cabeça de fora.

— Acho que está enganado. Não se trata de um assassino em série louco que se pôs a ler a Bíblia de pernas para o ar. É apenas um vulgar filho da mãe que odeia mulheres.

CAPÍTULO 21

QUINTA-FEIRA, 3 DE JULHO – QUINTA-FEIRA, 10 DE JULHO

LISBETH ESTAVA A PÉ antes de Mikael, por volta das seis. Pôs água a ferver para o café e foi tomar um duche. Quando Mikael acordou, às sete e meia, encontrou-a a ler o sumário do caso Harriet no *iBook* dele. Entrou na cozinha com uma toalha atada à volta da cintura, a esfregar o sono dos olhos.

— Há café no fogão — disse ela.

Ele aproximou-se e espreitou-lhe por cima do ombro.

— Esse documento estava protegido por uma *password*, raios!

Ela voltou-se e olhou para ele.

— Demora menos de trinta segundos a descarregar da Net um programa capaz de decifrar qualquer encriptação do Word.

— Temos de ter uma conversa a respeito do que é seu e do que é meu — disse Mikael, e foi tomar duche.

Quando voltou, Lisbeth tinha desligado e devolvido ao escritório o computador dele, e ligado o seu próprio *PowerBook*. Mikael teve a certeza de que já transferira o conteúdo de um computador para o outro.

Lisbeth Salander era uma viciada informática com uma percepção da moral e da ética ao nível de uma delinquente juvenil.

Mikael acabava de sentar-se para tomar o pequeno-almoço quando alguém bateu à porta. Martin Vanger estava com um ar tão solene que, por um instante, Mikael pensou que tinha ido levar-lhe a notícia da morte do tio.

— Não, o estado do Henrik não se alterou desde ontem. Estou aqui por uma razão completamente diferente. Posso entrar por um momento?

Mikael afastou-se para ele entrar e apresentou-o à «minha assistente de pesquisa» Lisbeth Salander. Lisbeth lançou um rápido olhar ao industrial e fez um aceno seco de cabeça antes de voltar ao computador. Martin Vanger cumprimentou-a automaticamente, mas parecia tão distraído que deu a impressão de mal ter reparado nela. Mikael serviu-lhe uma chávena de café e convidou-o a sentar-se.

– Que se passa?
– Não assina o *Hedestads-Kuriren*?
– Não, mas leio-o de vez em quando, no Café Susanne.
– Então ainda não leu o jornal desta manhã.
– Pelo seu tom, parece que devia ter lido.

Martin pousou o jornal em cima da mesa, à frente dele. Tivera direito a duas colunas na primeira página, com continuação na quarta. «JORNALISTA CONDENADO POR DIFAMAÇÃO ESCONDE-SE ENTRE NÓS.» Uma fotografia, tirada com uma teleobjectiva do alto da colina da igreja, do outro lado da ponte, mostrava-o a entrar na casa de hóspedes.

O jornalista, Conny Torsson, atamancara uma peça cheia de malícia. Recapitulava o caso Wennerström e explicava que Mikael Blomkvist deixara a *Millennium* em desgraça e que acabava de cumprir uma pena de prisão. O artigo terminava com a habitual conversa a respeito de Blomkvist ter recusado comentar o caso para o *Hedestads-Kuriren*. Todos os respeitáveis cidadãos de Hedestad eram avisados de que um vigarista de primeira classe, de Estocolmo, estava a residir na área. Nenhuma das afirmações do artigo era difamatória, mas todas mostravam Mikael a uma luz pouco lisonjeira, o *layout* e o tipo de letra eram do género que os jornais como o *Kuriren* usavam para falar de terroristas políticos. A *Millennium* era descrita como uma revista de escassa credibilidade «com tendência para provocar agitação», e o livro de Mikael sobre o jornalismo económico como uma colecção e «afirmações controversas» a respeito de outros conceituados jornalistas.

– Mikael... não tenho palavras para expressar o que senti quando li este artigo. É repelente.
– É um trabalho encomendado – disse Mikael, calmamente.
– Espero que compreenda que não tive nada que ver com isto. Engasguei-me com o café da manhã quando li esta coisa.

— Então quem foi?

— Fiz alguns telefonemas. Este Torsson é um estagiário que está à experiência. Escreveu o artigo por ordem do Birger.

— Pensava que o Birger não tinha voz activa na redacção. Ao fim e ao cabo, é autarca e uma figura política.

— Tecnicamente, não tem qualquer influência. Mas o chefe de redacção do *Kuriren* é o Gunnar Karlman, filho da Ingrid, que pertence ao ramo da família do lado do Johan Vanger. O Birger e o Gunnar são amigos há muitos anos.

— Estou a ver.

— O Torsson vai ser imediatamente despedido.

— Que idade tem ele?

— Para dizer a verdade, não sei. Não o conheço.

— Não o despeça. Quando me telefonou pareceu-me ser um jornalista muito jovem e inexperiente.

— Não posso deixar passar uma coisa destas sem consequências.

— Se quer a minha opinião, parece um pouco absurdo que o chefe de redacção de uma publicação que é propriedade da família Vanger lance um ataque contra outra publicação de que Henrik Vanger é co--proprietário e em cujo conselho de administração tem lugar. O seu chefe de redacção Karlman está a atacá-lo a si e ao Henrik.

— Compreendo o que diz e tenho de atribuir as culpas a quem elas cabem. O Karlman é accionista do Grupo e sempre gostou de me atacar, mas isto parece-me mais uma vingança do Birger por causa do vosso confronto no hospital. Você, Mikael, é um espinho cravado na carne dele.

— Acredito que sim. Por isso penso que o Torsson é o menos culpado de todos. É preciso muita coragem para um estagiário dizer não quando o chefe o manda escrever determinada coisa de determinada maneira.

— Posso exigir que o jornal publique um pedido de desculpas na edição de amanhã.

— É melhor não. Só serviria para transformar isto numa guerra e tornar a situação ainda pior.

— Acha então que não devo fazer nada?

— Para quê? O Karlman ia fazer escândalo e, no pior cenário, você seria apresentado como um patife que, na sua capacidade de proprietário, está a tentar amordaçar a liberdade de expressão.

— Peço desculpa, Mikael, mas não concordo. A verdade é que também eu tenho o direito de manifestar a minha opinião. E a minha opinião é que este artigo é uma trampa... e tenciono deixá-lo bem claro. Ainda que relutantemente, sou o substituto do Henrik na administração da *Millennium* e, nessa capacidade, não vou permitir que um artigo ofensivo como este fique sem resposta.

— É justo.

— Por isso vou exigir o direito de resposta. E se o Karlman passar por parvo, só se poderá queixar de si mesmo.

— Deve fazer o que acredita ser certo.

— Para mim, é também importante que você acredite sem a mais pequena sombra de dúvida que não tive nada que ver com este vitriólico ataque.

— Acredito.

— Além disso... não queria verdadeiramente trazer o assunto à baila neste momento, mas a verdade é que ilustra bem aquilo que já discutimos. É importante reintegrá-lo no corpo editorial da *Millennium*, para podermos apresentar uma frente unida face ao mundo. Enquanto estiver afastado, estes rumores vão continuar. Acredito na *Millennium*, e acredito que, juntos, vamos poder ganhar esta batalha.

— Estou a ver o seu ponto de vista, mas agora é a minha vez de discordar. Não posso quebrar o meu contrato com o Henrik, e o facto é que não quero quebrá-lo. É que, está a ver, gosto mesmo dele. E esta coisa da Harriet...

— Sim?

— Sei que está farto do assunto e compreendo que o Henrik vive obcecado por ele há muitos anos.

— Só aqui entre nós... adoro o Henrik, e ele é o meu mentor... mas no que respeita à Harriet sai completamente do racional.

— Quando aceitei este trabalho não pude deixar de pensar que era uma perda de tempo. Mas penso que estamos à beira de dar um grande passo em frente e que talvez seja agora possível saber o que realmente aconteceu.

Mikael leu dúvida nos olhos de Martin Vanger. Que, finalmente, tomou uma decisão.

– Muito bem, nesse caso, o melhor que há a fazer é resolver o mistério da Harriet o mais depressa possível. Dar-lhe-ei todo o apoio que puder para que termine o trabalho a seu contento... e, claro, do Henrik... e possa voltar para a *Millennium*.

– Óptimo. Desse modo, não terei de lutar também contra si.

– Não, não vai ser necessário. Poderá pedir a minha ajuda sempre que enfrentar um problema. Vou certificar-me de que o Birger não volta a pôr obstáculos no seu caminho. E vou falar com a Cecilia, a ver se a acalmo.

– Obrigado. Preciso de fazer-lhe umas perguntas, e há mais de um mês que ela resiste a todas as minhas tentativas de termos uma conversa.

Martin riu.

– Talvez tenham também outras questões a resolver. Mas não quero envolver-me nisso.

Despediram-se com um aperto de mão.

Lisbeth Salander tinha ouvido a conversa. Quando Martin Vanger saiu, pegou no *Hedestads-Kuriren* e leu o artigo. Pousou o jornal sem fazer qualquer comentário.

Mikael ficou sentado em silêncio, a pensar. Gunnar Karlman tinha nascido em 1948, ou seja, em 1966 tinha 19 anos. Era uma das pessoas presentes na ilha quando Harriet desaparecera.

Depois do pequeno-almoço, Mikael pediu à sua assistente de pesquisa que lesse o relatório policial. Deu-lhe as fotografias do acidente, bem como o longo resumo das investigações de Henrik Vanger.

Em seguida, foi até casa de Frode e pediu-lhe delicadamente para redigir um acordo a contratar Lisbeth Salander como assistente de pesquisa por mais um mês.

Quando voltou a casa, Lisbeth tinha-se mudado para o jardim e estava absorta na leitura do relatório policial. Mikael foi fazer café. Ficou a observá-la pela janela da cozinha. Parecia limitar-se a ler em diagonal, não dedicando mais de dez ou quinze segundos a cada página, que voltava mecanicamente, com uma surpreendente falta de concentração; o que não fazia sentido, sendo o relatório que ela própria redigira tão meticuloso. Pegou em duas chávenas de café e foi juntar-se-lhe na mesa do quintal.

— As suas notas foram escritas antes de saber que andávamos à procura de um assassino em série.

— É verdade. Limitei-me a anotar as perguntas que queria fazer ao Henrik Vanger, e outras coisas. Muito pouco estruturado. Até agora tenho andado às apalpadelas no escuro, a tentar escrever uma história... um capítulo na autobiografia do Henrik Vanger.

— E agora?

— No passado, todas as investigações se centraram na ilha de Hedeby. Agora, tenho a certeza de que a história, a sequência de acontecimentos que culminou com o desaparecimento da Harriet, começou em Hedestad. O que muda a perspectiva.

— É espantoso o que descobriu com aquelas fotos.

Mikael ficou surpreendido. Lisbeth Salander não parecia do tipo de distribuir elogios, e sentiu-se lisonjeado. Por outro lado — e de um ponto de vista puramente jornalístico —, fora de facto uma façanha notável.

— É a sua vez de esclarecer pormenores. Como correram as coisas com aquela foto que foi procurar a Norsjö?

— Quer dizer que não viu as imagens no meu computador?

— Não tive tempo. Precisava de ler os resumos, os pontos de situação que fez para si mesmo.

Mikael ligou o *iBook* e abriu a pasta de imagens.

— É fascinante. A visita a Norsjö foi uma espécie de progresso, mas foi também uma desilusão total. Encontrei a fotografia, mas ela não nos diz grande coisa.

A mulher, Mildred Berggren, tinha todas as fotografias de férias guardadas em álbuns. A que eu procurava era uma delas. Foi tirada com uma película a cores ordinária e, ao fim de trinta e sete anos, a prova estava incrivelmente desbotada... entupida de amarelo. Mas, acredite ou não, ela tinha os negativos guardados numa caixa de sapatos. Deixou-me trazer os de Hedestad, e eu digitalizei-os com o *scanner*. Foi isto que a Harriet viu.

Clicou no ficheiro HARRIET/bd-19s.eps.

Lisbeth compreendeu no mesmo instante o desânimo dele. Viu uma imagem desfocada que mostrava palhaços em primeiro plano do desfile do Dia da Criança. Em segundo plano, via-se a esquina da Camisaria Sundström. Havia cerca de dez pessoas no passeio, em frente da porta.

– Penso que foi esta pessoa que ela viu. Em parte porque tentei triangular aquilo para que estava a olhar, julgando pelo ângulo em que tinha voltado a cara... fiz um diagrama do cruzamento, ali... e em parte porque é a única pessoa que está a olhar directamente para a câmara. O que significa... talvez... que estava a olhar para a Harriet.

O que Lisbeth viu foi uma figura difusa de pé um pouco atrás dos espectadores, quase na rua transversal. Vestia um *anorak* escuro com uma faixa vermelha nos ombros e calças escuras, possivelmente *jeans*. Mikael usou o *zoom* até apanhar só a parte superior da figura, da cintura para cima. A imagem tornou-se ainda menos nítida.

– É um homem. Com cerca de um metro e oitenta e de constituição normal. Os cabelos são louro escuros e para o comprido, e não usa barba. Mas é impossível distinguir as feições, ou sequer avaliar a idade. Tanto pode ter menos de vinte como quarenta e poucos anos.

– Podia trabalhar a imagem...

– Já trabalhei a imagem, raios. Até mandei uma cópia para o nosso especialista na *Millennium*, que é um génio nestas coisas. – Mikael clicou outra foto. – Isto é o melhor que foi possível conseguir. A máquina é pura e simplesmente demasiado má e a distância demasiado grande.

– Mostrou a fotografia a alguém? Talvez alguém reconheça a postura do homem, ou...

– Mostrei-a ao Frode. Não faz ideia de quem possa ser.

– Herr Frode não é provavelmente a pessoa mais observadora de Hedestad.

— Pois não, mas estou a trabalhar para ele e para o Henrik Vanger. Quero mostrá-la ao Henrik antes de lançar a rede mais longe.

— Talvez seja apenas um espectador.

— É possível. Mas conseguiu provocar uma estranha reacção na Harriet.

Nos dias que se seguiram, Mikael e Lisbeth trabalharam no caso Harriet praticamente todos os instantes que passaram acordados. Lisbeth continuou a ler o relatório da polícia, disparando perguntas umas atrás das outras. Só podia haver uma verdade, e cada resposta vaga ou incerta levava a interrogações mais intensas. Passaram um dia inteiro a analisar os horários das personagens presentes no acidente da ponte.

Lisbeth era cada vez mais um enigma para ele. Apesar de se limitar a passar os olhos pelos documentos do relatório, parecia detectar infalivelmente os pormenores mais obscuros e contraditórios.

Faziam uma pausa da parte da tarde, quando o calor tornava impossível ficar no quintal. Nadavam no canal ou iam a pé até ao Café Susanne, cuja proprietária passara a tratá-lo com indisfarçada frieza. Mikael compreendeu que Lisbeth parecia quase uma criança e estava obviamente a viver em casa dele, e isso — aos olhos de Susanne — tornava-o um homem de meia-idade porco e libidinoso. Não era agradável.

Todos os dias, ao fim da tarde, ia correr um pouco. Lisbeth não fazia comentários quando ele regressava, quase sem fôlego e encharcado em suor. Correr não era, obviamente, uma das actividades que ela preferia.

— Já passei dos quarenta — argumentou ele certa vez. — Tenho de fazer exercício para evitar engordar na cintura.

— Estou a ver.

— Nunca faz exercício?

— Um pouco de boxe, de vez em quando.

— Boxe?

— Sim. Sabe, aquela coisa com luvas.

— Em que categoria? — perguntou ele, quando saiu do duche.

— Em nenhuma. Brinco um pouco com os rapazes, num clube em Söder.

«Porque será que não me surpreende?», pensou ele. Mas, pelo menos, ela tinha-lhe dito qualquer coisa a respeito de si mesma. Não sabia nada, nem o mais elementar, a respeito de Lisbeth. Como começara a trabalhar para Armanskij? Que espécie de educação tivera? Que faziam os pais? Sempre que tentava fazer-lhe perguntas pessoais, ela fechava-se na concha, respondia com monossílabos ou ignorava-o.

Certa tarde, Lisbeth pousou bruscamente uma pasta de arquivo, de testa franzida.

— O que é que sabe a respeito de Otto Falk, pastor?

— Muito pouco. Falei com a pastora actual meia dúzia de vezes, e ela disse-me que o Falk vive numa espécie de lar de terceira idade, em Hedestad. Sofre de Alzheimer.

— De onde veio ele?

— De Hedestad. Estudou em Uppsala.

— Não era casado. E a Harriet dava-se com ele.

— Porque é que pergunta?

— Só estou a dizer que o Morell não apertou muito com ele no interrogatório.

— Nos anos sessenta os pastores gozavam de um estatuto social muito diferente. Era natural que vivesse aqui na ilha perto dos poderosos, por assim dizer.

— Pergunto a mim mesma se a polícia terá revistado com muito cuidado o presbitério. Nas fotos, parece um grande casarão de madeira, e devia haver montes de lugares onde esconder um corpo durante algum tempo.

— É verdade, mas não há nada no material que sugira qualquer relação entre ele e os assassínios em série ou o desaparecimento da Harriet.

— Na realidade, há — disse Lisbeth, com um sorriso seco. — Em primeiro lugar era pastor, e os pastores, mais do que ninguém, têm uma relação especial com a Bíblia. — E depois, foi ele a última pessoa que se sabe ter visto e falado com a Harriet.

— Mas foi até à cena do acidente e ficou lá várias horas. Aparece em montes de fotografias, especialmente à hora a que a Harriet deve ter desaparecido.

— *Okay,* o álibi é bom. Mas eu estava a pensar noutra coisa. Nesta história de um assassino sádico de mulheres.

— E?

— Fui... tive um pouco de tempo disponível, esta Primavera, e li umas coisas a respeito do sadismo num contexto completamente diferente. Uma das coisas que li foi um manual do FBI. Afirmava que uma grande percentagem dos assassinos psicopatas capturados eram oriundos de famílias disfuncionais e tinham o hábito de torturar animais quando eram crianças. Vários dos assassinos em série americanos condenados foram também acusados de fogo posto. A tortura de animais e fogo posto são duas coisas que aparecem em vários dos casos de assassínio da Harriet, mas no que estava verdadeiramente a pensar era no facto de o presbitério ter ardido no final dos anos setenta.

— É uma ligação um bocado forçada.

Lisbeth assentiu.

— Concordo. Mas não encontro nada no relatório da polícia a respeito das causas do incêndio, e seria muito interessante saber se houve outros fogos não explicados por estas bandas, nos anos sessenta. Também valeria a pena investigar se houve histórias de maus-tratos e mutilação de animais aqui na área, pela mesma altura.

Quando Lisbeth Salander foi para a cama, na sua sétima noite em Hedeby, estava ligeiramente irritada com Mikael Blomkvist. Durante uma semana passara com ele praticamente todo o tempo em que não estivera a dormir. Normalmente, sete minutos na companhia de outra pessoa eram o suficiente para lhe provocar dores de cabeça, e por isso arranjara as coisas de modo a viver como uma reclusa. Ficava perfeitamente satisfeita desde que as pessoas a deixassem em paz. Infelizmente, a sociedade não era muito inteligente nem muito compreensiva; tivera de resguardar-se das autoridades sociais, das autoridades de protecção às crianças, das autoridades de tutoria, das autoridades fiscais, da polícia, de curadores, de psicólogos, psiquiatras, professores e porteiros de discoteca, que (exceptuando os tipos que guardavam a porta do Kvarnen, que já a conheciam), nunca a deixariam chegar sequer perto do bar apesar de ela ter 25 anos. Havia todo um exército de pessoas que pareciam não ter nada melhor que fazer do que estragar-lhe a vida e, se lhes desse uma oportunidade, de corrigir a maneira como ela escolhera vivê-la.

Não valia a pena chorar, como cedo aprendera. E aprendera também que sempre que tentava explicar a alguém alguma coisa a respeito da sua vida, a situação tornava-se ainda pior. Consequentemente, habituara-se a resolver sozinha os seus problemas, usando os métodos que considerasse necessários. Uma coisa que o Dr. Bjurman descobrira da maneira mais difícil.

Mikael Blomkvist tinha o mesmo aborrecido hábito que todos os outros, meter o nariz na vida dela e fazer perguntas. Por outro lado, não reagia de modo algum como a maior parte dos outros homens que tinha conhecido.

Quando ela ignorava as perguntas dele, limitava-se a encolher os ombros e deixava-a em paz. Espantoso.

A primeira coisa que fizera, quando deitara mão ao *iBook* dele, fora, naturalmente, transferir toda a informação para o seu próprio computador. Desse modo, mesmo que fosse afastada do caso, continuaria a ter acesso ao material.

Esperara uma explosão de fúria quando ele aparecera para o pequeno-almoço. Em vez disso, Mikael mostrara-se quase resignado, resmungara um sarcasmo qualquer e fora tomar duche. Em seguida, pusera-se a falar a respeito do que ela tinha lido. Um tipo estranho. Corria até o risco de iludir-se ao ponto de começar a pensar que ele confiava nela.

O facto de ele saber das suas capacidades como *hacker* era perigoso. Lisbeth tinha perfeita consciência de que a descrição legal do tipo de actividade a que se dedicava, tanto profissional, como particularmente, era «violação ilegítima de dados» e podia merecer-lhe dois anos de cadeia. Não queria ser encarcerada. No seu caso, uma sentença de prisão significaria que os computadores lhe seriam retirados, e, com eles, a única ocupação em que era verdadeiramente boa.

Nunca revelara a Armanskij como conseguia a informação que ele lhe pagava para obter.

Com excepção do Peste e de meia dúzia de outras pessoas na Net que, como ela, se dedicavam à pirataria informática a um nível profissional – e a maior parte conhecia-a apenas como «Vespa» e não sabia quem ela era nem onde morava – Super Blomkvist era o único que descobrira o seu segredo. E encontrara-a por causa de um erro que nem um miúdo de 12 anos tinha o direito de cometer, o que só provava que o seu cérebro estava a ser comido por vermes e ela merecia ser chicoteada. Mas em vez de ficar louco de raiva tinha-a contratado.

Por isso estava ligeiramente irritada com ele.

Quando comiam qualquer coisa, antes de ela ir para a cama, ele perguntara-lhe inesperadamente se era uma boa *hacker*.

E ela surpreendera-se a si mesma ao responder:

– Provavelmente, a melhor da Suécia. Deve haver dois ou três outros mais ou menos ao meu nível.

Não duvidara da exactidão da resposta. O Peste fora em tempos melhor, mas havia muito que ela o ultrapassara.

Por outro lado, era estranho dizer aquelas palavras. Nunca antes o fizera. Nunca tivera um estranho com quem ter aquele tipo de conversa, e agradava-lhe o facto de ele parecer interessado nos seus talentos. E então ele estragara tudo ao fazer outra pergunta: como fora que aprendera sozinha a fazer aquilo.

Que podia ela dizer? *Sempre soube.* Em vez disso, fora para a cama sem dizer boa-noite. Ele não reagira quando ela o deixara assim de repente, o que a irritara ainda mais. Ficara na cama a ouvi-lo andar de um lado para o outro na cozinha, a limpar a mesa, a lavar a louça. Ficava sempre a pé até mais tarde do que ela, mas naquele momento estava obviamente a preparar-se para ir para a cama. Ouviu-o na casa de banho, e a seguir entrar no quarto e fechar a porta. Passado algum tempo ouviu a cama ranger, a menos de um metro de distância dela mas do outro lado da parede.

Partilhavam uma casa havia quase uma semana e ele não fizera a mais pequena tentativa de flirtar com ela. Trabalhara com ela, perguntara-lhe o que achava, dera-lhe caroladas, figurativamente falando, quando ela metia pelo trilho errado, e reconhecera-lhe razão quando ela o corrigia. Raios, tratava-a como um ser humano.

Levantou-se da cama e foi pôr-se à janela, a olhar, agitada, para a escuridão. O mais difícil de tudo era mostrar-se nua a outra pessoa pela primeira vez. Estava convencida de que o seu corpo escanzelado era repelente. Os seios eram patéticos. Não tinha ancas dignas desse nome. Não tinha muito que oferecer. Tirando isso, era uma mulher perfeitamente normal, com os mesmos desejos e necessidades sexuais que qualquer outra mulher. Ficou ali, de pé e imóvel, vinte minutos antes de tomar uma decisão.

Mikael estava a ler um romance de Sara Paretsky quando ouviu a maçaneta da porta rodar. Voltou-se e viu Lisbeth. Tinha um lençol enrolado à volta do corpo e deteve-se no umbral por um instante.

– Está bem? – perguntou.

Ela abanou a cabeça.

– O que é?

Ela aproximou-se da cama, tirou-lhe o livro das mãos e pousou-o em cima da mesa-de-cabeceira. Então, inclinou-se e beijou-o nos lábios. Enfiou-se rapidamente na cama e ficou sentada a olhar, a observá-lo. Pousou a mão no lençol, em cima da barriga dele. Como ele não protestou, inclinou-se e mordeu-lhe um mamilo.

Mikael estava estupefacto. Agarrou-a pelos ombros e afastou-a um pouco, para poder-lhe ver a cara.

– Lisbeth... não sei se isto será boa ideia. Temos de trabalhar juntos.

– Quero fazer amor contigo. E não terei nenhum problema em trabalhar contigo, mas vou ter um problema do caraças se me mandares embora.

– Mas nós mal nos conhecemos.

Ela riu, uma gargalhada seca que soou quase como uma tosse.

– Nunca deixaste que isso fosse obstáculo. Na realidade, como eu não disse no meu relatório, és um daqueles homens que não conseguem tirar as mãos de cima das mulheres. Portanto, o que é que se passa? Não sou suficientemente *sexy* para ti?

Mikael abanou a cabeça e tentou pensar em qualquer coisa inteligente para dizer. Não conseguiu, e ela puxou o lençol para baixo e escarranchou-se em cima dele.

– Não tenho preservativos – disse ele.
– Que se lixe.

Quando acordou, Mikael ouviu-a na cozinha. Ainda não eram sete. Tinha dormido apenas duas horas, e deixou-se ficar na cama, a dormitar.

Aquela mulher deixava-o baralhado. Em momento algum dera a entender, por um olhar que fosse, que estava minimamente interessada nele.

– Bom-dia – disse ela, da porta do quarto. Até tinha no rosto o esboço de um sorriso.
– Olá.
– Estamos sem leite. Vou até ao posto de gasolina. Abrem às sete.

E desapareceu.

Ouviu-a sair de casa. Fechou os olhos. Então, ouviu a porta da frente voltar a abrir-se e, segundos mais tarde, ela estava novamente à porta do quarto. Desta vez, não sorria.

– É melhor vires ver isto – disse, com uma voz estranha.

Mikael saltou da cama e enfiou os *jeans*.

Durante a noite, alguém estivera à porta da casa com um presente indesejado. Nos degraus do alpendre estavam os restos meio carbonizados de um gato. As pernas e a cabeça tinham sido cortadas e o corpo tinha sido esfolado e os intestinos e o estômago retirados e colocados ao lado do corpo, que parecia ter sido assado numa fogueira. A cabeça do gato estava intacta, em cima do selim da moto de Lisbeth. Mikael reconheceu imediatamente o pêlo vermelho-acastanhado.

CAPÍTULO 22

QUINTA-FEIRA, 10 DE JULHO

TOMARAM O PEQUENO-ALMOÇO no quintal, em silêncio e sem leite para acompanhar o café. Lisbeth fora buscar uma *Canon* digital e fotografara o macabro quadro antes de Mikael arranjar um saco de lixo e limpar aquela porcaria. Guardou os despojos do gato na bagageira do *Volvo*. A sua obrigação seria comunicar à polícia um caso de crueldade contra animais e uma possível tentativa de intimidação, mas não lhe parecia que estivesse muito interessado em explicar o porquê da intimidação.

Às oito e meia, Isabella Vanger passou pela rua, a caminho da ponte. Não os viu, ou, pelo menos, fingiu não ver.

— Como estás? — perguntou Mikael.

— Oh, estou bem. — Lisbeth olhou para ele. *Okay, ele está à espera que eu esteja perturbada.* — Quando apanharmos o filho-da-puta que torturou o pobre gato para nos enviar um aviso, vou tratar-lhe do pêlo com um taco de *baseball*.

— Achas que foi um aviso?

— Tens uma explicação melhor? Quis de certeza dizer qualquer coisa.

— Seja qual for a verdade desta história, preocupámos alguém o suficiente para levar essa pessoa a fazer uma coisa verdadeiramente doentia. Mas há também outro problema.

— Eu sei. Foi um sacrifício animal ao estilo dos de mil novecentos e cinquenta e quatro e mil novecentos e sessenta, e não me parece crível que alguém que esteve activo há cinquenta anos atrás ande ainda hoje a pôr animais torturados à porta das pessoas.

Mikael concordou.

— Os únicos que poderiam ser suspeitos, nesse caso, são o Harald e a Isabella Vanger. Há vários outros parentes já velhos do lado do Johan Vanger, mas nenhum deles vive por perto.

Mikael suspirou.

— A Isabella é uma cabra repelente que seria certamente capaz de matar um gato, mas duvido que andasse a matar mulheres nos anos cinquenta. O Harald Vanger... não sei, parece tão decrépito que mal consegue andar, e não estou a vê-lo a vir até aqui ontem à noite, apanhar o gato e fazer aquilo.

— A menos que se trate de duas pessoas. Uma mais velha, outra mais nova.

Mikael ouviu o motor de um carro, ergueu os olhos e viu Cecilia Vanger atravessar a ponte. «O Harald e a Cecilia», pensou. Mas os dois quase não se falavam. Não obstante a promessa de Martin de falar com ela, Cecilia continuava a não responder às suas mensagens telefónicas.

— Tem de ser alguém que sabe que estamos a fazer este trabalho e que estamos a conseguir progressos — disse Lisbeth, pondo-se de pé para entrar em casa. Quando voltou, tinha vestido o fato de couro.

— Vou a Estocolmo. Estou de volta logo à noite.

— Que vais fazer?

— Buscar umas coisas. Se alguém é suficientemente louco para matar um gato daquela maneira, para a próxima é bem capaz de atacar-nos a nós. Ou pegar fogo à casa quando estivermos a dormir. Quero que vás a Hedestad e compres dois extintores e dois alarmes contra incêndio, hoje. Um dos extintores tem de ser de halogéneo.

Sem mais uma palavra, enfiou o capacete, accionou o pedal de arranque da moto e partiu.

Mikael escondeu o corpo e as entranhas do gato num contentor de lixo perto do posto de gasolina antes de ir a Hedestad fazer as suas compras. A primeira paragem foi no hospital. Tinha combinado encontrar-se com Frode na cafetaria, e contou-lhe o que acontecera naquela manhã. Frode empalideceu.

— Mikael, nunca imaginei que esta história pudesse tornar-se perigosa.

— Porque não? A ideia era encontrar um assassino, ao fim e ao cabo.

— Mas isto é repelente e desumano. Se há perigo para a sua vida ou a de Fröken Salander, vamos acabar com isto. Deixe-me falar com o Henrik.

— Não, de modo nenhum. Não quero correr o risco de ele ter um segundo ataque.

— Está constantemente a perguntar-me como vão as coisas consigo.

— Dê-lhe cumprimentos meus, por favor, e diga-lhe que estou a avançar.

— O que é que se segue, então?

— Tenho algumas perguntas. O primeiro incidente aconteceu pouco depois de o Henrik ter tido o ataque cardíaco e quando eu tinha ido passar o dia a Estocolmo. Alguém revistou o meu escritório. Tinha feito um *print* dos versículos da Bíblia e as fotos da Järnvägsgatan estavam em cima da minha secretária. O Martin sabia uma parte da história, uma vez que foi ele que arranjou as coisas de modo a eu ter acesso ao arquivo do *Kuriren*. Quem mais sabia?

— Bem, não sei com quem o Martin falou. O Birger e a Cecilia sabiam. Discutiram entre eles a sua escavação nos arquivos do jornal. E, a propósito, o Gunnar e a Helena Nilsson também sabiam. Tinham vindo saber do Henrik e viram-se arrastados para a conversa. E a Anita Vanger.

— Anita? A de Londres?

— Irmã da Cecilia. Voltou com ela quando o Henrik teve o ataque, mas ficou no hotel; tanto quando sei, não pôs os pés na ilha. Tal como a Cecilia, não quer ver o pai. Mas regressou a casa quando o Henrik saiu dos cuidados intensivos.

— Onde está a Cecilia a viver? Vi-a esta manhã, a atravessar a ponte, mas a casa dela está sempre às escuras.

— Ela não seria capaz de fazer uma coisa daquelas, pois não?

— Não, só quero saber onde está a viver.

— Em casa do irmão, do Birger. Fica mais perto para visitar o Henrik.
— Sabe onde está neste momento?
— Não. Mas não está com o Henrik.
— Obrigado — disse Mikael, pondo-se de pé.

A família Vanger pairava à volta do Hospital de Hedestad. Birger atravessou o vestíbulo, a caminho dos elevadores. Mikael esperou que ele passasse antes de sair da cafetaria. Encontrou Martin Vanger à entrada, precisamente no mesmo sítio onde tinha encontrado Cecilia na sua primeira visita. Cumprimentaram-se e trocaram um aperto de mão.
— Foi ver o Henrik?
— Não, tinha marcado um encontro aqui com o Dirch Frode.
Martin tinha um ar cansado, com os olhos encovados. Mikael apercebeu-se de quanto ele parecia ter envelhecido naqueles seis meses.
— Como vão as coisas consigo, Mikael? — perguntou Martin.
— Mais interessantes a cada dia que passa. Quando o Henrik estiver melhor, espero poder satisfazer-lhe a curiosidade.

Birger Vanger morava num prédio de tijolos brancos, a cinco minutos a pé do hospital. Tinha vista para o mar e para a marina de Hedestad. Ninguém respondeu quando Mikael tocou à campainha. Ligou para o telemóvel de Cecilia, mas também não obteve resposta. Deixou-se ficar sentado no carro durante algum tempo, a tamborilar com os dedos no volante. Birger Vanger era a carta fora do baralho; nascera em 1939, pelo que tinha dez anos quando Rebecka Jacobsson fora assassinada, e vinte e sete quando Harriet desaparecera.
Segundo Henrik, Birger e Harriet quase nunca se viam. Crescera com a família, em Uppsala, e só se mudara para Hedestad quando fora trabalhar para o Grupo. Desistira um par de anos mais tarde e dedicara-se à política. Mas estava em Uppsala quando Lena Andersson fora assassinada.
O incidente do gato tinha despertado em Mikael uma sensação opressiva, como se o tempo estivesse a esgotar-se-lhe.

◈

Otto Falk tinha 36 anos quando Harriet desaparecera. Tinha agora 72, mais novo do que Henrik mas num estado mental consideravelmente pior. Mikael procurou-o na casa de repouso Svalan, um edifício de tijolos amarelos a curta distância da foz do Hede, no extremo oposto da cidade. Apresentou-se à recepcionista e pediu para falar com o pastor Falk. Sabia, explicou, que o pastor sofria de Alzheimer e perguntou até que ponto estava lúcido. Uma enfermeira disse-lhe que a doença fora diagnosticada três anos antes mas que, infelizmente, evoluíra de uma forma agressiva. Falk conseguia comunicar, mas tinha uma fraquíssima memória em relação ao presente e não reconhecia todos os seus parentes. Estava, de um modo geral, a deslizar para as sombras. Além disso, era propenso a acessos de ansiedade quando confrontado com perguntas a que não sabia responder.

O antigo pastor de Hedestad estava sentado num banco, no jardim, na companhia de três outros pacientes e de um enfermeiro. Mikael passou uma hora a tentar manter uma conversa.

Lembrava-se muito bem de Harriet Vanger. O rosto iluminou-se-lhe, e descreveu-a como sendo uma rapariga encantadora. Mas Mikael depressa percebeu que se esquecera de que Harriet tinha desaparecido havia 37 anos. Falava dela como se a tivesse visto recentemente e pediu-lhe que lhe desse cumprimentos e lhe dissesse para ir visitá-lo. Mikael prometeu que assim faria.

Falk tinha também obviamente esquecido o acidente na ponte. Foi só no fim da conversa que disse qualquer coisa que fez Mikael arrebitar as orelhas.

Foi quando Mikael orientou a conversa para o interesse de Harriet pela religião que Falk pareceu repentinamente hesitante. Foi como se uma nuvem lhe tivesse passado pelo rosto. Ficou a balouçar-se para trás e para a frente durante algum tempo, e então voltou-se para Mikael e perguntou-lhe quem era. Mikael voltou a apresentar-se e o velho ficou pensativo por um longo momento. Finalmente, disse:

— Ela continua a procurar. Tem de ter cuidado, e você tem de avisá-la.

— Tenho de avisá-la de quê?

Falk ficou subitamente agitado. Abanou a cabeça, de testa franzida.

— Ela tem de ler *sola scriptura* e compreender *sufficientia scripturae*. É a única maneira de conservar *sola fide*. Josef excluí-los-ia de certeza. Nunca foram aceites no cânone.

Mikael não compreendeu nada daquilo, mas tomou diligentemente nota. Então, o pastor Falk inclinou-se para ele e murmurou:

— Penso que ela é católica. Gosta de magia e ainda não encontrou Deus. Precisa de orientação.

O termo «católica» tinha obviamente, para o pastor Falk, uma conotação pejorativa.

— Pensava que ela se interessava pelo movimento pentecostalista.

— Não, não, não, não tem nada que ver com os pentecostalistas. Anda à procura da verdade proibida. Não é uma boa cristã.

Com esta, o pastor Falk pareceu esquecer-se completamente de Mikael e começou a conversar com os outros pacientes.

Mikael voltou à ilha pouco depois das duas. Foi até casa de Cecilia Vanger e bateu à porta, mas sem êxito. Tentou o telemóvel, mas, mais uma vez, não obteve resposta.

Pôs um detector de fumo numa das paredes da cozinha e o outro próximo da porta da rua. Um dos extintores ficou junto à salamandra, ao lado da porta do quarto, e o outro ao lado da porta da casa de banho. Em seguida, preparou um almoço, que consistiu de café e sanduíches, e foi sentar-se no quintal, onde passou para o computador as notas da sua conversa com o pastor Falk. Quando acabou, ergueu os olhos para a igreja.

O novo presbitério de Hedestad era uma casa perfeitamente vulgar, a poucos minutos da igreja. Mikael bateu à porta às quatro da tarde e explicou à pastora Margareta Strandh que estava ali para pedir conselho sobre uma questão teológica. Margareta Strandh era uma mulher de cabelos escuros e mais ou menos da idade dele, que vestia *jeans* e uma camisa de flanela. Estava descalça e tinha as unhas dos pés pintadas. Já se tinham encontrado um par de vezes no Café Susanne, e conversado a respeito do pastor Falk. Recebeu-o com simpatia e convidou-o a ir sentar-se no quintal.

Mikael disse-lhe que tinha ido falar com Falk e relatou-lhe o que o velho dissera. A pastora Strandh ouviu-o e então pediu-lhe que repetisse tudo, palavra por palavra.

— Só vim para Hedeby há três anos, e nunca conheci pessoalmente o pastor Falk. Já se tinha reformado há muito tempo, mas penso que era bastante tradicionalista. O que ele lhe disse significa qualquer coisa na linha de «cingir-se apenas às Escrituras»... *sola scriptura*... e que é *sufficientia scripturae*. Esta última é uma expressão que estabelece a suficiência das Escrituras para os crentes. *Sola fide* significa a fé única, ou a verdadeira fé.

— Estou a ver.

— Tudo isto é dogma básico, por assim dizer. No geral, é a plataforma da Igreja e não tem nada de invulgar. Ele estava muito simplesmente a dizer: «Leia a Bíblia... ela proporciona conhecimento suficiente e assegura a verdadeira fé.»

Mikael sentiu-se um tudo-nada embaraçado.

— Agora tenho de perguntar-lhe em que contexto aconteceu esta conversa — disse ela.

— Fui interrogá-lo a respeito de uma pessoa que ele conheceu há muitos anos, alguém a respeito de quem estou a escrever.

— Alguém numa demanda religiosa?

— Qualquer coisa nessa linha.

— *Okay*, penso que compreendo o contexto. Disse-me que o pastor Falk disse duas outras coisas: que «Josef excluí-los-ia de certeza» e «nunca foram aceites no cânone». É possível que tenha compreendido mal e ele tenha dito Josefo em vez de Josef? Na realidade, é o mesmo nome.

— É possível. Gravei a conversa, caso queira ouvir.

— Não, não me parece que seja necessário. Essas duas frases deixam suficientemente claro o que ele queria dizer. Josefo era um historiador judeu, e a frase «nunca foram aceites no cânone» pode significar que nunca pertenceram ao cânone hebraico.

— E isso significa?

Ela riu.

— Queria o pastor Falk dizer que a pessoa em questão estava fascinada pelas fontes esotéricas, em particular os apócrifos. A palavra grega «apokryphos» significa «escondidos», ou seja, os livros escondidos que uns consideram altamente controversos, ao passo que outros pensam que deveriam ser incluídos no Antigo Testamento. Refiro-me a Tobias, Judite, Ester, Baruc, Sirach, os livros dos Macabeus, e outros.

— Perdoe a minha ignorância. Já ouvi falar dos apócrifos, mas nunca os li. O que é que têm de especial?

— Em boa verdade nada, excepto o facto de terem aparecido depois do Antigo Testamento. Os apócrifos foram eliminados da Bíblia hebraica... não porque os Judeus eruditos pusessem em causa o seu conteúdo, mas por terem sido escritos depois de o trabalho revelador de Deus estar concluído. Em contrapartida, fazem parte da velha tradução grega da Bíblia. Não são considerados controversos pela Igreja Católica Romana, por exemplo.

— Estou a ver.

— No entanto, *são* controversos aos olhos da Igreja Protestante. Durante a Reforma, os teólogos guiavam-se pela antiga Bíblia hebraica. Martinho Lutero baniu os apócrifos da Bíblia reformada e, mais tarde, Calvino declarou que não deviam absolutamente servir de base a convicções em matéria de fé. O seu conteúdo contradiz, ou de certo modo entra em conflito, com a *claritas scripturae*... a clareza das Escrituras.

— Por outras palavras, são livros censurados.

— Exactamente. Por exemplo, os apócrifos afirmam que se pode praticar magia, que a mentira pode, em certos casos, ser permitida, e estas afirmações, como é natural, perturbaram os intérpretes dogmáticos das Escrituras.

— Portanto, se alguém tem uma paixão pela religião, não é impensável que os apócrifos façam parte da sua lista de leituras, ou que o facto perturbasse alguém como o pastor Falk.

— Exacto. Encontrar os apócrifos é quase inevitável quando se estuda a Bíblia ou a fé católica, e é igualmente provável que alguém que estude o esoterismo em geral acabe por lê-los.

— Por acaso não tem um exemplar dos textos apócrifos, pois não?
Ela voltou a rir, um riso alegre e amistoso.

— Claro que tenho. A verdade é que foram publicados pela Comissão Bíblica, nos anos oitenta, no âmbito de um estudo a nível nacional.

Armanskij perguntou a si mesmo o que se passaria quando Lisbeth Salander pediu para falar com ele em privado. Fechou a porta depois de ela ter entrado e indicou-lhe a cadeira das visitas. Lisbeth disse-lhe que o seu trabalho para Mikael Blomkvist estava feito... o advogado pagar-lhe-ia antes do fim do mês... mas que decidira continuar a acompanhar a investigação. Blomkvist oferecera-lhe um salário consideravelmente mais elevado, por um mês.

— Estou como trabalhadora independente — disse ela. — Até agora, nunca aceitei um trabalho sem ser através de si, nos termos do nosso acordo. O que quero saber é o que acontece à nossa relação se eu aceitar um trabalho por conta própria.

Armanskij encolheu os ombros.

— És uma *freelancer*, podes aceitar qualquer trabalho que queiras e cobrar o que achares que ele vale. Fico contente por ganhares o teu dinheiro. Seria, no entanto, desleal aceitares clientes que conheceste por nosso intermédio.

— Não tenciono fazê-lo. Terminei o trabalho de acordo com o contrato que assinámos com o Blomkvist. O que se passa é que quero continuar no caso. Estaria até disposta a fazê-lo de borla.

— Nunca faças nada de borla.

— Sabe o que quero dizer. Quero saber como é que esta história acaba. Convenci o Blomkvist a pedir ao advogado para me manter como assistente de pesquisa.

Estendeu o contrato a Armanskij, que lhe deu uma rápida vista de olhos.

— Com este salário bem podias fazê-lo de borla. Lisbeth, tu tens talento. Não precisas de trabalhar por uns trocos. Sabes muito bem que podias ganhar muito mais se trabalhasses connosco a tempo inteiro.

– Não quero trabalhar a tempo inteiro. Mas, Dragan, a minha lealdade é para consigo. Tem sido muito bom para mim desde que comecei a trabalhar aqui. Quero saber se um contrato como este está *okay* para si, que não haverá atritos entre nós.

– Compreendo. – Pensou um instante. – Está cem por cento *okay*. Obrigado por perguntares. Se de futuro aparecerem mais situações como esta, agradeço-te que fales comigo, para evitar mal entendidos.

Lisbeth interrogou-se sobre se teria mais alguma coisa a acrescentar. Tinha os olhos fixados em Armanskij, sem dizer nada. Finalmente, pôs-se de pé e saiu, como sempre sem uma palavra de despedida.

Tinha a resposta que queria, e perdeu imediatamente o interesse em Armanskij. Ele sorriu para consigo mesmo. O simples facto de ela lhe ter pedido conselho assinalava um novo ponto alto no seu processo de socialização.

Abriu uma pasta que continha um relatório sobre a segurança de um museu onde seria em breve inaugurada uma grande exposição de impressionistas franceses. Então, voltou a pousar a pasta e ficou a olhar para a porta por onde Lisbeth tinha saído. Recordou-se de como a ouvira rir com Mikael Blomkvist e perguntou a si mesmo se ela estaria finalmente a crescer, ou se era Blomkvist a grande atracção. Experimentou também uma estranha sensação de mal-estar. Nunca conseguira libertar-se da convicção de que Lisbeth Salander era a vítima perfeita. E ali estava ela, a perseguir um louco num buraco para lá do sol-posto.

No caminho de regresso ao norte, Lisbeth, cedendo a um impulso, fez um desvio pela Casa de Saúde Äppelviken para visitar a mãe. Exceptuando a visita na véspera do S. João, não a via desde o Natal, e sentia remorsos por não a procurar mais vezes. Uma segunda visita no espaço de umas semanas era extremamente invulgar.

Encontrou-a na sala de dia. Lisbeth ficou com ela uma hora e levou-a a passear até ao lago, no jardim do hospital. A mãe continuava a confundi-la com a irmã. Como de costume, era como se não estivesse presente, mas pareceu perturbada pela visita.

Quando Lisbeth se despediu, não queria largar-lhe a mão. Prometeu voltar a visitá-la em breve, mas a mãe olhou para ela com uma expressão triste e ansiosa.

Era como se tivesse uma premonição de um desastre iminente.

Mikael passou duas horas no quintal, nas traseiras da casa de hóspedes, a ler os apócrifos, sem descobrir nada de especial. Ocorreu-lhe, no entanto, um pensamento. Até que ponto fora Harriet verdadeiramente religiosa? O interesse dela pelos estudos bíblicos tinha começado no ano anterior ao seu desaparecimento. Relacionara um certo número de citações da Bíblia com uma série de assassínios e em seguida lera metodicamente não só a Bíblia protestante mas também os apócrifos, e começara a interessar-se pelo catolicismo.

Teria realmente feito a mesma investigação que ele e Lisbeth estavam a fazer 37 anos mais tarde? Teria sido a caçada a um assassino, mais do que a religiosidade, que lhe acicatara o interesse? O pastor Falk dera a entender que, na opinião dele, ela era mais alguém que procurava do que uma boa cristã.

Foi interrompido por uma chamada de Erika no telemóvel.

– Só queria dizer-te que eu e o Greger vamos de férias para a semana. Vou estar fora quatro semanas.

– Para onde vão?

– Para Nova Iorque. O Greger tem uma exposição, e depois pensámos dar um salto às Caraíbas. Um amigo do Greger emprestou-lhe uma casa em Antígua, e vamos lá passar duas semanas.

– Óptimo. Diverte-te. E dá cumprimentos meus ao Greger.

– O próximo número está feito e o seguinte quase acabado. Quem me dera que me substituísses como director editorial, mas o Christer diz que aguenta o barco.

– Pode sempre telefonar-me se precisar de ajuda. Como vão as coisas com o Janne Dahlman?

Erika hesitou.

– Também vai de férias. Empurrei o Henry para a chefia da redacção. Ele e o Christer ficam a tomar conta da loja.

— *Okay*.
— Volto a sete de Agosto.

Ao fim da tarde, Mikael tentou por cinco vezes ligar para o telefone de Cecilia Vanger. Enviou-lhe um SMS, a pedir para lhe ligar. Não obteve resposta.

Pousou os apócrifos e vestiu o fato de treino, fechando a porta à chave depois de sair.

Seguiu o estreito trilho ao longo da costa e então meteu pelo bosque. Passou por entre moitas e à volta de árvores desenraizadas o mais depressa que pôde, emergindo, exausto, perto da Fortaleza, ofegante e com o coração a galopar. Deteve-se junto de um dos antigos fortins de artilharia e fez alongamentos durante vários minutos.

Subitamente, ouviu uma detonação seca, e a parede cinzenta junto à cabeça dele explodiu. Sentiu a dor quando as lascas de betão lhe abriram um fundo golpe no couro cabeludo

Durante o que pareceu uma eternidade, ficou como que petrificado. Então, atirou-se para o fundo da trincheira, magoando-se ao cair com força sobre o ombro. O segundo tiro soou no instante em que mergulhou. A bala esmagou-se contra a parede de betão. Pôs-se de pé e olhou em redor. Estava no meio da Fortaleza. Para a esquerda e para a direita, valas estreitas com um metro de profundidade e cheias de mato faziam a ligação entre as diversas baterias espalhadas ao longo de uma linha com duzentos e cinquenta metros. Mantendo-se agachado, começou a correr para sul, através do labirinto.

De repente, ouviu o eco da inimitável voz do capitão Adolfsson, nas manobras de Inverno da Escola de Infantaria, em Kiruna. *Blomkvist, mantém a porra dessa cabeça baixa, se não queres que te estourem o couro.* Passados tantos anos ainda se lembrava dos exercícios extra que o capitão Adolfsson costumava inventar.

Deteve-se para recuperar o fôlego, o coração a martelar-lhe o peito. Não ouvia nada além da sua própria respiração. *O olho humano detecta movimentos muito mais depressa do que formas ou figuras. Movam-se devagar.* Mikael ergueu lentamente a cabeça alguns centímetros acima da beira da vala. O sol, mesmo de frente, tornava impossível distinguir pormenores, mas não viu qualquer movimento.

Voltou a baixar a cabeça e correu para a vala seguinte. *As armas do inimigo não interessam. Por muito boas que sejam, se ele não conseguir vê--los, não pode acertar-lhes. Cobertura, cobertura, cobertura. Certifiquem-se de que nunca se expõem.*

Estava a 300 metros da vedação de Östergården. A cerca de 40 metros de distância havia uma mata quase impenetrável de arbustos baixos. Mas, para lá chegar, teria de transpor o talude coberto de erva que descia numa vertente suave a partir da bateria. E aí ficaria completamente exposto. Era a única maneira. Tinha o mar pelas costas.

Teve subitamente consciência da dor na têmpora e descobriu que estava a sangrar e tinha a *T-shirt* empapada em sangue. *As feridas na cabeça nunca mais param de sangrar*, pensou, antes de voltar a concentrar-se na sua situação. Um tiro poderia ter sido acidente, mas dois significava que alguém estava a tentar matá-lo. Não tinha meio de saber se o atirador estava à espera que ele se mostrasse.

Tentou acalmar-se, pensar racionalmente. A escolha era entre esperar ou sair dali para fora. Se o atirador continuava à espera, a última alternativa não era com certeza uma boa ideia. Se ficasse onde estava, o atirador poderia aproximar-se calmamente da Fortaleza e abatê-lo à queima-roupa.

Ele, ou ela, não pode saber se fui para a esquerda ou para a direita. Espingarda. Talvez de caçar alces. Provavelmente com mira telescópica. O que significava que o atirador teria um campo de visão bastante limitado se estivesse à procura dele através da mira

Quando se virem num aperto... tomem a iniciativa. Era melhor do que esperar. Ficou a observar, à escuta de sons, durante dois minutos; então, saltou para fora da vala e desceu o talude o mais depressa que pôde.

Ia a meio da descida quando foi disparado um terceiro tiro, mas só ouviu um vago impacte lá mais para trás. Atirou-se de cabeça para o meio do matagal e rolou por cima de um mar de urtigas. No instante seguinte estava de pé e a correr na direcção oposta ao lugar de onde vinham os tiros, agachado, correndo, parando de 50 em 50 metros, escutando. Ouviu um ramo estalar algures entre ele e a Fortaleza. Estendeu-se de bruços.

Rastejem usando os cotovelos era outra das expressões preferidas do capitão Adolfsson. Mikael percorreu os 150 metros seguintes abrindo caminho por entre o mato apoiado nas pontas dos pés, nos joelhos e nos cotovelos. Afastou galhos e ramos. Por duas vezes ouviu ruídos no matagal, atrás de si. A primeira pareceu muito perto, talvez 20 metros para a direita. Deteve-se, ficando perfeitamente imóvel. Passados alguns instantes ergueu cautelosamente a cabeça e olhou em redor, mas não viu ninguém. Continuou imóvel por muito tempo, os nervos em alerta máximo, pronto para fugir ou possivelmente lançar um contra-ataque desesperado se o *inimigo* se aproximasse. O estalido seguinte foi muito mais longe. Depois, silêncio.

Ele sabe que eu estou aqui. Terá ido tomar posição algures, à espera que eu me mexa, ou ter-se-á ido embora? Recomeçou a rastejar por entre o mato até chegar à vedação de Östergården.

Aquele era outro momento crítico. Corria um trilho pelo lado de dentro da vedação. Deixou-se ficar estendido no chão, a observar. A casa da quinta ficava a cerca de 400 metros, ao fundo de uma ligeira descida. Viu, à direita, vacas a pastar. *Porque foi que ninguém ouviu os tiros e veio investigar. Verão. Talvez não esteja ninguém.*

Não se punha sequer a questão de atravessar a pastagem. Não teria qualquer espécie de cobertura. O caminho junto à vedação seria o lugar que ele próprio escolheria para ter um campo de tiro desimpedido. Recuou para o mato até sair do outro lado, junto a um pinhal.

Seguiu o caminho mais comprido, contornando os campos de Östergården e atravessando a Söderberget para chegar a casa. Quando passou por Östergården, viu que o carro não estava à porta. Deteve-se no cume da Söderberget e olhou para Hedeby. Havia veraneantes nas velhas cabanas de pescadores junto ao porto: mulheres de fato de banho, sentadas na doca, a conversar. Cheirou qualquer coisa a assar num grelhador. Viu crianças a chapinhar na água, perto do cais.

Passava pouco das oito. Os tiros tinham sido disparados menos de uma hora antes. Nilsson estava a regar o relvado, de calções e sem camisa. *Há quanto tempo estás aí?* A casa de Henrik estava deserta, com excepção de Anna. A de Harald Vanger parecia tão abandonada como sempre. Viu Isabella Vanger no quintal das traseiras. Estava lá sentada, obviamente a conversar com alguém. Demorou um segundo a perceber que era a enfermiça Gerda Vanger, nascida em 1922 e que vivia com o filho, Alexander, numa das casas por detrás da de Henrik. Não a conhecia, mas já a vira meia dúzia de vezes. A casa de Cecilia Vanger parecia vazia, mas Mikael detectou movimento na cozinha. *Está em casa. O atirador seria uma mulher?* Sabia que Cecilia era capaz de manejar uma arma. Viu o carro de Martin Vanger estacionado na rua, em frente da casa. *Há quanto tempo é que estás em casa?*

Ou seria outra pessoa em quem ainda não tinha pensado? Frode? Alexander? Demasiadas possibilidades.

Desceu a Söderberget e seguiu a estrada até à aldeia: chegou a casa sem encontrar ninguém. A primeira coisa que viu foi a porta aberta de par em par. Agachou-se quase instintivamente. Então cheirou o café e viu Lisbeth através da janela da cozinha.

Ela ouviu-o entrar e voltou-se. Pôs-se rígida. O aspecto dele era horrível, com a cara suja de sangue que começava a coagular. Tinha todo o lado esquerdo da *T-shirt* branca manchado de vermelho e apertava um lenço empapado em sangue contra a cabeça.

— Sangra que se farta, mas não é perigoso — disse Mikael, antes que ela pudesse perguntar.

Lisbeth voltou-se e tirou do armário um estojo de primeiros socorros; continha dois rolos de ligaduras elásticas, um *stick* de repelente de mosquitos e um pequeno rolo de adesivo. Mikael despiu as roupas, deixou-as no chão e meteu-se na casa de banho.

A ferida na têmpora era um golpe tão fundo que conseguia levantar uma boa fatia de carne. Continuava a sangrar e precisava de ser cosida, mas ele pensou que acabaria por sarar se a prendesse bem com adesivo. Molhou uma toalha em água fria e limpou a cara.

Manteve a toalha apertada contra a têmpora enquanto se metia debaixo do duche e fechou os olhos. Então esmurrou os azulejos com tanta força que esfolou os nós dos dedos. *Grande sacana*, pensou. *Hei--de apanhar-te, sejas tu quem fores.*

Quando Lisbeth lhe tocou no braço estremeceu como se tivesse apanhado um choque eléctrico e olhou-a com um olhar tão furioso que ela recuou um passo. Lisbeth entregou-lhe o sabonete e voltou para a cozinha sem dizer uma palavra.

Mikael tapou o golpe com três pedaços de adesivo, foi ao quarto, vestiu uns *jeans* e uma *T-shirt* lavados e saiu, levando consigo a pasta com as provas fotográficas. Estava tão furioso que quase tremia.

– Fica aqui, Lisbeth – gritou.

Dirigiu-se a casa de Cecilia Vanger e tocou à campainha. Passou meio minuto antes que ela abrisse a porta.

– Não quero falar contigo – disse, e então viu a cara dele, onde o sangue já começava a empapar o adesivo.

– Deixa-me entrar. Precisamos de falar.

Ela hesitou.

– Não temos nada a dizer um ao outro.

– Agora temos, e podemos discuti-lo à porta ou na cozinha.

O tom dele foi tão determinado que Cecilia recuou e deixou-o entrar. Foi sentar-se à mesa da cozinha.

– O que foi que fizeste? – perguntou.

– Dizes que procurar a verdade a respeito da Harriet Vanger não passa de uma forma de terapia ocupacional para o Henrik. É possível, mas há pouco mais de uma hora alguém quase me estourou a cabeça a tiro, e a noite passada alguém... talvez o mesmo humorista... deixou um gato horrivelmente morto à minha porta.

Cecilia abriu a boca, mas Mikael interrompeu-a.

– Cecilia, estou-me nas tintas para os teus recalcamentos ou para as tuas preocupações, ou para o facto de repentinamente teres começado a não me poder ver. Nunca mais volto a aproximar-me de ti, e não precisas de recear que eu te incomode ou ande atrás de ti. Neste momento, o meu desejo é nunca ter ouvido falar de ti nem de nenhum membro da família Vanger. Mas exijo respostas para as minhas perguntas. Quanto mais depressa responderes, mais depressa te vês livre de mim.

— O que é que queres saber?

— Número um: onde é que estavas há uma hora?

O rosto de Cecília ensombreceu.

— Há uma hora estava em Hedestad.

— Alguém pode confirmar que estavas lá?

— Não que eu saiba, e não tenho de dar-te contas.

— Número dois: porque foi que abriste a janela do quarto da Harriet no dia em que ela desapareceu?

— O quê?

— Ouviste-me perfeitamente. Durante todos estes anos, o Henrik tem tentado descobrir quem abriu a janela do quarto da Harriet naqueles minutos críticos. Todos negaram tê-lo feito. Alguém está a mentir.

— E porque raio achas que sou eu?

— Por causa desta fotografia — respondeu Mikael, e atirou o *print* para cima da mesa.

Cecilia pegou-lhe e examinou-o. Mikael julgou ter lido uma expressão de choque na cara dela. Sentiu um fio de sangue escorrer-lhe pela cara e pingar na *T-shirt*.

— Havia sessenta pessoas na ilha naquele dia — disse. — Vinte e oito eram mulheres. Cinco ou seis delas tinham cabelos louros e compridos. Só uma delas usava um vestido claro.

Cecilia olhou atentamente para a foto.

— E tu achas que esta sou eu?

— Se não és, gostaria muito de saber quem pensas que é. Ninguém sabia da existência dessa foto. Há semanas que a tenho e que tento falar-te dela. Posso ser um cretino, mas não a mostrei ao Henrik nem a ninguém porque tive medo de lançar suspeitas sobre ti ou fazer-te mal. Mas preciso de ter uma resposta.

— Vais ter a resposta. — devolveu-lhe a fotografia. — Não entrei no quarto da Harriet, naquele dia. Não sou eu, nessa fotografia. Não tive nada que ver com o desaparecimento dela.

Dirigiu-se à porta da rua.

– Já tens a tua resposta. Agora, por favor, vai-te embora. Mas acho que devias ir a um médico ver essa ferida.

Lisbeth levou-o no carro até ao hospital de Hedestad. Bastaram dois pontos e um penso feito como deve ser para fechar a ferida. Deram-lhe uma pomada com cortisona para a borbulhagem nas mãos e no pescoço, causada pelas urtigas.

Depois de sair do hospital, Mikael ponderou longamente a possibilidade de ir à polícia. Já estava a ver os títulos. «Jornalista acusado de difamação envolvido em cena de tiros.» Abanou a cabeça.

– Vamos para casa – disse.

Era noite escura quando chegaram à ilha de Hedeby, o que convinha perfeitamente aos planos de Lisbeth. Pegou num saco de lona e levou-o para a mesa da cozinha.

– Trouxe estas coisas emprestadas da Milton Security, e é tempo de fazermos uso delas.

Colocou quatro detectores de movimento alimentados a pilhas à volta da casa, e explicou que se alguém se aproximasse a menos de seis metros, um sinal de rádio activaria um pequeno alarme que instalara no quarto de Mikael. Ao mesmo tempo, duas câmaras de vídeo sensíveis à luz, que montou nas árvores à frente e nas traseiras da casa, enviariam sinais para um portátil que escondeu no aparador perto da porta. Camuflou as câmaras com panos pretos.

Pôs uma terceira câmara numa casa de aves por cima da porta. Furou a parede, com um berbequim, para passar o cabo. A objectiva estava apontada para a rua e para o caminho de acesso entre a cancela do quintal e a porta. Captava imagens de baixa resolução a intervalos de um segundo e armazenava-as no disco rígido de outro portátil igualmente escondido no aparador.

Em seguida, colocou à entrada um tapete com um sensor de pressão. Se alguém conseguisse iludir os sensores de infravermelhos e entrar, dispararia uma sereia de 115 decibéis. Explicou a Mikael como desligar os detectores na caixa que acompanhava os dois portáteis no aparador. Além disso, tinha-se munido de um dispositivo de visão nocturna.

— Não gostas de deixar nada ao acaso, pois não? — comentou Mikael, enquanto lhe servia café.

— Mais uma coisa. Acabaram-se as corridas até resolvermos isto.

— Acredita, perdi todo o interesse no exercício físico.

— Não estou a brincar. Isto pode ter começado como um mistério histórico, mas com gatos mortos e essa história de tentarem estourar-te a cabeça, podes ter a certeza de que andamos a pisar os calos a alguém.

Jantaram tarde. Mikael estava de repente mortalmente cansado e com uma terrível dor de cabeça. Já mal conseguia falar, de modo que foi para a cama.

Lisbeth ficou a ler o relatório até às duas da manhã.

CAPÍTULO 23

SEXTA-FEIRA, 11 DE JULHO

MIKAEL BLOMKVIST ACORDOU às seis da manhã, com o sol a brilhar através de uma abertura nas cortinas e a bater-lhe em cheio na cara. Tinha uma vaga dor de cabeça, e doía-lhe quando tocava no penso. Lisbeth dormia deitada de bruços, com um braço passado por cima dele. Mikael olhou para o dragão que ela tinha tatuado na omoplata.

Contou as tatuagens. Uma vespa no pescoço, um círculo à volta de cada tornozelo, um outro à volta do bicípite do braço esquerdo, um símbolo chinês numa coxa e uma rosa na barriga de uma das pernas.

Levantou-se e fechou as cortinas. Foi à casa de banho e voltou para a cama, tentando não a acordar.

Duas horas mais tarde, enquanto tomavam o pequeno-almoço, disse:

— Como é que vamos resolver este quebra-cabeças?

— Juntamos os factos que temos. Tentamos arranjar mais.

— Para mim, a única pergunta é: porquê? Porque estamos a tentar solucionar o mistério da Harriet, ou porque descobrimos o até agora desconhecido assassino em série?

— Tem de haver uma ligação. Se a Harriet percebeu que havia um assassino em série, só podia ser alguém que ela conhecia. Se olharmos para a lista de personagens nos anos sessenta, há pelo menos duas dúzias de possíveis candidatos. Hoje, não resta quase nenhum, excepto o Harald Vanger, que não estou a ver, quase aos noventa e cinco anos, a andar pelos bosques com uma espingarda. Todos eles são demasiado velhos para constituírem um perigo agora, ou eram demasiado novos para andarem por aí nos anos cinquenta. O que quer dizer que voltámos ao ponto de partida.

— A menos que haja duas pessoas a colaborar. Uma mais velha, outra mais nova.

— O Harald e a Cecilia? Não me parece. Penso que ela estava a dizer a verdade quando disse que não era a pessoa à janela.

— Então quem era?

Ligaram o *iBook* de Mikael e passaram a hora seguinte a analisar em pormenor, mais uma vez, todas as pessoas visíveis nas fotografias do acidente na ponte.

— É de assumir que todos os habitantes da aldeia estiveram no local, a ver o espectáculo. Foi em Setembro. A maior parte usava camisolas ou casacos. Só uma pessoa tinha cabelos compridos e louros e vestia um vestido claro.

— A Cecilia Vanger aparece em muitas das fotografias. Parece estar em todo o lado. Entre os edifícios e as pessoas que observam o acidente na ponte. Aqui, está a falar com a Isabella. Aqui, está ao lado do pastor Falk. Aqui, está com o Greger Vanger.

— Espera um pouco — pediu Mikael. — O que é que o Greger tem na mão?

— Uma coisa quadrada. Parece uma espécie de caixa.

— É uma *Hasselblad*. Então ele também tinha uma máquina fotográfica.

Voltaram a passar as fotos. Greger aparecia em várias outras, ainda que muitas delas pouco nítidas. Numa, via-se claramente que tinha na mão uma caixa quadrada

— Acho que tens razão. É uma máquina fotográfica.

— O que significa que temos pela frente mais uma caça à fotografia.

— *Okay,* mas deixemos isso, para já — disse Lisbeth. — Deixa-me propor uma teoria.

— Força.

— Imagina que alguém da geração mais nova sabe que alguém da geração mais velha é um assassino psicopata, mas não quer que isso se saiba. A honra da família, e esse género de trampa. Isso significaria que há duas pessoas envolvidas, mas não que estejam a trabalhar juntas. O assassino pode ter morrido há anos, enquanto a nossa Némesis só quer que larguemos o assunto e voltemos para casa.

— Mas porquê, nesse caso, deixar um gato mutilado à nossa porta? — Mikael bateu com a mão na Bíblia de Harriet. — Mais uma vez, uma paródia às leis respeitantes à queima de oferendas.

Lisbeth reclinou-se para trás e olhou para a igreja enquanto citava a Bíblia. Foi como se estivesse a falar consigo mesma.

— «Então imolará o touro diante do Senhor; e os filhos de Aarão, os sacerdotes, apresentarão o sangue, e aspergirão com o sangue o altar, que está à porta da tenda da reunião. E esfolará a oferenda queimada e cortá-la-á em pedaços.»

Calou-se, consciente de que Mikael estava a olhar para ela com uma expressão tensa. Mikael abriu a Bíblia no primeiro capítulo do Levítico.

— Sabes também o versículo doze?

Lisbeth não respondeu.

— «E cortá-lo-á...» — começou ele.

— «E cortá-lo-á em pedaços, com a cabeça e a gordura, e o sacerdote dispô-los-á por ordem sobre a lenha que está a arder em cima do altar.» — A voz dela era como gelo.

— E o versículo seguinte?

Ela pôs-se abruptamente de pé.

— Lisbeth, tens uma memória fotográfica! — exclamou Mikael, surpreendido. — Por isso conseguias ler uma página da investigação em dez segundos.

A reacção dela foi quase explosiva. Cravou os olhos em Mikael com uma tal fúria que ele ficou espantado. Então, a expressão dela transformou-se em desespero, e, dando meia-volta, Lisbeth correu para a cancela.

— Lisbeth — chamou ele.

Já, porém, ela tinha desaparecido da vista.

Mikael levou o computador para dentro, ligou o alarme e fechou a porta à chave antes de ir procurá-la. Encontrou-a 20 minutos mais tarde, num dos pontões do porto. Estava ali sentada, com os pés metidos na água e a fumar. Ouviu-o aproximar-se, e Mikael reparou que se punha rígida. Deteve-se a alguns passos de distância.

– Não sei o que foi que fiz, mas não era minha intenção perturbar-te.

Foi sentar-se ao lado dela e pousou-lhe hesitantemente uma mão no ombro.

– Por favor, Lisbeth, diz qualquer coisa.

Ela voltou a cabeça e olhou para ele.

– Não há nada a dizer – declarou. – Sou uma aberração, mais nada.

– Uma aberração? Quem me dera ter uma memória como a tua.

Ela atirou o cigarro para a água.

Mikael ficou sentado em silêncio durante muito tempo. *Que hei-de eu dizer? És uma rapariga perfeitamente normal. Que mal faz que sejas um pouco diferente? Que espécie de imagem tens tu de ti mesma, ao fim e ao cabo?*

– Mal te vi, percebi que tinhas qualquer coisa de diferente – disse. – E sabes uma coisa? Há muito, muito tempo que não tinha uma impressão tão boa a respeito de alguém logo desde o início.

Um bando de crianças saiu de uma das cabanas, do outro lado do porto, e saltou para a água. O pintor, Eugen Norman, com quem Mikael ainda não trocara uma palavra que fosse, estava sentado numa cadeira à porta de casa, a chupar o cachimbo enquanto olhava para eles os dois.

– Gostava muito de ser teu amigo, se me deixasses – continuou Mikael. – Mas é contigo. Vou voltar para casa e fazer mais café. Vem quando te apetecer.

Pôs-se de pé e deixou-a em paz. Estava a meio caminho do cume da colina quando ouviu passos atrás de si. Regressaram a casa juntos, sem dizerem uma palavra.

Ela deteve-o antes de chegarem à porta.

– Estava a formular uma teoria... Falámos a respeito de tudo isto ser uma paródia da Bíblia. É verdade que ele esquartejou o gato, mas suponho porque não lhe teria sido fácil conseguir um boi. Em todo o caso, está a seguir o argumento base. Pergunto a mim mesma...

— Olhou para a igreja. — «E aspergirão com o sangue o altar, que está à porta da tenda da reunião...»

Atravessaram a ponte e dirigiram-se à igreja. Mikael experimentou a porta, mas estava fechada. Deambularam de um lado para o outro durante algum tempo, a examinar as lápides, até que chegaram à capela que ficava a curta distância, perto da água. De repente, Mikael abriu muito os olhos. Não era uma capela, era uma cripta. Viu o nome Vanger esculpido na pedra por cima da porta, juntamente com uma frase em latim que não soube decifrar.

— Repousem até ao fim dos tempos — disse Lisbeth, atrás dele.

Mikael voltou-se. Ela encolheu os ombros.

— Já vi essa frase não sei onde.

Mikael riu à gargalhada. Ela pôs-se rígida e, ao princípio, ficou furiosa, mas relaxou quando percebeu que ele estava a rir da graça da situação. Mikael experimentou a porta. Fechada. Pensou um instante, e então disse a Lisbeth que se sentasse e esperasse por ele. Foi a casa de Henrik e bateu à porta. Explicou a Anna Nygren que queria dar uma vista de olhos à cripta da família e perguntou se Henrik não teria uma chave, algures. Anna pareceu hesitante, mas foi buscar a chave à gaveta da secretária.

Mal abriram a porta, souberam que tinham acertado em cheio. O ar estava pesado do cheiro a carne queimada. Mas o torturador do gato não acendera um lume. Num dos cantos, encontraram um maçarico, do género que os esquiadores usam para derreter a cera dos esquis. Lisbeth tirou a câmara digital do bolso da saia de ganga e fez algumas fotos. Depois, com muito cuidado, pegou no maçarico.

— Pode ser uma prova. Talvez ele tenha deixado impressões digitais — disse.

— Oh, claro, podemos pedir à família Vanger que faça fila para nos dar as impressões digitais — respondeu Mikael. — Adorava ver-te conseguir as da Isabella.

— Há maneiras — disse Lisbeth.

Havia uma grande quantidade de sangue no chão, nem todo ele seco, bem como um alicate que, calcularam, tinha sido usado para cortar a cabeça do gato.

Mikael olhou em redor. Um sarcófago sobrelevado pertencia a Alexandre Vangeersad, e quatro túmulos no chão guardavam os despojos dos membros mais antigos da família. Mais recentemente, os Vanger tinham, ao que parecia, optado pela cremação. Cerca de 30 nichos, nas paredes, ostentavam os nomes de antepassados do clã. Mikael reviu a crónica da família avançando no tempo, e perguntou a si mesmo onde teriam sepultado os membros aos quais não fora dado espaço no interior da cripta – os que não tinham sido julgados suficientemente importantes.

– Agora sabemos – disse Mikael, enquanto voltavam a atravessar a ponte. – Andamos à procura de um perfeito lunático.
– Que queres dizer com isso?
Mikael deteve-se a meio da ponte e apoiou os cotovelos no parapeito.
– Porque dizes isso?
– Se fosse um vulgar chanfrado a tentar assustar-nos, teria levado o gato para a garagem, ou até para o bosque. Mas levou-o para a cripta. Há qualquer coisa de compulsivo no gesto. Pensa no risco. É Verão, e as pessoas andam na rua de noite, a passear. A estrada que atravessa o cemitério é a principal ligação entre a parte norte e a parte sul de Hedeby. Mesmo que ele tenha fechado a porta, o gato há-de ter feito um barulho dos diabos, e há-de ter cheirado a queimado.
– Ele?
– Não estou a imaginar a Cecilia Vanger a andar por aí à noite, com um maçarico.
Lisbeth encolheu os ombros.
– Não confio em nenhum deles, incluindo o Frode e o teu amigo Henrik. Fazem todos parte de uma família que não hesitaria em aldrabar-te, se pudesse. E então, o que é que fazemos agora?
– Descobri uma porção de segredos a teu respeito – disse Mikael. – Quantas pessoas, por exemplo, sabem que és uma *hacker*?
– Nin...ninguém.
– Ninguém excepto eu, queres tu dizer.
– Aonde é que queres chegar?

– Quero saber se está tudo bem entre nós. Se confias em mim.

Ela ficou a olhar para ele por um longo momento. Finalmente, limitou-se a encolher os ombros.

– Quanto a isso, não posso fazer nada.

– Confias em mim? – insistiu Mikael.

– Por enquanto – respondeu ela.

– Óptimo. Vamos falar com o Frode.

Era a primeira vez que a mulher do Dr. Dirch Frode via Lisbeth Salander. Ficou a olhar para ela de olhos muito abertos, ao mesmo tempo que sorria delicadamente. O rosto de Frode iluminou-se ao ver Lisbeth. Pôs-se de pé para os receber.

– Que bom vê-la – disse. – Tenho andado cheio de remorsos por não ter expressado devidamente a minha gratidão pelo extraordinário trabalho que fez para nós. Tanto no Inverno passado, como agora, este Verão.

Lisbeth lançou-lhe um olhar sombrio e desconfiado.

– Fui paga para isso – disse.

– Não se trata disso. Fiz certas assunções a seu respeito, da primeira vez que a vi. Seria grande gentileza sua perdoar-me, em retrospectiva.

Mikael estava espantado. Frode era capaz de pedir desculpa a uma miúda de 25 anos cheia de *piercings* e de tatuagens quando nada o obrigava a fazê-lo! O advogado subiu vários pontos na sua consideração. Lisbeth olhava fixamente em frente, ignorando-o.

Frode voltou-se para Mikael.

– Que aconteceu à sua cabeça?

Sentaram-se. Mikael resumiu os acontecimentos das últimas 24 horas. Quando descreveu como alguém tentara atingi-lo a tiro perto da Fortaleza, Frode levantou-se de um salto.

– Isto é uma loucura completa. – Fez uma pausa e cravou os olhos em Mikael. – Lamento, mas tem de acabar. Não posso permiti-lo. Vou falar com o Henrik e quebrar o contrato.

– Sente-se – pediu Mikael.

– Não compreende...

— O que compreendo é que eu e a Lisbeth chegámos tão perto de quem está por detrás de tudo isto que essa pessoa está a reagir de uma maneira louca, em pânico. Temos algumas perguntas. Em primeiro lugar: quantas chaves há da cripta dos Vanger e quem as tem?

— Não é da minha alçada, não faço a mais pequena ideia — respondeu Frode. — Suponho que vários membros da família terão acesso à cripta. Sei que o Henrik tem uma chave, e que a Isabella vai lá de vez em quando, mas não lhe posso dizer se tem a sua própria chave ou se usa a do Henrik.

— *Okay*. Continua a fazer parte da administração. Há alguma espécie de arquivo geral? Uma biblioteca, ou coisa assim, onde tenham reunido recortes de imprensa e informação a respeito do Grupo ao longo dos anos?

— Sim. Na sede, aqui em Hedestad.

— Precisamos de acesso. E há boletins internos antigos, ou coisa no género?

— Mais uma vez, tenho de admitir que não sei. Não vou aos arquivos há mais de trinta anos. Tem de falar com uma mulher chamada Bodil Lindgren.

— Pode telefonar-lhe e arranjar as coisas de modo que a Lisbeth tenha acesso aos arquivos esta tarde? Vai precisar de todos os recortes de imprensa referentes ao Grupo Vanger.

— Nenhum problema. Mais alguma coisa?

— Sim. O Greger Vanger tinha uma *Hasselblad* na mão no dia do acidente na ponte. O que significa que talvez tenha tirado fotografias. Aonde teriam essas fotografias ido parar, depois da morte dele?

— Às mãos da viúva ou do filho, logicamente. Deixe-me telefonar ao Alexander e perguntar-lhe.

— O que é que vou procurar? — perguntou Lisbeth, no caminho de regresso à ilha.

— Recortes de imprensa e boletins internos. Quero que leias tudo à volta das datas em que foram cometidos os assassínios nos anos cinquenta e sessenta. Anota tudo o que te parecer interessante. É melhor seres tu a fazer esta parte do trabalho. Pareces ter uma memória...

Ela deu-lhe um murro no braço.

Cinco minutos mais tarde, a *Kawasaki* atravessava ruidosamente a ponte.

Mikael trocou um aperto de mão com Alexander Vanger, que estivera fora a maior parte do tempo que ele já passara em Hedeby. Tinha 20 anos quando a Harriet desaparecera.

— Disse-me o Dirch que quer ver umas fotografias antigas.

— O seu pai tinha uma *Hasselblad*, segundo creio.

— É verdade. Ainda está por aí, mas ninguém a usa.

— Suponho que sabe que o Henrik me pediu para voltar a estudar o que aconteceu à Harriet.

— Foi o que ouvi dizer. Há montes de pessoas que não estão nada satisfeitas com a ideia.

— É o que parece, e, claro, não é obrigado a mostrar-me seja o que for.

— Por favor... o que é que quer ver?

— Quaisquer fotografias que o seu pai tenha tirado no dia do acidente, o dia em que a Harriet desapareceu.

Subiram ao sótão. Foram precisos vários minutos para que Alexander identificasse uma caixa cheia de fotografias avulsas.

— Leve a caixa consigo. Se houver alguma coisa, está aí.

Como ilustrações para a crónica da família, a caixa de Greger Vanger continha várias preciosidades, incluindo fotos de Greger com Sven Olof Lindholm, o grande líder nazi sueco dos anos quarenta. Mikael pô-las de parte.

Encontrou sobrescritos com fotos que Greger tirara de reuniões de família, bem como muitas fotografias típicas de férias: a pescar nas montanhas, e durante uma viagem a Itália.

Encontrou quatro fotos do acidente na ponte. A despeito da excepcional qualidade da máquina, Greger fora um péssimo fotógrafo. Duas fotos eram grandes planos da cisterna voltada, duas dos espectadores, tiradas de trás. Só numa Cecilia Vanger era visível, a três quartos.

Digitalizou as fotos, apesar de saber que elas não lhe diriam nada de novo. Voltou a guardar tudo na caixa e comeu uma sanduíche enquanto pensava no assunto. Em seguida, foi procurar Anna.

– Acha que o Henrik tinha outros álbuns além dos que reuniu para a investigação sobre o desaparecimento da Harriet?

– Sim, o Henrik sempre se interessou pela fotografia... desde muito novo, segundo me disseram. Tem montes de álbuns no escritório.

– Pode mostrar-mos?

A relutância dela foi evidente. Uma coisa era emprestar-lhe a chave da cripta – aí era Deus que mandava, ao fim e ao cabo –, outra muito diferente deixá-lo entrar no escritório de Henrik Vanger. A jurisdição divina não chegava até aí. Mikael sugeriu-lhe que telefonasse a Frode. Finalmente, ela aceitou deixá-lo entrar. Quase um metro da prateleira inferior da estante era ocupado por álbuns de fotografias. Muitas eram obviamente muito anteriores aos tempos de Henrik. As mais antigas datavam dos anos de 1870 e mostravam homens de ar duro e mulheres de ar austero. Havia fotos dos pais de Henrik. Uma mostrava o pai a celebrar o S. João em Sandhamn com um grande e alegre grupo, em 1906. Outra, também de Sandhamn, mostrava Fredrik Vanger e a mulher Ulrika sentados a uma mesa com Anders Zorn e Albert Engström. Outras ainda mostravam operários em fábricas e em escritórios. Descobriu o capitão Oskar Granath, que transportara Henrik Vanger e a sua amada Edith Lobach até Karlskrona.

Anna apareceu com uma chávena de café. Mikael agradeceu-lhe. Entretanto, tinha chegado aos tempos modernos e estava a ver imagens de Henrik Vanger no seu auge, a inaugurar fábricas, a cumprimentar Tage Erlander, uma de Vanger com Marcus Wallenberg – os dois capitalistas olhavam sombriamente um para o outro.

No mesmo álbum encontrou um conjunto sobre o qual Henrik escrevera a lápis: «Reunião de Família, 1966.» Duas fotos a cores mostravam homens a conversar e a fumar charuto. Reconheceu Henrik, Harald, Greger e vários outros parentes masculinos do lado de Johan Vanger. Duas fotografias mostravam um jantar de cerimónia, 40 homens e mulheres sentados à mesa, todos a olhar para a câmara.

As fotos tinham sido tiradas depois de terminado o drama na ponte, mas antes de alguém se ter apercebido do desaparecimento de Harriet. Estudou os rostos. Era um jantar no qual ela deveria ter estado presente. Saberia algum dos homens que tinha desaparecido? As fotos não davam qualquer resposta.

Então, de repente, engasgou-se com o café. Começou a tossir e endireitou-se na cadeira.

No extremo mais afastado da mesa sentava-se Cecilia Vanger, com o seu vestido claro, a sorrir para a câmara. Ao lado dela, sentava-se outra mulher loura de cabelos compridos e um vestido igualmente claro. Eram tão parecidas que poderiam ser gémeas. E, de repente, a peça do quebra-cabeças encaixou no lugar. Não era Cecilia que estava à janela do quarto de Harriet, era Anita, a irmã dois anos mais nova e que agora vivia em Londres.

O que fora que Lisbeth dissera? *A Cecilia Vanger aparece em muitas das fotografias.* Mas não era isso. Havia duas raparigas, e a sorte quisera... até ao momento... que nunca tivessem sido vistas juntas na mesma foto. Nas fotografias a preto e branco, à distância, pareciam iguais. Henrik Vanger sempre fora, presumivelmente, capaz de distinguir as duas irmãs, mas para Mikael e Lisbeth eram tão parecidas que tinham assumido tratar-se de uma única pessoa. E nunca ninguém lhes apontara o erro porque nunca lhes tinha ocorrido perguntar.

Voltou a página e sentiu os cabelos da nuca eriçarem-se-lhe. Foi como se uma rajada de vento gelado tivesse atravessado o escritório.

Eram fotografias tiradas no dia seguinte, quando tinham começado a procurar Harriet. Um jovem inspector Morell dava instruções a um grupo de busca constituído por dois polícias uniformizados e dez homens equipados com botas de mato e prontos para começar. Vanger usava uma gabardina à altura dos joelhos e um chapéu inglês, de aba curta.

No lado esquerdo da fotografia via-se um jovem ligeiramente para o encorpado, de cabelos claros e semicompridos. Vestia um comprido *anorak* com uma faixa vermelha nos ombros. A imagem era muito nítida. Mikael reconheceu-o imediatamente – e ao *anorak* –, mas, só para ter a certeza, tirou a fotografia do álbum e foi perguntar a Anna se reconhecia o homem.

– Sim, claro, é o Martin.

Lisbeth Salander foi escavando ano após ano de recortes de imprensa, avançando por ordem cronológica. Começou em 1949 e trabalhou daí para a frente. O arquivo era imenso. Durante o período de maior relevância, o Grupo aparecia referido nos meios de comunicação praticamente todos os dias, não só na imprensa local mas também a nível nacional. Havia análises financeiras, negociações com sindicatos, ameaças de greve, inauguração e encerramento de fábricas, relatórios anuais, mudanças de directores, novos produtos que eram lançados. Um autêntico dilúvio de notícias. *Clique. Clique. Clique.* O cérebro de Lisbeth funcionava a toda a velocidade enquanto ela examinava e absorvia a informação contida nas páginas que o tempo amarelecera.

Ao cabo de várias horas teve uma ideia. Perguntou à directora dos arquivos se havia algum mapa que mostrasse onde o Grupo Vanger tinha fábricas ou empresas durante os anos cinquenta e sessenta.

Bodil Lindgren olhou para ela com indisfarçada frieza. Não estava nada feliz por dar a uma desconhecida autorização para entrar no santo dos santos dos arquivos do Grupo, por ser obrigada a permitir-lhe examinar os documentos que quisesse. E, ainda por cima, aquela rapariga parecia uma anarquista de 15 anos e meio apatetada. Mas Herr Frode dera-lhe instruções inequívocas. Aquela miúda era livre de ver o que quisesse. E era urgente. Apresentou os relatórios dos anos que Lisbeth queria ver; cada um deles incluía um mapa das filiais do Grupo por toda a Suécia.

Lisbeth olhou para os mapas e viu que o Grupo tinha muitas fábricas, escritórios e pontos de venda. Em cada um dos lugares onde fora cometido um assassínio, havia também um ponto vermelho, por vezes vários, indicando a presença do Grupo Vanger.

Encontrou a primeira ligação em 1957. Rakel Lunde, Landskrona, fora encontrada morta um dia depois de a V&C Construções ter conseguido um contrato no valor de vários milhões para uma *galleria* na cidade. V&C significava Vanger e Carlén. O jornal local entrevistara Gottfried Vanger, que se deslocara a Landskrona para assinar o contrato. Lisbeth recordou qualquer coisa que lera no relatório da investigação policial na esquadra central de Landskrona. Rakel Lunde, vidente nos seus tempos livres, fazia limpezas. Tinha trabalhado na V&C Construções.

Às sete da tarde, já Mikael ligara para Lisbeth uma dúzia de vezes, e de todas elas o telemóvel estivera desligado. Lisbeth não queria ser incomodada.

Mikael deambulou, agitado, pela casa. Tinha ido buscar as notas de Henrik Vanger a respeito das actividades de Martin no dia em que Harriet desaparecera.

Em 1966, Martin Vanger frequentava o último ano pré-universitário num colégio de Uppsala. *Uppsala. Lena Andersson, dezassete anos, aluna pré-universitária. Cabeça separada do corpo.*

Henrik mencionara o facto, mas Mikael tivera de consultar as suas notas para encontrar a passagem. Martin fora um rapaz introvertido. Tinham-se preocupado com ele. Quando o pai morrera afogado, Isabella resolvera mandá-lo para Uppsala – uma mudança de ambiente –, onde ficara alojado em casa de Harald Vanger. *Harald e Martin?* Não batia certo.

Martin Vanger não tivera lugar no carro de Harald para a viagem até Hedeby e perdera um comboio. Chegara ao fim da tarde, de modo que ficara retido do lado errado da ponte. Só conseguira atravessar para a ilha às seis da tarde. Fora recebido pelo próprio Henrik Vanger, entre outros. Henrik situara-o muito para o fundo da lista de pessoas que podiam ter tido alguma coisa que ver com o desaparecimento de Harriet.

Martin afirmara que não tinha visto Harriet naquele dia. Tinha mentido. Chegara a Hedestad mais cedo e estivera na Järnvägsgatan, face a face com a irmã. Mikael podia provar a mentira com fotografias que tinham estado enterradas durante quase quarenta anos. Harriet Vanger vira o irmão e reagira com choque. Dirigira-se à ilha e tentara falar com Henrik, mas desaparecera antes de ter oportunidade de o fazer. *O que é que estavas a pensar dizer-lhe? Uppsala? Mas Lena Andersson, Uppsala, não fazia parte da lista. Não podias saber desse caso.*

A história continuava a não fazer sentido. Harriet desaparecera por volta das três da tarde. Martin estava inquestionavelmente do outro lado da ponte, a essa hora. Aparecia na foto tirada da colina da igreja. Não podia ter feito mal a Harriet, na ilha. Continuava a faltar uma peça no *puzzle*. *Um cúmplice? Anita Vanger?*

Através dos arquivos, Lisbeth viu como a posição de Gottfried Vanger no Grupo fora mudando ao longo do tempo. Com 20 anos em 1947 conhecera Isabella e engravidara-a logo a seguir; Martin Vanger nascera em 1948, e depois disto não restara a mínima dúvida de que os dois jovens tinham de se casar.

Quando Gottfried tinha 22 anos, Henrik Vanger levara-o para a sede do Grupo. Era evidentemente um rapaz talentoso, e talvez Henrik tencionasse prepará-lo para lhe suceder. Chegara à administração com 25 anos, como director-adjunto da Divisão de Desenvolvimento. Uma estrela em ascensão.

Algures em meados dos anos de 1950 a estrela começara a afundar-se. *Bebia. O casamento dele com Isabella estava nas últimas. Os filhos, Harriet e Martin, passavam mal. Henrik dissera basta.* A carreira de Gottfried chegara ao zénite. Em 1956, fora feita uma nova nomeação, fora escolhido um novo director-adjunto para a Divisão de Desenvolvimento. Dois directores-adjuntos: um fazia o trabalho, enquanto Gottfried bebia e se ausentava por longos períodos de tempo.

Gottfried continuava, porém, a ser um Vanger, além de encantador e eloquente. A partir de 1957, o seu trabalho parecera consistir em viajar pelo país para inaugurar fábricas, resolver conflitos locais e espalhar a imagem de que a administração central se preocupava verdadeiramente. *Estamos a enviar um dos nossos próprios filhos para ouvir os vossos problemas, que tomamos muito a sério.*

Lisbeth encontrou uma segunda ligação. Gottfried Vanger participara numa negociação em Karlstad, onde o Grupo comprara uma empresa madeireira. No dia seguinte, a mulher de um agricultor, Magda Lovisa Sjöberg, fora encontrada assassinada.

A terceira ligação apareceu uns escassos 15 minutos mais tarde. Uddevalla, 1962. No dia em que Lea Persson desaparecera, o jornal local entrevistara Gottfried Vanger a respeito de um possível alargamento do porto.

Quando Fru Lindgren quisera fechar os escritórios e ir para casa, às cinco e meia, Lisbeth dissera-lhe que estava muito longe de ter terminado. Podia ir para casa, desde que deixasse as chaves. Ela se encarregaria de fechar a porta. Por esta altura, a directora dos arquivos estava tão furiosa por uma rapariga daquelas se permitir dar-lhe ordens que ligara para Herr Frode. Frode dissera-lhe que Lisbeth Salander podia ficar a noite toda, se quisesse. Faria Fru Lindgren o favor de avisar a segurança para que deixassem Fröken Salander sair quando ela quisesse?

Três horas mais tarde, perto das oito, Lisbeth tinha concluído que Gottfierd Vanger estivera perto dos locais onde pelo menos cinco dos oito assassínios tinham sido cometidos, nos dias anteriores ou posteriores ao evento. Continuava a faltar-lhe informação a respeito dos assassínios de 1949 e 1954. Estudou a fotografia de Gottfried publicada por um jornal. Um homem magro, bem parecido, com cabelos louro escuros; parecia-se bastante com Clark Gable em *E Tudo o Vento Levou*.

Em mil novecentos e quarenta e nove, Gottfried tinha vinte e dois anos. O primeiro assassínio aconteceu no território dele. Hedestad. Rebecka Jacobsson, que trabalhava para o Grupo Vanger. Onde se teriam os dois encontrado. O que foi que ele lhe prometeu?

Lisbeth mordeu o lábio. O problema era que Gottfried Vanger morrera afogado, quando estava bêbedo, em 1965, e o último assassínio fora cometido em Uppsala, em Fevereiro de 1966. Perguntou a si mesma se estaria enganada ao acrescentar Lena Andersson, a estudante de 17 anos, à lista. *Não. Pode não ser a mesma assinatura, mas foi a mesma paródia da Bíblia. Têm de estar relacionados.*

◆

Às nove horas, começou a escurecer. Estava frio e chuviscava. Mikael estava na cozinha, a tamborilar com os dedos no tampo da mesa, quando o *Volvo* de Martin Vanger atravessou a ponte e virou em direcção ao promontório. Por qualquer razão, o facto pareceu precipitar as coisas.

Não sabia o que fazer. Todo o seu ser ardia em desejos de fazer perguntas... iniciar uma confrontação. Não era certamente a atitude mais sensata, se suspeitava que Martin Vanger era um louco criminoso que matara a irmã e uma rapariga em Uppsala, e que quase conseguira matá-lo também a ele. Mas Martin era também um íman. E não sabia o que ele sabia; podia ir falar com ele a pretexto de... bem, queria devolver a chave da cabana de Gottfried. Fechou a porta e encaminhou-se para o promontório.

A casa de Harald Vanger estava às escuras, como sempre. Na de Henrik estavam todas as luzes apagadas excepto a do quarto voltado para o quintal. Anna já se tinha deitado. Também não havia luzes na casa de Isabella. Cecilia não estava. Havia luzes acesas no primeiro piso da casa de Alexander, mas nenhuma nas duas ocupadas por pessoas que não pertenciam à família Vanger. Não encontrou vivalma.

Deteve-se, hesitante, diante da *villa* de Martin Vanger, pegou no telemóvel e marcou o número de Lisbeth. Mais uma vez, não obteve resposta. Desligou o aparelho, para que não se pusesse a tocar no momento menos oportuno.

Havia luzes no rés-do-chão. Atravessou o relvado e parou a alguns metros da janela da cozinha, mas não viu ninguém. Continuou a contornar a casa, detendo-se diante de cada janela. Nem sinais de Martin. Em contrapartida, descobriu que uma pequena porta lateral que dava acesso à garagem estava entreaberta. *Não sejas estúpido.* Mas não conseguiu resistir à tentação de espreitar.

A primeira coisa que viu em cima de uma bancada de carpinteiro foi uma caixa, aberta, de munições para espingarda de caçar alces. Depois viu duas latas de gasolina, no chão por baixo da bancada. *Preparativos para mais uma visita nocturna, Martin?*

— Entre, Mikael. Vi-o na estrada.

O coração deu-lhe um salto no peito. Voltou lentamente a cabeça e viu Martin Vanger no escuro, junto de uma porta que dava para a casa.

— Não foi capaz de manter-se afastado, pois não?

A voz era calma, quase amigável.

— Olá, Martin.

— Entre — repetiu Martin. — Por aqui.

Deu um passo em frente e para o lado, estendendo a mão esquerda num gesto de convite. Ergueu a mão direita, e Mikael viu um baço reflexo metálico.

— Tenho uma *Glock* na mão. Não faça nenhum disparate. A esta distância, não posso falhar.

Mikael aproximou-se devagar. Quando chegou junto de Martin, deteve-se e olhou-o nos olhos.

— Tinha de vir. Há tantas perguntas.

— Compreendo. Entre.

Mikael entrou. O corredor levava a um vestíbulo perto da cozinha, mas, antes de lá chegar, Martin fê-lo parar pousando-lhe ao de leve uma mão no ombro.

— Não, não é por aí. À direita. Abra a porta.

A cave. Quando Mikael ia a meio das escadas, Martin accionou um interruptor e a luz acendeu-se. À direita ficava a caldeira. Detectou, à frente, o cheiro a roupa lavada. Martin guiou-o para a esquerda, para uma arrecadação cheia de mobílias velhas e caixas. Ao fundo, havia uma porta metálica, com ferrolho.

— Tome — disse Martin, atirando-lhe um chaveiro. — Abra-a.

Mikael abriu a porta.

— O interruptor é à esquerda.

Mikael tinha aberto a porta do inferno.

Às nove, Lisbeth foi buscar café e uma sanduíche embrulhada em película plástica à máquina de venda automática que vira no corredor. Continuou a passar velhos documentos, procurando quaisquer vestígios da presença de Gottfried Vanger em Kalmar em 1954. Não encontrou nada.

Pensou em ligar a Mikael, mas decidiu dar uma vista de olhos aos boletins internos antes de dar por finda a sessão de trabalho.

O espaço tinha aproximadamente três metros por seis. Mikael calculou que se situava ao longo da fachada norte da casa.

Martin Vanger equipara a sua sala de tortura privada com todo o cuidado. À esquerda havia correntes, argolas de ferro no tecto e no chão, uma mesa com correias de couro onde podia imobilizar as suas vítimas. E o equipamento de vídeo. Um estúdio de gravação. Ao fundo da sala havia uma jaula de aço para os convidados. À direita da porta havia um banco, uma cama e um canto para ver televisão, com cassetes de vídeo numa prateleira.

Mal entraram na sala, Martin apontou-lhe a pistola e ordenou--lhe que se deitasse de bruços no chão. Mikael recusou.

– Muito bem. Nesse caso, dou-lhe um tiro numa rótula.

Apontou. Mikael capitulou. Não tinha alternativa.

Esperara que Martin relaxasse a guarda só por uma fracção de segundo – sabia que venceria qualquer espécie de luta com ele. Tivera uma pequena hipótese no corredor, lá em cima, quando Martin lhe pousara a mão no ombro, mas hesitara. Depois disso, Martin não voltara a aproximar-se. Com uma bala num joelho, não teria a mais pequena possibilidade. Estendeu-se no chão.

Martin aproximou-se por detrás e mandou-o pôr as mãos atrás das costas. Algemou-o. Então, pontapeou-o entre as pernas e esmurrou-o repetida e violentamente.

O que aconteceu a seguir foi como um pesadelo. Martin oscilou entre a racionalidade e a loucura completa. Por momentos perfeitamente calmo, no instante seguinte punha-se a andar de um lado para o outro, como uma fera enjaulada. Pontapeou Mikael várias vezes, e tudo o que Mikael podia fazer era tentar proteger a cabeça e receber os pontapés nas partes moles do corpo.

Durante a primeira meia hora, Martin não disse uma palavra. Depois disso, pareceu recuperar o controlo. Pôs uma corrente à volta do pescoço de Mikael, prendendo-a com um cadeado a uma argola no chão, e saiu. Quando voltou, cerca de um quarto de hora mais tarde, trazia uma garrafa de água de litro. Sentou-se numa cadeira e olhou para Mikael enquanto bebia.

— Posso beber um pouco? — pediu Mikael.

Martin inclinou-se para a frente e deixou-o beber da garrafa. Mikael engoliu avidamente.

— Obrigado.

— Ainda tão bem-educado, *Super Blomkvist*.

— Porquê os murros e os pontapés? — perguntou Mikael.

— Porque me fez ficar muito zangado. Merece ser castigado. Porque não voltou para casa? Precisavam de si na *Millennium*. Estava a falar a sério... podíamos tê-la transformado numa grande revista. Podíamos ter trabalhado juntos durante anos.

Mikael fez uma careta e tentou colocar o corpo numa posição mais confortável. Estava indefeso. Tudo o que tinha era a voz.

— Assumo que está a dizer que a oportunidade passou — disse.

Martin Vanger riu-se.

— Lamento, Mikael. Mas, claro, sabe perfeitamente que vai morrer aqui em baixo.

Mikael assentiu com a cabeça.

— Como diabo me descobriu, você e aquele cabra anoréctica que envolveu nisto?

— Mentiu a respeito do que fez no dia em que a Harriet desapareceu. Estava em Hedestad na altura do desfile do Dia da Criança. Foi lá fotografado, a olhar para a Harriet.

— Foi por isso que foi a Norsjö?

— Para conseguir a foto, sim. Foi tirada por um casal em lua-de-mel que por acaso estava em Hedestad.

Abanou a cabeça.

— Isso é uma estúpida mentira — disse Martin.

Mikael pensava a toda a velocidade. O que dizer para impedir ou adiar a execução?

— Onde está a fotografia?

— O negativo? Num cofre do Handelsbanken, aqui em Hedestad... Não sabia que aluguei um cofre? — Mentia sem problema. — Há cópias espalhadas por diversos lugares. No meu computador e no da rapariga, no *server* da *Millennium* e no da Milton Security, que é onde a rapariga trabalha.

Martin esperou, a tentar decidir se Mikael estava ou não a fazer *bluff*.

— O que é que a rapariga sabe?

Mikael hesitou. Lisbeth era, naquele momento, a sua única esperança de salvação. Que pensaria ela quando chegasse a casa e não o encontrasse? Tinha deixado a foto de Martin com o *anorak* em cima da mesa da cozinha. Faria a ligação? Daria o alerta? *Não vai chamar a polícia*. O pesadelo era ela ir a casa de Martin Vanger e tocar à campainha, exigindo saber onde ele estava.

— Responda — exigiu Martin, numa voz gelada.

— Estou a pensar. Sabe quase tanto como eu, talvez até mais. Sim, acho que sabe mais do que eu. É muito inteligente. Foi ela que fez a ligação com a Lena Andersson.

— A Lena Andersson? — o tom de Martin foi de perplexidade.

— A rapariga que torturou e matou em Uppsala, em sessenta e seis. Não me diga que se esqueceu?

— Não sei do que é que está a falar. — Mas, pela primeira vez, parecia abalado. Nunca antes ninguém fizera a ligação. Lena Andersson não estava incluída na agenda de Harriet.

— Martin — disse Mikael, no tom mais calmo de que foi capaz. — Acabou-se. Pode matar-me, mas acabou-se. Já demasiadas pessoas sabem.

Martin recomeçou a andar de um lado para o outro.

Não posso esquecer que ele é irracional. O gato. Podia ter trazido o gato para aqui, mas levou-o para a cripta da família. Martin deteve-se.

— Penso que está a mentir. Você e a Salander são os únicos que sabem alguma coisa. É óbvio que não falou com ninguém, ou a polícia já aqui estava. Um belo incêndio na casa de hóspedes, e lá se vão as provas.

— E se estiver enganado?

— Se estiver enganado, então acabou-se verdadeiramente. Mas não acredito que esteja. Aposto que está a fazer *bluff*. Além disso, que alternativa me resta? Vou ter de pensar um pouco nisto. Essa sua puta anoréctica é o elo mais fraco.

— Voltou a Estocolmo à hora do almoço.

Martin riu.

— Vá, continue a mentir, Mikael. Está nos arquivos da sede do Grupo Vanger desde o início da tarde.

Mikael sentiu o coração afundar-se-lhe no peito. *Ele sabe. Sempre soube.*

— Exactamente. O plano era visitar os arquivos e depois ir para Estocolmo – disse Mikael. – Não sabia que tinha ficado tanto tempo.

— Pare com essa trampa, Mikael. A directora dos arquivos telefonou-me a dizer que o Dirch deu ordens para a rapariga ficar até tão tarde quanto quisesse. O que significa que vai regressar a casa. A segurança avisar-me-á logo que ela sair.

4.ª PARTE

OPA HOSTIL

11 de Julho – 30 de Dezembro

NA SUÉCIA, 92% DAS MULHERES QUE FORAM VÍTIMAS
DE AGRESSÃO SEXUAL NÃO DENUNCIARAM À POLÍCIA
O INCIDENTE VIOLENTO MAIS RECENTE

CAPÍTULO 24

SEXTA-FEIRA, 11 DE JULHO – SÁBADO, 12 DE JULHO

MARTIN VANGER INCLINOU-SE e revistou os bolsos de Mikael. Tirou-lhe a chave de casa.

— Foi inteligente, aquilo de mudar a fechadura – disse. – Vou ocupar-me da sua namorada quando ela voltar.

Mikael recordou a si mesmo que Martin era um negociador com experiência de muitas batalhas industriais já tinha detectado o *bluff*.

— Porquê?

— Porquê o quê?

— Tudo isto. – Mikael fez um gesto vago, abarcando o espaço que o rodeava.

Martin voltou a inclinar-se e segurou-lhe o queixo, erguendo-lhe a cabeça de modo a poderem olhar-se nos olhos.

— Porque é tão fácil – disse. – Estão constantemente a desaparecer mulheres. Ninguém dá pela falta delas. Imigrantes. Prostitutas russas. Passam milhares de pessoas pela Suécia todos os anos.

Largou-lhe o queixo e endireitou-se.

As palavras dele atingiram Mikael como um murro no estômago.

Santo Deus. Isto não é nenhum policial histórico. O Martin Vanger continua a matar mulheres. E eu vim cair no meio de tudo isto...

— Por acaso, não tenho nenhuma convidada, de momento. Mas talvez o divirta saber que enquanto você e o Henrik passavam o tempo a tagarelar, durante o Inverno e a Primavera, estava aqui uma rapariga. Irina, da Bielorrússia. Enquanto nós os dois jantávamos, ela estava aqui em baixo. Foi uma noite agradável, não foi?

Empoleirou-se na mesa, deixando as pernas a oscilar. Mikael fechou os olhos. Subitamente, sentiu acidez na garganta e fez um esforço para engolir. A dor no ventre e nas costelas pareceu aumentar.

— O que é que faz com os corpos?

— Tenho o barco no pontão, mesmo aqui ao pé da casa. Levo-os para o mar, para bem longe. Ao contrário do meu pai, não deixo vestígios. Mas ele também era esperto. Espalhava as suas vítimas por toda a Suécia.

As peças do quebra-cabeças estavam a encaixar nos respectivos lugares.

Gottfried Vanger. De mil novecentos e quarenta e nove a mil novecentos e sessenta e cinco. Depois Martin Vanger, a partir de mil novecentos e sessenta e seis, em Uppsala.

— Admira o seu pai.

— Foi ele que me ensinou. Iniciou-me quando eu tinha catorze anos.

— Uddevalla. Lea Persson.

— É muito espertinho, não é? Sim, estava lá. Limitei-me a observar, mas estava lá.

— Mil novecentos e sessenta e quatro. Sara Witt, em Ronneby.

— Tinha dezasseis anos. Foi a primeira vez que tive uma mulher. O meu pai ensinou-me. Fui eu que a estrangulei.

Está a vangloriar-se. Santo Deus, que família revoltante e doentia.

— Não faz a mínima ideia de como tudo isto é demencial.

— É uma criaturinha muito vulgar, Mikael. Nunca seria capaz de compreender a sensação de ter poder absoluto sobre a vida e a morte de alguém. É como ser Deus.

— Você gosta de torturar e matar mulheres, Martin.

— Não, julgo que não. Se tivesse de fazer uma análise intelectual do meu estado, diria que sou mais um violador em série do que um assassino em série. Na realidade, sou acima de tudo um raptor em série. O matar é uma consequência natural, por assim dizer, porque tenho de esconder o meu crime.

Claro que as minhas acções não são socialmente aceitáveis, mas o meu crime é antes e acima de tudo um crime contra as convenções da sociedade. A morte só acontece no final da estada das minhas convidadas aqui, depois de eu me fartar delas. É sempre tão fascinante ver o desapontamento.

— Desapontamento?

— Exactamente. *Desapontamento.* Imaginam que, se me agradarem, poderão viver. Começam a confiar em mim e desenvolvem uma certa camaradagem comigo, esperando, até ao último instante, que essa camaradagem signifique qualquer coisa. O desapontamento surge quando, finalmente, compreendem que foram enganadas.

Martin contornou a mesa e foi encostar-se às grades da jaula de ferro.

— Você, com as suas convenções pequeno-burguesas, nunca poderia compreender isto, mas a excitação vem de planear o rapto. Não se fazem por impulso... esse tipo de raptor acaba invariavelmente por ser apanhado. É uma ciência com milhares de pormenores que têm de ser tidos em conta. Tenho de identificar a minha presa, cartografar-lhe a vida, quem é, de onde vem, como posso estabelecer contacto, o que tenho de fazer para ficar sozinho com ela sem revelar o meu nome ou ter de aparecer em qualquer futura investigação policial.

Cala-te, pelo amor de Deus, pensou Mikael.

— Está realmente interessado em tudo isto, Mikael?

Martin inclinou-se e acariciou-lhe a face. O contacto foi quase terno.

— Compreende que isto só pode acabar de uma maneira, não é verdade? Importa-se que fume?

— Podia oferecer-me um cigarro — disse Mikael.

Martin acendeu dois cigarros e colocou-lhe cuidadosamente um entre os lábios, deixando-o inspirar um longo hausto.

— Obrigado — disse Mikael, automaticamente.

Martin Vanger voltou a rir.

— Está a ver? Já está a adoptar o princípio da submissão. Tenho a sua vida nas minhas mãos, Mikael. Você sabe que posso liquidá-lo de um momento para o outro. Negociou comigo para melhorar a sua qualidade de vida, e fê-lo usando a razão e um pouco de boas maneiras. E foi recompensado.

Mikael assentiu. O coração batia-lhe com tanta força que era quase insuportável.

Às onze e um quarto, Lisbeth Salander bebeu a água que restava na garrafa de plástico enquanto passava as páginas. Ao contrário de Mikael, que, horas antes, se engasgara com o café, não deixou a água ir-lhe para o goto. Mas abriu muito os olhos ao fazer a ligação.
Clique!
Durante duas horas tinha examinado montes de boletins internos de todos os géneros e tamanhos. O principal chamava-se *Informação sobre a Empresa*. Ostentava o logo da Vanger – uma bandeira sueca a drapejar ao vento, com a ponta a formar uma seta. Era presumivelmente uma criação do Departamento de Publicidade do Grupo e estava cheio de propaganda destinada a levar os empregados a sentirem que faziam parte de uma grande família.

Em Fevereiro de 1967, aproveitando as férias de Inverno, Henrik Vanger, num gesto magnânimo, convidara 50 empregados da sede e as respectivas famílias para uma semana de esqui em Härjedalen. O Grupo tivera lucros recorde no ano anterior. O Departamento de Relações Públicas acompanhara a excursão e fizera uma reportagem fotográfica.

Muitas das fotos, com legendas divertidas, tinham sido tiradas nas pistas. Outras mostravam grupos no bar, com risonhos empregados a empunhar canecas de cerveja. Duas eram de uma pequena cerimónia matinal durante a qual Henrik Vanger proclamara Ulla-Britt Mogren a Melhor Funcionária Administrativa do Ano. Mogren recebera um bónus de 500 coroas e uma taça de vidro.

O evento decorrera no terraço do hotel, com toda a gente já claramente preparada para regressar às pistas. A imagem mostrava 20 pessoas.

No extremo direito, atrás de Henrik Vanger, estava um homem de compridos cabelos loiros. Vestia um *anorak* escuro com uma faixa nos ombros. Sendo a publicação a preto e branco, não se conseguia distinguir a cor da faixa, mas Lisbeth estava disposta a apostar a vida em como era vermelha.

A legenda explicava a ligação. «...no canto direito, Martin Vanger (19), que estuda em Uppsala. Já se fala dele como alguém com um futuro promissor na administração do Grupo.»

— Apanhei-te — disse Lisbeth, em voz baixa.

Apagou o candeeiro e deixou os montes de boletins em cima da secretária — *alguma coisa para a cabra da Lindgren ter de fazer amanhã de manhã.*

Saiu para o parque de estacionamento usando uma porta lateral. Enquanto a porta se fechava, lembrou-se de ter prometido avisar o segurança quando se fosse embora. Deteve-se e olhou para o parque de estacionamento. O gabinete do guarda ficava no lado oposto do edifício. O que significava que teria de contornar a porcaria do casarão. *Que se lixe,* decidiu.

Antes de pôr o capacete ligou o telemóvel e marcou o número de Mikael. Uma mensagem informou-a de que o assinante não estava disponível. Mas também viu que ele tentara ligar-lhe nada menos que 13 vezes entre as três e meia e as nove horas. Nas duas últimas horas, nenhuma chamada.

Tentou o número da casa de hóspedes, mas não obteve resposta. Franziu a testa, pôs a sacola com o portátil ao ombro e arrancou. O percurso desde a sede do Grupo Vanger, à entrada da zona industrial de Hedestad, até à ilha de Hedeby demorou dez minutos. Havia uma luz acesa na cozinha.

Olhou em redor. A sua primeira ideia foi que Mikael tinha ido falar com Frode, mas já na ponte tinha reparado que não havia luzes acesas em casa do advogado, do outro lado do canal. Consultou o relógio: 20 para a meia-noite.

Entrou em casa, abriu o armário e tirou de lá os dois portáteis que usava para gravar as imagens das câmaras de segurança que tinha instalado. Levou algum tempo a correr a sequência de acontecimentos.

Às 15h32, Mikael entrara em casa.

Às 16h03, bebera uma chávena de café no quintal. Tinha na mão uma pasta, que estudou. Fez três rápidos telefonemas durante a hora que passou no jardim. Os três telefonemas correspondiam exactamente às chamadas que ela não tinha atendido.

Às 17h21, Mikael saíra. Voltara menos de quinze minutos mais tarde.

Às 18h20, fora até à cancela e olhara na direcção da ponte.

Às 21h03, voltara a sair. E não regressara.

Lisbeth viu em ritmo acelerado as imagens do outro portátil, ligado à câmara que fotografava a cancela e a rua em frente da porta. Podia ver quem tinha passado durante o dia.

Às 19h12, Nilsson chegou a casa.

Às 19h42, o *Saab* pertencente a Östergården passou em direcção a Hedestad.

Às 20h02, o *Saab* voltou.

Às 21h00, o carro de Martin Vanger passou na rua. Três minutos mais tarde, Mikael saiu de casa.

Às 21h50, Martin Vanger apareceu no campo de visão da câmara. Manteve-se junto à cancela durante mais de um minuto, a olhar para a casa, e em seguida espreitou pela janela da cozinha. Foi até ao alpendre e tentou abrir a porta com uma chave. Deve ter descoberto que tinham instalado uma fechadura nova. Ficou imóvel por um instante antes de dar meia-volta e ir-se embora.

Lisbeth sentiu um frio enorme gelar-lhe as entranhas.

Martin Vanger voltou a deixá-lo sozinho. Mikael continuava na mesma incómoda posição, com as mãos algemadas atrás das costas e o pescoço preso por uma fina corrente a uma argola cravada no chão. Debateu-se com as algemas, mas sabia que não conseguiria abri-las. Estavam tão apertadas que sentia as mãos dormentes.

Não tinha a mais pequena hipótese. Fechou os olhos.

Não soube quanto tempo tinha passado quando voltou a ouvir os passos de Martin, que, pouco depois, apareceu no seu campo de visão. Parecia preocupado.

– Desconfortável? – perguntou.

– Muito.

– A culpa é toda sua. Devia ter regressado a Estocolmo.

– Porque é que mata, Martin?

— Foi uma escolha que fiz. Podia discutir os aspectos morais e intelectuais daquilo que faço, podíamos falar a noite inteira, mas isso não mudaria nada. Tente ver as coisas da seguinte maneira: um ser humano é uma casca feita de pele que mantém as células, o sangue e os componentes químicos nos respectivos lugares. Muito poucos acabam nos livros de História. A maior parte das pessoas sucumbe e desaparece sem deixar rasto.

— Você mata mulheres.

— Aqueles de nós que matam por prazer... não sou o único a ter este *hobby*... vivem uma vida plena.

— Mas porquê a Harriet? Porquê a sua própria irmã?

Num instante, Martin agarrou-o pelos cabelos.

— Que aconteceu à Harriet, seu filho da mãe? *Diga-me!*

— Que quer dizer com isso? — arquejou Mikael. Tentou voltar a cabeça, para aliviar a dor no couro cabeludo. A corrente apertou-se-lhe à volta do pescoço.

— Você e essa Salander. O que foi que descobriram?

— Largue-me, que diabo. Estamos a falar.

Martin largou-lhe os cabelos e foi sentar-se de pernas cruzadas em frente dele. Tirou um canivete do bolso do casaco e abriu-o. Encostou a ponta à pele por baixo do olho de Mikael. Mikael forçou-se a enfrentar-lhe o olhar.

— O que foi que lhe aconteceu, seu sacana?

— Não compreendo. Pensava que você a tinha matado.

Martin Vanger ficou a olhar para ele durante um longo momento. Então, relaxou. Pôs-se de pé e começou a andar de um lado para o outro, a pensar. Atirou o canivete para o chão e riu-se antes de voltar a enfrentar Mikael.

— A Harriet, a Harriet, sempre a Harriet. Tentámos... falar com ela. O Gottfried tentou ensiná-la. Pensámos que era uma das nossas e que ia aceitar o seu dever, mas era apenas uma vulgaríssima... *puta*. Eu tinha-a sob controlo, ou pelo menos julgava que sim, mas a cabra preparava-se para contar tudo ao Henrik, e compreendi que não podia confiar nela. Mais cedo ou mais tarde, ia falar a alguém a meu respeito.

— Por isso matou-a.

— *Queria* matá-la. *Pensei* nisso, mas cheguei demasiado tarde. Não consegui passar para a ilha.

O cérebro de Mikael tentava esforçadamente absorver esta informação, mas era como se, de repente, se tivesse aberto uma janela com as palavras: SOBRECARGA DE INFORMAÇÃO. MEMÓRIA INSUFICIENTE. Martin Vanger não sabia o que tinha acontecido à irmã.

De repente, Martin tirou o telemóvel do bolso, olhou para o visor e pousou-o em cima da cadeira ao lado da pistola.

— É tempo de acabar com isto. Ainda tenho de liquidar a sua cabra anoréctica.

Tirou de um armário uma fina correia de couro e passou-a à volta do pescoço de Mikael, com um nó corredio. Soltou a corrente que o prendia ao chão, fê-lo pôr-se de pé e empurrou-o contra uma das paredes. Passou a correia por uma argola cravada no tecto, por cima da cabeça dele, e puxou até obrigá-lo a ficar em bicos de pés.

— Está demasiado apertado? Consegue respirar? — Afrouxou um pouco a tensão e prendeu a outra ponta da correia a uma segunda argola, na parede atrás de Mikael. — Não quero que sufoque já.

O nó apertava de tal modo a garganta de Mikael que o impedia de articular uma palavra. Martin olhou atentamente para ele.

De repente, abriu o fecho de correr das calças de Mikael e puxou-as para baixo, juntamente com os *boxers*. Quando lhas tirou, Mikael perdeu o apoio e ficou a balouçar por instantes, suspenso pelo pescoço, antes que as pontas dos dedos dos pés voltassem a estabelecer contacto com o chão. Martin foi até ao armário e regressou com uma tesoura. Cortou a *T-shirt* de Mikael e atirou os pedaços para o chão. Então, foi tomar posição a alguns passos de distância e olhou para a sua vítima.

— Nunca tive aqui um rapaz — disse, numa voz séria. — A verdade é que nunca toquei noutro homem... excepto o meu pai. Era o meu dever.

Mikael sentia as têmporas a latejar furiosamente. Não podia apoiar o peso do corpo nas plantas dos pés sem se estrangular. Tentou usar os dedos das mãos para se agarrar ao betão da parede atrás dele, mas não havia nada a que se agarrar.

— É tempo — disse Martin Vanger.

Agarrou a correia e puxou-a para baixo. No mesmo instante, Mikael sentiu o nó cerrar-se-lhe à volta do pescoço.

— Sempre perguntei a mim mesmo ao que saberá um homem.

Aumentou a tensão da correia e inclinou-se para a frente para beijar Mikael na boca no preciso instante em que uma voz gelada enchia a cave:

— Eh, tu, filho-da-puta. Nesta merda deste buraco tenho direitos exclusivos sobre esse gajo que aí tens.

Mikael ouviu a voz de Lisbeth através de uma névoa vermelha. Conseguiu focar suficientemente o olhar para vê-la à porta da cave. Estava a olhar para Martin com um rosto sem expressão.

— Não... foge... — rouquejou.

Não via a expressão no rosto de Martin, mas sentiu quase fisicamente o choque dele quando se voltou. Por um instante, foi como se o tempo tivesse parado. Então, Martin estendeu a mão para a pistola que tinha deixado em cima da cadeira.

Lisbeth avançou rapidamente três passos e brandiu o taco de golfe que tinha escondido junto ao corpo. O ferro descreveu um amplo arco e atingiu Martin na clavícula, junto ao ombro. A pancada foi desferida com uma força terrível, e Mikael ouviu qualquer coisa estalar. Martin uivou.

— Gostas de dor, bandalho? — perguntou Lisbeth.

A voz dela era áspera como lixa. Nunca, enquanto vivesse, Mikael esqueceria a cara dela quando passou ao ataque. Arreganhava os dentes, como um predador. Os olhos brilhavam, negros como carvão. Movia-se com a velocidade vertiginosa de uma tarântula e parecia totalmente concentrada na sua presa quando voltou a brandir o taco, atingindo Martin nas costelas.

Martin tropeçou na cadeira e caiu. A pistola deslizou pelo chão e foi parar junto aos pés de Lisbeth. Ela afastou-a com um pontapé.

Então, bateu pela terceira vez, quando Martin Vanger estava a tentar pôr-se de pé. Atingiu-o na anca, com uma pancada seca. Um uivo horrível brotou da garganta de Martin. A quarta pancada apanhou-o nas costas, entre as omoplatas.

— Lis...uuth... — arquejou Mikael.

Estava à beira de perder os sentidos, e a dor nas têmporas era quase insuportável.

Lisbeth voltou-se para ele e viu que tinha a cara da cor de um tomate, os olhos muito abertos e a língua a sair-lhe da boca.

Olhou em redor e viu o canivete no chão. Lançou um olhar a Martin Vanger, que estava a tentar rastejar para longe dela, com um braço pendente. Não ia causar-lhe problemas nos segundos mais próximos. Por isso largou o taco de golfe e pegou no canivete. Tinha uma ponta afiada, mas o gume era mau. Pôs-se em bicos de pés e começou a serrar freneticamente a correia de couro. Passaram vários segundos antes que Mikael caísse no chão. Mas o nó continuava a apertar-lhe o pescoço.

Lisbeth voltou a olhar para Martin Vanger. Estava de pé mas dobrado pela cintura. Tentou meter os dedos por baixo da correia. Ao princípio não se atreveu a cortá-la, mas acabou por enfiar a ponta do canivete, fazendo um golpe no pescoço de Mikael na tentativa de afrouxar o nó. Quando finalmente o conseguiu, Mikael fez várias inspirações profundas, trémulas e sibilantes.

Por um instante, Mikael teve a sensação do seu corpo e a sua alma a unirem-se. Tinha uma visão perfeita e conseguia distinguir cada grão de pó naquela cave. Tinha uma audição perfeita e registava cada respiração, cada restolhar de tecido, como se lhe entrassem nos ouvidos através de auscultadores, e apercebeu-se do odor do suor de Lisbeth e do cheiro a couro do blusão dela. Então, a ilusão desfez-se quando o sangue voltou a irrigar-lhe o cérebro.

Lisbeth voltou a cabeça no preciso instante em que Martin Vanger desaparecia porta fora. Pôs-se de pé, pegou na pistola, verificou o carregador e destravou a patilha de segurança. Olhou em redor. As chaves das algemas estavam bem à vista, em cima da mesa.

— Vou apanhá-lo — disse, correndo para a porta. Agarrou as chaves de passagem e atirou-as para trás. Foram cair no chão, ao lado de Mikael.

Ele tentou gritar-lhe que esperasse, mas não conseguiu mais do que um grasnido, e entretanto já ela tinha desaparecido.

◆

Lisbeth não esquecera que Martin Vanger tinha algures uma espingarda e deteve-se, mantendo a pistola à frente do corpo, pronta a disparar, enquanto subia o lanço de escadas até à passagem entre a cozinha e a garagem. Pôs-se à escuta, mas não ouviu qualquer som que lhe dissesse onde estava a sua presa. Avançou silenciosamente em direcção à cozinha, e estava quase lá quando ouviu o motor de um carro lá fora.

Do caminho de acesso viu um par de farolins traseiros passarem pela casa de Henrik Vanger e virarem para a ponte, e correu o mais depressa que pôde. Enfiou a pistola no bolso do blusão, ignorou o capacete e ligou a moto. Segundos mais tarde, estava a atravessar a ponte.

Martin levava talvez noventa segundos de avanço quando ela chegou à rotunda de acesso à E4. Não viu o carro. Travou e desligou o motor, para ouvir.

O céu estava cheio de nuvens negras. Viu no horizonte uma sugestão de alvorada. Então, ouviu o ruído de um motor e viu de relance uns farolins traseiros na E4, a seguir para sul. Accionou o pedal de arranque, engatou a mudança e passou por baixo do viaduto. Ia a 70 quilómetros por hora quando abordou a curva da rampa de acesso. Não havia tráfego. Acelerou a fundo e saltou para a frente. Quando a estrada começou a curvar, contornando uma colina, ia a 150 quilómetros por hora, mais ou menos o máximo que a pequena moto conseguia dar numa descida. Ao cabo de dois minutos viu as luzes a cerca de 600 metros mais à frente.

Analisar consequências. Que faço agora?

Abrandou para uns mais razoáveis 120, mantendo a distância. Perdeu-o de vista durante alguns segundos quando entraram numa série de curvas. Chegaram então a uma longa recta, e ela ia apenas 200 metros atrás.

Martin deve ter visto o farol da moto e aumentou a velocidade no início de uma longa curva. Lisbeth acelerou também, mas perdia terreno ao curvar.

Viu os faróis do camião que se aproximava. Martin Vanger também os viu. Voltou a acelerar e, bruscamente, passou para a faixa contrária. Lisbeth viu o camião tentar travar e fazer sinais de luzes, mas a colisão era inevitável. O estrondo do embate foi terrível.

Lisbeth travou. Viu o atrelado começar a atravessar-se na faixa dela. À velocidade a que ia demorou dois segundos a chegar ao local do acidente. Acelerou e desviou-se para a berma, escapando ao atrelado por uma margem de dois metros enquanto este passava como uma bala. Viu, pelo canto do olho, as chamas que se erguiam da frente do camião.

Continuou em frente, a desacelerar e a pensar, por mais 150 metros antes de parar e olhar para trás. Viu o condutor do camião descer da cabina pelo lado do passageiro. Voltou a acelerar. Em Åkerby, dois quilómetros mais adiante, virou à esquerda e apanhou a velha estrada nacional que seguia para norte, paralela à E4. Subiu uma colina passando pelo local do acidente. Dois carros tinham parado. Grandes chamas envolviam o carro de Martin, metido como uma cunha debaixo do camião. Um homem tentava apagá-las com um pequeno extintor.

Pouco depois, Lisbeth atravessava a ponte a baixa velocidade. Deixou a moto diante da casa de hóspedes e foi a pé até à *villa* de Martin.

Mikael ainda estava a debater-se com as algemas. Tinha as mãos tão entorpecidas que não conseguia agarrar a chave. Lisbeth libertou-o e abraçou-o com força quando o sangue recomeçou a circular pelas pontas dos dedos.

– O Martin? – perguntou Mikael, com uma voz rouca.

– Morto. Enfaixou-se num camião uns poucos quilómetros a sul daqui, na E4.

Mikael olhou para ela. Tinham decorrido poucos minutos desde que ela saíra.

– Temos de... chamar a polícia – sussurrou. Começou a tossir violentamente.

– Porquê? – perguntou Lisbeth.

◆

Durante dez minutos, Mikael foi incapaz de pôr-se de pé. Continuava no chão, nu, encostado à parede. Massajou o pescoço e pegou na garrafa de água com dedos desajeitados. Lisbeth esperou pacientemente que ele começasse a recuperar o sentido do tacto. Dedicou esse tempo a pensar.

— Veste as calças.

Usou os pedaços da *T-shirt* para limpar de impressões digitais as algemas, o canivete e o taco de golfe. Pegou na garrafa de plástico.

— Que estás a fazer?

— Veste-te e despacha-te. O dia está a nascer.

Mikael pôs-se titubeantemente de pé e conseguiu vestir os *boxers* e os *jeans*. Calçou os ténis. Lisbeth enfiou as meias no bolso do blusão e deteve-o.

— Em que foi exactamente que tocaste, aqui em baixo?

Mikael olhou em redor. Tentou lembrar-se. Por fim, disse que não tinha tocado em nada excepto a porta e as chaves. Lisbeth descobriu as chaves no bolso do casaco de Martin, que ficara pendurado nas costas da cadeira. Limpou a maçaneta da porta e o interruptor e apagou a luz. Ajudou Mikael a subir as escadas da cave e disse-lhe que esperasse no corredor enquanto ela repunha o taco de golfe no seu lugar. Quando voltou, trazia uma *T-shirt* escura pertencente a Martin.

— Veste isto. Não quero que alguém te veja a andar por aí de tronco nu, esta noite.

Mikael compreendeu que estava em estado de choque. Lisbeth assumira o comando, e ele obedeceu passivamente às suas instruções. Ela ajudou-o a sair de casa de Martin. Apoiou-o durante todo o caminho. Mal entraram em casa, fê-lo parar.

— Se alguém nos viu e perguntar o que andámos a fazer na rua esta noite, fomos dar um passeio até ao promontório e fizemos amor.

— Lisbeth, não posso...

— Vai tomar duche. *Já.*

Ajudou-o a despir as roupas e empurrou-o para a casa de banho. Em seguida, pôs água a ferver para o café e preparou meia dúzia de sanduíches de pão de centeio com queijo, salsicha de fígado e *pickles*. Estava sentada à mesa da cozinha, a pensar furiosamente, quando ele entrou a coxear. Examinou as nódoas negras e arranhões que lhe cobriam o corpo. O nó da correia apertara com tanta força que lhe deixara uma marca vermelho-escura à volta do pescoço, e o canivete fizera-lhe um corte na pele, do lado esquerdo.

– Vai para a cama – disse.

Improvisou ligaduras e cobriu a ferida com uma compressa. Então, encheu uma chávena de café e estendeu-lhe uma sanduíche.

– Não tenho fome – disse ele.

– Não quero saber se tens fome ou não. Come – ordenou Lisbeth, dando uma grande dentada na sua própria sanduíche de queijo.

Mikael fechou os olhos por um instante, e então sentou-se e arriscou uma dentada. Doía-lhe tanto a garganta que mal conseguia engolir.

Lisbeth despiu o blusão de couro e foi à casa de banho buscar um boião de pomada que tirou do seu saco de *toilette*.

– Deixa o café arrefecer um pouco. Deita-te de barriga para baixo.

Passou cinco minutos a massajar-lhe as costas e a esfregá-lo com o linimento. Em seguida, voltou-o e aplicou o mesmo tratamento à frente.

– Vais ficar cheio de nódoas negras durante algum tempo.

– Lisbeth, temos de chamar a polícia.

– Não – respondeu ela, com tanta veemência que Mikael abriu muito os olhos, surpreendido. – Se chamares a polícia, vou-me embora. Não quero ter nada que ver com eles. O Martin Vanger está morto. Morreu num acidente de viação. Estava sozinho no carro. Não há testemunhas. Deixa que seja a polícia ou outra pessoa qualquer a descobrir a porra da câmara de tortura. Tu e eu sabemos tanto da sua existência como o resto da população da aldeia.

– Porquê?

Ela ignorou-o e começou a massajar-lhe as coxas.

– Lisbeth, não podemos...

– Se continuas a chatear-me, arrasto-te de volta à gruta do Martin e deixo-te lá acorrentado.

Enquanto ela dizia isto, Mikael adormeceu, tão repentinamente como se tivesse desmaiado.

CAPÍTULO 25

SÁBADO, 12 DE JULHO – SEGUNDA-FEIRA, 14 DE JULHO

MIKAEL ACORDOU SOBRESSALTADO às cinco da manhã, a agatanhar o pescoço para se ver livre do nó. Lisbeth entrou no quarto e segurou--lhe as mãos, obrigando-o a ficar quieto. Ele abriu os olhos e olhou para ela, atarantado.

— Não sabia que jogavas golfe — disse, voltando a fechar os olhos.

Lisbeth ficou sentada na cama um par de minutos, até ter a certeza de que ele tinha adormecido, e então voltou à cave de Martin Vanger para examinar e fotografar o local do crime. Além dos instrumentos de tortura, tinha encontrado uma colecção de revistas de pornografia violenta e um grande número de fotografias Polaroid guardadas em álbuns.

Não havia qualquer diário. Em contrapartida, encontrou duas pastas A4 com fotografias de passaportes e notas manuscritas a respeito das mulheres. Enfiou os álbuns num saco de *nylon*, juntamente com o portátil PC Dell de Martin, que estava em cima de uma mesa, no rés-do-chão. Enquanto Mikael dormia, prosseguiu o exame ao computador e às pastas de arquivo. Já passava das seis quando desligou o computador. Acendeu um cigarro.

Juntamente com Mikael Blomkvist, empenhara-se na caçada do que ambos julgavam ser um assassino em série do passado. Tinham encontrado algo assustadoramente diferente. Mal podia imaginar os horrores de que devia ter sido palco a cave de Martin Vanger, no meio daquele idílico e ordenado lugar.

Tentou compreender.

Martin Vanger assassinava mulheres desde a década de sessenta, nos 15 últimos anos ao ritmo de uma ou duas vítimas por ano.

Os crimes tinham sido tão discretamente cometidos e tão bem planeados que ninguém sabia sequer que andava um psicopata à solta. Como era aquilo possível?

As pastas de arquivo continham uma parte da resposta.

As vítimas eram frequentemente recém-chegadas, jovens imigrantes que não tinham amigos ou contactos sociais na Suécia. Havia também prostitutas e criaturas marginalizadas pela sociedade, com histórias de abuso de drogas e outros problemas.

Graças aos seus próprios estudos sobre a psicologia do sadismo sexual, Lisbeth ficara a saber que aquele tipo de assassino coleccionava habitualmente recordações das suas vítimas. Essas recordações funcionavam como momentos que o assassino podia usar para recriar uma parte do prazer que sentira. Martin Vanger desenvolvera esta peculiaridade mantendo um «livro da morte», em que catalogava e classificava as suas vítimas. Descrevia os sofrimentos por que as fazia passar. Documentava os seus crimes com vídeos e fotografias.

A violência e a morte eram o objectivo, mas Lisbeth chegou à conclusão de que o principal interesse de Martin Vanger era a caçada. Tinha no portátil uma base de dados com uma lista de mais de cem mulheres. Havia empregadas do Grupo Vanger, criadas de restaurantes que ele frequentava regularmente, recepcionistas de hotéis, funcionárias da Segurança Social, secretárias de homens de negócios seus conhecidos, e muitas outras. Ao que parecia, marcara praticamente todas as mulheres com que alguma vez entrara em contacto.

Matara apenas uma parte delas, mas todas as mulheres nas suas proximidades eram vítimas potenciais. A catalogação tinha a marca de um *hobby* apaixonado, a que devia ter dedicado horas incontáveis.

É casada ou solteira? Tem filhos e família? Onde trabalha? Onde mora? Que carro conduz? Que estudos fez? Cor do cabelo? Cor da pele? Figura?

A recolha de informação pessoal sobre potenciais vítimas devia ter constituído uma parte significativa das fantasias sexuais de Martin Vanger. Era antes de mais nada um caçador, e só depois um assassino.

Quando acabou a leitura, encontrou um pequeno sobrescrito numa das pastas e, dentro do sobrescrito, duas fotos Polaroid muito manuseadas e esmaecidas. A primeira era de uma rapariga de cabelos escuros sentada a uma mesa. Vestia *jeans* escuros e estava nua da cintura para cima, revelando dois seios pequenos e pontiagudos. Desviara o rosto da câmara e estava a levantar um braço num gesto de defesa, como se o fotógrafo a tivesse surpreendido. Na segunda foto estava completamente nua, deitada de bruços sobre uma colcha azul. Continuava a voltar o rosto à câmara.

Lisbeth enfiou o sobrescrito com as fotos no bolso do blusão. Depois disso, atirou as pastas de arquivo para dentro da salamandra e acendeu um fósforo. Quando acabou, espalhou as cinzas com o atiçador. Chovia torrencialmente quando foi dar um pequeno passeio e, ajoelhando-se como que para apertar um atacador, deixou o portátil de Martin Vanger deslizar discretamente para o canal, debaixo da ponte.

Quando Frode irrompeu porta adentro, às sete e meia, Lisbeth estava sentada à mesa da cozinha a fumar um cigarro e a beber café. O advogado estava lívido e tinha o ar de ter tido um cruel despertar.

— Onde está o Mikael? — perguntou.

— Ainda a dormir.

Frode sentou-se pesadamente numa cadeira da cozinha. Lisbeth encheu uma chávena de café e empurrou-a na direcção dele.

— O Martin... acabo de saber que o Martin morreu num acidente de viação, ontem à noite.

— É pena — disse Lisbeth, beberricando um golo de café.

Frode ergueu a cabeça. Primeiro olhou para ela, sem compreender. Então, abriu muito os olhos.

— Que...?

— Teve um acidente. Que aborrecido.

— O que é que sabe a este respeito?

— Enfaixou o carro num camião. Foi suicídio. A pressão, o *stress*, um império financeiro à beira da ruína, dúvidas. Demasiado para ele. Pelo menos, é o que suponho que vão dizer os cabeçalhos dos jornais.

Frode parecia à beira de uma apoplexia. Pôs-se de pé e dirigiu-se, com passos inseguros, para o quarto.

— Deixe-o dormir — disse Lisbeth.

Frode olhou para a figura adormecida. Viu as marcas violáceas na cara de Mikael e as contusões no peito. E então viu o sulco vermelho deixado pela correia. Lisbeth tocou-lhe no braço e fechou a porta. Frode recuou e voltou a afundar-se na cadeira da cozinha.

Lisbeth contou-lhe sucintamente o que tinha acontecido durante a noite. Descreveu-lhe a câmara de horrores de Martin Vanger e como tinha encontrado Mikael Blomkvist com um nó ao pescoço e o CEO do Grupo Vanger de pé diante do seu corpo nu. Disse-lhe o que descobrira nos arquivos do Grupo no dia anterior e como estabelecera a possível ligação entre o pai de Martin e a morte de pelo menos sete mulheres.

Frode interrompeu-a apenas uma vez. Quando ela parou de falar, ficou calado durante vários minutos antes de inspirar fundo e perguntar:

— O que é que vamos fazer?
— Não me compete a mim dizê-lo — respondeu Lisbeth.
— Mas...
— Tal como vejo as coisas, nunca pus os pés em Hedestad.
— Não compreendo.
— Dadas as circunstâncias, não quero o meu nome em nenhum relatório da polícia. Não existo em relação a nada disto. Se o meu nome for referido em ligação com a história, negarei ter estado aqui, e recusarei responder a qualquer pergunta.

Frode lançou-lhe um olhar inquisidor.

— Não compreendo.
— Não é preciso que compreenda.
— Então que faço?
— Vai ter de decidir isso sozinho. Mas não me envolva a mim nem ao Mikael.

Frode estava mortalmente pálido.

— Veja as coisas desta maneira: a única coisa que sabe é que o Martin Vanger morreu num acidente de viação. Não faz a mínima ideia de que ele era também um louco, um nojento assassino em série e nunca ouviu falar da sala na cave.

Pousou uma chave em cima da mesa, entre os dois.

— Tem tempo... antes que alguém vá fazer a limpeza à casa e descubra a cave.

— Temos de denunciar isto à polícia.

— *Nós* não temos coisa nenhuma. *Você* pode ir à polícia, se quiser. A decisão é sua.

— Não é possível varrer uma coisa destas para debaixo do tapete.

— Não estou a sugerir que varram seja o que for para debaixo do que quer que seja, só que não me envolvam a mim e ao Mikael. Quando descobrir a sala, tirará as suas próprias conclusões e decidirá o que quer contar.

— Se o que diz é verdade, significa que o Martin raptou e assassinou mulheres... há-de haver famílias desesperadas por não saberem o que aconteceu às filhas. Não podemos...

— Exactamente. Mas há só um pequeno problema. Os corpos desapareceram. Talvez encontrem passaportes ou bilhetes de identidade numa gaveta qualquer. Talvez algumas vítimas possam ser identificadas a partir dos vídeos. Mas não precisa de decidir hoje. Pense bem no assunto.

Frode parecia em pânico.

— Oh, meu Deus! Isto vai ser o golpe de misericórdia para o Grupo. Pense em quantas famílias vão perder o seu ganha-pão se se souber que o Martin...

Balançou-se para trás e para a frente, a debater-se com o dilema moral.

— Essa é uma das questões. Se a Isabella Vanger vai herdar, talvez considere inapropriado ser ela a primeira a descobrir o *hobby* do filho.

— Tenho de ir ver...

— Penso que devia, hoje, manter-se afastado daquela cave — disse Lisbeth, secamente. — Tem muitas coisas com que se ocupar. Tem de ir dizer ao Henrik, e tem de convocar uma reunião extraordinária do conselho de administração e todas essas coisas que vocês fazem quando um CEO morre.

Frode pensou no que ela estava a dizer. O coração martelava-lhe o peito. Era um velho advogado e solucionador de problemas de quem se esperava que tivesse um plano pronto para qualquer eventualidade, e no entanto sentia-se impotente para agir. E, de repente, apercebeu-se de que estava ali sentado, a receber ordens de uma miúda. Sem que ele soubesse como, ela assumira o controlo da situação e estava a dar-lhe as directrizes que ele próprio era incapaz de formular.

– E a Harriet...?

– Eu e o Mikael ainda não acabámos. Mas pode dizer a Herr Vanger que penso que vamos esclarecer esse assunto.

A inesperada morte de Martin Vanger era a principal história do noticiário das nove na rádio quando Mikael acordou. Nada se dizia a respeito dos acontecimentos da noite, excepto que o industrial tinha a dada altura, inexplicavelmente e a grande velocidade, entrado em contramão na E4, no sentido norte-sul. Estava sozinho no carro.

A rádio local passou uma peça que abordava a preocupação quanto ao futuro do Grupo Vanger e as consequências que aquela morte inevitavelmente teria para as empresas.

À hora do almoço, uma actualização apressadamente alinhada, baseada num despacho da TT e intitulada «Uma Cidade em Choque», sumariava os problemas do Grupo Vanger. A ninguém escapava que só em Hedestad 3 mil dos 21 mil habitantes eram empregados dos Vanger ou dependiam, de uma ou outra maneira, da prosperidade das empresas. O actual CEO tinha morrido e o antigo estava gravemente doente depois de sofrer um ataque cardíaco. Não havia herdeiro natural. Tudo isto numa altura que se podia considerar a mais crítica da história do Grupo.

Mikael tivera a opção de ir à polícia de Hedestad e contar tudo o que acontecera naquela noite, mas Lisbeth já tinha desencadeado um certo processo. Uma vez que ele não chamara imediatamente a polícia, tornava-se mais difícil fazê-lo a cada hora que passava. Manteve um silêncio sombrio durante toda a manhã, sentado na cozinha a ver a chuva lá fora. Por volta das dez, voltou a trovejar, mas, pela hora do almoço tinha parado de chover e o vento amainara um pouco. Saiu de casa, limpou a mesa e as cadeiras do quintal e sentou-se lá com uma caneca de café. Usava uma camisa com o colarinho levantado.

A morte de Martin lançara, naturalmente, uma sombra sobre a vida quotidiana de Hedeby. Havia carros estacionados em frente da casa de Isabella Vanger: o clã reunia-se para apresentar as suas condolências. Lisbeth observava, sem manifestar qualquer emoção.

— Como te sentes? — perguntou, por fim.

— Acho que ainda estou em choque — respondeu ele. — Estava indefeso. Durante várias horas estive convencido de que ia morrer. Senti o medo da morte, e não havia nada que pudesse fazer.

Estendeu uma mão e pousou-a no joelho dela.

— Obrigado — disse. — Se não fosses tu, tinha morrido mesmo.

Lisbeth sorriu o seu sorriso torcido.

— Seja como for... não compreendo como pudeste cometer a loucura de atacá-lo sozinha. Eu estava ali acorrentado ao chão, a pedir aos deuses que visses a fotografia, somasses dois e dois e chamasses a polícia.

— Se tivesse esperado pela polícia, não terias sobrevivido. Não ia deixar aquele cabrão matar-te.

— Porque é que não queres falar com a polícia?

— Nunca falo com as autoridades.

— Porque não?

— Isso é comigo. Mas, no teu caso, não me parece que fosse uma jogada muito inteligente, em termos de carreira, ficar conhecido como o jornalista que o famoso assassino em série Martin Vanger deixou em pêlo. Se não gostas de Super Blomkvist, podes pensar em arranjar uma nova alcunha. Só não a vás buscar a este capítulo da tua heróica vida.

Mikael lançou-lhe um olhar inquisitivo e deixou morrer o assunto.

— Continuamos a ter um problema — disse ela.

Ele assentiu.

— O que aconteceu à Harriet. Sim.

Lisbeth pousou as duas polaróides em cima da mesa, à frente dele. Mikael estudou atentamente as fotografias durante algum tempo antes de voltar a erguer os olhos.

— Pode ser ela – disse, por fim. – Não o juraria, mas a forma do corpo e o cabelo fazem lembrar as fotografias que vi.

Ficaram sentados no jardim mais uma hora, juntando os pormenores. Descobriram que ambos, independentemente um do outro e partindo de direcções diferentes, tinham identificado Martin como o elo em falta.

Lisbeth não vira sequer a fotografia que Mikael deixara em cima da mesa da cozinha. Chegara à conclusão de que ele fizera qualquer coisa estúpida depois de estudar as imagens das câmaras de segurança. Fora a casa de Martin Vanger pelo caminho que bordejava o canal, espreitara por todas as janelas e não vira ninguém. Experimentara todas as portas e janelas do rés-do-chão. Finalmente, entrara pela janela aberta de uma varanda do primeiro piso. Demorara muito tempo, e deslocara-se com extrema cautela enquanto revistava a casa, divisão a divisão. Acabara por encontrar a escada para a cave. Martin fora descuidado. Deixara aberta a porta da sua câmara de horrores, e ela pudera fazer uma ideia muito exacta da situação.

Mikael perguntou-lhe o que tinha ouvido do que Martin lhe dissera.

— Pouca coisa. Cheguei quando ele estava a perguntar-te o que tinha acontecido à Harriet, pouco antes de te pendurar pelo pescoço. Afastei-me alguns minutos para ir procurar uma arma.

— O Martin não fazia ideia do que tinha acontecido à Harriet – disse Mikael.

— Acreditas nisso?

— Acredito – respondeu ele, sem hesitar. – O Martin era mais maluco do que um gato sifilítico... onde vou eu buscar estas metáforas é que gostava de saber... mas confessou todos os crimes que tinha cometido. Julgo que estava a querer impressionar-me. Mas no tocante à Harriet, estava tão desesperado como o Henrik por descobrir o que aconteceu.

— Então... em que pé é que isso nos deixa?

— Sabemos que o Gottfried foi responsável pela primeira série de assassínios, entre mil novecentos e quarenta e nove e mil novecentos e sessenta e cinco.

— *Okay*. E envolveu o pequeno Martin no esquema.

— Venham-me cá falar de famílias disfuncionais. O Martin não teve a mais pequena hipótese.

Lisbeth lançou-lhe um olhar estranho.

— O que o Martin me disse... apesar de estar a divagar... foi que o pai começou a ensiná-lo quando ele atingiu a puberdade. Assistiu ao assassínio da Lea, em Uddevalla, em sessenta e dois. Tinha catorze anos, pelo amor de Deus. E também esteve presente no assassínio da Sara, em sessenta e quatro, mas dessa vez participou activamente. Tinha dezasseis anos.

— E?

— Disse que nunca tinha tocado noutro homem... excepto o pai. Isto fez-me pensar que... bem, a única conclusão possível é que o pai abusava sexualmente dele. Martin chamava-lhe «o seu dever». Os abusos sexuais devem ter-se prolongado por muito tempo. Foi educado pelo pai, por assim dizer.

— Tretas — disse Lisbeth, numa voz dura como sílex.

Mikael olhou para ela, surpreendido. Lisbeth tinha uma expressão obstinada nos olhos. Não havia nela a mais pequena ponta de compaixão.

— O Martin teve exactamente a mesma oportunidade de lutar que qualquer outra pessoa. Violava e matava porque gostava de o fazer.

— Não digo que não. Mas era um rapaz recalcado e estava sob a influência do pai, tal como o Gottfried vivia subjugado pelo pai dele, o nazi.

— Estás então a dizer que o Martin não tinha vontade própria e que as pessoas se tornam aquilo que fazem delas?

Mikael sorriu cautelosamente.

— Estamos a falar de um tema sensível?

Os olhos de Lisbeth coruscaram de fúria. Mikael apressou-se a continuar:

— Só estou a dizer que a maneira como uma pessoa é educada desempenha um papel. O pai do Gottfried espancou-o impiedosamente durante anos. É o género de coisa que deixa marca.

— Tretas — repetiu Lisbeth. — O Gottfried não foi o único miúdo a ser maltratado. Isso não lhe dava o direito de assassinar mulheres. Foi ele que fez essa escolha. E o mesmo se aplica ao Martin.

Mikael ergueu uma mão.

— Podemos não discutir?

— Não estou a discutir. Estou só a dizer que é patético os sacanas arranjarem sempre alguém a quem culpar.

— Têm uma responsabilidade pessoal. Havemos de discutir isso mais tarde. O que interessa é que o Martin tinha dezassete anos quando o Gottfried morreu e ninguém que o guiasse. Tentou seguir as pisadas do pai. Em Fevereiro de sessenta e seis, em Uppsala. — Estendeu a mão para o maço de cigarros de Lisbeth. — Não vou especular a respeito de que impulsos estava o Gottfried a tentar satisfazer ou como ele próprio interpretava o que fazia. Há uma espécie de trapalhada bíblica que talvez um psiquiatra consiga deslindar, ou qualquer coisa a ver com castigo e purificação em sentido figurado. Não interessa o que fosse. Era pura e simplesmente um assassino psicopata.

O Gottfried queria matar mulheres e disfarçava as suas acções com uma espécie de conversa fiada religiosa. O Martin nem sequer fingia ter uma desculpa. Era organizado e matava sistematicamente. Além disso, tinha dinheiro para gastar no seu *hobby*. E era muito mais esperto do que o pai. Sempre que o Gottfried deixava um corpo para trás havia uma investigação policial e o risco de que alguém o descobrisse, ou, pelo menos, relacionasse os vários assassínios.

— O Martin Vanger construiu a sua casa nos anos setenta.

— Acho que o Henrik referiu que foi em setenta e oito. Presumivelmente, mandou instalar aquela sala para guardar documentos importantes, ou qualquer coisa no género. Uma sala à prova de som, sem janelas e com uma porta de aço.

— Teve-a durante vinte e cinco anos.

Ficaram silenciosos durante algum tempo, enquanto Mikael pensava nas atrocidades que ali deviam ter acontecido ao longo de um quarto de século. Lisbeth não precisava de pensar no assunto; tinha visto os vídeos. Reparou que Mikael estava inconscientemente a tocar no pescoço.

— O Gottfried odiava as mulheres e ensinou o filho a odiar as mulheres ao mesmo tempo que abusava sexualmente dele. Mas havia mais qualquer coisa... Penso que o Gottfried fantasiava a respeito de os filhos partilharem a sua, para dizer o menos, pervertida visão do mundo. Quando lhe perguntei a respeito da Harriet, a sua própria irmã, o Martin disse: «Tentávamos falar com ela, mas era apenas uma vulgaríssima puta. Preparava-se para contar tudo ao Henrik.»

— Eu ouvi-o. Isso foi mais ou menos quando cheguei à cave. E significa que sabemos a respeito do que ia ser a conversa dela com o Henrik.

Mikael franziu a testa.

— Acho que não. Pensa na cronologia. Não sabemos quando foi que o Gottfried começou a abusar do filho, mas levou o Martin com ele quando assassinou a Lea Persson em Uddevalla, em sessenta e dois. Afogou-se em sessenta e cinco. Antes disso, ele e o Martin tentaram *falar* com a Harriet. Aonde é que isso nos leva?

— O Martin não era o único que o Gottfried violava. Violava também a Harriet.

— O Gottfried era o professor. O Martin o aluno. A Harriet era o quê? O brinquedo?

— O Gottfried ensinou o Martin a comer a irmã. — Lisbeth apontou para as polaróides. — É difícil determinar a atitude dela a partir dessas duas fotografias, porque não se consegue ver-lhe a cara, mas está a tentar esconder-se da câmara.

— Digamos que começou quando ela tinha catorze anos, em sessenta e quatro. Ela defendeu-se, não o aceitava... como o Martin disse. Foi isso que ela ameaçou denunciar ao Henrik. O Martin não tinha inquestionavelmente voz activa naquela relação; limitava-se a fazer o que o pai lhe mandava. Mas ele e o Gottfried tinham estabelecido uma espécie de... pacto, e tentaram iniciar também a Harriet.

— Nas tuas notas, escreves que o Henrik levou a Harriet para casa dele no Inverno de sessenta e quatro.

— O Henrik percebia que se passava qualquer coisa de errado com a família. Pensava que a causa eram as constantes discussões entre o

Gottfried e a Isabella, e levou-a para casa para que ela pudesse ter um pouco de paz e concentrar-se nos estudos.

— Um obstáculo imprevisto para o Gottfried e o Martin. Não podiam pôr-lhe as mãos com tanta facilidade ou controlar-lhe a vida. Mas finalmente... onde foi que aconteceu o ataque?

— Deve ter sido na cabana do Gottfried. Tenho quase a certeza de que as fotos foram feitas lá... deve ser possível verificar. A cabana é o lugar perfeito, isolada e longe da aldeia. Então, o Gottfried apanhou a sua última bebedeira e morreu da maneira mais banal possível.

Lisbeth assentiu pensativamente com a cabeça.

— Portanto, o pai da Harriet tentou fazer sexo com ela, mas a minha opinião é que não a iniciou nos assassínios.

Mikael apercebeu-se de que aquilo era um ponto fraco. Harriet tinha tomado nota dos nomes das vítimas de Gottfried, associando-as a citações bíblicas, mas o interesse dela pela Bíblia só surgira no último ano, e, nessa altura, já Gottfried tinha morrido. Fez uma pausa, tentando encontrar uma explicação lógica.

— Num dado ponto, a Harriet descobriu que o pai era não só culpado de incesto, mas também um assassino em série — disse.

— Não sabemos quando foi que ela soube dos assassínios. Pode ter sido pouco antes de o Gottfried se ter afogado. Ou pode ter sido depois, se ele mantinha um diário ou conservava recortes de imprensa a respeito das mortes. Alguma coisa aconteceu que a lançou na pista.

— Mas não era isso que ela tencionava denunciar ao Henrik — disse Mikael.

— Era o Martin — concordou Lisbeth. — O pai tinha morrido, mas o Martin continuava a abusar dela.

— Exactamente.

— Mas passou um ano antes que ela se decidisse.

— Que farias tu se descobrisses que o teu pai era um assassino que andava a violar o teu irmão?

— Matava o filho-da-puta — respondeu Lisbeth, num tom tão sério que Mikael acreditou. Recordou a cara dela enquanto atacava Martin Vanger. Sorriu sem alegria.

— *Okay.* Mas a Harriet não era como tu. O Gottfried morreu antes que ela pudesse fazer qualquer coisa. Também isto faz sentido. Quando o Gottfried morreu, a Isabella mandou o Martin para Uppsala. Talvez viesse a casa no Natal e nas férias, mas, durante o ano que se seguiu, ele e a Harriet não se encontraram muitas vezes. Ela conseguiu distanciar-se dele.

— E começou a estudar a Bíblia.

— E, à luz do que agora sabemos, não foi necessariamente por razões religiosas. Talvez quisesse apenas saber o que o pai andara a fazer. Remoeu o assunto até às festas do Dia da Criança, em sessenta e seis. Então, de repente, vê o irmão na Järnvägsgatan e apercebe-se de que ele está de volta. Não sabemos se falaram um com o outro, ou se ele lhe disse alguma coisa. Mas, independentemente do que possa ter acontecido, a Harriet decidiu ir direita a casa e falar com o Henrik.

— E então desapareceu.

Depois de terem passado em revista a cadeia de acontecimentos, não foi muito difícil compreender como devia ter sido o resto do quebra-cabeças. Fizeram as malas. Antes de saírem, Mikael telefonou a Frode e disse-lhe que ele e Lisbeth iam ter de ausentar-se durante algum tempo, mas que precisava absolutamente de falar com Henrik Vanger antes de partirem.

Queria saber o que fora que Frode contara a Henrik. O advogado pareceu tão perturbado, ao telefone, que Mikael ficou preocupado com ele. Frode disse-lhe que se limitara a informá-lo de que Martin morrera num acidente de automóvel.

Estava novamente a trovejar quando Mikael estacionou diante do Hospital de Hedestad, e o céu cobrira-se mais uma vez de negras nuvens de chuva. Atravessou apressadamente o parque de estacionamento no preciso instante em que começava a chover.

Henrik, vestindo um roupão, estava sentado junto à janela do quarto. A doença deixara marcas, mas recuperara um pouco de cor e parecia a caminho da convalescença. Trocaram um aperto de mão. Mikael pediu à enfermeira que os deixasse a sós por alguns minutos.

— Não vieste ver-me — disse Henrik.

Mikael assentiu.

— Foi de propósito. A sua família não queria que eu viesse, mas hoje estão todos em casa da Isabella.

— Pobre Martin.

— Henrik, deu-me como missão descobrir o que aconteceu à Harriet. Está à espera de que a verdade seja indolor?

O velho olhou para ele. E então abriu muito os olhos.

— O Martin?

— Faz parte da história.

Henrik fechou os olhos.

— Agora, tenho uma pergunta para lhe fazer.

— Diz.

— Continua a querer saber o que aconteceu? Mesmo que seja doloroso e mesmo que a verdade seja pior do que imaginou?

Henrik olhou longamente para ele. E então disse.

— Quero saber. Foi essa a missão que te confiei.

— Muito bem. Julgo saber o que aconteceu à Harriet. Mas falta-me uma última peça do quebra-cabeças antes de ter a certeza.

— Diz-me.

— Não. Hoje não. O que quero que faça agora é descansar. Os médicos dizem que a crise passou e que está a ficar melhor.

— Não me trates como se fosse uma criança, jovem.

— Ainda não sei tudo. O que tenho é uma teoria. Vou descobrir a última peça do quebra-cabeças. Da próxima vez que nos virmos, contar-lhe-ei a história toda. Posso estar fora algum tempo, mas quero que saiba que vou voltar e que, então, saberá a verdade.

Lisbeth deixou a moto do lado abrigado da casa e tapou-a com uma lona. Em seguida, instalou-se no carro emprestado de Mikael. A trovoada voltara com renovada força, e, um pouco a sul de Gåvle, a chuva era tão intensa que mal se via a estrada. Por uma questão de segurança, Mikael parou num posto de gasolina. Esperaram que a chuva abrandasse, de modo que já passava das sete quando chegaram a Estocolmo. Mikael deu a Lisbeth o código de segurança da porta do seu prédio e deixou-a na central do metro. O apartamento pareceu-lhe estranho quando lá entrou.

Aspirou e limpou o pó enquanto Lisbeth ia falar com o Peste, em Sundbyberg. Quando chegou ao apartamento, por volta da meia-noite, ela passou dez minutos a examinar todos os recantos. Ficaram à janela durante muito tempo, a contemplar a vista das comportas de Slussen.

Finalmente, despiram-se e foram dormir.

No dia seguinte, ao meio-dia, aterraram no Aeroporto de Gatwick, em Londres. Chovia. Mikael tinha reservado um quarto no Hotel James, perto de Hyde Park, um excelente hotel em comparação com as baiucas em Bayswater onde acabara sempre por ir parar nas suas anteriores visitas a Londres.

Às cinco da tarde estavam no bar quando um homem ainda jovem se aproximou deles. Era quase careca, com uma barba loura, e vestia uns *jeans* e um casaco demasiado grande para ele.

— Vespa?

— Trinity? — disse Lisbeth. Trocaram um aceno de cabeça. Ele não perguntou o nome de Mikael.

O sócio de Trinity foi apresentado como Bob the Dog. Estava numa velha carrinha *VW*, estacionada do outro lado da esquina. Subiram para o espaço de carga e sentaram-se em bancos dobráveis presos aos lados da carroçaria. Enquanto Bob navegava por entre o trânsito de Londres, Vespa e Trinity falavam.

— O Peste disse-me que isto tem que ver com um serviço *crash-bang*.

— Escuta telefónica e controlo de *e-mails* num computador. Pode ser rápido, ou pode demorar um par de dias, dependendo da pressão que ele aplicar. — Lisbeth apontou para Mikael com o polegar. — Conseguem fazê-lo?

— Os cães têm pulgas? — respondeu Trinity.

Anita Vanger vivia numa casa com terraço no elegante subúrbio de St. Albans, a cerca de uma hora de viagem para norte. Da carrinha viram-na chegar a casa e abrir a porta pouco depois das sete e meia. Deram-lhe tempo para se instalar, jantar e sentar-se a ver televisão antes de Mikael tocar à campainha.

A porta foi aberta por uma cópia quase exacta de Cecilia Vanger, com uma expressão delicadamente interrogativa.

— Boa-noite, Anita. Chamo-me Mikael Blomkvist. O Henrik Vanger pediu-me para vir falar consigo. Suponho que já sabe o que aconteceu ao Martin?

A expressão dela mudou de surpresa para desconfiança. Sabia perfeitamente quem Mikael Blomkvist era. Mas o nome de Henrik Vanger significava que era obrigada a abrir-lhe a porta. Levou-o para a sala de estar. Mikael reparou numa litografia assinada por Anders Zorn pendurada por cima da lareira. Era uma sala muito agradável.

— Peço desculpa por vir incomodá-la assim sem aviso, mas calhou-me passar por Saint Albans, e tentei ligar-lhe durante o dia.

— Compreendo. Diga-me, por favor, do que se trata?

— Tenciona ir ao funeral?

— Não, não tenciono. Eu e o Martin não nos dávamos muito e, de todos os modos, não posso sair de Londres nesta altura.

Anita Vanger mantivera-se afastada de Hedestad durante 30 anos. Depois de o pai se ter mudado para Hedeby, quase não voltara a pôr lá os pés.

— Quero saber o que aconteceu à Harriet Vanger, Anita. É tempo de dizer a verdade.

— A Harriet? Não sei do que está a falar.

Mikael sorriu com fingida surpresa.

— Era, de toda a família, a melhor amiga da Harriet. Foi a si que ela contou a sua horrível história.

— Não faço ideia do que está a falar — repetiu Anita.

— Anita, esteve no quarto da Harriet naquele dia. Tenho provas fotográficas do facto, não obstante o que disse ao inspector Morell. Dentro de dias vou fazer o meu relatório ao Henrik Vanger, e a partir daí é com ele. Seria melhor contar-me o que aconteceu.

Anita Vanger pôs-se de pé.

— Saia imediatamente de minha casa.

Mikael imitou-a.

— Mais cedo ou mais tarde, vai ter de falar comigo.

— Não tenho, nem nunca terei, nada para lhe dizer.

— O Martin morreu — continuou Mikael. — A Anita nunca gostou dele. Penso que se mudou para Londres não só para evitar o seu pai, mas também para não ter de ver o Martin. Isso significa que também sabia alguma coisa a respeito dele, e a única pessoa que podia ter-lhe contado era a Harriet. A questão é: o que foi que fez com esse conhecimento?

Anita Vanger bateu-lhe com a porta na cara.

Lisbeth sorriu, satisfeita, enquanto tirava o microfone por debaixo da camisa dele.

— Pegou no telefone cerca de vinte segundos depois de quase ter arrancado a porta dos gonzos — informou.

— O código do país é Austrália — disse Trinity, pousando os auscultadores na pequena mesa da carrinha. — Preciso de verificar o código de área. — Ligou o portátil. — *Okay*, ligou para o seguinte número, que corresponde a um telefone de uma cidade chamada Tennant Creek, a norte de Alice Springs, no Território do Noroeste. Querem ouvir a conversa?

Mikael assentiu.

— Que horas são na Austrália, agora?

— Cerca das cinco da manhã. — Trinity ligou o gravador digital e acoplou-lhe um altifalante. Mikael contou oito toques antes de alguém atender o telefone. A conversa decorreu em inglês.

— Olá. Sou eu.

— Hum. Eu sei que gosto de levantar-me cedo, mas...

— Já tinha pensado ligar-te ontem... O Martin morreu. Parece que chocou de frente com um camião, anteontem.

Silêncio. Então, o que soou como alguém a aclarar a garganta, mas que podia ter sido: «Óptimo.»

— Mas temos um problema. Um jornalista horrível que o Henrik foi desencantar não sei onde acaba de bater-me à porta, aqui em

Saint Albans. Fez-me perguntas a respeito do que aconteceu em mil novecentos e sessenta e seis. Sabe qualquer coisa.
Novamente silêncio. Depois, uma voz autoritária.
— Anita, desliga imediatamente o telefone. Não podemos ter qualquer contacto, durante algum tempo.
— Mas...
— Escreve-me. Conta-me o que se passa. — E a conversa foi interrompida.
— Rapariga esperta — observou Lisbeth.
Voltaram ao hotel antes das onze. O recepcionista ajudou-os a reservar lugares no próximo voo disponível para a Austrália. Pouco depois tinham reservas para o voo que partia às 19h05 do dia seguinte, com destino a Melburne e escala em Singapura.

Era a primeira visita de Lisbeth a Londres. Passaram a manhã a passear por Covent Garden e pelo Soho. Pararam para beber um *caffe latte* em Old Compton Street. Por volta das três estavam de regresso ao hotel para ir buscar as malas. Enquanto Mikael pagava a conta, Lisbeth ligou o telemóvel. Tinha uma mensagem de texto.
— O Armanskij pede para ligar imediatamente.
Usou o telefone do átrio. Mikael, que estava perto, viu o rosto dela ficar como que de pedra. Aproximou-se imediatamente.
— O que foi?
— A minha mãe morreu. Tenho de voltar a casa.
Parecia tão infeliz que ele a abraçou. Ela afastou-o.
Foram sentar-se no bar do hotel. Quando Mikael disse que ia cancelar as reservas para a Austrália e regressar a Estocolmo com ela, Lisbeth abanou a cabeça.
— Não — disse. — Não podemos lixar o serviço numa altura destas. Vais ter de ir sozinho.
Despediram-se à porta do hotel, e cada um seguiu para um aeroporto diferente.

CAPÍTULO 26

TERÇA-FEIRA, 15 DE JULHO – QUINTA-FEIRA, 17 JULHO

MIKAEL VOOU DE MELBURNE para Alice Springs. A partir daí teve de escolher entre fretar um avião ou alugar um carro para fazer os 400 quilómetros de viagem que faltavam. Optou pelo carro.

Uma pessoa desconhecida que respondia pelo bíblico nome de Joshua e que fazia parte da misteriosa rede internacional do Peste, ou talvez de Trinity, deixara um sobrescrito para ele no balcão central de informações do aeroporto de Melburne.

O número para onde Anita ligara pertencia a um lugar chamado Cochran Farm. Era um rancho de criação de ovelhas. Um artigo tirado da Internet oferecia um breve resumo da actividade.

Austrália: população, 18 milhões: criadores de ovelhas, 53 mil; aproximadamente 120 milhões de cabeças. Exportações anuais de lã na ordem dos 3,5 mil milhões de dólares. A Austrália exporta 700 milhões de toneladas de carne de carneiro e de cordeiro, além de peles. A produção combinada de carne e lã representa uma das indústrias mais importantes do país...

Cochran Farm, fundada em 1891 por Jeremy Cochran, a quinta maior empresa agrícola da Austrália, com cerca de 60 mil ovelhas da raça merino (cuja lã é considerada particularmente fina). A «station» produzia igualmente bovinos, porcos e galinhas. A Cochran Farm tinha um impressionante volume de exportações anuais para os Estados Unidos, o Japão, a China e a Europa.

As biografias pessoais eram fascinantes.

Em 1972, a Cochran Farm passara, por herança, de Raymond Cochran para Spencer Cochran, educado em Oxford. Spencer morrera em 1994 e a exploração era gerida pela viúva. Mikael descobriu-a numa péssima fotografia de baixa resolução descarregada do *website* da Cochran Farm. Mostrava uma mulher de cabelos curtos e loiros, que lhe escondiam o rosto parcialmente enquanto tosquiava uma ovelha.

Segundo a nota de Joshua, o casal contraíra matrimónio em Itália em 1971. A mulher chamava-se Anita Cochran.

Mikael parou para passar a noite num buraco de uma povoação esperançosamente chamada Wannado. Comeu carneiro assado e despejou três canecas de cerveja no *pub*, acompanhado por vários habitantes locais que o trataram por «mate»

A última coisa que fez antes de ir para a cama foi ligar para Erika, em Nova Iorque.

– Desculpa, Ricky, mas tenho andado tão ocupado que nem tempo tive para ligar.

– Que raio se passa? – explodiu ela. – O Christer telefonou-me a dizer que o Martin Vanger morreu num acidente de viação.

– É uma longa história.

– E porque é que não atendes o telemóvel? Há dois dias que ando feita maluca a telefonar-te.

– Porque aqui não funciona.

– Onde é aqui?

– Neste momento, estou cerca de duzentos quilómetros a norte de Alice Springs. Na Austrália, quero dizer.

Mikael raramente conseguia surpreender Erika. Mas, desta vez, ela ficou calada durante pelo menos dez segundos.

– E que estás tu a fazer na Austrália, se é que posso perguntar?

– Estou a terminar o meu trabalho. Volto dentro de alguns dias. Só telefonei para te dizer que o meu trabalho para o Henrik Vanger está quase acabado.

Chegou a Cochran Farm por volta do meio-dia, para ficar a saber que Anita Cochran estava numa «station» perto de um lugar chamado Makawaka, 120 quilómetros mais para oeste.

Eram quatro da tarde quando encontrou o sítio, por caminhos de terra batida. Parou diante de uma cancela junto à qual vários homens bebiam café reunidos à volta do *capot* de um *jeep*. Apeou-se, disse quem era e explicou que procurava Anita Cochran. Voltaram-se todos para um jovem musculoso, muito claramente o decisor do grupo. Estava de peito nu e muito bronzeado, excepto nas partes normalmente cobertas pela *T-shirt*. Usava um chapéu de aba larga.

— A patroa está a cerca de trinta quilómetros, para aquele lado — respondeu, apontando com o polegar.

Lançou um olhar céptico ao veículo de Mikael e disse que talvez não fosse grande ideia ir naquele carrinho japonês. Finalmente, o bronzeado atleta declarou que ia para aquelas bandas e que não se importava de levá-lo no *jeep*. Mikael agradeceu e levou consigo a sacola com o computador.

O homem apresentou-se — chamava-se Jeff — e disse que era o «studs manager» da «station». Mikael pediu-lhe que explicasse o que queria aquilo dizer. Jeff olhou-o de soslaio e chegou à conclusão de que ele não era daqueles lados. Explicou que um «studs manager» era mais ou menos como o director financeiro de um banco, com a diferença que geria ovelhas em vez de dinheiro, e que «station» era a palavra australiana para rancho.

Continuaram a conversar animadamente enquanto Jeff conduzia o *jeep*, a cerca de 15 quilómetros por hora, até ao fundo de uma ravina com um declive de 20 graus. Mikael agradeceu à sua estrela da sorte o facto de não ter tentado a viagem no carro alugado. Perguntou o que havia no fundo da ravina, e foi-lhe dito que uma pastagem para setecentas ovelhas.

— Segundo julgo saber, Cochran Farm é um dos ranchos maiores.

— Somos um dos maiores de toda a Austrália — disse Jeff, com uma nota de orgulho na voz. — Temos cerca de nove mil ovelhas, aqui no distrito de Makawaka, mas também temos «stations» na Nova Gales do Sul e na Austrália Ocidental. Temos mais de sessenta mil cabeças.

Saíram da ravina para uma paisagem de colinas suaves. Subitamente, Mikael ouviu tiros. Viu carcaças de ovelhas, grandes fogueiras e uma dúzia de empregados do rancho. Vários deles empunhavam espingardas. Estavam, ao que parecia, a matar ovelhas.

Pensou involuntariamente nos cordeiros sacrificiais da Bíblia.

Viu então uma mulher de cabelos loiros e curtos, que vestia *jeans* e uma camisa aos quadrados vermelhos e brancos. Jeff deteve o *jeep* a alguns metros dela.

— Viva, Chefe. Temos um turista — disse.

Mikael apeou-se do *jeep* e olhou para ela. A mulher devolveu-lhe o olhar, com uma expressão inquisitiva.

— Olá, Harriet. Há muito tempo que não nos víamos — disse ele, em sueco.

Nenhum dos homens que trabalhavam para Anita Cochran compreendeu o que ele tinha dito, mas todos viram a reacção dela. Recuou um passo, com um ar chocado. No mesmo instante, os homens pararam com as brincadeiras e endireitaram-se, prontos a intervir contra aquele estranho desconhecido. Jeff perdeu o seu ar amistoso e avançou para ele.

E então o momento passou. Harriet Vanger agitou a mão num gesto de paz, e os homens recuaram. Harriet aproximou-se de Mikael e enfrentou-lhe o olhar. Tinha o rosto sujo e suado. Os cabelos loiros tinham raízes escuras. O rosto era mais velho e mais magro, mas transformara-se na bonita mulher que a foto do crisma prometia.

— Já nos conhecemos? — perguntou.

— Já. Chamo-me Mikael Blomkvist. Foi minha *babysitter* durante um Verão, quando eu tinha três anos. A Harriet tinha doze ou treze, na altura.

A expressão confusa dela demorou alguns segundos a clarear, e então Mikael viu que se lembrava. Pareceu surpreendida.

— Que quer de mim?

— Harriet, não sou seu inimigo. Não vim aqui para lhe arranjar problemas. Mas preciso de falar consigo.

Harriet voltou-se para Jeff e disse-lhe que assumisse o comando das operações. Depois, fez sinal a Mikael para que a seguisse. Afastaram-se umas poucas centenas de metros até um grupo de tendas de lona branca protegidas por algumas árvores. Ela indicou-lhe um banco desdobrável diante de uma desconjuntada mesa e deitou água numa bacia. Lavou e secou a cara e entrou numa das tendas para mudar de camisa. Tirou duas cervejas de uma caixa frigorífica.

— Fale.

— Porque é que estão a matar as ovelhas?

— Temos uma epidemia. A maior parte destas ovelhas está provavelmente saudável, mas não podemos arriscar o contágio. Vamos ter de abater mais de seiscentas, na próxima semana. Por isso pode imaginar que não estou na melhor das disposições.

— O seu irmão enfaixou o carro num camião, aqui há dias — disse Mikael. — Deve ter tido morte instantânea.

— Já sei.

— Através da Anita, que lhe telefonou.

Ela ficou a examiná-lo durante um longo momento. Então assentiu. Sabia que não valia a pena negar.

— Como conseguiu encontrar-me?

— Pusemos uma escuta no telefone da Anita. — Michael não achou que houvesse motivos para mentir. — Estive com o seu irmão minutos antes de ele morrer.

Harriet Vanger franziu a testa. Ele enfrentou-lhe o olhar. Então, tirou o ridículo lenço que usava, baixou o colarinho da camisa e mostrou-lhe a marca que a correia deixara. Estava ainda vermelha e inflamada, e provavelmente ficaria para sempre com uma cicatriz para lhe recordar Martin Vanger.

— O seu irmão tinha-me pendurado de um gancho, mas, graças a Deus, a minha parceira chegou a tempo de o impedir de matar-me.

Subitamente, os olhos de Harriet faiscaram.

— Penso que é melhor contar-me a história desde o princípio.

Demorou mais de uma hora. Disse-lhe quem era e no que estava a trabalhar. Contou como fora contratado por Henrik Vanger. Explicou como a investigação policial chegara a um beco sem saída, falou-lhe da longa investigação de Henrik e, finalmente, de como uma fotografia tirada na Järnvägsgatan, em Hedestad, levara à descoberta dos acontecimentos que tinham estado por detrás do mistério do desaparecimento dela e as suas terríveis sequelas, que tinham culminado com o suicídio de Martin Vanger.

Enquanto ele falava, a noite caiu. Os homens interromperam o trabalho, acenderam fogueiras e puseram tachos ao lume. Mikael reparou que Jeff nunca se afastava muito da patroa e o mantinha a ele debaixo de olho. O cozinheiro serviu-lhes o jantar. Beberam mais uma cerveja cada um. Quando ele acabou, Harriet ficou sentada durante muito tempo, em silêncio.

Por fim disse.

— Fiquei tão feliz quando o meu pai morreu e a violência terminou... Nunca me ocorreu que o Martin... Ainda bem que ele está morto.

— Compreendo.

— A sua história não explica como soube que eu estava viva.

— Depois de termos compreendido o que se passara, não foi muito difícil adivinhar o resto. Para desaparecer, precisava de ajuda. A Anita era a sua confidente e a única pessoa a quem recorreria. Eram amigas, e ela tinha passado o Verão consigo. Ficaram na cabana do seu pai. Se houvesse alguém em quem tivesse confiado, tinha de ter sido ela... e, além disso, a Anita acabava de tirar a carta.

Harriet olhou para ele com uma expressão imperscrutável.

— Agora que sabe que estou viva, o que é que vai fazer?

— Tenho de dizer ao Henrik. Ele merece saber.

— E depois? É jornalista.

— Não tenciono denunciá-la. Já violei tantas regras de conduta profissional em toda esta baralhada que a Associação dos Jornalistas me teria sem dúvida expulsado, se soubesse. — Estava a tentar aligeirar o ambiente. — Uma a mais ou a menos não fará grande diferença, e eu não quero irritar a minha antiga *babysitter*.

Ela não pareceu divertida.

— Quantas pessoas sabem a verdade.

— Que está viva? Neste momento você, eu, a Anita e a minha parceira. O advogado do Henrik sabe dois terços da história, mas continua a pensar que a Harriet morreu nos anos sessenta.

Harriet Vanger pareceu estar a pensar em qualquer coisa. Olhava fixamente para o escuro. Mikael teve mais uma vez a desagradável sensação de encontrar-se numa situação vulnerável, e recordou a si mesmo que Harriet Vanger tinha uma espingarda em cima da cama de campanha, a três passos de distância. Então sacudiu a cabeça e parou de imaginar coisas. Mudou de assunto.

— Mas como lhe aconteceu ser criadora de ovelhas na Austrália? Já sei que a Anita a tirou da ilha de Hedeby, provavelmente na bagageira do carro quando a ponte reabriu, no dia seguinte.

— Na realidade, deitei-me no chão à frente do banco de trás, tapada com uma manta. Mas ninguém sequer olhou. Fui ter com a Anita quando ela chegou à ilha e disse-lhe que tinha de fugir. Acertou quando disse que confiei nela. Ajudou-me, e tem sido uma amiga leal ao longo de todos estes anos.

— Porquê a Austrália?

— Fiquei no quarto da Anita, em Estocolmo, durante umas semanas. A Anita tinha dinheiro seu, que generosamente me emprestou. Também me deu o passaporte. Éramos muito parecidas, e só precisei de pintar os cabelos de loiro. Durante quatro anos vivi num convento em Itália... não era freira. Há conventos onde se pode alugar um quarto barato para ter paz e sossego para pensar. Então, conheci o Spencer Cochran. Era uns anos mais velho. Tinha acabado a pós-graduação em Inglaterra e andava a passear pela Europa. Apaixonei-me. Ele também. Foi tão simples como isso. A «Anita» Vanger casou com ele em mil novecentos e setenta e um. Nunca me arrependi. Era um homem maravilhoso. Infelizmente, morreu há oito anos, e eu tornei-me dona do rancho.

— Mas o seu passaporte... com certeza alguém acabaria por descobrir que havia duas Anitas Vanger.

— Não. Porque haviam de descobrir? Uma rapariga sueca chamada Anita Vanger que casou com Spencer Cochran. Que ela viva em Inglaterra ou na Austrália não faz a mínima diferença. A de Londres tem sido a mulher separada de Spencer Cochran. A da Austrália era a esposa que vivia com ele. Não cruzam ficheiros de computador entre Londres e Canberra. Além disso, não tardei a conseguir um passaporte australiano com o meu nome de casada. O arranjo funcionou perfeitamente. A única coisa que podia complicar a história era a Anita querer casar. O meu casamento tinha sido registado nos arquivos nacionais suecos.

— Mas ela nunca quis.

— Diz que nunca encontrou ninguém. Mas eu sei que o fez por mim. Tem sido uma verdadeira amiga.

— Que estava ela a fazer no seu quarto?

— Eu não estava muito racional naquele dia. Tinha medo do Martin, mas enquanto ele estivesse em Uppsala podia fingir que esquecia o problema. Então, de repente, ali estava ele, em Hedestad, e eu compreendi que nunca poderia estar segura pelo resto da minha vida. Balancei entre querer contar tudo ao Tio Henrik e querer fugir. Quando ele não pôde falar comigo, andei a vaguear ao acaso pela aldeia. Claro que sabia que o acidente na ponte se sobrepunha a tudo o mais para toda a gente, mas não para mim. Tinha os meus próprios problemas, e quase não tomei consciência do acidente. Tudo me parecia irreal. Então encontrei a Anita, que estava na casa de hóspedes com a Gerda e o Alexander. Foi quando me decidi. Fiquei sempre com ela e não me atrevi a sair. Mas havia uma coisa que tinha de levar comigo... Tinha escrito tudo o que acontecera num diário, e precisava de algumas roupas. Anita foi buscar-mas.

— Suponho que não conseguiu resistir à tentação de olhar para a cena do acidente. — Mikael pensou por um instante. — O que não compreendo é porque é que não foi ter com o Henrik, como tinha planeado.

— Porque é que acha que foi?

— Não sei. O Henrik tê-la-ia ajudado de certeza. O Martin teria sido imediatamente afastado... provavelmente mandado para a Austrália, para ser submetido a uma qualquer terapia ou tratamento.

— Você não compreendeu o que se passou.

Até ao momento, Mikael referira apenas os abusos sexuais de Gottfried contra Martin, deixando de fora o papel de Harriet.

— O Gottfried molestava o Martin — disse, cautelosamente. — E suspeito de que a molestava também a si.

◆

Harriet Vanger não moveu um músculo. Então, inspirou fundo e escondeu o rosto entre as mãos. Em menos de cinco segundos, Jeff chegou junto dela, a perguntar se estava tudo bem. Harriet olhou para ele e sorriu-lhe debilmente. Então, surpreendeu Mikael pondo-se de pé e abraçando o seu «studs manager» e beijando-o na face. Voltou--se para Mikael, com um braço passado pelos ombros de Jeff.

— Jeff, este é o Mikael, um... amigo do passado. Trouxe problemas e más notícias, mas não vamos matar o mensageiro. Mikael, este é o Jeff Cochran, o meu filho mais velho. Tenho também outro filho, e uma filha.

Mikael pôs-se de pé e apertou a mão a Jeff, dizendo que lamentava ter sido portador de más notícias que tinham perturbado a mãe dele. Harriet trocou algumas palavras com o filho e mandou-o sair. Voltou a sentar-se e pareceu tomar uma decisão.

— Chega de mentiras. Aceito que acabou. De certa maneira, tenho estado à espera disto desde mil novecentos e sessenta e seis. Há anos que vivo aterrorizada com a possibilidade de alguém aparecer e dizer o meu nome. Mas sabe uma coisa? De repente, deixei de me importar. Há muito que o meu crime prescreveu. E estou-me nas tintas para o que as pessoas pensem de mim.

— Crime? — surpreendeu-se Mikael.

Harriet dirigiu-lhe um olhar ansioso, mas ele continuava a não saber do que estava ela a falar.

— Eu tinha dezasseis anos. Estava assustada. Estava cheia de vergonha. Estava desesperada. Estava sozinha. Os únicos que sabiam a verdade eram a Anita e o Martin. Contei à Anita dos abusos sexuais, mas não tive coragem para dizer-lhe que o meu pai era também um louco e um assassino de mulheres. A Anita nunca soube desta parte. Mas contei-lhe o crime que eu própria cometi. Foi tão horrível que acabei por não ter coragem de contar ao Henrik. Pedi a Deus que me perdoasse. E escondi-me num convento durante vários anos.

— Harriet, o seu pai era um violador e um assassino. A culpa não foi sua.

— Eu sei. O meu pai molestou-me sexualmente durante um ano. Eu fazia tudo para o evitar... mas era o meu pai e eu não podia recusar-me a estar com ele sem dar uma explicação. Por isso menti e desempenhei um papel e fingi que estava tudo bem. E arranjava as coisas de maneira que estivesse sempre alguém comigo quando o via. A minha mãe sabia o que ele fazia, claro, mas não se importava.

— A Isabella *sabia*?

A voz de Harriet ganhou uma nova dureza.

— Claro que sabia. Nunca aconteceu nada na nossa família que ela não soubesse. Mas ignorava tudo o que fosse desagradável ou a mostrasse a uma luz desfavorável. O meu pai podia ter-me violado no meio da sala de estar, diante dela, que não teria dado por nada. Era incapaz de admitir que houvesse alguma coisa de errado na vida dela ou na minha.

— Conheci-a. Não é a minha preferida, dos membros da família.

— Foi assim toda a vida. Muitas vezes me interroguei sobre o casamento dos meus pais. Percebi que raramente, ou talvez nunca, voltaram a ter relações depois de eu nascer. O meu pai tinha mulheres, mas, por qualquer razão estranha, tinha medo da Isabella. Mantinha-se longe dela, mas não podia divorciar-se.

— Ninguém se divorcia na família Vanger.

Ela riu, pela primeira vez.

— Pois não. Mas a questão era que eu não conseguia decidir-me a dizer fosse o que fosse. Toda a gente ficaria a saber. As minhas colegas da escola, todos os meus parentes...

— Harriet, lamento muito.

— Tinha catorze anos quando ele me violou pela primeira vez. E, durante o ano seguinte, costumava levar-me para a cabana. Muitas vezes o Martin também ia. Ele obrigava-nos, a mim e ao Martin, a fazer coisas. E agarrava-me os braços enquanto o Martin... Quando o meu pai morreu, o Martin estava pronto para ocupar o lugar dele. Esperava que eu me tornasse sua amante e achava perfeitamente natural que me submetesse a ele. Nessa altura, eu já não tinha alternativa. Era obrigada a fazer o que o Martin dizia. Tinha-me livrado de um atormentador só para cair nas garras de outro, e a única coisa que podia fazer era certificar-me de que nunca ficava sozinha com ele...

— O Henrik teria...
— Continua a não compreender.

Tinha erguido a voz. Mikael viu vários homens na tenda ao lado olharem para ele. Harriet baixou a voz e inclinou-se para a frente.

— As cartas estão todas em cima da mesa. Vai ter de descobrir o resto.

Levantou-se para ir buscar mais duas cervejas. Quando voltou, Mikael disse-lhe uma única palavra.

— Gottfried.

Ela assentiu.

— A sete de Agosto de mil novecentos e sessenta e cinco, o meu pai obrigou-me a ir até à cabana com ele. O Henrik estava fora. O meu pai estava a beber e tentou forçar-me, mas não conseguiu uma erecção e ficou furioso. Era sempre... rude e violento comigo quando estávamos sozinhos, mas daquela vez passou os limites. *Urinou em cima de mim.* Então começou a dizer o que ia fazer-me. Nessa noite, falou-me das mulheres que tinha assassinado. A gabar-se do que tinha feito. Citou a Bíblia. Aquilo durou uma hora. Eu não percebi metade do que ele dizia, mas compreendi que era completa e absolutamente doente.

Bebeu um golo de cerveja.

— Por volta da meia-noite teve um ataque. Perdeu completamente a cabeça. Estávamos no mezanino. Ele enrolou uma *T-shirt* à volta do meu pescoço e apertou com toda a força. Perdi os sentidos. Não tenho a mínima dúvida de que estava verdadeiramente a tentar matar-me, e, pela primeira vez nessa noite, conseguiu consumar a violação.

Harriet olhou para Mikael. Os olhos dela suplicavam-lhe que compreendesse.

— Mas ele estava tão bêbedo que consegui escapar. Saltei do mezanino e fugi. Estava nua e corri sem saber para onde ia, e acabei no pontão, junto à água. Ele foi atrás de mim, aos tropeções.

Subitamente, Mikael desejou que ela não lhe contasse mais nada.

— Eu era suficientemente forte para empurrar um velho bêbedo para a água. Usei um remo para o manter abaixo da superfície até que deixou de se debater. Não demorou muito tempo.

Quando acabou, o silêncio foi ensurdecedor.

— E quando ergui os olhos, vi o Martin. Parecia aterrorizado, mas ao mesmo tempo estava a sorrir. Não sei quanto tempo esteve fora da cabana, a espiar-nos. A partir daquele momento, estava à mercê dele. Aproximou-se, agarrou-me pelos cabelos e levou-me para a cabana... para a cama do Gottfried. Amarrou-me e violou-me enquanto o nosso pai estava a boiar na água. E eu não pude oferecer qualquer resistência.

Mikael fechou os olhos. Estava terrivelmente envergonhado e desejava ter deixado Harriet em paz. Mas a voz dela ganhara uma nova força.

— A partir daquele dia fiquei nas mãos dele. Fazia o que ele me dizia para fazer. Fiquei paralisada, e a única coisa que me impediu de enlouquecer foi a Isabella... ou talvez o Tio Henrik, não sei... ter decidido que o Martin precisava de uma mudança de ares, depois da trágica morte do pai, e tê-lo mandado para Uppsala. Claro que sabia o que ele andava a fazer comigo, e aquela era a sua maneira de resolver o problema. Pode apostar que o Martin ficou desapontado. Durante todo o ano seguinte só foi a casa para as férias do Natal. Eu consegui manter-me afastada dele. Fui com o Henrik numa viagem a Copenhaga entre o Natal e o Ano Novo. E, nas férias de Verão, a Anita estava lá. Contei-lhe tudo e ela estava sempre comigo, para que ele não pudesse aproximar-se.

— Até que o viu na Järnvägsgatan.

— Tinham-me dito que ele não ia à reunião da família, que ficava em Uppsala. Mas obviamente mudou de ideias e, de repente, ali estava, do outro lado da rua, a olhar para mim. Sorriu-me. Senti-me como se estivesse a viver um sonho horroroso. Tinha assassinado o meu pai, e compreendi que nunca conseguiria ver-me livre do meu irmão. Até àquele momento, tinha pensado em matar-me. Em vez disso, resolvi fugir. — Dirigiu a Mikael um olhar que foi quase de alívio. — É uma sensação fantástica contar a verdade. Agora já sabe.

CAPÍTULO 27

SÁBADO, 26 DE JULHO – SEGUNDA-FEIRA, 28 DE JULHO

Mikael recolheu Lisbeth à porta do apartamento, na Lundagatan, às dez horas, e levou-a até ao crematório de Norra. Ficou junto dela durante a cerimónia. Durante muito tempo foram os únicos presentes, além do pastor, mas quando o funeral começou, Armanskij apareceu. Fez um seco aceno de cabeça a Mikael e foi colocar-se atrás de Lisbeth, pousando-lhe ao de leve uma mão no ombro. Ela assentiu com a cabeça sem se voltar, como se soubesse quem era. A partir daí, ignorou-os a ambos.

Lisbeth não lhe dissera nada a respeito da mãe, mas o pastor tinha aparentemente falado com alguém da casa de saúde onde ela morrera, e Mikael compreendeu que a causa da morte fora uma hemorragia cerebral. Lisbeth manteve-se em silêncio durante toda a cerimónia. O pastor perdeu o fio ao discurso por duas vezes, quando se voltou directamente para ela. Lisbeth olhava em frente, com um rosto sem expressão. Quando acabou, fez meia volta e afastou-se, sem uma palavra de agradecimento ou de despedida. Mikael e Armanskij inspiraram fundo e olharam um para o outro.

— Ela está muito triste — disse Armanskij.

— Eu sei — respondeu Mikael. — Ainda bem que veio.

— Não estou muito certo disso.

Armanskij olhou fixamente para Mikael.

— Se vão voltar para o Norte, tome conta dela.

Mikael prometeu que assim faria. Despediram-se um do outro, e do pastor, à porta da igreja. Lisbeth já estava no carro, à espera.

Tinha de voltar a Hedestad para ir buscar a moto e o equipamento que levara da Milton Security. Só quebrou o silêncio já depois de terem passado Uppsala, perguntando como correra a viagem à Austrália. Mikael aterrara em Arlanda já tarde na noite anterior e não dormira mais do que três ou quatro horas. Enquanto conduzia, contou-lhe a história de Harriet Vanger. Lisbeth manteve-se calada meia hora antes de abrir a boca.

— Cabra — disse.
— Quem?
— A Harriet Merda Vanger. Se tivesse feito qualquer coisa em sessenta e seis, o Martin Vanger não teria continuado a matar mulheres durante trinta e sete anos.
— A Harriet sabia que o pai assassinava mulheres, mas não fazia ideia de que o Martin tivesse alguma coisa que ver com isso. Fugiu de um irmão que a violava e que ameaçava revelar que ela matara o pai se não fizesse o que ele mandava.
— Treta.

Depois disso, mantiveram-se em silêncio até Hedestad. Mikael já estava atrasado para o seu encontro e deixou-a no desvio para a ilha de Hedeby; pediu-lhe que estivesse lá quando ele voltasse.

— Estás a tencionar passar a noite?
— Acho que sim.
— Queres que esteja cá?

Ele apeou-se e contornou o carro para a abraçar. Ela empurrou-o, quase com violência. Mikael recuou um passo.

— Lisbeth, tu és minha amiga.
— Queres que eu fique para teres alguém com quem foder esta noite?

Mikael ficou a olhar para ela durante muito tempo. Então fez meia volta, meteu-se no carro e ligou o motor. Baixou a janela. A hostilidade dela era palpável.

— Quero ser teu amigo — disse ele. — Se queres outra coisa, não precisas de estar cá quando eu voltar.

Henrik Vanger estava sentado, vestido, quando Dirch Frode abriu a porta do quarto do hospital.

— Estão a pensar deixar-me ir ao funeral do Martin, amanhã – disse Henrik a Mikael.

— O que foi que o Dirch já lhe contou?

Henrik olhou para o chão.

— Contou-me o que o Gottfried e o Martin faziam. É pior, muito pior do que eu imaginava.

— Sei o que aconteceu à Harriet.

— Diz-me: como foi que ela morreu?

— Não morreu. Está viva. E, se o Henrik quiser, muito desejosa de vê-lo.

Ficaram os dois a olhar para ele, como se o mundo se tivesse virado do avesso.

— Não foi fácil convencê-la a vir, mas está viva, está bem, e está aqui em Hedestad. Chegou esta manhã e pode estar aqui dentro de uma hora. Isto se quiser vê-la, claro.

Mikael teve de contar tudo, do princípio ao fim. Henrik interrompeu-o um par de vezes com uma pergunta, ou para lhe pedir que repetisse qualquer coisa. Frode não disse uma palavra.

Quando a história acabou, Henrik permaneceu silencioso. Mikael receara que aquilo fosse demasiado para o velho, mas Henrik não mostrava sinais de emoção, excepto no pormenor de a voz ter soado um pouco mais aguda quando falou.

— Pobre Harriet. Se tivesse falado comigo...

Mikael olhou para o relógio. Faltavam cinco para as quatro.

— Quer vê-la? Ela continua com medo de que não queira, depois de saber o que fez.

— E as flores? – perguntou Henrik.

— Perguntei-lhe no avião, na viagem para cá. Havia uma pessoa na família que ela amava, além da Anita, e era a si, Henrik. Era ela, claro, que enviava as flores. Disse-me que esperava que através delas compreendesse que estava viva e bem, sem ter de aparecer em pessoa. Mas uma vez que o único canal de informação que tinha era a Anita, que se mudou para o estrangeiro logo que acabou os estudos e nunca mais voltou a Hedestad, o seu conhecimento do que se passava era muito limitado. Nunca soube como o Henrik sofreu nem que pensava que era o assassino a provocá-lo.

— Assumo que era a Anita que enviava as encomendas.

— Trabalha numa companhia de aviação e voa para todo o mundo. Enviava-as de onde quer que calhasse estar.

— Mas como descobriu que foi a Anita que a ajudou?

— Era ela que estava à janela do quarto da Harriet.

— Mas podia estar envolvida... podia ser ela a assassina. Como soube que a Harriet estava viva?

Mikael olhou longamente para Henrik. Então, sorriu pela primeira vez desde que regressara a Hedestad.

— A Anita estava envolvida no desaparecimento da Harriet, mas não podia tê-la assassinado.

— Como podia estar tão certo disso?

— Porque isto não é nenhum policial tipo quarto-fechado. Se a Anita tivesse assassinado a Harriet, já teriam encontrado o corpo há muito tempo. Portanto, a única outra explicação lógica era ela ter ajudado a Harriet a fugir e a esconder-se. Então, quer ou não vê-la?

— Claro que quero vê-la.

Mikael encontrou Harriet junto ao elevador, no átrio. À primeira vista não a reconheceu. Desde que se tinham separado no aeroporto de Arlanda, na noite anterior, ela voltara a pintar os cabelos de castanho. Vestia umas calças pretas, uma blusa branca e um elegante casaco cinzento. Estava com um ar radiante, e Mikael inclinou-se para lhe dar um abraço de encorajamento.

Henrik levantou-se da cadeira quando ele abriu a porta. Harriet inspirou fundo.

— Olá, Henrik — disse.

O velho examinou-a dos pés à cabeça. Então, Harriet aproximou-se e beijou-o. Mikael fez um aceno de cabeça a Frode e fechou a porta.

Lisbeth não estava na casa de hóspedes quando Mikael regressou. O equipamento de vídeo e a moto tinham desaparecido, bem como a mala com roupas e o pequeno saco com os artigos de higiene pessoal.

A casa parecia vazia. Repentinamente, pareceu-lhe estranha e irreal. Olhou para os montes de papéis no escritório, que teria de guardar nas caixas de cartão e levar de volta para a casa de Henrik. Mas não se sentia com coragem para iniciar o processo. Foi no carro até ao Konsum e comprou pão, leite, queijo e qualquer coisa para o jantar. Quando voltou, pôs a cafeteira ao lume, sentou-se no quintal e leu os jornais da tarde sem pensar em mais nada.

Às cinco horas, um táxi atravessou a ponte, vindo do continente. Três minutos mais tarde voltou a passar em sentido contrário. Mikael viu, de relance, Isabella Vanger sentada no banco traseiro.

Às sete, estava a dormitar na cadeira do quintal quando Frode o acordou.

— Como vão as coisas entre o Henrik e a Harriet? — perguntou.

— Esta infeliz nuvem é orlada de prata — respondeu Frode, com um sorriso contido. — A Isabella, calcule, entrou de rompante no quarto do Henrik. Tinha-o visto regressar, claro, e estava completamente fora de si. Gritou que era preciso acabar com esta história da Harriet e que tinha sido você, Mikael, com as suas investigações, a empurrar o filho dela para a morte.

— Bom, não deixa de ter razão, de certa maneira.

— Ordenou ao Henrik que o despedisse imediatamente e corresse consigo da propriedade. E que, de uma vez por todas, desistisse de procurar fantasmas.

— Uau!

— Nem sequer olhou para a mulher sentada ao lado da cama, a falar com o Henrik. Deve ter pensado que fazia parte do pessoal do hospital. Nunca esquecerei o momento em que a Harriet se pôs de pé e disse: «Olá, Mamã.»

— Que aconteceu?

— Tivemos de chamar um médico para verificar os sinais vitais da Isabella. Neste momento, recusa-se a acreditar que é a Harriet. Acusa-o a si de ter trazido uma impostora.

Frode ia a caminho de visitar Cecilia e Alexander, para lhes comunicar que Harriet ressuscitara de entre os mortos. Saiu apressadamente, deixando Mikael entregue às suas solitárias ruminações.

◆

Lisbeth Salander parou para encher o depósito numa estação de serviço a norte de Uppsala. Viera a conduzir com uma obstinada determinação, olhando sempre em frente. Pagou rapidamente e voltou à moto. Accionou o pedal de arranque e dirigiu-se à saída, e aí deteve-se, indecisa.

Continuava num estado de espírito tempestuoso. Estava furiosa quando saíra de Hedeby, mas a fúria fora-se dissipando durante a viagem. Não sabia dizer por que razão estava tão zangada com Mikael, ou sequer se era com ele que estava zangada.

Pensou em Martin Vanger e Harriet Merda Vanger e Dirch Porra Frode e em todo o maldito clã Vanger instalado em Hedestad, reinando sobre o seu pequeno império e conspirando uns contra os outros. Tinham precisado de ajuda. Normalmente, nem sequer lhe dariam os bons-dias se a encontrassem na rua, quanto mais confiar--lhe os seus repelentes segredos.

Merda de canalha.

Inspirou fundo e pensou na mãe, que transformara em cinzas naquela mesma manhã. Agora, nunca mais poderia compor as coisas. A morte da mãe significava que nunca ia conseguir sarar, porque agora nunca iria obter resposta para as perguntas que sempre quisera fazer.

Pensou em Armanskij, atrás dela no crematório. Devia-lhe ter dito qualquer coisa. Pelo menos, ter-lhe dado a entender que sabia que ele estava ali. Mas se o tivesse feito, ele teria tomado isso como um pretexto para reestruturar-lhe a vida. Se ela lhe desse o dedo mindinho, ele ia querer o braço todo. E, por outro lado, nunca seria capaz de compreender.

Pensou no advogado, Bjurman, que continuava a ser o seu tutor mas que, pelo menos de momento, fora neutralizado e fazia o que ela o mandava fazer.

Sentiu-se invadir por um ódio implacável e cerrou os dentes.

E pensou em Mikael Blomkvist e perguntou a si mesma que diria ele se soubesse que estava sob tutela do tribunal e que a sua vida inteira era uma porra de um ninho de ratos.

Apercebeu-se de que não estava verdadeiramente zangada com ele. Mikael era apenas a pessoa em cima de quem descarregava a sua fúria quando o que mais queria no mundo era matar alguém, várias pessoas. Estar zangada com *ele* não fazia ponta de sentido.

Aliás, os seus sentimentos em relação a Mikael eram estranhamente ambíguos.

O tipo metia o nariz nos assuntos das outras pessoas e andara a cheiricar na vida dela e... Mas... também tinha gostado de trabalhar com ele. Até isso era uma sensação estranha... trabalhar *com* alguém. Não estava habituada, mas fora inesperadamente indolor. Ele não se metera com ela. Não tentara dizer-lhe como viver a sua vida.

E fora ela que o seduzira, não o contrário.

E, além disso, fora satisfatório.

Nesse caso, por que raio sentia que lhe apetecia dar-lhe um pontapé na cara?

Suspirou e ergueu tristemente os olhos para ver um intercontinental passar a rugir pela E4.

Mikael ainda estava no quintal às oito da tarde quando foi alertado pelo matraquear da *125cc* na ponte e viu Lisbeth virar para a casa de hóspedes. Viu-a apoiar a moto no descanso, tirar o capacete, aproximar-se da mesa e pôr a mão na cafeteira, que estava fria e vazia. Pôs-se de pé, a olhar para ela, espantado. Lisbeth pegou na cafeteira e entrou na cozinha. Quando voltou, tinha despido o fato de couro e sentou-se na cadeira vestindo uns *jeans* e uma *T-shirt* com a legenda: «Consigo ser uma verdadeira cabra. Experimentem.»

— Pensei que, a esta hora, já estavas em Estocolmo — disse ele.

— Dei a volta em Uppsala.

— Uma volta e tanto.

— Estou dorida.

— Porque foi que voltaste?

Não obteve resposta. Esperou, enquanto bebiam café. Passados dez minutos, ela disse, relutantemente:

— Gosto da tua companhia.

Eram palavras que nunca lhe tinham passado pelos lábios.

— Foi... interessante trabalhar contigo neste caso.
— Eu também gostei de trabalhar contigo — disse ele.
— Hum.
— A verdade é que nunca trabalhei com uma investigadora tão excepcional. *Okay,* eu sei que és uma *hacker* e que navegas em círculos mais do que suspeitos capazes de montar uma escuta ilegal em Londres no espaço de vinte e quatro horas, mas a verdade é que consegues resultados.

Ela olhou para ele pela primeira vez desde que se tinham sentado à mesa. Mikael sabia tantos dos seus segredos.

— É assim, pronto. Percebo de computadores. Nunca tive problemas com ler um texto e absorver o que dizia.

— A tua memória fotográfica — disse Mikael, em voz baixa.

— Admito. Não faço a mínima ideia de como funciona. Não é só computadores e redes telefónicas. É também o motor da minha moto e aparelhos de televisão e aspiradores e processos químicos e fórmulas de astrofísica. Sou maluca, admito: sou uma aberração.

Mikael franziu a testa. Ficou calado durante muito tempo.

Síndroma de Asperger. Ou qualquer coisa nessa linha. Um talento para ver padrões e compreender raciocínios abstractos onde as outras pessoas vêem apenas ruído de fundo.

Lisbeth estava a olhar para o tampo da mesa.

— A maior parte das pessoas daria um olho e um dente para ter esse dom.

— Não quero falar nisso.

— Então não falamos. Estás contente por teres voltado?

— Não sei. Talvez tenha sido um erro.

— Lisbeth, és capaz de me definir a palavra amizade?

— É quando se gosta de alguém.

— Certo. Mas o que é que nos faz gostar de alguém?

Ela encolheu os ombros.

— A amizade... de acordo com a minha definição... assenta em duas coisas — continuou ele. — Respeito e confiança. Os dois elementos têm de estar presentes. E tem de ser recíproca. Podes respeitar uma pessoa, mas se não confias nela, a amizade vai pelo cano.

Lisbeth manteve-se silenciosa.

— Compreendo que não queiras discutir a tua vida comigo, mas um dia vais ter de decidir se confias ou não em mim. Quero que sejamos amigos, mas não posso fazê-lo sozinho.

— Gosto de fazer sexo contigo.

— O sexo não tem nada que ver com a amizade. Claro que dois amigos podem fazer sexo, mas se eu tivesse de escolher entre sexo e amizade, tratando-se de ti, não tenho a mínima dúvida do que escolheria.

— Não percebo. Queres fazer sexo comigo ou não queres?

— Não é boa ideia fazer sexo com as pessoas com quem trabalhamos — resmungou ele. — Dá sempre sarilho.

— Estarei enganada, ou não é verdade que tu e a Erika Berger vão para a cama sempre que podem? E ela é casada.

— Eu e a Erika... temos uma história que começou muito antes de ela ser casada. E o facto de ela ser casada não é da tua conta.

— Oh, estou a ver, de repente és tu que não queres falar da tua vida. E eu aqui sentada, a aprender que a amizade é uma questão de confiança.

— O que eu queria dizer é que não falo de uma amiga nas costas dela. Estaria a violar a sua confiança. Também não falaria de ti com a Erika nas tuas costas.

Lisbeth ficou a pensar nisto. A conversa tornara-se estranha. E ela não gostava de conversas estranhas.

— Gosto de fazer sexo contigo — repetiu.

— Eu também gosto... mas continuo a ter idade para ser teu pai.

— Estou-me cagando para a tua idade.

— Não, não podes ignorar a nossa diferença de idades. Não é uma base sã para uma relação duradoura.

— Quem é que falou de relações duradouras? — perguntou ela. — Acabamos de resolver um caso em que homens com uma sexualidade toda fodida desempenhavam um papel determinante. Se fosse eu a decidir, os homens assim seriam todos exterminados, até ao último.

— Bem, pelo menos não és de meias medidas.

— Pois não — disse ela, sorrindo o seu não-sorriso. — Mas, ao menos, tu não és como eles. — Pôs-se de pé. — Agora, vou tomar um duche e depois acho que me vou enfiar na tua cama, toda nua. Se achas que és demasiado velho, vais ter de dormir na cama de campanha.

Fossem quais fossem os recalcamentos de Lisbeth, a timidez não era certamente um deles. Que raio, conseguia perder todas as discussões com ela. Passado um pedaço, lavou a louça do café e foi para o quarto.

Levantaram-se às dez, tomaram duche juntos e comeram o pequeno-almoço no quintal. Às 11h, Dirch Frode apareceu, disse que o funeral seria às duas da tarde e perguntou se estavam a fazer tenção de ir.

– Não me parece – respondeu Mikael.

Frode perguntou então se podia aparecer por volta das seis, para terem uma conversa. Mikael disse que estava bem.

Passou algumas horas a arrumar papéis nas caixas de cartão e a levá-las para a casa de Henrik. Finalmente, ficou apenas com os seus blocos de notas e os dois arquivadores com o material a respeito do caso Hans-Erik Wennerström em que nem sequer tocara durante aqueles seis meses. Suspirou e enfiou-os no saco.

Frode telefonou a dizer que estava atrasado, e já passava das oito quando chegou à casa de hóspedes. Ainda vestia o fato escuro com que assistira ao funeral e tinha um ar esgotado quando se sentou no banco da cozinha e aceitou agradecidamente a chávena de café que Lisbeth lhe ofereceu antes de ir sentar-se do outro lado da mesa diante do computador. Mikael perguntou como fora recebida, pelo conjunto da família, a notícia do regresso de Harriet.

– Pode-se dizer que eclipsou a morte do Martin. Agora, os *media* também já sabem da existência dela.

– E como é que vocês estão a explicar a situação?

– A Harriet falou com um jornalista do *Kuriren*. A história dela é que fugiu de casa porque não se dava bem com a família, mas que obviamente foi bem-sucedida na vida, uma vez que está à frente de uma empresa muito substancial.

Mikael assobiou.

– Descobri que as ovelhas australianas davam dinheiro, mas não sabia que o rancho estava assim tão bem.

— O rancho está mais do que bem, mas não é a única fonte de rendimento dela. A Cochran Corporation inclui minas, opalas, fábricas, transportes, electrónica e um monte de outras coisas.

— Uau! Então o que é que acontece agora?

— Honestamente, não sei. Tem estado a aparecer gente durante todo o dia, e a família reuniu-se pela primeira vez em anos. Tanto do lado do Fredrik, como do Johan Vanger, e também alguns das gerações mais novas, os que estão agora na casa dos vinte e daí para cima. Há provavelmente quarenta Vanger em Hedestad, esta noite. Metade está no hospital, a cansar o Henrik; a outra metade está no Grande Hotel, a falar com a Harriet.

— A Harriet deve ser a grande sensação. Quantos deles sabem a respeito do Martin?

— Até agora, só eu, o Henrik e a Harriet. Tivemos uma longa conversa. Para nós, o Martin... e a tua descoberta das coisas horríveis que ele fez... é a grande preocupação do momento. Coloca o grupo de empresas perante uma crise de proporções gigantescas.

— Compreendo.

— Não há um herdeiro natural, mas a Harriet vai ficar em Hedestad durante algum tempo. A família vai determinar quem possui o quê, como vai a herança ser dividida, e por aí fora. A verdade é que ela tem uma parte que seria muito considerável se não se tivesse ido embora. É um pesadelo.

Mikael riu-se. Frode não estava com vontade de rir.

— A Isabella teve um colapso no funeral. Está no hospital. O Henrik diz que não vai visitá-la.

— Boa, Henrik!

— Entretanto, a Anita vem de Londres. Fui encarregado de marcar uma reunião da família para a semana. Será a primeira em que ela participa, em vinte e cinco anos.

— Quem vai ser o novo CEO?

— O Birger quer o lugar, mas está fora de questão. O que vai acontecer é o Henrik assumir o lugar *pro tem*, mesmo doente, até contratarmos alguém de fora ou dentro da família...

Mikael arqueou as sobrancelhas.

— A Harriet? Não pode estar a falar a sério.

— Porque não? Estamos a falar de uma mulher de negócios altamente competente e respeitada.

— Tem empresas na Austrália com que se ocupar.

— É verdade, mas o filho, o Jeff Cochran, aguenta o barco na ausência dela.

— O Jeff é *studs manager* num rancho de criação de ovelhas. Se bem compreendi, a função dele é certificar-se de que os carneiros certos acasalam com as ovelhas certas.

— E é também licenciado em economia pela Universidade de Oxford e em direito pela de Melburne.

Mikael pensou no jovem suado e musculoso, de tronco nu, que guiara o *jeep* até ao fundo da ravina; tentou imaginá-lo de fato e gravata. Porque não?

— Tudo isto vai levar tempo a resolver — continuou Frode. — Mas ela seria perfeita para o lugar. Com a equipa de apoio certa, poderia inaugurar uma nova era para o grupo de empresas.

— Não tem experiência...

— É verdade. Não pode aparecer mais ou menos do nada e começar a gerir as empresas ao pormenor. Mas o Grupo Vanger é internacional, e podíamos certamente ter um CEO americano que não falasse uma palavra de sueco... Ao fim e ao cabo, resume-se tudo a negócio.

— Mais cedo ou mais tarde vão ter de enfrentar o problema da cave do Martin.

— Eu sei. Mas não podemos dizer nada sem destruir a Harriet... Ainda bem que não sou eu quem tem de tomar as decisões nessa matéria.

— Raios, Dirch, não vão conseguir esconder o facto de que o Martin era um assassino em série.

— Mikael, estou... estou numa posição muito desconfortável.

— Diga-me.

— Tenho uma mensagem do Henrik. Ele agradece-lhe o extraordinário trabalho que fez e diz que considera o contrato cem por cento cumprido. Significa isto que o liberta de quaisquer outras obrigações e que não tem de continuar a viver e trabalhar em Hedestad, *et cetera*.

Portanto, e a partir deste momento, é livre de regressar a Estocolmo e dedicar-se aos seus outros interesses.

— Trocado por miúdos, quer que eu desapareça da cena.

— De modo nenhum. Quer que vá visitá-lo para terem uma conversa a respeito do futuro. Diz que espera que o envolvimento dele no conselho de administração da *Millennium* possa continuar sem restrições. Mas...

Frode fez um ar ainda mais embaraçado, se tal coisa era possível.

— Não me diga, Dirch... já não quer que eu escreva a história da família Vanger.

Dirch Frode assentiu. Pegou num bloco de notas, abriu-o e empurrou-o na direcção de Mikael.

— Escreveu-lhe uma carta.

Caro Mikael,
Tenho o máximo respeito pela tua integridade e não tenciono insultar-te tentando dizer-te o que escrever. Podes escrever e publicar o que quiseres, e eu não exercerei qualquer pressão, seja de que tipo for.

O nosso contrato permanece válido, se quiseres continuar. Tens material suficiente para terminar a crónica da família Vanger.

Mikael, nunca em toda a minha vida pedi fosse o que fosse a quem quer que fosse. Sempre acreditei que as pessoas devem seguir a sua moral e as suas convicções. Desta vez, não tenho alternativa.

Venho, com esta carta, pedir-te, como amigo e como sócio da *Millennium*, que não escrevas a verdade a respeito do Gottfried e do Martin. Eu sei que é errado, mas não vejo maneira de sair desta escuridão. Tenho de escolher entre dois males, e, neste caso, não há vencedores.

Peço-te que não escrevas nada que magoe ainda mais a Harriet. Sabes por experiência própria o que é ser alvo de uma campanha dos *media*. E a campanha contra ti foi de proporções bastante modestas. Consegues com certeza imaginar como será para a Harriet se a verdade for conhecida. Há quarenta anos que é atormentada e não deveria ter de sofrer mais pelo mal que o pai e o irmão fizeram. E peço-te que penses bem nas consequências que esta história pode ter para os milhares de trabalhadores das nossas empresas. Isto pode esmagar-nos e aniquilar-nos.

Henrik

– O Henrik disse-me também que se exigir compensação por perdas financeiras que possam decorrer de não publicar a história, está inteiramente aberto à discussão. Pode fazer as exigências que considerar adequadas.

– O Henrik Vanger está a tentar calar-me. Diga-lhe que preferia que não me tivesse feito essa oferta.

– A situação é tão difícil para o Henrik como para si. Gosta muito de si e considera-o seu amigo.

– O Henrik Vanger é um filho da mãe muito esperto – disse Mikael. De repente, estava furioso. – Quer abafar a história. Está a jogar com as minhas emoções porque sabe que também gosto dele. E o que também está a dizer é que sou livre de publicar, mas que se o fizer ele terá de rever a sua posição na *Millennium*.

– Tudo mudou quando a Harriet apareceu em cena.

– E agora o Henrik está a tentar descobrir qual é o meu preço. Não quero lançar a Harriet aos lobos, mas *alguém* tem de dizer *alguma* coisa a respeito das mulheres que morreram na cave do Martin. Dirch, nem sequer sabemos quantas mulheres ele torturou e assassinou. Quem vai falar em nome delas?

Lisbeth ergueu os olhos do computador. A voz dela soou quase inaudível quando se dirigiu a Frode.

– Não há ninguém no vosso grupo de empresas que queira tentar calar-me a *mim*?

Frode olhou para ela, espantado. Mais uma vez, conseguira ignorar a existência de Lisbeth Salander.

– Se o Martin Vanger ainda fosse vivo, atirava-o eu aos lobos – continuou ela. – Fosse qual fosse o acordo que o Mikael fizesse convosco, enviaria todos os pormenores a respeito dele ao jornal mais próximo. E se pudesse, levava-o para aquela câmara de tortura e amarrava-o àquela mesa e espetava-lhe agulhas nos tomates. Infelizmente, ele está morto.

Voltou-se para Mikael.

– Aceito a solução que eles propõem. Nada que façamos poderá reparar o mal que o Martin Vanger fez às suas vítimas. Mas surge aqui uma situação interessante. Estás numa posição em que podes continuar a fazer mal a mulheres inocentes... especialmente essa Harriet que defendeste tão acaloradamente no carro, quando vínhamos para cá. Portanto, a pergunta que te faço é a seguinte: o que é que é pior... o facto de o Martin Vanger a ter violado na cabana ou tu ires fazê-lo em letra de forma? Tens aqui um belo dilema. Talvez a comissão de ética da Associação de Jornalistas possa dar-te alguma orientação.

Fez uma pausa. Mikael não conseguiu enfrentar-lhe o olhar. Baixou os olhos para a mesa.

— Mas eu não sou jornalista — concluiu ela.

— O que é que quer? — perguntou Dirch Frode.

— O Martin fez vídeos das suas vítimas. Quero que façam tudo o que puderem para identificar o maior número possível e que as famílias recebam uma compensação adequada. E quero que o Grupo Vanger faça um donativo perpétuo de dois milhões de coroas anuais para a Organização Nacional de Centros de Mulheres e Raparigas em Perigo.

Frode avaliou o preço por um minuto, e assentiu.

— Consegues viver com isto, Mikael? — perguntou Lisbeth.

Tudo o que Mikael Blomkvist sentia naquele instante era desespero. Dedicara a sua vida profissional a denunciar coisas que outras pessoas tentavam esconder, e não podia participar no encobrimento dos horríveis crimes cometidos na cave de Martin Vanger. Ele, que vituperara os colegas por não publicarem a verdade, estava ali sentado a discutir, a negociar, o mais macabro encobrimento de que alguma vez ouvira falar.

Manteve-se silencioso por muito tempo. Por fim, assentiu com um movimento de cabeça.

— Seja — disse Frode. — E no respeitante à oferta de compensação financeira...

— Diga ao Henrik que a enfie no cu e, Dirch, quero que se vá embora, já. Compreendo a sua posição, mas neste momento estou tão furioso com o Henrik e a Harriet que, se ficar mais tempo, talvez não possamos continuar a ser amigos.

Frode não fez sequer menção de se levantar.

— Não posso ir já. Ainda não acabei. Tenho outra mensagem para lhe transmitir, e também não vai gostar dela. O Henrik insiste em que lhe diga esta noite. Pode ir ao hospital e esfolá-lo amanhã de manhã, se quiser.

Mikael ergueu a cabeça e ficou a olhar para ele.

— Isto vai ser a coisa mais difícil que fiz em toda a minha vida – continuou Frode. – Mas penso que a franqueza absoluta, com todas as cartas na mesa, é a única coisa capaz de salvar a situação.

— Chegámos então à franqueza, é isso?

— Quando o Henrik o convenceu a aceitar o trabalho, no Natal passado – disse Dirch, ignorando o sarcasmo –, nem ele nem eu acreditávamos que houvesse quaisquer resultados. Foi exactamente o que ele pensou, mas queria fazer uma última tentativa. Tinha analisado a sua situação, em particular com a ajuda do relatório que Fröken Salander preparou. Jogou com o seu isolamento, ofereceu-lhe uma boa recompensa, e usou o isco certo.

— O Wennerström.

Frode assentiu.

— Estava a mentir?

— Não, não – disse Frode.

Lisbeth arqueou uma sobrancelha, interessada.

— O Henrik vai cumprir tudo o que prometeu. Está a combinar uma entrevista e vai lançar um ataque directo contra o Wennerström. Terá todos os pormenores mais tarde, mas, em traços largos, a situação é a seguinte: quando o Wennerström trabalhou no Departamento Financeiro do Grupo Vanger, gastou vários milhões de coroas a especular em divisas estrangeiras. Isto foi muito antes de os futuros em divisas estarem na moda. Fê-lo sem autorização. Os negócios correram mal uns atrás dos outros e, a dada altura, tinha acumulado um prejuízo de sete milhões de coroas que tentou encobrir, em parte falseando as contas, em parte especulando ainda mais loucamente. Como era inevitável, a história veio a lume e ele foi despedido.

— E ele, pessoalmente, ganhou algum dinheiro?

— Oh, sim, cerca de meio milhão de coroas que ironicamente foram o capital de arranque do Grupo Wennerström. Temos tudo isto documentado. Pode usar a informação como quiser, e o Henrik confirmará publicamente as acusações. Mas...

— Mas, e é um grande mas, Dirch, essa informação não vale nada — disse Mikael, dando um murro na mesa. — Tudo isso aconteceu há mais de trinta anos e é um caso encerrado.

— É a confirmação de que o Wennerström é desonesto.

— Vai chateá-lo, quando for divulgada, mas não passará de uma alfinetada. O que ele vai fazer é baralhar o jogo emitindo um comunicado de imprensa a dizer que o Henrik Vanger é um capitalista caduco que continua a tentar prejudicá-lo, e em seguida vai provavelmente afirmar que agiu sempre por ordem dele. Mesmo que não consiga provar a sua inocência, vai levantar cortinas de fumo suficientes para que ninguém leve a história muito a sério.

Frode parecia cada vez mais infeliz.

— Aldrabaram-me — disse Mikael.

— Não era essa a nossa intenção.

— A culpa foi minha. Estava desesperado e devia ter percebido que era qualquer coisa nesse género. — Deixou escapar uma gargalhada seca. — O Henrik é um velho tubarão. Estava a vender um produto e disse-me o que sabia que eu queria ouvir. São horas de se ir embora, Dirch.

— Mikael... lamento que...

— Dirch. *Vá-se embora.*

Lisbeth não sabia se devia ir ter com Mikael ou deixá-lo em paz. Acabou ele por resolver o problema pegando no casaco e batendo com a porta depois de sair.

Durante mais de uma hora ela esperou na cozinha, inquieta. Estava tão perturbada que levantou a mesa e lavou a louça, uma tarefa que geralmente deixava ao cuidado dele. De vez em quando aproximava-se da janela e espreitava para fora. Finalmente, incapaz de aguentar mais, enfiou o blusão de couro e saiu para ir procurá-lo.

Primeiro, foi até ao porto de recreio, onde ainda havia luzes acesas nas cabanas, mas não o viu em parte alguma. Seguiu o trilho ao longo da água que geralmente percorriam nos seus passeios nocturnos.

A casa de Martin Vanger estava às escuras e já parecia abandonada. Foi até às rochas da ponta do promontório, onde tantas vezes se sentavam a conversar, e acabou por regressar a casa. Mikael ainda não tinha voltado.

Lisbeth foi até à igreja. Nada. Não sabia o que mais fazer. Então, foi buscar a moto, tirou uma lanterna de um dos sacos laterais e voltou a meter pelo caminho que bordejava a costa. Demorou algum tempo a percorrer a estrada parcialmente coberta de mato, e ainda mais a encontrar o trilho até à cabana de Gottfried. Viu-a surgir da escuridão, do outro lado de um grupo de árvores. Mikael não estava sentado no alpendre e a porta estava fechada.

Tinha iniciado o regresso à aldeia quando se deteve e voltou para trás, indo até ao fim do trilho. Avistou a silhueta de Mikael, no escuro, na ponta do pequeno cais onde Harriet Vanger afogara o pai. Suspirou de alívio.

Mikael ouviu-a pisar as tábuas do pontão e voltou-se. Lisbeth sentou-se ao lado dele, sem dizer uma palavra. Finalmente, ele quebrou o silêncio.

— Desculpa. Precisava de estar sozinho por um instante.
— Eu sei.

Lisbeth acendeu dois cigarros e deu-lhe um. Mikael olhou para ela. Lisbeth era o ser humano mais associal que alguma vez conhecera. Geralmente, ignorava todas as tentativas da parte dele para falar de qualquer tema pessoal, e nunca aceitava a mais pequena expressão de simpatia. Salvara-lhe a vida e agora seguira-o até ali, a meio da noite. Passou-lhe um braço pelos ombros.

— Agora já sei qual é o meu preço — disse. — Abandonámos aquelas raparigas. Eles vão enterrar a história toda. Tudo o que está na cave do Martin vai desaparecer como se nunca tivesse existido.

Lisbeth não respondeu.

— A Erika tinha razão — continuou ele. — O que eu devia ter feito era ir passar um mês a Espanha e depois voltar com novas forças e atacar o Wennerström. Desperdicei todos estes meses.

— Se tivesses ido a Espanha, o Martin continuaria a fazer o que fazia naquela cave.

Ficaram ali sentados durante muito tempo antes que ele sugerisse que voltassem para casa.

Mikael adormeceu antes de Lisbeth, que ficou acordada a ouvi-lo respirar. Pouco depois, foi para a cozinha e sentou-se no banco, no escuro, e fumou vários cigarros enquanto pensava. Assumira desde o princípio que Henrik Vanger e Frode iam enganá-lo. Fazia parte da natureza deles. Mas o problema era de Mikael, não dela. Ou seria?

Finalmente, tomou uma decisão. Apagou o cigarro, voltou ao quarto, acendeu a luz e sacudiu Mikael até o acordar. Eram duas e meia da manhã.

– O que foi?

– Tenho uma pergunta. Senta-te.

Mikael sentou-se, bêbedo de sono.

– Quando foste acusado, porque foi que não te defendeste?

Mikael esfregou os olhos. Olhou para o relógio.

– É uma longa história, Lisbeth.

– Tenho tempo. Conta-me.

Ele continuou sentado em silêncio durante algum tempo, a pensar no que dizer. Finalmente, decidiu-se pela verdade.

– Não tinha defesa. A informação contida no artigo era falsa.

– Quando entrei no teu computador e li a tua troca de *e-mails* com a Erika, vi montes de referências ao caso Wennerström, mas só discutiam pormenores práticos relacionados com o julgamento e nada a respeito do que tinha acontecido. O que foi que correu mal?

– Lisbeth, não posso tornar pública a história verdadeira. Deixei-me apanhar numa armadilha. Eu e a Erika tínhamos a certeza de que prejudicaríamos ainda mais a nossa credibilidade se contássemos a alguém o que na verdade aconteceu.

– Escuta, Super Blomkvist, ontem à tarde fizeste-me um sermão a respeito de amizade e confiança, e todas essas coisas. Não vou pôr a tua história na Net.

Mikael protestou. Estavam a meio da noite. Não se sentia com forças para contar tudo naquele momento. Ela insistiu teimosamente, ali sentada, até que ele cedeu. Mikael foi à casa de banho lavar a cara e pôs a cafeteira ao lume. Então, voltou para a cama e contou-lhe como o seu velho colega de escola Robert Lindberg, na cabina de um *Mällar-30* amarelo, na marina de Arholma, lhe acicatara a curiosidade.

— Estás a dizer que o teu amigo mentiu?

— Não, de modo algum. Contou-me exactamente o que sabia, e eu tive ocasião de comprovar tudo o que me disse através da auditoria da ADI. Até fui à Polónia e fotografei o barracão com telhado de chapa ondulada onde a grande fábrica Minos estivera alojada. Entrevistei várias pessoas que tinham trabalhado para a empresa. Todas disseram exactamente a mesma coisa.

— Não estou a perceber.

Mikael suspirou. Passou algum tempo antes que voltasse a falar.

— Tinha um raio de uma boa história. Ainda não tinha confrontado pessoalmente o Wennerström, mas a minha história era à prova de água; e se a tivesse publicado naquele momento tê-lo-ia abalado a sério. Talvez não tivesse levado a uma acusação de fraude... o negócio já tinha sido aprovado pelos auditores... mas ter-lhe-ia feito um rombo na reputação.

— O que foi que correu mal?

— Algures pelo caminho, alguém descobriu no que eu andava a meter o nariz, e o Wennerström ficou a saber da minha existência. De repente, começaram a acontecer uma porção de coisas esquisitas. Primeiro fui ameaçado. Chamadas anónimas de telemóveis com cartões pré-pagos impossíveis de localizar. Também a Erika foi ameaçada. As parvoíces do costume: fica caladinha ou tratamos-te do canastro, e coisas assim. Ela, claro, ficou furiosa.

Tirou um cigarro do maço de Lisbeth.

— Então, aconteceu uma coisa extremamente desagradável. Certa noite, já tarde, quando ia a sair do escritório fui atacado por dois homens que foram direitos a mim e me deram um par de murros. Fiquei com um lábio inchado e caído na rua. Não consegui identificá-los, mas um deles parecia um velho motoqueiro.

— Portanto, a seguir...

— Tudo isto, claro, teve como único efeito deixar a Erika ainda mais danada, e a mim mais obstinado. Aumentámos a segurança na *Millennium*. O problema era que aqueles ataques eram totalmente desproporcionados em relação ao conteúdo da história. Não conseguíamos perceber porque estava tudo aquilo a acontecer.

— Mas a história que publicaram era uma coisa completamente diferente.

— Exacto. De repente, conseguimos um furo. Descobrimos uma fonte, um «Garganta Funda», no círculo do Wennerström. Esta fonte tinha literalmente um medo de morte e só aceitava encontrar-se connosco em quartos de hotel. Disse-nos que o dinheiro da Minos tinha sido usado para tráfico de armas na guerra da Jugoslávia. O Wennerström tinha contactos com a extrema-direita Ustachi, na Croácia. E não só isto, deu-nos cópias de documentos que apoiavam o que dizia.

— E vocês acreditaram nele?

— Era esperto. Só nos dava a informação suficiente para nos levar à fonte seguinte, que confirmava a história. Deram-nos uma foto de um dos colaboradores mais próximos do Wennerström a apertar a mão a um dos compradores. Era material explosivo e pormenorizado, e tudo parecia verificável. Por isso publicámos.

— E era falso.

— Tudo falso, do princípio ao fim. Os documentos eram forjados. O advogado do Wennerström não teve dificuldade em provar que a fotografia do colaborador dele a apertar a mão ao líder dos ustachis era uma montagem de duas imagens.

— Fascinante.

— Em retrospectiva, é fácil ver como fomos manipulados. A nossa história original, que teria verdadeiramente atingido o Wennerström, estava afogada numa falsificação bem feita. Publicámos uma história que o Wennerström não teve dificuldade em desmontar peça a peça e provar a sua inocência.

— Não podiam voltar atrás e contar a verdade? Não tinham provas absolutamente nenhumas de que o Wennerström tinha orquestrado a falsificação?

— Se tentássemos dizer a verdade e acusar o Wennerström de estar por detrás de toda aquela jogada, ninguém acreditaria em nós. Teria parecido uma tentativa desesperada de passar as culpas da nossa estupidez para um inocente líder da indústria sueca.

— Estou a ver.

— O Wennerström tinha dois níveis de protecção. Se a tramóia fosse desmascarada, poderia dizer que era um dos seus inimigos a tentar difamá-lo. E nós na *Millennium* perderíamos de todos os modos a nossa credibilidade, por termos acreditado numa história que se provara ser falsa.

— Por isso optaste por não te defenderes e aceitar a pena de prisão.

— Mereci-a — disse Mikael. — Tinha-o difamado. Agora já sabes tudo. Posso voltar a dormir?

Apagou a luz e fechou os olhos. Lisbeth deitou-se ao lado dele.

— O Wennerström é um *gangster*.

— Eu sei.

— Não, quer dizer, eu *sei* que ele é um *gangster*. Trabalha com toda a gente, desde a máfia russa aos cartéis da droga colombianos.

— Que estás tu a dizer?

— Quando entreguei o meu relatório ao Frode, ele encarregou-me de outra missão. Pediu-me que tentasse descobrir o que tinha verdadeiramente acontecido no julgamento. Eu tinha começado a trabalhar no caso quando ele telefonou ao Armanskij a cancelar o serviço.

— Pergunto a mim mesmo porquê.

— Assumo que liquidaram a investigação logo que tu aceitaste a proposta do Henrik Vanger. Deixava de ter um interesse imediato.

— E?

— Bem, não gosto de deixar coisas a meio. Tive umas semanas... disponíveis na Primavera passada, numa altura em que o Armanskij não tinha nada para mim, de modo que continuei a investigar o Wennerström, só pelo gozo.

Mikael sentou-se na cama e acendeu a luz. Lisbeth enfrentou-lhe o olhar. Espantosamente, tinha um ar culpado.

— Descobriste alguma coisa?

— Tenho o disco rígido dele inteirinho no meu computador. Vais ter todas as provas de que precisares de que ele é um *gangster*.

CAPÍTULO 28

TERÇA-FEIRA, 29 DE JULHO – SEXTA-FEIRA, 24 DE OUTUBRO

HAVIA TRÊS DIAS que Mikael Blomkvist examinava os *prints* do computador de Lisbeth – caixas e caixas de cartão cheias de papéis. O problema era que o assunto estava constantemente a mudar. Um negócio de opções em Londres. Uma compra de divisas em Paris, através de um agente. Uma empresa com uma caixa postal em Gibraltar. Uma súbita duplicação de fundos numa conta do Chase Manhattan Bank, em Nova Iorque.

E depois, todos aqueles confusos pontos de interrogação: uma empresa comercial com 200 mil coroas numa conta não movimentada registada cinco anos antes em Santiago do Chile – uma de quase 30 empresas iguais em 12 países diferentes – e nem a mais pequena sugestão quanto ao tipo de actividade desenvolvida. Uma empresa adormecida? *À espera de quê?* Uma fachada para qualquer outro tipo de actividade? O computador não dava pistas sobre o que se passava na cabeça de Wennerström ou sobre aquilo que para ele devia ser tão perfeitamente óbvio que não precisava de estar consignado num documento electrónico.

Lisbeth estava convencida de que a maior parte daquelas perguntas nunca teria resposta. Podiam ver a mensagem, mas, sem a chave, nunca conseguiriam interpretar o seu significado. O império de Wennerström era como uma cebola à qual se podia tirar camada atrás de camada; um labirinto de empresas detidas umas pelas outras. Empresas, contas, fundos, valores. Calcularam que ninguém – talvez nem sequer o próprio Wennerström – conseguisse ter uma visão global. Era um organismo independente, com uma vida própria.

Havia, no entanto, um padrão, ou, pelo menos, a sugestão de um padrão. Um labirinto de empresas proprietárias umas das outras. Os activos de Wennerström eram diversamente avaliados entre 100 e 400 mil milhões de coroas, dependendo de quem perguntasse e de quem fizesse as contas. Mas se as empresas eram proprietárias umas das outras... qual seria o seu valor real?

Tinham deixado Hedeby na manhã seguinte a Lisbeth ter largado a bomba que ocupava agora todos os momentos de vigília da vida de Mikael Blomkvist. Foram para casa dela e passaram dois dias em frente do computador, enquanto Lisbeth o ajudava a orientar-se no universo de Wennerström. Mikael tinha montes de perguntas. Uma delas era simples curiosidade.

– Lisbeth, como foi que conseguiste operar o computador dele, de um ponto de vista puramente prático?

– Graças a uma invenção do meu amigo Peste. O Wennerström tem um portátil IBM com que trabalha tanto em casa como no escritório. O que significa que toda a informação se encontra no mesmo disco rígido. E tem uma ligação de banda larga, em casa. O Peste inventou uma espécie de manga que se coloca à volta do cabo de banda larga, e eu estou a testá-la. Tudo o que o Wennerström vê é registado pela manga, que envia os dados para um *server* que está noutro sítio.

– Ele não tem uma *firewall*?

Lisbeth sorriu.

– Claro que tem uma *firewall*. Mas a questão é que esta manga funciona também como uma espécie de *firewall*. Demora algum tempo a entrar num computador por este processo. Digamos que o Wennerström recebe um *e-mail*; primeiro vai para a manga do Peste, e nós podemos lê-lo antes mesmo que ele passe através da *firewall*. Mas a parte mais interessante é que o *e-mail* é rescrito, e são acrescentados uns poucos *bytes* de código de origem. Isto repete-se sempre que ele descarrega qualquer coisa no computador. As imagens são ainda melhores. O Wennerström farta-se de surfar na Net. Sempre que clica uma fotografia porno ou abre uma nova página, nós acrescentamos várias linhas de código de origem. Passado algum tempo, horas ou dias, dependendo de quanto usa o computador, descarregou um programa inteiro de aproximadamente três *megabytes* em que cada *bit* está ligado ao seguinte.

— E?

— Quando os últimos *bits* são instalados, o programa integra-se com o *browser* de Internet. Para o Wennerström, é como se o computador tivesse encravado, e tem de reiniciá-lo. Durante a reiniciação, é instalado todo um novo *software*. Ele usa o Microsoft Explorer. Da próxima vez que abrir o Explorer, estará na verdade a abrir um *software* completamente diferente que é invisível no ecrã e parece e funciona tal e qual como o Explorer, mas também faz uma porção de outras coisas. Começa por assumir o controlo da *firewall* e certificar-se de que tudo parece estar a funcionar. Em seguida, sonda o computador e envia *bits* de informação sempre que ele clica o rato quando está a navegar. Passado mais algum tempo, dependendo também de quanto ele surfa, acumulámos uma réplica completa do conteúdo do disco rígido num *server* que está algures. E então é tempo da OH.

— OH?

— Desculpa. O Peste chama-lhe OH. OPA Hostil.

— Estou a ver.

— Mas o verdadeiramente subtil é o que acontece a seguir. Quando a estrutura fica pronta, o Wennerström passa a ter dois discos rígidos, um no equipamento dele, outro no nosso *server*. Da próxima vez que ligar o computador, é na verdade o computador-espelho que arranca. Já não está a trabalhar na máquina dele, e sim na nossa. A dele ficará um pouco mais lenta, mas tão pouco que é praticamente indetectável. E quando eu estou ligada ao *server*, posso espiar o computador dele em tempo real. Cada vez que ele prime uma tecla, eu vejo-o no meu monitor.

— Esse teu amigo também é um *hacker*?

— Foi ele que arranjou a escuta telefónica em Londres. Socialmente, está um pouco *out*, mas na Net é uma lenda.

— *Okay* — disse Mikael, com um sorriso resignado. — Pergunta número dois: porque foi que não me falaste mais cedo do Wennerström?

— Nunca me perguntaste.

— E se eu nunca te perguntasse... suponhamos que nem sequer chegava a conhecer-te... ficavas aqui sentada sabendo que o Wennerström é um *gangster* e deixando a *Millennium* ir ao fundo?

— Ninguém me pediu para desmascarar o Wennerström — respondeu Lisbeth, num tom sentencioso.

— Sim, mas se alguém tivesse pedido.

— Eu tinha-te dito — disse ela.

Mikael deixou cair o assunto.

Lisbeth gravou o conteúdo do disco rígido de Wennerström — cerca de cinco *gigabytes* — em dez CD e tinha-se praticamente mudado para o apartamento de Mikael. Esperava pacientemente, respondendo a todas as perguntas que ele fazia.

— Não percebo como pôde aquele fulano ser estúpido ao ponto de pôr toda esta roupa suja num disco rígido — disse Mikael. — Se fosse parar às mãos da polícia...

— As pessoas não são muito racionais. Ele está com certeza convencido de que nunca passaria pela cabeça da polícia confiscar-lhe o computador.

— Acima de toda a suspeita. Concordo que é um filho da mãe arrogante, mas deve ter consultores de segurança a dizer-lhe como lidar com o computador. Há nesta máquina material que remonta a mil novecentos e noventa e três.

— O computador em si é relativamente novo. Foi fabricado há um ano. Mas ele parece ter transferido toda a correspondência e tudo o mais para o disco rígido, em vez de o armazenar em CD. Mas, ao menos, usa um programa de encriptação.

— Que é totalmente inútil, uma vez que tu estás dentro do computador e lês as *passwords* sempre que ele as tecla.

Já estavam em Estocolmo havia três dias quando Malm ligou para o telemóvel de Mikael às três da manhã.

— Esta noite, o Henry Cortez esteve num bar com a namorada.

— Hum — resmungou Mikael, sonolentamente.

— No regresso a casa, acabaram no Centralen.

— Não é o melhor lugar para uma cena de sedução.

— Ouve. O Dahlman está de férias. O Henry viu-o sentado a uma mesa com um tipo.

— E?

— O Henry reconheceu o fulano. Krister Söder.

— Não reconheço o nome, mas...

— Trabalha para a *Finansmagasinet Monopol*, que é propriedade do Grupo Wennerström.

Mikael sentou-se direito na cama.

— Ainda aí estás?

— Ainda aqui estou. Pode não significar nada. O Söder é jornalista, podem ser velhos amigos.

— Pode ser que eu esteja paranóico, mas, aqui há tempos, a *Millennium* comprou uma história a um *freelancer*. Uma semana antes de nós nos prepararmos para a publicar, o Söder apareceu com um artigo que era quase igual. Era uma história a respeito de um fabricante de telemóveis e de um componente defeituoso.

— Ouço o que estás a dizer. Mas essas coisas acontecem. Falaste com a Erika?

— Não, ela só volta para a semana.

— Não faças nada. Eu ligo-te depois.

— Problemas? – perguntou Lisbeth.

— A *Millennium* – respondeu Mikael – Tenho de ir até lá. Queres ir comigo?

Os escritórios estavam desertos. Lisbeth demorou três minutos a descobrir a *password* que protegia o computador de Dahlman e mais dois a transferir o conteúdo do disco rígido para o *iBook* de Mikael.

A maior parte dos *e-mails* estava provavelmente no portátil de Dahlman, a que não tinham acesso. Mas, através do *desktop* dele na *Millennium*, Lisbeth ficou a saber que, além do endereço millennium.se, tinha uma conta *hotmail* pessoal na Internet. Demorou seis minutos a decifrar o código e a descarregar toda a correspondência do ano anterior. Cinco minutos mais tarde, Mikael estava na posse de provas de que Dahlman transmitira informação sobre a situação da *Millennium* e mantivera o editor da *Finansmagasinet Monopol* a par de que histórias Erika planeava publicar em cada número. Esta espionagem durava, pelo menos, desde o Outono anterior.

Desligaram os computadores e voltaram ao apartamento de Mikael para dormir algumas horas. Mikael telefonou a Christer Malm às dez da manhã.

— Tenho provas de que o Dahlman trabalha para o Wennerström.

— Eu sabia. Óptimo, vou despedir esse porco de merda hoje mesmo.

— Não. Não faças absolutamente nada.

— Nada?

— Christer, confia em mim. O Dahlman ainda está de férias?

— Sim. Volta na segunda.

— Quantos estão hoje na redacção?

— Bem, cerca de metade.

— Podes convocar uma reunião para as duas? Não digas qual é o assunto. Eu vou estar aí.

Havia seis pessoas sentadas à volta da mesa de reuniões. Malm parecia cansado. Cortez parecia recém-apaixonado, como só os jovens de 24 anos conseguem parecer. Nilsson parecia irritada — Malm não dissera a ninguém o motivo da reunião, mas ela estava na empresa havia tempo mais do que suficiente para saber que algo de extraordinário se passava, e aborrecia-a ter sido deixada de fora. A única que parecia a mesma de sempre era a estagiária, Ingela Oskarsson, que trabalhava dois dias por semana e se encarregava de simples tarefas administrativas, da lista de assinantes e coisas assim; não tinha um ar verdadeiramente descontraído desde que tivera o filho, havia já dois anos. A outra funcionária em tempo parcial era a jornalista *freelancer* Lotta Karim, que tinha um contrato igual ao de Cortez e acabava de voltar de férias. Malm conseguira que Magnusson comparecesse, apesar de ainda estar de férias.

Mikael começou por cumprimentar calorosamente toda a gente e pedir desculpa por ter estado ausente tanto tempo.

— Aquilo de que vamos aqui falar é algo que ainda nem eu nem o Christer discutimos com a Erika, mas posso garantir-lhes que, neste caso, falo também por ela. Hoje, vamos decidir o destino da *Millennium*.

Fez uma pausa, para deixar que todos apreendessem bem o significado das suas palavras. Ninguém fez perguntas.

— O último ano foi duro. Estou surpreendido e orgulhoso por nenhum de vocês ter reconsiderado e procurado emprego noutro sítio. Só posso concluir que ou são todos completamente loucos, ou maravilhosamente leais e gostam mesmo de trabalhar nesta revista. É por isso que vou pôr as cartas na mesa e pedir-lhes um último esforço.

— Um *último* esforço? — disse Nilsson. — Isso soa como se estivesses a pensar encerrar a revista.

— Exactamente, Monica — respondeu Mikael. — E obrigado por teres posto as coisas tão claramente. Quando a Erika voltar, vai juntar-nos todos para uma lúgubre reunião editorial e dizer-nos que a *Millennium* vai fechar as portas no Natal e que vocês estão todos despedidos.

O alarme começou a espalhar-se pelo grupo. Até Malm pensou, por um instante, que Mikael estava a falar a sério. Então, todos repararam no largo sorriso dele.

— O que lhes vou pedir é que, neste Outono, façam jogo duplo. O desagradável facto é que o nosso querido chefe de redacção, Janne Dahlman, trabalha como informador para o Hans-Erik Wennerström. O que significa que o inimigo está a par de tudo o que se passa nesta casa. E explica o número de reveses que sofremos. Especialmente tu, Sonny, quando anunciantes que tínhamos como seguros começaram a largar-nos sem aviso.

Dahlman nunca fora uma figura popular e, aparentemente, a revelação não constituiu grande surpresa para ninguém. Mikael interrompeu a vaga de murmúrios que começara a levantar-se.

— Estou a dizer-lhes isto porque tenho confiança absoluta em todos vocês. Sei que têm a cabeça no lugar. É por isso que também sei que vão fazer o que é preciso este Outono. É muito importante que o Wennerström acredite que a *Millennium* está à beira do colapso. A vossa missão será garantir que acredita.

— Qual é a nossa verdadeira situação? — perguntou Cortez.

— *Okay,* aqui vai: por todas as razões e mais uma, a *Millennium* devia estar com um pé na cova. Dou-lhes a minha palavra de que isso não vai acontecer. A *Millennium* está mais forte hoje do que estava há um ano. Quando terminarmos esta reunião, vou voltar a desaparecer durante cerca de dois meses. Estarei de volta no final de Outubro. Nessa altura, vamos tratar de cortar as asas a Herr Wennerström.

— Como é que vais fazer isso? — perguntou Nilsson.

— Desculpa, Monika, não quero dar pormenores, mas vou escrever uma nova história, e desta vez vou fazê-lo como deve ser. Tenciono ter Wennerström assado para o jantar de Natal, e vários críticos como sobremesa.

O ambiente tornou-se de festa. Mikael perguntou a si mesmo o que sentiria se fosse um deles, ali sentado a ouvir tudo aquilo. Cheio de dúvidas? Muito provavelmente. Mas, ao que parecia, ainda tinha algum «capital de confiança» entre o pequeno grupo de empregados da *Millennium*. Ergueu uma mão.

— Para que isto resulte, é importante que o Wennerström acredite que estamos à beira do colapso porque não quero que inicie qualquer espécie de retaliação ou comece a desembaraçar-se das provas que pretendemos usar para o desmascarar. Por isso, vamos escrever um guião que todos vocês terão de seguir durante os próximos meses. Em primeiro lugar, é essencial que nada do que discutirmos aqui seja escrito ou referido em *e-mails*. Não sabemos até que ponto o Dahlman conseguiu entrar nos nossos computadores, e recentemente tomei consciência de como é assustadoramente simples ler o *e-mail* privado de outras pessoas. Portanto... vamos fazer isto oralmente. Se sentirem que têm de discutir alguma coisa, vão ter com o Christer, a casa dele. Muito discretamente.

Mikael escreveu «Nada de correio electrónico» no quadro branco.

— Em segundo lugar, quero que comecem a discutir uns com os outros, queixando-se de mim quando o Dahlman estiver por perto. Não exagerem. Limitem-se a dar rédea solta ao sacaninha que há dentro de cada um de vocês. Christer, quero que tu e a Erika tenham uma zanga das grandes. Usa a tua imaginação, mas não reveles o motivo.

Escreveu «Sejam sacaninhas» no quadro.

— Em terceiro lugar, quando a Erika voltar, o trabalho dela vai consistir em convencer o Dahlman de que o nosso acordo com o Grupo Vanger... que continua, a propósito, a dar-nos todo o apoio... foi pelo cano porque o Henrik Vanger está gravemente doente e o Martin Vanger morreu no acidente de viação.

Escreveu a palavra «desinformação».

— Mas o acordo continua sólido? — perguntou Nilsson.

— Acredita no que te digo — respondeu Mikael —, o Grupo Vanger fará tudo o que for preciso para garantir que a *Millennium* sobrevive. Dentro de algumas semanas, digamos no final de Agosto, a Erika convocará uma reunião para os avisar dos despedimentos. Todos vocês saberão que é mentira, e que o único que vai ser corrido é o Dahlman. Mas comecem a falar a respeito de arranjar novos empregos e queixem-se da trampa de referência que é ter a *Millennium* no currículo.

— E acreditas verdadeiramente que este jogo acabará por salvar a *Millennium*? — perguntou Magnusson.

— Sei que sim. E Sonny, quero que, todos os meses, apresentes um relatório falso a mostrar que as receitas de publicidade estão a descer e que o número de assinantes também caiu.

— Parece divertido — disse Nilsson. — Devemos manter a coisa só entre nós, aqui no escritório, ou divulgá-la para outros meios de comunicação?

— Fica entre nós. Se a história aparecer noutro sítio qualquer, saberemos quem a pôs lá. Dentro de muito poucos meses, se alguém nos perguntar, poderemos dizer: têm estado a dar ouvidos a rumores sem fundamento, e nunca pensámos fechar a *Millennium*. A melhor coisa que nos pode acontecer é o Dahlman passar a história para outros meios de comunicação. Se conseguirmos dar-lhe uma dica a respeito de uma história plausível mas completamente idiota, tanto melhor.

Passaram a hora seguinte a preparar o guião e a distribuir os papéis.

Depois da reunião, Mikael foi tomar café com Malm ao Java, em Horngatspuckeln.

— Christer, é essencial que vás buscar a Erika ao aeroporto e a ponhas a par de tudo. Tens de convencê-la a entrar no nosso jogo. Se bem a conheço, vai querer confrontar o Dahlman imediatamente... e isso não pode acontecer. Não quero que o Wennerström ouça quaisquer zunzuns e trate de enterrar as provas.

— Tudo bem.

— E certifica-te de que a Erika não toca no *e-mail* antes de ter instalado o programa de cifra PGP e aprender a usá-lo. É muito provável que, através do Dahlman, o Wennerström consiga ler tudo o que escrevemos uns aos outros. Quero que tu e toda a gente na redacção instalem o PGP. Faz a coisa naturalmente. Descobre o nome de um consultor informático e contrata-o para verificar a rede e todos os computadores da redacção. Ele que instale o *software* como se fosse uma parte perfeitamente natural do serviço.

— Farei o melhor que puder. Mas, Mikael... em que estás tu a trabalhar?

— No Wennerström.

— Em quê, exactamente.

— Por enquanto, tem de continuar a ser um segredo.

Malm pareceu pouco à-vontade.

— Sempre confiei em ti, Mikael. Quer isto dizer que não confias em mim?

Mikael riu.

— Claro que confio em ti. Mas, neste momento, estou envolvido em actividades criminosas bastante graves que podem valer-me dois anos de prisão. É a natureza da minha investigação que é um pouco duvidosa... Estou a jogar com os mesmos métodos que o Wennerström usa. Não quero que tu, ou a Erika, ou alguém da *Millennium* se envolva seja de que maneira for.

— Estás a deixar-me terrivelmente nervoso.

— Mantém-te calmo, Christer, e diz à Erika que a história vai ser grande. Mesmo muito grande.

— Ela vai insistir em querer saber no que estás a trabalhar...

Mikael hesitou por um instante. Então sorriu.

— Diz-lhe que deixou perfeitamente claro, na Primavera, quando assinou o contrato com o Henrik Vanger nas minhas costas, que eu tinha passado a ser um vulgar *freelancer* sem assento no conselho de administração nem influência na política da *Millennium*. O que significa que deixei de ter a obrigação de mantê-la informada. Mas prometo que, se ela se portar bem, lhe darei direito de preferência sobre a história.

– Vai ficar danada – disse Malm, alegremente.

Mikael sabia que não fora totalmente honesto com Malm. Estava a evitar deliberadamente Erika. O mais natural teria sido ligar-lhe e pô-la ao corrente da informação que possuía. Mas não queria falar com ela. Dez vezes pegara no telemóvel e começara a marcar. E dez vezes tinha mudado de opinião.

Sabia qual era o problema. Não conseguia olhá-la nos olhos.

O encobrimento com que pactuara em Hedestad era imperdoável, de um ponto de vista profissional. Não fazia ideia de como poderia explicar-lho sem mentir, e se havia alguma coisa que nunca pensara em fazer, era mentir a Erika Berger.

Sobretudo, não tinha energia suficiente para lidar com esse problema ao mesmo tempo que enfrentava Wennerström. Por isso adiava o momento em que teria de vê-la, desligava o telemóvel e evitava falar com ela. Mas sabia que a trégua seria apenas temporária.

Logo a seguir à reunião na *Millennium*, Mikael mudou-se para a sua cabana em Sandhamn; havia mais de um ano que não ia lá. Levava na bagagem duas embalagens de *prints* e os CD que Lisbeth lhe tinha dado. Abasteceu-se de comida, fechou a porta à chave, abriu o *iBook* e começou a escrever. Todos os dias dava um curto passeio, comprava os jornais e algumas mercearias. A marina continuava cheia de iates, e os jovens que tinham pedido emprestados os barcos dos papás passavam o tempo no Divers Bar, a embebedarem-se até caírem para o lado. Mikael mal se apercebia do que o rodeava. Sentava-se diante do computador cinco minutos depois de acordar até cair na cama à noite, exausto.

E-mail cifrado de directora editorial <erika.berger@millennium.se> para director ausente <mikael.blomkvist@millennium.se>

Mikael. Quero saber o que se está a passar. Santo Deus, voltei de férias e encontrei o caos total. As notícias a respeito do jogo duplo do Janne Dahlman. O Martin Vanger morto. A Harriet Vanger viva. O que é que se passa em Hedeby? Onde estás tu? Há uma história? Porque é que não atendes o telemóvel? /E

P.S. Compreendi a insinuação que o Christer transmitiu com tanto prazer. Vais ter de engolir aquelas palavras. Estás zangado a sério comigo?

P.P.S. Vou confiar em ti, de momento, mas vais ter de ter provas – tu sabes, aquelas coisas que valem em tribunal – sobre o J. D.

De <mikael.blomkvist@millennium.se>
Para <erika.berger@millennium.se>:

Olá, Ricky. Não, pelo amor de Deus, não estou zangado. Desculpa não te ter mantido informada, mas os últimos meses da minha vida têm sido uma baralhada. Conto-te tudo quando nos virmos, mas não por e-mail. Estou em Sandhamn. Há uma história, mas a história não é a Harriet Vanger. Vou ficar aqui colado ao computador ainda durante algum tempo. Até acabar. Confia em mim. Abraços e beijinhos. M.

De <erika.berger@millennium.se>
Para <mikael.blomkvist@millennium.se>:

Sandhamn? Vou ter contigo imediatamente.

De <mikael.blomkvist@millennium.se>
Para <erika.berger@millennium.se>:

Agora não. Espera umas semanas, pelo menos até eu ter a história organizada. Além disso, estou à espera de companhia.

De <erika.berger@millennium.se>
Para <mikael.blomkvist@millennium.se>:

Nesse caso, claro que não vou. Mas tenho de saber o que se passa. O Henrik Vanger voltou a assumir a posição de CEO e não responde aos meus telefonemas. Se o negócio com o Grupo Vanger foi pelo cano, preciso absolutamente de saber. Ricky

P. S. Quem é ela?

De <mikael.blomkvist@millennium.se>
Para <erika.berger@millennium.se>:

Antes de mais nada, não se põe sequer a questão de o Henrik sair da jogada. Mas ainda está só a meio gás e suponho que o caos depois da morte do Martin e da ressuscitação da Harriet deve andar a minar-lhe as forças.

Segundo: a Millennium vai sobreviver. Estou a trabalhar na história mais importante das nossas vidas, e quando a publicarmos, vamos afundar o Wennerström de uma vez por todas.

Terceiro. A minha vida, neste momento, é um carrossel, mas no que respeita a mim, a ti e à Millennium, nada mudou. Confia em mim. Beijos / Mikael.

P. S. Apresento-ta logo que haja uma oportunidade.

Quando Lisbeth chegou a Sandhamn encontrou um Mikael de barba por fazer e olhos encovados, que lhe deu um abraço e lhe pediu para fazer café e esperar enquanto ele acabava o que estava a escrever.

Lisbeth examinou a cabana e decidiu quase imediatamente que gostava. Ficava mesmo junto a um pontão, com a água a três passos da porta. Tinha apenas cinco metros por seis, mas o tecto era tão alto que havia espaço para uma espécie de quarto num mezanino onde ela conseguia ficar de pé e direita, à justa. Mikael tinha de inclinar-se. A cama era suficientemente grande para os dois.

A cabana tinha uma grande janela, virada para a água, mesmo ao lado da porta. Era onde ele tinha a mesa de cozinha, que fazia também as vezes de secretária. Na parede, junto à mesa, havia uma prateleira com um leitor de CD e uma grande colecção de Elvis e de *rock*, que não eram, nem pouco mais ou menos, os preferidos dela.

Num canto, havia uma salamandra feita de pedra-sabão, com uma porta de vidro fosco. O resto do escasso mobiliário consistia num guarda-fato com gavetas, um lava-louça que servia também de lavatório e um chuveiro atrás de uma cortina. Perto do lavatório havia uma pequena janela que dava para um dos lados da cabana. Debaixo da escada de caracol que dava acesso ao mezanino, Mikael fizera uma minúscula latrina com fossa asséptica. Toda a cabana estava arranjada como a cabina de um barco, com recantos habilmente dispostos para arrumar coisas.

Durante a sua investigação pessoal sobre Mikael Blomkvist, Lisbeth ficara a saber que fora ele próprio que remodelara a cabana e fizera as mobílias – conclusão a que chegara depois de ler os comentários de um conhecido que mandara um *e-mail* a Mikael, depois de visitar Sandhamn, a elogiar-lhe a habilidade. Era tudo simples e despretensioso, a raiar o espartano. Percebeu por que razão ele gostava tanto da sua cabana em Sandhamn.

Ao cabo de duas horas conseguiu distraí-lo o suficiente para o convencer a desligar o computador, cheio de frustração, barbear-se e levá-la numa visita guiada. Chovia e o vento soprava agreste, e não tardaram a procurar refúgio na cabana. Mikael disse-lhe o que estava a escrever e Lisbeth deu-lhe um CD com actualizações do computador de Wennerström.

Então, levou-o para o mezanino, tirou-lhe as roupas e conseguiu distraí-lo ainda mais. Acordou tarde, nessa noite, e descobriu que estava sozinha. Espreitou da beira do mezanino e viu-o lá em baixo, debruçado sobre o computador. Ficou ali durante muito tempo, com a cabeça apoiada numa mão, a observá-lo. Mikael parecia feliz, e também ela se sentia estranhamente contente com a vida.

Lisbeth ficou apenas cinco dias antes de regressar a Estocolmo para fazer um trabalho para Armanskij. Demorou 11 dias a cumprir a missão, apresentou o seu relatório e voltou a Sandhamn. O monte de folhas impressas ao lado do computador de Mikael tinha crescido.

Desta vez, ficou quatro semanas. Entraram numa rotina. Levantavam-se às oito, tomavam o pequeno-almoço e passavam uma hora juntos. Então, Mikael trabalhava furiosamente até ao fim da tarde, altura em que davam um passeio e conversavam. Lisbeth passava a maior parte do dia na cama, a ler ou a surfar na Net usando o *modem* ADSL de Mikael. Jantavam tarde, e só então ela tomava a iniciativa de levá-lo para o mezanino, onde se certificava de que ele lhe dedicava toda a sua atenção.

Era como se estivesse de férias pela primeira vez em toda a sua vida.

```
E-mail cifrado de <erika.berger@millennium.se>
Para <mikael.blomkvist@millennium.se>:
```

```
Olá, M. É oficial. O Janne Dahlman demitiu-se e começa a
trabalhar na Finansmagasinet Monopol dentro de três semanas.
Fiz o que pediste e não disse nada e anda toda a gente a fa-
zer macacadas. E.
```

```
P.S. Parecem estar a divertir-se. Aqui há dias, o Henry e
a Lotta tiveram uma discussão e começaram a atirar coisas
um ao outro. Estão a fazer a cabeça do Dahlman tão desca-
radamente que não consigo compreender como é que ele não
percebe que é tudo teatro.
```

De <mikael.blomkvist@millennium.se>
Para <erika.berger@millennium.se>:

Deseja-lhe sorte, da minha parte, e deixa-o sair já. Mas fecha as pratas à chave. Beijos e abraços / M

De <erika.berger@millennium.se>
Para <mikael.blomkvist@millennium.se>:

Não tenho chefe de redacção duas semanas antes de irmos para impressão, e o meu repórter de investigação está em Sandhamn e recusa falar comigo. Micke, estou de joelhos. Não podes voltar? / Erika.

De <mikael.blomkvist@millennium.se>
Para <erika.berger@millennium.se>:

Aguenta mais um par de semanas, e estamos safos. E começa a fazer planos para uma edição de Dezembro que vai ser diferente de tudo o que fizemos até agora. A peça vai ocupar 40 páginas. M.

De <erika.berger@millennium.se>
Para <mikael.blomkvist@millennium.se>:

40 PÁGINAS!!! Enlouqueceste?

De <mikael.blomkvist@millennium.se>
Para <erika.berger@millennium.se>:

Vai ser uma edição especial. Preciso de mais três semanas. Faz o seguinte: (1) regista uma empresa editorial em nome da Millennium; (2) arranja um número ISBN; (3) pede ao Christer que desenhe um logo muito bom para a nova editora; e (4) descobre uma gráfica capaz de produzir um livro brochado rapidamente e por pouco dinheiro. E, a propósito, vamos precisar de capital para imprimir o nosso primeiro livro. Beijos / Mikael

De <erika.berger@millennium.se>
Para <mikael.blomkvist@millennium.se>:

Edição especial. Editora. Dinheiro. Sim, amo. Mais alguma coisa que deseje que eu faça? Dançar nua no Slussplan? E.

P.S. Assumo que sabes o que estás a fazer. Mas o que é que faço a respeito do Dahlman?

De <mikael.blomkvist@millennium.se>
Para <erika.berger@millennium.se>:

Não faças nada a respeito do Dahlman. Diz-lhe que é livre de sair já e que de todos os modos não tens a certeza de poder pagar-lhe o ordenado. A Monopol não vai sobreviver por muito tempo. Compra mais material freelance para este número. E, pelo amor de Deus, contrata um novo chefe de redacção. / M.

P.S. Slussplan? Está combinado.

De <erika.berger@millennium.se>
Para <mikael.blomkvist@millennium.se>:

Slussplan - vai sonhando. Mas sempre fizemos as contratações juntos. / Ricky.

De <mikael.blomkvist@millennium.se>
Para <erika.berger@millennium.se>:

E sempre estivemos de acordo sobre quem contratar. Desta vez também estaremos, escolhas tu quem escolheres. Vamos afundar o Wennerström. É essa a história. Só te peço que me deixes acabar isto em paz. / M.

No início de Outubro, Lisbeth leu na Net a edição electrónica do *Hedestads-Kuriren*. Isabella Vanger tinha morrido ao cabo de uma curta doença. Era chorada pela filha, Harriet Vanger, recentemente regressada da Austrália.

```
E-mail cifrado de <erika.berger@millennium.se>
Para <mikael.blomkvist@millennium.se>:

Olá, Mikael.
A Harriet Vanger veio hoje falar comigo, aqui no escritó-
rio. Telefonou cinco minutos antes de aparecer e eu estava
totalmente impreparada. Uma mulher bonita, roupas elegantes
e um olhar frio.

Veio dizer-me que vai ser ela a substituir o Martin Van-
ger como representante do Henrik no nosso conselho de admi-
nistração. Foi delicada e amistosa e garantiu-me que o Grupo
Vanger não tenciona renegar o acordo. Pelo contrário, a fa-
mília respeitará integralmente as obrigações do Henrik para
com a revista. Pediu-me que lhe mostrasse as instalações e
perguntou-me o que pensava da situação.

Disse-lhe a verdade. Que me sentia como se não tivesse
terreno sólido debaixo dos pés, que tu me proibiste de ir
a Sandhamn e que não sei em que estás a trabalhar, excepto
que a tua ideia é afundar o Wennerström. (Assumi que não
fazia mal dizer-lhe isto. Ao fim e ao cabo, ela faz parte do
nosso conselho de administração.) Ela arqueou uma sobrance-
lha e sorriu e perguntou se eu tinha alguma dúvida de que
serias bem sucedido. O que é que eu havia de responder a
isto? Disse-lhe que dormiria um pouco melhor se soubesse
exactamente o que estás a escrever. Raios, claro que confio
em ti, mas estás a dar comigo em doida.

Perguntei-lhe se ela sabia em que é que estás a trabalhar.
Disse que não, mas acrescentou que tinha ficado com a im-
pressão de que tu eras uma pessoa muito capaz e com uma ma-
neira de pensar inovadora (as palavras são dela).
```

Eu disse que sabia que se tinha passado qualquer coisa de dramático em Hedestad e que estava ligeiramente curiosa a respeito da história dela. Em resumo, senti-me uma idiota. Ela perguntou-me se era mesmo verdade que tu não me tinhas dito nada. Disse também que já tinha percebido que nós os dois tínhamos um relacionamento especial e que sem dúvida me contarias tudo quando tivesses tempo. Então, perguntou se podia confiar em mim. Que havia eu de dizer? Ela faz parte do conselho de administração da Millennium e tu deixaste-me completamente às escuras.

Então, ela disse uma coisa estranha. Pediu-me que não a julgasse a ela ou a ti demasiado severamente. Disse que tinha para contigo uma espécie de dívida de gratidão e gostaria muito que nós as duas pudéssemos ser amigas. Então prometeu contar-me a história um dia, se tu não pudesses fazê-lo. Foi-se embora há meia hora, e eu ainda estou meio aparvoada. Acho que gosto dela, mas quem é esta pessoa? Erika.

P.S. Tenho saudades tuas. Tenho a sensação de que aconteceu qualquer coisa muito feia em Hedestad. O Christer diz que tens uma marca muito esquisita no pescoço.

De <mikael.blomkvist@millennium.se>
Para <erika.berger@millennium.se>:

Olá, Ricky. A história da Harriet é tão horrível que não podes sequer imaginar. Seria óptimo se pudesse ser ela mesma a contar-ta. Eu quase não consigo pensar nisso.

A propósito, podes confiar nela. Estava a dizer a verdade quando afirmou que tinha uma dívida de gratidão para comigo, e, acredita, nunca fará nada que possa prejudicar a Millennium. Sê amiga dela, se quiseres. Ela merece respeito. E é um raio de uma mulher de negócios. / M.

No dia seguinte, Mikael recebeu outro *e-mail*.

De <harriet.vanger@vangerindustries.com>
Para <mikael.blomkvist@milleniun.se>:

Olá, Mikael. Há já várias semanas que ando a ver se arranjo tempo para lhe escrever, mas parece que o dia nunca tem horas suficientes. Partiu tão repentinamente de Hedeby que não tive oportunidade de me despedir.

Desde que voltei à Suécia, os meus dias têm sido cheios de impressões confusas e muito trabalho. O Grupo Vanger está num caos e, juntamente com o Henrik, estou a tentar pôr tudo isto em ordem. Ontem, visitei os escritórios da Millennium; vou ser a representante do Henrik na comissão administrativa. O Henrik pôs-me ao corrente de todos os pormenores da situação da empresa e da sua.

Espero que aceite eu aparecer assim de repente, como que caída do céu. Se não me quiser (ou qualquer outro membro da família) no conselho de administração compreenderei, mas garanto-lhe que farei tudo o que puder para ajudar a Millennium. Tenho uma enorme dívida para consigo e sempre terei as melhores intenções a este respeito.

Conheci a sua colega, a Erika Berger. Não sei muito bem o que ela achou de mim, e fiquei surpreendida ao saber que o Mikael não lhe tinha contado nada do que aconteceu.

Gostaria muito de ser sua amiga, se conseguir suportar ter mais alguma coisa que ver com a família Vanger. Cumprimentos, Harriet.

P.S. Fiquei a saber, pela Erika, que planeia voltar a atacar o Wennerström. O Frode contou-me como ele e o Henrik lhe passaram a perna. Que posso eu dizer? Lamento. Diga-me se houver alguma coisa que eu possa fazer.

```
De <mikael.blomkvist@millennium.se
Para <hariet.vanger@vangerindustries.com>:

Viva, Harriet. Saí de Hedeby cheio de pressa e estou agora
a trabalhar naquilo em que verdadeiramente devia ter estado
a trabalhar durante todo este ano. Será avisada a tempo an-
tes de o artigo ir para impressão, mas julgo poder afirmar que
os problemas deste último ano em breve estarão resolvidos.

Espero que a Harriet e a Erika possam ser amigas e claro
que não tenho problema nenhum em tê-la na administração da
Millennium. Contarei à Erika o que se passou, se acha que
é o melhor. O Henrik queria que eu nunca dissesse nada a
ninguém. Veremos. Para já, não tenho tempo nem energia, e
preciso de distanciar-me um pouco de tudo isso.

Vamos manter-nos em contacto. Um abraço / Mikael
```

Lisbeth não estava particularmente interessada no que Mikael andava a escrever. Ergueu os olhos do livro quando ele disse qualquer coisa, que de início não conseguiu perceber.
— Desculpa. Estava a pensar em voz alta. Disse que isto é horrível.
— O que é que é horrível?
— O Wennerström teve um caso com uma criada de vinte e dois anos e engravidou-a. Leste a correspondência dele com o advogado?
— Meu querido Mikael... tens aí dez anos de correspondência, *e-mails*, acordos, combinações de viagens e sabe Deus o que mais. Não achei o Wennerström tão fascinante que merecesse a pena enfiar seis gigas de lixo na cabeça. Li uma parte, sobretudo para satisfazer a minha curiosidade, e foi o bastante para ficar a saber que o tipo é um bandalho.
— *Okay*. Engravidou-a em mil novecentos e sessenta e sete. Quando ela exigiu uma compensação, o advogado dele tentou convencê-la a fazer um aborto. Suponho que a intenção era oferecer-lhe dinheiro, mas ela não estava interessada. A persuasão acabou com um gorila a manter-lhe a cabeça debaixo de água dentro de uma banheira até ela

concordar em deixar o Wennerström em paz. E o idiota escreveu tudo isto ao advogado num *e-mail*... cifrado, é evidente, mas mesmo assim... Não dou grande coisa pelo QI daquela seita toda.

— Que aconteceu à rapariga?

— Fez um aborto, e o Wennerström ficou satisfeito.

Lisbeth não disse nada durante dez minutos. Os olhos dela ficaram repentinamente muito negros.

— Mais um homem que odeia as mulheres — disse, por fim.

Pediu os CD emprestados e passou os dias seguintes a ler os *e-mails* de Wennerström e outros documentos. Enquanto Mikael trabalhava, Lisbeth ficava no mezanino, com o *PowerBook* pousado nos joelhos, a espiolhar o estranho mundo de Hans-Erik Wennerström.

Numa manhã de finais de Outubro, Mikael desligou o computador quando ainda mal eram onze horas. Subiu ao mezanino e entregou a Lisbeth o que tinha escrito. Em seguida, adormeceu. Ela acordou-o ao fim da tarde e disse-lhe o que pensava do artigo.

Pouco depois das duas da manhã, Mikael fez o último *backup* do seu trabalho. As férias de Lisbeth tinham chegado ao fim. Regressaram juntos a Estocolmo.

Mikael abordou o assunto quando estavam a beber café por copos de papel, no *ferry* de Vaxholm.

— O que nós os dois temos de decidir é o que dizer à Erika. Ela vai recusar publicar isto se não puder explicar como obteve o material.

Erika Berger. Directora editorial e amante de Mikael. Lisbeth não a conhecia e não tinha a certeza de querer conhecê-la. Erika parecia-lhe uma perturbação indefinível na sua vida.

— O que é que ela sabe a meu respeito?

— Nada. — Mikael suspirou. — A verdade é que ando a evitá-la desde o Verão. Está muito frustrada por eu não ter podido contar-lhe o que aconteceu em Hedestad. Sabe, claro, que tenho estado em Sandhamn e a escrever uma história, mas não sabe sobre quê.

— Hum.

— Dentro de umas poucas horas, ela vai ter este manuscrito. E vai apertar comigo. A questão é: o que é que lhe digo?

— O que é que queres dizer-lhe?

— Gostaria de dizer-lhe a verdade.

Lisbeth franziu a testa.

— Lisbeth, eu e a Erika estamos quase sempre a discutir. Parece fazer parte da maneira como comunicamos. Mas ela é absolutamente de confiança. Tu és uma fonte. Ela mais depressa se deixaria matar do que revelaria a tua identidade.

— A quantos outros vais ter de dizer?

— Absolutamente a ninguém. É uma coisa que irá para o túmulo comigo e com a Erika. Mas eu não lhe contarei o teu segredo se tu não quiseres. Por outro lado, para mim não é opção mentir à Erika, inventar uma fonte que não existe.

Lisbeth pensou nisto até que atracaram diante do Grande Hotel. Análise de consequências. Acabou por, relutantemente, dar a Mikael autorização para a apresentar a Erika. Ele abriu o telemóvel e fez a chamada.

Erika estava a almoçar com Malin Eriksson, que esperava vir a contratar como chefe de redacção. Eriksson tinha 29 anos e havia cinco que trabalhava como temporária. Nunca tivera um emprego permanente e começava a duvidar de que alguma vez viesse a ter. Erika telefonara-lhe precisamente no dia em que terminava o seu último contrato e perguntara-lhe se estaria interessada em candidatar-se a um lugar na *Millennium*.

— É uma coisa temporária, por três meses — disse Erika. — Mas se as coisas funcionarem, pode tornar-se permanente.

— Ouvi rumores de que a *Millennium* está a passar por momentos difíceis.

Erika sorriu.

— Não deve dar ouvidos a rumores.

— Esse Dahlman que eu iria substituir... — Malin hesitou. — Vai trabalhar para uma revista que pertence ao Hans-Erik Wennerström.

Erika assentiu.

— Não é segredo para ninguém que temos um conflito aberto com o Wennerström. Ele não gosta das pessoas que trabalham para a *Millennium*.

— Portanto, se eu aceitar o lugar na *Millennium*, passarei a fazer parte dessa categoria.

— Sim, é muito provável.

— Mas o Dahlman conseguiu um lugar na *Finansmagasinet Monopol*, não foi?

— Pode-se dizer que é uma maneira de o Wennerström pagar serviços prestados. Ainda está interessada?

Malin Eriksson assentiu.

— Quando quer que comece?

Foi então que Mikael Blomkvist telefonou.

Usou a sua própria chave para abrir a porta do apartamento dele. Era a primeira vez, desde a breve visita de Mikael à redacção, em Junho, que iam encontrar-se frente a frente. Entrou e viu uma rapariga magríssima sentada no sofá. Vestia um velho blusão de couro e tinha os pés apoiados no tampo da mesa de café. À primeira vista, deu-lhe uns 15 anos, mas isso foi antes de reparar nos olhos. Ainda estava a olhar para aquela criatura quando Mikael apareceu com uma cafeteira e um bolo de café.

— Perdoa-me por ser tão completamente insuportável — disse.

Erika pôs a cabeça de lado. Havia nele qualquer coisa de diferente. Parecia cansado, mais magro do que ela o recordava. Os olhos tinham uma expressão envergonhada e, por um momento, evitaram os dela. Olhou-lhe para o pescoço. Viu uma linha vermelho-pálida, claramente discernível.

— Tenho andado a evitar-te. É uma história muito comprida, e não me orgulho do papel que tive nela. Mas falaremos de tudo isso mais tarde... Agora, quero apresentar-te esta jovem. Erika, esta é a Lisbeth Salander. Lisbeth, Erika Berger, directora editorial da *Millennium* e a minha melhor amiga.

Lisbeth estudou as roupas elegantes e os modos confiantes de Erika Berger e decidiu, no espaço de dez segundos, que muito provavelmente não ia ser a sua melhor amiga.

A conversa durou cinco horas. Erika fez dois telefonemas para cancelar outras reuniões. Passou uma hora a ler partes do manuscrito que Mikael lhe pusera nas mãos. Tinha mil perguntas, mas compreendeu que passariam semanas antes que obtivesse resposta para todas elas. O importante era o manuscrito, que finalmente pousou em cima da mesa. Se mesmo só uma fracção do que ali se dizia era verdade, tinha-se criado uma situação completamente nova.

Olhou para Mikael. Nunca duvidara de que ele era uma pessoa honesta, mas naquele momento sentia-se confusa e perguntou a si mesma se o caso Wennerström o teria quebrado... se aquilo em que estivera a trabalhar não passaria de um produto da sua imaginação. Mikael estava naquele momento e desembrulhar duas caixas de material impresso: as referências às fontes. Erika empalideceu. Quis, naturalmente, saber como chegara tudo aquilo às mãos dele.

Demorou algum tempo a convencê-la de que aquela estranha rapariga, que não dissera uma palavra durante todo o encontro, tinha acesso ilimitado ao computador de Wennerström. E não só ao dele: também entrara nos de vários dos seus advogados e associados mais próximos.

A primeira reacção de Erika foi que não podiam usar o material, uma vez que tinha sido obtido por meios ilegais.

Mas claro que podiam. Mikael fez-lhe notar que não tinham qualquer obrigação de explicar como o tinham adquirido. Podiam, por exemplo, ter tido uma fonte com acesso ao computador de Wennerström e que passara para CD todo o conteúdo do disco rígido dele.

Finalmente, Erika apercebeu-se da arma que tinha nas mãos. Estava exausta e ainda tinha perguntas, mas não sabia por onde começar. Acabou por recostar-se no sofá e esticar os dois braços.

— Mikael, o que foi que aconteceu em Hedestad?

Lisbeth ergueu vivamente a cabeça. Mikael respondeu com uma pergunta.

— Como é que estás a dar-te com a Harriet Vanger?

— Bem. Acho eu. Encontrámo-nos duas vezes. Eu e o Christer fomos a Hedeby a semana passada, para uma reunião. Embebedámo-nos com vinho.
— E a reunião?
— Ela manteve a sua palavra.
— Ricky, sei que estás frustrada por eu ter andado a fugir-te e vir com desculpas para não te contar o que se passou. Nós os dois nunca tivemos segredos um para o outro, e, de repente, há seis meses da minha vida a respeito dos quais não... não estou preparado para te falar.

Erika olhou-o bem de frente. Conhecia-o por dentro e por fora, mas o que viu nos olhos dele foi algo que nunca antes vira. Mikael estava a suplicar-lhe que não perguntasse. Lisbeth Salander observava aquele diálogo sem palavras. Não fazia parte dele.

— Foi assim tão mau?
— Foi pior. Tenho vivido no pavor desta conversa. Prometi contar-te, mas passei vários meses a recalcar os meus sentimentos enquanto o Wennerström absorvia toda a minha atenção... Ainda não estou preparado. Preferia que fosse a Harriet a contar-te.
— O que é essa marca no teu pescoço?
— A Lisbeth salvou-me a vida, lá em cima. Se não fosse ela, estaria morto.

Erika abriu muito os olhos e voltou-os para a rapariga de blusão de couro.

— E, neste momento, tens de chegar a um acordo com ela. É ela a nossa fonte.

Erika ficou sentada durante algum tempo, a pensar. E então fez uma coisa que espantou Mikael e assustou Lisbeth; até a si mesma se surpreendeu. Durante todo aquele tempo sentira os olhos de Lisbeth postos nela. Uma rapariga taciturna, cheia de vibrações hostis.

Erika levantou-se do sofá, contornou a mesa e abraçou a rapariga. Lisbeth contorceu-se como uma minhoca prestes a ser espetada num anzol.

CAPÍTULO 29

SÁBADO, I DE OUTUBRO – TERÇA-FEIRA, 25 DE OUTUBRO

LISBETH SALANDER surfava através do ciberimpério de Hans-Erik Wennerström. Havia quase 11 horas que estava a olhar para o visor do computador. A ideia que se lhe materializara algures num recôndito do cérebro durante a última semana em Sandhamn transformara-se numa preocupação maníaca. Quatro semanas antes fechara-se em casa e ignorara todas as tentativas de comunicação de Armanskij. Passava 12 horas por dia diante do computador, às vezes mais, e o resto do tempo em que não estava a dormir estava a pensar no mesmo problema.

Durante o último mês tivera um contacto intermitente com Mikael. Também ele andava ocupado, atarefado na redacção da *Millennium*. Conferenciavam por telefone um par de vezes por semana, e ela mantinha-o ao corrente da correspondência e outras actividades de Wennerström.

Reviu todos os pormenores, pela centésima vez. Não receava ter deixado passar qualquer coisa, mas não tinha a certeza de ter compreendido bem como cada uma daquelas intricadas conexões se interligavam.

O tão discutido império era como um organismo vivo, informe, pulsante, em constante mudança. Consistia de opções, títulos, acções, parcerias, juros de empréstimos, juros de rendimentos, depósitos, contas bancárias, pagamentos por transferência, e milhares de outros elementos. Uma proporção incrivelmente grande dos activos estava colocada em empresas de fachada que eram propriedade umas das outras.

As análises mais inflacionadas que os gurus da finança faziam do Grupo Wennerström calculavam o respectivo valor em 900 mil milhões de coroas. Era um *bluff*, ou, no mínimo, um número grosseiramente exagerado. Pelos cálculos dela, o valor dos activos reais andaria entre os 90 e os 100 mil milhões de coroas, o que não era nada a que se torcesse o nariz. Uma auditoria completa a toda a organização demoraria anos. Ao todo, Lisbeth identificara cerca de três mil contas e aplicações bancárias diferentes espalhados por todo o mundo. Wennerström dedicava-se à fraude a uma escala tão gigantesca que deixara de ser simplesmente crime – era negócio.

Algures no meio daquela ficção havia também substância. Três recursos destacavam-se consistentemente na hierarquia. Os activos fixos suecos eram inatacáveis e genuínos, acessíveis ao escrutínio público, com folhas de balanço e auditorias. A empresa americana era sólida, e um banco em Nova Iorque servia de base a todo o capital líquido. A história estava nos negócios com as empresas de fachada em lugares como Gibraltar, Chipre ou Macau. O Grupo Wennerström era uma espécie de entreposto para tráfico ilegal de armas, lavagem de dinheiro oriundo de empresas suspeitas na Colômbia e transacções muito pouco ortodoxas na Rússia.

Uma conta anónima nas ilhas Caimão tinha características únicas: era pessoalmente controlada por Wennerström, mas não estava ligada a qualquer empresa. Umas poucas centésimas de 1% de todos os negócios que Wennerström fazia eram encaminhadas para as Caimão através das falsas empresas.

Lisbeth trabalhou numa espécie de estado de transe. A conta – *clique* – *e-mail* – *clique* – balancetes – *clique*. Tomou nota das últimas transferências. Seguiu o rasto de uma pequena transacção no Japão até Singapura e daí, via Luxemburgo, até as ilhas Caimão. Compreendeu como funcionava. Era como se fizesse parte dos impulsos no ciberespaço. Pequenas alterações. O último *e-mail*. Uma breve mensagem de interesse um tanto ou quanto secundário enviada às dez da noite. O programa de cifra PGP *(crique, crique)* era uma brincadeira de crianças para quem já estava dentro do computador e podia ler o texto real:

A Berger deixou de discutir por causa dos anunciantes. Desistiu, ou está a preparar alguma? A vossa fonte na redacção informa-nos de que estão à beira da ruína, mas parece que contrataram outra pessoa. Descubram o que se passa. O Blomkvist tem estado a trabalhar em Sandhamn durante as últimas semanas, mas ninguém sabe sobre o que está a escrever. Esteve na redacção nestes últimos dias. Será possível arranjar com antecedência um exemplar do próximo número?/HEW/

Nada de dramático. Ele que se preocupe. *Estás feito, meu.*

Às cinco e meia da manhã desligou o computador e abriu um novo maço de cigarros. Tinha bebido quatro, não, cinco Cocas durante a noite. Abriu a sexta e foi sentar-se no sofá. Vestia apenas as cuecas e uma desbotada camisa de camuflado a anunciar a revista *Soldiers of Fortune* com a divisa: *Matem-nos a todos e Deus que escolha os seus.* Apercebeu-se de que estava com frio. Foi buscar uma manta e embrulhou-se nela.

Sentia-se pedrada, como se tivesse consumido uma substância imprópria e presumivelmente ilegal. Focou o olhar no candeeiro de iluminação pública, lá fora na rua, e deixou-se ficar sentada enquanto o cérebro funcionava a toda a velocidade. Mãe – *Clique* – irmã – *Clique* – Mimi – *Clique* – Holger Palmgren – *Clique.* Evil Fingers e Armanskij. O trabalho. Harriet Vanger. *Clique.* O taco de golfe. *Clique.* O advogado Bjurman. *Clique.* Cada porra de cada pormenor que nunca havia de conseguir esquecer, por mais que tentasse.

Perguntou a si mesma se Bjurman alguma vez voltaria a despir-se diante de uma mulher, e, se o fizesse, como ia explicar as tatuagens que tinha na barriga. E da próxima vez que fosse ao médico, como iria evitar despir-se?

E Mikael Blomkvist. *Clique.*

Considerava-o uma boa pessoa, possivelmente com um complexo de Porquinho Prático que por vezes era um tudo nada demasiado evidente. E era intoleravelmente ingénuo no que respeitava a certas questões morais elementares. Tinha uma personalidade indulgente e compassiva que procurava explicações e desculpas para o modo como as pessoas se comportavam, e nunca se convenceria de que os predadores deste mundo só compreendem uma linguagem. Sentia-se quase estranhamente maternal cada vez que pensava nele.

Não se lembrava de ter adormecido, mas acordou às nove da manhã, com um torcicolo e a cabeça encostada à parede atrás do sofá. Foi a arrastar os pés até à cama e voltou a adormecer.

Era, sem a mínima sombra de dúvida, a maior história da vida deles. Pela primeira vez em ano e meio, Erika Berger estava feliz como só pode estar o editor que tem na manga um «furo» espectacular. Ela e Mikael estavam a dar os últimos retoques no artigo quando Lisbeth ligou para o telemóvel dele.

— Esqueci-me de dizer que o Wennerström começa a ficar preocupado com o que vocês têm andado a fazer ultimamente e pediu um exemplar adiantado do próximo número.

— Como é que sabes... ah, esquece. Alguma ideia sobre o que ele planeia fazer?

— Nicles. Só um palpite lógico.

Mikael pensou durante alguns segundos.

— A gráfica! — exclamou.

Erika arqueou as sobrancelhas.

— Se vocês têm a redacção controlada, não há muitas mais possibilidades. A menos que alguns dos gorilas dele tencionem fazer-lhes uma visita nocturna.

Mikael voltou-se para Erika.

— Contrata outra gráfica para este número. Já. E liga para o Dragan Armanskij... quero segurança aqui à noite durante a próxima semana. — De novo para Lisbeth. — Obrigado.

— O que é que vale?

— Que queres dizer com isso?

— Quanto é que vale a dica?

— Quanto é que queres?

— Quero discutir o assunto enquanto tomamos um café. Agora.

Encontraram-se no Kaffebar, na Hornsgatan. Lisbeth tinha um ar tão sério que, quando ocupou o banco ao lado do dela, Mikael sentiu uma pontada de preocupação. Como sempre, Lisbeth foi direita ao assunto.

— Preciso que me emprestes dinheiro.

Mikael fez um dos seus sorrisos mais tolos e tirou a carteira do bolso.

— Claro. Quanto?

— Cento e vinte mil coroas.

— Uau! — disse ele, e voltou a guardar a carteira.

— Não estou a brincar. Preciso de cento e vinte mil coroas emprestadas durante... digamos seis semanas. Tenho a oportunidade de fazer um investimento, mas não tenho mais ninguém a quem recorrer. Neste momento, tens cerca de cento e quarenta mil coroas na tua conta corrente. Vais recuperar o teu dinheiro.

Nem valia a pena comentar o facto de ela lhe ter decifrado a *password* do banco.

— Não tens necessidade de me pedir dinheiro emprestado — disse ele. — Ainda não discutimos a tua parte, mas é mais do que o suficiente para cobrir aquilo de que precisas.

— A minha parte?

— Lisbeth, tenho uma pipa de massa a receber do Henrik Vanger, no fim do ano. Sem ti, eu não existiria e a *Millennium* ter-se-ia afundado. Estou a planear dividir o dinheiro contigo. *Fifty-fifty.*

Lisbeth lançou-lhe um olhar inquisitivo. Formou-se-lhe uma ruga na testa. Finalmente, abanou a cabeça.

— Não quero o teu dinheiro.

— Mas...

— Não quero uma única coroa de ti, a menos que venha sob a forma de presente no dia dos meus anos.

— Por pensar nisso, nem sequer sei quando é que fazes anos.

— És um jornalista. Investiga.

— Estou a falar a sério, Lisbeth. A respeito de dividir o dinheiro.

— Também eu estou a falar a sério. Só quero pedir-to emprestado. E preciso dele amanhã.

Nem sequer perguntou quanto seria a parte dela.

— Terei muito gosto em ir ao banco contigo agora mesmo e emprestar-te o dinheiro de que precisas. Mas, no final do ano, vamos ter mais uma conversa a respeito da tua parte. — Ergueu uma mão. — A propósito, quando é que fazes anos?

— A trinta de Abril. Muito adequado, não achas? É quando ando por aí a voar montada numa vassoura, juntamente com todas as outras bruxas.

Aterrou em Zurique às sete e meia da tarde e apanhou um táxi para o Hotel Matterhorn. Reservara um quarto em nome de Irene Nesser, e identificou-se mostrando um passaporte norueguês com esse nome. Irene Nesser tinha cabelos loiros que lhe chegavam aos ombros. Lisbeth comprara a peruca em Estocolmo e usara dez mil coroas do dinheiro que Mikael lhe emprestara para conseguir dois passaportes através dos contactos da rede internacional do Peste.

Foi para o quarto, trancou a porta e despiu-se. Ficou estendida na cama, a olhar para o tecto daquele quarto que custava 1600 coroas por noite. Sentia-se vazia. Já gastara metade da quantia que pedira emprestada, e apesar de lhe ter juntado todo o dinheiro que tinha de parte, continuava com um orçamento apertado. Deixou de pensar naquilo e adormeceu quase instantaneamente.

Acordou um pouco depois das cinco da manhã. Tomou um duche e passou muito tempo a disfarçar a tatuagem que tinha no pescoço com uma espessa camada de base cor de pele e pó. O segundo ponto da lista era fazer uma reserva no salão de beleza situado no átrio de um outro hotel consideravelmente mais caro, para as seis e meia. Comprou outra cabeleira loira, esta com um corte estilo pajem, e em seguida uma manicura colou-lhe umas belas unhas compridas e rosadas por cima das dela, atrozmente roídas até ao sabugo. Comprou também umas pestanas falsas, mais pó, *rouge* e, finalmente, *bâton* e outros artigos de maquilhagem. Preço: um pouco mais de 8 mil coroas.

Pagou com um cartão de crédito em nome de Monica Sholes, e mostrou um passaporte britânico com esse nome.

A paragem seguinte foi na Camille's House of Fashion, um pouco mais abaixo na mesma rua. Uma hora mais tarde saiu de lá com umas botas pretas, uma saia cor de areia com camisa a condizer, *collants* pretos, um casaco até à cintura e uma boina. Tudo artigos de marca. Deixara a empregada escolher. Comprara também uma elegante mala de couro e uma pequena pasta *Samsonite*. O retoque final eram uns brincos discretos e um simples cordão de ouro à volta do pescoço. Débito feito no cartão: 44 mil coroas.

Pela primeira vez na sua vida, Lisbeth tinha um busto que – quando se viu no espelho de corpo inteiro – a fez conter a respiração. Os seios eram tão falsos como a identidade de Monica Sholes. Eram de látex e tinham sido comprados em Copenhaga, numa loja que servia uma clientela de travestis.

Estava pronta para a batalha.

Um pouco depois das nove percorreu a pé os dois quarteirões que a separavam do venerável Hotel Zimmertal, onde alugou um quarto em nome de Monica Sholes. Deu uma generosa gratificação ao paquete que lhe levou a mala (que continha o seu saco de viagem). A *suite*, bastante pequena, custava 22 mil coroas por dia. Tinha-a reservado por uma noite. Quando ficou sozinha, olhou em redor. Tinha uma vista espectacular do lago de Zurique, que não lhe despertou o mínimo interesse. Mas gastou quase cinco minutos a examinar-se ao espelho. Viu uma desconhecida. Monica Sholes, de seios grandes, com uma cabeleira loira cortada à pajem e mais maquilhagem do que Lisbeth Salander usaria num mês inteiro. Parecia... diferente.

Às nove e meia tomou o pequeno-almoço no bar do hotel: duas chávenas de café e um pãozinho com geleia. Preço: 210 coroas. *Esta gente será maluca?*

Um pouco antes das dez, Monica Sholes pousou a chávena de café, abriu o telemóvel e marcou o número que, através de um *modem*, a punha em contacto com o Havai. Depois de três toques, ouviu um *bip* agudo. O *modem* estava ligado. Monica Sholes respondeu teclando um código de seis dígitos e uma mensagem de texto com instruções para iniciar um programa que Lisbeth Salander tinha escrito especialmente com aquele objectivo.

Em Honolulu, o programa despertou para a vida numa *home page* anónima num *server* oficialmente localizado na universidade. Era um programa muito simples. A sua única função era iniciar um outro programa num outro *server*, na ocorrência pertencente a uma vulgaríssima empresa comercial que oferecia serviços de Internet na Holanda. A função deste programa era, por sua vez, procurar a cópia do disco rígido de Hans-Erik Wennerström e assumir o controlo do programa que mostrava o conteúdo das suas cerca de três mil contas bancárias espalhadas por todo o mundo.

Só uma destas contas tinha algum interesse. Lisbeth reparara que Wennerström a verificava um par de vezes por semana. Se ele ligasse o computador e abrisse aquele ficheiro em particular, pareceria tudo normal. O programa mostrava pequenas alterações, que eram de esperar considerando as flutuações normais da conta ao longo dos últimos seis meses. Se, nas próximas 24 horas, Wennerström ordenasse qualquer pagamento ou transferência de fundos a partir daquela conta, o programa indicar-lhe-ia que a instrução fora cumprida. Na realidade, a operação só teria ocorrido no disco rígido copiado que se encontrava na Holanda.

Monica Sholes desligou o telemóvel logo que ouviu quatro curtos toques a indicar que o programa tinha sido iniciado.

Saiu do Hotel Zimmertal e foi a pé até ao Banco Hauser General, onde tinha marcado uma reunião com Herr Wagner, o director-geral, para as dez horas. Chegou três minutos adiantada, e passou o tempo de espera a posar para a câmara de segurança, que a fotografou a entrar na parte das instalações onde havia pequenos gabinetes para consultas discretas.

— Preciso de ajuda com um certo número de transacções — disse, no mais puro inglês de Oxford. Quando abriu a pasta, deixou cair uma caneta do Hotel Zimmertal, que Herr Wagner apanhou cortesmente do chão e lhe devolveu. Ela fez-lhe um grande sorriso e escreveu o número de uma conta no bloco de notas que tinha na secretária à sua frente.

Herr Wagner classificou-a como a filha mimada, ou possivelmente a amante, de algum tubarão.

— Há várias contas no Banco Kroenenfeld, nas ilhas Caimão, a partir das quais é possível fazer transferências utilizando códigos de autorização sequenciais — disse.

— E a Fräulein Sholes tem, naturalmente, todos os códigos de autorização necessários? — perguntou Wagner.

— *Aber natürlich* — respondeu ela, com um sotaque tão cerrado que era óbvio que tinha apenas conhecimentos básicos de alemão.

Começou a recitar séries de números de 16 dígitos, sem consultar uma única vez qualquer papel. Herr Wagner viu que ia ser uma longa manhã, mas, por uma comissão de 4% sobre as transacções, estava mais do que disposto a ficar sem almoço. E ia ter de rever a sua classificação a respeito de Fräulein Sholes.

Já passava do meio-dia quando Monica Sholes saiu do Banco Hauser General, um pouco mais tarde do que o planeado, e foi a pé até ao Zimmertal. Mostrou-se na recepção antes de subir ao quarto e despir as roupas que tinha comprado. Conservou os seios de látex, mas trocou a cabeleira de corte à pajem pelos compridos cabelos loiros de Irene Nesser. Vestiu roupas mais familiares: botas de salto alto e fino, calças pretas, uma camisa simples e um bonito casaco de couro preto comprado na Malungsboden, em Estocolmo. Viu-se ao espelho. Não desmazelada, nem perto disso, mas já não uma herdeira. Antes de sair do quarto, Irene Nesser escolheu um certo número de títulos que colocou dentro de uma fina pasta.

À uma e cinco, com alguns minutos de atraso, entrou no Banco Dorffmann, a cerca de 70 metros do Banco Hauser General. Irene Nesser tinha uma reunião marcada com um tal Herr Hasselmann. Pediu desculpa pelo atraso. Falou num alemão impecável, com sotaque norueguês.

— Nenhum problema, Fräulein — disse Herr Hasselmann. — Em que posso ajudá-la?

— Quero abrir uma conta. Tenho alguns títulos que gostaria de converter.

E colocou a pasta em cima da secretária, à frente dele.

Herr Hasselmann examinou os títulos, apressadamente de início, depois com mais atenção. Arqueou uma sobrancelha e sorriu delicadamente.

Irene Nesser abriu cinco contas às quais poderia ter acesso através da Internet e cujo titular era uma sociedade anónima sedeada em Gibraltar e que um corretor lhe tinha criado a troco de 50 mil coroas do dinheiro emprestado por Mikael Blomkvist. Converteu 50 títulos e depositou o dinheiro nas contas. Cada título valia o equivalente a um milhão de coroas.

Também as operações no Bank Dorffmann tinham demorado mais do que o previsto, de modo que estava cada vez mais atrasada. Já não ia ter tempo de fazer tudo o que tinha de fazer antes do fecho dos bancos, naquele dia. Por isso Irene Nesser voltou ao Hotel Matterhorn, onde passou uma hora a andar de um lado para o outro, para marcar a sua presença. Mas estava cheia de dores de cabeça e foi para a cama cedo. Comprou aspirinas na tabacaria do átrio e pediu que a acordassem às oito da manhã. Foi então para o quarto.

Eram quase cinco da tarde, e todos os bancos da Europa estavam fechados. Mas os bancos da América do Norte e do Sul estavam abertos. Irene Nesser iniciou o *PowerBook* e ligou-se à Net através do telemóvel. Passou uma hora a esvaziar as contas numeradas que abrira no Banco Dorffmann horas antes.

Dividiu o dinheiro em pequenas quantias e usou-o para pagar facturas de um grande número de empresas fictícias de todo o mundo. Quando acabou, o dinheiro tinha sido misteriosamente transferido para o Banco Kroenenfeld nas ilhas Caimão, mas para uma conta diferente daquela de onde tinha sido levantado nessa manhã.

Irene Nesser considerou a primeira fase segura e praticamente impossível de reconstituir. Fez um pagamento dessa conta: a soma de quase um milhão de coroas foi depositada numa conta associada a um cartão de crédito que ela tinha na carteira. Uma conta em nome da Wasp Enterprises, com sede em Gibraltar.

◆

Vários minutos mais tarde uma jovem de cabelos loiros cortados à pajem saiu do Matterhorn por uma porta lateral do bar do hotel. Monica Sholes foi a pé até ao Hotel Zimmertal, cumprimentou delicadamente o recepcionista e subiu no elevador até ao seu quarto.

Uma vez ali, demorou uma porção considerável de tempo a vestir o uniforme de combate de Monica Sholes, retocando a maquilhagem e aplicando mais uma camada de creme cor de pele para disfarçar a tatuagem antes de descer ao restaurante do hotel e comer um jantar de peixe loucamente delicioso. Encomendou uma garrafa de vinho de que nunca ouvira falar e que custou 1200 coroas, bebeu um copo e deixou displicentemente o resto antes de se dirigir ao bar. Deixou gorjetas absurdas, para ter a certeza de que o pessoal se lembraria dela.

Passou algum tempo a deixar-se engatar por um jovem italiano embriagado e com um nome aristocrático que não se deu ao incómodo de decorar. Partilharam duas garrafas de champanhe, das quais ela bebeu quase um copo.

Por volta das onze, o italiano, cada vez mais bêbedo, inclinou-se para a frente e apalpou-lhe descaradamente um seio. Ela afastou-lhe a mão, com um sentimento de satisfação. O pobre diabo parecia não se ter apercebido de que apertara um pedaço de borracha. Por vezes, foram tão ruidosos que provocaram uma certa irritação entre os outros hóspedes. Pouco antes da meia-noite, Monica Sholes notou que um dos seguranças se mantinha de olho neles. Pôs-se de pé e ajudou o apaixonado italiano a regressar ao quarto dele.

Enquanto ele ia à casa de banho, ela serviu-lhe um último copo de vinho. Desdobrou um pedaço de papel e despejou dentro do copo um comprimido de Rohypnol desfeito em pó. O italiano caiu a dormir em cima da cama um minuto depois de terem brindado os dois. Ela alargou-lhe o nó da gravata, descalçou-lhe os sapatos e tapou-o com uma manta. Limpou cuidadosamente a garrafa, lavou os copos na casa de banho e secou-os com uma toalha e depois regressou ao seu quarto.

◆

Monica Sholes tomou o pequeno-almoço no quarto às seis da manhã, e deixou o Zimmertal antes das sete. Antes de sair do quarto, passou cinco minutos a limpar as suas impressões digitais da maçaneta da porta, do guarda-fato, da sanita, do telefone e de todos os outros objectos em que tinha tocado.

Irene Nesser saiu do Matterhorn por volta das oito e meia, pouco depois de o recepcionista ter telefonado a acordá-la. Apanhou um táxi e deixou a bagagem num cacifo, na estação de caminhos-de-ferro. Passou as horas seguintes a visitar nove bancos privados, pelos quais distribuiu alguns dos títulos das ilhas Caimão. Às três da tarde, tinha convertido cerca de 10% dos títulos em dinheiro, que depositou em trinta contas numeradas. Os restantes guardou-os num cofre alugado.

Irene Nesser iria precisar de fazer várias outras viagens a Zurique, mas, de momento, não havia pressa.

Às quatro e meia da tarde, Irene Nesser apanhou um táxi para o aeroporto, onde foi direita aos lavabos das senhoras e cortou o passaporte de Monica Sholes em pedaços muito pequenos, que fez desaparecer na retrete. O cartão de crédito, também cortado em pedaços, foi distribuído por cinco caixotes de lixo, e a tesoura largada num outro. Desde o 11 de Setembro não era boa ideia atrair as atenções transportando objectos pontiagudos na bagagem.

Apanhou o voo GD890 da Lufthansa para Oslo, e daí um autocarro para a estação de caminho-de-ferro, onde se dirigiu à casa de banho das senhoras e fez uma escolha das roupas. Colocou tudo o que pertencera a Monica Sholes – a cabeleira com o corte à pajem e as roupas de marca – em três sacos de plástico que atirou para dentro de três contentores de lixo e cestos de papéis na estação. Deixou a *Samsonite* vazia num cacifo aberto. O cordão de ouro e os brincos eram joalharia de *designer* e podiam ser identificados; desapareceram numa sarjeta, na rua em frente da estação.

Ao cabo de um momento de ansiosa hesitação, Irene Nesser resolveu conservar os seus seios de látex.

Por esta altura, já não lhe sobrava muito tempo, de modo que meteu algum combustível sob a forma de um *hamburger* na McDonald's enquanto transferia o conteúdo da luxuosa mala de couro para o seu saco de viagem. Quando saiu, deixou a mala vazia debaixo da mesa. Comprou um *latte* em embalagem fechada num quiosque e correu para apanhar o comboio da noite para Estocolmo. Chegou quando as portas estavam a fechar. Tinha reservado um compartimento com cama.

Quando trancou a porta, sentiu que, pela primeira vez em dois dias, os seus níveis de adrenalina estavam a voltar ao normal. Abriu a janela do compartimento e desafiou os regulamentos antitabágicos. Ficou ali, a beberricar o café enquanto o comboio deixava para trás a estação de Oslo.

Reviu todos os seus passos, para se certificar de que não se esquecera de nada. Passado um instante franziu a testa e procurou nos bolsos do casaco. Tirou de um deles a caneta que o Hotel Zimmertal oferecia aos seus hóspedes e ficou a estudá-la durante vários minutos antes de a atirar pela janela.

Um quarto de hora mais tarde enfiou-se na cama e adormeceu.

EPÍLOGO

AUDITORIA FINAL

QUINTA-FEIRA, 27 DE NOVEMBRO – TERÇA-FEIRA, 30 DE DEZEMBRO

O ARTIGO ESPECIAL da *Millennium* sobre Hans-Erik Wennerström ocupava todas as 46 páginas da revista e caiu como uma bomba na última semana de Novembro. O texto principal estava assinado conjuntamente por Mikael Blomkvist e Erika Berger. Durante as primeiras horas, os *media* não souberam muito bem como lidar com aquilo. Um ano antes, uma história semelhante acabara com Blomkvist a ser condenado por difamação e, pelo menos aparentemente, a ser afastado da *Millennium*. Razão pela qual a sua credibilidade era considerada «baixa». Agora, a mesma revista estava de volta com uma história do mesmo jornalista e contendo alegações muito mais graves do que as que lhe tinham arranjado tantos sarilhos. Algumas partes eram tão absurdas que desafiavam o senso comum. Os *media* suecos ficaram sentados à espera, cheios de desconfiança.

Nessa noite, porém, o *Ela*, da TV4, abriu as hostilidades com um resumo de 11 minutos das principais acusações de Blomkvist. Erika Berger almoçara com a apresentadora, nessa mesma tarde, e concedera-lhe uma entrevista em exclusivo.

O perfil brutal apresentado pela TV4 apanhou completamente de surpresa os meios de comunicação estatais, que só entraram na corrida no noticiário das nove. Entretanto, a TT tinha também enviado o seu primeiro despacho, com um título cauteloso: «Jornalista condenado acusa financeiro de crimes graves.» O texto era uma repetição da história da televisão, mas o simples facto de a TT ter pegado no tema desencadeou uma actividade febril no matutino conservador e numa dúzia dos mais importantes jornais regionais, obrigados a refazer as primeiras páginas antes que as impressoras começassem a rolar. Até ao momento, os jornais nacionais tinham mais ou menos decidido ignorar as afirmações da *Millennium*.

O matutino liberal comentou a «cacha» da *Millennium* sob a forma de um editorial, escrito pelo editor-chefe em pessoa, na tarde anterior. Redigida a sua peça, o editor-chefe fora jantar com uns amigos, precisamente na altura em que a TV4 punha no ar o seu programa noticioso. E fora então que respondera aos frenéticos telefonemas do seu secretário – que o avisava de que «talvez houvesse qualquer coisa nas acusações de Blomkvist» – com estas posteriormente famosas palavras: «Disparate. Se houvesse, há muito que os nossos jornalistas económicos o tinham descoberto.» Consequentemente, o editorial do editor-chefe do diário liberal foi a única voz em toda a comunicação social do país que atacou ferozmente as afirmações da *Millennium*, com frases como: «vendeta pessoal», «jornalismo de sarjeta», «incompetência criminosa» e a exigência de que fossem tomadas «medidas contra este tipo de alegações puníveis por lei contra cidadãos decentes.» Esta seria, em todo o caso, a única contribuição que o editor-chefe havia de fazer para o debate que se seguiu.

Nessa noite, a redacção da *Millennium* esteve cheia de gente. De acordo com os planos, só Erika Berger e a nova chefe de redacção, Malin Eriksson, deveriam estar de serviço para atender quaisquer telefonemas. Mas, às dez da noite, todo o pessoal estava ainda presente, além de quatro antigos empregados e meia dúzia de *freelances* que tinham colaborações regulares. À meia-noite, Malm abriu uma garrafa de champanhe. Foi quando um velho conhecido lhe enviou as provas da edição de um dos vespertinos que dedicava dezasseis páginas ao caso Wennerström, sob o título: «A Máfia da Finança». Quando os jornais da tarde saíram no dia seguinte, os *media* entraram num frenesi como raramente se tinha visto.

Durante a semana seguinte, a Bolsa sueca tremeu quando as autoridades financeiras começaram a investigar. Foram nomeados procuradores, e o pânico instalou-se com toda a gente a vender. Dois dias depois da publicação, o Ministério do Comércio emitiu um comunicado sobre «o Caso Wennerström».

O frenesi não significou, porém, que os *media* engoliam sem crítica as afirmações da *Millennium* – as revelações eram demasiado graves para isso. Mas ao contrário do que acontecera da primeira vez, a revista estava agora preparada para apresentar um impressionante número de provas: os *e-mails* do próprio Wennerström e cópias do conteúdo do seu computador, incluindo extractos de contas bancárias secretas nas ilhas Caimão e em duas dúzias de outros países, acordos sigilosos e outras cretinices que um *gangster* mais cauteloso nunca na vida teria deixado num disco rígido. Depressa se tornou evidente que se as afirmações da *Millennium* se aguentassem até ao Supremo – e ninguém duvidava de que o caso acabaria mais tarde ou mais cedo por ir lá parar –, aquela era de longe a maior bolha a rebentar no mundo financeiro sueco desde a falência da Kreuger, em 1932. O Caso Wennerström fazia empalidecer por comparação as trapalhadas do Gotabank ou as trafulhices da Trustor. Aquilo era fraude a uma escala tão grandiosa que ninguém se atrevia sequer a especular sobre o número de leis que tinham sido infringidas.

Pela primeira vez no jornalismo económico sueco foram usadas expressões como «crime organizado», «Máfia» e «império de *gangsters*». Wennerström e os seus jovens corretores, sócios e advogados vestidos de Armani surgiram aos olhos do país como um bando de malfeitores.

Durante os primeiros dias do frenesi mediático, Mikael manteve-se invisível. Não respondia a *e-mails* e não era contactável por telefone. Todos os comentários editoriais em nome da *Millennium* foram feitos por Erika, que ronronava como uma gatinha quando era entrevistada pelos meios de comunicação nacionais suecos e por importantes jornais regionais, e, cada vez mais, por jornais e televisões estrangeiros. Sempre que lhe perguntavam como entrara a *Millennium* na posse de toda aquela documentação privada, limitava-se a responder que não podia revelar as fontes da revista.

E se lhe perguntavam por que motivo a denúncia contra Wennerström no ano anterior fora um tão grande fiasco, tornava-se ainda mais enigmática. Nunca mentiu, mas talvez nem sempre tenha dito a verdade toda. *Off the record,* quando não tinha um microfone espetado debaixo do nariz, deixava escapar meia dúzia de frases misteriosas que, se alinhavadas umas com as outras, levavam a algumas conclusões bastante precipitadas. Assim nasceu o rumor, que em breve assumiu proporções lendárias, segundo o qual Mikael Blomkvist não apresentara qualquer espécie de defesa no seu julgamento e se submetera voluntariamente à sentença de prisão e às multas porque a documentação de que dispunha levaria inevitavelmente à identificação da sua fonte. Blomkvist foi comparado a grandes figuras do jornalismo americano que tinham preferido a prisão a revelar as suas fontes, e passou a ser descrito como um herói em termos tão absurdamente laudatórios que o faziam sentir-se embaraçado. Mas não era o momento mais adequado para esclarecer o mal-entendido.

Num ponto, toda a gente estava de acordo: a pessoa que fornecera a documentação tinha de ser alguém pertencente ao círculo mais íntimo de Wennerström. Isto levou a uma debate sobre quem seria o «Garganta Funda»: colegas com motivos para estarem insatisfeitos, advogados, até a própria filha do financeiro, viciada em cocaína, e outros membros da família foram apontados como possíveis candidatos. Nem Mikael nem Erika comentaram o assunto.

Erika sorriu, feliz, sabendo que tinha ganhado quando, no terceiro dia do frenesi, um vespertino apareceu com o cabeçalho: «A Vingança da Millennium». O texto era um retrato encomiástico da revista e do respectivo pessoal, e incluía uma foto particularmente lisonjeira de Erika Berger, cognominada «a rainha do jornalismo de investigação». Era o tipo de coisa que ganhava pontos nas páginas sociais, e falava-se de um Grande Prémio de Jornalismo.

Cinco dias depois de a *Millennium* ter disparado a primeira salva, apareceu nas livrarias o livro *O Banqueiro da Máfia,* de Mikael Blomkvist. Fora escrito durante os meses febris de Setembro e Outubro, em Sandhamn, e impresso à pressa e no mais absoluto segredo, pela Hallvigs Reklam, de Morgongåva. Era o primeiro título publicado com o logo da *Millennium*, e tinha uma dedicatória misteriosamente excêntrica: *Para a Sally, que me mostrou as vantagens do golfe.*

Era um tijolo de 608 páginas, brochado. A primeira tiragem de dois mil exemplares era garantidamente um negócio para perder dinheiro, mas esgotou em dois dias, e Erika encomendou mais dez mil.

Os críticos concluíram que daquela vez, em todo o caso, Mikael Blomkvist estava disposto a não guardar nada na manga, a julgar pela quantidade de referências a fontes. E tinham razão. Dois terços do livro consistiam de apêndices que eram cópias da documentação retirada do computador de Wennerström. Ao mesmo tempo que o livro era publicado, a *Millennium* punha textos do computador de Wennerström em ficheiros PDF que podiam ser descarregados do *website* da revista na Net.

A estranha ausência de Mikael fazia parte da estratégia mediática que ele e Erika tinham gizado. Todos os jornais do país andavam à procura dele. Mas só depois de o livro estar lançado Mikael consentiu em dar uma entrevista exclusiva ao programa *Ela* da TV4, apanhando mais uma vez de surpresa os canais estatais. Mas as perguntas foram tudo menos obsequiosas.

Mikael gostou especialmente de uma particular troca de palavras quando viu um vídeo da sua primeira aparição televisiva desde início do escândalo. A entrevista fora transmitida em directo numa altura em que a Bolsa de Estocolmo estava em queda livre e meia dúzia de *yuppies* financeiros ameaçavam atirar-se da janela. E tinham-lhe perguntado se a *Millennium* era responsável pelo facto de a economia sueca ir a caminho de um desastre.

— A ideia de que a economia sueca vai a caminho de um desastre é completamente disparatada — respondera ele.

A apresentadora fizera um ar espantado. A resposta não seguia o padrão que tinha esperado, e fora forçada a improvisar. Mikael conseguira a pergunta que desejava.

— A Bolsa sueca conhece neste momento a maior queda de que há memória... e acha que é um disparate?

— Tem de distinguir entre duas coisas: a economia sueca e a Bolsa sueca. A economia sueca é a soma de todos os bens e serviços produzidos neste país todos os dias. Temos os telefones da Ericsson, os carros da Volvo, os frangos da Scan, os carregamentos marítimos de Kiruna para Skövde. Isso é a economia sueca, e continua tão forte ou tão fraca hoje como há uma semana

Fizera uma pausa aproveitando para beber um golo de água.

— A Bolsa sueca é algo completamente diferente. Não há economia nem produção de bens ou serviços. Há apenas fantasias em que as pessoas decidem de uma hora para a outra que esta empresa vale tantos milhões, para cima ou para baixo. Não tem nada que ver com a realidade nem com a economia sueca.

— Está então a dizer que não importa que a Bolsa caia a pique?

— Não, não importa absolutamente nada. — O tom fora tão cansado e resignado que soara como uma espécie de oráculo. As suas palavras seriam citadas vezes sem conta ao longo do ano seguinte. — Significa apenas que um grupo de grandes especuladores está neste momento a vender acções de empresas suecas e a comprar acções de empresas alemãs. São hienas da finança que um jornalista com coragem deveria desmascarar e denunciar como traidores à pátria. São eles que estão sistematicamente, e talvez deliberadamente, a prejudicar a economia sueca para satisfazer a ânsia de lucro dos seus clientes.

Então, a apresentadora do *Ela* cometera o erro de fazer exactamente a pergunta de que Mikael estava à espera:

— Acha então que os *media* não têm qualquer responsabilidade?

— Oh, sim, os *media* tem uma enorme responsabilidade. Durante quase vinte anos, muitos jornalistas económicos abstiveram-se de investigar Hans-Erik Wennerström. Pelo contrário, ajudaram-no a construir um prestígio que nunca mereceu apresentando-o, de uma maneira bajuladora e completamente cretina, como uma grande figura da finança. Se tivessem feito o seu trabalho como deve ser, não estaríamos hoje na situação em que estamos.

A entrevista de Mikael Blomkvist marcou um ponto de viragem. Em retrospectiva, Erika convenceu-se de que foi só a partir do momento em que Mikael apareceu na televisão e defendeu calmamente as suas afirmações que os *media* suecos, não obstante a *Millennium* estar em todos os títulos de primeira página havia já uma semana, reconheceram que a história era verdadeiramente consistente. A atitude dele definiu o futuro do caso.

Depois da entrevista, o caso Wennerström passou imperceptivelmente da secção financeira para as mesas de trabalho dos jornalistas criminais. No passado, só muito raramente estes escreviam sobre crimes financeiros, a menos que estivessem relacionados com a máfia russa ou os contrabandistas de cigarros jugoslavos. Não se esperava deles que investigassem as intricadas negociatas da Bolsa. Um vespertino pegou inclusivamente na palavra de Mikael e encheu duas páginas com os nomes e as fotografias dos operadores mais importantes de várias corretoras que estavam a comprar valores alemães. O cabeçalho do jornal proclamava: «Estão a Vender o País». Todos os corretores foram convidados a comentar as alegações. Todos declinaram. Mas, nesse dia, a compra de acções estrangeiras diminuiu notoriamente, e alguns corretores que queriam aparecer como patriotas progressistas começaram a remar contra a maré. Mikael fartou-se de rir.

A dada altura, a pressão tornou-se tão forte que os sombrios senhores de fato escuro arvoraram uma expressão preocupada e violaram a mais importante regra do exclusivíssimo clube formado pelos mais altos círculos da finança sueca: nunca tecer comentários sobre um colega. De repente, líderes industriais reformados e presidentes de bancos começaram a aparecer na televisão e a responder a perguntas, numa tentativa de controlar os estragos. Todos compreendiam a gravidade da situação, e tratava-se agora de distanciarem-se o mais rapidamente possível do Grupo Wennerström e desembaraçarem-se de quaisquer acções que pudessem ter. Wennerström (concluíram quase a uma só voz) não era, ao fim e ao cabo, um verdadeiro industrial, e nunca fora verdadeiramente admitido no «clube». Uns fizeram notar que não passava de um rapaz da classe operária de Norrland que tinha deixado que o êxito lhe subisse à cabeça. Outros descreveram o comportamento dele como *uma tragédia pessoal*. Outros ainda, descobriram que sempre tinham tido as suas dúvidas a respeito dele – era demasiado gabarolas e dava-se ares.

Ao longo das semanas que se seguiram, enquanto a documentação da *Millennium* era escrutinada, dissecada e remontada, o império de empresas-sombra de Wennerström foi associado ao núcleo duro da máfia internacional, incluindo todo o género de malfeitorias, desde o tráfico de armas à lavagem de dinheiro para os cartéis da droga sul-americanos e a prostituição em Nova Iorque, passando, ainda que indirectamente, pelo tráfico de crianças para exploração sexual no México. Uma destas empresas, registada em Chipre, provocou enorme agitação quando se soube que tinha tentado comprar urânio enriquecido no mercado negro na Ucrânia. O aparentemente inexaurível fundo de obscuras empresas de fachada de Wennerström parecia estar a surgir por todo o lado, sempre associado às mais nefandas actividades.

Erika achava que o livro era a melhor coisa que Mikael tinha escrito até ao momento. Era desigual, em termos estilísticos, e a escrita era bastante pobre – não houvera tempo para grandes aperfeiçoamentos editoriais –, mas era animado por uma fúria a que nenhum leitor conseguia ficar indiferente.

Quis o acaso que Mikael encontrasse o seu velho adversário, o ex-jornalista económico William Borg, em frente do Kvarnen, onde ele, Erika e Malm se dispunham a celebrar a festa de Santa Luzia juntamente com todo o pessoal da revista, bebendo até caírem para o lado à conta da empresa. A acompanhante de Borg era uma rapariga muito bêbeda, mais ou menos da idade de Lisbeth.

O ódio entre os dois homens era palpável. Erika pôs cobro ao confronto machista pegando num braço de Mikael e arrastando-o para o bar.

Mikael decidiu que, quando tivesse oportunidade, havia de pedir a Lisbeth que fizesse uma das suas investigações pessoais sobre Borg. Cá por coisas.

Enquanto toda esta tempestade mediática fervilhava, a principal personagem do drama, o financeiro Wennerström, manteve-se invisível. No dia em que a *Millennium* publicou o seu artigo, não teve outro remédio senão fazer um comentário sobre o texto durante uma conferência de imprensa convocada com um objectivo completamente diferente. Declarou as alegações infundadas e disse que a documentação apresentada era forjada. Recordou a toda a gente que o mesmo jornalista tinha sido condenado por difamação apenas um ano antes.

Depois disto, só os advogados do Grupo passaram a responder às perguntas dos *media*. Dois dias depois de o livro de Mikael Blomkvist ter saído, começaram a circular rumores persistentes de que Wennerström deixara o país. Os vespertinos usavam mesmo a palavra «fugiu». No decurso da segunda semana, quando a autoridade reguladora da Bolsa quis contactá-lo, não foi possível encontrá-lo em parte alguma. Em meados de Dezembro, a polícia confirmou oficialmente que Wennerström estava a ser procurado, e um dia antes da véspera de Ano Novo foi emitido um mandado de captura internacional. Nesse mesmo dia, um dos conselheiros de Wennerström foi detido em Arlanda, quando tentava embarcar num avião para Londres.

Várias semanas mais tarde um turista sueco comunicou ter visto Wennerström a entrar num carro em Bridgetown, a capital de Barbados. Como prova da sua afirmação, apresentava uma fotografia tirada de bastante longe em que se via um homem branco, de óculos de sol, camisa branca e calças claras. Não era possível uma identificação positiva, mas, mesmo assim, os jornais contrataram detectives privados que tentaram, sem êxito, descobrir o rasto do multimilionário desaparecido.

Ao cabo de seis meses a caçada chegou ao fim quando Wennerström foi encontrado morto num apartamento em Marbella, Espanha, onde estava a viver sob o nome de Victor Fleming. Fora atingido na cabeça com três tiros disparados à queima-roupa. A polícia espanhola estava a trabalhar na teoria, segundo disseram, de que tinha surpreendido um assaltante.

A morte de Wennerström não constituiu surpresa para Lisbeth Salander, que suspeitava, com boas razões, que tivera alguma coisa que ver com o facto de ele ter deixado de ter acesso ao dinheiro de uma certa conta bancária nas ilhas Caimão, de que talvez tivesse precisado para pagar certas dívidas na Colômbia.

Se alguém se tivesse lembrado de pedir a Lisbeth que ajudasse a seguir os passos de Wennerström, ela poderia ter revelado, numa base quase diária, onde ele se encontrava. Acompanhara, via Internet, a fuga do acossado financeiro através de uma dúzia de países e notara um crescente desespero nos *e-mails* que enviava. Nem sequer a Mikael ocorrera que o fugitivo pudesse ser estúpido ao ponto de levar consigo o computador que fora tão completamente infiltrado.

Ao cabo de seis meses, Lisbeth fartou-se de seguir Wennerström. A pergunta a que faltava responder era até onde deveria ir o seu envolvimento. Wennerström era inquestionavelmente um patife de classe olímpica, mas não era um inimigo pessoal, e ela não tinha qualquer interesse em envolver-se contra ele. Podia dar uma dica a Mikael Blomkvist, mas ele, muito provavelmente, limitar-se-ia a publicar a história. Podia avisar a polícia, mas havia o risco de Wennerström ser avisado e voltar a desaparecer. Além disso, e por uma questão de princípio, não falava com a polícia.

Havia, no entanto, outras dívidas que tinham de ser pagas. Pensou na criada grávida quase afogada na sua própria banheira.

Quatro dias antes de o corpo de Wennerström ser encontrado, tomou uma decisão. Pegou no telemóvel e ligou para um advogado de Miami que parecia ser uma das pessoas de quem Wennerström se esforçava ao máximo por esconder-se. Falou com uma secretária e pediu-lhe que transmitisse uma mensagem enigmática: o nome de Wennerström e uma morada em Marbella. Mais nada.

Apagou a televisão a meio de uma reportagem dramática sobre a morte de Wennerström. Pôs a cafeteira ao lume e preparou uma sanduíche de *foie gras* e pepino.

Erika e Malm ocupavam-se dos habituais preparativos para a festa de Natal enquanto Mikael, sentado na cadeira de Erika a beber *glögg*, olhava pela janela. Todo o pessoal fixo e muitos dos *freelancers* regulares iam receber um presente de Natal – naquele ano, um saco de ombro com o logo da editora *Millennium*. Depois de embrulhadas as prendas, aplicaram-se a escrever e a selar os cartões de boas-festas que iam enviar a empresas, fotógrafos e colegas dos *media*.

Mikael tentou o mais que pôde resistir à tentação, mas acabou por deixar-se vencer. Pegou no último cartão e escreveu: *Bom Natal e Feliz Ano Novo. Obrigado pelos teus esplêndidos esforços durante o último ano.*

Assinou o cartão e endereçou-o a Janne Dahlman, ao cuidado dos serviços editoriais da *Finansmagasinet Monopol*.

Quando chegou a casa, nessa tarde, tinha um aviso a informá-lo da chegada de uma encomenda postal. Foi levantá-la na manhã seguinte e abriu-a quando chegou ao escritório. O embrulho continha um *stick* de repelente de mosquitos e uma garrafa de *aquavit* Reimersholms. O cartão dizia: *Se não tiveres outros planos, vou estar na marina de Arholma na véspera de S. João.* Estava assinado por Robert Lindberg.

Tradicionalmente, os escritórios da *Millennium* estavam fechados na semana anterior ao Natal e até ao Ano Novo. Naquele ano, as coisas foram diferentes. A pressão a que o pequeno grupo de colaboradores estivera sujeito fora enorme, e continuava a haver diariamente telefonemas de jornalistas de todo o mundo. Foi na antevéspera de Natal que Mikael, quase por acaso, leu um artigo do *Financial Times* que resumia as conclusões da comissão bancária internacional criada à pressa para analisar o colapso do império Wennerström. O artigo dizia que a comissão estava a trabalhar na hipótese de Wennerström ter sido provavelmente avisado no último minuto das revelações que iam ser feitas.

A conta que tinha no Banco Kroenenfeld, nas ilhas Caimão, com um saldo de 260 milhões de dólares – aproximadamente 2,5 mil milhões de coroas suecas – tinha sido limpa um dia antes de a *Millennium* publicar a sua denúncia.

O dinheiro fora distribuído por um grande número de contas que só Wennerström podia movimentar. O acto não tinha de ser presencial, bastava-lhe apresentar uma série de códigos de autorização para transferir o dinheiro para qualquer banco do mundo. Os fundos tinham sido transferidos para um banco na Suíça, onde uma cúmplice os convertera em títulos ao portador. Todos os códigos de autorização estavam em ordem.

A EUROPOL emitira um mandado de captura internacional contra a mulher, que usara um passaporte britânico roubado em nome de

Monica Sholes e que, segundo parecia, fizera uma vida de luxo num dos hotéis mais caros de Zurique. Uma foto relativamente nítida, tendo em conta que fora feita por uma câmara de vigilância, mostrava um mulher baixa, com cabelos loiros cortados à pajem, lábios grossos e seios proeminentes que vestia roupas de marca e usava jóias de ouro.

Mikael olhou para a imagem, primeiro de relance, depois com crescente atenção. Passados alguns segundos procurou uma lupa na gaveta da secretária e examinou longamente as feições reproduzidas no jornal.

Por fim, pousou o jornal e ficou sentado, imóvel e sem fala durante vários minutos. E então começou a rir tão histericamente que Malm espreitou para dentro do gabinete a perguntar o que se passava.

Na manhã da véspera de Natal, Mikael foi a Årsta ver a ex-mulher e a filha e trocar presentes. Pernilla recebeu o computador que desejava, e que Mikael e Monica tinham comprado a meias. Mikael recebeu uma gravata de Monica e um romance policial de Åke Edwardson da filha. Ao contrário do que acontecera no Natal anterior, reinava a boa disposição por causa do drama mediático que tinha por epicentro a *Millennium*.

Almoçaram juntos. Mikael lançou um olhar de soslaio a Pernilla. Não via a filha desde que ela fora visitá-lo a Hedestad. Apercebeu-se de que se esquecera completamente de falar com a mãe a respeito daquela mania de juntar-se à seita de Skellefteå. Não podia dizer-lhes que fora o obviamente profundo conhecimento que a filha tinha da Bíblia que o pusera na pista certa no caso do desaparecimento de Harriet Vanger. Não voltara a falar com Pernilla desde essa altura.

Não era um bom pai.

Despediu-se da filha depois do almoço e foi encontrar-se com Lisbeth no Slussen. Foram para Sandhamn. Mal se tinham visto desde que a bomba da *Millennium* rebentara. Chegaram tarde, na véspera de Natal, e ficaram dois dias.

Mikael foi uma companhia agradável, como sempre, mas Lisbeth teve a desconfortável sensação de que ele a olhava com uma expressão particularmente estranha quando ela lhe pagou o empréstimo com um cheque de 120 mil coroas.

Deram um passeio a pé até Trovill (que Lisbeth considerou uma perda de tempo), fizeram o jantar de Natal na pousada e voltaram à cabana, onde acenderam um bom lume na salamandra de pedra-sabão, puseram a tocar um CD de Elvis e se dedicaram diligentemente a fazer amor. Sempre que, de vez em quando, vinha à superfície para respirar, Lisbeth tentava analisar os seus sentimentos.

Não tinha problemas com Mikael como amante. Havia obviamente uma atracção física. E ele nunca tentava reprimi-la.

O problema dela era não conseguir interpretar o que sentia por ele. Nunca, desde o início da puberdade, baixara a guarda o suficiente para deixar alguém chegar tão perto como fizera com Mikael. Para ser absolutamente franca, ele tinha a irritante habilidade de penetrar as suas defesas e de levá-la a falar de coisas pessoais e sentimentos privados. Apesar de ter juízo suficiente para ignorar a maior parte das perguntas dele, falava a respeito de si mesma de uma maneira que nunca, nem mesmo sob ameaça de morte, alguma vez imaginara possível com outra pessoa qualquer. O que a fazia sentir-se nua e vulnerável à vontade dele. Ao mesmo tempo – quando o via dormir e o ouvia ressonar – sentia que nunca em toda a sua vida tivera tanta confiança noutro ser humano. Sabia com uma certeza absoluta que nunca Mikael usaria o que sabia a respeito dela para a magoar. Não estava na natureza dele.

A única coisa que nunca discutiam era o relacionamento entre os dois. Ela não se atrevia, e ele nunca tocava no assunto.

A um dado ponto da manhã do segundo dia, Lisbeth chegou a uma conclusão assustadora. Não fazia ideia de como acontecera nem de como ia lidar com aquilo. Pela primeira vez na sua vida, estava apaixonada.

O facto de ele ter quase o dobro da idade dela não a preocupava. Nem o facto de, no momento, ele ser uma das figuras mais mediáticas do país, e ter aparecido até na capa da *Newsweek* – isso não passava de teatro. Mas Mikael não era uma fantasia erótica nem um devaneio. Aquilo ia ter de chegar a um fim. Não podia resultar. Para que precisava ele dela? Talvez ela fosse apenas uma maneira de passar o tempo enquanto esperava por alguém cuja vida não fosse uma porra de um ninho de ratos.

O que ela compreendia era que o amor era esse momento em que o coração de uma pessoa parece que vai rebentar.

Quando Mikael acordou, já tarde, ela fizera café e saíra para comprar pãezinhos para o pequeno-almoço. Ele juntou-se-lhe à mesa e notou imediatamente que qualquer coisa na atitude dela tinha mudado – estava um pouco mais reservada. Quando lhe perguntou o que se passava, Lisbeth dirigiu-lhe um olhar neutro, como se não compreendesse.

No primeiro dia entre o Natal e o Ano Novo, Mikael apanhou o comboio para Hedestad. Vestia as suas roupas mais quentes e os sapatos de Inverno quando Frode foi ao encontro dele na estação e o cumprimentou discretamente pelo seu êxito nos *media*. Era a primeira vez, desde Agosto, que visitava Hedestad, e fazia quase exactamente um ano que lá estivera pela primeira vez. Conversaram educadamente, mas havia também muita coisa que ficara por dizer entre os dois, e Mikael sentia-se pouco à-vontade.

Estava tudo preparado, e o assunto que tinha a tratar com Frode ficou resolvido em poucos minutos. Frode ofereceu-se para depositar o dinheiro num banco estrangeiro, mas Mikael insistiu em que os seus honorários tinham de ser pagos de acordo com a lei.

– Não posso permitir-me qualquer outra forma de pagamento – disse, secamente, quando Frode insistiu.

O propósito da visita não era exclusivamente financeiro. Mikael deixara roupas, livros e um certo número de objectos pessoais na casa de hóspedes quando ele e Lisbeth tinham saído à pressa de Hedeby.

Henrik Vanger ainda se sentia fraco depois da doença, mas já saíra do hospital e estava em casa, onde era tratado por uma enfermeira particular que recusava permitir-lhe longos passeios, subir escadas ou discutir fosse o que fosse que pudesse perturbá-lo. Além disso, durante as festas do Natal apanhara uma pequena constipação e estava de cama.

— Ainda por cima, é cara — queixou-se Henrik.

Mikael sabia que o velho podia bem suportar a despesa... considerando todo o dinheiro que sonegara aos impostos ao longo da vida. Henrik lançou-lhe um olhar sombrio até que, de repente, começou a rir.

— Que diabo, mereceste bem o teu dinheiro. Como eu sabia que merecerias.

— Para dizer a verdade, nunca acreditei que conseguisse resolver o caso.

— Não faço a mínima tenção de agradecer-te — disse Henrik.

— Nem eu o esperava. Só vim aqui dizer-lhe que considero o trabalho feito.

Henrik encurvou os lábios.

— Não acabaste o trabalho — disse.

— Eu sei.

— Não escreveste a crónica da família Vanger, como tinha sido combinado.

— Eu sei. E não vou escrever. A verdade é que não posso escrevê-la. Não posso escrever sobre a família Vanger e deixar de fora a parte mais importante das últimas décadas. Como poderia eu escrever um capítulo a respeito do período do Martin como CEO e do Grupo e fingir que não sei nada daquela cave? Também não posso escrever a história sem voltar a destruir a vida da Harriet.

— Compreendo o teu dilema, e estou grato pela decisão que tomaste.

— Parabéns. Conseguiu corromper-me. Vou destruir todas as minhas notas e as gravações que fiz das nossas conversas.

— Não acho que tenhas sido corrompido — disse Henrik.

— É como me sinto. E penso que é a verdade.

— Tiveste de escolher entre o teu papel como jornalista e o teu papel como ser humano. Eu nunca poderia ter comprado o teu silêncio. E tenho a certeza de que nos terias denunciado se a Harriet estivesse de algum modo envolvida, ou se achasses que eu sou um cretino.

Mikael não respondeu.

— Contámos tudo à Cecilia. Eu e o Frode partiremos em breve, e a Harriet vai precisar do apoio de alguém da família. A Cecilia vai desempenhar um papel activo no conselho de administração. A partir de agora, ela e a Harriet vão assumir a liderança do Grupo.

— Como reagiu ela?

— Ficou muito abalada. Passou algum tempo no estrangeiro. Cheguei a recear que não voltasse.

— Mas voltou.

— O Martin foi uma das poucas pessoas da família com quem ela sempre se deu bem. Foi muito duro descobrir a verdade a respeito dele. Também sabe o que fizeste pela família.

Mikael encolheu os ombros.

— Portanto, obrigado, Mikael — disse Henrik.

— Além disso, não podia escrever a história porque estou farto da família Vanger. Mas diga-me, qual é a sensação de voltar a ser CEO?

— É uma coisa temporária, mas... quem me dera ser mais novo. Só trabalho três horas por dia. Todas as reuniões decorrem neste quarto, e o Dirch voltou a assumir o papel de meu homem-forte, quando alguém pisa o risco.

— Os jovens executivos devem andar borrados. Eu próprio demorei algum tempo a compreender que o Dirch não era apenas um velho e simpático consultor financeiro, mas alguém que lhe resolve os problemas.

— Exactamente. Mas todas as decisões são tomadas com a Harriet, e é ela que trata do dia-a-dia no escritório.

— E como lhe corre a vida?

— Herdou as quotas da mãe e do irmão. Controla cerca de trinta e três por cento do Grupo.

— É o bastante?

— Não sei. O Birger anda a tentar passar-lhe uma rasteira. O Alexander percebeu que tinha uma possibilidade de marcar posição e aliou-se ao Birger. O meu irmão Harald tem cancro e não vai viver muito mais tempo. É o único que resta com uma quota importante, sete por cento, e os filhos vão herdar. A Cecilia e a Anita alinharão com a Harriet.

— Nesse caso controlam, o quê, quarenta e cinco por cento?

— É um tipo de cartel que nunca existiu na família. Muitos accionistas com um e dois por cento vão votar contra nós. A Harriet vai suceder-me como CEO em Fevereiro.

— O que não vai fazê-la feliz.

— Pois não, mas é necessário. Temos de arranjar novos sócios, sangue novo. Temos também a possibilidade de colaborar com as empresas dela na Austrália. Há hipóteses.

— Onde está a Harriet?

— Tiveste azar. Está em Londres. Mas havia de gostar muito de te ver.

— Vemo-nos na reunião do conselho de administração, em Fevereiro, se é ela que vai ocupar o seu lugar.

— Eu sei.

— Julgo que ela sabe que nunca discutiria o que aconteceu nos anos sessenta com ninguém excepto com a Erika Berger, e não estou a ver que necessidade tem a Erika de saber.

— Sabe. És um homem de princípios, Mikael.

— Mas diga-lhe também que tudo o que fizer a partir de agora pode vir a acabar nas páginas da revista. O Grupo Vanger não vai estar livre de escrutínio.

— Eu aviso-a.

Mikael saiu quando Henrik começou a dormitar. Arrumou o seus pertences em duas malas. Depois de fechar a porta da casa de hóspedes pela última vez hesitou um instante, foi até à casa de Cecilia e bateu à porta. Não estava ninguém. Tirou uma agenda do bolso, arrancou uma folha e escreveu: *Desejo-te tudo do melhor. Tenta perdoar-me. Mikael.* Enfiou a folha na caixa do correio. Uma vela de Natal eléctrica brilhava na janela da cozinha da casa vazia de Martin Vanger.

Apanhou o último comboio para Estocolmo.

Durante as festas, Lisbeth Salander desligou-se do resto do mundo. Não atendeu o telefone e não ligou o computador. Passou dois dias a lavar roupa, a esfregar soalhos e a limpar o apartamento. Caixas de *pizza* velhas de um ano e jornais com meses foram ensacados e levados para o contentor do lixo. Ao todo, seis sacos de plástico e 20 de papel. Sentia-se como se tivesse decidido começar uma nova vida. Tinha pensado comprar outro apartamento – quando encontrasse qualquer coisa que lhe servisse –, mas, de momento, a sua velha casa estava mais espectacularmente limpa do que se lembrava de alguma vez a ter visto.

E então sentou-se, como que paralisada, a pensar. Nunca em toda a sua vida sentira uma ânsia assim. Queria que Mikael lhe batesse à porta e... e o quê? A levantasse do chão, a apertasse contra o peito? A levasse apaixonadamente para o quarto e lhe arrancasse as roupas? Não, na verdade só queria a companhia dele. Queria ouvi-lo dizer que gostava dela tal como era. Que ela era alguém especial no seu mundo e na sua vida. Queria que ele tivesse um gesto de amor, não apenas de amizade ou de camaradagem. *Estou a flipar,* pensou.

Não tinha fé em si mesma. Mikael vivia num mundo povoado por pessoas com empregos respeitáveis, pessoas com vidas ordenadas e montes de opiniões adultas. Os amigos dele faziam coisas, apareciam na televisão, eram referidos nos cabeçalhos dos jornais. *Para que precisa ele de mim?* O grande medo de Lisbeth, que era tão grande e tão negro que assumia proporções fóbicas, era que as pessoas se rissem dos seus sentimentos. De repente, toda a sua autoconfiança, tão cuidadosamente construída, começou a desmoronar-se.

Foi então que se decidiu. Demorou várias horas a mobilizar a coragem necessária, mas tinha de vê-lo e dizer-lhe o que sentia.

Qualquer outra coisa seria intolerável.

Precisava de uma desculpa para lhe ir bater à porta. Não lhe tinha dado nenhum presente no Natal, mas já sabia o que ia comprar. Vira numa loja de velharias um monte de velhos painéis publicitários metálicos, dos anos cinquenta, com figuras em relevo. Um deles mostrava Elvis Presley de guitarra colada à anca e um balão de banda desenhada com as palavras «Heartbreak Hotel». Não tinha grande jeito para decoração de interiores, mas até ela conseguia ver que aquilo era perfeito para a cabana de Sandhamn. Custava 780 coroas, mas, só por uma questão de princípio, regateou até consegui-lo por setecentas. Mandou-o embrulhar, meteu-o debaixo do braço e dirigiu-se ao apartamento dele, na Bellmansgatan.

Na Hornsgatan, calhou olhar na direcção do Kaffebar e viu Mikael a sair com Erika ao lado. Ele disse-lhe qualquer coisa, e ela riu-se, passando-lhe o braço pela cintura e beijando-o na face. Viraram na Brännkyrkagatan, em direcção à Bellmansgatan. A linguagem corporal dos dois não deixava margem para segundas interpretações: era bem evidente o que tencionavam fazer.

A dor foi tão imediata e lancinante que Lisbeth parou a meio de uma passada, incapaz de mover-se. Uma parte dela queria correr atrás deles. Queria pegar no anúncio metálico e usar o bordo aguçado para abrir ao meio o crânio de Erika Berger. Não fez nada, enquanto um turbilhão de pensamentos lhe revoluteava no cérebro. *Análise de consequências.* Finalmente, acalmou-se.

— És uma parva patética, Lisbeth Salander — disse em voz alta.

Deu meia-volta e regressou ao seu imaculado apartamento. Começou a nevar quando passava em frente do Zinkensdamm. Atirou Elvis para dentro de um contentor de lixo.

Índice

Prólogo 7

1.ª Parte INCENTIVO 11

2.ª Parte ANÁLISE DAS CONSEQUÊNCIAS 123

3.ª Parte FUSÕES 255

4.ª Parte OPA HOSTIL 411

Epílogo AUDITORIA FINAL 519

≈
oceanos

Revisão: **D. Soares dos Reis**
Composição: **José Campos de Carvalho**
Impressão e acabamento: **EIGAL**